SALEM

STEPHEN KING

SALEM

*Traduit de l'américain
par*
Christiane THIOLLIER et Joan BERNARD

ALTA

Titre original :
'SALEM'S LOT
publié par Doubleday

A Naomi Rachel King

La loi du 11 mars 1957 n'autorisant, aux termes des alinéas 2 et 3 de l'article 41, d'une part, que les « copies ou reproductions strictement réservées à l'usage privé du copiste et non destinées à une utilisation collective », et, d'autre part, que les analyses et les courtes citations dans un but d'exemple et d'illustration, « toute représentation ou reproduction intégrale, ou partielle, faite sans le consentement de l'auteur ou de ses ayants droit ou ayants cause, est illicite » (alinéa 1er de l'article 40).
Cette représentation ou reproduction, par quelque procédé que ce soit, constituerait donc une contrefaçon sanctionnée par les articles 425 et suivants du Code pénal.

© 1975, Stephen King.
© 1977, Éd. Williams, pour la version française.

ISBN : 2-266-02175-3

PROLOGUE

Mon ami, que cherches-tu ?
Après de longues années d'errance
Tu reviens, la tête pleine d'images
Recueillies sous des cieux étrangers
Loin de ta patrie.

George SEFERIS.

1

C'EST le père et le fils, se disait-on en les voyant.

Ils traversaient le pays en diagonale, nord-est - sud-ouest, dans une vieille Citroën. Ils ne se hâtaient pas, faisant halte ici ou là pendant un jour ou une semaine et empruntant de préférence les routes secondaires.

Partout où ils s'arrêtaient, l'homme achetait un journal du Maine, *Le Courrier de Portland,* et regardait s'il s'y trouvait quelque nouvelle d'une petite ville du nom de Jerusalem's Lot. Cela arrivait de temps en temps.

Un peu avant d'avoir atteint Central Falls, Rhode Island, il écrivit, dans des chambres de motel, le canevas d'un roman et l'expédia à son agent littéraire. Il avait été, il y avait de cela des millions d'années, avant que les ténèbres eussent obscurci sa vie, ce qu'on peut appeler un écrivain à succès. L'agent communiqua le projet à l'éditeur qui avait publié son dernier livre. Celui-ci manifesta un intérêt poli, mais d'argent il ne fut point question.

— Tout ce qu'ils vous permettent de sortir, c'est « s'il vous plaît » et « merci », dit l'homme à l'enfant.

Il le dit sans trop d'amertume et cela ne l'empêcha pas de se mettre à l'ouvrage.

L'enfant ne parlait pas beaucoup. Son visage gardait une expression douloureuse et son regard était comme assombri par quelque triste paysage intérieur. Dans les restaurants et dans les stations-service où ils faisaient halte, il était poli, mais sans plus. On avait l'impression qu'il ne voulait pas perdre l'homme de vue un instant et que le seul fait de le voir disparaître dans les toilettes le rendait anxieux. L'homme essayait parfois d'évoquer Jerusalem's Lot, mais l'enfant refusait d'en parler et ne jetait jamais un regard sur les journaux que l'homme laissait traîner à dessein sous ses yeux.

Le livre fut écrit au bord de la mer. Ils s'étaient installés dans un petit bungalow, en bordure de la plage, loin de la route. Ils nageaient tous les deux pendant des heures. Le Pacifique était plus chaud que l'Atlantique, plus amical. Aucun souvenir n'y était attaché. Le corps de l'enfant devint tout doré.

Ils faisaient trois repas par jour et avaient un toit au-dessus de leurs têtes, mais l'homme se posait des questions. Il avait pris la responsabilité de ce jeune garçon et, s'il ne s'inquiétait pas pour ses études (l'enfant était intelligent et apprenait facilement, comme cela avait été son cas au même âge), il se demandait en revanche s'il était bon pour lui de faire comme si Salem n'existait pas. L'enfant criait parfois dans son sommeil et rejetait ses couvertures.

Une lettre arriva de New York. L'agent littéraire annonçait à l'homme que Random House lui offrait une avance de 12 000 dollars et qu'une vente en club était pratiquement assurée. Donnait-il son accord ?

Il le donna, quitta le garage où il travaillait et passa la frontière en compagnie de l'enfant.

2

Los Zapatos, « Les chaussures » (nom pour lequel l'homme éprouvait une secrète prédilection), était un petit village situé non loin de l'océan. On y voyait peu de touristes. Les routes étaient mauvaises, il fallait faire huit kilomètres pour apercevoir l'Atlantique et l'intérêt historique du site était nul. La gargote du coin était infestée de cafards et l'unique putain était une aïeule d'au moins cinquante ans.

Une ou deux fois par mois, pas toujours ensemble, l'homme et l'enfant allaient à la messe dans la petite église de la ville. Ni l'un ni l'autre ne comprenait le sens de la cérémonie, mais ils y assistaient tout de même. L'homme s'assoupissait quelquefois, dans la chaleur accablante qui régnait à l'intérieur de l'église, bercé par le rythme régulier des chants. Un dimanche, l'enfant alla trouver sous la véranda branlante l'homme qui était en train de travailler à son nouveau roman et lui dit d'une voix hésitante qu'il songeait à se faire baptiser et qu'il en avait parlé au curé. L'homme hocha la tête et lui demanda s'il connaissait maintenant suffisamment l'espagnol pour pouvoir suivre un enseignement religieux. L'enfant lui dit qu'il pensait qu'il n'y aurait pas de problèmes.

Une fois par semaine, l'homme faisait soixante kilomètres pour se procurer *Le Courrier de Portland*. Les seuls numéros qu'il trouvait étaient en général vieux de huit jours et tout pisseux. Il revint d'une de ses expéditions avec un journal qui présentait à la une un grand article sur Salem et une ville du Vermont du nom de Momson. Le nom de l'homme était mentionné dans le cours du récit.

Il laissa le journal sur la table, sans espérer spécialement que l'enfant le regarderait. L'article lui avait donné un choc. Il semblait que tout ne fût pas fini à Salem.

L'enfant vint le trouver le lendemain, le journal à la main, avec la manchette en évidence : *Une ville-fantôme dans le Maine ?*

— J'ai peur, dit-il.
— Moi aussi, répondit l'homme.

3

UNE VILLE-FANTÔME DANS LE MAINE ?
de notre envoyé spécial
JOHN LEWIS

JERUSALEM'S LOT — Jerusalem's Lot est une petite ville située à l'est de Cumberland et à 20 miles au nord de Portland. Ce n'est pas la première ville américaine dans l'Histoire qui ait été désertée tout d'un coup et ce ne sera probablement pas la dernière, mais c'est un cas des plus étranges. Dans le sud-ouest des États-Unis, les villes-fantômes sont choses fréquentes. On a vu des agglomérations naître en une nuit autour d'un filon d'or ou d'argent et disparaître avec la même rapidité quand le filon était épuisé. Il ne restait plus aux magasins, aux hôtels, aux saloons, devenus brusquement déserts, qu'à tomber en ruine dans le silence.

Mais, en Nouvelle-Angleterre, le seul exemple d'une ville qui se soit vidée comme Jerusalem's Lot, ou Salem, comme on dit là-bas, c'est une petite bourgade du Vermont du nom de Momson. Pendant l'été 1923, les 312 habitants de Momson se sont volatilisés. Les maisons et les quelques boutiques du centre de la ville sont encore debout, mais elles n'ont pas été occupées depuis cinquante-deux ans. Dans certains cas, les meubles ont été enlevés, mais, la plupart du temps, les maisons sont encore meublées.

C'est comme si, un jour semblable à tous les autres, un grand vent avait balayé tout le monde. Dans une des maisons, la table est dressée et décorée d'un bouquet de fleurs depuis longtemps fané. Dans une autre, le lit est ouvert, comme si quelqu'un allait s'y coucher. Dans le magasin de nouveautés, une pièce de tissu en décomposition est posé sur le comptoir et la caisse enregistreuse marque $ 1.22. Les enquêteurs ont retrouvé près de cinquante dollars intacts dans le tiroir-caisse.

Les gens de la région se plaisent à raconter l'histoire aux touristes et leur donnent à entendre que la ville est hantée. C'est ce qui explique, disent-ils, qu'elle soit restée inhabitée. Il y a à cela une raison plus vraisemblable. Momson est située dans un coin perdu, loin de toute grande route. Elle ne possède rien que l'on ne puisse trouver ailleurs, si ce n'est son histoire insolite.

On peut dire à peu près la même chose de Jerūsalem's Lot.

Au recensement de 1970, Salem comptait 1 319 habitants — 67 âmes de plus qu'au recensement précédent, dix ans avant. C'était un petit bourg paisible, où rien de notable ne s'était jamais passé. La seule date que les anciens aimaient à rappeler, lorsqu'ils se retrouvaient au jardin public ou autour du poêle dans le magasin d'alimentation de Milt Crossen, c'était 1951, l'année où une allumette imprudemment jetée avait allumé le plus grand incendie de toute l'histoire du Maine.

Mais, il y a un peu plus d'un an, il a commencé à se passer des choses inhabituelles à Jerusalem's Lot. Les gens se sont mis à disparaître. La plupart d'entre eux n'ont pas vraiment disparu, bien sûr. Ainsi l'inspecteur Parkins Gillespie vit avec sa sœur à Kittery. Charles James, le propriétaire du garage à côté du drugstore, gère maintenant une boutique dans les environs, à Cumberland. Pauline Dickens est allée habiter à Los Angeles et Rhoda Curless travaille à Portland, à la mission St. Matthew. On pourrait continuer ainsi longtemps.

Ce qui est très étrange cependant chez les gens que l'on a retrouvés, c'est que tous refusent ou sont incapables de parler de Salem et de ce qui a pu s'y passer. Parkins Gillespie s'est borné à regarder notre enquêteur et à dire en allumant une cigarette : « J'ai décidé de partir, voilà tout. » Charles James a déclaré qu'il avait dû quitter la ville parce que ses affaires périclitaient faute de clients. Pauline Dickens, qui avait travaillé comme serveuse pendant des années au café *L'Excellent,* n'a pas répondu à notre lettre et miss Curless refuse de dire le moindre mot sur Salem.

Si on s'est déjà trouvé confronté à ce genre d'énigmes et si on pousse un peu l'enquête, on s'explique assez bien certaines disparitions. Un agent immobilier du nom de Lawrence Crockett, qui a disparu avec sa femme et sa fille, a laissé derrière lui bon nombre de transactions foncières et d'affaires commerciales hasardeuses. Il s'est livré notamment à une vaste spéculation sur le terrain où on construit actuellement le grand centre commercial de Portland. Les McDougall, qui comptent aussi parmi les disparus, venaient de perdre un bébé et peu de choses les retenaient à Salem. Ils pourraient être n'importe où. D'autres sont à classer dans la même catégorie. Selon Peter McFee, le commissaire principal de l'État : « Nous lançons des avis de recherche pour un grand nombre d'habitants de Jerusalem's Lot, mais ce n'est pas la seule ville du Maine où on ait constaté des disparitions. Prenons le cas de Royce McDougall. Il devait de l'argent à une banque et à deux compagnies financières lorsqu'on l'a perdu de vue... A mon avis, ce n'est qu'un petit truand qui a trouvé la combine pour s'en sortir. Un jour ou l'autre, il se servira d'une des cartes de crédit qu'il a dans son portefeuille et les contrôleurs lui tomberont dessus à pieds joints. En Amérique, les personnes disparues ne se comptent plus. On vit dans une société axée sur l'automobile. Les gens mettent les bouts et se trimbalent ailleurs tous les deux ou trois ans. Ils laissent plus souvent des ardoises que leur adresse. »

Mais, si pertinentes que soient les réflexions du commissaire McFee, il n'en reste pas moins que certaines questions ne trouvent pas de réponse. Henry Petrie, sa femme et son fils ont disparu et Mr. Petrie, cadre de direction dans une compagnie d'assurance, n'a certainement rien d'un mauvais payeur. L'entrepreneur des pompes funèbres, la bibliothécaire et l'esthéticienne ne sont plus là non plus. La liste des absents est d'une longueur impressionnante.

Dans les bourgades des alentours, la légende commence à prendre corps. On chuchote que Salem est hantée. Des gens croient voir clignoter, au-dessus de la ligne à haute tension qui alimente l'État du Maine, des lumières rouges ou vertes, et si vous lancez l'idée que les habitants de la ville ont peut-être été enlevés par des extra-terrestres, personne ne se moquera de vous. On a dit aussi que des jeunes gens s'étaient réunis pour célébrer des messes noires et avaient ainsi attiré le courroux divin sur cette petite cité sainte. Enfin, sans aller chercher des explications aussi surnaturelles, certains ont rappelé le cas de ces jeunes garçons disparus à Houston (Texas) il y a trois ans environ et retrouvés morts, victimes de crimes rituels.

On n'est pas loin de trouver du sens à ces propos après s'être rendus à Salem. Il n'y a plus une seule boutique ouverte. La pharmacie Spencer a été la dernière à fermer ses portes, en janvier. Le magasin d'alimentation Crossen, le magasin de meubles Barlow & Straker, la quincaillerie, le café *L'Excellent* et même la mairie, tout est bouclé. La nouvelle école primaire est vide ainsi que le lycée construit en 1967. Les équipements scolaires et les livres ont été transférés dans des bâtiments provisoires à Cumberland en attendant qu'un vote intervienne dans les autres villes du district, mais il semble qu'il n'y ait aucun enfant à Salem pour commencer la nouvelle année scolaire. Pas un seul enfant, rien que des boutiques abandonnées, des maisons désertes, des pelouses en friche et des routes défoncées.

Citons encore parmi ceux dont la police de l'État voudrait bien retrouver la trace : John Groffins, pasteur de l'église méthodiste de Jerusalem's Lot ; le père Donald Callahan, curé de St. Andrew ; Mabel Werts, une veuve qui jouait un rôle important dans les œuvres sociales et dans la vie paroissiale ; Lester et Harriet Durham, employé tous les deux à l'usine Gates ; Eva Miller, qui gérait une pension de famille...

4

Deux mois après la parution de cet article, l'enfant fut baptisé. Il fit sa première confession — et confessa tout.

5

Le curé du village était un vieil homme à cheveux blancs. Son visage était strié de rides et tanné par le soleil, mais ses yeux bleus d'Irlandais avaient un regard étonnamment vif et pénétrant. Quand l'homme se présenta chez lui, il était en train de boire du thé sous sa véranda. Debout à ses côtés se tenait un étrange personnage vêtu d'un costume de ville et dont les cheveux, divisés par une raie au milieu, étaient coiffés en arrière et gominés comme sur les photos-portraits des années 1890.

Le compagnon du prêtre dit d'une voix ferme :

— Je suis Jesus de la rey Muñoz. Le père Gracon, ne connaissant pas l'anglais, m'a demandé de lui servir d'interprète. Qu'il me suffise de vous dire qu'il a rendu à ma famille un grand service et que je m'engage à ne jamais parler à quiconque des choses dont il souhaite discuter avec vous. Cela vous convient-il ?

— Oui.

L'homme serra la main de Muñoz et celle de Gracon. Gracon

le salua en espagnol et lui sourit. Il n'avait plus que cinq dents, mais son sourire était chaleureux.

— Il demande si vous voulez une tasse de thé. C'est du thé vert. Très rafraîchissant.

— Volontiers.

Après quelques échanges d'amabilités, le prêtre dit :

— Cet enfant n'est pas votre fils.

— Non.

— Il m'a fait une étrange confession. Dans toute ma vie de prêtre, je n'en ai jamais entendu de semblable.

— Cela ne me surprend pas.

— Il a pleuré, dit le père Gracon après avoir avalé une gorgée de thé. C'étaient des larmes impressionnantes, des larmes qui lui venaient du fond de l'âme. Est-il possible...?

— Oui, dit l'homme d'une voix égale. Il vous a dit la vérité.

Gracon comprit sans que Muñoz eût besoin de lui traduire. Son visage devint grave. Il se pencha en avant et, les mains jointes au-dessus de ses genoux, parla un long moment. Muñoz écoutait avec intensité tout en gardant un visage impassible. Quand le prêtre eut fini, il traduisit :

— Il dit qu'il se passe ici-bas d'étranges choses. Il y a quarante ans, un paysan d'El Gramiones lui a apporté un lézard qui poussait des cris de femme. Il a vu un homme avec les stigmates, les marques de la Passion du Christ, et cet homme avait les mains et les pieds qui saignaient le vendredi saint. Il dit que vous avez été mêlés à quelque chose d'obscur et de terrible. Que c'est grave pour vous et pour l'enfant. Particulièrement pour l'enfant — que cela ronge. Il dit...

Gracon l'interrompit pour ajouter quelques mots.

— Il demande si vous vous rendez compte de ce que vous avez fait dans cette Nouvelle Jerusalem.

— A Jerusalem's Lot ? dit l'homme. Oui, je m'en rends compte.

Gracon reprit la parole.

— Il demande ce que vous comptez faire.

L'homme secoua lentement la tête.

— Je ne sais pas.

Gracon dit encore quelques mot.

— Il dit qu'il va prier pour vous.

6

Une semaine plus tard, l'homme s'éveilla d'un cauchemar, ruisselant de sueur, et appela l'enfant.

— Je retourne là-bas, dit-il.
L'enfant pâlit sous son hâle.
— Viendras-tu avec moi ? demanda l'homme.
L'enfant se mit à pleurer et l'homme le serra contre lui.

7

Mais l'homme ne pouvait retrouver le sommeil. Il voyait des visages lui apparaître par instants dans l'ombre, comme au travers d'un brouillard neigeux, et, quand un arbre tordu par le vent heurtait le toit de ses branches, il sursautait.
Jerusalem's Lot.
Il baissait les paupières, mettait son bras devant ses yeux et tout lui revenait. C'était comme s'il voyait le presse-papiers de verre, la neige qui tombait quand on le secouait...
Jerusalem's Lot... Salem...

PREMIÈRE PARTIE

MARSTEN HOUSE

Aucun organisme vivant ne peut subsister longtemps dans de bonnes conditions sans échapper par moments à la réalité; même les alouettes et les sauterelles rêvent, de l'avis de certains. Hill House avait banni le rêve et se dressait, solitaire et maléfique, sur son promontoire; elle était là depuis quatre-vingts ans et serait probablement encore là dans quatre-vingts ans. Les murs étaient droits, les briques bien assises, les planchers solides et les portes convenablement fermées. Le silence régnait dans la demeure et l'être qui y marchait y marchait seul.

Shirley Jackson,
The Haunting of Hill House.

BEN (1)

1

BEN Mears roulait vers le nord, sur l'autoroute. Quand il eut passé Portland, il sentit monter au creux de son ventre une excitation qui était loin d'être désagréable.

5 septembre 1975. L'été jetait ses derniers feux. Les arbres étaient d'un vert éclatant, le ciel d'un bleu à la fois vif et doux et, arrivé au niveau de Falmouth, il aperçut, sur une route parallèle à la voie express, deux jeunes garçons portant une canne à pêche sur leur épaule comme ils auraient porté une carabine.

Une grosse BSA le dépassa en vrombissant. C'était un gamin en tee-shirt qui conduisait et il avait derrière lui une fille avec une veste rouge et d'énormes lunettes de soleil à verres-miroirs. La moto se rabattit un peu brusquement et il réagit de façon excessive en freinant à bloc et en appuyant comme un sourd sur l'avertisseur. La BSA prit de la vitesse, le pot d'échappement lâcha un jet de fumée bleue et la fille lui fit un signe moqueur.

Il ralentit et éprouva le besoin de prendre une cigarette. Ses mains tremblaient légèrement. La BSA était presque hors de vue maintenant, elle roulait vite. Ces gosses! Ces foutus gosses! Les souvenirs lui revenaient en foule. Des souvenirs tout proches. Il les écarta résolument. Il n'avait plus fait de moto depuis deux ans. Il avait bien l'intention de ne plus jamais en faire.

Il aperçut sur sa gauche quelque chose de rouge et sentit monter en lui une bouffée de joie quand, ayant regardé dans cette direction, il eut reconnu, perchée sur une colline au-delà d'un champ de trèfle, la grande grange rouge surmontée d'une coupole peinte en blanc. A cette distance, il pouvait même voir les reflets du soleil sur la girouette. Elle était là autrefois et elle était encore là maintenant. Exactement la même. Peut-être que tout allait bien se passer après tout. Une rangée d'arbres. La grande grange avait disparu.

A mesure qu'il approchait de Cumberland, de plus en plus de choses lui semblaient familières. Il traversa la Royal River où, étant enfant, il avait pêché la perche et le brochet. Il aperçut, l'espace d'un instant, à travers les arbres, les lumières clignotantes du village et repéra le château d'eau sur lequel était inscrit en lettres énormes MAINE = ÉTAT VERT. Tante Cindy disait qu'on aurait dû mettre dessous PASSEZ LA MONNAIE.

Ben sentit croître son excitation et accéléra tout en guettant le panneau indicateur. Une dizaine de kilomètres plus loin, il le vit étinceler sous le soleil :

ROUTE 12 JERUSALEM'S LOT
CUMBERLAND CUMBERLAND CENTRE VILLE

Une brusque tristesse s'abattit sur lui et sa bonne humeur disparut comme flamme sous le sable. Il en était souvent ainsi depuis que (il écarta de son esprit le nom de Miranda) c'était arrivé et il s'était accoutumé à lutter contre les idées noires, mais, cette fois, elles s'étaient emparées de lui avec une telle violence qu'il se sentait incapable de les repousser.

Pourquoi revenait-il dans cette ville où il avait passé quatre années de sa jeunesse ? Pourquoi tentait-il de ranimer un passé irrévocablement mort ? Les chemins tortueux de son enfance étaient probablement devenus des routes bien droites et bien asphaltées, des itinéraires touristiques jalonnés de pancartes et jonchés de boîtes de bière vides. La magie avait disparu, qu'elle fût noire ou blanche. En fait elle avait disparu le soir où c'était arrivé — la moto qui échappe à tout contrôle, la camionnette jaune qui grossit, grossit, le cri de Miranda, sa femme, et puis le silence, qui tombe tout d'un coup, quand...

Attention, sortie sur Salem. Pendant une seconde, il envisagea de poursuivre sa route vers Chamberlain ou Lewiston, de s'y arrêter pour déjeuner et puis de rebrousser chemin. Mais pour aller où ? Chez lui ? Parlons-en. S'il s'était jamais senti chez lui quelque part, c'était bien ici. Même si ça n'avait duré que quatre ans.

Il mit son clignotant, ralentit et prit la rampe de sortie. Arrivé en haut, là où l'autoroute rejoint la route 12 (qui, plus près de la ville, prend le nom nom de Jointner Avenue), il leva les yeux et ce qu'il vit eut sur lui un effet immédiat : il freina des deux pieds, de toutes ses forces. La Citroën tangua pendant quelques mètres et s'arrêta.

Vers l'est, à la limite extrême de la vision, une masse d'arbres, des pins et des sapins surtout, étagée sur les flancs d'une colline, semblait se presser contre le ciel. On ne voyait pas la ville. Rien que les arbres et au-dessus d'eux un toit à pignons, le toit de Marsten House.

Il le regardait, fasciné. Son visage était animé d'une succession d'émotions contraires.

— Elle est encore là, dit-il à voix haute. Mon Dieu !

Il regarda ses bras. Il avait la chair de poule.

2

Il décida de contourner la ville, de passer par Cumberland et d'arriver à Salem par l'ouest, en prenant Burns Road.

Il tourna à gauche sur Brooks Road, dépassa la grille de fer forgé et le mur de pierre du cimetière d'Harmony Hill, puis aborda la montée de Marsten Hill.

La route, qui coupait à travers bois, se dégageait aux abords du sommet. À droite, on apercevait distinctement la ville — ce fut la première vision que Ben eut de Salem ce jour-là — et à gauche il y avait Marsten House. Il se rangea sur le bas-côté et sortit de la voiture.

La maison était toute pareille. Rien n'avait changé, rien du tout. C'était comme s'il s'était trouvé là la veille.

Une herbe haute et drue avait poussé dans la cour de devant, dissimulant les dalles fendues par le gel qui conduisaient à la véranda. Des grillons s'y cachaient et menaient grand tapage, tandis que de tous côtés bondissaient les sauterelles.

La maison regardait vers la ville. C'était une immense bâtisse, pleine de tourelles et de pignons et comme affaissée sur elle-même. Les fenêtres étaient fermées par des volets branlants et l'ensemble avait cet aspect sinistre qu'ont les demeures depuis longtemps inhabitées. La peinture avait été rongée par les intempéries et les murs avaient pris une couleur uniformément grise. Le toit avait perdu nombre de ses bardeaux et s'était enfoncé et boursouflé du côté ouest, probablement sous l'effet d'une forte chute de neige. Une pancarte écaillée, DÉFENSE D'ENTRER, était clouée au pilastre de droite.

Il lui vint une envie impérieuse d'emprunter ce chemin envahi d'herbes folles, de voir les sauterelles s'échapper sous ses pas, de pénétrer sous la véranda, de jeter un coup d'œil dans l'entrée ou dans la pièce de devant à travers les volets disjoints. Peut-être d'essayer d'ouvrir la porte d'entrée. Et, si elle était ouverte, d'entrer.

Il avala sa salive et fixa la maison sans pouvoir en détacher les yeux, comme hypnotisé. Le regard que la maison lui rendit était vide et indifférent comme celui d'un idiot.

Tu traverses le hall dans une odeur de plâtre humide et de papier peint en décomposition. Tu entends les souris gratter dans les murs. Il y a sûrement encore un tas de vieux trucs dans tous les coins. Tu ramasses quelque chose, un presse-papiers par exemple, et tu le mets dans ta poche. Et puis, au bout du hall, au lieu d'entrer dans la cuisine, tu tournes à gauche et tu montes l'escalier. Ton pied fait crisser la poussière de plâtre qui est tombée du plafond au long des années. Il y a quatorze marches, quatorze exactement. Mais la quatorzième est plus petite, tout à fait disproportionnée, comme si elle n'avait été ajoutée que pour éviter le nombre maléfique. Arrivé sur le palier, en haut de l'escalier, ton regard traverse le vestibule pour s'arrêter sur une porte fermée. Tu t'avances vers elle le long du vestibule. C'est comme si ton regard était extérieur à toi, tandis que tu marches et que la porte devient de plus en plus grande et de plus en plus proche. Tu peux maintenant la toucher, poser ta main sur le bouton de cuivre terni...

Il s'éloigna de la maison, la gorge sèche. Pas maintenant. Plus tard peut-être, mais pas maintenant. Il suffisait pour l'instant de savoir que tout était encore là. Elle l'avait attendu. Il s'appuya sur le capot de sa voiture et regarda la ville. Il chercherait qui s'occupait de Marsten House et peut-être la louerait-il. Il serait très bien dans la cuisine pour écrire et il s'arrangerait un coin pour dormir dans le salon de devant. Mais il n'irait pas en haut. Ça non.

A moins qu'il n'y soit obligé.

Il grimpa dans sa voiture, la mit en marche et descendit la colline en direction de Jerusalem's Lot.

SUSAN (1)

1

Il était assis sur un banc dans le parc quand il remarqua une jeune fille qui le regardait. C'était une très jolie jeune fille, qui portait un foulard de soie sur ces cheveux d'un blond très clair. Elle tenait à la main un livre ouvert, mais elle avait aussi, posés à côté d'elle, un carnet de croquis et un fusain. On était le

16 septembre, un mardi ; c'était le jour de la rentrée et le parc s'était miraculeusement vidé de ses visiteurs les plus bruyants. Il ne restait plus que quelques mères de famille avec leurs bébés, un petit groupe de vieux près du monument aux morts et cette jeune fille assise dans l'ombre changeante d'un vieil orme noueux.

Lorsqu'elle leva les yeux de son livre, une expression d'étonnement marqua son visage. Elle revint à son livre, puis leva de nouveau les yeux et fit mine de se lever, hésita encore, puis se leva effectivement pour se rasseoir l'instant d'après.

Il quitta son banc et s'approcha d'elle. Lui aussi avait son livre, un western en édition de poche.

— Hello, dit-il avec gentillesse. Est-ce qu'on se connaît ?
— Non, dit-elle. Enfin, c'est-à-dire... vous êtes Benjaman Mears, non ?
— Exact.

Il haussa les sourcils.

Elle eut un petit rire nerveux et ne leva les yeux vers lui qu'un court instant, histoire de tenter de déterminer quelles étaient ses intentions. C'était de toute évidence une jeune fille qui n'avait pas l'habitude de parler des étrangers dans le parc.

— J'ai cru que je me trouvais en face d'un fantôme.

Elle prit le livre qui était posé sur ses genoux. Il eut le temps d'apercevoir sur la tranche le tampon de la « Bibliothèque Publique de Jerusalem's Lot ». C'était *Un air de danse,* son second roman. Elle lui montra sa photo sur le dos de la jaquette, une photo vieille maintenant de quatre ans. L'expression de son visage était à la fois juvénile et impressionnante de gravité. Les yeux étaient comme des diamants noirs.

— C'est sur de tels commencements que des dynasties se sont fondées, dit-il.

Ce n'était rien d'autre qu'une boutade, mais elle prit l'étrange résonance d'une prophétie lancée par un bouffon. Derrière eux, une bande de moutards hauts comme trois pommes s'amusaient à s'éclabousser dans le bassin des petits et une jeune mère disait à un certain Roddy de ne pas pousser sa sœur si haut. La sœur en question s'envolait sur sa balançoire, sans un regard vers la terre : sa robe se soulevait, elle montait, encore, encore, jusqu'à atteindre le ciel. C'était le moment dont il se souviendrait des années après, comme si on avait coupé une tranche dans le gâteau du temps qui passe. Un moment qui aurait sombré dans le naufrage général de la mémoire s'il n'y avait pas eu entre lui et elle ce courant, cette étincelle.

Elle rit et lui tendit le livre.

— Est-ce que vous voulez bien me le dédicacer ?

24

— Un livre de la bibliothèque ?
— Je le leur achèterai et je le remplacerai.

Il trouva un stylomine dans la poche de son chandail, ouvrit le livre à la page de garde et demanda :

— Comment vous appelez-vous ?
— Susan Norton.

Les mots lui vinrent très vite, sans qu'il eût besoin de les chercher : *A Susan Norton, la plus jolie jeune fille du parc. Chaleureusement, Ben Mears.* De quelques traits de plume rapides, il ajouta la date sous sa signature.

— Maintenant vous allez devoir le voler, dit-il en le lui rendant. *Un air de danse* est épuisé, hélas !

— Je m'en procurerai un exemplaire par un bouquiniste de New York.

Elle hésita et le regarda, un peu plus longtemps cette fois.

— C'est vraiment un très bon livre.

— Merci. Quand je le regarde de près, je me demande comment il a pu être publié.

— Est-ce que vous le regardez souvent de cette manière ?

— Ouais, mais j'essaie de ne plus le faire.

Cela la fit sourire et, l'instant d'après, ils riaient franchement tous les deux, ce qui acheva de les mettre à l'aise. Plus tard, il repenserait à ce moment. Comme c'était venu facilement, tout en douceur ! Mais cette pensée n'avait rien de réconfortant. Le destin n'était-il donc pas aveugle ? Était-ce de façon consciente et organisée, dans un dessein de lui seul connu, qu'il broyait les mortels sans défense comme farine dans un moulin ?

— J'ai lu aussi *La Fille de Conway*. Je l'ai beaucoup aimé. J'imagine que vous entendez ça tout le temps.

— Remarquablement peu souvent, dit-il avec franchise.

Miranda aussi avait adoré *La Fille de Conway,* mais ses copains de bistrot avaient été pour la plupart très évasifs et la critique l'avait, dans son ensemble, éreinté. Bon. La mode n'était pas aux intrigues bien menées. De la masturbation intellectuelle à outrance, voilà ce qu'il leur fallait.

— Eh bien, moi, je l'ai aimé en tout cas.

— Avez-vous lu le dernier ?

— *Billy a dit de continuer ?* Pas encore. Miss Coogan, la vendeuse du drugstore, dit que c'est plutôt salé.

— Quoi ? C'est presque puritain, au contraire, dit Ben. Le langage est cru, mais quand on fait parler des jeunes paysans on ne peut pas... Dites-moi, et si je vous offrais un ice-cream soda ou quelque chose de ce genre ? Moi, j'ai très envie d'en prendre un.

Elle le scruta du regard une troisième fois et puis elle lui fit un grand sourire.

— Bonne idée. Moi aussi, ça me tente. Ils sont très bons chez Spencer.

Et c'est comme ça que tout avait commencé.

2

— C'est elle, miss Coogan?

Ben posa la question à voix basse. Il regardait une grande femme sèche qui portait une blouse de nylon rouge sur son uniforme blanc. Ses cheveux gris-bleu étaient ondulés en crans serrés.

— Oui, c'est bien elle. Elle a une espèce de petite charrette qu'elle roule jusqu'à la bibliothèque tous les jeudis soir. Elle use des cartes de lecture à la tonne et rend miss Starcher à moitié dingue.

Ils étaient assis sur des tabourets en cuir rouge, près du comptoir. Il avait pris un soda au chocolat, elle un à la fraise. Spencer servait en même temps de station pour les autocars et ils voyaient de leur place, de l'autre côté d'une porte en arcade à l'ancienne, la salle des voyageurs dans laquelle un jeune homme solitaire, vêtu d'un uniforme d'aviateur et une valise posée entre les jambes, attendait tristement.

— Il n'a pas l'air très heureux d'aller où il va, vous ne trouvez pas? dit-elle en suivant le regard de Ben.

— La permission est finie, j'imagine, dit Ben.

«Maintenant, elle va me demander si j'ai fait mon service», pensa-t-il. Mais, au lieu de ça, elle dit :

— Je partirai par le même car, celui de dix heures trente, un de ces jours. Adieu, Salem. Et j'aurai probablement l'air aussi sinistre que ce type.

— Pour aller où?

— A New York, je pense. Histoire de voir si j'arrive à me débrouiller seule.

— Et ici, ce n'est pas possible?

— A Salem? J'adore ce coin, mais il y a mes vieux. Ils seront toujours là à regarder par-dessus mon épaule. Ce n'est pas drôle. Et puis qu'est-ce que ce trou peut offrir à une jeune fille d'avenir?

Elle haussa les épaules et pencha la tête pour tirer sur sa paille. Son cou bronzé donnait une impression de force harmonieuse. Elle portait une robe imprimée de couleur vive qui seyait à sa silhouette fine.

— Quel genre de job est-ce que vous cherchez ?
Elle haussa de nouveau les épaules.
— J'ai décroché un petit diplôme à l'université de Boston... Ça ne vaut même pas le papier sur lequel c'est imprimé. Art avec un grand A et anglais avec un petit a. Section réservée aux idiots de bonne famille. On ne m'a même pas appris l'art d'être une secrétaire décorative. J'ai des copines de collège qui ont déjà de bonnes petites places dans des bureaux. Et moi, je n'ai jamais été plus loin que *La sténographie sans peine*, livre I.
— Alors, quelles perspectives ?
— Oh !... peut-être une maison d'édition, dit-elle sans conviction. Ou dans un journal..., une agence de publicité. Dans ces endroits-là, on a toujours besoin de quelqu'un qui soit capable de faire un dessin sur commande. Je peux faire ça. J'ai un dossier.
— Vous avez eu des propositions ? demanda-t-il gentiment.
— Non... non. Mais...
— N'allez pas à New York sans avoir une proposition ferme, dit-il. Croyez-moi. La semelle de vos chaussures aurait disparu que vous n'auriez peut-être encore rien trouvé.
Elle eut un petit sourire malheureux.
— Vous devez avoir raison.
— Est-ce que vous avez vendu quelques-uns de vos trucs par ici ?
— Oh ! oui. (Elle eut un brusque accès de rire.) Ma plus grosse vente jusqu'à présent a été faite à la société Cinex. Ils ont ouvert un cinéma de trois salles à Portland et m'ont acheté douze tableaux d'un coup pour décorer le hall d'entrée. Ils m'ont donné sept cents dollars. Ça m'a permis de faire un premier versement pour l'achat de ma petite voiture.
— Vous devriez vous installer dans une chambre d'hôtel à New York pendant une semaine ou deux et frapper aux portes de tous les journaux et de toutes les maisons d'édition possibles avec votre dossier. Prenez vos rendez-vous six mois à l'avance pour être sûre de rencontrer la personne *ad hoc*. Mais, pour l'amour du ciel, ne larguez pas les amarres et ne mettez pas le cap sur la grande ville sans avoir assuré vos arrières.
— Parlez-moi un peu de vous, dit-elle en laissant de côté sa paille et en enfonçant sa cuillère dans la glace. Que venez-vous faire dans cette plantureuse cité de Jerusalem's Lot, Maine, treize cents habitants ?
Il haussa les épaules.
— J'essaie d'écrire un roman.
Cette réponse électrisa Susan.

— A Salem ? De quoi y est-il question ? Pourquoi ici ? Êtes-vous...

Il la regarda avec gravité.

— Ça coule.

— Ça coule ? Ah ! oui, ça coule. Pardon. (Elle essuya le tour de son verre avec une serviette en papier.) Vous savez, je ne voulais pas être indiscrète. Je ne le suis pas, en règle générale.

— Ne vous excusez pas, dit-il. Tous les écrivains aiment parler de leurs livres. Quelquefois, quand je suis dans mon lit, je me fabrique une interview de *Playboy*. C'est peine perdue. Ils ne s'adressent qu'aux auteurs de best-sellers.

Le jeune homme se leva. Un autocar Greyhound s'approchait de l'arrêt et on entendait le chuintement de ses freins pneumatiques.

— J'ai passé quatre ans à Salem quand j'étais gosse. J'habitais Burns Road.

— Burns Road ? Il n'y a plus que les marais par là, et le petit cimetière. Celui qu'on appelle le cimetière d'Harmony Hill.

— Je vivais avec ma tante Cindy, Cynthia Stowens. Mon père est mort et ma mère a eu une... une espèce de dépression nerveuse. Alors elle m'a confié à tante Cindy, le temps de se remettre. Tante Cindy m'a mis dans le car de Long Island pour que je rejoigne ma mère environ un mois après le grand incendie. (Il se regarda dans le miroir qui était derrière le distributeur de soda.) J'ai pleuré dans le car qui m'emmenait loin de ma mère et j'ai pleuré dans celui qui m'emmenait loin de ma tante Cindy et de Jerusalem's Lot.

— Je suis née l'année du feu, dit Susan. C'est la chose la plus terrible qui soit arrivée à notre petite ville et j'ai dormi pendant tout le temps.

Ben rit.

— Vous avez à peu près sept ans de plus que je ne vous en donnais quand je vous ai vue dans le parc.

— Vraiment ? Merci... enfin je pense que c'est un compliment. La maison de votre tante a dû brûler complètement.

— Oui, dit-il. Je me rappelle très nettement cette nuit. Des pompiers sont venus nous dire qu'il fallait qu'on parte. C'était très excitant. Tante Cindy rassemblait fébrilement des affaires et les chargeait dans son Hudson. Mon Dieu, quelle nuit !

— Était-elle assurée ?

— Non, mais elle n'était que locataire de la maison et on a pu mettre à peu près tout ce qui avait un peu de valeur dans la voiture, sauf la télévision. On a essayé de la soulever et on n'a même pas réussi à la déplacer d'un pouce. C'était une Video King avec un écran minuscule et une loupe installée sur le tube. Les yeux en prenaient un coup. On ne pouvait prendre qu'une chaîne — de la musique folklorique, des nouvelles agricoles et Kitty le clown.

— Et vous êtes revenu ici pour écrire un livre, s'émerveilla-t-elle.

Ben ne répondit pas tout de suite. Miss Coogan ouvrait des cartons de cigarettes et regarnissait l'éventaire près de la caisse. Le pharmacien, Mr. Labree, allait et venait comme un fantôme entre les étagères de médicaments. Le jeune aviateur attendait près de la porte ouvrant sur l'autocar que le chauffeur revienne des toilettes.

— Oui, dit Ben.

Il se tourna vers elle et la regarda bien en face pour la première fois. Elle avait un très joli visage bronzé, avec des yeux bleus candides et un front haut et lisse.

— Cette ville, pour vous, c'est votre enfance, n'est-ce pas? demanda-t-il.

— Oui.

— Alors vous pouvez comprendre. J'ai été gosse ici et pour moi cette ville est hantée par plein de choses. Quand je suis revenu, je n'osais pas y rentrer, tellement j'avais peur que ça ait changé.

— Les choses ne changent pas ici, dit-elle. Pas beaucoup.

— Je jouais à la guerre avec les gosses des Gardener du côté des marais, aux pirates sur l'Étang Royal, à cache-cache dans le parc. On a eu des moments qui étaient loin d'être drôles après mon départ de chez tante Cindy, quand je me suis retrouvé avec maman. Elle s'est suicidé quand j'avais quatorze ans, mais la brume magique, qui, pour moi, enveloppait toute chose s'était dissipée bien avant ça. En fait, elle n'existait qu'ici. Et elle existe encore. La ville n'a pas tellement changé. Quand je regarde Jointner Avenue, j'ai l'impression que je la vois à travers une mince pellicule de glace — semblable à ce disque parfait qu'on retire du-dessus de la citerne municipale quand on en détache les bords à petits coups — et que c'est mon enfance que j'aperçois. C'est flou, c'est brumeux et bien souvent ça ne mène nulle part, mais c'est là, ou presque.

Il s'arrêta, surpris. C'était un discours qu'il avait fait là.

— Vous parlez exactement comme dans vos livres, dit-elle, admirative.

Il rit.

— Ça ne m'était encore jamais arrivé d'essayer d'exprimer tout ça. Du moins pas à haute voix.

— Qu'est-ce que vous avez fait après que votre mère... après sa mort ?

— Je me suis débrouillé, dit-il brièvement. Mangez votre glace.

Elle obéit.

— Il y a des choses qui ont changé, dit-elle au bout d'un moment. M Spencer est mort. Vous vous souvenez de lui ?

— Bien sûr. Tous les jeudis soir, tante Cindy allait faire ses courses chez Crossen et elle m'envoyait ici prendre une *root beer*. Ça se tirait au tonneau à ce moment-là, c'était pas trafiqué. Elle me donnait une pièce de cinq cents enveloppée dans un mouchoir.

— C'était dix cents quand j'ai commencé à en boire. Vous vous rappelez ce qu'il disait toujours ?

Ben se courba en deux, tordit ses doigts comme sous l'effet de rhumatismes déformants et prit la bouche de travers d'un hémiplégique.

— Ta vessie, chuchota-t-il. Tu vas te ruiner la vessie à boire ça, mon petit.

Le rire de Susan fusa et alla rejoindre les pales du ventilateur qui tournait doucement au-dessus de leurs têtes. Miss Coogan leva les yeux d'un air soupçonneux.

— C'est exactement ça ! sauf qu'il m'appelait toujours ma jolie.

Ils se regardèrent, ravis.

— Dites, vous n'aimeriez pas aller au cinéma ce soir ? demanda-t-il

— Si, j'adorerais.

— Quelle est la salle la plus proche ?

Elle éclata de rire.

— Aucun doute là-dessus, c'est le Cinex de Portland. Celui dont le hall d'entrée est orné des peintures immortelles de Susan Norton.

— Qu'est-ce qu'il y a sinon ? Qu'est ce que vous aimez comme films ?

— Les films à suspense avec poursuites en voiture.

— D'accord pour ça. Vous vous rappelez le Nordica ? Juste au milieu de la ville.

— Bien sûr. Il a fermé en 1968. On y allait à deux filles, deux garçons quand j'étais au collège. On lançait des boîtes de pop-corn sur l'écran quand le film était mauvais.

Elle se remit à rire.

— C'était presque toujours le cas !

— Ils passaient toujours ces vieux navets à épisodes, dit-il.

Rocket Man, Le retour de Rocket Man, Crash Callahan et le Dieu de la Mort Vaudou.

— C'était plus ça, de mon temps.

— Qu'est-ce qui est arrivé à ce malheureux cinoche ?

— C'est l'agence immobilière de Larry Crockett maintenant, dit-elle. Le drive-in de Cumberland l'a tué, je crois. Ça et la télé.

Ils restèrent silencieux pendant un moment, perdus dans leurs souvenirs. L'horloge de la salle d'attente marquait 10 h 45.

Ils dirent en chœur :

— Dites, vous vous souvenez...

Ils se regardèrent et furent pris de fou rire. Cette fois, miss Coogan leur décocha à tous les deux un regard désapprobateur. Et même M. Labree jeta un coup d'œil vers eux par-dessus son comptoir.

Ils parlèrent encore pendant un quart d'heure, puis Susan déclara à regret qu'elle avait un certain nombre de choses à faire, mais qu'elle serait prête à sept heures et demie. Et ils partirent chacun de leur côté, s'émerveillant de ce que le hasard eût fait se rencontrer leurs deux vies avec cette évidence et cette simplicité.

Ben descendit à grands pas Jointner Avenue et s'arrêta au coin de Brock Street pour jeter un regard en passant sur Marsten House. Il se souvint que le grand incendie de forêt de 1951 était presque arrivé jusqu'à la maison quand le vent avait tourné.

Il pensa : « Peut-être qu'elle aurait dû brûler. Peut-être que ça aurait mieux valu. »

3

Nolly Gardener sortit de la gendarmerie et s'assit sur les marches à côté de Parkins Gillespie juste à temps pour voir Ben et Susan entrer ensemble chez Spencer. Parkins fumait une Pall Mall et curait ses ongles jaunis par le tabac avec un nouveau couteau de poche.

— C'est l'écrivain, s'pas ? demanda Nolly.

— Ouais.

— C'était bien Susan Norton qu'était avec lui ?

— Ouais.

— V'là qu'est intéressant, dit Nolly tout en ajustant son ceinturon.

Son étoile d'adjoint brillait sur sa poitrine, symbole de son importance. Il se l'était procurée par l'intermédiaire d'une revue policière, car la ville ne pourvoyait pas ses constables adjoints en insignes. Parkins en avait une, mais il la gardait dans son portefeuille, chose que Nolly n'avait jamais pu comprendre. Bien sûr, tout le monde à Salem savait que c'était lui le constable principal, mais la tradition, ça existe. La responsabilité, ça existe. Quand on représente la loi, il faut y penser. Nolly, lui, y pensait souvent, bien qu'il ne fût qu'un adjoint à mi-temps.

Le canif de Parkins glissa et lui entailla la cuticule du pouce.

— Merde, dit-il doucement.

— Tu crois que c'est vraiment un écrivain, Park?

— Pas de doute là-dessus. Il y a trois livres de lui à la bibliothèque.

— Des histoires vraies ou des romans?

— Des romans.

Parkins posa son couteau et soupira.

— Floyd Tibbits va pas apprécier qu'un gars sorte avec sa nana.

— Ils sont pas mariés, dit Parkins. Et elle a passé dix-huit ans.

— Floyd va pas aimer ça.

— Floyd peut chier dans son chapeau s'il veut, je m'en fous complètement, dit Parkins.

Il écrasa sa cigarette sur la marche, prit une boîte de pastilles dans sa poche, mit le mégot dedans et remit la boîte dans sa poche.

— Où est-ce qu'il habite, cet écrivain?

— Chez Eva, dit Parkins. (Il examina avec attention sa cuticule tailladée.) Je l'ai vu regarder Marsten House l'autre jour. Il avait un drôle d'air.

— Drôle, qu'est-ce que tu veux dire?

— Drôle, c'est tout.

Parkins sortit son paquet de cigarettes. Il se sentait bien dans ce bon soleil.

— Il est allé voir Larry Crockett. Il voulait louer la maison.

— *Marsten House?*

— Ouais.

— Il est dingue, ou quoi?

— Je ne sais pas.

Parkins balaya de la main une mouche qui s'était posée sur son pantalon, au niveau du genou gauche, et la regarda s'éloigner en bourdonnant dans la chaude lumière du matin.

— Ce vieux Larry Crockett, il n'a pas chômé ces derniers temps. J'ai entendu dire qu'il avait vendu la laverie. En fait, je crois qu'il l'a vendue il y a un moment.

— Quoi, la vieille blanchisserie?

— Ouais.

— Qui est-ce qui peut bien vouloir installer quelque chose là-dedans ?

— J'en sais rien.

— Bon. (Nolly se leva et remit encore une fois en place son ceinturon.) Je crois que je vais faire un tour en ville.

— C'est ça, dit Parkins.

Et il alluma une autre cigarette.

— Tu veux venir ?

— Non. Je crois que je vais rester assis là encore un petit moment.

— D'accord. A tout à l'heure.

Nolly descendit les marches en se demandant, pour la centième fois, si Parkins se déciderait un jour à se retirer pour que lui, Nolly, puisse occuper sa place. Au nom du ciel, comment peut-on lutter contre le crime en restant tranquillement assis sur les marches d'un poste de police ?

Parkins le regarda partir avec un certain soulagement. Nolly était un brave garçon, mais comme il était fatigant ! Il reprit son couteau de poche, l'ouvrit et recommença à prendre soin de ses ongles.

4

Jerusalem's Lot devait son nom à des circonstances plutôt prosaïques. L'un des premiers fermiers à s'installer dans le coin avait été un grand escogriffe du nom de Charles Belknap Tanner. Il élevait des cochons. L'une des gloires de son élevage était une truie qui s'appelait Jerusalem. Un jour, à l'heure de la soupe, Jerusalem enfonça la porte de la porcherie, s'échappa dans les bois et tourna à l'état sauvage. Et depuis ce temps-là, année après année, Tanner dissuadait les gamins de pénétrer sur ses terres en se penchant au-dessus de sa barrière et en criant d'une voix caverneuse :

— Foutez pas les pieds dans les parages de Jerusalem, si vous voulez pas vous faire étriper.

La phrase devint légendaire et le nom resta à la ville. Cela ne prouve pas grand-chose, si ce n'est peut-être qu'en Amérique même un porc a des chances de parvenir à l'immortalité.

5

Ann Norton était en train de repasser quand sa fille fit irruption dans la maison avec un sac plein de provisions, mit sous le nez de sa mère un livre au dos duquel on pouvait voir la photo d'un jeune homme à la figure mince et se mit à parler à toute vitesse.

— Doucement, doucement, dit Ann. Arrête la télévision et viens me raconter.

Susan ferma son clapet à Peter Marshall qui déversait des milliers de dollars sur les concurrents du «Jeu des Grandes Années d'Hollywood» et raconta à sa mère sa rencontre avec Ben Mears. Mrs. Norton se força à hocher la tête avec sympathie et compréhension pendant le déroulement du récit, malgré les clignotants jaunes qui s'étaient allumés comme toujours quand Susan parlait pour la première fois d'un garçon... ou plutôt d'un homme, car il s'agissait de ça maintenant, pensa-t-elle, bien qu'elle eût peine à croire que sa Susie fût assez grande pour s'intéresser à des hommes. Les clignotants jaunes avaient ce jour-là une intensité particulière.

— C'est assez excitant en effet, dit-elle en mettant une chemise de son mari sur la table à repasser.

— Il a été très gentil, dit Susan. Très simple.

— Aïe, mes pieds, dit Mrs. Norton.

Le fer, quand elle le posa sur son socle, laissa échapper des sifflements sinistres. Elle s'installa confortablement dans le fauteuil à bascule près de la fenêtre, prit une Parliament dans le paquet posé sur la table à café et l'alluma.

— Es-tu certaine qu'il est bien élevé, Susie ?

Susan sourit, un peu sur la défensive.

— Mais oui, j'en suis sûre, il ressemble à... oh ! je ne sais pas, un professeur, quelque chose comme ça.

— On dit que le Dynamiteur ressemblait à un jardinier, dit Mrs. Norton pensivement.

— Laissons chier les éléphants, dit Susan gaiement.

C'était le genre de réflexion qui ne manquait jamais d'irriter sa mère.

— Montre-moi le livre.

Et Mrs. Norton tendit la main.

Susan le lui donna, en se rappelant tout d'un coup la scène de sodomisation forcée dans la maison pénitentiaire.

— *Un air de danse,* dit Ann Norton en prenant une expression méditative.

Puis elle commença à feuilleter le livre. Susan attendit, résignée. Sa mère ne pouvait manquer de tomber sur la scène. C'était toujours comme ça.

Les fenêtres étaient ouvertes et une brise paresseuse faisait voleter les rideaux jaunes de la cuisine... que Mrs. Norton s'obstinait à appeler l'office, comme dans la bonne société. C'était une charmante maison en brique, bien construite, un peu difficile à chauffer en hiver, mais fraîche comme une grotte en été. Elle était située sur une petite colline, à l'extrémité de Brock Street, et, de la baie près de laquelle Mrs. Norton était assise, on pouvait voir toute la ville en enfilade. C'était une jolie vue. Elle pouvait même devenir spectaculaire en hiver avec ses perspectives de neige vierge et ses maisons que la distance faisait paraître toutes petites et qui jetaient des ombres obliques sur les champs immaculés.

— Il me semble que j'ai lu une critique de ce livre dans le journal de Portland. Elle n'était pas très bonne.

— J'aime ce livre, dit Susan avec fermeté. Et j'ai de la sympathie pour Ben Mears.

— Peut-être que Floyd en aurait aussi, dit Mrs. Norton l'air de ne pas y toucher. Tu devrais les présenter l'un à l'autre.

Susan sentit sa colère bouillonner et elle en fut stupéfaite. Elle pensait que sa mère et elle avaient essuyé les derniers orages de l'adolescence et même les tempêtes d'arrière-garde, mais voilà que ça recommençait. Et il leur fallait reprendre, comme on reprend un tricot commencé, la vieille querelle opposant l'affirmation par Susan de son identité à l'expérience et aux préjugés de sa mère.

— On a déjà discuté à propos de Floyd, maman. Tu sais bien qu'il n'y a rien de bien déterminé entre nous.

— Le journal disait qu'il y avait quelques scènes plus qu'osées. Des hommes s'accouplant avec d'autres hommes.

— Oh! maman, pour l'amour du ciel!

Elle prit une cigarette dans le paquet de sa mère.

— Pas besoin de mêler le ciel à ça, continua imperturbablement Mrs. Norton.

Elle rendit le livre à Susan et secoua la cendre de sa cigarette au-dessus d'un cendrier en céramique qui avait la forme d'un poisson. C'était une de ses amies de l'Aide féminine et sociale qui le lui avait donné et il avait toujours agacé Susan sans qu'elle pût préciser pourquoi. Il y avait quelque chose d'obscène à laisser tomber la cendre de sa cigarette sur la bouche d'une perche.

— Je vais ranger les provisions, dit Susan en se levant.

Mrs. Norton dit d'un ton calme :

— Je voulais simplement dire que si tu dois épouser Floyd Tibbits...

Cette fois la colère de Susan éclata avec la violence d'autrefois :

— *Bon Dieu*, mais qui est-ce qui t'a mis cette idée dans le crâne ? Est-ce que je t'ai jamais dit ça ?
— Je pensais...
— Tu n'avais pas à penser, dit Susan péremptoirement et avec un peu de mauvaise foi.

Ses sentiments pour Floyd s'étaient progressivement refroidis depuis quelque temps.

— Je pensais que quand on sort avec le même garçon pendant un an et demi, continua Mrs. Norton avec une douceur implacable, c'est qu'on a passé le stade du baiser sur la joue.
— Floyd et moi sommes plus que des amis, reconnut calmement Susan.

Que sa mère tire de *ça* ce qu'elle voudrait. Dans l'air, suspendus entre elles, il y avait toutes les choses non dites, tous les mots non prononcés : *As-tu fait l'amour avec Floyd ? — Ça ne te regarde pas. — Qu'est-ce que tu éprouves pour Ben Mears ? — Ça ne te regarde pas. — Est-ce que tu vas tomber amoureuse de lui et faire des bêtises ? — Ça ne te regarde pas. — Je t'aime, Susie. Ton papa et moi, nous t'aimons.*

A ça pas de réponse. Et pas de réponse. Et pas de réponse. C'est pour ça qu'il fallait absolument partir à New York... ou n'importe où. On finissait toujours par s'emplâtrer sur la barrière de leur amour inexprimé, comme le fou qui se tape la tête contre les murs matelassés du cabanon. La sincérité et la force de leur affection empêchaient toute discussion de se poursuivre et ôtaient tout son sens à ce qui venait d'être dit.

— Bon, dit doucement Mrs. Norton.

Elle écrasa sa cigarette sur la bouche de la perche et laissa tomber son mégot dans le ventre du poisson.

— Je monte, dit Susan.
— Très bien. Est-ce que tu pourras me passer le livre quand tu l'auras fini ?
— Si tu veux.
— J'aimerais bien faire sa connaissance.

Susan haussa les épaules d'un air exaspéré.

— Est-ce que tu vas rentrer tard ce soir ?
— Je ne sais pas.
— Qu'est-ce que je dirai à Floyd Tibbits s'il appelle ?

La colère de Susan se réveilla.

— Tu lui diras ce que tu voudras. De toute façon, c'est ce que tu feras.
— Susan !

Elle monta sans se retourner

Mrs. Norton resta où elle était, regardant la ville à travers la vitre sans la voir. Elle entendit au-dessus de sa tête les pas de Susan et le claquement du chevalet qu'on ouvre.

Elle se leva et reprit son repassage. Lorsqu'elle estima Susan complètement absorbée par son travail (elle laissa seulement cette pensée effleurer sa conscience, pas plus), elle se dirigea vers le téléphone de l'« office » et appela Mabel Werts. Dans la cour de la conversation, elle mentionna en passant que Susie lui avait dit qu'ils avaient parmi eux un écrivain connu. Mabel eut un reniflement de mépris et lui dit qu'elle parlait sans doute de cet homme qui avait écrit *La Fille de Conway*. Mrs. Norton dit que oui et Mabel dit que ce n'était pas de la littérature, mais de la pornographie pure et simple. Mrs. Norton demanda s'il s'était installé dans un motel ou...

Non, il s'était installé en ville, chez Eva, la seule pension de famille de Salem. Mrs. Norton se sentit soulagée. Eva Miller était une veuve convenable qui ne tolérait pas la moindre entorse à la morale. En ce qui concernait la venue de la gent féminine dans les chambres, sa position était simple et catégorique. S'il s'agissait d'une mère ou d'une sœur, d'accord. Dans tout autre cas, pas plus loin que la cuisine. La règle ne souffrait pas de dérogations.

Mrs. Norton raccrocha un quart d'heure plus tard, après avoir camouflé astucieusement le but premier de son coup de téléphone sous des considérations diverses. « Susan, pensa-t-elle en retournant vers sa planche à repasser. Oh! Susan, je veux seulement ce qu'il y a de mieux pour toi. Est-ce que tu peux comprendre ça ? »

6

Ils rentraient de Portland par la 295. Il n'était guère plus de onze heures — pas tard du tout. La vitesse limite sur la voie express au sortir des faubourgs de Portland était de quatre-vingts kilomètres à l'heure et il conduisait bien. Les phares de la Citroën fendaient en douceur l'obscurité.

Ils avaient tous les deux aimé le film, mais en gardant une certaine réserve, comme on fait lorsqu'on assiste à un spectacle avec quelqu'un qu'on ne connaît pas bien encore. Susan, repensant à la question de sa mère, dit :

— Où est-ce que vous vous êtes installé ? Est-ce que vous louez une chambre ?

— J'ai pris une petite piaule au troisième étage de chez Eva, sur Railroad Street.

— Mais c'est atroce ! Vous devez crever de chaud là-haut.
— J'aime la chaleur, dit Ben. Ça m'aide à travailler. Je me mets torse nu, j'allume la radio et je bois une bonne quantité de bière. Je sors à peu près dix pages par jour, texte revu. Et puis il y a quelques vieux qui ne manquent pas d'intérêt dans cette pension. Et quand, après avoir bien travaillé, je sors prendre un bon bol d'air frais sur le perron... divin.
— Tout de même, dit-elle, pas convaincue.
— J'ai songé à louer Marsten House, dit-il d'un ton légal. J'ai même été jusqu'à me renseigner sur les conditions. Mais elle a été vendue.
— *Marsten House ?* (Elle eut un sourire.) Vous devez vous tromper de nom.
— Absolument pas. Je parle de la maison qui est sur la première colline au nord-ouest de la ville. Sur Brooks Road.
— Vendue ? Qui a bien pu ?
— Je me suis demandé la même chose. On m'a parfois soupçonné d'avoir un petit grain, mais, même moi, je n'ai songé qu'à la louer. L'agent immobilier n'a pas voulu me dire qui. Ça m'a l'air d'être une ténébreuse affaire.
— Peut-être que c'est quelqu'un qui n'est pas d'ici et qui veut en faire une villégiature d'été, dit-elle. Mais il faut être fou. Retaper une maison, c'est une chose — j'adorerais le faire — mais retaper Marsten House, c'est inconcevable. Quand j'étais petite, elle était déjà complètement décrépite. Ben, comment avez-vous pu avoir l'idée de vous y installer ?
— Est-ce que vous y êtes déjà entrée ?
— Non, mais pour tenir un pari j'ai regardé par la fenêtre. Et vous ?
— Oui. J'y suis entré une fois.
— Pas rassurant, n'est-ce pas ?

Ils se turent, pensant à Marsten House. Ce souvenir-là n'avait pas la douceur nostalgique des autres. Le relent de scandale et de violence attaché à la maison lui venait d'un événement antérieur à leurs naissances, mais les petites villes ont la mémoire longue et les horreurs qui ont pu s'y commettre sont religieusement transmises d'une génération à l'autre.

L'histoire d'Hubert Marsten et de sa femme Birdie était pour Salem comme le squelette caché dans un placard. Hubie avait été, vers les années 1920, directeur d'une grande compagnie de transport de la Nouvelle-Angleterre — compagnie qui, disait-on, réalisait la majeure partie de ses bénéfices la nuit, en faisant entrer clandestinement du whisky canadien au Massachusetts.

Sa femme et lui s'étaient retirés à Salem, fortune faite, en

1928, puis avaient perdu une bonne partie de leur magot (personne, pas même Mabel Werts, ne savait exactement combien) dans le krach de 1929.

Pendant les dix années qui séparèrent la chute de la Bourse de l'ascension d'Hitler, Marsten et sa femme vécurent cloîtrés dans leur maison comme des ermites. On ne les voyait que le mercredi après-midi, lorsqu'ils descendaient en ville faire leurs courses. Larry McLeod, le facteur de l'époque, raconta qu'Hubert Marsten recevait quatre quotidiens, plus le *Saturday Evening Post,* le *New York* et une revue licencieuse, *Les soirées de Bunny.* Il recevait aussi une fois par mois un chèque de sa société de transport dont le siège social était à Fall River, Massachusetts. Larry ajouta qu'il pouvait voir que c'était un chèque en pliant l'enveloppe et en regardant par la petite fenêtre.

C'est Larry qui les découvrit, pendant l'été 1939. Les lettres et les revues — il y en avait à peu près pour cinq jours de courrier — étaient entassées dans la boîte aux lettres et il n'était plus possible d'y faire entrer quoi que ce soit. Larry prit le tout et remonta l'allée avec l'idée de la mettre entre la porte grillagée et la porte de bois de l'entrée.

On était au mois d'août, par les grosses chaleurs. Larry s'avançait au milieu d'une herbe luxuriante qui lui arrivait aux mollets. Un chèvrefeuille en pleine vigueur courait sur le treillis qui recouvrait la face ouest de la maison et de grosses abeilles bourdonnaient avec indolence autour de ses fleurs blanches et parfumées. La maison avait encore de l'allure à cette époque-là, malgré l'herbe haute, et tout le monde s'accordait à dire qu'avant de devenir marteau Hubie avait construit la plus belle demeure de Salem.

A mi-chemin de la maison — à ce moment précis, la dame qui racontait l'histoire aux nouvelles venues de l'Aide féminine et sociale prenait toujours une voix haletante — Larry commença à sentir une odeur infecte, comme de viande pourrie. Il frappa à la porte d'entrée et n'obtint pas de réponse. Il regarda par les fentes de la porte, mais l'obscurité était totale et il ne put rien distinguer. Heureusement pour lui, il ne tenta pas d'entrer par le devant, mais fit le tour de la maison. Derrière, l'odeur était plus effroyable encore. Larry tourna le bouton de la porte, elle n'était pas fermée à clef, et il se retrouva dans la cuisine. Birdie Marsten était écroulée dans un coin, les jambes écartées, les pieds nus. Une décharge de fusil de chasse, certainement tirée à bout portant, lui avait fait éclater le crâne.

(«Des mouches», disait immanquablement Audrey Hersey, qui détaillait l'histoire avec un calme souverain. «Elles bourdonnaient de tous les côtés, se posaient... vous savez où, et reprenaient ensuite leur vol. Des mouches. »)

Larry McLeod tourna les talons et fila jusqu'à la ville. Il alla chercher Norris Varney, le constable de l'époque, et trois ou quatre des habitués du magasin Crossen — c'était encore le père de Milt qui le gérait à ce moment-là. Le frère aîné d'Audrey, Jackson, fut de l'expédition. Ils montèrent jusqu'à la maison avec la Chevrolet de Norris et la camionnette des Postes de Larry.

Personne de la ville n'était jamais entré à Marsten House et ce fut une stupéfaction générale. Lorsque l'émotion soulevée par l'affaire fut un peu retombée, *Le Télégramme de Portland* publia un grand article là-dessus. Cette maison était remplie d'un incroyable amoncellement d'objets hétéroclites et hors d'usage ; d'étroits passages serpentaient au milieu de piles de journaux jaunis et de livres rongés par les rats. Les œuvres complètes de Dickens, de Scott et de Mariatt étaient entassées dans un coin et disparaissaient sous la poussière. Elles avaient été immédiatement retenues pour la Bibliothèque publique de Jerusalem's Lot par la bibliothécaire ayant précédé Loretta Starcher et s'y trouvaient toujours.

Jackson Hersey ramassa un *Saturday Evening Post*, commença à le feuilleter et y fit une trouvaille. Un billet d'un dollar avait été soigneusement agrafé à chaque page.

C'est Norris Varney qui découvrit à quel point Larry avait été bien inspiré de passer par la porte de derrière. L'arme du crime était attachée à une chaise, le canon dirigé vers la porte d'entrée, à hauteur de poitrine. Le fusil était armé et une cordelette nouée à la gâchette le reliait au bouton de la porte.

(« Le fusil était chargé, ajoutait Audrey à ce point du récit. Une secousse, et Larry McLeod était expédié directement au ciel. »)

Il y avait d'autres pièges, moins dangereux. C'était miracle si personne n'avait été assommé par le paquet de journaux pesant bien quarante livres posé en équilibre sur la porte de la salle à manger, ou ne s'était brisé la cheville en butant, dans l'escalier menant au premier, sur une contremarche que l'on avait fait pivoter. Il fut bientôt clair pour tout le monde qu'Hubie n'était pas seulement faible d'esprit, mais qu'il était fou à lier.

Ils le trouvèrent dans la chambre à coucher, au bout du vestibule du premier, pendu à une poutre.

(Susan et ses amies prenaient plaisir dans leur enfance à se faire frémir avec les détails qu'elles avaient glanés auprès de leurs aînées ; il y avait, chez Amy Rawcliffe, une salle de jeux dans une cabane en rondins au fond de la cour, et elles s'enfermaient dans le noir pour parler de Marsten House, qui avait pris officiellement ce nom avant même qu'Hitler eût envahi la Pologne, en enjolivant les récits qu'elles tenaient des grandes de mille fioritures, plus terrifiantes les unes que les autres. Même maintenant, dix-huit ans plus tard, Susan se rendait compte que la simple évocation de Marsten House agissait sur elle comme un charme maléfique, et elle se retrouvait petite fille, toute tremblante, tenant les mains de ses amies et écoutant la voix claire d'Amy qui disait d'un ton pénétré : « Sa figure était tout enflée, sa langue était devenue noire et elle lui était sortie de la bouche, et il y avait des mouches qui couraient dessus. J'ai entendu ma maman le raconter à Mrs. Werts. »)

— ... sinistre.

— Quoi ? Excusez-moi.

Elle eut une espèce de sursaut en se retrouvant dans le moment présent. Ben quittait l'autoroute et s'engageait sur la rampe de sortie en direction de Salem.

— J'ai dit : c'était un endroit sinistre.

— Racontez-moi comment ça s'est passé quand vous y êtes entré.

Il eut un petit rire sans gaieté. Sous le faisceau bien réglé des phares, la petite route à deux voies filait tout droit entre deux rangées de pins et de sapins. Il n'y avait pas d'autres voitures.

— Ça a commencé comme une histoire de gosses. Peut-être que ça n'a jamais été autre chose. Rappelez-vous, c'était en 1951 et il fallait bien que les gamins trouvent quelque chose pour se distraire puisqu'on n'avait pas encore inventé le truc de la colle qu'on respire dans des sacs en papier. Je jouais beaucoup avec les enfants du Bend. La plupart d'entre eux ne doivent plus être ici maintenant. Est-ce qu'on appelle encore le quartier sud de la ville le Bend ?

— Oui.

— Je faisais tout un tas de conneries avec Davie Barclay, Charles James — qu'on appelait Sonny — Harold Rauberson, Floyd Tibbits.

— Floyd ? dit-elle, stupéfaite.

— Oui, vous le connaissez ?

— Je suis sortie avec lui, dit-elle.

Et, craignant que sa voix n'ait pas eu un ton tout à fait naturel, elle enchaîna :

— Sonny James est encore ici. C'est lui qui tient le garage de Jointner Avenue. Harold Rauberson est mort. D'une leucémie.

— Ils étaient tous plus vieux que moi d'un an ou deux. Ils avaient formé une société secrète. Très fermée. Pour devenir un

Pirate Sanglant, il fallait avoir à son actif trois actions d'éclat.

Ben essayait de prendre un ton léger, mais il ne pouvait empêcher sa voix de vibrer.

— J'étais obstiné. Je désirais une chose au monde, être un Pirate Sanglant, il fallait que j'y arrive et au plus tard cet été-là. Ils cédèrent finalement et me dirent que je serais des leurs si je me soumettais à l'initiation. On monta tous jusqu'à Marsten House et c'est Davie qui décida de l'épreuve. Je devais entrer dans la maison et en ressortir avec un objet qui serait mon butin.

Il eut un petit rire, mais sa bouche était devenue sèche.

— Comment ça s'est passé ?

— Je suis entré par une fenêtre. Douze ans avaient passé depuis le drame, mais la maison était encore un capharnaüm. Les journaux n'étaient plus là, on avait dû venir les prendre pendant la guerre, sinon tout était resté. Il y avait une table dans la pièce du devant avec, dessus, une de ces petites boules de verre — vous voyez ce que je veux dire ? Il y a une petite maison dedans et, quand on secoue la boule, la neige tombe. Je l'ai mise dans ma poche, mais je ne suis pas reparti tout de suite. Je voulais vraiment faire mes preuves. Alors je suis monté jusqu'à la chambre où il s'était pendu.

— Oh ! mon Dieu ! dit-elle.

— Vous voulez bien me prendre mon paquet de cigarettes dans la boîte à gants ? J'essaie de plus fumer, mais j'ai vraiment besoin d'en griller une pour vous raconter ça.

Elle lui en tendit une et il l'appuya sur l'allume-cigare.

— La maison empestait. Vous ne pouvez pas vous imaginer à quel point. Une odeur de moisissure, de pourriture et de beurre rance. L'odeur aussi de toutes les bêtes — rats ou marmottes, je ne sais pas — qui avaient fait leurs trous dans les murs ou avaient hiberné dans la cave. Une odeur moite et... jaune. J'ai grimpé l'escalier en tremblant. Je n'avais que neuf ans à l'époque et je crevais de frousse. La maison craquait. C'était comme si elle se tassait autour de moi. J'entendais des galopades dans les murs et j'étais presque sûr que quelqu'un marchait derrière moi. Je ne voulais pas me retourner de peur de voir Hubie Marsten s'avancer à pas traînants, sa corde à la main et la figure toute noire.

Ben s'était mis à serrer très fort le volant. Sa voix avait perdu toute légèreté. L'intensité avec laquelle il vivait ce souvenir effraya un peu Susan. Le visage de Ben, éclairé par le tableau de bord, était creusé comme celui de quelqu'un qui traverse un pays détesté qu'il ne se résout pas à quitter.

— Arrivé en haut des marches, j'ai rassemblé tout mon courage et j'ai traversé en courant le vestibule. Mon idée était de me précipiter dans la chambre, d'y attraper quelque chose et ensuite de filer à toutes jambes. La porte au bout du vestibule était fermée. Je la voyais de plus en plus proche, je voyais que les gonds s'étaient affaissés et qu'elle reposait sur le chambranle. Je voyais le bouton de porte en cuivre un peu terni par le frottement des mains. Quand je l'ai tourné et que j'ai tiré la porte, elle a gémi comme une femme en couches. Si j'avais été dans mon état habituel, je crois que j'aurais tourné les talons et que j'aurais pris mes jambes à mon cou pour sortir de là. Mais ce jour-là j'étais gonflé à bloc, j'ai attrapé le bouton à deux mains et je l'ai tiré de toutes mes forces. La porte s'est ouverte. Et Hubie était là, pendu à une poutre, son corps éclairé par le jour qui venait de la fenêtre.

— Oh! Ben, ne me..., dit-elle nerveusement.

— Non, je vous dis la chose comme elle était, insista-t-il. Ou tout au moins comme je l'ai vue à l'âge de neuf ans et comme je m'en souviens, vingt-quatre ans après. Hubie était là, pendu, et sa figure n'était pas noire. Elle était verte. Les yeux étaient fermés et sortis des orbites. Les mains étaient livides..., spectrales. Et, tout d'un coup, il a ouvert les yeux.

Ben tira une longue bouffée de sa cigarette, baissa la vitre et jeta le mégot dans la nuit noire.

— J'ai poussé un cri qu'on a dû entendre à trois kilomètres à la ronde. Et puis je suis parti en courant. J'ai dévalé la moitié des marches, je me suis relevé, j'ai passé la porte d'entrée comme une bombe et j'ai descendu le chemin à toutes jambes. Les gosses m'attendaient à quelques centaines de mètres de la maison. C'est en les rejoignant que j'ai remarqué que j'avais toujours dans la main le presse-papier de verre. Ce presse-papiers, je l'ai toujours.

— Vous ne pensez pas vraiment avoir vu Hubert Marsten, n'est-ce pas, Ben?

Elle ressentait un certain soulagement à apercevoir au bout de la route des lumières jaunes et clignotantes de la ville.

Après un long silence, il répondit :

— Je ne sais pas.

Il le dit à regret, avec difficulté. Il eût visiblement préféré dire non et qu'on n'en parlât plus.

— Il est probable que tout ça m'avait tellement travaillé que j'ai eu une hallucination. D'autre part, il y a peut-être quelque chose de vrai dans l'idée que les maisons absorbent en quelque sorte les émotions qui y sont vécues et les détiennent comme... une charge, un potentiel qui ne s'activerait que sous l'intervention d'un catalyseur qui pourrait être, par exemple, un enfant imaginatif. Je ne veux pas parler de fantômes. Je veux parler d'une sorte de télévision psychique à trois dimensions. Ça pourrait même donner quelque chose de vivant. Ce serait plutôt comme une sorte de monstre, si vous voulez.

Elle prit une des cigarettes de Ben et l'alluma.

— Ce que je peux dire, c'est que j'ai dormi avec la lumière dans ma chambre pendant des semaines depuis ce jour là que j'ai rêvé je ne sais combien de fois que j'ouvrais cette porte. Chaque fois que je suis un peu tendu, le rêve revient.

— C'est terrible.

— Non, ce n'est pas terrible, dit-il. Pas tellement en tout cas. Nous avons tous nos mauvais rêves.

Ils étaient arrivés sur Jointner Avenue et il désigna du doigt les maisons endormies et silencieuses qui la bordaient.

— Quelquefois je me demande comment les murs de ces maisons n'explosent pas sous la pression des choses atroces qui arrivent dans les rêves. (Il fit une pause.) Voulez-vous venir vous asseoir un moment sous la véranda de chez Eva ? Je ne peux pas vous dire d'entrer — vous connaissez les règles de la maison — mais j'ai mis quelque Coca-cola à rafraîchir et j'ai un peu de rhum dans ma chambre, ça nous fera dormir cette nuit.

— Oui, volontiers.

Ben obliqua sur Railroad Street, coupa les phares et pénétra dans le petit parking de la pension de famille. La véranda, derrière la maison, était peinte en blanc avec des filets rouges, et trois fauteuils à bascule en osier étaient alignés face à la Royal River. La vue ce soir-là était féérique. De l'autre côté de l'eau, un groupe d'arbres se détachait sur une lune déjà presque pleine, une lune de fin d'été qui transformait la rivière en un chemin d'argent. Un silence absolu régnait sur la ville et Susan percevait le léger clapotis de l'eau s'écoulant dans les canaux de décharge de l'écluse.

— Installez-vous. Je reviens.

Il entra dans la maison en veillant à ce que la porte grillagée retombe derrière lui sans faire de bruit et Susan s'assit dans un des fauteuils.

Elle l'aimait bien en dépit de son étrangeté. Si elle croyait à l'irruption soudaine du désir (ce qu'on désigne habituellement par des euphémismes, béguin ou coup de cœur), elle ne croyait pas au coup de foudre. Et pourtant elle savait qu'il ne se serait pas livré comme il l'avait fait ce soir-là à quelqu'un qui lui aurait été indifférent. Ce n'était pas son genre. Il était mince, presque maigre, pâle, avec une masse de cheveux noirs qu'on aurait dits coiffés avec les doigts plutôt qu'avec un peigne. Son air d'intellectuel, son regard sombre et tourné vers l'intérieur, tout en lui indiquait la réserve.

Et ce qu'il venait de lui raconter...

Ni *La Fille de Conway,* ni *Un air de danse* ne laissait présager une tournure d'esprit aussi morbide. Le premier racontait l'histoire d'une fille de pasteur qui s'enfuyait de chez elle, devenait hippy et partait en stop pour une longue errance à travers le pays. Le second relatait les efforts d'un forçat évadé du nom de Frank Buzzey pour se faire une nouvelle vie en s'installant comme mécanicien automobile dans un autre État et ceux de la police pour lui remettre la main au collet. Ces deux romans étaient pleins de vitalité et d'optimisme et l'ombre d'Hubie Marsten au bout de sa corde, reflétée dans les yeux d'un enfant de neuf ans, ne semblait pas les avoir obscurcis le moins du monde.

Comme entraîné irrésistiblement par cette pensée, le regard de Susan se détacha de la rivière pour se diriger vers la gauche de la véranda, là où le ciel étoilé disparaissait derrière la colline surplombant la ville.

— Voilà, dit-il. J'espère qu'ils sont bien frais.
— Regardez Marsten House, dit-elle.

Il regarda. Il y avait une lumière là-haut.

7

Ils avaient terminé leurs verres. Il était minuit passé et la lune était presque hors de vue. Ils venaient de parler de choses et d'autres quand, après un silence, elle dit :

— Je vous aime beaucoup, Ben. Beaucoup.
— Moi aussi. Et ça m'étonne... Non, je ne devrais pas dire ça comme ça. Vous vous souvenez de cette phrase que j'ai lancée pour plaisanter dans le parc ? Le hasard semble avoir fait presque trop bien les choses.
— J'aimerais bien qu'on continue à se voir, si vous en avez envie vous aussi.
— J'en ai envie.
— Mais n'allez pas trop vite. Souvenez-vous que je sors de ma province.

Il sourit.

— On se croirait dans un film. Dans un bon film. Est-ce que maintenant il est prévu que je dois vous embrasser ?
— Oui, dit-elle avec sérieux. Je pense que c'est ce qui vient ensuite.

Le fauteuil de Ben était tout contre celui de Susan. Il continua à se balancer, se pencha vers elle et pressa sa bouche contre la sienne, sans essayer d'y enfoncer sa langue et sans faire le moindre geste pour la caresser. Ses lèvres étaient fermes ; Susan sentit la pression de ses dents et, en même temps, très légèrement, comme un parfum et une saveur mêlés de tabac et de rhum.

Elle se mit aussi à se balancer et leur baiser en prit une dimension nouvelle. Tantôt léger et tantôt appuyé, tantôt très doux et tantôt très fort. Elle pensa : « Il est en train de me goûter et de m'éprouver à la fois. » Cette pensée éveilla en elle une secrète excitation et elle détacha ses lèvres des siennes. Elle avait à cœur de lui montrer qu'elle savait rester maîtresse d'elle-même.

— Dieu, que c'était bon ! dit-il.

— Est-ce que vous viendriez dîner à la maison demain soir ? demanda-t-elle. Mes parents seraient très heureux de vous connaître, je crois.

Dans la douceur et la joie de ce moment, elle se sentait prête à offrir ce geste de conciliation à sa mère.

— Cuisine familiale ?

— La plus familiale qui soit.

— Je serai ravi. Depuis que je suis ici, je me nourris de surgelés.

— Six heures. On dîne tôt dans nos petits trous de campagne.

— Parfait. Dites-moi, à propos de famille, il serait peut-être temps que je vous ramène chez vous. Venez.

Ils restèrent silencieux pendant une partie du trajet, jusqu'à ce que Susan eût aperçu sur la colline des Norton la lumière clignotante de la lampe que sa mère allumait quand elle sortait.

— Je me demande qui peut bien être là-haut ce soir, dit Susan en regardant Marsten House.

— Le nouveau propriétaire, probablement, dit Ben d'un ton volontaire léger.

— Ça ne ressemble pas à de la lumière électrique, dit-elle d'une voix songeuse. Trop jaune, trop faible. Une lampe à kérosène, peut-être.

— Ils n'ont probablement pas pu se faire mettre encore le courant.

— C'est peut-être ça. Mais comment n'ont-ils pas prévu de le faire mettre avant de s'installer ?

Il ne répondit pas. Ils étaient arrivés devant chez elle.

— Ben, dit-elle tout d'un coup. Est-ce que votre nouveau livre est sur Marsten House ?

Il rit et lui embrassa le bout du nez.

— Il est tard.

Elle lui sourit.

— Je ne veux pas fourrer mon nez dans ce qui ne me regarde pas.

— Vous avez très bien fait de le demander. Je vous le dirai peut-être une autre fois... en plein jour.

— D'accord.

— Bon, vous feriez bien d'y aller, mam'zelle. Six heures demain ?

Elle regarda sa montre.

— Six heures aujourd'hui.

— Bonne nuit, Susan.

— Bonne nuit, Ben.

Elle sortit de la voiture et monta en courant le chemin qui menait à la petite porte latérale, puis elle se retourna pour lui faire un geste d'adieu tandis qu'il s'éloignait. Avant de rentrer, elle ajouta de la crème fraîche sur la commande du laitier. « Avec des pommes de terre au four, ça donnera un peu de classe au dîner », pensa-t-elle.

Elle resta une minute encore à regarder Marsten House, puis regagna sa chambre.

SALEM (1)

1

La ville s'éveille tôt, les tâches quotidiennes n'attendent pas. Le soleil n'est pas encore levé que déjà l'activité commence.

2

Quatre heures du matin.

Les fils Griffen — Hal, dix-huit ans, et Jack, quatorze — et les deux employés de la ferme étaient déjà à l'ouvrage. L'étable était une merveille de propreté et de blancheur. Les deux rangées de stalles étaient séparées par une allée centrale impeccablement tenue avec, en son milieu, l'auge où les vaches venaient boire. Hal pressa sur un bouton et la pompe électrique qui tirait l'eau d'un des deux puits artésiens de la ferme se mit à gronder doucement.

Il jeta un coup d'œil sur Jack par-dessus son épaule. Son frère était visiblement en train de rêver. Avec une lenteur exaspérante, il répartissait à la fourche, dans les quatre premières stalles, du foin tiré d'une énorme balle. Ce tire-au-flanc, toujours fourré dans ses livres ! Le chouchou de son père. Petit con, va !

— Dis donc, hurla Hal. Tu veux te grouiller, oui ?

Il ouvrit la porte de la réserve aux machines et sortit la première des trayeuses. Après l'avoir inspectée avec amour, il la roula le long des stalles.

Et dire qu'il fallait encore qu'il retourne à l'école !

Les neuf mois à venir lui apparurent comme un calvaire.

3

Quatre heures trente du matin.

C'était l'heure où le lait de la traite du soir, mis en carton par les Laiteries Slewfoot, retournait à la ville. Finis les grands bidons en fer-blanc d'autrefois, le temps était venu des emballages standardisés et des étiquettes de toutes les couleurs. Le père de Charles Griffen ne pouvait plus vendre son lait lui-même. Les grandes sociétés avaient tué les petites entreprises familiales.

L'employé des Laiteries Slewfoot chargé du quartier ouest de Salem s'appelait Irwin Purinton. Il commençait sa tournée par Brock Street (que les gens de Salem appelaient Brock Road ou encore La Tôle Ondulée), puis il gagnait le centre de la ville pour terminer par Brooks Road.

Win avait eu soixante et un ans au mois d'août et, pour la première fois, l'idée de sa retraite proche lui apparaissait sous des couleurs riantes. Sa femme, une horrible vieille sorcière du nom d'Elsie, était morte à l'automne 1973 (mourir avant lui était la seule chose positive qu'elle eût faite en vingt-sept ans de mariage) et, quand viendrait le moment de se retirer, il prendrait son chien, un bâtard de cocker du nom de Doc, et irait s'installer à Pemaquid Point. Une fois là-bas, il avait bien l'intention de dormir tous les jours jusqu'à neuf heures et de ne jamais plus voir de lever de soleil.

Il s'arrêta devant chez les Norton et remplit son chariot avec leur commande habituelle : du jus d'orange, deux cartons de lait, une douzaine d'œufs. En descendant de la camionnette, il eut un petit élancement dans le genou, mais presque rien. La journée allait être belle.

Arrivé à la porte, il vit qu'une ligne avait été ajoutée à la commande de Mrs. Norton, de l'écriture ronde et régulière de Susan :

Voulez-vous mettre aussi un petit pot de crème fraîche, Win. Merci.

Purinton retourna le chercher en se disant que ça allait être le jour où tout le monde voudrait quelque chose de spécial. De la crème fraîche ! Il en avait mangé une fois et il avait failli vomir.

A l'est, le ciel commençait à s'éclairer et les prés qui s'étendaient jusqu'à la ville semblaient parsemés de gouttes de cristal.

4

Cinq heures quinze du matin.

Il y avait vingt minutes qu'Eva Miller s'était levée et avait enfilé sa robe de chambre fatiguée et ses vieilles pantoufles roses. Elle était maintenant occupée à préparer son petit déjeuner. Quatre œufs brouillés, huit tranches de bacon, un poêlon de petites saucisses. Elle compléterait cet humble repas avec deux toasts beurre et confiture, un grand verre de jus d'orange et deux grands bols de café-crème. C'était une femme imposante, mais pas vraiment grosse ; elle ne deviendrait jamais énorme avec le travail qu'elle fournissait pour tenir en ordre sa pension. Les courbes de son corps avaient quelque chose d'héroïque, de rabelaisien. La regarder s'activer devant son fourneau à huit plaques, c'était comme contempler le mouvement incessant des vagues ou des jeux éternels de vent et du sable.

Elle aimait prendre son petit déjeuner en solitaire, en combinant dans sa tête les tâches de la journée. Il y en avait toute une série. Le mercredi était le jour où elle changeait le linge. Elle avait neuf pensionnaires à présent en comptant le nouveau, Mr. Mears. La maison avait trois étages et dix-sept pièces. Il y avait les planchers à laver, l'escalier à nettoyer, la rampe à cirer et le tapis de la grande salle de séjour à retourner. Elle demanderait à Weasel Craig de l'aider, à moins qu'il ne soit encore en train de cuver la cuite de la veille.

La porte de la cuisine s'ouvrit au moment où elle s'attablait.

— Bonjour, Win. Ça va ?
— Comme ça. Un peu mal dans les genoux.
— Mon pauvre vieux ! Voulez-vous, s'il vous plaît, me donner un carton de lait de plus et quatre bouteilles de limonade.
— A votre service, dit-il, résigné. J'étais sûr que ç'allait être un jour à ça.

Eva ne releva pas la remarque et attaqua ses œufs. Win Purinton trouverait toujours de quoi se plaindre et pourtant Dieu sait qu'il aurait dû s'estimer le plus heureux des hommes depuis que sa mégère d'épouse s'était cassé le cou dans l'escalier de la cave.

A six heures moins le quart, au moment où elle fumait une Chesterfield en buvant son dernier bol de café, le *Press Herald* vint heurter le mur de la maison et alla atterrir dans les rosiers. C'était la troisième fois cette semaine. Le gosse des Kilby battait tous les records. Il ne pouvait probablement pas supporter de livrer des journaux. Bon, elle irait le chercher tout à l'heure. Les fenêtres côté est étaient illuminées par les premiers rayons de soleil du matin. C'était le meilleur moment de la journée, un moment de paix qu'elle ne gâcherait pour rien au monde.

Ses pensionnaires avaient l'usage du fourneau et du réfrigérateur — cela faisait partie de leur pension, avec le changement de linge hebdomadaire — et, dans quelques instants, la paix serait rompue par Grover Verrill et Mickey Sylvester qui avaleraient en vitesse leurs assiettes de céréales avant de rejoindre l'usine textile de Gates Falls où ils travaillaient tous les deux.

Comme si le fait d'y penser les avait mis en route, elle entendit la chasse d'eau du second et le pas lourd de Sylvester dans l'escalier.

Elle se leva avec effort et alla récupérer le journal.

5

Six heures du matin.

Les cris perçants du bébé sortirent brutalement Sandy McDougall de son sommeil du matin et c'est avec des yeux encore troubles qu'elle se souleva de son lit. Son menton heurta la table de nuit et elle poussa un grognement.

Le bébé, en l'entendant, se mit à crier de plus belle.

— Tais-toi, cria-t-elle. J'arrive !

Elle avait dix-sept ans et son mari et elle avaient célébré leur premier anniversaire de mariage en juillet. Elle était enceinte de six mois quand elle avait épousé Royce McDougall et, avec son ventre en pointe, le mariage lui avait semblé être ce que le père Callahan en avait dit, un événement béni. Mais maintenant ce n'était pas autre chose qu'une montagne de caca, ce caca avec lequel Randy, comme elle le constata avec dégoût, venait de barbouiller les murs après s'en être mis plein les mains et les cheveux.

Un biberon à la main, qu'elle n'avait même pas pris la peine de chauffer, elle le regarda d'un air morne.

Il hurlait, à pleins poumons.

— Tais-toi ! s'écria-t-elle brusquement.

Et elle lui lança le biberon en plastique. Atteint à la tête, il retomba en arrière dans son berceau en gémissant et en agitant les bras. Une marque rouge apparut à la naissance des cheveux et elle sentit lui monter à la gorge quelque chose d'atroce qui était à la fois du triomphe, de la pitié et de la haine. Elle le sortit de son berceau sans plus d'attention que s'il avait été un chiffon.

— Tais-toi ! Tais-toi ! Tais-toi !

Incapable de se maîtriser, elle lui donna deux claques et les hurlements de Randy devinrent assourdissants. Il était couché dans son berceau, la bouche grande ouverte, la figure violette.

— Je suis désolée, marmonna-t-elle. Jésus, Marie, Joseph. Je suis désolée. Ça va, Randy ? Attends une toute petite minute, maman va bien te nettoyer.

Quand elle revint avec un chiffon mouillé, les paupières de Randy étaient toutes gonflées et ses yeux comme décolorés. Mais il prit le biberon et, lorsqu'elle lui passa le linge humide sur la figure, il lui sourit de sa bouche sans dents. « Je dirai à Roy qu'il est tombé de la table à langer, pensa-t-elle. Il le croira. Oh ! mon Dieu, pourvu qu'il le croie ! »

6

Six heures quarante-cinq du matin.

Les ouvriers et les petits employés étaient maintenant pour la plupart en route vers leur travail. Mike Ryerson était un des seuls à travailler à Salem même. Dans le recensement annuel de la ville, il figurait comme jardinier, mais en réalité sa fonction consistait uniquement à entretenir les trois cimetières de la ville. En été, c'était presque un travail à temps plein et, même en hiver, ce n'était pas une sinécure, comme semblait le penser cette langue pointue de George Middler, le quincaillier. En effet, Mike employait une partie de son temps à aider l'entrepreneur des pompes funèbres de Salem, Carl Foreman, et on aurait dit que tous les vieux choisissaient l'hiver pour claquer.

Pour l'instant, il se dirigeait vers Burns Road dans sa petite camionnette avec tout son équipement : sécateur, tondeuse électrique pour les haies, supports de drapeaux, pince à levier destinée à relever les pierres tombales renversées, bidon d'essence, tondeuse à gazon.

Ce matin, il tondrait le gazon du cimetière d'Harmony Hill et passerait en revue les murs et les pierres tombales. L'après-midi, il traverserait la ville pour se rendre au cimetière de Schoolyard Hill, là où les professeurs venaient parfois faire des estampages sur les tombes d'une colonie de shakers venus mourir ici il y a bien des années.

Le cimetière était situé au sommet de la colline. Mike avait déjà pris son tournant et s'apprêtait à s'arrêter pour ouvrir le verrou du portail quand... ce qu'il vit lui fit bloquer d'un coup la voiture.

Le corps d'un chien était pendu, la tête en bas, à la grille de fer forgé et la terre au-dessous de lui était toute boueuse de sang.

Mike sortit comme une bombe de sa camionnette et se précipita. Il tira ses gants de travail de ses poches arrière et souleva d'une main la tête du chien. Il y parvint sans difficulté. Le cadavre était tout mou, comme sans os. Il regarda les yeux vitreux et reconnut Doc, le bâtard de cocker de Win Purinton. Le chien avait été pendu à une des piques de la grille, comme on pend une pièce de bœuf à un crochet de boucher, et les mouches, rendues paresseuses par la fraîcheur du matin, allaient et venaient lentement sur son corps.

A force de pousser et de tirer, Mike réussit à décrocher le chien. Il se sentait l'estomac chaviré d'avoir manipulé ce corps mou et entendu les gargouillements de ces chairs flasques. Il était habitué au vandalisme, fréquent dans les cimetières surtout à l'époque d'Halloween, mais Halloween était encore loin et il n'avait jamais rien vu de semblable. Les vandales se contentaient habituellement de renverser quelques pierres tombales, de faire ici et là des graffiti obscènes ou de suspendre à la grille un squelette en papier. Si ce meurtre était l'œuvre d'une bande de gosses, c'était vraiment des petits salauds. Win allait en avoir le cœur brisé.

Il songea à descendre tout de suite en ville avec le corps du chien pour le montrer à Parkins Gillespie et puis il décida que ça n'avancerait pas à grand-chose. Il ramènerait ce pauvre Doc en allant déjeuner — si toutefois il arrivait à avaler quelque chose aujourd'hui.

Il ouvrit la grille et regarda ses gants maculés de sang. Il lui faudrait frotter les barreaux du portail et il n'aurait probablement pas le temps d'aller à Schoolyard Hill cet après-midi. Il entra dans le cimetière avec la voiture et la gara en silence. Il n'avait plus envie de fredonner. La journée avait perdu tout son charme.

7

Neuf heures du matin.

Weasel Craig sortit de son lit en roulant littéralement sur lui-même. Sa chambre était située au second étage et le soleil qui l'inondait lui parut aveuglant. Il avait la tête lourde et eut du mal à la redresser. Cet écrivain de malheur, là-haut, était déjà en train de s'activer sur sa machine. Pire qu'un écureuil. Fallait-il qu'un homme soit sonné pour faire tap-tap-tap comme ça toute la journée, tous les jours !

Il se mit debout péniblement et alla consulter le calendrier accroché dans le cabinet de toilette pour voir si c'était le jour où il touchait sa pension. Non. On était mercredi.

Sa gueule de bois n'était pas aussi terrible qu'elle l'avait été quelquefois. Il était resté chez Dell jusqu'à une heure du matin, l'heure de la fermeture, mais il n'avait que deux dollars et, une fois les deux dollars dépensés, il n'avait pas réussi à taper grand monde. « Je perds mon charme », se dit-il en se passant la main sur la jour.

Il enfila le maillot de corps en thermolactyl qu'il portait été comme hiver, passa son gros pantalon de travail et sortit de son placard son petit déjeuner — une bouteille de bière chaude à boire dans sa chambre et une boîte de céréales, mais il avait promis à la veuve qu'il l'aiderait à retourner le tapis et elle aurait probablement d'autres corvées à lui faire faire.

Ça lui était égal — à peu près égal tout au moins — mais c'était quand même une dégringolade par rapport à l'époque où il avait partagé son lit. Le mari d'Eva Miller était mort en 1959, happé par une machine dans la scierie où il travaillait. Avec l'argent de l'assurance-vie du défunt, Eva avait transformé sa maison en pension de famille et ça avait très bien marché. C'était normal. Elle travaillait comme un cheval. Mais elle devait avoir été habituée à des relations conjugales régulières car, lorsque le chagrin l'avait quittée, ce besoin-là était resté. Dieu, comme elle avait aimé ça !

A cette époque, vers 61 ou 62, on ne l'appelait pas encore Weasel (la belette), on l'appelait Ed et c'était lui qui offrait les verres, pas le contraire. Il avait un bon job chez B. & M. et, une nuit de janvier 1962, c'était arrivé.

C'était venu en partie d'elle et en partie de lui ce premier soir et, après, comme ils étaient étendus sur le lit dans l'obscurité de la chambre, elle avait commencé à pleurer et à lui dire que ce qu'ils avaient fait était mal. Il lui avait dit que c'était bien, au contraire, ne sachant pas si c'était bien ou si c'était mal et ne s'en souciant pas. Et puis le vent d'hiver s'était mis à gémir, la chambre était chaude et rassurante et ils avaient fini par s'endormir gentiment serrés l'un contre l'autre.

Repassant tout ça dans sa tête, Weasel Craig descendit lentement jusque dans la cuisine. Mon Dieu, comme le temps filait ! C'était comme une rivière. Il se demanda si le type là-haut, l'écrivain, le savait, *ça*.

8

Dix heures du matin.

C'était l'heure de la récréation à l'école primaire de Stanley Street, l'école la plus récemment construite de Salem, celle dont la ville tirait sa fierté. Elle avait coûté une fortune au district d'enseignement, qui n'avait d'ailleurs pas encore fini de la payer. C'était un bâtiment bas, tout en glaces, avec quatre grandes salles de classe, aussi resplendissant et aussi moderne que l'école primaire de Brock Street était vieille et noire.

Richie Boddin, qui était considéré comme le caïd de l'école et qui en était fier, s'avança dans la cour d'un pas assuré, cherchant à repérer le nouveau, cette grosse tête qui connaissait toutes les réponses en math. Il importait que tout nouveau sache qui était le maître ici, mais particulièrement celui-là, ce chouchou de professeurs, avec ses lunettes et son air efféminé.

A onze ans, Richie pesait 65 kg. Depuis qu'il était tout petit, il avait entendu sa mère faire admirer à tout le monde comme son Richie était grand et fort. Il était pénétré de sa supériorité. Il lui semblait parfois que le sol tremblait sous ses pas quand il marchait. Quant il serait grand, il fumerait des Camels, comme son père.

Les plus grands avaient une peur panique de lui et les plus petits le regardaient un peu comme un totem. Quand il quitterait l'école primaire, qui le remplacerait ? Il éprouvait une satisfaction intense en pensant à tout cela.

Voilà, il était là, ce type, ce Petrie, attendant d'être choisi pour le « touch football » de la récréation.

— Hé ! dit Richie d'une voix de stentor.

Tout le monde leva la tête, sauf Petrie. Il y eut dans les yeux de tous une expression d'affolement, suivie d'une expression de soulagement quand ils se furent rendu compte que l'œil du maître n'était pas posé sur eux.

— Hé, toi ! Les quat's-yeux !

Mark Petrie se retourna et regarda Richie. Ses lunettes cerclées de métal brillaient sous le soleil du matin. Il était aussi grand que Richie, c'est-à-dire qu'il avait une tête de plus que la plupart des garçons de sa classe, mais il était plus élancé et son visage était celui d'un enfant studieux et pacifique.

— C'est à moi que tu parles ?

— C'est à moi que tu parles ? répéta Richie en prenant une voix de fausset. T'as une voix de pédé, quat's-yeux, tu le savais ?

— Non, je ne le savais pas, dit Mark Petrie.

Richie s'avança d'un pas.

— Je parie que tu la suces, quat's-yeux. Je parie que tu la suces, la bonne carotte poilue.

— Ah ! bon.

Le ton poli de Mark était exaspérant.

— Ouais, on me l'a dit que tu la suçais. Et pas que le jeudi. Non, tous les jours. Tu peux pas t'en passer.

Les gosses avaient commencé à se rassembler pour voir Richie enfoncer le nouveau. Miss Holcomb, qui était responsable de la récréation cette semaine-là, était dans la cour du devant en train de surveiller les petits sur les balançoires.

— Qu'est-ce que tu me veux ? demanda Mark Petrie.

Il regardait Richie comme s'il se trouvait en face d'un spécimen nouveau de scarabée.

— Qu'est-ce que tu me veux ? reprit Richie, toujours d'une voix de fausset. Je ne te veux rien. Simplement j'ai entendu dire que t'étais un beau pédé, c'est tout.

— C'est vrai ? demanda Mark, toujours poli. Eh bien, moi, j'ai entendu dire que tu étais un gros tas de merde, voilà ce que j'ai entendu dire.

Un lourd silence tomba. Les autres garçons restèrent la bouche ouverte, fascinés. Ils n'avaient encore jamais vu quelqu'un signer son arrêt de mort. Richie fut cloué par la surprise et resta, lui aussi, bouche bée.

Mark retira ses lunettes et les tendit à un de ses voisins.

— Tu veux me tenir ça ?

Le garçon les prit sans rien dire et regarda Mark avec de grands yeux.

Richie chargea. Ce fut une charge lourde et lente, sans grâce ni finesse. La terre tremblait sous ses pieds. Il se sentait plein de confiance en lui et tout joyeux de la tâche à accomplir. Il allait le ratatiner, le quat's-yeux. Le premier coup de poing, il le recevrait tout droit dans la gueule et ses dents voleraient comme des touches de piano. Prépare-toi pour le dentiste, pédé. J'arrive.

Il balança son poing droit devant lui, mais, au même instant, Mark fit un pas de côté et plongea en avant. Le poing de Richie passa par-dessus sa tête et Mark n'eut plus qu'à mettre son pied en travers pour que Richie, entraîné par la force de son coup, perde complètement l'équilibre. Richie poussa un grognement de

rage en s'abattant sur le sol. Et la masse des spectateurs fit :
« Aaaah ! »

Mark savait très bien que s'il laissait son adversaire reprendre l'avantage il ne s'en tirerait pas. Il était agile, mais ça ne suffisait pas. Dans un combat de rue, c'eût été le moment de filer, de distancer son poursuivant et de se retourner pour lui faire un bras d'honneur. Mais on était dans une cour d'école et il savait très bien que, s'il n'en finissait pas maintenant, ce type passerait son temps à lui chercher des crosses.

Un cinquième de seconde lui suffit pour mesurer tout ça.

Il sauta sur le dos de Richie Boddin.

Richie poussa un autre grognement. Les spectateurs firent encore une fois « Aaah ». Mark attrapa le bras de Richie en prenant soin de le saisir au-dessus de l'aisselle afin que la sueur ne lui fît pas lâcher prise et le lui tordit derrière le dos. Richie poussa un cri de douleur.

— Dis pardon, lui ordonna Mark.

Richie répondit par un juron.

Mark tira le bras de Richie jusqu'à son omoplate et Richie cria de nouveau. Il était plein d'indignation, de crainte et d'étonnement. Ça ne lui était jamais arrivé encore. Il n'était pas possible que ça soit en train de lui arriver. Pas possible qu'un misérable pédé à lunettes soit assis sur son dos, à lui tordre le bras et à le faire crier de douleur devant ses vassaux.

— Dis pardon, répéta Mark.

Richie se mit sur les genoux. Mark serra les siens de toutes ses forces, comme un cavalier qui monte à cru, et réussit à se maintenir. Ils étaient tous les deux couverts de poussière, mais Richie était nettement le plus défraîchi. Il avait la figure rouge et ruisselante de sueur, les yeux gonflés et une grande griffure en travers de la joue.

Il essaya de faire passer Mark par-dessus ses épaules, et Mark lui tira de nouveau sur le bras. Cette fois, Richie ne cria pas. Il gémit.

— Dis pardon, ou je te pète le bras.

La chemise de Richie était sortie de son pantalon. Son ventre le brûlait. Il commença à sangloter en secouant violemment les épaules. Mais cet affreux type restait collé à son dos. Il avait l'avant-bras gelé et l'épaule en feu.

— Lâche-moi, fils de pute, salaud, tordu !

Un cri de douleur.

— Dis pardon.

— Non !

Richie tomba en avant, le nez dans la poussière. La douleur le paralysait. Il avait de la terre dans la bouche et dans les yeux. Il agita désespérément les jambes. Il avait oublié que la terre tremblait sous ses pas quand il marchait. Il avait oublié qu'il allait fumer des Camels, comme son père quand il serait un homme.

— Pardon! Pardon! Pardon! cria-t-il.

Il avait l'impression qu'il aurait été capable de crier pardon pendant des heures, pendant des jours, pour récupérer son bras.

— Dis : je suis un gros tas de merde.

— Je suis un gros tas de merde! cria Richie dans la poussière.

— Ça va.

Mark Petrie desserra son étreinte et se retira prudemment hors de portée de Richie. Ses cuisses lui faisaient mal et il espérait que Richie était hors d'état de continuer à se battre, sinon il ne donnerait pas cher de lui.

Richie se releva et jeta un regard circulaire. Tous évitèrent son regard. Le gosse des Glick avait les yeux tournés vers Mark Petrie et le contemplait comme s'il avait été un dieu.

Richie s'éloigna tête basse.

9

Onze heures quinze du matin.

La décharge municipale de Jerusalem's Lot était située au bout d'une petite route partant de Burns Road, à trois kilomètres au-delà du cimetière d'Harmony Hill. D'abord carrière de sable, l'endroit était devenu une décharge lorsqu'on en était arrivé à l'argile. C'était en 1945.

Dud Rogers entendait le petit bruit régulier de la tondeuse à gazon de Mike Ryerson à quelque distance en contrebas. Bientôt, avec les craquements du feu, il ne l'entendrait plus.

Depuis 1956, c'était lui le gardien de la décharge et, chaque année, lors de la réunion du conseil municipal, il se voyait reconduit dans ses fonctions, à l'unanimité des voix. C'était devenu une formalité, une affaire de routine. Dud habitait sur la décharge dans une cahute en papier goudronné. Il avait cloué sur la porte branlante une pancarte « Gardien de la décharge ». Depuis qu'il avait obtenu un poêle de ces radins du conseil municipal, trois ans auparavant, il avait quitté son appartement en ville pour vivre là définitivement.

Dud *aimait* sa décharge. Il aimait houspiller les enfants qui venaient chiper des bouteilles, il aimait régler la circulation des voitures et choisir le lieu de dépôt des ordures, il aimait la récupération dont il avait le privilège en tant que gardien. On pouvait bien ricaner de le voir marcher à travers des montagnes d'ordures avec ses bottes qui lui montaient jusqu'aux cuisses, ses gants de cuir, son pistolet à la ceinture, son sac sur l'épaule et son couteau de poche à la main, peu lui importait. Il y avait une masse de fils de cuivre, quelquefois même des moteurs entiers avec leurs chemises de cuivre intactes, et le cuivre valait un bon prix à Portland. Il y avait aussi des bureaux, des fauteuils, des sofas hors d'usage, mais qu'on pouvait très bien rafistoler et vendre aux magasins d'antiquités de la route n° 1. Dud roulait les marchands et les marchands roulaient les touristes. Est-ce que tout n'était pas pour le mieux dans le meilleur des mondes ?

Oui, la décharge était un endroit merveilleux, à la fois Disneyland et Shangri-La. Mais ce n'était pas l'argent que Dud cachait dans une boîte noire, au fond d'un trou, devant sa chaise longue, qui était le meilleur de l'histoire.

Le meilleur, c'était le feu — et les rats.

Dud mettait le feu à une partie des ordures le matin du dimanche et du mercredi, et le soir du lundi et du vendredi. Les feux du soir étaient les plus jolis. Il aimait ces flammes d'un rouge sombre qui s'échappaient des grands sacs d'ordures en plastique vert, des journaux et des vieux cartons. Cependant il préférait les feux du matin, à cause des rats.

Après avoir allumé le feu, il s'installait sur sa chaise longue à regarder la fumée noire et graisseuse qui faisait fuir les mouettes très haut dans le ciel et à attendre tranquillement, son 22 long-rifle à la main, que les rats sortent.

Quand enfin ils apparaissaient, c'était en bataillons. Tous plus dégoûtants les uns que les autres, gras, gris, avec des yeux roses, couverts de puces et des tiques accrochées à leurs flancs. Leur queue traînait derrière eux comme un gros filin rose. Dud adorait tirer sur les rats.

— T'achètes de quoi exterminer une armée, Dud, lui disait de sa voix haut perchée George Middler, le quincaillier, en poussant les boîtes de munitions à travers le comptoir. C'est la ville qui paie pour ça ?

C'était une vieille plaisanterie. Quelques années auparavant, Dud avait soumis au conseil municipal un budget comprenant l'achat de deux mille cartouches à pointes creuses de calibre 22 et Bill Norton l'avait envoyé se faire voir.

— Tu sais bien, George, qu'il s'agit d'un service public, répondait Dud.

Là, ce gros, avec sa patte arrière à la retourne, c'était tout à fait George Middler. Il avait quelque chose dans la bouche qui ressemblait à un morceau de foie de poulet.

— Viens là, George, viens, dit Dud.

Et il pressa sur la détente. Une détonation sourde, et le rat fit la culbute et s'affaissa. Les pointes creuses, c'était ce qu'il y avait de mieux. Un jour, il se trouverait un 45 ou un 357 Magnum et on verrait ce que ça leur ferait, à ces petits salopards.

Au suivant maintenant. Celui-là, c'était une petite pute de Ruthie Crockett, celle qui ne mettait pas de soutien-gorge pour aller à l'école, celle qui donnait toujours des coups de coude à ses copines en ricanant quand Dud passait dans la rue. Bang, adieu, Ruthie.

Les rats essayaient désespérément de gagner l'autre bout de la décharge, mais, avant qu'ils y fussent parvenus, Dud en avait tué six. C'était une bonne matinée. Il s'approcha pour les regarder et vit les tiques quitter les cadavres comme... comme... eh bien, comme les rats désertent un navire.

Cette idée lui parut particulièrement réjouissante. Il cala son corps difforme sur sa chaise longue et partit d'un long rire tandis que le feu continuait à ramper à travers les ordures.

Oui, vraiment, la vie était belle.

10

Midi.

La sirène de la ville gémit pendant douze bonnes secondes, annonçant aux enfants des trois écoles de Salem l'heure du déjeuner et saluant la venue de l'après-midi. Lawrence Crockett, second conseiller municipal de Jerusalem's Lot, président et unique propriétaire de l'Immobilière du Maine, posa le livre qu'il était en train de lire (*Le Harem de Satan*) et mit sa montre à l'heure. Puis il se leva et alla suspendre dans la devanture la pancarte «Sorti déjeuner». Sa routine était invariable. Il se rendait au café *L'Excellent,* prenait deux cheeseburgers garnis et une tasse de café et lorgnait les jambes de Pauline en fumant un William Penn.

Il tourna la poignée pour vérifier que la serrure avait bien fonctionné et descendit Jointner Avenue. Au premier croisement, il fit halte pour jeter un regard vers Marsten House. Il y avait une voiture dans l'allée. A cette distance, elle apparaissait comme une petite tache brillante. Il sentit son estomac se contracter. Il y avait maintenant un peu plus d'un an de cela, il avait vendu d'un coup, au même acheteur, la vieille laverie de Salem et

Marsten House. Cette affaire avait été la plus étrange de sa vie et pourtant Dieu sait qu'il en avait fait d'étranges ces dernières années. Le propriétaire de la voiture qui était là-haut devait être, selon toutes probabilités, un homme du nom de Straker, R.T. Straker. Et justement ce matin il avait reçu une lettre de ce Straker.

Un an auparavant, par un bel après-midi de juin, le type en question s'était arrêté devant le bureau de Crockett. Il était sorti de sa voiture et était resté un instant sur le trottoir avant d'entrer. C'était un homme de haute taille qui, malgré la chaleur, était vêtu d'un complet veston de coupe classique. Son crâne était aussi lisse et poli qu'une boule de billard. Ses sourcils faisaient comme une ligne noire au-dessus des orbites profondément creusées. Il avait à la main un élégant porte-documents en cuir noir. Larry était seul dans son bureau quand l'étranger était entré ; sa secrétaire à mi-temps, une jeune fille de Falmouth qui possédait la plus ravissante paire de nichons qui se pût voir, travaillait l'après-midi chez un avocat de Gates Falls.

L'homme s'était assis dans le fauteuil réservé aux clients, avait posé son porte-documents sur ses genoux et avait regardé Larry Crockett. Larry avait été contrarié de voir qu'il ne parvenait pas à déchiffrer ce regard. Il se savait capable d'habitude de dire ce que quelqu'un voulait avant même qu'il n'eût ouvert la bouche. Cet homme ne s'était pas approché des photos de maisons à vendre qui garnissaient les murs de son bureau, ne lui avait pas tendu la main, ne s'était pas présenté, ne l'avait même pas salué.

— Que puis-je faire pour vous ? avait demandé Larry.

— Je suis venu vous trouver pour acheter une résidence et un local commercial dans votre charmante ville, avait dit l'homme.

Il parlait d'une voix unie et sans inflexions, un peu comme celle de la personne qui donne les renseignements météorologiques au téléphone.

— Mais c'est parfait, avait dit Larry. Nous avons quelques très belles propriétés qui pourraient...

— Inutile, avait dit l'homme.

Et il avait fait un geste de la main pour dissuader Larry de poursuivre. Larry avait été fasciné par la longueur de ses doigts. Le médius ne devait pas mesurer loin de dix centimètres.

— Le local commercial que j'ai en vue se situe à côté de la mairie. En face du parc.

— Oui, je vois ce dont il s'agit. C'était une laverie. Elle a fermé il y a un an. Elle est très bien placée et si vous...

L'homme l'avait interrompu :

— Quant à la résidence, c'est cette maison que l'on appelle ici Marsten House.

Larry était depuis trop longtemps dans les affaires pour laisser voir sa stupéfaction.

— Vraiment ?

— Oui. Je m'appelle Straker. Richard Throckett Straker. Tous les papiers seront à mon nom.

— Très bien, avait dit Larry.

L'homme était décidé à traiter une affaire, cela au moins c'était clair.

— Le prix demandé pour Marsten House est de quatorze mille, mais je pense que mes clients se satisferaient d'un peu moins. Pour ce qui est de la vieille laverie...

— Ne vous fatiguez pas. J'ai été autorisé à payer le tout un dollar.

— Un...

Larry avait penché la tête comme un homme qui n'a pas bien entendu.

— Oui. Un instant, je vous prie.

Les longs doigts de Straker avaient manœuvré le fermoir du porte-documents et en avaient tiré quelques papiers réunis dans une chemise en rhodoïd bleu.

Larry Crockett attendait, les sourcils froncés.

— Lisez, je vous prie. Cela nous gagnera du temps.

Après avoir lu attentivement les papiers, Larry avait redressé la tête, le visage pâle et troublé.

— Ces papiers... à mon nom... acte de propriété... certificat d'urbanisme... Mon Dieu, mais est-ce que vous savez que le terrain dont il s'agit ici vaut au moins un million et demi de dollars ?

— Vous voulez rire, avait dit froidement Straker. Il en vaut quatre millions. Et bientôt il en vaudra bien plus, quand le centre commercial aura été construit.

— Que voulez-vous de moi ? avait demandé Larry d'une voix dure.

— Je vous ai dit ce que je voulais. Mon associé et moi, nous avons fait le projet de monter une affaire dans cette ville et nous avons l'intention d'habiter Marsten House.

— Quelle sorte d'affaire ? Le Bazar du Crime ?

Straker avait eu un sourire froid.

— Une affaire des plus ordinaires, désolé de vous décevoir, un magasin de meubles avec un département d'antiquités pour les collectionneurs. Mon associé est un expert en la matière.

— Ne me racontez pas de salade, avait dit brutalement Larry. Vous pourriez avoir Marsten House pour huit mille cinq cents dollars et la boutique pour seize mille dollars. Votre associé ne doit pas l'ignorer. Vous devez bien savoir aussi tous les deux qu'un magasin de meubles et d'antiquités n'a pas sa place dans une petite ville comme la nôtre.

— Quand mon associé s'intéresse à quelque chose, il creuse à fond la question, avait dit Straker. Il sait que votre ville est située sur une grand-route empruntée par les touristes et par les estivants. C'est avec ces gens-là que nous comptons faire nos bénéfices. Et puis, de toute façon, ce n'est pas votre affaire. Y a-t-il quelque chose à redire aux papiers que vous avez en main ?

Larry avait donné quelques petits coups sur la table avec la chemise en rhodoïd.

— Non, apparemment pas. Mais vous pouvez me raconter ce que vous voulez sur vos intentions ; moi, je ne veux pas me faire avoir.

— Il n'en est pas question. (La voix de Straker avait pris un ton hautain et légèrement méprisant.) Vous avez un conseiller juridique à Boston, n'est-ce pas ? Un certain Francis Walsh.

— Comment savez-vous ça ? avait aboyé Larry.

— C'est sans importance. Montrez-lui les papiers. Il vous en confirmera la validité. Le terrain sur lequel ce centre commercial va être construit sera vôtre si vous souscrivez à trois conditions.

— Ah ! avait dit Larry, comme soulagé. Des conditions.

Il s'était appuyé contre le dossier de son fauteuil et avait pris un William Penn dans la boîte à cigares en céramique posée sur le bureau. Il n'avait repris la parole qu'après l'avoir allumé avec une allumette frottée sur la semelle de sa chaussure et en avoir tiré tranquillement une première bouffée.

— Nous y voilà. Annoncez la couleur.

— Première condition : vous allez me vendre Marsten House et le local commercial pour un dollar. En ce qui concerne la maison, votre client est une société de Bangor. Le local commercial appartient actuellement à une banque de Portland. Je suis sûr que les deux parties seront d'accord pourvu que vous versiez un complément correspondant au minimum requis pour ne pas attirer l'attention de l'administration fiscale. Moins votre commission, bien sûr.

— Où avez-vous pris tous vos renseignements ?

— Ce n'est pas votre affaire, Mr. Crockett. Deuxième condition : vous ne direz rien à personne de notre petite transaction. Rien. Si on soulève la question devant vous, tout ce que vous savez, c'est ce que je vous ai dit : nous sommes deux associés qui lançons un commerce destiné aux touristes et aux estivants. C'est très important.

— Je suis discret.

— Je n'en doute pas, néanmoins j'insiste sur le sérieux de cette condition. Un jour viendra peut-être, Mr. Crockett, où vous serez tenté de faire part à quelqu'un de la merveilleuse affaire que vous allez réaliser aujourd'hui. Si vous cédez à cette tentation, je le saurai et je vous ruinerai. Me suis-je bien fait comprendre ?

— On se croirait dans un mauvais film d'espionnage, avait dit Larry.

Il était resté impassible, mais il avait senti comme un frisson d'angoisse lui passer le long du dos. Stracker avait dit *Je vous ruinerai* aussi naturellement qu'il aurait dit *Comment allez-vous ?* et sa petite phrase en avait pris d'autant plus de poids. Et puis comment ce type pouvait-il être au courant pour Frank Walsh ? Même sa femme ne le savait pas.

— Vous m'avez compris, Mr. Crockett ?

— Oui, avait dit Larry. J'ai l'habitude de jouer serré.

Straker avait adressé de nouveau à Larry un sourire glacial.

— Je sais. C'est pour cela que je fais affaire avec vous.

— La troisième condition ?

— La maison a besoin d'être un peu rénovée.

— C'est le moins qu'on puisse dire, avait répliqué sèchement Larry.

— Mon associé a l'intention de mener la chose à bien lui-même. Mais vous lui servirez d'intermédiaire. Nous ferons de temps en temps appel à vous. De temps en temps je requerrai les services des personnes que vous employez pour apporter certaines choses, soit à la maison, soit au magasin. Vous n'en parlerez à personne. Vous m'avez compris ?

— Ouais. J'ai compris. Mais vous n'êtes pas d'ici, n'est-ce pas ?

Straker avait haussé les sourcils.

— Je ne vois pas le rapport.

— Il y en a pourtant un, très clair. Nous ne sommes pas à Boston ou à New York. Même si je reste bouche cousue, les gens vont clabauder. Il y a par exemple sur Railroad Street une vieille pipelette du nom de Mabel Werts qui passe ses journées à sa fenêtre avec des jumelles.

— Je me moque des gens de la ville. Mon associé s'en moque aussi. Dans les petites villes, il faut toujours que les gens parlent. Comme des pies sur un fil télégraphique. Ils ne tarderont pas à nous accepter.

Larry avait haussé les épaules.

— C'est votre affaire.

— Comme vous dites. Vous réglerez tous les faits et nous vous rembourserons au vu des factures. D'accord ?

Comme Larry l'avait dit à Straker, il avait l'habitude de jouer serré. C'était un des joueurs de poker les plus réputés de tout le comté de Cumberland. Bien qu'il eût gardé son calme tout au long de la conversation, il se sentait le cerveau en ébullition. L'affaire que lui offrait ce dingue était de celles qu'on ne rencontre qu'une fois dans sa vie, et encore. Peut-être que le patron de ce type était un de ces multimilliardaires paranoïaques qui vivent complètement enfermés...

— Mr. Crockett ? J'attends.

— Je voudrais à mon tour poser deux conditions, avait dit Larry.

— Ah ? avait répliqué Straker avec un intérêt poli.

Larry avait agité la chemise en rhodoïd.

— D'abord il faut que la validité de ces papiers me soit confirmée.

— Naturellement.

— En second lieu, si vous faites là-haut quelque chose d'illégal, je ne veux pas le savoir. Je veux dire par là...

Il avait été interrompu par le rire de Straker, un rire étrangement froid, qui l'avait mis affreusement mal à l'aise.

— J'ai dit quelque chose de drôle ? avait-il demandé, sans la moindre envie de sourire.

— Ooooh... aaah... bien sûr que non, Mr. Crockett. Pardonnez-moi. J'ai trouvé ce que vous m'avez dit amusant pour des raisons qui me sont personnelles. Qu'alliez-vous ajouter ?

— Je voulais parler de ces travaux d'aménagement. Je ne tiens pas à être mouillé dans une affaire louche. Si vous avez l'intention de fabriquer de l'héroïne, du L.S.D. ou des explosifs, je n'ai rien à y voir.

— D'accord, avait dit Straker.

Son visage était redevenu grave.

— Marché conclu ?

Larry avait répondu, avec une réticence qui l'avait surpris lui-même :

— Quand les papiers auront été vérifiés, je pense qu'il n'y aura pas d'obstacle. Bien que cela ressemble fort à un marché de dupes.

— Nous sommes aujourd'hui lundi, avait dit Straker. Voulez-vous que je vienne jeudi après-midi ?

— Disons plutôt vendredi.

— Parfait. (Il s'était levé.) Au revoir, Mr. Crockett.

Les papiers avaient été vérifiés. Le conseiller juridique de Larry à Boston lui avait appris que le terrain sur lequel le centre commercial de Portland devait être construit avait été acheté par une société fantôme du nom de « La Continentale foncière », dont le siège social était censé être à New York, dans les locaux de la Banque populaire d'escompte. Il n'avait trouvé dans les bureaux occupés en principe par cette société que des classeurs vides et de la poussière.

Straker était revenu le vendredi suivant et Larry avait signé les papiers. Il les avait signés la bouche sèche, avec le sentiment qu'en contrevenant pour la première fois à sa maxime favorite : « On ne chie pas là où on mange », il s'était égaré. Le cadeau qui lui avait été fait était considérable mais, en voyant Straker mettre dans sa serviette les actes de propriété de Marsten House et de l'ancienne laverie municipale, il avait compris qu'il s'était livré pieds et poings liés à cet homme. Et à son associé, l'invisible Mr. Barlow.

Le mois d'août avait passé, l'été avait fait place à l'automne et l'automne à l'hiver. A mesure que le temps s'écoulait, Larry avait senti le soulagement l'envahir. Quand le printemps était venu, il était parvenu à oublier en quelque sorte le marché qu'il avait conclu pour entrer en possession des papiers reposant maintenant dans son coffre-fort de Portland.

Et puis les choses avaient commencé à arriver.

Cet écrivain, Mears, était venu lui demander, il y avait de cela une dizaine de jours, si Marsten House était à louer et lui avait lancé un curieux regard quand il lui avait dit que la maison était vendue.

Hier, il avait trouvé dans sa boîte une lettre de Straker et un long tube en carton. La lettre était brève : *Voudriez-vous, je vous prie, mettre l'affiche que je vous envoie par même courrier à la devanture du magasin. R.T. Straker.* L'affiche était rédigée en termes on ne peut plus mesurés : « Ouverture dans une semaine. Barlow et Straker. Meubles de qualité. Bon choix d'antiquités. Entrée libre. » Il avait immédiatement chargé Royal Snow de la placer.

Et maintenant il y avait une voiture là-haut, devant Marsten House. Il s'attardait à la regarder quand il s'entendit héler :

— Tu dors, Larry ?

Il sursauta et vit à côté de lui Parkins Gillespie en train d'allumer une Pall Mall.

— Non, dit-il avec un petit rire nerveux. Je réfléchis.

Parkins leva les yeux vers Marsten House devant laquelle la petite voiture étincelait sous le soleil. Il dirigea ensuite son regard sur l'affiche qui s'étalait à la devanture de la vieille laverie.

— Tu n'es pas le seul, j'imagine. C'est toujours une bonne

chose dans une ville d'avoir des nouveaux venus. Tu les as vus, non ?

— L'un des deux. L'année dernière.

— Mr. Barlow ou Mr. Straker ?

— Straker.

— Il est plutôt sympathique, non ?

— Difficile à dire, dit Larry.

Il éprouva le besoin de se passer la langue sur les lèvres, mais ne le fit pas.

— On n'a fait que parler affaires. Ça m'a l'air d'être un type régulier.

— Bien. Très bien. Tu viens ? Je t'accompagne jusqu'à *L'Excellent.*

En traversant la rue, Lawrence Crockett pensait aux marchés conclus avec le diable.

11

Une heure de l'après-midi.

Susan Norton entra dans le salon de coiffure de Babs Griffen (la sœur aînée d'Hal et de Jack) et lui dit en souriant :

— J'ai été bien contente quand je t'ai téléphoné que tu puisses me prendre tout de suite.

— Pas de problème au milieu de la semaine, dit Babs en mettant le ventilateur en marche. Mon Dieu, ce qu'il fait lourd ! Il va y avoir de l'orage.

Susan regarda le ciel qui était d'un bleu lumineux.

— Tu crois ?

— Ouais, ouais, je suis sûre. Comment est-ce que tu les veux, ma chère ?

— Naturels, dit Susan en pensant à Ben Mears. Comme si je n'étais pas venue te voir.

— C'est ce qu'elles disent toutes, soupira Babs en refermant la porte derrière Susan.

Son haleine sentait le chewing-gum aux fruits. Elle demanda à Susan si elle avait vu que des gens ouvraient une nouvelle boutique dans la vieille laverie. Elle avait l'impression que ça allait être des trucs chers, mais est-ce que ce ne serait pas gentil d'avoir une petite lampe-tempête pour faire pendant à celle qu'elle possédait déjà ? Oh ! comme elle était contente d'avoir quitté la ferme et d'être venue s'installer en ville, et quel bel été on avait eu, quel dommage qu'on n'en ait plus pour longtemps...

12

Quatre heures de l'après-midi.

Ben Mears repoussa sa chaise. Son travail de l'après-midi était terminé. Il avait renoncé à sa promenade quotidienne dans le parc pour pouvoir aller le soir chez les Norton la conscience tranquille et il avait écrit presque sans arrêt depuis le matin.

Il se leva et s'étira. Son torse était humide de sueur. Il sortit une serviette propre du placard qui était à la tête du lit ; il avait intérêt à se dépêcher de descendre prendre sa douche avant que les autres ne rentrent du travail et n'envahissent la place.

Il se mit la serviette sur l'épaule, s'approcha de la porte, puis retourna sur ses pas pour jeter un coup d'œil par la fenêtre. Quelque chose avait attiré son regard.

Ce n'était pas la ville, assoupie en cette fin d'après-midi sous un de ces ciels d'un bleu profond qui font le charme de la Nouvelle-Angleterre quand viennent les derniers jours de l'été.

Son regard était passé par-dessus les petits immeubles à deux étages de Jointner Avenue avec leurs toits plats et asphaltés et avait traversé le parc où les enfants sortis de l'école traînassaient, se chamaillaient ou roulaient à bicyclette. Il s'était ensuite dirigé vers le nord-ouest de la ville, là où Brock Street disparaissait derrière la première colline boisée, et, tout naturellement, s'était glissé entre les arbres, par l'ouverture en T qui correspondait à la jonction de Brooks Road et de Burns Road, pour remonter jusqu'au haut de la colline et aboutir à Marsten House.

A cette distance, on aurait dit une maison de poupée et il l'aimait ainsi. On avait l'impression qu'on pouvait sans peine la neutraliser. Il suffisait de lever la main et on l'effaçait avec la paume.

Il y avait une voiture dans l'allée.

Il restait là, cloué sur place, la serviette sur l'épaule, à la regarder avec, au creux du ventre, une crispation de terreur qu'il n'essayait même pas d'analyser. Deux des volets avaient été remplacés et donnaient à la maison un regard mystérieux d'aveugle qu'elle ne possédait pas auparavant.

Ses lèvres se mirent à remuer en silence, comme pour former des mots que personne, pas même lui, ne pouvait comprendre.

13

Cinq heures de l'après-midi.

Matthew Burke sortit du lycée, sa serviette à la main, et traversa le parking désert où l'attendait sa vieille Chevrolet qui roulait encore sur les pneus-neige de l'année dernière.

A soixante-trois ans, Matt trouvait encore du plaisir à enseigner. Pour mettre de la discipline dans les classes il n'était pas très doué et, s'il avait eu à un moment donné une petite chance d'entrer dans l'administration du lycée, cette chance s'était depuis longtemps volatilisée (comment un rêveur comme lui aurait-il pu exercer valablement les fonctions de censeur ?), mais les chahuts ne lui avaient jamais fait peur. On ne comptait plus les jours où il avait lu des sonnets de Shakespeare dans des salles de classe glaciales où volaient les avions et les boulettes, où il s'était assis sur des punaises et les avait balayées d'un air absent en disant à ses élèves de prendre la page 467 de leur grammaire, où il avait ouvert des tiroirs pour y prendre des copies et y avait trouvé des grillons ou des grenouilles. Il y avait même trouvé une fois un serpent noir qui mesurait au moins deux mètres.

Il avait parcouru en long et en large la langue anglaise, comme un vieux marin solitaire et infatigable : première heure, Steinbeck ; deuxième heure, Chaucer ; troisième heure, la proposition principale et, pour finir, avant le déjeuner, la fonction du complément de nom. Ses doigts n'étaient pas jaunis par le tabac, mais par la poudre de craie, une autre sorte d'intoxication.

Ses élèves n'avaient ni culte ni passion pour lui. Il n'avait rien d'un Mr. Chips qui se serait langui dans un coin perdu de l'Amérique en attendant que Ross Hunter vienne le chercher, mais nombre d'entre eux le respectaient et une petite minorité avait appris de lui que ce qui comptait, ce n'était pas tellement la chose qu'on faisait, qui pouvait être très modeste ou même très bizarre, c'était de la faire en s'y donnant tout entier. Matt aimait son travail.

Il grimpa dans sa voiture, noya le moteur en appuyant trop longtemps sur l'accélérateur, attendit un petit moment et remit en marche. Il mit le poste sur une station de radio de Portland qui diffusait du rock'n'roll et le fit marcher à pleine puissance, à en faire sauter les haut-parleurs. Il adorait le rock'n'roll. Pour sortir du parking, il entama une marche arrière, cala et démarra de nouveau.

Il vivait dans une petite maison de Taggart Stream Road et recevait très peu de visites. Il n'avait jamais été marié et n'avait pas de famille, à l'exception d'un frère qui travaillait dans une compagnie pétrolière du Texas et ne lui écrivait jamais. Il ne souffrait pas de n'être attaché à personne et de n'avoir personne qui lui fût attaché. C'était un solitaire, mais sa solitude n'avait pas fait de lui un dérangé.

Il s'arrêta au clignotant jaune qui marquait le croisement de Jointner Avenue et de Brock Street et tourna en direction de Taggart Stream Road. Les ombres étaient très allongées déjà et la ville baignait dans une chaude lumière dorée. Un tableau impressionniste, pensa Matt. Il jeta un regard sur sa gauche, aperçut Marsten House et regarda de nouveau.

— Les volets, dit-il assez fort pour couvrir le bruit de la radio. On a remis des volets.

Il regarda dans le rétroviseur et vit qu'il y avait une voiture garée dans l'allée. Il était professeur à Salem depuis 1952 et il n'avait jamais vu une voiture garée dans cette allée.

— Est-ce que quelqu'un habiterait là-haut ? lança-t-il dans le vide.

Et il continua sa route.

14

Six heures du soir.

Le père de Susan, Bill Norton, premier conseiller municipal de Salem, était surpris de se rendre compte qu'il avait de la sympathie pour Ben Mears, beaucoup de sympathie. Bill était un homme de haute taille, aux cheveux noirs, qui donnait une impression de puissance et de solidité bien qu'il fût resté étonnamment svelte pour ses cinquante ans. Avec la permission de son père, il avait quitté le lycée avant la fin de ses études secondaires pour entrer dans la marine et il avait fait son chemin à force de volonté et d'énergie depuis ce moment-là, réussissant même à obtenir à l'âge de vingt-quatre ans son diplôme de fin d'études en passant un test d'équivalence. Ce n'était pas un de ces personnages bornés qui, sous prétexte qu'ils n'ont pas fait les études qu'ils auraient pu faire par suite de circonstances défavorables ou par choix personnel, passent leur temps à dire du mal des intellectuels, mais il n'avait aucune patience avec les « loulous », comme il appelait les jeunes gens aux longs cheveux et aux yeux de biche que Susan ramenait de ses cours. Ce n'était pas leur façon de s'habiller ou leurs cheveux qui l'irritaient, c'était le fait qu'ils n'avaient pas l'air de types sur qui on pouvait compter. Bill ne partageait pas la sympathie de sa femme pour Floyd Tibbits, le garçon avec qui Susan était sortie le plus depuis qu'elle avait obtenu son diplôme, mais il ne le détestait pas positivement non plus. Floyd avait une bonne situation dans une compagnie bancaire de Falmouth et Bill Norton le considérait, lui au moins, comme un type à peu près sérieux. Et puis il était de Salem. Mais Mears aussi, d'une certaine matnière.

— Tu ne l'embêteras pas avec tes histoires de loulous, dit Susan qui s'était levée en entendant le coup de sonnette.

Elle portait une robe d'été vert clair et avait attaché ses cheveux, coiffés l'après-midi même par Babs, avec un large ruban du même vert.

Bill rit.

— Faut bien que je dise ce que je pense, Susie chérie. Je ne te ferai pas honte... Je ne le fais jamais, si ?

Susan lui adressa un sourire un peu crispé et alla ouvrir la porte.

L'homme qui revint avec elle était grand et mince. Il avait une démarche souple, des traits bien dessinés et une masse de cheveux noirs et brillants. Son apparence était soignée et Bill fut favorablement impressionné par la façon dont il était habillé : un blue-jeans impeccable et une chemise blanche dont il avait relevé les manches.

— Ben, voilà papa et maman — Bill et Ann Norton. Maman, papa, c'est Ben Mears.

— Hello. Content de vous connaître.

Ben sourit à Mrs. Norton avec un peu de réserve et elle dit :

— Hello, Mr. Mears, c'est la première fois que nous voyons un écrivain en chair et en os. Susan est *très excitée*.

— Ne vous inquiétez pas. Je ne fais pas de citations de mes œuvres.

Il sourit de nouveau.

— H'lo, dit Bill en se levant de son fauteuil.

Il s'était hissé à la force du poignet jusqu'à la position qu'il occupait maintenant au syndicat des dockers de Portland et quand il serrait la main de quelqu'un c'était du solide. Il fut satisfait de voir que Mears n'avait pas les mains fuyantes et molles qu'ont d'ordinaire les petits jeunes gens pomponnés qui se disent des artistes. Il restait encore une épreuve à passer.

— Vous voulez une bière ? J'en ai mis quelques-unes à rafraîchir par là.

Il désigna du geste la véranda qu'il avait construite lui-même et qui donnait sur la cour de derrière. A cette question le loulou répondait invariablement non ; son précieux petit cerveau risquait de ne pas résister à l'ingestion d'un boisson aussi commune.

— Génial, exactement ce dont j'ai envie, dit Ben avec un sourire ravi. Je crois que j'en boirais même volontiers deux ou trois.

Bill éclata de rire.

— Bravo. Je vois que nous allons nous entendre. Venez.

Ce rire eut un effet étrange sur les deux femmes, d'autant plus étrange que leur ressemblance était grande. Le visage de Susan se détendit tandis que celui de sa mère se contracta. Ce fut comme si l'anxiété qui pesait sur l'une était tout d'un coup passée sur l'autre par télépathie.

Ben suivit Bill jusque sous la véranda. Une glacière portative, remplie de boîtes de bière Pabst, était posée sur un tabouret dans un coin. Bill prit une bière et la lança à Ben qui l'attrapa d'une main, mais en prenant bien garde de ne pas la secouer pour qu'elle ne mousse pas trop.

— C'est chouette, tout ça, dit Ben en regardant le barbecue en briques de forme fonctionnelle et visiblement réalisé par quelqu'un qui savait travailler de ses mains.

— C'est moi qui l'ai fait, dit Bill. C'est de la bonne construction.

Ben but une bonne lampée et rota ; encore un point en sa faveur.

— Susie pense que vous êtes un type épatant, dit Norton.

— Elle est charmante, votre fille, vous savez.

— Oui, c'est une bonne fille, dit Norton (et il rota pensivement). Elle dit que vous avez écrit trois livres. Et qu'ils ont été publiés.

— Oui. C'est exact.

— Et ça se vend bien ?

— Le premier, oui, dit Ben.

Il n'en dit pas plus. Bill Norton hocha la tête d'un air approbateur. «Voilà un garçon qui sait garder ses affaires d'argent pour lui», pensa-t-il.

— Est-ce que vous me donneriez un coup de main pour faire cuire les hamburgers et les hot dogs ?

— Bien sûr.

— Il faut inciser les saucisses, vous savez faire ?

— Ouais.

Ben sourit et avec son index droit fit un petit geste en oblique. Il fallait en effet inciser les saucisses de Francfort pour les empêcher de faire des cloques.

— Vous n'êtes pas un empoté, ça se voit, dit Bill Norton. Emportez ce sac de briquettes là-bas, moi, je vais chercher la viande. Prenez votre bière.

— Vous ne croyez pas que je vais m'en séparer ?

Au moment de rentrer dans la maison, Bill lança un coup d'œil en biais à Ben.

— Vous êtes un garçon sérieux, à ce qu'il me semble, je ne me trompe pas ?

Ben sourit, un peu tristement.
— Oh! non, dit-il.
Bill fit un petit signe de tête satisfait.
— Bien, dit-il.
Et il partit chercher sa viande.

Babs Griffen s'était mis le doigt dans l'œil en prédisant de la pluie et ils purent dîner dehors en toute tranquillité, sans être importunés par les assauts des moustiques d'arrière-saison car une légère brise s'était levée et se conjuguait avec les tourbillons de fumée du barbecue pour les éloigner. Les deux femmes se levèrent pour aller porter dans la cuisine les assiettes en papier et les pots de condiments, puis revinrent et burent une bière en regardant avec amusement Bill profiter de sa vieille expérience des fantaisies du vent pour battre Ben au badminton par 21 à 6. Ben, ayant regardé sa montre, refusa avec un regret qui n'était pas feint de disputer la revanche.

— J'ai un livre sur le feu, dit-il. Il faut que j'écrive encore six pages. Si je bois trop ce soir, je ne serai même plus capable de lire demain ce que j'ai écrit aujourd'hui.

Susan l'accompagna jusqu'à la porte d'entrée — il était venu à pied. En jetant de l'eau sur le feu pour l'éteindre, Bill secouait pensivement la tête. Ce garçon était sérieux, il l'avait dit lui-même et le père de Susan était tout prêt à le croire. Ben n'avait rien fait pour les impressionner, mais un homme qui travaille après le dîner ne peut manquer de se faire un nom et même un nom écrit en grosses lettres.

Ann Norton, elle, restait réticente.

15

Sept heures du soir.

Floyd Tibbits pénétra dans le parking de chez Dell dix minutes environ après que Delbert Markey, le propriétaire-gérant de l'établissement, eut allumé la nouvelle enseigne lumineuse. DELL'S, en lettres roses d'un mètre de haut, avec un verre en guise d'apostrophe.

A l'horizon le ciel s'était empourpré et la brume du soir n'allait pas tarder à se former au creux des vallons. Dans une heure ou deux, les habitués de la nuit allaient commencer à arriver.

— Salut, Floyd, dit Dell en sortant une Michelob de la glacière. Bonne journée ?

— Plutôt, dit Floyd. Ça fait plaisir de se retrouver devant une bonne bière.

C'était un grand garçon avec une barbe bien soignée, habillé d'un pantalon à chevrons et d'une veste de sport — son costume de travail au Comptoir d'escompte et de crédit. Il avait atteint le second échelon de la hiérarchie en matière de décisions de crédits et il aimait assez son travail sans se sentir vraiment concerné et en restant toujours au bord de l'ennui. Il avait un peu l'impression de flotter, mais cela ne lui était pas positivement désagréable. Et puis il y avait Suze — une chic fille. Bientôt elle ferait partie de sa vie et il faudrait bien alors qu'il fasse quelque chose de lui-même.

Il posa un billet d'un dollar sur le comptoir, remplit son verre de bière, le vida d'un trait et le remplit à nouveau. Le seul autre client du bar pour l'instant était un jeune garçon en uniforme de postier. C'est le gosse des Bryant, se dit Floyd. Il buvait une bière assis à une table en écoutant au juke-box une chanson d'amour pleine de mélancolie.

— Quoi de nouveau en ville ? demanda Floyd.

Il connaissait d'avance la réponse. Rien ou pas grand-chose. Un élève du lycée aurait pris une cuite et se serait amené ivre mort dans la salle de classe, peut-être ; qu'est-ce qui pouvait bien se passer d'autre ?

— Quelqu'un a tué le chien de votre oncle. Voilà la dernière nouvelle.

Floyd, qui était en train de porter son verre à ses lèvres, s'arrêta court.

— Quoi ? Doc, le chien d'oncle Win ?
— Exactement.
— Écrasé par une voiture ?
— Non. Rien ne l'indique en tout cas. C'est Mike Ryerson qui l'a trouvé en allant tondre le gazon au cimetière d'Harmony Hill. Doc était accroché aux piques du portail. Éventré.
— Les salauds ! dit Floyd, suffoqué.

Dell, satisfait de l'effet produit, hocha la tête gravement. Il connaissait une autre nouvelle qui avait contribué ce jour-là à échauffer les esprits : on avait vu la bonne amie de Floyd se promener en ville avec cet écrivain qui avait pris une chambre chez Eva. Mais ça, c'était à Floyd de le découvrir tout seul.

— Ryerson a porté le corps à Parkins Gillespie, dit-il à Floyd. Parkins pense que le chien était peut-être mort et que des enfants l'auraient ensuite accroché au portail pour s'amuser.

— Ce Gillespie, il n'a vraiment pas inventé la poudre.

— J'en sais rien, mais je vais te dire quelle est mon idée, à moi. (Dell pencha en avant son torse puissant.) Je pense que c'est des gosses, ça oui... merde, je les connais. Mais ça peut être un truc beaucoup plus grave qu'une simple plaisanterie. Tiens, regarde ça.

Il sortit un journal de dessous son comptoir et le tendit à Ryerson, ouvert sur une page intérieure.

Floyd le prit. Un gros titre s'étalait sur plusieurs colonnes : DES ADORATEURS DE SATAN PROFANENT UNE ÉGLISE DE FLORIDE. Il lut l'article en diagonale. Une bande de gosses avait pénétré dans une église catholique à Clewiston, Floride, un peu après minuit et y avait célébré une sorte de messe noire. L'autel avait été profané, des inscriptions obscènes avaient été gravées sur les bancs, sur les confessionnaux et sur les fonts baptismaux, et du sang avait été répandu sur les marches qui menaient à la nef. Le sang avait été analysé : il y avait un peu de sang animal (de chèvre, probablement), mais surtout du sang humain. Le chef de la police de Clewiston reconnaissait n'être encore sur aucune piste.

Floyd posa le journal.

— Des adorateurs de Satan à Salem ? Allons, Dell. Tu déménages.

— Les gosses sont de plus en plus tordus, dit Dell avec obstination. On verra bien qui aura raison. Ils feraient des sacrifices humains dans les prés des Griffen que ça m'étonnerait pas. Encore une bière ?

— Non, merci, dit Floyd en se levant de son tabouret. Je crois que je vais aller voir comment va oncle Win. Il adorait ce chien.

— Dis-lui bien des choses de ma part, dit Dell en remettant son journal sous le comptoir (il aurait à le ressortir un certain nombre de fois ce soir). Dis-lui que j'ai été désolé d'apprendre ça.

Un peu avant d'avoir atteint la porte, Floyd s'arrêta et dit sans s'adresser à personne :

— Empalé sur les piques du portail ! Putain, si je pouvais les attraper, les petits salauds qui ont fait ça !

— Des adorateurs de Satan, dit Dell. Ça m'étonnerait pas du tout. Je sais pas ce que les gens ont par les temps qui courent.

Floyd sortit du bar. Le fils Bryant mit une pièce de dix cents dans le juke-box et Dick Curless commença à chanter *Qu'on m'enterre avec une bouteille*.

16

Sept heures trente du soir.

— Vous rentrez vite, dit Marjorie Glick à Danny, son fils

aîné. N'oubliez pas qu'il y a école demain. Je veux que ton frère soit au lit à neuf heures et quart.

Danny agita un pied.

— Je vois pas pourquoi je dois l'emmener.

— Tu ne vois pas ? dit Marjorie avec une gentillesse inquiétante. Oh ! bien sûr, tu peux aussi rester à la maison.

Elle se retourna vers l'évier dans lequel elle avait mis du poisson à rafraîchir et Ralphie en profita pour tirer la langue à son frère. Danny répondit en agitant le poing dans sa direction, mais son ignoble petit frère ne réagit que par un sourire narquois.

— On sera là, grommela Danny.

Et il sortit de la cuisine avec Ralphie sur ses talons.

— A neuf heures.

— D'accord, *d'accord*.

Tony Glick était installé devant la télévision, les pieds sur une chaise, en train de regarder un match de base-ball.

— Où allez-vous, les garçons ?

— On va voir le nouveau de la classe, dit Danny. Mark Petrie.

— Ouais, dit Ralphie. On va voir son... *train électrique*.

Danny jeta un regard meurtrier à son frère, mais leur père n'avait remarqué ni l'hésitation de Ralphie, ni le ton peu naturel avec lequel il avait prononcé les derniers mots. Doug Griffen venait d'envoyer la balle dehors.

— Ne rentrez pas tard, dit-il distraitement.

Le soleil était déjà couché, mais le ciel était encore clair. Tandis qu'ils traversaient le terrain qui s'étendait derrière la maison, Danny dit :

— Tu mériterais que je te bousille, espèce de petit con.

— Je le dirai, dit Ralphie d'une voix sucrée. Je le dirai pourquoi tu voulais y aller *en vrai*.

— Petit salaud, dit Danny d'un ton découragé.

Ils avaient atteint l'extrémité de la pelouse. Le gazon faisait place à un chemin qui descendait jusqu'aux bois. La maison des Glick donnait sur Brock Street et celle de Mark Petrie sur South Jointner Avenue. Le chemin représentait un raccourci très appréciable pour des enfants de douze et neuf ans que le passage d'un gué sur la petite rivière Crockett n'était pas pour effrayer. Les aiguilles de pin et les brindilles craquaient sous leurs pas. La stridulation des grillons faisait tout autour d'eux comme un tissu sonore tandis que d'un coin du bois montait le cri d'un engoulevent.

Danny avait commis l'erreur de révéler à son frère que Mark Petrie possédait la collection entière des monstres en plastique

Aurora — l'Homme-Loup, la Momie, Dracula, Frankenstein, le Docteur Fou et même la Chambre des Horreurs. Leur mère détestait tout ça, elle pensait que c'était mauvais pour eux ou je ne sais quoi, et du coup Ralphie faisait du chantage. Il était ignoble, vraiment.

— T'es une pourriture, tu sais ? dit Danny.
— Je sais, dit fièrement Ralphie. Qu'est-ce que c'est, une pourriture ?
— C'est quand on devient tout vert et tout mou, comme un rat mort.
— Ferme-là, dit Ralphie.

Ils longeaient maintenant la petite rivière Crockett qui, à trois kilomètres à l'est, rejoignait Taggart Stream, laquelle à son tour allait se jeter dans la Royal River. Le minuscule cours d'eau était comme nacré par les derniers rayons du jour et clapotait gentiment sur son lit de gravier.

Danny passa le gué le premier. L'obscurité tombait et il dut aiguiser son regard pour bien mettre les pieds sur les pierres.

— Je vais te pousser, chantonnait Ralphie. Attention, Danny, je vais te pousser.
— Si tu me pousses, toi, je te pousse dans les sables mouvants, petite saleté, dit Danny.

Ils arrivèrent sur l'autre rive.

— Y a pas de sables mouvants par ici, dit Ralphie d'une voix guillerette.

Il se rapprocha malgré tout de son frère.

— Tu crois ça ? dit Danny du ton de quelqu'un qui en sait long. Y a pourtant un petit gosse qui a disparu dans les sables mouvants y a pas très longtemps. J'ai entendu les vieux mecs qui sont tout le temps chez Crossen le raconter.
— C'est vrai ? demanda Ralphie.

Ses yeux s'étaient agrandis.

— Ouais, dit Danny. Il s'est enfoncé en criant et en chialant, sa bouche s'est remplie de sable et, gloup, c'était fini.
— Allez, viens, dit Ralphie d'une voix tremblante.

Il faisait presque nuit maintenant et les bois étaient pleins d'ombres mouvantes.

— On s'en va vite d'ici.

Ils commencèrent à grimper sur l'autre versant en glissant sur les aiguilles de pin. Le gosse dont Danny avait entendu parler au magasin était un garçon de dix ans du nom de Jerry Kingfield. Il s'était peut-être enfoncé dans les sables mouvants en criant et en chialant, mais, si cela était, personne ne l'avait entendu. Tout ce qu'on pouvait dire, c'est qu'il avait disparu dans les marais en allant à la pêche il y avait six ans de cela. Certains pensaient que c'étaient les sables mouvants, d'autres étaient d'avis que c'était un obsédé sexuel, un pervers, qui l'avait tué. Ces gens-là, il y en avait partout.

— Ils disent que son fantôme rôde maintenant dans les bois, dit Danny d'une voix théâtrale, se gardant bien de signaler à son petit frère que les marais étaient à cinq kilomètres au sud.

— Me dis pas ça, Danny, murmura Ralphie. Pas... pas dans le noir.

Ils entendaient de tous côtés des craquements mystérieux. Le vent s'était tu. Juste derrière eux une branche claqua et ils eurent l'impression d'une présence furtive. Le ciel était maintenant presque complètement sombre.

— De temps en temps, continua Danny d'une voix angélique, quand une petite saleté de gosse comme toi va dans les bois le soir, il jaillit d'un arbre juste devant lui avec sa figure toute verte et couverte de sable.

— Danny, *arrête; viens.*

La voix de son petit frère était devenue suppliante. Danny s'arrêta. Il s'était presque fait peur à lui-même. Les arbres étaient maintenant des masses noires et menaçantes qui remuaient lentement dans la brise du soir, se penchant les unes vers les autres en faisant craquer leurs jointures.

Une autre branche claqua sur leur gauche.

Danny se mit à regretter amèrement de n'être pas passé par la route.

Encore un claquement de branche.

— Danny, j'ai peur, chuchota Ralphie.

— Sois pas stupide, dit Danny. Allez, viens.

Ils reprirent leur marche. Les aiguilles de pin crissaient sous leurs pas. Danny essaya de se persuader qu'il n'avait pas entendu de branches claquer, que c'était eux et eux seuls qu'ils entendaient. Le sang lui battait aux tempes. Ses mains étaient glacées. « Je vais compter mes pas, se dit-il. Plus que deux cents pas et on sera sur Jointner Avenue. Et quand on rentrera, on rentrera par la route, comme ça la petite saleté n'aura pas peur. Dans une minute, on va voir les lumières de la rue et on se sentira idiots, mais ce sera *très bon* de se sentir idiots. Allez, je compte. Un... deux... trois... »

Ralphie poussa un hurlement.

— *Je le vois! Je vois le fantôme! JE LE VOIS!*

Danny sentit comme un fer rouge lui brûler la poitrine. La terreur s'était abattue sur lui et lui courait le long des membres. Il aurait voulu se sauver, mais Ralphie s'accrochait à lui.

— Où ? murmura-t-il, oubliant que c'était lui qui avait inventé le fantôme. Où ?

Il regarda autour de lui, tremblant à l'idée de ce qu'il allait voir, et ne vit que du noir.

— Il est parti maintenant — mais je l'ai vu... je les ai vus. Des yeux. J'ai vu des yeux. Oh! Dannyyy...

La voix de Ralphie était entrecoupée de sanglots.

— Y a pas de fantômes, espèce d'idiot. Viens.

Danny prit la main de son frère et ils se remirent à marcher. Ses jambes étaient comme de la guimauve. Ses genoux tremblaient. Ralphie se serrait contre lui, le poussant presque hors du chemin.

— Il nous regarde, murmura-t-il.
— Écoute, je vais pas...
— C'est vrai, Danny. Tu le *sens* pas ?

Danny s'arrêta et, avec ce sixième sens qu'ont les enfants, il le sentit effectivement et sut qu'ils n'étaient pas seuls. Un grand silence était tombé sur les bois, mais c'était un silence de mauvais augure. Des ombres, agitées par le vent, se balançaient langoureusement autour d'eux.

Et Danny sentit, par tous ses pores, dans tout son être, une présence sauvage.

Il n'y avait pas de fantômes, mais *il y avait* des pervers. Ces hommes qui arrêtaient leurs voitures noires pour vous offrir des bonbons, ou se cachaient dans les rues sombres, ou... ou vous suivaient dans les bois...

Et alors...

Oh! et alors ils...

— Courons, dit-il d'une voix dure.

Mais Ralphie, paralysé par la terreur, était incapable de faire un pas. Il tremblait de tous ses membres en serrant désespérément la main de Danny. Son regard ne se détachaient pas des bois. Soudain ses yeux s'agrandirent.

— Danny ?

Une branche craqua.

Danny se retourna et regarda où regardait son frère.

L'obscurité les enveloppa.

17

Neuf heures du soir.

Mabel Werts était une opulente personne de soixante-quatorze ans, qui arrivait de plus en plus difficilement à déplacer son énorme masse. C'était comme un recueil vivant de toutes les histoires, petites ou grandes, de la ville. Sa mémoire s'étalait sur cinquante ans de nécrologie, d'adultères, de vols et d'égarements divers. Elle aimait les commérages sans être délibérément cruelle (ceux dont elle mettait au grand jour les petits secrets pouvaient ne pas être de cet avis); elle vivait dans la ville et pour la ville. En un sens, elle *était* la ville, cette grosse veuve qui maintenant sortait très peu et passait la plus grande partie de ses journées à sa fenêtre, habillée d'une camisole de soie beige, ses cheveux jaune ivoire réunis en une tresse épaisse qui faisait le tour de sa tête, avec un téléphone dans la main droite et une paire de puissantes jumelles japonaises dans la main gauche. La combinaison des deux, à quoi s'ajoutait la possibilité de s'en servir tout à loisir, faisait d'elle une araignée infatigable, jetant ses fils du quartier du Bend jusqu'aux maisons les plus lointaines de l'est de Salem.

Elle avait longuement observé Marsten House avec l'espoir de voir quelque chose d'intéressant lorsque les volets à gauche de la véranda s'ouvrirent et découvrirent un carré de lumière jaune qui ne pouvait être de la lumière électrique. Elle eut juste le temps d'apercevoir ce qui lui sembla être une tête d'homme et des épaules se découpant sur ce fond lumineux, et elle se sentit envahie d'une étrange excitation.

Il n'y eut plus ensuite aucun mouvement.

« Qu'est-ce que c'est que ces gens qui n'ouvrent leurs volets qu'à des heures où on ne peut avoir qu'une vision approximative de ce qui se passe chez eux ? » pensa-t-elle. Elle posa les jumelles et prit son téléphone. Deux voix qu'elle identifia rapidement comme étant celles d'Harriet Durham et de Glynis Mayberry discutaient de la découverte du chien d'Irwin Purinton par Mike Ryerson.

Elle s'assit avec précaution et se mit à respirer la bouche ouverte pour que les deux femmes ne décèlent pas sa présence sur la ligne.

18

Onze heures cinquante-neuf du soir.

La journée était sur le point de s'achever. Le sommeil et la nuit régnaient sur Salem. En ville, les enseignes lumineuses de la quincaillerie, du « Funeral Home » de Carl Foreman et du café *L'Excellent* jetaient quelques lueurs colorées sur les trottoirs. Un tout petit nombre de personnes étaient encore éveillées, comme Georges Boyer qui faisait cette semaine ses huit heures de trois à onze et venait de rentrer de l'usine Gates, et Win Purinton qui, ne pouvant trouver le sommeil à cause de la mort de son cher Doc, mort qui l'affectait beaucoup plus que ne l'avait fait celle de sa femme, s'était installé devant une patience ; mais la plupart des habitants de Salem, recrus de fatigue après leur journée de travail dormaient du sommeil du juste.

Au cimetière d'Harmony Hill, une silhouette sombre se tenait pensive derrière le portail. Quand elle parla, ce fut d'une voix douce et élégante.

— O Père, jette les yeux sur moi. Seigneur des Mouches, jette les yeux sur moi. Je dépose maintenant à tes pieds de la viande avariée et de la chair fétide. Pour jouir de ta faveur, j'ai accompli un sacrifice. L'objet de ce sacrifice, je te le présente de la main gauche. Fais pour moi un signe sur ce sol, que j'ai consacré en ton nom. J'attends un signe de toi pour accomplir tes œuvres.

La voix s'éteignit. Un vent léger s'était levé qui agitait doucement l'herbe et les branches, apportant avec lui les odeurs putrides de la décharge voisine.

Pas d'autre bruit que celui de la brise dans les arbres. La silhouette resta pendant un moment silencieuse et pensive. Puis elle se pencha en avant et, quand elle se redressa, elle portait le corps d'un enfant dans ses bras.

— Voici ce que je t'offre.

Le reste se situe au-delà des mots.

DANNY GLICK ET LES AUTRES

1

Danny et Ralphie Glick étaient partis voir Mark Petrie en ayant pour consigne de rentrer à neuf heures. Ne les ayant pas vus revenir à dix heures passées. Marjorie Glick prit son téléphone pour appeler les Petrie.

— Non, dit Mrs. Petrie, les petits ne sont pas là, on ne les a pas vus. Le mieux serait peut-être que votre mari en discute avec Henry.

Mrs. Glick tendit le téléphone à son mari. La peur lui creusait le ventre.

Les deux hommes retournèrent le problème. Oui, les gamins étaient partis par le chemin à travers bois. Non, la petite rivière n'était pas du tout profonde à cette époque de l'année, surtout après le beau temps qu'il avait fait. L'eau ne montait pas au-dessus de la cheville.

— Et si nous faisions le chemin chacun dans un sens avec une bonne lampe ? suggéra Henry à Mr. Glick.

Peut-être que les gosses avaient découvert un trou de marmotte, peut-être qu'ils fumaient une cigarette, est-ce qu'on savait ce qu'ils étaient capables d'inventer ? Tony acquiesça et remercia Mr. Petrie de se donner ce mal. Mr. Petrie dit que ce n'était rien vraiment. Tony raccrocha et réconforta comme il put sa femme tremblante d'inquiétude. «Les petits salauds, quand je les aurai entre les pattes, ils pourront plus s'asseoir pendant une semaine», se dit-il.

Mais, avant qu'il ait eu le temps de sortir de l'enclos, Danny déboucha du bois en chancelant et s'effondra à côté du barbecue installé au fond de la cour, derrière la maison. Il avait l'air hébété et s'exprimait avec peine, répondant aux questions d'une façon incertaine et parfois presque inintelligible. Il y avait de l'herbe dans les revers de son pantalon et des feuilles mortes dans ses cheveux.

Il dit à son père que Ralphie et lui avaient descendu le chemin qui coupe à travers les bois, qu'ils avaient passé la rivière par les pierres du gué et atteint l'autre rive sans problèmes. Ralphie s'était mis à ce moment-là à parler d'un fantôme qui aurait été dans les bois (Danny omit de dire que c'était lui qui avait mis cette idée dans la tête de son frère). Ralphie avait dit qu'il voyait une figure. Danny avait commencé à avoir peur. Il ne croyait pas aux esprits, ni à tous ces trucs de gosses comme Croque-mitaine, mais il pensait qu'il avait entendu quelque chose dans le noir.

Qu'est-ce qu'ils avaient fait à ce moment-là ? Danny pensait qu'ils s'étaient remis à marcher en se donnant la main. Il n'en était pas sûr. Ralphie pleurnichait en parlant de fantômes. Danny lui avait dit d'arrêter de chialer, que bientôt ils verraient les lumières de Jointner Avenue. Ils n'en étaient plus qu'à cent pas, peut-être moins. C'était à ce moment-là que la chose était arrivée.

Quoi ? Quelle chose ? Danny ne savait pas.

Mais comment, c'était pas possible, voyons, il devait se rappeler. Danny secouait la tête, doucement, obstinément. Oui, il savait qu'il aurait dû se rappeler, mais il ne se rappelait pas. Franchement, il ne se rappelait pas. Non, il ne se souvenait pas d'avoir buté dans quelque chose. Simplement... tout était noir. Très noir. Et ce qu'il se rappelait après, c'est qu'il s'était retrouvé couché sur le chemin. Tout seul. Ralphie n'était plus là.

Parkins Gillespie dit qu'il n'était pas d'avis d'envoyer des hommes dans les bois maintenant, par nuit noire. La marche y était trop difficile à cause des arbres tombés lors du grand incendie. Le gosse n'avait pas dû s'éloigner beaucoup du chemin. Nolly Gardener, Tony Glick, Henry Petrie et lui arpentèrent le chemin dans les deux sens et parcoururent les abords de South Jointner Avenue et de Brock Street en appelant l'enfant au mégaphone.

Le lendemain à l'aube, la police de l'État et celle du Cumberland entreprirent un quadrillage des bois. en vain. Alors on élargit le champ des recherches. Pendant quatre jours, les patrouilles battirent les buissons tandis que Mr. et Mrs. Glick, rongés par l'angoisse mais ne perdant pas espoir, sillonnaient les prés et les bois, contournant les zones que le feu avait rendues impraticables et hurlant le nom de leur fils.

Tous ces efforts étant restés sans résultat, on dragua la Taggart Stream et la Royal River. Cela ne donna rien.

Le matin du quatrième jour, Marjorie Glick réveilla son mari à quatre heures du matin. Elle était dans un état d'affolement proche de l'hystérie. Danny s'était évanoui dans le couloir d'en haut, probablement en allant aux toilettes. Une ambulance l'emmena à l'hôpital central du Maine. Le premier diagnostic, sévère, ne fut pas pour soulager les parents de leur angoisse.

Le médecin responsable du service, un certain Gorby, prit Mr. Glick à part.

— Votre fils est-il sujet à des crises d'asthme ?

M. Glick secoua négativement la tête en clignant des yeux. Il avait vieilli de dix ans en moins d'une semaine.

— Pas de fièvres rhumatismales ?
— Danny ? Oh ! non... pas Danny.
— Lui a-t-on mis un timbre l'année passée ? Vous savez, pour la tuberculose ?
— La tuberculose ? Mon fils est tuberculeux ?
— Mr. Glick, nous sommes seulement en train de chercher...
— Margie ! Margie, viens par ici !

Marjorie Glick se leva et parcourut lentement le couloir. Son visage était livide, elle était à peine coiffée. On aurait dit une femme en proie à une migraine aiguë.

— Est-ce qu'on a fait à Danny un test antituberculeux à l'école cette année ?
— Oui, dit-elle d'un air sombre. Quand l'école a recommencé. Négatif.
— Est-ce qu'il tousse la nuit ? demanda Gorby.
— Non.

— Est-ce qu'il se plaint de douleurs dans la poitrine ou dans les articulations ?
— Non.
— Est-ce qu'il a mal en urinant ?
— Non.
— Pas de saignement anormal ? Saignement de nez, sang dans les selles, écorchures ou ecchymoses anormales ?
— Non.
Gorby hocha la tête en souriant.
— Nous aimerions le garder pour lui faire quelques examens ; est-ce possible ?
— Bien sûr, dit Tony. Bien sûr, je suis affilié à la Blue Cross.
— Ses réactions sont très lentes, dit le docteur. On va lui faire des radios, une ponction lombaire, une numération...
Les yeux de Marjorie Glick s'étaient progressivement élargis.
— Est-ce que Danny a une leucémie ? murmura-t-elle.
— Mrs. Glick, il est difficile...
Mais elle s'était évanouie.

2

Ben Mears fut l'un des volontaires de Salem qui battirent les buissons pour retrouver Ralphie Glick et tout ce qu'il récolta pour sa peine, ce fut des teignes de bardane dans les revers de son pantalon et une aggravation de son rhume des foins à cause de la floraison des verges d'or.

Le troisième jour des recherches, il entra dans la cuisine d'Eva avec l'intention d'avaler une boîte de ravioli et de se jeter ensuite un moment sur son lit avant de se remettre à écrire. Il y trouva Susan Norton s'affairant à la préparation de quelque chose qui ressemblait à du bœuf en cocotte. Les hommes, qui venaient de rentrer de leur travail, étaient assis autour de la table et entretenaient une vague discussion en la lorgnant du coin de l'œil — elle portait un chemisier à carreaux très cintré et un petit short en velours côtelé. Eva Miller faisait son repassage dans une pièce en retrait à côté de la cuisine.

— Tiens, bonjour, qu'est-ce que vous faites là ? demanda-t-il.
— Je vous fais cuire un repas correct avant que vous ne vous soyez évanoui en fumée, répondit-elle.
Et, dans son petit coin, Eva se mit à rire. Ben sentit ses oreilles le brûler.
— Elle s'y prend très bien, c'est vrai, dit Weasel. Je peux le dire, je l'ai bien regardée.

— Regarde-la encore un peu plus et tes yeux tomberont de leurs orbites, ricana Grover Verrill.

Susan couvrit son plat, le mit au four et ils passèrent sous la véranda en attendant qu'il soit cuit. Un soleil écarlate incendiait le ciel au ras de l'horizon.

— Du nouveau ?
— Non, rien.

Il sortit de la poche de sa chemise un paquet de cigarettes un peu écrasé et en alluma une.

— On dirait que vous vous êtes aspergé d'eau de toilette à la fougère.
— Si ç'avait pu être ça !

Et il lui montra ses bras couverts de morsures d'insectes et déchirés par les ronces.

— Ces putains de moustiques et ces garces d'épines !
— Qu'est-ce qui lui est arrivé, vous croyez, Ben ?
— Dieu sait.

Il souffla une bouffée de fumée.

— Peut-être que quelqu'un s'est glissé derrière le frère aîné, l'a assommé avec une chaussette remplie de sable ou autre chose du même genre et a emmené le petit.
— Vous croyez qu'il est mort ?

Ben la regarda pour savoir si elle voulait une réponse sincère ou simplement un espoir. Il lui prit la main et croisa ses doigts avec les siens.

— Oui, dit-il simplement. Je pense que le gosse est mort. Pas de preuve décisive encore, mais c'est mon idée.

Elle secoua lentement la tête.

— J'espère que vous vous trompez. Maman et quelques autres dames ont été voir Mrs. Glick. Elle en perd la tête et son mari aussi. Et l'autre gamin erre dans la maison comme un fantôme.
— Ah ! dit Ben.

Il avait les yeux fixés sur Marsten House et ne l'écoutait pas vraiment. Les volets étaient fermés. Ils s'ouvriraient à la tombée de la nuit. Il fut saisi d'un frisson morbide à cette pensée formulée comme une incarnation.

— ... soir ?
— Quoi ? Excusez-moi.

Il ramena son regard sur elle.

— J'ai dit, papa aimerait que vous veniez à la maison demain soir. Vous pouvez ?
— Vous serez là ?
— Bien sûr, dit-elle en le regardant.
— Alors bien volontiers.

Il aurait voulu la regarder — elle était ravissante dans la lumière du couchant — mais ses yeux étaient attirés par Marsten House comme par un aimant.

— C'est comme un aimant, n'est-ce pas ? dit-elle.

Et c'était presque inquiétant qu'elle ait pu lire aussi exactement dans sa pensée.

— Oui, c'est vrai.

— Ben, de quoi parle votre nouveau livre ?

— Pas encore, dit-il. Donnez-lui le temps. Je vous le dirai dès que je pourrai. Mais... il faut qu'il prenne forme.

Elle eut envie de lui dire *Je t'aime* à ce moment précis, de le lui dire aussi spontanément et simplement que cela lui était venu, mais elle arrêta les mots au bord de ses lèvres. Elle ne voulait pas le lui dire pendant qu'il regardait... qu'il regardait là-haut.

Elle se leva.

— Je vais voir où en est mon plat.

Quand elle le quitta, il fumait en regardant Marsten House.

3

Le matin du 22, Lawrence Crockett, assis à son bureau, lorgnait les seins de sa secrétaire tout en dépouillant sa correspondance du lundi quand le téléphone sonna. Il pensait à sa carrière d'hommes d'affaires à Salem, à cette petite voiture qui faisait une tache brillante dans l'allée de Marsten House et aux marchés conclus avec le diable.

Avant même que le marché avec Straker ait été consommé (« J'ai trouvé là le mot juste », pensa-t-il, et ses yeux s'attardèrent à nouveau sur le chemisier de sa secrétaire), Lawrence Crockett était, sans contredit, l'homme le plus riche de Salem et un des plus riches du comté de Cumberland, bien que rien dans sa personne, ni dans son bureau, n'eût pu permettre de le déceler. Son agence consistait en une pièce décrépite, poussiéreuse, éclairée par deux globes jaunes piquetés de chiures de mouches. Le bureau était un vieux bureau à cylindre, couvert de papiers, de stylos, de lettres. Il y avait d'un côté un pot de colle et de l'autre un presse-papiers cubique décoré de photos de famille. Un bocal à poissons rempli d'allumettes et portant une étiquette « Pour nos amis sans allumettes » était posé en équilibre instable sur une pile de registres. A part trois casiers métalliques et le bureau de la secrétaire dans un petit renfoncement, il n'y avait pas d'autres meubles.

Mais des photos, ça, il y en avait !

Des photos partout — agrafées, punaisées, clouées, sur toutes les surfaces disponibles. Des polaroïds, des kodacolors prises les années précédentes, mais surtout beaucoup de photos en noir et blanc, gondolées et jaunies, qui, pour certaines, dataient d'au moins quinze ans. Au-dessous de chacune, quelques lignes dactylographiées : *Belle demeure campagnarde ! Six p.* ou *Sur une colline, vue imprenable ! Taggart Stream Road, $ 32 000 — une affaire !* ou *Manoir de caractère ! Dix p., dépendances, Burns Road.* Ça donnait l'impression d'un petit commerce miteux et sinistre, et c'était bien ça jusqu'en 1957, date où Larry Crockett, que les meilleurs éléments de Jerusalem's Lot n'étaient pas loin de considérer comme un raté, décida que les caravanes, c'était l'avenir.

Il hypothéqua tout ce qu'il avait, fit des emprunts pour le reste et acheta trois caravanes. Pas des jolis petits machins chromés, mais des monstres peluchés, thyroïdiens, avec des panneaux en faux bois et des coins-toilette en formica. Il fit l'acquisition d'un bout de terrain d'un demi-hectare pour chacune dans le Bend où les prix étaient bas, les planta sur des fondations à bon marché et entreprit de les vendre. En trois mois, en dépit de l'inquiétude que les gens manifestaient au début à l'idée de vivre dans une maison qui ressemblait à une voiture Pullman, l'affaire était faite et les bénéfices de Larry n'étaient pas loin d'atteindre dix mille dollars. L'avenir qu'il avait entrevu pour Salem était devenu le présent.

Le jour où R.T. Straker était entré dans son bureau, Crockett valait près de deux millions de dollars. C'était le résultat de la spéculation sur les terrains qu'il avait menée dans les bourgades avoisinantes (mais pas à Salem ; on ne chie pas là où on mange, telle était la devise de Lawrence Crockett), persuadé qu'il était que l'industrie de la maison mobile ne pouvait que croître démesurément. La prévision était juste et, mon Dieu, c'est incroyable ce que l'argent rentrait.

Crockett n'avait rien changé à sa vie, même après avoir conclu son petit marché avec l'inquiétant M. Straker. Aucun décorateur efféminé n'était venu aménager son bureau. Il avait fait fi de l'air conditionné et avait conservé son vieux ventilateur électrique. Il portait toujours les mêmes costumes luisants, les mêmes vestes de sport criardes. Il fumait les mêmes cigares à bon marché et allait toujours passer un moment chez Dell le samedi soir pour vider quelques bières et faire une partie de billard avec les copains. Il n'avait pas lâché les transactions immobilières car il en tirait profit de deux façons : d'abord, il avait été élu de ce fait conseiller municipal ; ensuite, ses feuilles d'impôts en bénéficiaient, car il s'arrangeait pour que le bilan apparent de chaque année présentât toujours un léger déficit. Il s'était chargé, en dehors de la vente de Marsten House, de celle de trois douzaines d'autres demeures décrépites du voisinage. Il y avait quelques bonnes affaires, bien sûr. Mais Larry ne les poussait pas. L'argent ne rentrait-il pas de toute façon ?

Trop d'argent peut-être. Ne se prenait-il pas à ses propres intrigues ? se demanda-t-il.

Straker avait dit qu'il reprendrait contact ; il y avait quatorze mois de cela. Alors, qu'est-ce qui se passerait si...

Ce fut à ce moment-là que le téléphone sonna.

4

— Mr. Crockett, dit la voix familière, sans accent.
— Straker, n'est-ce pas ?
— Lui-même.
— Je pensais justement à vous. Peut-être suis-je extralucide.
— Comme c'est amusant, Mr. Crockett. J'ai besoin que vous me rendiez un service.
— Je pensais aussi que ce moment viendrait.
— Vous allez, s'il vous plaît, me procurer un camion. Un grand camion. De location, peut-être. Qu'il se trouve aux docks de Portland ce soir à sept heures précises. Sur le quai de la douane. Deux déménageurs suffiront, je pense.
— D'accord.

Larry attrapa un bout de papier et gribouilla : *H. Peters, R. Snow, Entreprise Henry, six heures au plus tard.* Il ne prit pas le temps de s'interroger sur la nécessité qu'il y avait à suivre les ordres de Straker à la lettre.

— Il y a une douzaine de caisses à prendre. Toutes, sauf une, vont au magasin. La douzième contient un buffet de grande valeur, un meuble de style. Vos déménageurs la reconnaîtront à sa taille. Il faut la porter jusqu'à la maison. Vous m'avez compris ?
— Ouais.
— Qu'on la mette dans la cave. Vos hommes n'auront qu'à entrer par la porte extérieure, au-dessous des fenêtres de la cuisine. Vous m'avez compris ?
— Ouais. Alors, cette caisse...
— Un autre service, je vous prie. Vous vous procurerez cinq forts cadenas de la marque Yale. Vous connaissez cette marque ?
— Tout le monde la connaît. Qu'est-ce...
— Vos déménageurs fermeront au cadenas la porte du maga-

sin en partant. Ils laisseront les clefs des cinq cadenas dans le sous-sol de la maison, sur la table. Quand ils quitteront la maison, ils cadenasseront la porte qui mène à la cave, la porte de devant, la porte de derrière et la remise. Vous m'avez compris ?
— Ouais.
— Merci, Mr. Crockett. Suivez toutes ces instructions point par point. Au revoir.
— Eh, attendez une minute...
Plus personne sur la ligne.

5

Il n'était pas tout à fait sept heures quand le grand camion de déménagement orange et jaune parvint devant la cahute de tôle ondulée qui se trouvait à l'extrémité du quai de la douane, aux docks de Portland. C'était l'heure du changement de marée et les mouettes tournaient en criant dans un ciel empourpré par le couchant.
— Merde, mais y a pas un chat ici, dit Royal Snow.
Il avala sa dernière gorgée de Pepsi et laissa tomber la bouteille vide sur le plancher de la cabine.
— On va se faire foutre en taule comme cambrioleurs.
— Tiens, voilà quelqu'un, dit Hank Peters.
— Monsieur l'Agent ?
Ce n'était pas précisément un agent ; c'était un veilleur de nuit. Il dirigea sur eux le rayon de sa lampe.
— Eh, les gars, est-ce que l'un de vous deux s'appelle Lawrence Crewcut ?
— Crockett, dit Royal. On vient de sa part. On est venu chercher des caisses.
— Bon, dit le veilleur de nuit. Venez dans le bureau. J'ai une facture à vous faire signer.
Il fit signe à Peters resté derrière son volant :
— Recule jusque là-bas. Là où il y a la porte à deux battants et la lumière allumée. Vu ?
— Ouais.
Et Hank fit marche arrière.
Royal Snow suivit le veilleur de nuit dans le bureau. De l'eau chauffait dans la cafetière. Au-dessus du calendrier décoré d'une pin-up, la pendule marquait 7 h 4. Le veilleur de nuit remua quelques papiers sur le bureau et tendit à Royal un feuillet agrafé sur une planchette.
— Signe là.

Royal signa de son nom.

— Quand vous serez là-bas dedans, vous avez intérêt à voir où vous posez les pieds. Allumez. Y a des rats.

— J'ai jamais vu un rat qui se débine pas devant ça, dit Royal en balançant en avant son pied chaussé de souliers cloutés.

— C'est des rats de port, fiston, dit froidement le veilleur de nuit. Ils ont eu affaire à des types autrement plus costauds que toi.

Royal sortit du bureau et alla jusqu'à l'entrepôt. Le veilleur de nuit était resté sur le pas de sa porte et l'observait.

— Fais gaffe, dit Royal à Peters. Le vieux a dit qu'y avait des rats.

— O.K., ricana Peters. Ce cher vieux Larry Crewcut !

Royal repéra le commutateur intérieur, près de la porte, et alluma. Il y avait quelque chose de pesant dans l'air — l'humidité, l'odeur du sel mêlée à celle du bois pourri — qui ôtait toute envie de rire. Ça, et la présence des rats.

Les caisses étaient entassées au milieu du vaste entrepôt, qui autrement était vide, et cela leur conférait un aspect sinistre. Le buffet était au centre, dans une caisse plus grande que les autres. C'était la seule qui ne portait pas la mention «Barlow and Straker, 27 Jointer Avenue, Jer. Lot, Maine»

— Bon, ça n'a pas l'air de se passer trop mal, dit Royal.

Il consulta la facture et compta ensuite les caisses.

— Ouais, elles sont toutes là.

— Y a des rats, dit Hank. Tu les entends ?

— Ouais, les fumiers. Je peux pas les sentir.

Ils se turent un instant et écoutèrent les bruits de pattes et les petits cris qui venaient de l'ombre.

— Bon, on s'y met, dit Royal. Mettons le gros bébé d'abord pour qu'il soit pas en travers quand on s'occupera du magasin.

— O.K.

Ils s'approchèrent de la caisse et Royal sortit son couteau de poche. Il fendit d'un geste rapide une enveloppe brune clouée sur le côté.

— Hé, dit Hank, tu crois qu'on devrait...

— Faut bien qu'on sache si on prend le truc qu'il faut, non ? Si on se goure, Larry est foutu de nous clouer les femmes sur son bordereau.

Il sortit la facture et la parcourut des yeux.

— Qu'est-ce que ça dit ? demanda Hank.

— De l'héroïne, dit Royal. Deux cents livres de cette merde. Deux mille revues pornos importées de Suède et trois cents douzaines de pilules aphrodisiaques importées de France.

— Allons, file-moi ça.

Hank lui arracha la facture des mains.

— Un buffet, dit-il. Juste comme Larry nous l'avait dit. Venant de Londres, Angleterre. Port d'entrée : Portland, Maine. Pilules aphrodisiaques, mon cul. Remets ça.

Royal obéit.

— Y a quelque chose de rigolo dans tout ça, dit-il.

— Ouais, tu parles. C'est toi le rigolo.

— Non, je blague pas, y a pas les tampons de la douane sur ce foutu truc. Ni sur la caisse, ni sur l'enveloppe, ni sur la facture. Pas de tampons.

— Il les font probablement avec cette encre qui n'apparaît qu'à la lumière noire.

— C'était pas ce qu'ils faisaient quand je travaillais aux docks. Plutôt dix fois qu'une qu'ils vous les tamponnaient, les caisses. On pouvait pas en prendre une sans s'en foutre jusqu'aux coudes.

— Bon, ça me fait bien plaisir de l'apprendre, mais ma femme se met au lit très tôt et j'aimerais bien la baiser ce soir.

— Si on regardait un peu à l'intérieur ?

— Pas moyen. Allez, attrape-la.

Royal haussa les épaules. Ils inclinèrent la caisse et quelque chose glissa lourdement à l'intérieur. Elle était lourde comme le diable, cette caisse. Ça pouvait bien être un vaisselier en bois massif. Le poids y était.

Suant et soufflant sous l'énorme charge, ils la portèrent en chancelant jusqu'au camion. C'est avec une exclamation de soulagement qu'ils la déposèrent sur le fenwick. Royal recula d'un pas pendant qu'Hank manœuvrait l'appareil. Quand il fut au niveau du plancher du camion, les deux hommes y grimpèrent et tirèrent la caisse à l'intérieur.

Il y avait quelque chose dans cette histoire de caisse qui ne plaisait pas à Royal. Ce n'était pas seulement l'absence de tampons de douane. C'était quelque chose d'indéfinissable. Il garda les yeux fixés sur elle jusqu'à ce qu'Hank eût sauté en bas du camion et lui eût dit :

— Allez, viens, on prend le reste.

Les autres caisses avaient été tamponnées par la douane, sauf trois, ne venant pas de l'étranger. Chaque fois qu'ils chargeaient une caisse sur le camion, Royal cochait la ligne correspondante sur la facture. Ils empilèrent toutes les caisses destinées au nouveau magasin près de la porte arrière du camion, à petite distance du buffet.

— Je me demande bien qui c'est qui va acheter tous ces trucs, dit Royal quand ils eurent fini. Un fauteuil à bascule polonais, une pendule allemande, un rouet irlandais... Dieu tout-puissant, à quel prix qu'ils vont mettre tout ça ?

— C'est les touristes qui vont acheter, dit Hank qui avait du bon sens. Les touristes achètent n'importe quoi. Ces types qui viennent de Boston ou de New York. Ils achèteraient un sac de bouse de vache, si c'était un sac *ancien*.

— Et puis j'aime pas cette caisse, dit Royal. Pas de tampons de douane, c'est louche.

— Bon, assez causé, portons-la où qu'on nous a dit.

Ils reprirent la route de Salem en silence. Hank roulait vite. Il avait hâte d'en finir avec cette affaire qui ne lui plaisait guère. Comme l'avait dit Royal, tout ça était on ne peut plus louche.

Il fit le tour du nouveau magasin avec le camion. Comme Larry le leur avait dit, la porte de derrière n'était pas verrouillée. Royal appuya sur le commutateur intérieur. La lumière ne s'alluma pas.

— Ça, c'est le comble, grommela-t-il. Il va falloir qu'on décharge tout ce merdier dans le noir... Dis, tu trouves pas qu'y a une drôle d'odeur ici ?

Hank renifla. Oui, il y avait une odeur, une odeur désagréable ; il n'aurait pas su dire à quoi ça le faisait penser. C'était sec, âcre, ça vous prenait aux narines, comme un parfum de corruption.

— Ça sent simplement le renfermé, dit-il en éclairant de sa lampe la longue pièce vide. Y faudrait un bon petit coup de vent pour balayer tout ça.

— Ou un bon petit feu pour le brûler, dit Royal.

Il n'aimait pas cet endroit. Quelque chose le mettait mal à l'aise.

— Allez, on y va. Et tâchons de pas nous péter une jambe.

Ils déchargèrent les caisses aussi vite qu'ils le purent et les déposèrent avec précaution sur le sol du magasin. Une demi-heure plus tard, Royal fermait la porte de derrière avec un soupir de soulagement et mettait dessus un des cadenas neufs.

— Voilà déjà une moitié de faite, dit-il.

— La moitié facile, répondit Hank.

Il jeta un regard en direction de Marsten House, qui n'était pas éclairée ce soir-là et dont tous les volets étaient fermés.

— J'ai pas envie de monter là-haut. J'ai pas peur de le dire. Si jamais y a eu une maison hantée, c'est bien celle-là. Faut que ces types soient dingues pour essayer de vivre là. En tout cas, c'est presque sûrement des pédés.

— Ouais, du genre de ces types qui font de la décoration, dit Royal. Ils vont probablement vouloir en faire une sorte de maison modèle. Ça fait marcher le commerce.

— Bon, faut qu'on y aille.

Ils jetèrent un dernier regard sur le buffet dissimulé dans sa caisse contre le flanc du camion, puis Hank fit retomber d'un coup la porte arrière. Il se remit derrière son volant et ils remontèrent Jointner Avenue jusqu'à Brooks Road. Une minute plus tard, ils voyaient surgir devant eux la masse noire et inquiétante de Marsten House et Royal sentait son ventre se contracter sous l'effet de la peur.

— Ça fait froid dans le dos, c'te bicoque, murmura Hank. Comment est-ce qu'on peut avoir envie d'y habiter ?

— Je ne sais pas. Tu vois de la lumière derrière ces volets ?

— Non.

La maison semblait se pencher vers eux comme si elle attendait leur arrivée. Les deux hommes remontèrent le chemin avec le camion et la contournèrent. Quand la lumière des phares éclaira l'herbe haute qui avait envahi la cour de derrière, tous les deux évitèrent d'y regarder de trop près. Hank se sentait envahi d'une crainte telle que même au Vietnam il n'en avait pas éprouvée de semblable. Et pourtant, là-bas, il n'avait pas cessé d'avoir peur. Mais c'était une peur qui avait ses raisons. La peur de marcher sur un bambou empoisonné et de voir son pied devenir comme un ballon vert et purulent, la peur qu'un de ces petits bonshommes en pyjama noir vous fasse sauter le caisson avec un fusil russe, la peur de se voir ordonner par un officier hystérique d'exterminer tous les habitants d'un village où les Viets se trouvaient une semaine avant. La peur qu'il éprouvait aujourd'hui était irrationnelle, infantile. Rien qui puisse positivement la justifier. Une maison était une maison — des planches, des gonds, des clous, du plâtre. Pourquoi s'imaginer que des fentes du parquet s'exhalaient des odeurs maléfiques ? Quelle stupidité ! Des fantômes ? Il ne croyait pas aux fantômes. Pas après le Vietnam.

Il tâtonna pour trouver la marche arrière et arrêta le camion brutalement, à deux mètres de la porte rouillée qui menait à la cave. Elle était ouverte et les petites marches de pierre, éclairées par la lumière rouge des feux arrière, semblaient conduire tout droit à l'enfer.

— Merde, j'aime pas ça *du tout,* dit Hank.

Il essaya de sourire, mais ne réussit qu'à grimacer.

— Moi non plus.

Ils se regardèrent à la lueur des feux du camion, aussi écrasés d'angoisse l'un que l'autre. Mais ils n'étaient plus des gosses et se sentaient incapables de filer sans faire leur boulot sous prétexte qu'ils avaient peur, ne sachant même pas de quoi. Comment est-ce qu'ils s'expliqueraient, le jour revenu ? Il fallait que ce boulot soit fait.

Hank arrêta le moteur. Les deux hommes descendirent de la cabine et gagnèrent l'arrière du camion. Royal ouvrit les taquets de la porte et la fit remonter sur ses rails.

La caisse était là tapie dans son coin, muette, avec un reste de sciure accroché à ses flancs.

— Chierie, je veux pas descendre ça, dit Hank Peters d'une voix étranglée, au bord du sanglot.

— Allons, faut y aller, dit Royal. Finissons-en vite.

Ils traînèrent la caisse jusque sur le fenwick et l'appareil en s'abaissant laissa échapper un sifflement. Quand il leur arriva au niveau de la taille, Hank lâcha le levier et ils se saisirent de la caisse.

— Doucement, grommela Royal le dos aux marches. Vas-y doucement.

Éclairé par la lumière rouge qui venait du camion, son visage convulsé était celui d'un homme souffrant d'une attaque cardiaque.

Il descendit les marches à reculons, une par une, et il lui sembla que la caisse était une dalle de pierre qui lui écrasait la poitrine. Quand il y réfléchirait après coup, il se dirait qu'elle était lourde, mais pas tant que ça. Lui et Hank en avaient descendu et monté de bien plus lourdes pour Larry Crockett, mais il y avait quelque chose dans cette maison qui vous serrait le cœur et vous enlevait toute force.

Les marches étaient glissantes ; deux fois il se sentit perdre l'équilibre et hurla :

— Hé, fais gaffe, nom de Dieu !

Ils parvinrent enfin dans la cave. Le plafond était bas et ils avançaient courbés en deux comme des sorcières.

— On la fout là, haleta Hank. Je peux pas la porter une seconde de plus.

Ils la déposèrent brusquement, reculèrent d'un pas et, s'étant regardés l'un l'autre, ils s'aperçurent que, par quelque mystérieuse alchimie, leur peur s'était transformée en véritable terreur. La cave semblait s'être soudain emplie de bruissements étranges. Des rats, peut-être, ou autre chose à quoi il valait mieux ne pas penser.

Ils prirent leurs jambes à leur cou et escaladèrent deux par deux les marches, Hank en tête et Royal sur ses talons. Royal referma la porte derrière lui d'un coup sec, sans se retourner. Ils grimpèrent dans la cabine et Hank mit le moteur en marche. Royal lui saisit le bras et, dans la pénombre, c'était comme si ses yeux lui avaient dévoré le visage.

— Hank, on n'a pas mis les cadenas.

Leur regard tomba en même temps sur les cadenas posés en tas sur le tableau de bord et attachés ensemble par un fil de fer. Hank fourra la main dans la poche de sa veste et en sortit un porte-clefs d'où pendaient cinq clefs Yale toutes neuves, une pour le cadenas de la porte arrière du magasin et quatre pour la maison. Elles avaient chacune leur étiquette.

— Oh ! merde, dit-il. Écoute, si on revenait tôt demain matin ?

Royal détacha la torche du tableau de bord.

— Ça va pas aller, dit-il, tu le sais bien.

Ils descendirent de la cabine et le vent de la nuit balaya de son souffle glacé leurs fronts en sueur.

— Occupe-toi de la porte de derrière, dit Royal. Je fais la porte de devant et la remise.

Ils se séparèrent. Hank alla jusqu'à la porte de derrière. Il lui fallut s'y reprendre à deux fois pour faire rentrer l'anneau du cadenas dans son trou. Placé comme il l'était, contre la porte, l'odeur de décomposition qui émanait de la maison semblait avoir pris une densité presque palpable. Toutes les histoires qu'on racontait à propos d'Hubie Marsten quand ils étaient gosses lui revinrent à l'esprit, ainsi que le refrain qu'ils entonnaient en poursuivant les filles : « Attention, attention ! Hubie va t'attraper si... tu ne fais pas... ATTENTION... »

— Hank ?

Il sursauta et le second cadenas lui tomba des mains. Il le ramassa.

— Tu choisis bien ton moment, toi, pour m'arriver dessus comme ça. Est-ce que... ?

— Ouais. Hank, qui c'est qui va redescendre dans la cave et mettre le trousseau de clefs sur la table ?

— Je sais pas, dit Hank Peters, je sais pas.

— Je crois qu'on ferait aussi bien de tirer au sort.

— Ouais, je crois que c'est le mieux.

Royal sortit un quart de dollar.

— Tu diras pile ou face quand elle sera en l'air.

Il lança la pièce...

— Face, dit Hank.

Royal attrapa la pièce, la plaqua contre son avant-bras et l'exposa. C'était l'aigle qui brillait sinistrement.

— Mon Dieu, gémit Hank.

Mais il prit le trousseau et la torche et ouvrit à nouveau la porte menant à la cave.

Il força ses jambes à descendre les marches et, quand il eut passé le petit auvent, il éclaira de sa torche la partie visible des lieux. La cave en effet tournait à angle droit dix mètres plus loin et se continuait Dieu seul savait comment. La table apparut dans le rayon de la lampe. Elle était recouverte d'une nappe à carreaux toute poussiéreuse. Un énorme rat y trônait et ce jet de lumière ne sembla nullement le déranger. Il était assis sur son derrière ; on aurait dit qu'il ricanait.

Hank s'avança le long de la caisse en direction de la table.

— Hé, toi ! Raoustt !

Le rat sauta de la table et s'en alla en trottinant vers le fond de la cave. La main d'Hank tremblait et le rayon de la torche, sautant d'un point à un autre, éclaira tour à tour une barrique enfouie sous la poussière, un bureau décrépit, un tas de vieux journaux et...

Hank ramena brusquement le rayon de la torche sur les journaux et reprit sa respiration. A côté d'eux, il y avait...

Un tee-shirt... est-ce que c'était un tee-shirt ? En boule comme un vieux chiffon. Et à côté quelque chose qui avait pu être un blue-jeans. Et quelque chose lui ressemblait à...

Il entendit derrière lui un claquement.

La panique le saisit, il lança les clefs sur la table à la volée et prit la fuite en chancelant. En passant près de la caisse, il comprit ce qui avait fait ce bruit. Un des rubans d'aluminium s'était rompu et, comme un doigt dressé, pointait en direction du plafond.

Il monta les marches en trébuchant, claqua la porte derrière lui, la ferma au cadenas et courut jusqu'à la cabine. Il sentait ses poils se dresser et vit qu'il avait la chair de poule. Sa respiration était courte et sifflante comme celle d'un chien blessé. Il entendit vaguement Royal lui demander ce qui était arrivé, ce qui se passait en bas, démarra en trombe dans un rugissement de moteur et prit son tournant sur deux roues, les pneus ravinant la terre meuble. Il ne ralentit pas avant d'avoir atteint Brooks Road, ne songeant qu'à arriver le plus vite possible au bureau de Lawrence Crockett. Mais il se mit à trembler tellement qu'il craignit d'être obligé de faire halte au bord de la route.

— Qu'est-ce qu'y avait en bas ? demanda Royal. Qu'est-ce que t'as vu ?

— Rien, dit Hank Peters en claquant les dents. J'ai rien vu et je veux plus jamais voir ça.

6

Larry Crockett s'apprêtait à fermer boutique et à rentrer chez lui quand il entendit frapper doucement à la porte et vit

revenir Hank Peters, le visage encore marqué par l'angoisse.
— Vous avez oublié quelque chose, Hank ? demanda Larry.
Quand ils étaient revenus de Marsten House, le visage ravagé comme si on leur avait mis les couilles en tire-bouchons, il leur avait donné à chacun dix dollars de plus et une douzaine de canettes de bière en leur disant que peut-être ce serait aussi bien si tous les deux s'abstenaient d'en dire trop long sur leur petite expédition du soir.
— Il faut que je vous parle, dit Hank. Je peux pas m'en empêcher, Larry, il faut.
— Allez-y, je vous écoute, dit Larry.
Il ouvrit le tiroir du bas de son bureau, en tira une bouteille de Johnnie Walker et en versa une bonne dose pour lui et pour Hank dans deux verres-réclame.
— Qu'est-ce qui vous tracasse ?
Hank prit une gorgée de whisky, fit une grimace et l'avala.
— Quand j'ai descendu les clefs sur la table de la cave, j'ai vu quelque chose. On aurait dit des vêtements. Un tee-shirt et peut-être un blue-jeans. Et une chaussure de tennis. Je crois que c'était une chaussure de tennis, Larry.
Larry haussa les épaules et sourit.
— Vraiment ?
Il lui semblait qu'on lui avait posé un bloc de glace sur la poitrine.
— Le gosse des Glick portait un jeans. C'est ce qu'on a dit dans le journal. Un jeans, un tee-shirt et des chaussures de tennis. Larry, et si...
Larry continuait à sourire. Un sourire figé.
Hank poursuivit d'une voix étranglée :
— Et si ces gens qui ont acheté Marsten House et le magasin avaient bousillé le petit Glick ?
Voilà. C'était sorti. Il avala le reste de son verre d'un seul coup.
Toujours souriant, Larry dit :
— Vous avez peut-être vu aussi un corps ?
— Non... non. Mais...
— Ça, ce serait quelque chose à dire à la police, reprit Larry Crockett.
Il remplit de nouveau le verre d'Hank. Sa main ne tremblait pas. Elle était froide et ferme comme un roc dans un ruisseau gelé.
— Et je vous conduirais tout droit chez Parkins. Mais quelque chose comme ça...
Il secoua la tête.

— Ça peut faire venir au jour des histoires ennuyeuses. Vos relations avec la serveuse de chez Dell, par exemple... Elle s'appelle bien Jackie, n'est-ce pas ?

— De quoi que vous parlez, bon Dieu ?

Le visage d'Hank était devenu livide.

— Et ce renvoi pour des raisons... peu honorables. Sûr et certain qu'ils iraient fourrer leur nez dans l'affaire. Mais faites ce que vous devez faire, Hank. Agissez comme vous le jugez bon.

— J'ai pas vu de corps, murmura Hank.

— A la bonne heure, dit Larry souriant. Et peut-être n'avez-vous pas vu non plus de vêtements ? Ce n'était peut-être que... des des chiffons.

— Des chiffons, dit Hank Peters lugubrement.

— Mais oui, vous savez bien ce que c'est que les vieilles maisons. Il y a toujours plein de saletés qui traînent partout. Vous avez peut-être vu une vieille chemise dont on avait fait un chiffon.

— Ouais, c'est ça, dit Hank.

Il vida son verre pour la seconde fois.

— Vous savez voir les choses, Larry.

Crockett tira son portefeuille de la poche arrière de son pantalon, l'ouvrit et compta cinq billets de dix dollars sur le bureau.

— Qu'est-ce que c'est que ça ?

— J'ai oublié de vous payer le travail que vous avez fait pour Brennan le mois dernier. Il faut me rappeler ces choses-là, Hank. Vous savez comme il m'arrive d'oublier.

— Mais vous m'avez...

Larry, le sourire aux lèvres, l'interrompit :

— Savez-vous que vous pourriez être assis là à me raconter quelque chose, sans que demain je me souvienne de rien ? Est-ce que ce n'est pas terrible ?

— Ouais, murmura Hank.

Il prit les billets d'une main tremblante et les fourra aussitôt dans la poche intérieure de sa veste de toile bleue comme s'ils lui brûlaient les doigts. Puis il se leva avec tant de précipitation qu'il faillit renverser sa chaise.

— Faut que je parte, Larry. Je... j'ai pas... faut que j'y aille.

— Emportez la bouteille, proposa Larry.

Mais Hank était déjà à la porte. Il ne s'arrêta pas.

Larry se renfonça dans son siège. Il se versa un autre verre. Sa main ne tremblait toujours pas. Au lieu de quitter son bureau, il prit un autre verre, puis encore un autre. Il pensait aux pactes avec le diable. Enfin le téléphone sonna. Il décrocha. Ecouta.

— C'est fait, dit-il.

Il écouta. Raccrocha. Se versa un autre verre.

7

La nuit qui suivit, Hank Peters rêva que d'énormes rats surgissaient d'une tombe ouverte qui contenait le corps en décomposition d'Hubie Marsten, une corde en chanvre de Manille autour du cou. Il se réveilla aux premières heures du jour, le torse trempé de sueur, se redressa en haletant et poussa un cri quand sa femme lui toucha le bras.

8

Le magasin d'alimentation de Milt Crossen était situé à l'angle de Jointner Avenue et de Railroad Street et presque tous les vieux de la petite ville se donnaient rendez-vous là quand il pleuvait et que le parc était impraticable. Ils devenaient, pendant le long hiver, un des éléments immuables du décor.

Quand Straker, fit son apparition dans sa Packard 1939 — ou 1940 ? — le temps était juste un peu brumeux et Milt et Pat Middler discutaient, non sans de nombreuses parenthèses et digressions, sur le point de savoir si Judy, la petite amie de Freddy Overlock, avait filé en 1957 ou en 1958. Ils étaient d'accord pour dire qu'elle était partie avec un vendeur de salades de Yarmouth et qu'il ne valait pas un clou, ni elle non plus, mais pour le reste leurs avis divergeaient.

La conversation s'arrêta net quand Straker entra.

Son regard fit le tour du petit groupe — il y avait là Milt, bien sûr, et puis Pat Middler, Joe Crane, Vinnie Upshaw et Clyde Corliss — et il adressa à la ronde un sourire sans chaleur.

— Bonjour, messieurs, dit-il.

Milt Crossen se leva et attacha son tablier avec plus de soin que d'habitude.

— Vous désirez ?

— Je voudrais de la viande, dit Straker.

Il acheta un rôti de bœuf, une douzaine de côtes premières, des hamburgers et une livre de foie de veau. Il ajouta à ça un peu d'épicerie — de la farine, du sucre, des haricots - et plusieurs paquets de pain de mie en tranches.

Tous ces achats se firent au milieu du plus profond silence. Les habitués du magasin, assis autour du poêle que le père de

Milt avait fait mettre au fuel, fumaient, regardaient le ciel et observaient l'étranger du coin de l'œil.

Quand Milt eut fini de rassembler les marchandises dans un grand carton, Straker paya avec deux billets, un de vingt et un de dix. Il prit le carton, le mit sous son bras et adressa de nouveau à la ronde un sourire glacial.

— Au revoir, messieurs, dit-il.

Et il sortit.

Joe Crane se bourra une pipe. Clyde Corliss se gratta bruyamment la gorge et envoya un jet de salive mêlée de tabac à chiquer dans le seau ébréché posé près du poêle. Vinnie Upshaw sortit de la poche de sa veste un vieil appareil à rouler les cigarettes, disposa le tabac dans le caoutchouc et glissa la feuille de papier de ses doigts déformés par les rhumatismes.

Ils regardèrent l'étranger soulever le carton pour le mettre dans le coffre. Ils savaient tous que ce carton, avec tout ce qu'il contenait, devait peser au moins quinze kilos et ils l'avaient tous vu se le mettre sous le bras comme si c'était un coussin en plumes. Il s'installa au volant et remonta Jointner Avenue. La voiture grimpa la colline, tourna à gauche sur Brooks Road et disparut pour resurgir l'instant d'après de derrière les arbres, réduite par la distance à la taille d'un jouet. Ils la virent encore s'engager dans l'allée menant à la maison, puis la perdirent de vue.

— Drôle de type, dit Vinnie.

Il se colla sa cigarette au coin des lèvres, enleva quelques brins de tabac qui dépassaient et sortit une allumette de cuisine de la poche de sa veste.

— Ça doit être un des deux bonshommes qui ont acheté le magasin, dit Joe Crane.

— Et aussi Marsten House, ajouta Vinnie.

Clyde Corliss lâcha un pet.

Pat Middler s'absorba dans la contemplation d'un cal sur sa paume gauche.

Cinq minutes passèrent.

— Vous croyez qu'ils vont faire un malheur avec c'te boutique ? lança Clyde à la ronde.

— Ça se peut, dit Vinnie. Ils peuvent avoir leur succès pendant l'été. Difficile de dire comment les choses vont tourner de ce temps-ci.

Il y eut un murmure général ou plutôt un soupir d'approbation.

— Costaud, ce type, dit Joe.

— Ouais, et puis vous avez vu, dit Vinnie, une Packard de 39 et pas une tache de rouille dessus.

— Elle est de 40, dit Clyde.
— Les Packard de 40 n'ont pas d'enjoliveurs sur les ailes, dit Vinnie. Elle est de 39..
— Tu te goures, mon vieux, dit Clyde.

Cinq minutes passèrent. Ils virent que Milt examinait le billet de vingt dollars avec lequel Straker avait payé.

— Qu'est-ce qu'il a, ce flouze ? demanda Pat. Il t'a filé un faux billet ?

— Non, mais regardez.

Milt passa le billet par-dessus le comptoir et ils l'inspectèrent tous. Il était beaucoup plus grand qu'un billet ordinaire.

Pat l'approcha de la lampe, l'examina avec attention, le retourna.

— C'est un billet de la série E, n'est-ce pas, Milt ?

— Ouais, dit Milt. Ils ont arrêté de les fabriquer il y a quarante-cinq ou cinquante ans. J'imagine que ça doit valoir quelque chose au marché aux antiquités de Portland.

Pat fit passer le billet et ils l'examinèrent chacun à leur tour, les uns de loin, les autres de près, suivant l'état de leur vue. Joe Crane le rendit à Milt, qui le glissa sous le tiroir-caisse avec les chèques personnels et les coupons de réduction.

— Y a pas de doute que c'est un drôle de type, dit Clyde d'un ton rêveur.

— Ouais, dit Vennie.

Puis il reprit :

— C'était bien une Packard de 39. Vic, mon demi-frère, en avait une. Ç'a été sa première bagnole. Il l'avait achetée d'occasion en 1944. Un jour, il a oublié de mettre de l'huile dedans et il a coulé les bielles.

— Je pense qu'elle est de 40, dit Clyde, parce que je me souviens d'un type qui cannait les chaises près de chez Alfred, il venait chez vous si vous vouliez et...

Et la discussion se poursuivit ainsi, progressant par les silences plus que par les paroles, comme une partie d'échecs menée à distance. Le jour semblait n'avoir pas de fin pour eux et Vinnie Upshaw entreprit de se rouler une autre cigarette de ses doigts arthritiques.

9

Ben était en train d'écrire quand il entendit frapper doucement à la porte. Il termina sa phrase avant de se lever pour ouvrir. Il était trois heures de l'après-midi, le mercredi 24 septembre.

La venue de la pluie avait coupé court à toute velléité de chercher encore Ralphie Glick et tout le monde s'accordait à penser que c'était fini. Le petit Glick était parti... bien parti.

Ayant ouvert la porte, Ben se trouva face à face avec Parkins Gillespie, la cigarette aux lèvres. Il tenait à la main un livre de poche et Ben vit avec amusement qu'il s'agissait de l'édition de *La Fille de Conway* parue chez Bentam.

— Entrez, constable, dit-il. Il fait plutôt humide dehors.

— Oui, plutôt, dit Parkins en pénétrant dans la pièce. Le temps idéal pour les grippes d'automne. Je mets toujours mes caoutchoucs. Ça fait rire les gens, n'empêche que je n'ai pas eu la grippe depuis Saint-Lô, France, en 1944.

— Posez votre manteau sur le lit. Désolé de ne pouvoir vous offrir du café.

— Je ne voudrais pas mouiller votre lit, dit Parkins en secouant sa cendre au-dessus de la corbeille à papier de Ben ; quant au café, je viens d'en prendre une tasse à *L'Excellent*.

— Puis-je vous être utile en quelque chose ?

— Eh bien, c'est que ma femme a lu ça...

Il tendit le livre.

— Elle a su que vous étiez en ville, mais elle est timide. Elle a pensé que vous pourriez écrire votre nom dedans, ou quelque chose.

Ben prit le livre.

— A en croire Weasel Craig, votre femme est morte il y a quatorze ou quinze ans.

— Vraiment !

Parkins n'eut pas l'air surpris du tout.

— Ce Weasel, il parle à tort et à travers. Un jour, il ouvrira la bouche si grande qu'il tombera dedans.

Ben ne dit rien.

— Croyez-vous que vous pourriez me le dédicacer à moi, alors ?

— Très volontiers.

Ben prit un stylo sur le bureau, ouvrit le livre à la page de garde (« Une tranche de vie ! » — *Le Courrier de Cleveland*) et écrivit : *Au constable Gillespie, très cordialement, Ben Mears, 24/9/75*. Puis il le tendit à Parkins.

— J'apprécie beaucoup, dit Parkins sans regarder ce que Ben avait écrit.

Il se pencha et écrasa sa cigarette sur le bord intérieur de la corbeille à papier.

— C'est le seul livre dédicacé que je possède.

— C'est pour encourager l'auteur que vous êtes venu ? demanda Ben en souriant.

— Vous êtes un malin, dit Parkins. Puisque vous me le demandez, je me suis dit qu'il fallait que je vienne vous poser une question ou deux. J'ai attendu que Nolly ne soit pas là. C'est un brave garçon, mais il aime bavarder, lui aussi. Ah ! les racontars, ici, ça ne chôme pas.

— Qu'est-ce que vous voudriez savoir ?

— Surtout où vous étiez le soir de mercredi dernier.

— Le soir où Ralphie Glick a disparu ?

— Ouais.

— Est-ce que je compte parmi le suspects, constable ?

— Non, Mr. Mears, je n'ai pas de suspects. Une affaire comme celle-là, ça n'est pas dans mes habitudes. Épingler ceux qui font des excès de vitesse en sortant de chez Dell, ou récupérer des enfants dans le parc avant qu'ils n'aient pris goût au vagabondage, c'est plus dans mes cordes. Pour l'instant, je prends le vent ici et là.

— Et si je ne voulais pas vous le dire ?

Parkins haussa les épaules et sortit son paquet de cigarettes.

— Ça vous regarde, mon garçon.

— J'ai dîné avec Susan Norton et ses parents. J'ai joué au badminton avec son père.

— Je parie qu'il vous a battu. Il bat toujours Nolly. Nolly passe son temps à rêver de le battre, rien qu'une fois. A quelle heure est-ce que vous les avez quittés ?

Ben rit, mais sans conviction.

— Il faut vraiment que vous creusiez jusqu'à l'os.

— Vous savez que si j'étais un de ces détectives new-yorkais comme on en voit à la télé je penserais que vous avez quelque chose à cacher, à voir la façon dont vous tournez autour de mes questions.

— Non, je n'ai rien à cacher, dit Ben. Je suis simplement fatigué d'être l'étranger dans la ville. On me montre du doigt dans la rue, on se pousse du coude à la bibliothèque et maintenant vous vous ramenez avec vos petites combines pour essayer de déterminer si j'ai planqué le scalp de Ralphie Glick dans mon placard.

— Détrompez-vous, je suis très loin de penser ça.

Il jeta un regard sur Ben par-dessus sa cigarette. Ses yeux étaient devenus durs.

— J'essaie seulement d'avoir des données précises me permettant de vous écarter. Si je pensais que vous étiez pour quelque chose dans cette affaire, c'est au bloc que je vous aurais entendu.

— O.K., dit Ben. Je suis parti de chez les Norton vers sept

heures et quart. J'ai marché en direction de Schoolyard Hill. Quand il s'est mis à faire trop noir pour que j'y voie devant moi, je me suis rentré ici, j'ai écrit pendant deux heures et puis je me suis couché.

— A quelle heure étiez-vous ici ?
— A huit heures et quart, je pense. Quelque chose comme ça.
— Bon, ça ne vous disculpe pas comme je l'aurais souhaité. Avez-vous rencontré quelqu'un ?
— Non, dit Ben. Personne.

Parkins poussa un grognement — ce n'était pas compromettant — et s'approcha de la machine à écrire.

— Vous écrivez sur quoi ?
— Ça ne vous regarde pas, dit Ben d'une voix devenue brève. Je vous saurais gré de ne pas y fourrer votre nez. A moins, bien sûr, que vous n'ayez un mandat de perquisition.
— Vous êtes bien chatouilleux pour un homme qui souhaite être lu par des milliers de personnes !
— Quand ce texte aura été imprimé, après correction d'éditeur, correction d'épreuves et mise au point définitive, je veillerai personnellement à ce qu'il vous en soit envoyé quatre exemplaires. Dédicacés. Mais, pour le moment, ce sont des papiers personnels et pas autre chose.

Parkins s'éloigna de la table en souriant.

— Compris. De toute façon, je veux bien être pendu si vous avez fait là une confession signée.

Ben lui sourit en retour.

— Mark Twain a dit que l'art du romancier consistait à tout confesser sans avoir rien fait.

Parkins souffla une bouffée de fumée et se dirigea vers la porte.

— Je ne veux pas vous importuner davantage, Mr. Mears. Merci de m'avoir accordé un peu de votre temps et, soit dit en passant, je ne crois pas que vous ayez jamais vu le petit Glick. Mais, c'est mon boulot d'enquêter là-dessus un peu partout.

Ben hocha la tête.

— Compris.
— Et puis il faut que vous vous mettiez bien dans la tête que dans des coins comme Salem, Milbridge ou Guilford vous êtes considéré comme un étranger tant que vous n'avez pas passé vingt ans dans la ville.
— Je sais. Je suis désolé de vous avoir rembarré tout à l'heure. Mais après une semaine passée à chercher ce gamin sans rien trouver...

Ben secoua la tête.

— Ouais, dit Parkins. C'est terrible pour sa mère. Vraiment terrible. Vous, faites attention.
— Oui, bien sûr, dit Ben.
— Vous ne m'en voulez pas ?
— Non.
Ben s'arrêta puis reprit :
— Je voudrais que vous me disiez quelque chose.
— Si je peux, oui.
— Où est-ce que vous avez trouvé ce bouquin, sincèrement ?
Parkins Gillespie sourit.
— Bon, eh bien, il y a un type à Cumberland qui réunit dans un hangar toutes sortes de trucs d'occasion. Il est un peu pédale, je crois bien. Il s'appelle Gendron. Il vend des livres de poche à dix cents la pièce. Il en avait cinq exemplaires.
Ben rejeta la tête en arrière et éclata d'un bon rire. Parkins Gillespie s'en alla, la cigarette et le sourire aux lèvres. Ben s'approcha de la fenêtre et attendit de le voir sortir de la maison et traverser la rue en évitant soigneusement de mettre ses caoutchoucs noirs dans les flaques.

10

Parkins s'arrêta un instant devant la vitrine du nouveau magasin avant de frapper à la porte. Du temps de la laverie municipale, tout ce qu'on voyait à travers la vitre, c'était une bande de grosses femmes en bigoudis ajoutant de l'eau de Javel ou prenant de la monnaie à la machine fixée au mur tout en mâchant du chewing-gum comme les vaches ruminent leur herbe. Mais la camionnette d'un décorateur d'intérieur venu de Portland avait stationné devant la porte tout l'après-midi de la veille et venait de passer là encore toute la journée, aussi l'endroit avait-il pris une allure tout à fait différente.
Une estrade recouverte d'une jolie moquette bouclée d'un vert clair avait été installée dans la vitrine. Deux spots invisibles jetaient une lumière flatteuse sur les trois meubles exposés : une horloge à balancier, un rouet et un secrétaire à l'ancienne en cerisier. Devant chacun d'eux on avait mis une espèce de chevalet supportant un petit carton sur lequel un prix était inscrit en chiffres discrets et, mon Dieu, est-ce que quelqu'un jouissant de toutes ses facultés irait donner 600 $ pour un rouet alors qu'on pouvait se procurer n'importe où une Singer pour 48.95 $?
Parkins frappa à la porte en soupirant.
Elle s'ouvrit dans la seconde qui suivit, comme si le nouveau

propriétaire s'était tapi derrière en attendant que Parkins vienne y frapper.

— Inspecteur! dit Straker avec un mince sourire. Comme c'est gentil de venir!

— Je ne suis qu'un pauvre vieux constable, vous savez, dit Parkins.

Il entra à grandes enjambées dans le magasin tout en allumant une Pall Mall.

— Je me présente. Parkins Gillespie. Très heureux de faire votre connaissance.

Il tendit la main. Elle fut saisie et gentiment écrasée par une main très sèche et très forte qui, au bout d'un instant, desserra son étreinte.

— Richard Throckett Straker, dit l'homme chauve.

— J'ai bien pensé que c'était vous, dit Parkins en regardant autour de lui.

On avait posé de la moquette partout et on était en train de peindre les murs. L'odeur de peinture fraîche était plaisante, mais il y avait une autre odeur par-dessous, infiniment moins agréable. Parkins ne put déterminer ce que c'était; il ramena son attention sur Straker.

— Que puis-je faire pour vous en cette magnifique journée? demanda Straker.

Parkins se détourna pour jeter un coup d'œil à travers la devanture. Il tombait toujours des cordes.

— Oh! rien du tout. Je suis juste venu pour saluer. Vous accueillir dans cette ville et vous souhaiter bonne chance, voilà tout.

— Quelle aimable pensée! Prendriez-vous un café? Ou un peu de sherry? J'ai une petite réserve là derrière.

— Non, merci, je ne peux pas rester. Mr. Barlow est-il par ici?

— Mr. Barlow est à New York, en train de faire des achats. Je ne l'attends pas avant le 10 octobre au plus tôt.

— Vous allez ouvrir sans lui, alors, dit Parkins tout en pensant qu'à en juger par les prix indiqués dans la vitrine Straker ne risquait pas d'être assailli par la clientèle. A propos, quel est le prénom de Mr. Barlow?

Straker sourit de nouveau, de son sourire en lame de rasoir.

— Est-ce une question que vous me posez en votre qualité de constable?

— Non. En curieux simplement.

— Mon associé s'appelle Kurt Barlow, dit Straker. Nous avons travaillé ensemble à Londres et à Hambourg. Ceci (il fit un geste circulaire), ceci sera notre retraite. Modeste et cependant appréciable. Nous comptons juste gagner de quoi vivre simplement. Mais nous aimons tous les deux anciennes, les belles choses, et nous espérons bien nous faire une réputation dans le pays..., peut-être même dans toute la Nouvelle-Angleterre, cette superbe région. Pensez-vous que ce soit possible, constable Gillespie ?

— Pourquoi pas ? dit Parkins qui cherchait un cendrier. (N'en voyant pas, il secoua sa cendre dans la poche de son manteau.) En tout cas, je vous le souhaite et surtout dites à Mr. Barlow quand vous le verrez que je compte bien lui rendre visite.

— Je n'y manquerai pas, dit Straker. Il aime énormément la compagnie.

— Voilà qui est bien, dit Gillespie.

Il se dirigea vers la porte, s'arrêta et, regardant en arrière, vit que Straker l'observait intensément.

— Et, dites-moi, qu'est-ce que vous pensez de la vieille maison ?

— Il y a beaucoup à faire, dit Straker. Mais nous avons le temps.

— C'est sûr, dit Parkins. Vous n'auriez pas par hasard vu des petits gosses traîner par là-haut ?

Le front de Straker se plissa.

— Des petits gosses ?

— Oui, dit Parkins. Vous savez comme les gamins aiment quelquefois jouer des tours aux nouveaux venus. Lancer des pierres ou tirer les sonnettes et ensuite se sauver... ce genre de trucs.

— Non, dit Straker. Pas d'enfants.

— Il y a un de nos gamins qui a, comme qui dirait, disparu.

— Vraiment ?

— Oui, répondit Parkins d'un ton calme. Oui, vraiment. On se demande maintenant si on va le retrouver. Si on va le retrouver vivant.

— Comme c'est triste ! dit Straker d'une voix froide.

— C'est vrai. Si jamais vous remarquez quelque chose...

— Je vous en ferai part, bien sûr, immédiatement.

Il eut de nouveau un petit sourire glacial.

— Bon, dit Parkins. (Il ouvrit la porte et regarda avec résignation la pluie qui tombait à verse.) Dites à Mr. Barlow que j'ai hâte de faire sa connaissance.

— Je ne manquerai pas de le lui dire, constable Gillespie. *Ciao*.

Parkins regarda Straker avec stupéfaction.

— Tchao ?

Le sourire de Straker s'élargit.
— C'est le terme courant pour se dire au revoir en Italie.
— Ah! bon, on en apprend tous les jours. Allez, bye.
Il ferma la porte derrière lui et se lança sous les cataractes. « Le terme courant ; pas courant pour moi, en tout cas. » Sa cigarette était déjà trempée. Il la jeta.
De l'intérieur de son magasin, à travers la devanture, Straker le regarda remonter la rue. Il ne souriait plus.

11

Arrivé à la gendarmerie, Parkins appela :
— Nolly ? Tu es là, Nolly ?
Pas de réponse. Parkins secoua la tête. Nolly était brave garçon, mais il n'en avait pas lourd dans le ciboulot. Il retira son manteau, défit ses caoutchoucs, s'assit à son bureau, chercha un numéro de téléphone dans l'annuaire et le composa sur le cadran. Quelqu'un décrocha à la première sonnerie.
— F.B.I., Portland. Agent Hanrahan.
— Ici Parkins Gillespie, constable à Jerusalem's Lot. Nous avons un jeune garçon qui a disparu.
— Je sais, dit Hanrahan d'une voix coupante. Ralph Glick, neuf ans, un mètre quarante, cheveux noirs, yeux bleus. Que se passe-t-il ? Y a-t-il eu un message des ravisseurs ?
— Rien de ce genre. Pourriez-vous m'avoir des renseignements sur trois individus dont je vais vous donner les noms ?
Hanrahan répondit par l'affirmative.
— Il s'agit d'abord de Benjaman Mears. M-E-A-R-S. Écrivain. A publié un livre dont le titre est *La Fille de Conway*. Les deux autres font la paire. L'un s'appelle Kurt Barlow. B-A-R-L-O-W. L'autre...
— Est-ce que vous écrivez Kurt avec un *C* ou avec un *K* ? demanda Hanrahan.
— Je ne sais pas.
— Bon. Continuez.
C'est ce que fit Parkins, la sueur au front. Quand il lui arrivait de s'adresser aux plus hautes instances de la loi, il avait toujours l'impression d'être un minus.
— L'autre type est Richard Throckett Straker. Deux *t* à la fin de Throckett, et Straker comme ça se prononce. Lui et Barlow font du commerce de meubles et d'antiquités. Ils viennent d'ouvrir un petit magasin ici. Straker prétend que Barlow est à New York pour une tournée d'achats. Il dit avoir travaillé en

association avec lui à Londres et à Hambourg. C'est plausible.

— Croyez-vous que ces gens soient impliqués dans l'affaire Glick ?

— Pour l'instant, je ne sais même pas si on peut parler d'une affaire. Mais ils sont arrivés en ville à peu près à ce moment-là.

— Pensez-vous qu'il y ait un lien entre Mears et les deux autres ?

Parkins se pencha et jeta un coup d'œil par la fenêtre.

— Ça, dit-il, c'est une des choses que j'aimerais bien tirer au clair.

12

Quand le temps est clair et que l'air est vif, les fils téléphoniques bourdonnent étrangement, comme s'ils vibraient à l'unisson des histoires qui leur sont confiées. Le son de ces voix désincarnées qui traversent l'espace ne ressemble à nul autre.

— ... et il a payé avec un billet de vingt dollars d'autrefois, Mabel, tu sais, les grands billets. Clyde dit qu'il n'en a plus vu depuis la descente qu'il y a eu en 1930 sur la Gates Bank. C'était...

— ... oui, c'est vraiment un drôle de type, Evvie. Je l'ai vu avec mes jumelles pousser une brouette derrière la maison. Je me demande s'il est tout seul là-haut ou si...

— ... Crockett doit savoir, mais il ne le dira pas. Il ne dit pas un mot de cette affaire. Il a toujours été un...

— ... écrivain chez Eva. Je me demande si Floyd Tibbits sait qu'il est...

— ... passe un temps fou à la bibliothèque. Loretta Starcher dit qu'elle n'a jamais vu quelqu'un qui connaisse autant de...

— ... elle a dit qu'il s'appelait...

— ... oui, Straker, Mr. R.T. Straker. La mère de Kenny Danles m'a dit qu'elle s'était arrêtée devant leur nouveau magasin et qu'il y avait dans la vitrine un secrétaire ancien pour lequel ils demandaient *huit cents dollars*. Tu te rends compte ? Alors je lui ai dit...

— ... curieux, cet étranger qui arrive au moment où le petit Glick...

— ... tu ne penses pas...

— ... non, mais c'est curieux. A propos, est-ce que tu peux me passer cette recette de...

Et les fils de bourdonner, bourdonner sans trêve.

13

Nom : Glick, Daniel Francis
Adresse : Brock Road, Jerusalem's Lot, Maine 04270
Age : 12 *Sexe :* M *Race :* Caucasienne
Admis le : 22/9/75 *Inscrit par :* Anthony H. Glick (le père)
Symptômes : état de choc, perte de mémoire (partielle), nausée, manque d'appétit, constipation, faiblesse générale.
Examens (voir feuille ci-jointe) :
  1. Timbre-test de tuberculose : nég.
  2. Analyse d'urine et de crachats : nég.
  3. Diabète : nég.
  4. Compte de globules blancs : norm.
  5. Compte de globules rouges : 45 % hémo.
  6. Ponction lombaire : nég.
  7. Radio des poumons : nég.

Diagnostic possible : anémie pernicieuse, primaire ou secondaire ; l'examen précédent donnait 86 % d'hémoglobine. Anémie secondaire peu vraisemblable : pas d'ulcères, pas d'hémorroïdes, aucune tumeur variqueuse. Numération globulaire norm. Anémie primaire probable, plus trauma psychologique. Recommande lavement baryté et examen radiologique pour dépistage éventuel d'hémorragie interne bien que le père n'ait signalé aucun accident. Recommande aussi administration journalière de vitamine B 12 (voir feuillet ci-joint).
Sous réserve d'examens ultérieurs, peut quitter l'hôpital.
G.M. Gorby,
Chef de Service.

14

A une heure du matin, le 24 septembre, l'infirmière de nuit entra dans la chambre de Danny Glick pour lui donner son médicament. A peine avait-elle passé la porte qu'elle s'arrêta, les sourcils froncés. Le lit était vide.

Son regard tomba aussitôt sur un petit tas blanc gisant au pied du lit.

— Danny ? dit-elle.

En s'avançant vers lui, elle pensa : « Il a voulu aller aux toilettes et il n'en a pas eu la force, ça doit être ça. »

Elle le retourna doucement et sa première pensée, avant

qu'elle eût compris qu'il était mort, fut que la vitamine B 12 avait agi ; il avait bien meilleure mine que lors de son admission.

Ce ne fut qu'après qu'elle se rendit compte que les poignets de Danny étaient glacés et que le sang avait cessé de circuler dans ses veines. Il ne lui restait plus qu'à courir au poste des infirmières pour signaler qu'il y avait un décès dans le service.

BEN (2)

1

Le jeudi 25 septembre, Ben dîna de nouveau chez les Norton. Repas traditionnel : saucisses de Francfort et haricots. Bill Norton fit griller les saucisses dehors, au barbecue. Quant à Ann, dès neuf heures du matin, elle avait mis les haricots blancs à mijoter dans la mélasse. Ils s'installèrent à la table de pique-nique et, le repas terminé, ils y restèrent tous les quatre à fumer des cigarettes et à discuter à bâtons rompus des chances de plus en plus réduites qu'avait l'équipe de Boston de gagner la coupe de baseball.

Un changement subtil s'était fait dans l'air ; on n'avait pas froid, même en bras de chemise, mais on sentait déjà la morsure du gel. L'automne attendait en coulisse, tout prêt à faire son apparition. Les feuilles du vieil érable qui ombrageait la pension d'Eva Miller avaient déjà commencé à rougir.

Les relations qu'entretenait Ben avec les Norton n'avaient pas changé. Le sentiment que lui portait Susan était franc, clair et naturel. Et il l'aimait beaucoup. Il voyait bien que Bill avait pour lui une sympathie de jour en jour croissante, mais il le sentait freiné par le tabou inconscient qui affecte tous les pères à l'égard des hommes qui viennent chez eux pour leurs filles et non pas pour eux. Si on se trouve en face d'un interlocuteur sympathique et qu'on n'a rien à cacher, on s'exprime librement ; on discute des femmes en buvant une bière, on parle politique. Mais, si profonde que soit, potentiellement, la sympathie mutuelle, comment ouvrir son cœur à un homme qui a entre les cuisses l'instrument qui déflorera peut-être votre enfant ? Et même après le mariage, le possible étant devenu réalité, comment lier une vraie amitié avec l'homme qui baise votre fille, nuit après nuit ? Il y avait peut-être une leçon à tirer de tout cela, mais Ben en doutait.

Ann Norton était toujours aussi froide avec lui. La veille au soir, Susan avait un peu parlé à Ben de Floyd Tibbits. Sa mère voyait en Floyd une solution nette et satisfaisante au problème du gendre. Elle l'avait jaugé ; il était solide. Ben Mears, par contre, était sorti tout d'un coup de nulle part et pouvait disparaître de la même façon, en emportant peut-être le cœur de sa fille dans sa poche. Elle avait à l'égard de l'écrivain, du créateur, cette animosité instinctive typique des petites villes (animosité qu'Edward Arlington Robinson ou Sherwood Anderson aurait immédiatement reconnue), et Ben se doutait qu'au fond d'elle-même elle avait assimilé un stéréotype : c'étaient soit des pédérastes, soit des obsédés sexuels ; des criminels en puissance, des suicidaires ou des maniaques ; avec une propension très nette à expédier aux jeunes filles des paquets contenant leur oreille gauche. La participation de Ben aux recherches entreprises pour retrouver Ralphie Glick semblait avoir renforcé sa suspicion plutôt que l'avoir amoindrie et il avait l'impression que faire sa conquête serait chose impossible. Il se demandait si elle savait que Parkins Gillespie lui avait rendu visite dans sa chambre.

Il ruminait paresseusement ces pensées quand Ann dit :
— C'est terrible, ce qui est arrivé au petit Glick !
— Ralphie ? Oui, dit Bill.
— Non, l'aîné. Il est mort.
Ben sursauta.
— Qui, Danny ?
— Il est mort hier, au début de la matinée.
Ann semblait surprise que les hommes ne soient pas au courant. En ville on ne parlait que de ça.
— Je l'ai entendu dire chez Milt, dit Susan. (Sous la table sa main rencontra celle de Ben et il s'empressa de la lui prendre.) Comment les Glick réagissent-ils ?
— De la même façon que moi je réagirais, dit Ann simplement. Ils sont fous de douleur.
Rien d'étonnant à cela, pensa Ben. Il y a dix jours, leur vie suivait son cours habituel et maintenant le destin avait fait éclater leur petite cellule familiale. Un frisson le parcourut.
— Croyez-vous que l'autre petit Glick réapparaîtra un jour vivant ? demanda Bill à Ben.
— Non, dit Ben. Je pense qu'il est mort lui aussi.
— Comme ça s'est passé à Houston il y a deux ans, dit Susan. S'il est mort, j'espère presque qu'on ne le retrouvera pas. Celui qui peut faire une chose pareille à un petit garçon sans défense...
— La police fait des recherches, j'imagine, dit Ben. Ils doi-

vent faire le tour de tous les délinquants sexuels connus et les interroger.

— Quand on aura retrouvé le type, il faudra le pendre par les pouces, dit Bill Norton. Badminton, Ben ?

Ben se leva.

— Non, merci. Ça ressemble trop à un jeu de cartes où je ferais le mort. Merci pour le bon dîner. Je voudrais travailler encore un peu ce soir.

Ann Norton eut un froncement de sourcil et resta silencieuse.

Bill se leva.

— Comment marche ce nouveau livre ?

— Bien, dit Ben brièvement. Susan, est-ce que vous descendriez la colline avec moi ? On irait prendre un ice-cream soda chez Spencer.

Ann ne laissa pas à Susan le temps de répondre.

— Oh ! je ne sais pas, dit-elle. Après l'histoire de Ralphie Glick, je me sentirais plus rassurée si...

Susan l'interrompit :

— Maman, je suis une grande fille. Et puis il y a des lampadaires tout le long de Brock Hill.

— Je vous raccompagnerai, bien sûr ! dit Ben du ton du jeune homme modèle.

Il faisait si beau quand il était parti de chez Eva qu'il n'avait pas pris sa voiture.

— Ils ne craignent rien, dit Bill. Tu te fais trop de souci, maman.

— Oui, c'est probable. Les jeunes savent toujours mieux que nous, n'est-ce pas ?

Elle eut un sourire crispé.

— Je vais juste chercher une veste, murmura Susan à Ben. Et elle remonta jusqu'à la maison. Elle portait une petite jupe rouge qui s'arrêtait aux cuisses et, lorsqu'elle monta les marches devant la porte, il y avait de quoi se rincer l'œil. Ben regardait, sachant qu'Ann le regardait regarder. Son mari éteignait le feu de braises.

— Combien de temps comptez-vous rester à Salem, Ben ? demanda Ann avec une amabilité de commande.

— Jusqu'à ce que le livre soit terminé, en tout cas, dit-il. Après, je ne sais pas. Les matinées sont merveilleuses et j'aime l'air qu'on y respire. (Il la regarda en souriant.) Il se peut que je reste plus longtemps.

Elle lui rendit son sourire.

— Il fait froid en hiver, Ben. Terriblement froid.

Susan apparut en haut des marches et les rejoignit, une veste légère jetée sur les épaules.

— On y va? Moi, je prendrai un soda au chocolat. Et tant pis pour le teint!

— Votre teint n'y perdra rien, dit-il.

Et, se tournant vers Mr. et Mrs. Norton :

— Merci encore.

— Venez quand ça vous chante, dit Bill. Tiens, demain soir, si vous voulez. Avec un carton de bière. On s'en paiera une tranche sur le compte de ce maudit Yastrzemski.

— Bonne idée, dit Ben, mais que ferons-nous après le deuxième tour de batte?

Le rire de Bill, jovial et chaleureux, les suivait encore quand ils eurent tourné le coin de la maison.

2

— Je n'ai pas envie d'aller chez Spencer, dit-elle tandis qu'ils descendaient la colline. Allons plutôt au parc.

— Et les voyous, ma bonne dame? demanda-t-il en imitant l'accent du Bronx.

— A Salem, tous les voyous doivent être rentrés à sept heures. C'est une ordonnance municipale. Or il est exactement huit heures trois minutes.

Ils n'avaient pas encore atteint le pied de la colline que l'obscurité les avait déjà enveloppés. Leurs ombres s'allongeaient ou se raccourcissaient dans la lumière des lampadaires.

— Vos voyous sont bien accommodants, dit-il. Personne ne va dans le parc après la tombée de la nuit?

— Les gosses de la ville y vont de temps en temps pour se peloter quand ils ne peuvent pas se payer le drive-in, dit-elle en lui faisant un clin d'œil. Alors, si vous voyez des ombres rôder dans les buissons, détournez les yeux.

Ils entrèrent par le côté ouest, qui faisait face à la mairie. Le parc était ombreux, un peu comme dans un rêve, les allées macadamisées serpentaient sous les arbres feuillus et le bassin, illuminé par le reflet des lampadaires, brillait tranquillement. Si présence il y avait, elle était insoupçonnable.

Ils contournèrent le monument aux morts. Les noms des défunts s'y alignaient, les plus anciens datant de la Révolution, les plus récents, gravés sous ceux de la guerre de 1812, datant de la guerre du Vietnam. On comptait six noms pour ce dernier conflit, les entailles récentes dans le cuivre luisant comme des blessures fraîches. Il pensa : « Cette petite ville est mal nommée, elle devrait s'appeler le Temps. » Et, comme si cela découlait naturellement de cette pensée, il tourna la tête pour chercher du regard Marsten House, mais la masse noire de la mairie la dissimulait.

Elle vit son regard et fronça les sourcils. Tandis qu'ils étendaient leurs vestes sur le gazon et s'asseyaient (ils avaient dédaigné, d'un commun accord, les bancs publics), elle dit :

— Maman a raconté que Parkins Gillespie prenait des renseignements sur vous. C'est un peu comme à l'école, quand l'argent de la cantine a disparu et qu'on regarde d'un drôle d'œil le nouveau.

— C'est un drôle de numéro, ce type, dit Ben.

— Maman vous voit déjà jugé et condamné.

Cela voulait être dit légèrement, mais la voix de Susan flancha et laissa transparaître quelque chose de sérieux.

— Votre mère ne m'aime pas beaucoup, n'est-ce pas ?

— Non, dit Susan, la main dans celle de Ben. C'est un cas d'antipathie instantanée. Je suis désolée.

— Ça ne fait rien, dit-il. J'ai quand même la moyenne.

— Grâce à papa ! (Elle sourit.) Quand quelqu'un a de la classe, il sait le reconnaître. (Le sourire s'effaça.) Ben, c'est sur quoi, votre nouveau livre ?

— C'est difficile à dire.

Il enleva ses espadrilles et promena ses orteils dans le gazon couvert de rosée.

— N'essayez pas de changer de sujet de conversation.

— Non, ça m'est égal de vous en parler.

Et il fut surpris de découvrir que c'était vrai. Il avait toujours pensé à l'œuvre en cours comme à un enfant, un enfant frêle, qu'il convenait de protéger et de bercer. Malmené, il risquait de mourir. Il avait refusé de dire quoi que ce soit à Miranda de *La Fille de Conway* et de *Un air de danse,* bien qu'elle eût été follement curieuse à leur sujet. Mais Susan était différente. De la part de Miranda, il y avait toujours eu comme une mise à l'épreuve systématique et ses questions prenaient l'allure d'un interrogatoire.

— Laissez-moi une minute pour réfléchir à la meilleure manière de dire tout cela, dit-il.

— Est-ce que vous pouvez m'embrasser pendant que vous réfléchissez ? demanda-t-elle en s'étendant sur le gazon.

Il avait une conscience aiguë des dimensions de sa mini et du terrain qu'elle lui laissait gagner.

— Je pense que cela pourrait inhiber le processus mental, dit-il doucement. Essayons pour voir.

Il se pencha sur elle et l'embrassa en posant une main sur sa taille. Elle lui tendit la bouche sans hésiter et ses mains se fermèrent sur les siennes. Un instant plus tard, il sentait sa langue pour la première fois et il l'accueillait avec la sienne. Elle se déplaça pour mieux lui rendre son baiser et le bruissement doux de sa jupe lui parut assourdissant, presque insoutenable.

Il fit glisser sa main plus haut et elle se souleva pour y placer son sein, souple et ferme. Pour la seconde fois depuis qu'il la connaissait, il eut l'impression d'avoir de nouveau seize ans, la tête en révolution et la route devant lui, libre de tout obstacle.

— Ben ?
— Oui.
— Tu me fais l'amour ? Est-ce que tu en as envie ?
— Oui, dit-il. J'en ai très envie.
— Ici, sur l'herbe ?
— Oui.

Elle le regardait, les yeux grands ouverts dans le noir. Elle dit :
— Tâche que ce soit bon.
— Je tâcherai.
— Doucement, dit-elle. Doucement, doucement, comme ça...
Ils ne furent plus que des ombres dans le noir.
— Là, dit-il. Oh ! Susan.

3

Ils marchèrent un bon moment, d'abord au gré de leur fantaisie à travers le parc, puis avec plus de suite dans les idées, en direction de Brock Street.
— Est-ce que tu regrettes ? demanda-t-il.
Elle leva les yeux vers lui et sourit avec simplicité.
— Non, je suis contente.
— Bon.
Ils se promenèrent la main dans la main, sans parler.
— Et le livre ? demanda-t-elle. Tu allais m'en parler quand nous avons été interrompus, si délicieusement.
— C'est un livre sur Marsten House, dit-il d'une voix lente. Peut-être ne l'a-t-il pas été au départ, pas entièrement. Je pensais qu'il allait avoir la ville pour sujet. Mais je me demande si je ne suis pas en train de m'égarer. J'ai fait une enquête sur Hubie Marsten, tu sais. C'était un tueur. La société de transport n'était qu'une façade.

Elle le regarda avec stupéfaction.

— Comment est-ce que tu as appris tout ça ?

— Un peu par la police de Boston et beaucoup par une femme du nom de Minella Corey, la sœur de Birdie Marsten. Elle a soixante-dix-neuf ans maintenant ; elle ne se souvient pas de ce qu'elle a mangé au petit déjeuner, mais elle n'a rien oublié de ce qui s'est passé avant 1940.

— Et elle t'a dit...

— Tout ce qu'elle savait. Elle est dans une maison de retraite dans le New Hampshire et je ne crois pas que quelqu'un ait pris la peine de l'écouter depuis des années. Je lui ai demandé si Hubert Marsten avait vraiment été un tueur à gages dans la région de Boston — la police, elle, ne mettait pas cela en doute — et elle a hoché la tête affirmativement. « Combien ? » lui ai-je demandé. Elle a mis ses doigts tout droits devant ses yeux, elle les a baissés et relevés et puis elle a dit : « Vous avez compté ? »

— Mon Dieu ! murmura Susan.

— Le gang de Boston commença à se poser des questions sur Hubert Marsten en 1927, poursuivit Ben. Il avait été convoqué deux fois pour interrogatoire, une fois par la police municipale et une fois par la police de Malden. Dans le cas de Boston, il s'agissait d'un classique règlement de comptes et il était de nouveau dans les rues deux heures après. Mais l'affaire de Malden n'avait rien à voir avec son boulot. Il s'agissait de l'assassinat d'un garçon de onze ans. L'enfant avait été éviscéré.

— Ben, dit Susan d'une voix bouleversée.

— Les employeurs d'Hubert Marsten l'ont tiré d'affaire — j'imagine qu'il en savait trop sur un certain nombre de cadavres — mais sa carrière à Boston était terminée. Il est venu s'installer tranquillement à Salem. Ce n'était plus qu'un employé d'une société de transport à la retraite qui recevait chaque mois son chèque. Il ne sortait pas beaucoup. Du moins pour autant qu'on le sache.

— Que veux-tu dire ?

— J'ai passé beaucoup de temps à la bibliothèque à compulser de vieux exemplaires du *Ledger* de 1928 à 1939. Quatre enfants ont disparu pendant cette période. Ce n'est pas tellement inhabituel. Surtout à la campagne. Les gosses se perdent et ils meurent parfois de froid. Ou bien ils sont enterrés dans l'éboulement d'une sablière. On n'aime pas y penser, mais ça arrive.

— Mais tu ne crois pas que ce soit le cas ?

— Je ne sais pas. Mais ce que je sais, c'est qu'aucun de ces quatre enfants-là n'a jamais été retrouvé. Pas de chasseur qui soit tombé sur un squelette en 1945, pas d'entrepreneur qui en ait découvert un en chargeant le gravier lui servant à faire son ciment. Hubert et Birdie ont vécu dans cette maison pendant onze ans et les gosses ont disparu, c'est tout ce qu'on sait. Mais je n'arrête pas de penser à ce gosse de Malden. J'y pense tout le temps. Est-ce que tu as lu *Le Fantôme de Hill House* de Shirley Jackson ?

— Oui.

Il cita à voix basse :

— *Et l'être qui y marchait y marchait seul.* Tu m'as demandé le sujet de mon livre. Eh bien, au fond, c'est la faculté du mal à renaître.

Elle posa la main sur son bras.

— Tu ne crois pas que Ralphie Glick...

— A été dévoré par l'esprit affamé de vengeance d'Hubert Marsten, qui ressusciterait tous les trois ans à la pleine lune ?

— Quelque chose de ce genre.

— Ce n'est pas à moi qu'il faut t'adresser si tu veux être rassurée. N'oublie pas que le gosse qui a ouvert la porte de la chambre du premier et qui a vu Marsten pendu à une poutre, c'est moi.

— Ce n'est pas une réponse.

— Je ne prétends pas que ça en soit une, mais laisse-moi ajouter encore quelque chose avant de te dire exactement ce que je pense. Quelque chose que Minella Corey m'a dit. Elle m'a dit qu'il y avait dans le monde des hommes qui sont les incarnations du mal, le mal *incarné*. Quelquefois on en entend parler, mais le plus souvent ils œuvrent dans l'ombre. Elle m'a dit qu'elle avait été condamnée à en connaître deux dans sa vie. Le premier était Adolf Hitler. L'autre était son beau-frère, Hubert Marsten. (Il hésita.) Elle m'a dit que le jour où Hubie a tué sa sœur elle était à Cape Cod, à quatre cent cinquante kilomètres de là. Elle avait été engagée cet été-là comme bonne à tout faire dans une famille riche. Elle était en train de préparer une vinaigrette dans un grand bol en bois. Il était deux heures et quart de l'après-midi. Un éclair de douleur, « comme un coup de foudre », m'a-t-elle dit, lui avait traversé la tête et elle avait entendu un coup de feu. Toujours selon ses dires, elle était tombée par terre. Quand elle s'était relevée — elle était seule dans la maison — vingt minutes s'étaient écoulées. Elle avait regardé dans le bol et avait poussé un cri. Il lui avait semblé être plein de sang.

— Mon Dieu ! murmura Susan.

— Un instant plus tard, tout était redevenu normal. Plus de mal de tête et rien dans le saladier que de la vinaigrette. Mais elle m'a dit qu'elle savait — *elle savait* — que sa sœur était morte, qu'on l'avait tuée d'un coup de fusil.

— Elle peut toujours dire ça.

— Bien sûr, c'est invérifiable, mais il n'y a pas de raison pour qu'elle fabule ; c'est une vieille femme qui n'a plus assez de cervelle pour inventer des histoires. Et puis ce n'est pas ce qui me tracasse de toute façon. Du moins ça ne me tracasse pas beaucoup. Le dossier de la perception extra-sensorielle est suffisamment important à présent pour que même un rationaliste à tout crin ne puisse plus en rire impunément. L'idée que Birdie aurait transmis les circonstances de sa mort à quatre cent cinquante kilomètres de là, par une sorte de télégraphie psychique, me paraît infiniment moins difficile à admettre que celle d'une présence réelle du mal, de ce mal dont je crois parfois entrevoir le visage monstrueux derrière les murs de cette maison.

»Tu m'as demandé ce que je pense. Je vais te le dire. Je pense qu'il est relativement facile pour les gens de reconnaître l'existence de phénomènes tels que la télépathie ou la voyance parce que ça ne leur coûte rien. Ce n'est pas ça qui les empêchera de dormir. Mais l'idée que le mal que font les hommes continue à vivre après eux est beaucoup plus troublante.

Il leva les yeux vers Marsten House et dit d'une voix lente :

— Je pense que cette maison pourrait être le monument au mal d'Hubert Marsten, une sorte de plaque de résonance psychique. Un phare supranaturel si tu préfères. Dressé là depuis cette époque funeste et retenant peut-être dans ses plâtres poussiéreux l'essence même du mal d'Hubert Marsten. Et maintenant elle est habitée de nouveau. Et voilà qu'il y a eu une nouvelle disparition.

Il regarda Susan, dont le visage était levé vers lui, et lui prit doucement la tête entre ses deux mains.

— Tu vois, c'est une chose qui ne m'était pas venue à l'esprit quand je suis revenu ici. Je pensais que la maison avait pu être démolie, mais jamais, même dans mes rêves les plus fous, qu'elle avait pu être achetée. J'imaginais que je la louais et... oh ! je ne sais pas. Que j'affrontais mes propres terreurs, mes propres démons peut-être. Ou que je jouais les chasseurs de fantômes — «Vade retro, Hubie, je t'en conjure au nom de tous les saints » — ou encore que j'exploitais simplement l'atmosphère de l'endroit afin d'en tirer un livre assez effrayant pour me rapporter un million de dollars. Mais de toute façon je pensais que j'étais maître de la situation et que c'était ça qui ferait toute la différence. Je n'étais plus ce gosse de neuf ans, prêt à se sauver à toutes jambes, en hurlant, devant un spectacle de lanterne magique qui sortait peut-être de sa propre imagination et de nulle part ailleurs. Mais maintenant...

— Maintenant quoi, Ben ?

— Maintenant elle est habitée ! éclata-t-il (et il frappa sa paume de son poing). Je ne suis pas maître de la situation. Un petit garçon a disparu et je ne sais qu'en penser. Il se peut que ça n'ait aucun rapport avec cette maison, mais... je ne le crois pas.

Ben prononça exprès avec lenteur les cinq derniers mots.

— Des fantômes, des esprits ?

— Qui sait ? Peut-être un malheureux type tout à fait inoffensif qui admirait la maison quand il était gosse, qui l'a achetée et qui est devenu... un possédé.

— Est-ce que tu sais quelque chose au sujet du..., commença-t-elle d'une voix anxieuse.

— Du nouveau propriétaire ? Non, je ne fais qu'émettre une hypothèse. Mais, si cela vient de la maison, j'aimerais presque mieux que ce soit un cas de possession plutôt qu'autre chose.

— Plutôt que quoi ?

— Peut-être que la maison a attiré une autre incarnation du mal, dit Ben simplement.

4

Ann Norton les guettait de sa fenêtre. Elle avait appelé le drugstore un peu plus tôt. Non, avait dit miss Coogan avec une certaine délectation. Ils ne sont pas ici. Ils ne sont pas venus.
Où es-tu allée, Susun ? Oh ! où es-tu allée ?
Sa bouche se tordit en une vilaine grimace d'impuissance.
Va-t'en, Ben Mears. Va-t'en et laisse-la tranquille.

5

En quittant les bras de Ben, Susan dit :

— Je te demande de faire quelque chose pour moi, Ben, quelque chose d'important.

— Tout ce que je pourrai.

— Ne parle de ces choses-là à personne ici. Personne.

Il sourit sans gaieté.

— Ne t'en fais pas. Je n'ai pas envie que les gens s'imaginent que je suis devenu maboul.

— Est-ce que tu fermes ta chambre à clef chez Eva ?

— Non.

— Je la fermerais à clef si j'étais toi. (Elle le regarda droit dans les yeux.) Il faut que tu te rendes compte qu'on se méfie de toi.

— Toi aussi ?

— Ce serait le cas si je ne t'aimais pas.

Et elle le quitta pour s'engager rapidement sur le chemin du garage. Il la regarda s'éloigner, sidéré par tout ce qu'il avait dit et plus encore par les quatre ou cinq mots qu'elle avait prononcés à la fin.

6

Une fois rentré chez Eva, il se sentit incapable d'écrire, et aussi de dormir. Il était trop excité pour cela. Il s'installa donc au volant de sa Citroën et, après un instant d'hésitation, décida d'aller chez Dell.

Il y avait foule et l'endroit était enfumé et bruyant. L'orchestre, un groupe folk-et-western qui s'appelait « Les Rangers » et qu'on avait engagé à l'essai, était en train de jouer sa version de *Tu n'as jamais été si loin*. Leur musique compensait par le volume ce qui lui manquait en qualité. Une quarantaine de couples se trémoussaient sur la piste, la plupart en blue-jeans.

Les tabourets du bar étaient occupés par des ouvriers du bâtiment et par des employés de la fabrique. Ils buvaient tous de la bière dans des verres identiques et portaient tous les mêmes bottes de travail, à semelles de crêpe et lacets de cuir brut.

Deux ou trois serveuses avec des coiffures crêpées et leurs noms brodés au fil d'or sur leurs chemisiers blancs (Jackie, Toni, Shirley) faisaient la navette entre les tables du milieu et celle du fond. Derrière le comptoir, Dell tirait des bières et, un peu plus loin, un homme à tête de faucon et aux cheveux gominés préparait les cocktails. Son visage restait absolument impassible tandis qu'il mesurait l'alcool dans les doseurs, le versait dans son shaker en argent et ajoutait ce qu'il fallait pour compléter le mélange.

Ben s'avançait vers le bar en suivant le bord de la piste quand il s'entendit héler :

— Ben ! Dis donc, vieux, comment vas-tu, mon pote ?

Il regarda autour de lui et repéra Weasel Craig assis à une table près du bar, une bière à moitié bue devant lui.

— Salut, Weasel, dit Ben en s'asseyant.

Il se sentait soulagé de retrouver un visage familier, et puis il aimait bien Weasel.

— Alors, comme ça, tu t'offres un peu de vie nocturne, hein, mon pote ?

Weasel sourit et lui envoya une claque sur l'épaule. Ben se dit que son chèque avait dû arriver; « the beer that makes Milwaukee famous », l'haleine seule de Weasel aurait suffi au renom de Milwaukee.

— Ouais, dit Ben.

Il sortit un dollar et le mit sur la table couverte de cernes, fantômes des nombreux verres de bière qu'on avait posés là.

— Comment, ça va ?

— A merveille. Qu'est-ce que tu penses du nouvel orchestre ? Au poil, non ?

— Pas mal, dit Ben. Finis-moi donc cette bière avant qu'elle ne soit complètement éventée. C'est moi qui paie.

— J'attends depuis le début de la soirée que quelqu'un me dise ça. *Jackie !* hurla-t-il. Apporte un pichet à mon copain ! De la Budweiser !

Jackie apporta le pichet sur un plateau jonché de pièces de monnaie trempées de bière et le posa sur la table. Les muscles de son bras droit faisaient saillies comme ceux d'un boxeur professionnel. Elle observa fixement le dollar comme si elle se trouvait devant une espèce nouvelle de cafard.

— C'est un dollar quarante cents, fit-elle.

Ben posa un autre billet sur la table. Elle ramassa les deux billets, retira soixante cents des flaques de son plateau, les jeta brutalement sur la table et dit :

— Weasel Craig, quand tu cries comme ça, on dirait un coq à qui on tord le cou.

— Tu es belle, ma chérie, dit Weasel. Je te présente Ben Mears. Il écrit des livres.

— Enchantée, dit Jackie.

Et elle disparut dans la pénombre.

Ben se versa un verre de bière et Weasel fit de même, en remplissant son verre comme un professionnel, à ras bord. La mousse menaça de déborder, puis retomba dans le verre.

— A la tienne, vieux.

Ben leva son verre et but.

— Alors, comment ça avance, ton bouquin ?

— Assez bien, Weasel.

— Je t'ai vu te balader avec la petite Norton. C'est un vrai bijou, cette fille. Tu pouvais pas trouver mieux.

— Oui, elle est...

— *Matt !* hurla Weasel.

Ben faillit en laisser tomber son verre. « Mon Dieu, pensa-t-il,

Jackie a raison, on croirait vraiment un coq sur le point de rendre l'âme. »

— Matt Burke!

Weasel agita frénétiquement le bras et un homme à cheveux blancs le salua de la main et commença à se frayer un chemin dans la foule.

— Voilà un type qu'il faut que tu connaisses, dit Weasel à Ben. (Il se frappa le front). Il en a là-dedans.

L'homme qui s'avançait vers eux paraissait avoir la soixantaine. Il était grand, portait une chemise en flanelle impeccable, ouverte au cou, et ses cheveux, qui étaient aussi blancs que ceux de Weasel, étaient coupés en brosse.

— Salut, Weasel, dit-il.

— Comment vas-tu, mon pote? dit Weasel. Je voudrais te présenter un type qui loge chez Eva, Ben Mears. Il écrit des livres. C'est un gars charmant. (Il regarda Ben.) Matt et moi, on a grandi ensemble, seulement lui, il a reçu de l'instruction, et moi, j'ai reçu des coups de pied au cul.

Weasel gloussa. Ben se leva et serra énergiquement la main ramassée de Matt Burke.

— Ravi de vous connaître.

— Moi aussi. J'ai lu un de vos livres, Mr. Mears, *Un air de danse*.

— Appelez-moi Ben, je vous en prie. J'espère que ça vous a plu.

— Je l'ai aimé beaucoup plus que les critiques, apparemment, dit Matt en s'asseyant. Je pense qu'il gagnera du terrain avec le temps. Comment vas-tu, Weasel?

— En pleine forme, dit Weasel. Mieux que jamais. *Jackie!* hurla-t-il. Apporte un verre à Matt!

— Tu peux attendre une minute, vieil emmerdeur! cria Jackie en réponse, faisant rire les gars des tables d'à côté.

— C'est une fille charmante, dit Weasel. C'est la fille de Maureen Talbot.

— Oui, dit Matt. J'ai eu Jackie au lycée. Promotion 71. Sa mère était de la 51.

— Matt enseigne l'anglais au lycée, dit Weasel à Ben. Vous devriez avoir des tas de choses à vous dire, tous les deux.

— Je me souviens d'une fille qui s'appelait Maureen Talbot, dit Ben. Elle venait chercher le linge à laver de ma tante et le rapportait bien plié dans un panier en osier. Le panier n'avait qu'une seule poignée.

— Vous êtes du pays, Ben? demanda Matt.

— J'ai passé quelque temps ici quand j'étais gosse. Chez ma tante Cynthia.
— Cindy Stowens?
— Oui.
Jackie arriva avec un verre propre et Matt y versa de la bière.
— Encore une preuve que le monde est petit. Votre tante était en terminale lors de ma première année à Salem. Comment va-t-elle?
— Elle est morte en 1972.
— Oh, j'en suis navré.
— Elle est partie sans souffrir, dit Ben.

Et il remplit son verre de nouveau. L'orchestre avait terminé la première partie de son programme et les musiciens se dirigèrent vers le bar. Le ton des conversations baissa.
— Est-ce que vous êtes revenu à Jerusalem's Lot pour écrire un livre sur nous? demanda Matt.

Une sonnette d'alarme retentit dans la tête de Ben.
— D'une certaine façon, je crois que oui, dit-il.
— En fait de chronique, Salem aurait pu tomber plus mal. *Un air de danse* est un livre merveilleux et je pense qu'on peut faire un livre tout aussi merveilleux à partir de notre petite ville. J'ai même cru à un moment donné que je pourrais l'écrire.
— Pourquoi ne l'avez-vous pas fait?

Matt sourit — un sourire spontané, sans trace d'amertume, de cynisme ou de malveillance.
— Il me manquait l'ingrédient vital. Le talent.
— Ne le crois pas, dit Weasel en remplissant de nouveau son verre avec la lie restée au fond du pichet. Notre vieux Matt a du talent à revendre. L'enseignement est un métier passionnant. Personne n'apprécie les profs, mais ils sont...

Il se balança un peu sur sa chaise, cherchant à compléter sa phrase. Il était presque complètement soûl.
— ... le sel de la terre, acheva-t-il.

Il avala une gorgée de bière, fit une grimace et se leva.
— Excusez-moi. Je vais pisser.

Il s'éloigna en titubant, se cognant contre les clients, les saluant par leur nom. Ils se le passaient de l'un à l'autre avec impatience ou bonne humeur selon les cas, observant son avance vers les toilettes comme ils auraient regardé une boule de flipper bondir et rebondir avant de disparaître dans un trou.
— Et voici l'épave d'un brave homme, dit Matt.

Et il leva un doigt. Une serveuse apparut presque immédiatement et s'adressa à lui en l'appelant Mr. Burke. Elle semblait un tantinet scandalisée que son vieux professeur de littérature anglaise se trouvât là, en train de se pinter avec des gens comme Weasel Craig. Quand elle s'en alla leur chercher un autre pichet, Ben trouva que Matt avait l'air d'être ailleurs.

— J'aime bien Weasel, dit Ben. J'ai l'impression que ça devait être quelqu'un d'intéressant. Que lui est-il arrrivé ?

— Oh ! rien de particulier, dit Matt. C'est la bouteille. Chaque année elle l'a eu un peu plus et maintenant elle l'a tout entier. Il a été décoré de la Silver Star à Anzio pendant la Seconde Guerre mondiale. Un cynique dirait peut-être que sa vie aurait eu plus de sens s'il était mort à ce moment-là.

— Je ne suis pas un cynique, dit Ben. Je l'aime comme il est, mais je pense que ce soir je ferais mieux de le ramener dans ma voiture.

— Ce serait bien de votre part. Je viens ici de temps en temps pour écouter la musique. J'aime la musique très forte. Plus que jamais maintenant que je n'entends plus comme avant. On me dit que vous vous intéressez à Marsten House. Est-ce que c'est sur elle que va être centré votre livre ?

Ben sursauta.

— Qui vous l'a dit ?

Matt sourit.

— Comment est-ce qu'on disait déjà dans la vieille chanson de Marvin Gaye ? « Je l'ai appris par le téléphone arabe. » C'est une locution amusante, vivante, n'est-ce pas ? Une image un peu obscure, mais qui fait rêver... Bon, voilà que je perds le fil de ma pensée. Je perds souvent le fil ces temps derniers et, bien des fois, je n'essaie même plus de le rattraper. Je l'ai appris par ce que ces messieurs de la presse appelleraient une source généralement bien informée, Loretta Starcher, pour ne pas la nommer. C'est la bibliothécaire de notre citadelle locale de la littérature. Vous y êtes allé plusieurs fois consulter les articles du *Cumberland Ledger* qui avaient rapport au scandale d'autrefois et elle vous a également sorti deux ouvrages relatant des affaires criminelles dont l'affaire Marsten. A propos, l'article de Lubert est bon — il est venu à Salem et a fait sa propre enquête en 1946 — mais le chapitre de Snow, c'est de la merde, ça ne repose sur rien.

— Je sais, ne put s'empêcher de répondre Ben.

La serveuse apporta un nouveau pichet de bière et une image pénible s'imposa soudain à l'esprit de Ben : un poisson virevolte à sa guise au milieu des algues et du plancton et se livre à ses ébats sans attirer l'attention de personne apparemment. On pose les jumelles ; il est dans un aquarium.

Matt paya la serveuse et dit :

— C'est une chose horrible, ce qui s'est passé là-haut. C'est resté dans la conscience de la ville. Bien sûr, les récits d'horreur et de meurtre sont toujours transmis avec une délectation morbide de génération en génération tandis que les étudiants regimbent à étudier les travaux de savants comme George Washington Carver ou Jonas Salk. Mais il y a autre chose, je crois. Peut-être que c'est lié à la topographie de Salem.

— Oui, dit Ben, tenté malgré lui d'enchaîner. (Le professeur venait d'exprimer une idée qui rôdait dans son inconscient depuis qu'il était revenu et peut-être même avant.) La maison se dresse là, sur cette colline qui domine la ville, comme... euh... comme une sorte d'idole maléfique.

Il ponctua sa phrase d'un petit rire pour donner l'impression qu'il faisait cette remarque en passant ; il lui semblait qu'il avait dit quelque chose de si profondément ressenti et de si spontanément exprimé que c'était comme s'il avait ouvert une fenêtre sur son âme à cet étranger. Et l'attitude de Matt Burke, qui se mit subitement à le fixer avec attention, ne fit rien pour dissiper son malaise.

— C'est ça le talent, dit Matt.

— Pardon ?

— Vous avez mis le doigt dessus. Marsten House nous regarde tous de là-haut depuis presque cinquante ans, nous et nos peccadilles, nos péchés, nos mensonges. Dressée là comme une idole.

— Peut-être qu'elle a vu le bien aussi, dit Ben.

— Il n'y a pas grand bien à voir dans ces petites villes que rien n'agite. Une énorme indifférence, pimentée de temps en temps d'une mauvaise action involontaire, ou, pis encore, d'une mauvaise action consciemment accomplie. Il me semble que Thomas Wolfe a écrit des volumes là-dessus.

— Je croyais que vous n'étiez pas cynique.

— C'est vous qui l'avez dit, pas moi.

Matt sourit et but sa bière à petites gorgées. Les gars de l'orchestre, habillés de costumes resplendissants, chemises rouges, gilets et foulards or et argent, quittèrent le bar et regagnèrent leur place. Le chanteur principal prit sa guitare et commença à l'accorder.

— Et puis vous n'avez pas répondu à ma question, poursuivit Matt. Est-ce que votre nouveau livre est centré sur Marsten House ?

— Je crois, oui, d'une certaine façon.

— Je vous tire les vers du nez, excusez-moi.

— Vous faites très bien, dit Ben, qui pensait à Susan et se

sentait mal à l'aise. Je me demande ce qui arrive à Weasel. Ça fait un sacré bout de temps qu'il est parti.

— Est-ce que je pourrais profiter de notre rencontre pour vous demander une faveur ? Si vous refusez, je le comprendrai très bien.

— Bien sûr, allez-y, dit Ben.

— Je donne des cours de technique littéraire, dit Matt. Ce sont des enfants intelligents, qui arrivent à la fin de leurs études secondaires, et j'aimerais leur présenter quelqu'un qui gagne sa vie en écrivant. Quelqu'un qui — comment dirais-je ? — a pris les mots et les a faits chair.

— Je viendrai avec le plus grand plaisir, dit Ben, flatté Dieu sait pourquoi. Vos cours durent combien de temps ?

— Cinquante minutes.

— Bon, je ne risque pas trop de les ennuyer en si peu de temps.

— Oh ! je crois que moi j'y parviens très bien, dit Matt. Mais vous, je suis sûr que vous ne les ennuierez pas du tout. La semaine prochaine ?

— D'accord. Dites-moi un jour et une heure.

— Mardi, en fin de matinée ? Ça commence à onze heures et ça se termine à midi moins dix. Personne ne sifflera, mais il se peut que vous entendiez gargouiller beaucoup d'estomacs.

— Je me mettrai du coton dans les oreilles.

Matt rit.

— Je suis ravi. Rendez-vous au secrétariat si ça vous va.

— Parfait. Est-ce que...,

— Mr. Burke ? (C'était Jackie, la fille aux muscles de boxeur.) Weasel s'est effondré dans les toilettes. Est-ce que...

— Bien sûr que oui. Ben, voudriez-vous...

— Naturellement.

Ils se levèrent et traversèrent la salle. L'orchestre s'était remis à jouer. On distinguait mal les paroles, mais ça parlait du respect qu'avaient toujours les jeunes mecs de Muskogee pour le doyen de leur fac.

Les toilettes sentaient l'urine rance et l'eau de Javel. Weasel était écroulé contre le mur, entre deux urinoirs, et un type en uniforme de l'armée pissait à environ quatre centimètres de son oreille droite.

La bouche de Weasel était ouverte et Ben pensa qu'il avait l'air terriblement vieux, vieux et ravagé par on ne savait quoi d'impitoyable et d'impersonnel. La conscience de son propre vieillissement, progressif et inéluctable, lui serra le cœur. Ce n'était pas la première fois, mais jamais cela ne lui était venu de façon si aiguë et si soudaine. La pitié qui lui monta à la gorge comme une eau pure et noire s'adressait autant à lui qu'à Weasel.

— Tenez, dit Matt. Pouvez-vous glisser votre bras sous lui dès que ce monsieur aura fini de se soulager ?

— Oui, dit Ben.

Il regarda l'homme en uniforme militaire secouer sans hâte la petite goutte.

— Vous ne pouvez pas vous dépêcher, mon vieux ?

— Pour quoi faire ? vous croyez qu'il est pressé, lui ?

Il finit pourtant par remonter sa fermeture éclair et leur laissa la place.

Ben glissa son bras sous le dos de Weasel, le saisit par l'aisselle et le souleva. Pendant un instant, il eut les fesses collées au mur en carrelage et sentit dans ses reins les vibrations de l'orchestre. La complète inconscience de Weasel avait fait de son corps une masse pesante et flasque. Matt glissa sa tête sous l'autre bras, agrippa Weasel par la taille, et ils le portèrent à eux deux hors des toilettes.

— Exit Weasel, dit quelqu'un.

Et il y eut des rires.

— Dell devrait refuser de le servir, dit Matt d'une voix essoufflée. Il sait comment ça se termine chaque fois.

Ils passèrent la porte d'entrée et gagnèrent les marches menant au parking.

— Doucement, grogna Ben. Ne le laissez pas tomber.

Quand ils descendirent le petit escalier, les pieds inertes de Weasel cognèrent contre les marches comme s'ils avaient été en bois.

— La Citroën... là-bas, dans la dernière rangée.

Ils le portèrent jusque-là. L'air était devenu plus vif ; demain les feuilles seraient veinées de sang. Weasel poussait maintenant des grognements sourds et sa tête renversée bringuebalait dans le vide.

— Est-ce que vous arriverez à le mettre dans son lit quand vous serez rentré chez Eva ? demanda Matt.

— Oui, je pense.

— Bon. Regardez, on aperçoit le faîte de Marsten House pardessus les arbres.

Ben regarda. Matt avait raison ; la ligne régulière du toit apparaissait au-dessus de l'horizon sombre des pins et semblait avoir été prévue par les hommes pour barrer la route aux étoiles.

Ben ouvrit la portière droite et dit :

— Tenez. Passez-le-moi.

— Il fit glisser Weasel sur le siège du passager, le cala soigneusement et ferma la portière. La tête de Weasel s'affaissa contre la vitre, prenant ainsi une allure aplatie et grotesque.
— Mardi à onze heures ?
— J'y serai.
— Merci. Et merci aussi de votre aide pour Weasel.

Matt tendit la main à Ben et Ben la lui serra.

Il grimpa dans la Citroën, mit le moteur en marche et prit la direction du village. Le néon de la guinguette disparut derrière les arbres, la route était déserte et noire, et Ben songea : « Ces routes sont hantées à présent. »

Weasel poussa un grognement qui le fit sursauter. La Citroën fit une légère embardée.

Pourquoi diable cette pensée m'est-elle venue ?

Question sans réponse.

Il ouvrit le déflecteur de la portière droite afin de ranimer son compagnon de route par un petit coup d'air frais et, quand ils arrivèrent devant chez Eva, Weasel avait repris en partie conscience.

SALEM (2)

1

CETTE année-là, l'automne (le véritable automne, pas celui du calendrier) commença le 28 septembre, le jour où Danny Glick fut enterré au cimetière d'Harmony Hill.

L'office funèbre de l'église eut lieu dans la plus stricte intimité, mais celui du cimetière fut ouvert à tous et une bonne partie des habitants de Salem s'y rendit, les camarades de classe de Danny, les curieux et les vieux pour qui la pratique des enterrements devenait de plus en plus habituelle à mesure que grandissait le linceul tissé par la vieillesse autour d'eux.

Ils remontèrent Burns Road en un long cortège qui serpentait à perte de vue. Toutes les voitures avaient leurs phares allumés, bien que le temps fût très clair. En tête venait le corbillard de Carl Foreman, les vitres arrière tapissées de couronnes, suivi de la Mercury 65 de Tony Glick, pétaradant avec son pot d'échappement déglingué. Dans les quatre voitures suivantes venaient les parents du côté paternel et du côté maternel. Il y avait même une famille qui était venue de Tulsa, Oklahoma. Participaient aussi à ce défilé tous-phares-dehors : Mark Petrie (le garçon chez lequel se rendaient Ralphie et Danny le soir où Ralphie avait disparu), son père et sa mère ; Richie Boddin et sa famille ; dans la même voiture que les Norton : Mabel Werts (assise sur le siège arrière, sa canne plantée entre ses jambes enflées, discourant inlassablement sur les autres enterrements auxquels elle avait assisté et dont certains remontaient à 1930) ; Lester Durham et sa femme Harriet ; Paul Mayberry et sa femme Glynis ; Pat Middler, Joe Crane, Vinnie Upshaw et Clyde Corliss, tous réunis dans une voiture conduite par Milt Crossen (Milt avait ouvert la glacière à bière avant le départ et ils en avaient bu chacun une boîte avec solennité, devant la cuisinière) ; Eva Miller, dans une voiture qui transportait aussi ses amies intimes, les deux vieilles demoiselles, Loretta Starcher et Rhoda Curless ; Parkins Gillespie et son adjoint, Nolly Gardener, dans la voiture de police de Jerusalem's Lot (la Ford de Parkins, sur laquelle on avait monté un pare-brise anti-balles) ; Lawrence Crockett et sa triste épouse ; Charles Rhodes, le chauffeur d'autobus, un aigri qui assistait à tous les enterrements par principe ; Charles Griffen, sa femme et deux de ses fils, Hal et Jack, les deux seuls rejetons à ne pas avoir quitté la maison.

Mike Ryerson et Royal Snow avaient creusé la tombe tôt dans la matinée et avaient disposé des bandes de faux gazon sur la terre qu'ils avaient rejetée hors de la fosse. Mike avait allumé la Torche du Souvenir que les Glick avaient demandée. Il se rappelait s'être dit que Royal n'avait pas l'air dans son assiette ce matin-là. D'ordinaire, pendant qu'ils travaillaient, il ne cessait de pousser la chansonnette d'une voix à la fois vibrante et cassée : « Ils t'entortillent dans un grand drap blanc, ils creusent un trou et te jettent dedans... », mais ce matin-là Mike l'avait trouvé exceptionnellement éteint, presque maussade. La gueule de bois peut-être, pensa-t-il. Royal avait dû prendre une bonne cuite chez Dell la veille au soir avec Peter, son copain aux gros bras.

Lorsqu'il aperçut le corbillard de Carl à un kilomètre en contrebas, il ouvrit le grand portail, non sans jeter un coup d'œil vers les pointes qui le couronnaient, comme il faisait toujours depuis qu'il y avait trouvé Doc pendu. Une fois le portail ouvert, il revint vers la tombe fraîchement creusée. Le père Donald Callahan, curé de la paroisse de Jerusalem's Lot, attendait à côté de la fosse. Il portait une étole sur les épaules et son missel était ouvert à la page des funérailles d'enfants. C'était ce que les catholiques appelaient la troisième station, la première étant la maison du défunt, la seconde la minuscule église de St. Andrew, la

dernière Harmony Hill. Terminus, tout le monde descend.
Un frisson le parcourut, il regarda l'herbe en plastique d'un vert cru et se demanda pourquoi on croyait bon de mettre ça à chaque enterrement. Ce gazon ressemblait exactement à ce qu'il était : une imitation bon marché de la vie, destinée à cacher à ceux qui vivaient encore les lourdes mottes de terre brune de leur dernière demeure.
— Ils arrivent, mon père, dit-il.
Callahan était grand, il avait des yeux bleus au regard perçant et un teint couperosé. Ses cheveux étaient d'un gris d'acier. Ryerson, qui n'avait pas mis les pieds à l'église depuis l'âge de seize ans, le préférait aux autres sorciers locaux. John Groggins, le pasteur de la secte méthodiste, était un vieux schnock hypocrite et Patterson, le ministre mormon, était aussi fou qu'un ours qui se coince les pattes dans une ruche. Aux funérailles d'un des diacres de l'église, il y avait de cela deux ou trois ans, Patterson s'était bel et bien roulé par terre. Mais Callahan lui paraissait assez sympathique, pour un papiste ; ses cérémonies d'enterrement étaient toujours calmes, réconfortantes et courtes. Ryerson se demandait si c'était la prière qui avait fait apparaître sur ses joues et autour de son nez ce réseau de veinules, il en doutait ; mais, si Callahan buvait un peu, qui pouvait l'en blâmer ? Par les temps qui courent, n'est-ce pas déjà un miracle si tous ces prédicateurs ne finissent pas à l'asile ?
— Merci, Mike, dit le père Callahan (et il leva les yeux vers le ciel clair). Cet enterrement ne va pas être facile.
— C'est sûr. Combien de temps ça va durer ?
— Dix minutes, pas plus. Je ne veux pas prolonger le supplice des parents. Ils ont déjà assez de souffrances devant eux.
— O.K., dit Mike.
Et il se dirigea vers l'extrémité du cimetière, dans l'intention de sauter le mur de pierre et d'aller manger son déjeuner dans le bois. Il savait d'expérience que la dernière personne que souhaitaient voir la famille et les amis en deuil, c'était le fossoyeur dans sa salopette couverte de terre ; comment faire coïncider cette vision prosaïque avec les évocations dithyrambiques de l'immortalité et des portes célestes ?
Il s'arrêta près du mur du fond et se pencha pour examiner une pierre tombale en ardoise qui était tombée en avant. Il la redressa et, quand il eut essuyé la terre recouvrant l'inscription, un frisson le parcourut de nouveau :

HUBERT BARCLAY MARSTEN
6 octobre 1889 - 12 août 1939

> *L'ange de la Mort qui tient*
> *La lampe de bronze au-delà de la porte d'or*
> *T'a conduit dans les Eaux sombres*

Et au-dessous, presque effacé par les trente-six hivers écoulés depuis lors :

> *Qu'il Repose en Paix*

Vaguement angoissé sans savoir pourquoi, Mike Ryerson traversa le bois pour aller manger son déjeuner à côté du ruisseau.

2

A son entrée au séminaire, un ami du père Callahan lui avait donné une inscription brodée au petit point dont le ton irrespectueux l'avait fait rire aux larmes tout en l'horrifiant, mais qui, avec le temps, lui paraissait de plus en plus vraie et de moins en moins irrespectueuse : *Seigneur, donne-moi un peu de SÉRÉNITÉ afin que j'accepte ce que je ne peux pas changer, un peu de TÉNACITÉ afin que je change ce qui peut l'être, et un peu de CHANCE afin que je ne déconne pas trop souvent*. Tout ceci en caractères gothiques sur fond de soleil levant.

Devant cette tombe et face au cortège funèbre de Danny Glick, cette invocation d'autrefois lui revint à l'esprit.

Les porteurs des cordons du poêle, deux oncles et deux cousins du défunt, descendirent le cercueil dans la fosse. Toute de noir vêtue, Marjorie Glick, son visage livide à demi dissimulé sous un voile épais, s'appuyait au bras protecteur de son père et s'accrochait à son sac noir comme à une bouée de sauvetage. Tony Glick, l'air égaré, se tenait à distance. Plusieurs fois à l'église, pendant l'office, il s'était retourné pour regarder autour de lui, comme s'il voulait s'assurer qu'il était bien là, parmi ces gens. Son visage était celui d'un homme qui croit qu'il rêve.

« L'Église ne peut pas mettre un terme à ce cauchemar, songea Callahan. Pas plus que toute la sérénité, toute la ténacité ou toute la chance du monde. La connerie a déjà été faite. » Il aspergea d'eau bénite le cercueil et la fosse, les sanctifiant ainsi pour l'éternité.

— Prions, dit-il.

Les mots montaient mélodieusement de sa gorge, comme ils l'avaient toujours fait, à toute heure, qu'il fût soûl ou sobre. Tout le monde inclina la tête.

— Prions pour notre frère Daniel Glick, prions Notre-

Seigneur Jésus-Christ qui nous a dit : « Je suis la Résurrection et la Vie. Celui qui croit en moi vivra, bien qu'il soit mort, et tous ceux qui sont vivants et qui mettent leur foi en moi ne souffriront jamais la mort éternelle. » Seigneur, vous avez pleuré à la mort de votre ami Lazare, réconfortez-nous dans notre douleur. Nous vous le demandons dans la foi.

— Seigneur, écoutez notre prière, enchaîna l'assistance.

— Vous avez fait revenir un mort à la vie ; donnez à notre frère Daniel la vie éternelle. Nous vous le demandons dans la foi.

— Seigneur, écoutez notre prière.

Quelque chose parut poindre dans les yeux de Tony Glick, quelque chose comme une révélation.

— Notre frère Daniel a été lavé du péché par le baptême ; accordez-lui une place à la table de votre royaume céleste. Nous vous le demandons dans la foi.

— Seigneur, écoutez notre prière.

Marjorie Glick s'était mise à se balancer d'avant en arrière en gémissant.

— Apaisez la douleur que nous cause la mort de notre frère ; que notre foi soit notre consolation et la vie éternelle notre espérance. Nous vous le demandons dans la foi.

— Seigneur, écoutez notre prière.

Il ferma son missel.

— Prions comme Notre-Seigneur nous l'a appris, dit-il d'une voix sereine. Notre père qui êtes aux cieux...

— Non! cria Tony Glick, se jetant en avant. Je ne vous laisserai pas foutre de la terre sur mon garçon !

Des mains se tendirent pour l'arrêter, mais elles arrivèrent trop tard. Pendant un instant il tituba au bord de la fosse et puis le faux gazon se plissa et céda. Tony Glick tomba dans le trou et atterit sur le cercueil avec un horrible bruit sourd.

— Danny, sors de là ! hurla-t-il.

— Ça alors ! pensa Mabel Werts.

Et elle pressa son mouchoir de soie noire contre ses lèvres. Ses yeux vifs et avides emmagasinaient la scène comme un écureuil emmagasine des noisettes pour son hiver.

— Danny, nom de Dieu, arrête ces conneries !

Le père Callahan fit signe à deux des porteurs qui se précipitèrent, mais il fallut trois autres hommes, dont Parkins Gillespie et Nolly Gardener, pour sortir Glick de la tombe, hurlant et se débattant comme un forcené.

— Danny, je te dis d'arrêter ! Tu rends malade ta maman ! Je vais te donner une de ces raclées ! Lâchez-moi ! Lâchez-moi... Je veux mon fils... Voulez-vous me lâcher, sales cons... Aahh... mon Dieu...

— Notre Père qui êtes aux cieux, reprit Callahan.
Et d'autres voix se joignirent à la sienne.
— Que Votre Nom soit sanctifié, que Votre Règne arrive, que Votre Volonté soit faite...
— Danny, viens ici, tu m'entends. *Tu m'entends, Danny ?*
— ... sur la terre comme au ciel. Donnez-nous aujourd'hui notre pain quotidien et pardonnez-nous...
— *Dannnyyy...*
— ... nos offenses comme nous pardonnons à ceux qui nous ont offensés...
— Il n'est pas mort, il n'est pas mort, lâchez-moi, espèces de salopards...
— ... et ne nous laissez pas succomber à la tentation, mais délivrez-nous du mal. Par Jésus-Christ Notre-Seigneur. Amen.
— Il n'est pas mort, dit Tony Glick d'une voix entrecoupée. Ce n'est pas possible. Il n'a que douze ans, nom de Dieu.
Il sanglotait et, échappant aux hommes qui le retenaient, il fit quelques pas en chancelant, le visage ravagé et ruisselant de larmes. Il tomba à genoux aux pieds de Callahan et agrippa son pantalon de ses mains pleines de terre.
— Je vous en supplie, rendez-moi mon fils. Arrêtez de vous moquer de moi.
Callahan lui prit la tête doucement entre ses mains.
— Prions, dit-il.
Il sentait contre ses cuisses le corps secoué de sanglots de Glick.
— Seigneur, consolez cet homme et sa femme dans leur douleur. Vous avez lavé cet enfant dans les eaux du baptême et vous lui avez donné une vie nouvelle. Faites que nous puissions un jour le rejoindre et partager à jamais les joies du ciel. Nous vous le demandons au nom de Jésus. Ainsi soit-il.
Il leva la tête et vit que Marjorie Glick s'était évanouie.

3

Quand ils furent tous partis, Mike Ryerson revint et s'assit au bord de la tombe encore ouverte pour manger la dernière moitié de son sandwich et attendre le retour de Royal Snow.
L'enterrement avait eu lieu à quatre heures de l'après-midi et il était maintenant presque cinq heures. Les ombres s'allongeaient et le soleil disparaissait déjà derrière les grands chênes. Ce jean-foutre de Royal avait promis d'être là à cinq heures moins le quart au plus tard ; où était-il donc ?

C'était le sandwich qu'il préférait, saucisson et fromage. Il ne se faisait d'ailleurs jamais que ses sandwiches préférés ; c'était un des avantages du célibat. Il termina et s'épousseta les mains, éparpillant quelques miettes sur le cercueil.

Quelqu'un l'observait.

Il le sentit tout d'un coup et avec certitude. Il parcourut le cimetière du regard, les yeux écarquillés.

— Royal ? T'es là, Royal ?

Pas de réponse. Le vent soupirait dans les arbres et les faisait bruire mystérieusement. L'ombre immobile de la pierre tombale d'Hubert Marsten tranchait sur les ombres mouvantes des ormes et il pensa tout d'un coup au chien de Win, suspendu, empalé, au portail de fer.

Des yeux. Durs et froids. Qui l'observaient.

Nuit, ne me surprends pas ici.

Il se mit debout brusquement, comme si quelqu'un venait de lui adresser la parole.

— Va te faire foutre, Royal.

Il dit cela tout haut, mais pour lui-même. Il ne pensait plus que Royal fût dans les parages, ni même qu'il viendrait. Il allait être obligé de terminer tout seul, et ce serait long.

Peut-être jusqu'à la nuit.

Il se mit au travail sans essayer de comprendre la terreur qui l'avait gagné, sans se demander pourquoi ce travail qui ne l'avait jamais mis mal à l'aise lui faisait un tel effet à présent.

Essayant de faire au plus vite et économisant ses gestes, il retira les bandes de faux gazon de la terre fraîche, les plia avec soin, les posa sur son bras et les porta jusqu'à sa camionnette, garée au-delà du portail. Une fois sorti du cimetière, il n'eut plus cette impression pénible d'être surveillé.

Il mit l'herbe à l'arrière de la camionnette et sortit la pelle. Puis il se dirigea à nouveau vers la tombe, mais s'arrêta au bout de quelques pas. La fosse ouverte semblait le narguer.

Il remarqua qu'il ne s'était plus senti surveillé dès qu'il n'avait plus pu voir le cercueil blotti au fond de son trou. Il eut soudain une vision : Danny Glick, couché sur le capiton de satin rose, les yeux ouverts. Non, c'était idiot. On leur fermait les yeux. Il l'avait assez souvent vu faire par Carl Foreman. *Sûr qu'on les ferme à la cire,* avait expliqué Carl une fois. *On voudrait pas que le cadavre fasse des clins d'œil à l'assistance, pas vrai ?*

Il remplit sa pelle de terre et la vida dans la fosse. La terre tomba sur le cercueil d'acajou poli avec un bruit sourd qui le fit tressaillir et lui donna presque la nausée. Il se redressa et jeta un regard absent sur les couronnes de fleurs. Un foutu gaspillage.

Demain les pétales seraient éparpillés aux alentours, un semis de paillettes rouges et jaunes. Ça passait l'entendement. S'il fallait dépenser de l'argent, pourquoi ne pas le donner à la lutte contre le cancer ou contre la polio, ou même aux œuvres des dames de la paroisse ? Au moins ça servirait à quelque chose.

Il jeta une autre pelletée et fit une nouvelle pause.

Ce cercueil, ça aussi c'était du gaspillage. Un joli cercueil en acajou qui valait au moins mille dollars et voilà qu'il était en train de le recouvrir de terre. Les Glick n'avaient pas plus d'argent que les autres, et qui s'assure contre les frais d'enterrement d'un enfant ? Ils devaient s'être endettés jusqu'au cou, et tout ça pour une boîte destinée à être ensevelie.

Il se pencha, ramassa une autre pelletée et, à contrecœur, la lança dans la fosse. De nouveau l'horrible bruit sourd, le bruit de l'irréparable. Le dessus du cercueil était maintenant presque entièrement recouvert, mais l'acajou poli brillait encore à travers, comme un reproche.

Arrête de me regarder.

Il prit une autre pelletée, pas très grosse, et la jeta dedans.
Boum.

Les ombres étaient très allongées maintenant. Il s'arrêta un instant, leva les yeux et son regard tomba sur Marsten House, indéchiffrable avec ses volets fermés. Le côté est, celui qui recevait le premier la lumière du jour, donnait directement sur le portail en fer forgé où Doc...

Il se força à prendre une autre pelletée de terre et à l'envoyer dans la fosse.

Boum.

Un peu de terre glissa sur les bords du cercueil et s'infiltra dans les gonds de cuivre. Maintenant, si quelqu'un l'ouvrait, ça grincerait comme lorsqu'on ouvre la porte d'un mausolée.

Arrête de me regarder, nom de Dieu.

Il entreprit de se baisser pour prendre une nouvelle pelletée, mais rien qu'à cette idée il se sentit accablé et s'interrompit encore une fois. Il avait lu un jour — était-ce dans le *National Enquirer* ou ailleurs ? — l'histoire d'un Texan, milliardaire du pétrole, qui avait spécifié dans son testament qu'il voulait être enterré dans un coupé Cadillac flambant neuf. Ce qui fut fait. On creusa la fosse à l'aide d'une pelleteuse et on descendit la voiture avec une grue. Il y a plein de gens partout qui ont de vieilles bagnoles rafistolées avec de la salive et du fil de fer, et ce cochon de richard se faisait enterrer au volant d'une voiture de dix mille dollars munie de tous ses accessoires !

Il sursauta et fit un pas en arrière en secouant la tête, tout à coup sur ses gardes. S'était-il trouvé un instant dans un état proche de la transe ? Il avait en tout cas de plus en plus le sentiment d'être observé. Il regarda le ciel et fut inquiet en voyant à quel point la lumière avait baissé. Il n'y avait plus que le dernier étage de Marsten House qui fût encore baigné de soleil. Il était six heures dix à sa montre. Mon Dieu, une heure s'était écoulée et il n'avait pas envoyé plus d'une douzaine de pelletées de terre dans ce trou !

Mike se pencha sur son travail, essayant de ne penser à rien. *Boum* et *boum* et *boum;* le bruit était maintenant plus étouffé car le dessus du cercueil était totalement recouvert ; la terre coulait sur les côtés en petits ruisseaux bruns et arrivait presque au niveau de la serrure et des crochets.

Il jeta deux pelletées encore, puis s'arrêta un instant.

Serrure et crochets ?

Mais pourquoi donc, mon Dieu, mettait-on des serrures sur les cercueils ? Pensait-on que quelqu'un pourrait essayer d'y entrer ? Ce ne pouvait être que ça. On ne s'imaginait quand même pas que quelqu'un essaierait d'en sortir.

— *Arrête de me reluquer,* dit Mike Ryerson à haute voix.

Et il se sentit tout d'un coup le cœur serré. Une envie subite de s'enfuir de cet endroit, de courir tout droit au village, le saisit à la gorge. Il ne se maîtrisa qu'au prix d'un grand effort. Il avait les jetons, ce n'était pas autre chose que ça. Quand on travail dans un cimetière, c'est forcé que ça vous prenne de temps en temps. Il y avait de quoi se croire dans un de ces foutus films d'horreur, d'être là à recouvrir ce gosse qui n'avait que douze ans, avec ses yeux grands ouverts...

— *Vas-tu arrêter,* nom de Dieu, hurla-t-il en jetant un regard égaré sur Marsten House.

A présent, seul le toit était encore au soleil. Il était six heures et quart.

Il se remit au travail en précipitant le mouvement, expédiant pelletées après pelletées et essayant de faire le vide dans son esprit. Mais l'impression qu'il avait d'être observé semblait croître plutôt que diminuer et chaque pelletée paraissait plus lourde que la précédente. Le dessus du cercueil était complètement recouvert à présent, on pouvait cependant entrevoir encore sa forme, ensevelie sous la terre.

La prière catholique pour les morts se mit à lui trotter dans la tête, comme vous reviennent parfois sans raison certaines rengaines. Il avait entendu Callahan la réciter pendant qu'il déjeunait, là-bas à côté du ruisseau. Ça et les hurlements d'impuissance du père.

Prions pour notre frère, prions Notre-Seigneur Jésus-Christ qui a dit...

(O Père, jette les yeux sur moi.)

Il s'arrêta et jeta un regard vide dans la fosse. Elle était profonde, très profonde. Les ombres de la nuit la noyaient déjà, faisant d'elle une chose visqueuse et vivante. Oui, elle était encore très profonde. Il n'arriverait jamais à la combler avant la nuit. Jamais.

Je suis la Résurrection et la Vie. Celui qui croit en moi vivra, bien qu'il soit mort...

(Seigneur des Mouches, jette les yeux sur moi.)

Oui, les yeux étaient ouverts. C'était pour ça qu'il se sentait observé. Carl ne les avait pas assez collés, ils s'étaient rouverts comme des stores et le petit Glick le dévisageait. Il fallait faire quelque chose.

... et tous ceux qui sont vivants et qui mettent leur foi en moi ne souffriront jamais la mort éternelle...

(Je dépose maintenant à tes pieds de la viande avariée et de la chair fétide.)

Enlever la terre. Voilà ce qu'il fallait faire. Enlever la terre, casser la serrure avec la pelle et ouvrir le cercueil pour fermer ces yeux affreux rivés sur lui. Il n'avait pas de cire, mais il avait deux pièces de monnaie dans sa poche. Elles feraient l'affaire. De l'argent, oui, c'était de l'argent qu'il fallait à ce garçon.

Le soleil frôlait maintenant le toit de Marsten House et ses rayons n'atteignaient plus que les sapins les plus grands et les plus vénérables, à l'ouest de la ville. Mike eut l'impression que, même avec ses volets fermés, la maison le dévorait des yeux.

Vous avez fait revenir un mort à la vie; accordez à notre frère Daniel la vie éternelle.

(Pour jouir de ta faveur, j'ai accompli un sacrifice. L'objet de ce sacrifice, je te le présente de la main gauche.)

Mû par une impulsion subite, Mike Ryerson sauta dans la fosse et se mit à manier sa pelle avec frénésie, en faisant jaillir des gerbes de terre. Enfin le bord de la pelle heurta le bois, Mike racla ce qui restait de terre sur le couvercle, puis s'agenouilla sur le cercueil et entreprit de faire sauter la serrure de cuivre à coups de pelle.

Près du ruisseau, les grenouilles s'étaient mises à coasser. Mike entendit une chouette ululer dans l'ombre et quelque part, tout près, des engoulevents pousser leurs cris perçants.

Six heures cinquante.

«Qu'est-ce que je suis en train de faire? se demanda-t-il. Mais qu'est-ce que je suis en train de faire, bon Dieu?» A genoux sur le couvercle du cercueil, il essayait de réfléchir... mais quelque chose au fond de lui le poussait à se dépêcher, vite, le soleil se couchait...

Nuit, ne me surprends pas ici.

Il leva la pelle au-dessus de son épaule, la fit tomber encore une fois sur la serrure et un craquement se fit entendre. Elle avait cédé.

Il redressa un instant la tête, dans un dernier sursaut de raison, le blanc des yeux apparaissant comme en relief au milieu de son visage maculé de terre et de sueur.

Vénus brillait au sein de la voûte étoilée.

Il se hissa hors de la fosse en haletant, s'étendit de tout son long et chercha à tâtons les crochets du couvercle. Il les trouva, tira, et le couvercle se souleva, les gonds grinçant exactement comme il se l'était imaginé. D'abord il ne vit qu'un peu de satin rose, puis il aperçut un bras vêtu de noir (Danny Glick avait été enterré dans son costume de premier communiant) et enfin le visage.

Il eut le souffle coupé.

Les yeux étaient ouverts. Exactement comme il savait qu'ils le seraient. Grands ouverts et à peine vitreux. Ils semblaient étinceler d'une vie hideuse dans la lumière mourante du jour. Ce visage n'avait en rien la pâleur de la mort; les joues étaient roses, presque pulpeuses.

Il essaya de s'arracher à ce regard scintillant et glacé, mais il n'y parvint pas.

— Jésus, murmura-t-il.

Le soleil acheva de s'enfoncer derrière l'horizon.

4

Mark Petrie travaillait dans sa chambre sur une maquette du monstre de Frankenstein et écoutait parler ses parents en bas, dans le salon. Sa chambre était située au premier étage de cette ancienne ferme de Jointner Avenue que les Petrie avaient achetée et, bien qu'aujourd'hui la maison fût chauffée par une chaudière moderne au mazout, les vieilles grilles du premier étaient encore là. A l'origine, quand la maison était chauffée par une grande cuisinière centrale, les grilles laissaient monter l'air chaud au premier qui, de ce fait, ne se refroidissait pas trop. Cependant, la dame qui avait habité la maison dans les premiers temps, de 1873 à 1896, et qui était dotée d'un mari fort austère, baptiste pratiquant, se mettait toujours au lit avec une brique chaude, enveloppée de flanelle. Les grilles servaient maintenant à tout autre chose ; elles transmettaient parfaitement le son.

Ses parents étaient au salon, mais ils auraient aussi bien pu être en train de parler de lui juste derrière la porte.

Une fois, quand son père l'avait surpris en train d'écouter à la porte de leur ancienne maison — Mark n'avait que six ans à l'époque — il lui avait appris un vieux proverbe anglais : « Qui écoute aux portes s'y brûle les oreilles. » Cela signifiait, lui avait dit son père, que l'on pouvait entendre quelque chose sur soi-même qui ne vous ferait pas plaisir.

Peut-être ; seulement il connaissait, lui, un autre proverbe : « Prévoir, c'est pouvoir. »

A douze ans, Mark Petrie était un peu trop mince pour sa taille et paraissait d'un tempérament délicat, mais il avait une grâce et une souplesse inhabituelles chez les garçons de cet âge, qui ont toujours l'air d'être tout en genoux, coudes et cicatrices. Il avait le teint clair, presque laiteux, et ses traits, qu'on allait plus tard trouver aquilins, semblaient pour le moment légèrement efféminés. Cela lui avait déjà causé quelques ennuis, même avant l'histoire qu'il avait eue avec Richie Boddin dans la cour de l'école, et il avait décidé de régler cela tout seul. Il avait analysé le problème. Le caïd de l'école, avait-il décidé, était en règle générale grand, laid et balourd. Il faisait peur aux autres parce qu'il pouvait leur faire mal. Et il affectionnait les coups bas. Il s'ensuivait que si on n'avait pas peur d'être un peu brutalisé et que si on était prêt soi-même à donner des coups bas on pouvait avoir le dessus avec ce genre de gros dur. Richie Boddin lui avait permis de faire la première démonstration du bien-fondé de sa théorie. Discuter ne servait à rien avec un caïd. La contrainte physique était le seul langage que les Richie Boddin du monde semblaient comprendre et Mark pensait que c'était là une des raisons pour lesquelles tout marchait si mal. Il avait été renvoyé de l'école ce jour-là et son père en avait été très fâché jusqu'à ce que Mark, déjà résigné à recevoir la fessée rituelle administrée avec une revue roulée, lui eût dit qu'Hitler n'était rien d'autre qu'un Richie Boddin qui aurait réussi. Alors son père n'avait pas pu s'empêcher de s'esclaffer, et même sa mère n'était pas parvenue à étouffer un petit rire. On avait oublié la fessée.

Et maintenant June Petrie disait :

— Crois-tu que ça l'a affecté, Henry ?
— C'est difficile à dire.

Mark comprit, par le petit silence qui suivit, que son père allumait sa pipe.

— Il ne laisse jamais rien voir de ce qu'il pense.

— Il n'est pire eau que l'eau qui dort.

Elle s'arrêta. Il fallait toujours que sa mère dise des choses de ce genre : « Il n'est pire eau que l'eau qui dort », ou encore : « Qui veut voyager loin ménage sa monture. » Mark les aimait beaucoup tous les deux, mais quelquefois ils lui paraissaient aussi pesants que les in-folio de la bibliothèque... et aussi poussiéreux.

— Ils venaient voir Mark, reprit-elle, et jouer avec son train électrique... Et maintenant il y en a un qui est mort et l'autre disparu ! Ne crois pas que ça ne lui ait rien fait, Henry. Ça lui a sûrement fait quelque chose.

— Il a les pieds sur terre, tu sais, dit Mr. Petrie. Quels que soient ses sentiments, je suis sûr qu'il est capable de les maîtriser.

Mark colla le bras gauche de la créature de Frankenstein dans la cavité articulaire de l'épaule. C'était une maquette Aurora, spécialement traitée pour devenir fluorescente dans le noir, exactement comme le Jésus en plastique qu'il avait reçu à Kittery au cours de catéchisme parce qu'il avait su par cœur tout le psaume 199.

— J'ai pensé parfois que nous aurions dû en avoir un second, dit son père. Mark aurait été moins seul.

— Ce n'est pas faute d'avoir essayé, chéri, répliqua sa mère d'un ton légèrement ironique.

Son père poussa un grognement.

Il y eut une longue pause dans la conversation. Son père, il le savait, était en train de feuilleter le *Wall Street Journal*. Sa mère avait sur les genoux un roman de Jane Austen ou peut-être de Henry James. Elle les lisait et les relisait, et Mark se demandait quel intérêt il pouvait y avoir à lire un livre plus d'une fois, puisqu'on savait déjà comment il allait se terminer.

— Penses-tu qu'il y ait du danger à le laisser aller dans les bois, derrière la maison ? demanda sa mère après un petit moment. On dit qu'il y a des sables mouvants quelque part dans les environs.

— Mais non, ce n'est pas du tout près d'ici.

Mark se détendit un peu et colla l'autre bras du monstre. Sa table était couverte de monstres Aurora qu'il disposait suivant des combinaisons nouvelles chaque fois qu'il en ajoutait un. C'était une bonne collection. En fait, c'était elle que venaient voir Danny et Ralphie le soir où...

— Je pense qu'il peut y aller, dit son père. Mais pas le soir, évidemment.

— J'espère quand même que cet horrible enterrement ne va pas lui donner des cauchemars.

Mark se représentait sans peine son père en train de hausser les épaules.

— Tony Glick... le malheureux. Mais la mort et la douleur font partie de la vie. Il serait temps qu'il s'habitue à cette idée.
— Peut-être.
Un autre long silence. Qu'allait-elle sortir maintenant ? se demanda Mark. « L'enfant est le père de l'homme » ou bien « On reconnaît l'arbre à son fruit » ! Mark colla le monstre sur son socle, une tombe surmontée d'une pierre penchée.
— *Au cœur de la vie, nous sommes dans la mort,* reprit sa mère. C'est peut-être moi qui vais avoir des cauchemars.
— Toi ?
— Ce Mr. Foreman est un artiste accompli, dans son genre. Le petit Danny avait vraiment l'air de dormir. D'être sur le point d'ouvrir les yeux, de bâiller et... Je ne sais pas pourquoi les gens tiennent absolument à se torturer avec ces cérémonies à cercueil ouvert. C'est... barbare.
— Bon, c'est fini.
— Oui. Enfin je suppose. C'est un gentil garçon, n'est-ce pas, Henry ?
— Mark ? La crème des gosses.
Mark sourit.
— Qu'est-ce qu'il y a à la télévision ?
— Je vais voir.
Mark n'écouta pas la suite, la discussion sérieuse était terminée. Il posa la maquette sur le rebord de la fenêtre pour qu'elle sèche et durcisse. Dans un quart d'heure, sa mère l'appellerait pour lui dire de se coucher. Il prit son pyjama dans le premier tiroir de la commode et se mit à se déshabiller.

Sa mère avait tort de se faire du souci pour son moral car, en réalité, il n'était pas du tout impressionnable. Il n'y avait pas de raison particulière pour qu'il le fût ; c'était un garçon d'esprit plus délié que les autres, mais qui restait dans la norme. Sa famille appartenait à la bonne bourgeoisie et pouvait s'élever encore dans l'échelle sociale. Le mariage de ses parents était solide. Ils s'aimaient avec conviction sinon avec passion. Il n'y avait jamais eu de drame dans la vie de Mark. Les quelques bagarres de l'école ne l'avaient pas marqué. Il s'entendait bien avec ses camarades et, en gros, désirait les mêmes choses qu'eux.

S'il y avait quelque chose qui le distinguait des autres, c'était la maîtrise qu'il avait de lui-même et le recul qu'il savait prendre vis-à-vis des choses et des gens. Personne ne lui avait inculqué ces qualités ; il semblait les avoir de naissance. Quand Chopper, son chien, s'était fait renverser par une voiture, il avait insisté pour accompagner sa mère chez le vétérinaire. Et quand le vétérinaire avait dit : « Il faut l'endormir, mon garçon, comprends-tu pourquoi ? » Mark avait dit : « Vous n'allez pas l'endormir, vous allez l'asphyxier au gaz, n'est-ce pas ? » Le vétérinaire avait avoué que oui. Mark lui avait dit qu'il était d'accord, mais il avait embrassé Chopper d'abord. Il avait eu du chagrin, mais il n'avait pas pleuré ; il n'avait même pas été au bord des larmes. Sa mère avait pleuré mais, trois jours après, elle n'y pensait plus alors que Mark, lui, y penserait toujours. Voilà ce que c'était que de ne pas pleurer. Pleurer, c'était comme pisser son chagrin par terre.

La disparition de Ralphie Glick lui avait fait un coup et la mort de Danny aussi, mais il n'avait pas eu peur. Il avait entendu dire par quelqu'un dans un magasin que Ralphie avait probablement été victime d'un pervers. Mark savait ce que c'était qu'un pervers. Il vous faisait quelque chose qui le faisait jouir, ensuite il vous étranglait (dans les bandes dessinées, l'étranglé disait toujours « Arrrgggh ») et pour finir il vous enterrait dans une carrière désaffectée ou sous le plancher d'un appentis désert. Si un détraqué de ce genre lui offrait un jour des bonbons, il lui enverrait un coup de pied dans les couilles et se sauverait à toute vitesse.

— Mark ? fit la voix de sa mère dans l'escalier.
— Je viens, dit-il en souriant de nouveau.
— N'oublie pas de te laver les oreilles !
— Non, non.

Avant de descendre l'escalier de son pas souple et léger pour leur dire bonsoir et les embrasser, il jeta un coup d'œil sur la table où il avait installé ses monstres : Dracula, la bouche ouverte, montrant ses crocs, menaçait une jeune fille étendue par terre, tandis que le Docteur Fou torturait une femme sur un chevalet et que Mr. Hyde s'apprêtait à attaquer par-derrière un vieillard qui rentrait chez lui.

Qu'est-ce que c'était que la mort ? Pas compliqué. C'était quand on tombait entre les mains des monstres.

5

Nolly Gardener était en train d'écouter de la musique rock à la radio et de scander le rythme avec des claquements de doigts quand le téléphone sonna. Parkins posa sa revue de mots croisés et dit :
— Tu veux baisser un peu, s'il te plaît ?
— Bien sûr, Park.
Nolly baissa la radio et continua ses claquements de doigts.
— Allô ?
— Constable Gillespie ?

— Ouais.

— Ici l'agent Tom Hanrahan. J'ai les renseignements que vous m'avez demandés.

— Je vous félicite d'avoir fait si vite.

— Nous n'avons pas découvert grand-chose.

— Tant pis, allez-y ; qu'avez-vous appris ?

— Ben Mears a été entendu par la police à la suite d'un accident mortel de la circulation survenu dans l'État de New York en mai 1973. Pas de poursuites. Un accident de moto. Sa femme, prénommée Miranda, a été tuée. Des témoins ont dit qu'il n'allait pas vite et l'alcootest a été négatif. Apparemment la route était mouillée. Quant à ses idées politiques, il serait plutôt gauchiste. Il a participé à une manifestation pour la paix à Princeton en 1966. Il a pris la parole à un rallye contre la guerre à Brooklyn en 1967. Il a participé aux marches sur Washington en 1968 et en 1970. Il a été retenu pour vérification d'identité lors d'une marche pour la paix à San Franscisco en novembre 1971. C'est tout ce qu'il y a sur lui.

— Ensuite ?

— Kurt Barlow, c'est Kurt avec un *K*. Il est citoyen britannique, mais par naturalisation. Né en Allemagne, il s'est réfugié en Angleterre en 1938, sans doute poursuivi par la Gestapo. Son état civil est invérifiable, mais il a probablement soixante-dix ans. Son véritable nom est Breichen. Il fait de l'import-export à Londres depuis 1945, mais personne ne l'a jamais vu. Straker est son associé depuis cette date et c'est lui qui traite avec le public.

— Ah ! bon.

— Straker est anglais de naissance. Il a cinquante-huit ans. Son père était ébéniste à Manchester et lui a, semble-t-il, légué une jolie petite fortune. Straker s'est bien débrouillé lui aussi. Lui et Barlow ont fait une demande de visa pour un séjour de longue durée aux États-Unis, il y a de ça dix-huit mois. C'est tout ce que j'ai. Sauf que c'est peut-être un ménage de pédales.

— Ouais, dit Parkins en soupirant. C'est à peu près ce que j'imaginais.

— Si vous voulez des renseignements supplémentaires, nous pouvons interroger la C.I.D. et Scotland Yard.

— Non, c'est très bien comme ça.

— Encore une chose. Il n'y a aucun lien entre Mears et les deux autres. Aucun lien apparent, du moins.

— O.K., merci.

— Nous sommes là pour ça. Si vous avez besoin d'aide, contactez-nous.

— Entendu. Merci encore.

Il raccrocha et regarda pensivement le téléphone.
— Qui était-ce, Park ? demanda Nolly en mettant le poste plus fort.
— *L'Excellent*, ils n'ont plus de sandwiches au jambon. Seulement fromage grillé et salade-œufs-mayonnaise.
— J'ai des mousses à la framboise dans mon tiroir, si t'en veux.
— Non, merci.
Il soupira de nouveau.

6

A la décharge, les détritus brûlaient encore à petit feu. Dud Rogers faisait le tour de son domaine, humant l'odeur des ordures fumantes. Il broyait des débris de bouteilles sous ses lourdes bottes et soulevait à chaque pas de petits nuages de cendre noire et poudreuse. Au centre de l'immense terrain vague, un lit de braises s'allumait et s'éteignait, selon les caprices du vent. Dud y voyait comme un énorme œil rouge qui clignait... un œil de géant. Une détonation sourde éclatait de temps en temps : l'explosion d'une bombe aérosol ou d'une ampoule. Beaucoup de rats étaient sortis de la décharge quand il y avait mis le feu le matin, plus que de coutume. Il en avait tué au moins trois douzaines et son pistolet était brûlant quand il l'avait enfin remis dans son étui. Particulièrement grands aussi, ces salopards : étendus de tout leur long, certains mesuraient bien soixante centimètres. Curieux comme leur nombre augmentait ou diminuait suivant les années ! Ça dépendait probablement du temps qu'il faisait. Si ça continuait, il serait obligé de mettre des boulettes empoisonnées, ce qu'il n'avait pas fait depuis 1964.

Dud en repéra un qui se faufilait sous une barrière jaune installée là pour marquer la limite du feu.

Il ressortit son pistolet, fit sauter le cran de sûreté, visa et tira. Le coup fit gicler la terre devant le rat et en aspergea sa fourrure. Mais, au lieu de s'enfuir, il se dressa sur ses pattes de derrière et le regarda fixement. A la lueur du feu, ses petits yeux de jais semblaient lancer des flammes. Bon Dieu, il ne manquait pas de culot !

— Good-bye, Mr. Rat, dit Dud.
Et il visa avec soin.
Pan ! le rat s'écroula, avec un mouvement convulsif.
Dud s'approcha et le poussa d'un coup de botte. Le rat mordit mollement le cuir, ses flancs se soulevant encore faiblement.

— Salopard! fit Dud tranquillement.
Et il lui écrasa la tête.
Il s'accroupit, le regarda et se surprit en train de songer à Ruthie Crockett, la petite qui ne mettait pas de soutien-gorge. Quand elle portait un de ces pulls moulants comme elles en ont maintenant, on pouvait voir ses petits bouts de seins comme si elle était à poil, tant ils étaient durs et renflés à cause du frottement du pull. Ah! si seulement il pouvait saisir un de ces nichons et le masser, rien qu'un peu, un tout petit peu; attention, une petite salope comme ça, il la ferait mouiller en un clin d'œil.

Il prit le rat par la queue et le balança comme un pendule. Que dirais-tu si tu trouvais ce vieux Mr. Rat dans ta trousse, Ruthie? Cette pensée, avec son double sens involontaire, le ravit et il émit un petit rire de fausset en dodelinant bizarrement de la tête.

Après avoir envoyé le rat au loin, il se retourna et aperçut, à quelque distance sur sa droite, une silhouette longue et fine.

Il essuya ses mains sur les jambes de son pantalon vert, le remonta et se dirigea vers l'étranger.

— La décharge est fermée, m'sieur.

L'homme se tourna vers lui. A la lueur du feu mourant, Dud aperçut un visage aux pommettes saillantes et à l'expression pensive. Le front était haut et lisse, les cheveux blancs, striés de gris. Le type les avait rejetés en arrière, comme font ces pédales de pianistes. Le reflet rouge des braises donnait à ses yeux l'air d'être injectés de sang.

— C'est vrai? dit l'homme poliment.

Il avait un léger accent, bien que sa prononciation fût parfaite. Ce bonhomme-là devait être frenchie, ou bien polack.

— Je suis venu regarder le feu. C'est beau.

— Ouais. Vous êtes de la région?

— J'habite depuis peu votre charmante petite ville, oui. Est-ce que vous tuez beaucoup de rats?

— Pas mal, ouais. Depuis quelque temps il y en a des millions, de ces fils de pute. Dites, est-ce que c'est pas vous qui auriez acheté Marsten House, par hasard?

— Des prédateurs, dit l'homme, les mains croisées derrière le dos.

Dud remarqua avec étonnement que le type était sur son trente et un, complet veston et tout le tremblement.

— J'adore les prédateurs de la nuit. Les rats, les chouettes, les loups. Y a-t-il des loups dans la région?

— Non. Un gars la-haut, à Durhan, a tué un coyote il y a deux ans. Il y a aussi une bande de chiens sauvages qui pourchassent les cerfs.

— Des chiens, dit l'étranger avec un geste de mépris. Ces animaux vulgaires qui tremblent et pleurent au bruit d'un pas inconnu. Ils ne sont bons qu'à ramper et à gémir. On devrait les étriper tous, croyez-moi, tous, autant qu'ils sont.

— Euh, j'ai jamais pensé à ça comme ça, dit Dud en reculant d'un pas. Ça me fait toujours plaisir de recevoir des visites et de tailler une petite bavette, comme on dit, mais la décharge ferme à six heures le dimanche et il est neuf heures trente à présent...

— En effet.

Pourtant l'étranger ne semblait nullement pressé de partir. Dud se dit qu'il avait pris une longueur d'avance sur les gars de la ville. Ils se demandaient tous qui se cachait derrière le dénommé Straker et lui était le premier à le savoir. Larry Crockett le savait peut-être aussi, mais il n'était pas très causant. La prochaine fois qu'il irait acheter des munitions à ce pisse-froid de George Middler, il dirait comme ça, mine de rien : « Tiens, j'ai rencontré le type qui vient d'arriver. — Qui ça ? — Oh ! tu sais, celui qui a acheté Marsten House. Assez sympa. Il parle un peu comme un Polack ! »

— Y a pas des revenants dans cette vieille maison ? demanda-t-il en constatant que le vieux ne bougeait toujours pas.

— Des revenants !

Le vieux sourit et il y avait quelque chose d'inquiétant dans ce sourire. Si un requin pouvait sourire, ça ressemblerait à ça.

— Non, pas de revenants.

Il insista sur le dernier mot, comme pour signifier qu'il y avait quelque chose d'encore pire.

— Euh, il se fait tard, vous savez... Vous devriez vraiment partir, monsieur... ?

— Mais c'est tellement agréable de vous parler, dit le vieux.

Et, pour la première fois, il tourna la tête vers Dud et le regarda bien en face. Ses yeux étaient très écartés et comme bordés de rouge par les dernières lueurs du feu. Ce n'était peut-être pas poli de regarder fixement les gens, mais il n'y avait pas moyen de se détacher de ces yeux-là.

— Ça ne vous ennuie pas de discuter encore un peu avec moi, n'est-ce pas ?

— Non, je pense que non, dit Dud d'une voix qui lui parut venir de très loin.

Il lui sembla que les yeux de cet homme se dilataient jusqu'à devenir des gouffres obscurs, cernés de feu, tout prêts à l'engloutir.

— Je vous remercie, dit l'homme. Dites-moi... votre bosse, là, dans le dos, elle ne vous gêne pas dans votre travail ?

— Non, dit Dud, se sentant toujours très loin.

Il pensa vaguement : « Je veux bien être pendu s'il n'est pas en train de m'hypnotiser. Comme ce type à la foire de Topsham... comment s'appelait-il donc ? Ah ! oui, Mr. Mephisto. Il vous endormait et vous faisait faire toutes sortes de choses drôles — sautiller comme un poulet, courir comme un chien, ou raconter ce qui s'était passé à la fête d'anniversaire de vos six ans. Il avait hypnotisé ce con de Reggie Sawyer et, bon Dieu, ce qu'on avait pu rire... »

— Et cette bosse n'est-elle pas un handicap pour... d'autres choses ?

— Non... euh...

Il regardait toujours les yeux, fasciné.

— Allons, allons (la voix du vieux était caressante). Nous sommes des amis, n'est-ce pas ? Racontez-moi, dites-moi.

— Eh bien... les filles... vous savez, les filles...

— Naturellement, dit le vieux sur un ton rassurant. Les filles se moquent de vous, n'est-ce pas ? Elles n'ont aucune idée de votre virilité. De votre force.

— C'est vrai, chuchota Dud. Elles sont méchantes avec moi. *Elle* est méchante.

— Qui, elle ?

— Ruthie Crockett. Elle... elle...

Sa pensée s'envola. Qu'elle s'envole ! Aucune importance. Rien ne comptait à présent que cette paix, cette paix profonde et parfaite.

— Elle vous fait des niches, peut-être ? Elle rit derrière ses doigts ? Elle donne des coups de coude à ses amies quand vous passez ?

— Oui...

— Mais vous avez envie d'elle, insista la voix. N'est-il pas vrai ?

— Oh ! oui...

— Elle sera à vous. J'en suis sûr.

Il y avait quelque chose..., quelque chose de délicieux dans tout ça. Dud crut entendre au loin des voix douces chanter des paroles obscènes. Des carillons d'argent. Des visages diaphanes... La voix de Ruthie Crockett. C'était comme s'il la voyait, soulevant ses nichons dans ses mains, faisant jaillir du décolleté en V de son pull leurs deux hémisphères blancs et pulpeux et lui murmurant : *Embrasse-les, Dud... Mords-les... Suce-les...*

C'était comme s'il se noyait, comme s'il se noyait dans les yeux cernés de rouge du vieil homme.

L'étranger s'approcha et Dud comprit tout, l'accepta et,

quand vint la douleur, elle fut douce comme l'argent et verte comme l'eau qui dort dans les profondeurs.

7

Sa main tremblait et, au lieu de saisir la bouteille, il l'envoya par terre. Elle tomba sur le tapis avec un bruit mat et se vida en glougloutant, imbibant de scotch la moquette verte.

— Merde! dit le père Donald Callahan.

Et il se baissa précipitamment pour la ramasser avant que tout ne fût perdu. Il n'en restait déjà plus beaucoup. Il remit la bouteille presque vide sur le bureau (à bonne distance du bord) et se dirigea tant bien que mal vers la cuisine, à la recherche d'une serpillière et d'une bouteille de détachant. Il ne fallait pas que Rhoda Curless trouvât cette tache de whisky à côté de son bureau. Nul besoin d'ajouter au cafard et à la tête lourde des lendemains matin les mines compatissantes de sa gouvernante.

Il dénicha une bouteille d'un produit dont le nom, E-Vap, faisait fâcheusement penser à des régurgitations d'ivrogne et l'emporta dans le bureau.

— Père Flanagan, où êtes-vous quand nous avons besoin de vous ? murmura-t-il en s'accroupissant près de la tache.

Il lut les instructions sur l'étiquette de la bouteille et versa deux fois le contenu du bouchon sur la table. Celle-ci vira immédiatement au blanc et se mit à mousser. Callahan observa le phénomène avec une certaine appréhension et regarda de nouveau la notice.

— *Pour les taches particulièrement rebelles,* lut-il tout haut de cette voix sonore et mélodieuse si bien recueillie dans la paroisse après les interminables péroraisons, ponctuées de claquements de dentier, de ce pauvre vieux père Hume. *Laissez prendre de sept à dix minutes.*

Il se dirigea vers la fenêtre de son bureau qui donnait sur Elm Street et sur l'église St. Andrew, un peu plus loin. «Bon, pensa-t-il, on est dimanche soir et me voilà soûl de nouveau. *Bénissez-moi, mon Père, parce que j'ai péché.*»

Il était onze heures et demie; il regarda par la fenêtre et vit une obscurité informe, trouée seulement par le faisceau de lumière du lampadaire de l'église. Il ne manquait plus que Fred Astaire avec son haut-de-forme, son smoking, ses guêtres et ses chaussures blanches. Il danserait en faisant virevolter sa canne. Ginger Rogers viendrait à sa rencontre et tous deux valseraient sur l'air de *Encore dans les vaps avec Eee-Vaap.*

Il appuya son front contre la vitre. Les traits de son visage, dont la beauté avait été, dans une certaine mesure, sa malédiction, s'affaissèrent et laissèrent voir le vieil homme fatigué.

Je suis un ivrogne et un prêtre minable, mon Père.

Il ferma les yeux et vit l'obscurité du confessionnal ; il se vit manœuvrer le guichet et lever du même coup le voile sur tous les secrets du cœur humain ; il sentit le vernis, le vieux velours des prie-Dieu et la sueur des vieillards.

Bénissez-moi, mon Père.

(J'ai bousillé la voiture de mon frère, j'ai frappé ma femme, j'ai regardé par la fenêtre de Mrs. Sawyer pendant qu'elle se déshabillait, j'ai menti, j'ai triché, j'ai eu des pensées et des désirs malhonnêtes, j'ai, j'ai, j'ai...)

... parce que j'ai péché.

Il ouvrit les yeux. Fred Astaire n'avait pas encore paru. Sur le coup de minuit, peut-être. La ville était endormie, sauf...

Il leva la tête. Oui, il y avait de la lumière là-haut.

Il pensa à la fille Bowie — non, McDougall, elle s'appelait ainsi à présent — lui disant de sa petite voix essoufflée comment elle avait battu son bébé. Quand il lui avait demandé combien de fois, il avait senti (et presque entendu) son esprit pédaler à cent à l'heure pour trouver le moyen de transformer douze fois en cinq ou cent fois en douze. Triste comportement pour un être humain ! Il avait baptisé l'enfant. Randall Fratus McDougall. Conçu sur le siège arrière de la voiture de Royce McDougall, probablement pendant la deuxième séance du drive-in. Pauvre petit être souffrant ! Il se demanda si elle savait ou devinait qu'il aurait aimé passer ses mains à travers le petit guichet, saisir cette âme qui se débattait de l'autre côté de la grille et la serrer jusqu'à ce qu'elle crie. Pour votre pénitence, ma fille, vous aurez une demi-douzaine de coups de poing sur la tête et un bon petit coup de pied au cul. Allez votre chemin et ne péchez plus.

— Sinistre, dit-il.

Mais il avait rencontré plus grave que l'ennui dans le confessionnal ; ce n'était pas seulement cela qui l'avait écœuré et poussé vers ce club de moins en moins fermé qu'était l'Association des Prêtres Catholiques de la Dive Bouteille et des Chevaliers du Cutty Sark. C'était surtout la marche inexorable de cette machine qu'était l'Église, faisant éternellement la navette entre le ciel et la terre, avec son fardeau de petits péchés. C'était la reconnaissance rituelle du mal par une Église à présent essentiellement préoccupée des maux de la société. C'était la présence réelle de ce mal dans le confessionnal, aussi réelle que l'odeur du vieux velours. Un mal stupide, pour lequel il n'y avait ni pardon ni sursis. Le poing s'écrasant sur la figure du bébé, le pneu ouvert à coups de canif, la rixe dans un bar, la lame de rasoir glissée dans une pomme le jour de Halloween et tous les palliatifs insipides que l'esprit humain, dans ses replis tortueux, était capable d'inventer. Messieurs, de meilleures prisons vont remédier à tout cela. Une meilleure police. De meilleures institutions sociales. Un meilleur contrôle des naissances. De meilleures techniques de stérélisation. De meilleurs avortements. Messieurs, si nous arrachons ce fœtus des entrailles de sa mère, dans un magma sanglant de bras et de jambes informes, il ne grandira pas et n'ira pas tuer une vieille dame à coups de marteau. Mesdames, si nous attachons cet homme sur une chaise munie d'un dispositif électrique adéquat et si nous le faisons frire comme une côtelette de porc, il n'aura plus jamais l'occasion de torturer des petits garçons jusqu'à ce que mort s'ensuive. Mes chers compatriotes, si ce projet de loi relatif à l'eugénisme est voté, je peux vous garantir que plus jamais...

Merde.

La vérité de sa condition lui était apparue de plus en plus clairement depuis un certain temps, depuis trois ans peut-être. Elle avait gagné en netteté, comme un cliché dont on affine la mise au point jusqu'à ce que l'image soit parfaitement nette. Il aurait voulu se battre pour quelque chose. Les jeunes prêtres avaient leurs luttes : l'élimination du racisme, la libération des femmes, voire la libération des homosexuels ; ils défendaient les pauvres, les fous, les criminels. Tout cela le mettait mal à l'aise. Les seuls prêtres dont l'action politique ne l'avait pas indisposé, c'étaient ceux qui avaient milité contre la guerre au Vietnam. Maintenant que leur cause était périmée, ils passaient leur temps à évoquer les marches et les rallyes, comme les vieux couples évoquent leur lune de miel ou leur premier voyage en train. Callahan n'était ni un jeune prêtre ni un vieux prêtre ; il se voyait obligé d'endosser le rôle d'un traditionaliste hésitant quant à ses postulats fondamentaux. Il voulait prendre la tête d'une division, mais dans quelle armée ? Dieu, le bien, la bonté, ces noms désignaient tous la même chose. Et contre qui ? Contre le MAL. Ça, c'était une cause qui en valait la peine ; au diable les distributions de tracts dans le froid, devant les supermarchés, pour expliquer la nécessité de boycotter le raisin ou la salade. Il voulait voir le MAL dépouillé de ses voiles trompeurs, chaque trait de son visage clairement visible. Il voulait lutter corps à corps avec le MAL, comme Mohamed Ali contre Joe Frazier ou Jacob contre l'Ange. Il voulait que le combat soit pur, sans que la politique s'en mêlât comme d'habitude. Depuis qu'il avait décidé de devenir prêtre, c'est cela qu'il voulait. La vocation lui était venue à l'âge de quatorze ans. Il avait été enflammé par l'histoire de saint Étienne, le premier martyr chrétien à avoir été lapidé, celui qui avait vu le Christ en mourant. Le Ciel exerçait une attraction bien pâle à côté de celle du combat, couronné peut-être par le martyre, au service du Seigneur.

Seulement voilà, il n'y avait pas de combat. Il n'y avait que des escarmouches à l'issue douteuse. Le MAL n'avait pas un visage, mais plusieurs et ces visages étaient des visages absents. Sa conclusion, c'était que le MAL n'existait pas ; il n'y avait que le mal pour ne pas dire (le mal). Quelquefois, il se demandait si Hitler avait été autre chose qu'un bureaucrate débordé et si Satan lui-même n'était pas simplement un malade mental, avec un sens de l'humour un peu fruste — le genre qui considère comme merveilleusement drôle de mettre des pétards dans le pain donné aux mouettes.

Les grandes batailles sociales, morales et spirituelles de l'époque se réduisaient à Sandy McDougall envoyant en douce une tarte à son moutard, qui lui-même grandirait pour en envoyer une au sien et ainsi de suite, jusqu'à la fin des temps, alléluia. Je vous salue, Marie, pleine de grâces, aidez-moi à être le plus fort dans cette course de stock-cars.

C'était plus que sinistre, c'était terrifiant, pour peu qu'on veuille donner un sens à la vie et peut-être à la mort. Et que trouverait-on au ciel ? Une éternité de fêtes paroissiales, de virées dans les foires, de séances de strip-tease de travestis ?

Il regarda la pendule. Il était minuit six et il n'y avait toujours pas trace de Fred Astaire ni de Ginger Rogers. Même pas de Mickey Rooney. Mais E-Vap avait eu le temps d'agir il allait passer l'aspirateur maintenant ; Rhoda Curless ne le regarderait pas avec cette insupportable expression de pitié, et la vie suivrait son cours. Amen.

MATT

1

Quand Matt arriva au secrétariat le mardi matin, après le troisième cours, Ben Mears l'y attendait déjà.

— Salut, dit Matt. Vous êtes en avance.

Ben se leva et lui serra la main.

— C'est un travers de famille, paraît-il. Dites-moi, vos gosses ne vont pas me manger, j'espère ?

— Aucun danger, dit Matt. Allons-y.

— Le bâtiment est agréable, dit Ben en regardant autour de lui tandis qu'ils traversaient le hall. Quelle différence avec le lycée de ma jeunesse ! Les fenêtres ressemblaient à des meurtrières, à cette époque-là.

— Erreur ! Il ne faut pas parler de bâtiment, mais de « bloc scolaire ». Les tableaux noirs sont des « aides visuels » et les gosses sont « la population scolarisée du lycée mixte et d'État de Jerusalem's Lot ».

— Comme ils ont de la chance ! dit Ben en souriant.

— N'est-ce pas ? Est-ce que vous êtes allé à l'université, Ben ?

— J'ai essayé. En fac de lettres. Mais j'ai eu l'impression que tous ces petits intellectuels ne rêvaient que d'une chose, c'était de devenir la coqueluche du campus en se signalant d'une façon quelconque à l'attention générale. En plus, je me suis fait étendre à mes examens. Quand *La fille de Conway* a commencé à se vendre, je chargeais des caisses de Coca-cola dans des camions de livraison.

— Il faut raconter ça aux élèves. Ça les intéressera.

— Vous aimez l'enseignement ?

— Bien sûr. Sinon à quoi ça rimerait de faire ce métier depuis quarante ans ?

La cloche sonna pour la dernière fois et son écho se répercuta dans le couloir vide où seul un élève à la traîne se dirigeait sans se presser vers l'atelier de menuiserie.

— Et la drogue ? demanda Ben.

— Il y a de tout. Comme dans tous les lycées d'Amérique. Chez nous, c'est surtout l'alcool.

— Pas la marijuana ?

— L'herbe n'est pas un problème à mon avis, et c'est aussi l'avis de l'administration quand ces messieurs ont quelques verres de Jim Bean dans le nez et s'expriment franchement. Je sais pertinemment que notre conseiller pédagogique, par exemple, un des meilleurs qui soient, n'a pas peur de fumer un joint avant d'aller au cinéma. Moi aussi, j'ai essayé. Ça me fait un effet épatant, mais après j'ai des brûlures d'estomac.

— *Vous* avez essayé ?

— Chut, dit Matt. Les murs ont des oreilles. D'ailleurs on est arrivé.

— Aïe, aïe, aïe.

— Allons, pas de panique, dit Matt en le faisant entrer.

Il y avait là une vingtaine d'élèves. Leur regard convergea sur Ben.
— Bonjour, les amis ! Je vous présente Ben Mears.

2

Tout d'abord Ben crut qu'il s'était trompé de maison.
Quand Matt Burke l'avait invité à dîner, il lui avait bien parlé d'une petite maison grise, juste après une maison en brique rouge, il en était sûr, mais était-il possible qu'il s'en échappe ce flot tonitruant et ininterrompu de musique pop ?
La porte était munie d'un heurtoir en cuivre terni. Il frappa une première fois, puis, n'obtenant aucune réponse, frappa de nouveau. Cette fois-ci on baissa la musique et Matt lui cria :
— C'est ouvert, entrez !
— Il obéit et regarda autour de lui avec curiosité. La porte d'entrée ouvrait directement sur un petit salon dont le mobilier rustique avait dû être réuni au hasard de courses chez les brocanteurs. Un poste de télévison Motorola de la toute première époque trônait à la place d'honneur. La musique sortait d'une chaîne hi-fi KLH quadriphonique.
Matt, arborant un tablier à carreaux rouges et blancs, sortit de la cuisine d'où s'échappaient des effluves de sauce à l'italienne.
— Excusez-moi pour le bruit, dit Matt. Je suis un peu sourd. C'est pour ça que je la mets très fort.
— C'est de la bonne musique.
— Je suis un fan du rock depuis Buddy Holly. Quelle musique merveilleuse ! Avez-vous faim ?
— Bien sûr. Merci encore de m'avoir invité. Je crois que j'ai pris plus de repas chez les uns et les autres depuis mon retour à Salem que pendant ces cinq dernières années.
— C'est une petite ville très accueillante. J'espère que ça ne vous fait rien de dîner dans la cuisine. Un marchand d'antiquités est passé il y a deux semaines et m'a offert deux cents dollars pour ma table de salle à manger. Je ne suis pas encore arrivé à la remplacer.
— Ça m'est tout à fait égal. Je suis habitué à manger à la cuisine. Dans ma famille, on a toujours fait ça.
La pièce était d'une netteté scrupuleuse. Sur la cuisinière à quatre brûleurs, la sauce tomate mijotait et une passoire pleine de spaghetti fumants était posée au-dessus d'une casserole. Le couvert était mis sur une petite table pliante : deux assiettes dépareillées et deux verres décorés de personnages de bandes dessinées

— des pots de moutarde, se dit Ben amusé. Le léger sentiment de contrainte qu'il éprouvait encore à se trouver avec un étranger disparut complètement et il commença à se sentir chez lui.

— Il y a du bourbon, du scotch et de la vodka dans le placard au-dessus de l'évier, dit Matt. Et des cocktails aux fruits dans le frigo. Rien de sensationnel, malheureusement.

— Je vais prendre du bourbon, avec de l'eau du robinet.

— Allez-y. Je vais servir les pâtes, si on peut appeler pâtes cette espèce de bouillie.

Tout en se versant à boire, Ben dit :

— J'ai bien aimé vos gosses. Ils ont posé de bonnes questions. Difficiles, mais bonnes.

— Comme « Où trouvez-vous vos idées ? » fit Matt, imitant le zézaiement sexy de la petite Ruthie Crockett.

— C'est un beau petit brin de fille.

— Oui, c'est vrai. Tenez, il y a une bouteille de Lancers dans le frigo derrière la salade d'ananas. Je l'ai achetée en votre honneur.

— Dites, vous n'auriez pas dû...

— Allons, allons, Ben. Après tout, ce n'est pas tous les jours que nous voyons arriver des auteurs de best-sellers à Salem.

— Vous n'êtes pas raisonnable.

Ben finit son verre, prit l'assiette de pâtes que lui tendait Matt, versa la sauce tomate dessus et enroula une bonne quantité de spaghetti sur sa fourchette à l'aide de sa cuillère.

— Fantastique ! Mamma mia !

— Mais qu'est-ce que vous croyiez ?

— Ben regarda son assiette qu'il avait vidée avec une rapidité étonnante. Il s'essuya la bouche d'un air coupable.

— Encore ?.

— Oui, mais seulement la moitié d'une assiette, si vous permettez. C'est formidable, ces spaghetti.

Matt lui remplit son assiette.

— Si nous ne les finissons pas, c'est le chat qui s'en chargera. Or c'est un animal pitoyable ; il pèse dix kilos et arrive tout juste à se traîner jusqu'à son écuelle.

— Mon Dieu, comment ai-je pu ne pas le remarquer ?

Matt sourit.

— Il réussit quand même à draguer. Dites-moi, votre nouveau livre, c'est un roman ?

— C'est une histoire romancée, dit Ben. Pour être tout à fait franc, j'avoue que je l'écris avec l'idée de me faire de l'argent. L'art, c'est merveilleux, mais j'aimerais bien gagner le gros lot, ne serait-ce qu'une fois.

— Et quelles sont vos chances ?
— Incertaines.
— Allons au salon, dit Matt. Les fauteuils sont pleins de bosses, mais ils sont quand même plus confortables que ces horribles chaises de cuisine. Est-ce que vous avez assez mangé ?
— Autant me demander si le pape porte une mitre.

Ils allèrent au salon ; Matt mit une pile de disques sur l'électrophone et entreprit de bourrer son énorme pipe en calebasse.

Une fois qu'elle fut bien allumée, Matt jeta un regard à Ben à travers un nuage de fumée.

— Non. On ne peut pas la voir d'ici.

Ben tourna brusquement la tête.

— Quoi ?
— Marsten House. Je parie cinq *cents* que c'est elle que vous cherchiez.

Ben rit, mal à l'aise.

— Pas besoin de parier.
— Est-ce que l'intrigue de votre livre se situe à Salem ?
— Oui, c'est Salem et ce sont les gens d'ici.

Ben hocha la tête.

— Il y aura une série de mutilations et d'assassinats commis par des sadiques. Je compte entrer d'emblée dans le vif du sujet en relatant au lecteur un de ces meurtres, point par point, depuis le début jusqu'à la fin. Je lui mettrai le nez dedans. J'étais en train de faire le plan de la première partie quand Ralphie Glick a disparu... et, évidemment, ça m'a fait un sale effet.

— Vous vous êtes inspiré des disparitions survenues à Salem pendant les années trente ?

Ben le sonda du regard.

— Vous êtes au courant ?
— Oh ! que oui ! Et je ne suis pas le seul. Je n'étais pas encore ici à cette époque, mais Mabel Werts, Glynis Mayberry et Milt Crossen étaient là. Certains ont déjà fait le rapprochement.

— Quel rapprochement ?
— Allons, Ben. Ce rapprochement crève les yeux, vous ne trouvez pas ?

— Vous avez sans doute raison. La dernière fois que la maison a été occupée, quatre gosses ont disparu en dix ans. Maintenant, après trente-six ans, elle est de nouveau habitée et, aussitôt, Ralphie Glick disparaît.

— Croyez-vous que ce soit une coïncidence ?
— Probablement, dit Ben, prudent. (Les avertissements de Susan lui résonnaient encore aux oreilles). Mais c'est curieux. J'ai compulsé tous les numéros du *Ledger* de 1939 jusqu'en 1970

pour avoir des points de comparaison. Trois gosses ont disparu pendant cette période. Le premier s'était enfui de chez lui et on l'a retrouvé quelque temps après, travaillant à Boston. Le deuxième a été repêché dans l'Androscoggin un mois après sa disparition. Et le dernier a été retrouvé enterré au bord de la route 116, aux environs de Gates, probablement victime d'un chauffard qui aurait dissimulé le corps avant de prendre la fuite. Les trois énigmes sont donc éclaircies.

— Peut-être en sera-t-il de même pour la disparition du petit Glick.

— Peut-être.

— Vous avez l'air d'en douter. Que savez-vous de ce Straker ?

— Rien du tout, dit Ben. Je ne suis même pas sûr d'avoir envie de le rencontrer. Ce livre m'a l'air de bien démarrer, mais son aboutissement dépend d'une certaine conception de Marsten House et de ses habitants. Si je découvre que Straker est un homme d'affaires comme les autres, ce qui est sans doute le cas, mon élan en sera peut-être brisé.

— Je ne pense pas que vous couriez ce genre de risque. Vous savez qu'il a ouvert son magasin aujourd'hui. Susie Norton et sa mère y ont fait un tour, juste pour voir — d'ailleurs presque toutes les femmes de la ville en ont fait autant, à ce qu'on m'a dit. D'après Dell Markey, à qui je fais confiance, même Mabel Werts s'est traînée jusque là-bas. On prétend qu'il est bel homme. Un dandy, très élégant, complètement chauve. Et charmant. Il paraît même qu'il a vendu quelques pièces.

Ben sourit.

— Tout ça est parfait. Et est-ce que quelqu'un a vu l'autre moitié du tandem ?

— Il est censé être parti en voyages d'affaires.

— Pourquoi « censé » ?

Matt haussa les épaules avec nervosité.

— Je ne sais pas. Tout ça est probablement parfaitement normal, mais cette maison me met mal à l'aise. C'est presque comme s'il leur avait fallu cette maison-là et pas une autre. Comme vous l'avez très bien dit, elle est dressée là, sur la colline, comme une idole.

Ben acquiesça de la tête.

— Et par-dessus le marché nous avons une autre disparition d'enfant. Le frère de Ralphie, Danny. Mort à douze ans. D'une anémie pernicieuse.

— Qu'y a-t-il de suspect là-dedans ? C'est très triste, bien sûr, mais...

— Mon médecin est un jeune type qui s'appelle Jimmy Cody. Je l'ai eu comme élève. C'était un sacré diable à l'époque et maintenant c'est un bon médecin. Remarquez, j'extrapole peut-être, à partir de ce qu'il m'a raconté...

— Allez-y, dites.

— Eh bien, j'étais allé le voir pour un check-up et je lui disais, en passant, que c'était terrible ce qui était arrivé au petit Glick, et tragique pour les parents, surtout après la disparition incompréhensible du petit frère. Alors Jimmy m'a dit que George Gorby l'avait appelé en consultation à propos de ce cas. Le garçon était anémique, c'est sûr. Il m'a dit que le taux de globules rouges pour un garçon de l'âge de Danny devait être de l'ordre de quatre-vingt-cinq à quatre-vingt-dix pour cent. Or celui de Danny était descendu à quarante-cinq !

— Nom d'un chien !

— Mais on lui faisait des piqûres de vitamine B12, on lui donnait du foie de veau et il allait beaucoup mieux. Il devait rentrer chez lui le lendemain. Et c'est à ce moment-là que, paf ! il est tombé raide mort.

— Si Mabel Werts vous entendait, elle verrait tout de suite des indigènes armés de flèches empoisonnées en embuscade dans le parc.

— Je n'en ai parlé et n'en parlerai à personne d'autre qu'à vous. A ce propos, je crois que vous feriez bien de garder le sujet de votre livre pour vous. Si Loretta Starcher vous pose des questions, dites-lui que c'est un livre sur l'architecture.

— On m'a déjà chapitré là-dessus.

— Susan Norton, sans doute ?

Ben regarda sa montre et se leva.

— A propos de Susan...

— On croirait voir un faisan en parade nuptiale. Il se trouve que je dois partir également. Il faut que je retourne au lycée. Nous répétons le troisième acte de notre pièce de théâtre, une comédie d'une grande portée sociale, *Le Problème de Charley*.

— Et quel est son problème ?

— L'acné, dit Matt en riant.

Ils se dirigèrent vers la porte et Matt s'arrêta un instant pour enfiler un blouson de couleur passée marqué des initiales du lycée. Ben se dit qu'abstraction faite de son visage, dont l'expression était vive et pénétrante en même temps que rêveuse et presque naïve, Matt n'avait pas le physique d'un prof d'anglais sédentaire, mais plutôt celui d'un vieux prof de gym.

— Dites-moi, dit Matt lorqu'ils furent sur le perron. Est-ce que vous avez des projets pour vendredi soir ?

— Pas vraiment. Je me suis dit que nous irions peut-être au cinéma, Susan et moi. C'est ça ou rien, par ici.

— J'ai pensé à autre chose. Pourquoi ne pas fonder un comité d'accueil et aller tous les trois à Marsten House afin de nous présenter au nouveau châtelain ? De la part de nos concitoyens, évidemment.

— Évidemment. Ce ne serait que faire montre de la plus élémentaire courtoisie.

— Une délégation d'indigènes pour leur souhaiter la bienvenue, renchérit Matt.

— J'en parlerai à Susan ce soir, je pense qu'elle sera d'accord.

— Bien.

Matt agita la main en signe d'adieu tandis que la Citroën de Ben s'éloignait en ronronnant. Ben lui répondit en klaxonnant deux fois et ses feux arrière disparurent derrière la colline.

Matt resta sur le perron un bon moment, les mains fourrées dans les poches de son blouson, à regarder la maison sur la colline.

3

Il n'y avait pas de répétition théâtrale ce jeudi soir et, vers neuf heures, Matt se rendit chez Dell en voiture, histoire de boire deux ou trois bières. Puisque ce chameau de Jimmy Cody refusait de le soigner pour ses insomnies, il se ferait son petit traitement lui-même.

La clientèle était clairsemée les soirs où l'orchestre ne jouait pas. Matt ne vit que trois personnes de sa connaissance : Weasel Craig, qui sirotait une bière dans un coin, Floyd Tibbits, le visage morose (il avait parlé à Susan trois fois cette semaine, deux fois au téléphone et une fois dans le salon des Norton, mais aucune de ces conversations n'avait bien marché), et Mike Ryerson, assis sur une des banquettes du fond, contre le mur.

Matt se dirigea vers le bar. Dell Markey essuyait les verres en regardant *L'homme de fer* sur un poste portatif.

— Salut, Matt. Comment ça va ?

— Comme ça. La salle n'est pas très animée, ce soir.

Dell haussa les épaules.

— On donne deux films de motards au drive-in de Gates. Je ne fais pas le poids. Un verre ou un pichet ?

— Allons-y pour le pichet.

Dell le tira, coupa la mousse et ajouta quatre centimètres. Matt paya et après un instant d'hésitation, se dirigea vers Mike. Comme la plupart des jeunes de Salem, Mike était passé par ses cours d'anglais et Matt avait de la sympathie pour lui.

Son intelligence était moyenne, mais il avait obtenu de bons résultats à force de travailler et de poser des questions autant de fois qu'il fallait pour comprendre. Il jouissait en outre d'un sens de l'humour rapide et original et d'un caractère indépendant qui avaient fait de lui l'un des élèves les plus populaires de sa classe.

— Salut, Mike, dit Matt. Ça ne t'ennuie pas que je vienne m'asseoir près de toi ?

Mike Ryerson leva la tête et Matt eut un coup au cœur. Il pensa immédiatement : *la drogue, la vraie, celle qui ne pardonne pas.*

— Pas du tout, Mr. Burke, asseyez-vous.

Sa voix était atone, son teint d'un horrible blanc pâteux, sauf sous les yeux où il virait au noir. Ses yeux étaient comme agrandis par la fièvre. Dans la pénombre de la taverne, ses mains se déplaçaient lentement au-dessus de la table, comme des fantômes. Il n'avait pas touché au verre de bière posé devant lui.

— Qu'est-ce que tu deviens, Mike ?

Matt se versa un verre de bière, en empêchant ses mains de trembler.

Il avait toujours eu une vie tranquille ; les hauts et les bas, traduits par un graphique, n'auraient donné qu'une courbe au faible relief et, depuis la mort de sa mère, treize ans auparavant, il n'y avait plus eu de creux vraiment sensible ; il avait été cependant très atteint par le destin tragique de quelques-uns de ses élèves. Billy Royko, mort dans un accident d'hélicoptère au Vietnam deux mois avant le cessez-le-feu ; Sally Greer, une des élèves les plus brillantes et les plus vives qu'il ait jamais eues, tuée par son petit ami, qui s'était soûlé à mort quand elle lui avait annoncé qu'elle voulait rompre ; Gary Coleman, devenu aveugle à la suite d'une mystérieuse dégénérescence du nerf optique ; le frère de Buddy Mayberry, Doug, le seul gosse intéressant de toute cette tribu d'abrutis, mort noyé sur la plage d'Old Orchard ; et la drogue, la petite mort. Tous ceux qui tâtaient des eaux du Léthé n'y plongeaient pas forcément, mais il y en avait suffisamment, de ces gosses qui ne carburaient qu'aux rêves.

— Comment je vais ? dit Mike d'une voix lente. Je ne sais pas, Mr. Burke. Pas très bien.

— A quelle saloperie t'es-tu mis ? demanda Matt avec douceur.

159

Mike le regarda sans comprendre.

— La drogue. Amphétamines ? Acide ? Cocaïne ? Ou est-ce...

— Je ne me drogue pas, dit Mike. Je crois que je suis malade.

— C'est bien vrai ?

— Je ne me suis jamais drogué de ma vie.

Matt remarqua qu'il ne parlait qu'au prix d'un énorme effort.

— Rien que l'herbe, et encore je n'y ai pas touché depuis quatre mois. Je suis malade..., malade depuis lundi, je crois. Figurez-vous que je me suis endormi à Harmony Hill dimanche dernier, le soir, et que je ne me suis pas réveillé avant lundi matin. (Il secoua lentement la tête.) Et depuis je suis mal foutu. Je dirais même que ça va de mal en pis.

Il poussa un gros soupir et son corps en fut tout secoué.

Matt se pencha vers lui, anxieux.

— C'est arrivé après l'enterrement de Danny Glick ?

— Ouais.

Mike le regarda de nouveau.

— Je suis revenu terminer le travail après le départ de tout le monde, mais cet enculé de... — Excusez-moi, Mr Burke — ce Royal Snow de malheur ne s'est pas montré. Je l'ai attendu longtemps et c'est à ce moment-là que j'ai dû commencer à me sentir mal, parce que, après ça, tout est... Oh ! ça me fait mal à la tête. C'est dur de se rappeler !

— Tu te rappelles quoi, Mike ?

— Je me rappelle quoi ?

Mike sonda les profondeurs dorées de son verre de bière et contempla longuement les bulles qui se détachaient des parois pour venir éclater à la surface.

— Je me souviens de chants, dit-il. Les chants les plus doux que j'aie jamais entendus. Et de m'être senti... comme si je me noyais. Seulement c'était agréable. Sauf qu'il y avait les yeux. *Les yeux.*

Il s'empoigna les coudes en frissonnant.

— Les yeux de qui ? demanda Matt en se penchant en avant.

— Ils étaient rouges. Oh ! des yeux effrayants !

— Les yeux de *qui* ?

— Je ne me souviens pas. Non, il n'y avait pas d'yeux. J'ai tout rêvé.

Matt vit que Mike luttait de toutes ses forces pour chasser ce souvenir.

— Je ne me souviens de rien d'autre au sujet de dimanche soir. Je me suis réveillé lundi matin par terre et, au début, je ne pouvais même pas me lever, tellement j'étais fatigué. Le soleil se levait et j'avais peur d'attraper une insolation. Alors je suis descendu par le bois jusqu'au ruisseau. Ça m'a épuisé. J'étais si fatigué que je me suis rendormi. J'ai dormi, oh... jusqu'à quatre heures de l'après-midi, peut-être plus. (Il eut un petit rire de crécelle.) J'étais tout couvert de feuilles en me réveillant. Mais je me sentais mieux. Je me suis levé et je suis retourné jusqu'à ma camionnette. (Il se passa lentement la main sur le visage.) Pourtant j'ai bien dû en finir avec l'histoire du petit Glick le dimanche soir. Mais, c'est drôle, je ne m'en souviens même pas.

— En finir ?

— Eh bien, oui. Avec ou sans Royal, la fosse était toute remplie de terre. Les mottes bien tassées. Du beau boulot. Je ne me souviens pas de l'avoir fait. Faut croire que j'étais vraiment pas bien.

— Où as-tu passé la nuit de lundi ?

— Chez moi. Où voulez-vous que je sois allé ?

— Comment te sentais-tu mardi matin ?

— Je ne me suis pas réveillé mardi matin. J'ai dormi toute la journée. Je ne me suis réveillé que mardi soir.

— Et alors, comment est-ce que tu te sentais ?

— Mal. Les jambes en caoutchouc. J'ai voulu me chercher un verre d'eau et j'ai failli m'écrouler. J'ai dû m'appuyer sur les meubles pour arriver jusqu'à la cuisine. Faible comme un chaton qui vient de naître. (Il fronça les sourcils.) J'ai ouvert une boîte de ragoût pour mon dîner — vous savez, ces trucs de Dinty Moore — mais je n'ai pas pu l'avaler. Il me semblait que j'allais dégobiller rien qu'à le regarder. Comme quand vous avez la gueule de bois et que quelqu'un vous montre de la nourriture.

— Tu n'as rien mangé ?

— J'ai essayé, mais j'ai tout vomi. Après, je me suis senti un peu mieux. Je suis sorti et j'ai marché un peu. Et puis je suis rentré me coucher. (Il suivait du doigt les cernes laissés par les verres sur la table.) J'ai eu peur en allant me coucher. Comme un gosse qui a peur de Croque-mitaine. J'ai fait le tour des fenêtres, pour m'assurer qu'elles étaient verrouillées, et je me suis endormi avec toutes les lumières allumées.

— Et hier matin ?

— Euh... non... je ne me suis levé qu'à neuf heures hier soir.

Il eut à nouveau son petit rire de crécelle.

— Je me souviens d'avoir pensé : si ça continue, je vais dormir vingt-quatre heures sur vingt-quatre. Et c'est ce qu'on fait quand on est mort.

Matt le regardait avec inquiétude. Floyd Tibbits s'était levé pour mettre une pièce dans le juke-box et choisir ses chansons.

— C'est bizarre, dit Mike. La fenêtre de ma chambre était ouverte quand je me suis levé. C'est moi qui l'ai ouverte, probablement. J'ai fait un rêve... quelqu'un était à la fenêtre et je me suis levé... pour le faire entrer. Comme on se lèverait pour faire entrer un vieil ami qui aurait froid ou... ou faim.

— Qui était-ce?

— Ce n'était qu'un rêve, Mr. Burke.

— Mais qui était-ce dans ton rêve?

— Je ne sais pas. Quand je me suis levé, j'ai voulu essayer de manger, mais rien que d'y penser j'ai eu envie de dégueuler.

— Alors qu'est-ce que tu as fait?

— J'ai regardé la télé, jusqu'à la fin du show Johnny Carson. Je me sentais beaucoup mieux. Et puis je suis allé me coucher.

— Est-ce que tu as verrouillé les fenêtres?

— Non.

— Et tu as dormi toute la journée?

— Je me suis réveillé vers le soir.

— Faible?

— Et comment! (Il se passa la main sur le visage.) Je me sens si mal! s'exclama-t-il d'une voix brisée. C'est seulement la grippe ou quelque chose comme ça, n'est-ce pas, Mr. Burke? Je ne suis pas vraiment malade, dites?

— Je ne sais pas, dit Matt.

— J'ai pensé qu'une ou deux bières me remonteraient le moral, mais je ne peux pas boire. J'ai pris une gorgée, je me suis étranglé et j'ai cru que j'allais étouffer. Cette dernière semaine... j'ai l'impression que je fais un cauchemar. Et j'ai peur. J'ai terriblement peur.

Il se cacha le visage dans ses mains maigres et Matt vit qu'il pleurait.

— Mike?

Pas de réponse.

— Mike... (Matt écarta doucement les mains de Mike.) Viens chez moi ce soir. Tu passeras la nuit dans la chambre d'ami. Tu veux bien?

— Comme vous voulez. Ça m'est égal.

Mike s'essuya les yeux du revers de sa manche avec une lenteur léthargique.

— Et demain je t'emmènerai voir le docteur Cody.

— D'accord.

— Allons-y, partons.

Matt songea à appeler Ben Mears, mais ne le fit pas.

4

Matt frappa à la porte et Mike Ryerson lui dit d'entrer. Il lui apportait un pyjama.

— Il sera un peu trop grand...
— Vous tracassez pas, Mr. Burke. Je dors en caleçon.

Il était debout, en slip, et Matt vit que son corps était d'une pâleur effroyable. Les côtes saillaient sous la peau.

— Tourne la tête, Mike. Par ici.

Mike tourna docilement la tête.

— Mike, d'où viennent ces marques ?

La main de Mike toucha sa gorge au-dessous de l'angle de la mâchoire.

— Je ne sais pas.

Matt resta un moment sans bouger, les nerfs à vif. Puis il alla jusqu'à la fenêtre. Le verrou était bien mis, mais il la secoua néanmoins d'une main fébrile. Les ténèbres du dehors pesaient lourdement sur la vitre.

— N'hésite pas à m'appeler pendant la nuit s'il y a n'importe quoi qui ne va pas. *N'importe quoi*. Même si tu fais un mauvais rêve. Tu le feras, Mike ?
— Oui.
— Tu entends, Mike. N'importe quoi. Ma chambre est au bout du couloir.
— D'accord.

Matt resta un instant sur le seuil, avec l'impression qu'il avait encore quelque chose à faire, et finit par sortir de la chambre.

5

Il n'arriva pas à trouver le sommeil et la seule chose qui l'empêcha d'appeler Ben Mears fut la certitude que tout le monde dormait chez Eva. La pension était pleine de vieux et, pour que le téléphone sonnât tard le soir, il fallait au moins que quelqu'un fût mort.

Couché dans son lit, les nerfs tendus, il regardait les aiguilles lumineuses de son réveil aller de onze heures et demie à minuit. Le silence lui paraissait surnaturel — peut-être parce qu'il était à l'écoute du moindre bruit. La maison était vieille, solidement construite, et elle ne craquait plus guère, ayant pris depuis longtemps son assiette définitive. Il n'y avait que le bruit du réveil et celui, à peine perceptibble, de la douce brise nocturne. En semaine, les voitures ne passaient jamais sur Taggart Stream Road si tard le soir.

C'est complètement fou, ce que tu es en train de penser.

Mais, pas à pas, il s'était trouvé acculé à cette interprétation des faits. Naturellement, ayant vécu parmi les livres, il y avait tout de suite songé, dès que Jimmy Cody lui avait détaillé le cas de Danny Glick. Lui et Cody en avaient ri. Peut-être que justement il était puni d'en avoir ri.

Des égratignures ? Ce ne sont pas des égratignures. Ce sont des perforations.

On vous a bien dit que de telles choses ne peuvent pas exister, que des oeuvres comme le *Cristabel* de Coleridge ou le conte de fées diabolique de Bram Stoker doivent tout à l'imagination de leurs auteurs. Bien sûr que les monstres existent. Ce sont les hommes qui, dans je ne sais combien de pays, sont prêts à appuyer sur le bouton qui déclenchera la guerre atomique, ce sont les pirates de l'air, ce sont les assassins à la chaîne et les tueurs d'enfants. Mais ça ! C'est vraiment trop gros ! Le sceau du diable sur le sein d'une femme n'est qu'une verrue ; l'homme qui revient de la mort et se présente à la porte de son épouse, enveloppé de son suaire, est tout simplement atteint d'ataxie locomotrice ; le croque-mitaine qui s'agite en grommelant dans le coin d'une chambre d'enfant n'est qu'un tas de couvertures. Il se trouve même des ecclésiastiques pour déclarer que Dieu, ce vénérable sorcier de la magie blanche, est mort.

Il a été pratiquement saigné à blanc.

Pas un bruit ne venait de l'autre côté du vestibule. Matt pensa : il dort comme une souche, lui. Et alors, pourquoi pas ? Pourquoi l'avait-il invité chez lui, sinon pour qu'il dorme tout son soûl, sans être troublé par... par de mauvais rêves ? Il sortit du lit, alluma la lampe et alla à la fenêtre. De là on pouvait tout juste apercevoir la poutre faîtière de Marsten House, givrée par le clair de lune.

J'ai peur.

Mais c'était pire que ça ; il crevait de trouille. Il passa en revue l'arsenal des armes dont on se sert pour lutter contre ce mal qu'il ne faut pas nommer : l'hostie, l'eau bénite, le crucifix, l'ail, la rose, l'eau courante. Pas trace chez lui des trois premières. Il appartenait à la secte méthodiste, mais il ne pratiquait pas et pensait sans le dire que John Groggins ne valait pas un clou.

Le seul objet religieux qu'il eût chez lui était...

Doucement, mais très distinctement, dans la maison silencieuse, il entendit deux mots prononcés par Mike Ryerson d'une voix atone :

— *Oui, Entre.*

Matt eut le souffle coupé, poussa une sorte de hurlement intérieur et se sentit défaillir d'angoisse. Ses entrailles étaient de plomb. Ses testicules s'étaient rétractés. Qui donc venait d'être invité à entrer dans sa maison?

Il entendit, assourdi par la distance, le bruit d'un verrou qu'on tourne, puis le grincement d'une fenêtre qu'on ouvre.

Il pouvait descendre au rez-de-chaussée, courir chercher la bible dans le bahut de la salle à manger, remonter à toute vitesse, ouvrir brusquement la porte de la chambre d'ami et brandir la bible: *Au nom du Père, du Fils et du Saint-Esprit, je vous ordonne de partir.*

Mais qui était dans la chambre?

Appelle-moi s'il y a n'importe quoi qui ne va pas.

Mais je ne peux pas, Mike. Je suis vieux. J'ai peur.

La nuit envahissait son cerveau et en faisait un théâtre où des scènes terrifiantes surgissaient de l'ombre. Des visages blafards comme ceux des clowns, des yeux brûlants, des dents pointues, des formes qui sortaient de l'obscurité avec de longues mains blanches tendues vers... vers...

Il fut secoué par un frisson, un gémissement lui échappa et il se cacha le visage dans les mains.

Je ne peux pas. J'ai peur.

Il aurait été incapable de se lever, même si la poignée de sa propre porte s'était mise à tourner. La peur le paralysait et il regrettait amèrement d'être allé chez Dell.

J'ai peur.

Et, dans le terrible et lourd silence qui pesait sur la maison, tandis qu'il était là, assis dans son lit, sans pouvoir bouger, le visage enfoui dans ses mains, il entendit un rire d'enfant, un rire aérien et diabolique...

... suivi par des bruits de succion.

DEUXIÈME PARTIE

LES VIVANTS
ET
LES MORTS

*Il y a dans cette colonne
un trou. La voyez-vous
La Reine des Morts ?*
George SEFERIS

BEN (3)

1

IL devait y avoir longtemps qu'on frappait à la porte car il lui sembla que les coups se répercutaient loin, très loin dans les avenues du sommeil tandis qu'il luttait pour reprendre conscience. Il faisait nuit noire et, en voulant attraper le réveil sur sa table de nuit pour y déchiffrer l'heure, il l'envoya par terre. Il se sentait à la fois angoissé et désorienté.

— Qui est là ? cria-t-il.
— C'est Eva, Mr. Mears. On vous appelle au téléphone.

Il sauta du lit, enfila son pantalon et, sans prendre le temps de passer une chemise, ouvrit la porte. Eva Miller était vêtue d'un peignoir en tissu-éponge et elle avait l'expression désarmée de quelqu'un qui est encore aux deux tiers endormi. Ils échangèrent un regard et Ben pensa : « Qui est malade ? Qui est mort ? »

— Longue distance ?
— Non, c'est Matthew Burke.

Cette réponse ne le rassura pas comme elle aurait dû le faire.
— Quelle heure est-il ?
— Un peu plus de quatre heures. Mr. Burke m'a paru être dans tous ses états.

Ben descendit et prit le téléphone.
— Matt ? C'est moi, Ben.

Il entendait Matt respirer péniblement, par petits halètements saccadés.
— Pouvez-vous venir, Ben ? Tout de suite ?
— Oui, j'arrive. Qu'est-ce qui ne va pas ? Vous êtes malade ?
— Je ne peux pas vous expliquer au téléphone. Venez.
— Je suis là dans dix minutes.
— Ben ?
— Oui.

— Est-ce que vous avez un crucifix ? Ou une médaille de saint Christophe ? Quelque chose comme ça ?
— Mon Dieu, non. Je suis... enfin, j'étais baptiste.
— Bon, tant pis, venez vite.
Ben raccrocha et regagna sa chambre quatre à quatre. Eva était sur le palier, une main posée sur la rampe, le visage à la fois inquiet et indécis — elle aurait bien aimé savoir, tout en ne voulant pas se mêler des affaires de ses locataires.
— Est-ce que Mr. Burke est malade, Mr. Mears ?
— Il dit que non. Il m'a juste demandé... Au fait, est-ce que vous êtes catholique ?
— Mon mari l'était.
— Auriez-vous un crucifix, un chapelet ou une médaille de saint Christophe ?
— Eh bien, c'est-à-dire... le crucifix de mon mari est dans ma chambre..., je pourrais...
— Oui, voudriez-vous avoir la gentillesse...
Elle se dirigea vers sa chambre en traînant ses pantoufles. Ben rentra chez lui, enfila sa chemise de la veille et glissa ses pieds nus dans une paire de sandales. Quand il sortit de sa chambre, Eva l'attendait, un crucifix en argent à la main. Sous la lampe du couloir, la croix brillait doucement.
— Merci, dit-il.
— C'est Mr. Burke qui vous l'a demandé ?
— Oui.
Elle fronça les sourcils. Elle était bien réveillée maintenant.
— Il n'est pas catholique, pourtant. Je crois qu'il ne va même pas à l'église.
— Il ne m'a pas donné d'explications.
— Ah ! bon.
Elle prit un air compréhensif et lui donna le crucifix.
— Faites-y attention, s'il vous plaît. J'y tiens beaucoup.
— Je comprends très bien. Soyez tranquille.
— J'espère que Mr. Burke n'a pas d'ennuis. C'est quelqu'un de bien, cet homme-là.
Ben descendit l'escalier et s'arrêta sur le perron. Il voulut prendre les clefs de sa voiture dans sa poche et, au lieu de passer le crucifix d'une main à l'autre, il le glisse dans l'encolure de sa chemise. La croix d'argent se cala contre sa poitrine et, sans en avoir bien conscience, il monta dans sa voiture un peu réconforté.

2

Toutes les fenêtres du rez-de-chaussée de la maison de Matt étaient allumées et, dès que les phares de Ben frappèrent la façade, le vieux professeur ouvrit la porte et s'avança sur le perron.

En remontant le petit chemin, Ben s'attendait à tout, ou presque, mais il eut pourtant un choc en apercevant le visage de Matt. Son teint était d'une pâleur mortelle. Ses lèvres tremblaient Il regarda Ben sans ciller, avec une expression hagarde.

— Allons dans la cuisine, dit-il.

Ben pénétra dans la maison et, éclairé par la lampe du petit salon, le crucifix se mit à briller sur sa poitrine.

— Ainsi vous en avez apporté un.
— C'est Eva Miller qui me l'a prêté. Que se passe-t-il ?
— Dans la cuisine, répéta Matt.

Ils passèrent devant l'escalier qui menait au premier. Matt jeta un regard vers les marches du haut et se mit à frissonner.

La table de la cuisine, sur laquelle ils avaient dégusté leurs spaghetti la veille, était nue, à l'exception de trois objets dont deux pour le moins étranges : une tasse à café, une vieille bible avec reliure à fermoir et un revolver de calibre 38.

— Et maintenant, Matt, qu'y a-t-il ? Vous avez une tête à faire peur.

— Peut-être n'ai-je fait que rêver tout cela, mais je suis bien heureux que vous soyez là.

Il avait pris le revolver et le tournait nerveusement entre ses mains.

— Allez-y, parlez. Et arrêtez de jouer avec ça. Est-ce qu'il est chargé ?

Matt posa le pistolet et se passa la main dans les cheveux.

— Oui, il est chargé. Je ne vois pas trop d'ailleurs à quoi il pourrait servir... à moins que je ne me prenne pour cible.

Il eut un rire grinçant.

— Arrêtez ça.

La dureté du ton de Ben eut un effet bénéfique sur Matt. Ses yeux perdirent leur regard fixe. Il secoua la tête comme un chien qui s'ébroue en sortant de l'eau froide.

— Il y a un mort là-haut, dit-il.
— Qui ?
— Mike Ryerson, le jardinier municipal.
— Vous êtes sûr qu'il est mort ?
— J'en suis convaincu, bien que je ne sois pas allé voir. Je n'ai pas eu le courage. Parce que, si on voit les choses sous un

autre angle, il peut très bien n'être pas mort du tout.

— Matt, ce que vous me dites est insensé.

— Croyez-vous que je l'ignore ? Ce que je dis est insensé, ce que je pense est fou. Mais je ne pouvais avoir recours qu'à vous. Dans tout Salem, vous êtes la seule personne à pouvoir... à pouvoir...

Il secoua la tête, puis reprit :

— Nous avons parlé de Danny Glick une fois.

— Oui.

— Nous avons évoqué la possibilité d'une mort par anémie percinieuse... ce que nos grands-parents appelaient une maladie de langueur.

— Oui.

— C'est Mike qui l'a enterré. Et c'est encore Mike qui a retrouvé le chien de Win Purinton empalé sur le portail du cimetière d'Harmony Hill. Je l'ai rencontré chez Dell hier soir et...

3

» ... et j'ai été incapable d'y aller, dit Matt en terminant. Incapable. Je suis resté assis sur mon lit pendant quatre heures environ. Et puis je suis descendu comme un voleur, et je vous ai appelé. Que pensez-vous de tout ça ?

Ben avait enlevé le crucifix de son cou et jouait pensivement avec la fine chaîne qui brillait sous la lampe. Il était presque cinq heures et le ciel commençait à se teinter de rose. Le tube de néon de la cuisine semblait diminuer d'intensité.

— Je pense que le mieux est de monter jusqu'à la chambre d'ami. C'est tout ce que pense pour l'instant.

— Maintenant que le jour se lève, tout cela ressemble à un cauchemar, remarqua Matt en riant nerveusement. J'espère que ce n'est que ça et que Mike dort comme un bébé.

— Eh bien, allons voir.

— Oui, c'est ça, allons-y, dit Matt d'une voix qui se voulait ferme.

Il jeta les yeux sur la table et regarda Ben d'un air interrogateur.

— Bien sûr, dit Ben.

Et il mit le crucifix au cou de Matt.

— Il n'y a pas de doute, ça me fait du bien. (Il eut un petit rire gêné.) Est-ce qu'ils me laisseront le porter, vous croyez, quand ils m'emmèneront chez les dingues ?

— Vous voulez prendre le pistolet ? dit Ben.

— Non, j'aime mieux pas. Je risquerais de l'accrocher dans mon pantalon et de me faire sauter les roustons.

Ils montèrent, Ben en tête. L'escalier débouchait sur un petit couloir qui partait de chaque côté du palier. A l'une de ses extrémités, c'était la chambre de Matt. La porte était ouverte et une lampe éclairait faiblement le tapis orange du couloir.

— De l'autre côté, dit Matt.

Ben s'arrêta devant la porte de la chambre d'ami. Il ne croyait pas aux choses atroces que Matt avait évoquées, mais il se sentait néanmoins envahi par une terreur plus forte que toutes celles qu'il avait jamais pu éprouver.

Tu ouvres la porte. Il est pendu à la poutre. Sa figure est toute noire et gonflée. Et voilà que les yeux s'ouvrent, ils jaillissent de leurs orbites, ils te VOIENT et ils sont contents que tu sois venu...

Il revivait ce moment dans toute son intensité et il en était presque paralysé. L'odeur du plâtre et le fumet sauvage des petits animaux nichés dans les murs lui montaient aux narines. Il lui semblait que, derrière la porte de bois verni de cette chambre, se dissimulaient tous les secrets de l'enfer.

Il tourna enfin le bouton de la porte et la poussa. Matt le suivait, tenant serré le crucifix d'Eva.

La chambre d'ami était exposée à l'est. Le soleil commençait à poindre à l'horizon. Ses premiers rayons frappaient la vitre et faisaient danser sur leur trajectoire une multitude de petites poussières dorées avant de tomber sur le drap blanc qui recouvrait Mike Ryerson jusqu'à la poitrine.

Ben fit un signe de tête à Matt.

— Tout va bien, murmura-t-il. Il dort.

Matt dit d'une voix sans timbre :

— La fenêtre est ouverte. Elle était fermée au verrou. Je l'avais vérifié.

Les yeux de Ben restaient fixés sur le lit. Tout en haut du drap, par ailleurs d'une blancheur éclatante, il y avait une petite tache de sang, devenue brune en séchant.

— Je crois qu'il ne respire pas, dit Matt.

Ben s'avança.

— Mike ? Mike Ryerson. Réveillez-vous, Mike !

Pas de réponse. Les cils noirs de Mike se détachaient sur le rose délicat des joues. Ses cheveux retombaient sur son front en un gracieux désordre et Ben se dit que, dans la douce lumière matinale, il était plus que beau : il était parfait, comme peuvent l'être certaines statues grecques. Ses pommettes étaient d'un blanc rosé et son corps avait toutes les couleurs de la vie.

— Bien sûr que si, il respire, dit Ben avec un peu d'impatience. Il est seulement profondément endormi. Mike...

Il étendit la main et le secoua légèrement. Le bras gauche de Mike, rabattu sur la poitrine, retomba mollement le long du lit et ses doigt cognèrent le plancher, comme on cogne à une porte pour se faire ouvrir.

Matt saisit le bras de Mike et pressa son index sur le poignet.

— Le pouls ne bat pas.

Il allait le lâcher quand il se souvint du bruit sinistre des jointures frappant le sol. Aussi se hâta-t-il de le reposer sur la poitrine de Ryerson. Mais le bras glissa de nouveau et Matt, le visage convulsé, le remit en place de façon qu'il ne puisse plus tomber.

Ben ne pouvait y croire. Mike dormait; comment aurait-il pu en être autrement? Ce teint animé, la souplesse évidente des muscles, les lèvres entrouvertes comme pour respirer doucement... «Suis-je passé de l'autre côté du miroir?» se demanda Ben. Il mit son poignet contre l'épaule de Ryerson. La chair était froide.

Il suça un de ses doigts et le plaça devant les lèvres entrouvertes. Rien. Pas le plus léger souffle.

Matt et lui échangèrent un regard.

— Les marques sur le cou? demanda Matt.

Ben prit le menton de Ryerson et tourna doucement la tête jusqu'à ce que la joue découverte touche l'oreiller. Ce mouvement délogea le bras gauche et les jointures allèrent de nouveau cogner contre le plancher.

Il n'y avait pas de marques sur le cou de Mike Ryerson.

4

Cinq heures et demie du matin. Ils étaient de nouveau assis dans la cuisine et entendaient meugler les vaches des Griffen qu'on conduisait à leur pâturage de l'est, en bas de la colline, au-delà de la ceinture d'épineux dissimulant Taggart Stream aux regards.

— Si l'on en croit la légende, les marques disparaissent, dit Matt tout d'un coup. Quand la victime meurt, les marques disparaissent.

— Je sais, dit Ben.

Il se rappelait l'avoir lu dans le *Dracula* de Stoker et vu dans les films de Hammer où Christopher Lee jouait le rôle de Dracula.

— Il faut que nous enfoncions un pieu en frêne dans son cœur.

— On a intérêt à y réfléchir à deux fois, dit Ben en buvant son café à petites gorgées. Ce serait une chose difficile à expliquer en cas d'enquête. On risque d'être mis en taule pour profanation de cadavre. Et ça dans le meilleur des cas, car il est plus vraisemblable qu'on nous enfermera chez les dingues.

— Vous pensez que je suis fou ? demanda Matt d'une voix calme.

— Non, dit Ben.

Et Matt ne discerna pas la moindre hésitation dans sa réponse.

— Est-ce que vous croyez ce que je vous ai dit à propos des marques ?

— Je ne sais pas. Je pense qu'il faut que je vous croie. Pourquoi mentiriez-vous ? Je ne vois pas ce que vous y gagneriez. J'imagine que vous mentiriez si vous l'aviez tué.

— Il n'est pas impossible que je l'aie tué, n'est-ce pas ? dit Matt, pour voir la réaction de Ben.

— J'y vois trois objections. Un : quel pourrait être votre mobile ? Pardonnez-moi, Matt, mais vous êtes déjà trop vieux pour que des mobiles comme la jalousie ou l'argent puissent être envisagés sérieusement. Deux : quel moyen auriez-vous employé ? Si c'est le poison, ce serait un poison qui agit en douceur. Il n'y a qu'à regarder son visage paisible. Ça élimine tous les poisons qu'on peut se procurer, vous et moi.

— Et la troisième objection ?

— Aucun meurtrier jouissant de son bon sens n'inventerait une histoire comme celle-ci pour se couvrir. Il faudrait être fou.

— Et on en revient au problème de ma santé mentale, dit Matt en soupirant. Je savais qu'il en serait ainsi.

— *Je* ne vous crois pas fou, dit Ben en appuyant légèrement sur le je. Vous me paraissez plutôt raisonnable.

— Mais vous n'êtes pas médecin, que je sache, dit Matt. Il y a des fous qui réussissent à donner l'impression qu'ils sont parfaitement sains d'esprit.

Ben acquiesça.

— Et où est-ce que tout ça nous mène ?

— A notre point de départ.

— Non, Matt. Nous ne pouvons pas nous permettre ça. Il y a un cadavre là-haut et il va falloir bientôt donner des explications. Le constable voudra savoir ce qui s'est passé, le médecin qui examinera le corps et le shérif aussi. Matt, n'est-il pas possible que Mike Ryerson ait été atteint par un virus, que ce virus ait mis une semaine à faire son œuvre et que Mike ait fini par en mourir chez vous ?

Pour la première fois depuis qu'ils étaient redescendus, Matt montra des signes d'agitation.

— Ben, je vous ai dit ce qu'il m'a raconté ! J'ai vu les marques sur son cou ! Et je l'ai entendu inviter quelqu'un à entrer chez moi ! Et puis j'ai entendu... mon Dieu, ce rire que j'ai entendu !

Il eut de nouveau son étrange regard absent.

— Très bien, dit Ben.

Il se leva et s'approcha de la fenêtre, essayant de remettre de l'ordre dans ses pensées. Il n'y parvint pas. Comme il l'avait dit à Susan, il avait l'impression de n'avoir aucune prise sur les événements.

Il regarda Marsten House.

— Matt, est-ce que vous imaginez ce qui va vous arriver si vous faites la moindre allusion à l'histoire que vous m'avez racontée ?

Matt ne répondit pas.

— Les gens vont se frapper le front derrière votre dos dans la rue. Les petits gosses vont sortir leurs dents de vampires en plastique quand ils vous apercevront et sauteront sur vous en criant « Hou ! Hou ! » quand vous approcherez. Quelqu'un inventera une chanson du genre *Dix, vingt, cent, je vais sucer ton sang*. Vos élèves s'en empareront et vous l'entendrez sur votre passage dans le couloirs de l'école. Vos collègues vous jetteront de drôles de regards. Vous serez réveillé par des appels téléphoniques de mauvais plaisants qui prétendront être Danny Glick ou Mike Ryerson. Votre vie deviendra un cauchemar. D'ici six mois, vous aurez quitté la ville.

— Ils ne me feraient pas ça. Ils me connaissent.

Ben détacha son regard de la fenêtre et se tourna vers Matt.

— Que savent-ils de vous ? Un vieux type bizarre qui vit tout seul sur Taggart Stream Road. Rien que le fait que vous ne soyez pas marié peut les amener à penser qu'il vous manque une case quelque part. Et de quel secours puis-je être pour vous ? J'ai vu le corps, c'est tout. Même si j'en avais vu plus, ils pourraient toujours dire que je suis un étranger. Ils pourraient même aller jusqu'à raconter que nous sommes un couple de pédés et que nous avons trouvé ce moyen-là pour nous faire plaisir.

Matt le regardait avec une horreur grandissante.

— Si vous dites un mot, Matt, c'en est fini de votre vie tranquille à Salem.

— Alors il n'y a rien à faire.

— Si. Vous avez, vous, une théorie sur ce qui a causé la mort de Mike Ryerson. Cette théorie peut être confirmée ou infirmée par des moyens qui sont, je crois, relativement simples. Je suis, quant à moi, affreusement perplexe. Je ne peux pas croire que vous soyez fou, mais je ne peux pas croire non plus que Danny Glick soit revenu du royaume des morts pour sucer le sang de Mike Ryerson, nuit après nuit, pendant une semaine, jusqu'à le faire mourir. Cependant je veux mettre cette idée à l'épreuve des faits. Et vous allez m'aider.

— Comment ?

— Téléphonez à votre docteur. Il s'appelle Cody, n'est-ce pas ? Appelez ensuite Parkins Gillespie. Laissez la machine se mettre en route. Racontez votre histoire comme si vous n'aviez pas entendu le moindre bruit pendant la nuit. Vous êtes allé chez Dell et vous vous êtes assis à côté de Mike. Il vous a dit qu'il ne se sentait pas bien depuis dimanche. Vous l'avez invité à passer la nuit chez vous. Vous êtes entré dans sa chambre pour voir si tout allait bien vers trois heures et demie ce matin et vous n'avez pas pu le réveiller ; c'est alors que vous m'avez appelé.

— C'est tout ?

— C'est tout. Ne dites même pas à Cody que Ryerson est mort.

— Il ne faut pas que je dise qu'il est mort ?

— Bon Dieu ! comment pourrions-nous affirmer qu'il l'*est* ? dit Ben brusquement. Vous n'avez pas trouvé son pouls ; je n'ai noté aucun signe de respiration. Mais si on devait me mettre en terre sur ces bases-là j'aurais soin de prévoir des sandwiches. Surtout si j'avais la mine qu'il a.

— Ça vous tracasse autant que moi, n'est-ce pas ?

— Oui, ça me tracasse, reconnut Ben. On dirait une de ces foutues figures de cire.

— Bon, dit Matt. Vous parlez le langage du bon sens... si tant est qu'on puisse le faire dans un pareil cas. J'en étais, moi, très loin.

Ben eut un geste de protestation, mais Matt lui fit signe de ne pas se fatiguer.

— Supposez tout de même... à titre d'hypothèse simplement... que mon interprétation soit la bonne. Seriez-vous prêt à admettre, fût-ce dans les replis les plus lointains et les plus obscurs de votre cerveau, cette éventualité ? L'éventualité suivant laquelle Mike... pourrait revenir ?

— Comme je vous l'ai dit, cette théorie peut être confirmée ou infirmée assez facilement. Et ce n'est pas ce qui me tracasse le plus dans tout ça.

— Qu'est-ce que c'est, alors ?
— Attendez. Voyons les choses dans l'ordre. Il s'agit de se livrer à un exercice de logique, rien de plus, et de passer en revue les différentes possibilités. Un : Mike est mort de maladie, un virus ou autre chose. Comment peut-on le déterminer ?

Matt haussa les épaules.
— Par un examen médical, j'imagine.
— Exactement. Et la même méthode servira à déterminer si quelqu'un lui a administré du poison, a tiré sur lui ou lui a offert un gâteau avec un clou dedans...
— Nous n'avons rien vu qui puisse faire penser à un meurtre.
— Bien sûr, mais sans examen médical approfondi...
— Et si le verdict du médecin est « mort de cause inconnue » ?
— Alors, dit Ben d'une voix ferme, nous nous rendrons auprès de la tombe après l'enterrement et nous verrons s'il se lève de son cercueil. S'il le fait — je ne parviens pas encore à l'imaginer — nous saurons à quoi nous en tenir. S'il ne le fait pas, nous serons mis en face d'un autre problème, celui qui me tracasse tant...
— Le problème de savoir si je suis fou, dit Matt d'une voix lente. Ben, je vous jure sur la mémoire de ma mère que j'ai vu ces marques sur son cou, que j'ai entendu la fenêtre se soulever, que...
— Je vous crois, dit Ben calmement.

Matt en resta sans voix. On eût dit un homme qui pense s'être jeté dans un mur avec sa voiture et qui ne rencontre que le vide.
— Vous me croyez, dit-il d'une voix incertaine.
— En d'autres termes, je refuse de croire que vous êtes fou ou que vous avez eu une hallucination. Il m'est arrivé une fois quelque chose..., quelque chose qui avait affaire avec cette maudite maison de la colline... et qui m'a rendu très compréhensif envers les gens qui racontent des histoires apparemment insensées. Je vous parlerai de ça un jour.
— Pourquoi pas maintenant ?
— Nous n'avons pas le temps. Vous avez vos coups de téléphone à donner. Encore une question. Réfléchissez bien avant de répondre. Avez-vous des ennemis ?
— Je ne m'en connais pas.
— Un élève renvoyé ? Ou injustement puni ?

Matt, qui savait parfaitement à quoi s'en tenir sur la place qu'il tenait dans la vie de ses élèves, rit poliment.
— Bon, dit Ben. En l'occurence, je vous crois sur parole. (Il secoua la tête.) Je n'aime pas tout ça. D'abord le chien empalé sur la grille du cimetière. Ensuite Ralphie Glick qui disparaît,

son frère qui meurt, et Mike Ryerson. Peut-être qu'il y a un lien entre tous ces drames. Mais ce que vous me dites... je n'arrive pas à y croire.

— Il vaut mieux que j'appelle Cody pendant qu'il est encore chez lui, dit Matt en se levant. Parkins, lui, n'est certainement pas près de partir pour son bureau.

— Prévenez aussi au lycée que vous êtes malade.

— Vous avez raison. (Matt eut un rire un peu amer.) Mon premier jour de maladie en trois ans. Une occasion à ne pas laisser passer.

Il alla téléphoner au salon. La femme de Cody lui dit probablement que son mari était déjà à l'hôpital car il composa un autre numéro, eut Cody au bout du fil, et raconta son histoire.

En raccrochant, il lança en direction de la cuisine :

— Jimmy sera là dans une heure.

— Bien, dit Ben. Je monte.

— Ne touchez à rien.

— Non.

Du palier du premier, il entendit Matt répondre au téléphone aux questions de Parkins Gillespie. Il s'engagea dans le couloir et les mots ne lui parvinrent plus que comme un murmure indiscret.

Arrivé à quelques pas de la chambre d'ami, il fut de nouveau possédé par ce sentiment de terreur où passé, présent et futur se mêlaient et s'imagina pénétrant dans la pièce.

Le corps repose comme ils l'ont laissé, le bras gauche pendant jusqu'au plancher, la joue gauche appuyée contre l'oreiller dont la taie garde encore le pli du linge frais sorti de l'armoire. Les yeux s'ouvrent brusquement. Ils brillent d'une joie bestiale. La porte se ferme en claquant. Le bras gauche se soulève, les doigts deviennent des griffes, les lèvres se tordent en un sourire cruel, découvrant des canines devenues incroyablement longues et pointues...

Il avança de quelques pas et poussa la porte. Les gonds grincèrent légèrement.

Le corps reposait comme ils l'avaient laissé, le bras gauche pendant jusqu'au plancher, la joue gauche appuyée contre l'oreiller...

— Parkins arrive, dit Matt derrière son dos.

Ben étouffa un cri.

Ben repensa à la phrase qu'il avait prononcée : *Laissez la machine se mettre en route.* Comme elle convenait à la situation ! Oui, maintenant ils étaient pris dans un engrenage, enserrés dans un de ces mécanismes infiniment complexes, comme seul l'esprit germanique peut en concevoir, où mille petits rouages se livrent simultanément à une danse parfaitement synchronisée.

Parkins Gillespie, encore un peu somnolent, arriva le premier. Il portait une cravate verte sur laquelle il avait épinglé son insigne d'ancien combattant. Il leur dit qu'il avait prévenu le médecin légiste.

— Il ne viendra pas lui-même, ce fils de pute, ajouta-t-il en se collant une Pall Mall au coin des lèvres, il enverra son adjoint et un type pour prendre des photos. Vous avez touché le cadavre ?

— Son bras a glissé du lit, dit Ben. J'ai essayé de le remettre, mais il est retombé.

Parkins regarda Ben des pieds à la tête sans rien dire. Ben se rappela le bruit macabre des jointures cognant contre le plancher et fut saisi d'une affreuse envie de rire, qu'il eut du mal à contenir.

Matt guida Parkins jusqu'à la chambre. Le constable passa d'un côté du lit à l'autre afin d'examiner le corps sous tous ses angles.

— Dites, vous êtes bien sûr qu'il est mort ? demanda-t-il enfin. Vous avez vraiment essayé de le réveiller ?

Le docteur James Cody arriva sur ces entrefaites, sortant d'un accouchement qu'il avait effectué à l'hôpital de Cumberland. Quand ils se furent salués (« Diablement content de vous voir ici », avait dit Gillespie en allumant une nouvelle cigarette), Matt les conduisit tous en haut une nouvelle fois. Si on jouait chacun d'un instrument, pensa Ben, on pourrait lui faire un joli concert d'adieu. Il sentit son fou rire nerveux lui remonter dans la gorge.

Cody rabattit le drap et, les sourcils froncés, observa longuement le corps.

Avec un calme qui stupéfia Ben, Matt dit :

— Ça m'a fait penser à ce que tu m'as dit à propos du fils Glick, Jimmy.

— C'était une entorse au secret professionnel, Mr. Burke, dit Jimmy Cody avec douceur. Si les parents de Danny Glick savaient que je vous ai parlé de la maladie de leur fils, ils auraient le droit de me poursuivre.

— Et est-ce qu'ils gagneraient ?

— Non, probablement pas, dit Jimmy en soupirant.

— Qu'est-ce que vous racontez à propos du fils Glick ? demanda Parkins en fronçant les sourcils.

— Rien, dit Jimmy. Ça n'a pas de rapport.

Il posa son stéthoscope sur la poitrine de Ryerson, écouta, grommela, puis souleva une paupière et envoya le rayon de sa lampe d'examen sur le globe vitreux.

Ben vit la pupille se contracter.

— Mon Dieu ! s'exclama-t-il.

— Intéressant réflexe, n'est-ce pas ? dit Jimmy.

Il laissa retomber la paupière et elle se ferma avec une lenteur grotesque, comme si le cadavre leur faisait de l'œil.

— Au Centre John Hopkins, David Prine a observé des contractions pupillaires jusqu'à neuf heures après le décès.

— Vous voyez comme il est devenu savant ! dit Matt avec une ironie un peu grinçante. Lui qui avait toujours au-dessous de la moyenne à ses rédactions !

— C'est simplement parce que mes histoires de dissection ne vous plaisaient pas, espèce de vieux grincheux, dit Jimmy d'un air absent en sortant son petit marteau.

« Quel savoir-vivre ! se dit Ben, il garde sa jovialité de médecin en visite même quand le patient n'est plus qu'un cadavre. » Il lui fallut encore contenir le rire sinistre qui lui venait aux lèvres.

— Il est mort ? demanda Parkins en secouant la cendre de sa cigarette au-dessus d'un vase vide.

Matt cligna des yeux.

— Oh ! oui, il est mort, répondit Jimmy.

Il découvrit les pieds de Ryerson et tapa avec son marteau sur le genou droit. Les orteils restèrent immobiles.

6

— Est-ce qu'on nous a présentés ? demanda Jimmy en regardant Ben.

— Oui, mais seulement en passant, dit Matt. Jimmy Cody — Ben Mears.

Ils se serrèrent la main au-dessus du cadavre.

— Aidez-moi à le retourner, Mr. Mears.

Non sans répugnance, Ben l'aida à mettre le corps sur le ventre. La chair était encore souple et presque tiède. Jimmy examina attentivement le dos, puis descendit le slip jusqu'aux cuisses.

— Pourquoi faites-vous ça ? demanda Parkins.

— J'essaie de déterminer le moment du décès d'après l'irrigation sanguine de l'épiderme, dit Jimmy. Quand la circulation s'arrête, le sang et les autres fluides tendent à descendre au niveau le plus bas.

— Ouais, mais est-ce que vous ne faites pas là le boulot du médecin légiste ?

— C'est Norbert que le coroner enverra, vous le savez comme moi, dit Jimmy. Et quand ses copains lui proposent de l'aider, Brent Norbert ne dit jamais non.

— Norbert n'est pas foutu de faire la différence entre la lune et son cul, dit Parkins en jetant son mégot par la fenêtre ouverte. Vous avez perdu votre store, Matt. Je l'ai vu sur la pelouse en arrivant.

— Ah ! bon ? dit Matt d'une voix soigneusement contrôlée.

— Ouais.

Cody avait sorti un thermomètre de son sac. Il le glissa dans l'anus de Ryerson. Le soleil, déjà très vif, dardait ses rayons sur la montre qu'il venait de poser sur le drap blanc.

— Je descends, dit Matt d'une voix légèrement étranglée.

— Descendez donc tous les trois, dit Jimmy. Je vais rester encore un peu. Est-ce que vous nous feriez un peu de café, Mr. Burke ?

— Oui, bien sûr.

Ils descendirent. C'est Ben qui ferma la porte de la chambre. Il se souviendrait longtemps de cette dernière vision : la pièce baignée de lumière, le drap rabattu, la montre dont le bracelet métallique reflétait les rayons du soleil et les répercutait sur le papier du mur, et Cody, assis près du corps et comme sorti d'une gravure de Rembrandt avec ses cheveux roux en buisson ardent.

Matt préparait le café quand Brenton Norbert, le médecin légiste en second, arriva dans une vieille Dodge grise. Il était accompagné d'un homme qui portait un énorme appareil photographique.

— Où est-ce ? demanda Norbert.

Gillespie montra l'escalier du doigt.

— Jim Cody est là-haut.

— Bien, bien, dit Norbert. On va voir s'il a réussi à le remettre sur pied.

Il monta, suivi du photographe.

Parkins Gillespie versa de la crème dans son café jusqu'à faire déborder la tasse, le goûta en trempant le pouce dedans, essuya son pouce sur son pantalon, alluma une autre Pall Mall et dit :

— Qu'est-ce que vous venez faire dans tout ça, Mr. Mears ?

Ben et Matt y allèrent de leur petite histoire. Rien de ce qu'ils dirent n'était vraiment un mensonge, mais ils laissèrent suffisamment de choses dans l'ombre pour que Ben ait l'impression de participer à une conspiration et se demande si ce dont il se rendait complice n'était que divagation inoffensive ou correspondait à quelque chose de beaucoup plus grave et de beaucoup plus dangereux. Il se souvint que Matt lui avait dit l'avoir appelé parce qu'il était le seul dans tout Salem à pouvoir entendre son histoire. S'il avait le cerveau malade, il ne manquait pas, en tout cas, de perspicacité. Et cette constatation n'était pas pour alléger l'anxiété de Ben.

7

A neuf heures et demie, tout était réglé.

Le corbillard de Carl Foreman avait emporté le corps de Ryerson, officialisant ainsi sa mort. Jimmy Cody était retourné à son cabinet. Norbert et le photographe étaient repartis à Portland pour rendre compte de leur mission au médecin légiste du comté.

Parkins Gillespie, son éternelle cigarette au coin des lèvres, regarda le corbillard partir en cahotant. « Je parie que quand Mike était au volant il était loin de s'imaginer qu'il se retrouverait aussi vite couché dedans ! » Il se tourna vers Ben.

— Vous ne quittez pas Salem avant quelque temps, n'est-ce pas ? J'aimerais que vous témoigniez devant le jury du coroner, si vous voulez bien.

— Non, non, je ne pars pas tout de suite.

Les yeux d'un bleu délavé du constable le mesurèrent du regard.

— J'ai fait une enquête sur vous auprès des services fédéraux par l'intermédiaire du bureau de renseignements de l'État du Maine, dit-il. Votre réputation est sans tache.

— C'est bon à savoir, dit Ben d'un ton calme.

— J'ai entendu dire que vous courtisiez la fille de Bill Norton.

— Je plaide coupable, dit Ben.

— C'est une gentille fille, dit Parkins sans sourire.

Le corbillard était maintenant hors de vue ; le vrombissement du moteur, qui s'était atténué avec la distance, n'était presque plus perceptible.

— J'imagine qu'elle ne voit pas souvent Floyd Tibbits ces temps-ci.

— Est-ce qu'il ne faudrait pas que vous alliez rédiger votre rapport, Park ? suggéra Matt d'une voix douce.

Parkins envoya promener son mégot en soupirant.

— Bien sûr. En double exemplaire, triple exemplaire, sans coupures ni rajouts. Depuis deux semaines on peut dire que les emmerdements, ça n'arrête pas. C'est peut-être cette foutue Marsten House qui nous jette un mauvais sort.

Ben et Matt gardèrent un visage impassible.

— Bon, à plus tard.

Il remonta son pantalon et se dirigea vers sa voiture. Avant d'y grimper il se tourna vers eux :

— Vous ne me cachez rien, vous deux, hein ?

— Parkins, dit Matt, qu'y aurait-il à cacher ? Il est mort, c'est tout.

Il les regarda encore de ses yeux vifs, ombragés par d'épais sourcils, puis il soupira :

— Oui, bien sûr, mais c'est diablement curieux. Le chien, le gosse des Glick, et puis leur autre gosse, et maintenant Mike. Dans une petite ville comme la nôtre, il faut normalement au moins un an pour voir arriver tout ça. Ma grand-mère disait toujours que les choses arrivaient par trois et par quatre.

Il grimpa dans sa voiture, mit le contact et sortit du chemin en marche arrière. Avant de disparaître derrière la colline, il corna en signe d'adieu.

Matt poussa un grand soupir.

— Ça y est !

— Oui, dit Ben. Je suis crevé. Et vous ?

— Moi aussi, mais surtout je me sens, comment dire, dans les vaps, je flippe, pour employer les mots des gosses d'aujourd'hui, comme quand on revient d'un voyage au L.S.D. et qu'on trouve que tout ce qui est normal est bizarre.

Il se passa la main sur le visage.

— Mon Dieu, vous devez vous dire que je suis dingue. En plein jour, tout ça paraît dément, non ?

— Oui et non, dit Ben.

Il posa une main hésitante sur l'épaule de Matt.

— Gillespie a raison, vous savez. Quelque chose s'est mis en route. Et je pense de plus en plus que c'est lié à Marsten House. Les gens de là-haut sont les seuls nouveaux venus dans la ville, en dehors de moi. Et je sais que je n'ai rien fait. Est-ce que le petit voyage que nous devions faire ce soir tient toujours ? Le comité d'accueil des indigènes ?

— Si vous voulez.

— Eh bien, oui, je veux. Rentrez et dormez. Je vais appeler Susan, et ce soir nous passerons vous chercher.

— D'accord.

Matt s'arrêta, puis reprit :

— Il y a autre chose. Ça me tracasse depuis que vous avez parlé d'autopsie.

— Quoi ?

— Le rire que j'ai entendu — ou que j'ai cru entendre — était un rire d'enfant. Horrible, cruel, mais quand même un rire d'enfant. Après ce qui semble être arrivé à Mike au cimetière, est-ce que ça ne vous fait pas penser à Danny Glick ?

— Si, bien sûr.

— Savez-vous comment on procède pour embaumer un corps ?

— Pas vraiment. On retire le sang du cadavre et on le remplace par un autre liquide. Autrefois on utilisait la formaldéhyde, mais je suis sûr qu'il existe maintenant des méthodes plus sophistiquées. Et puis on éviscère le corps.

— Je me demande si on a fait tout ça à Danny.

— Est-ce que vous connaissez assez bien Carl Foreman pour le lui demander, à titre confidentiel ?

— Oui, je pense que c'est possible.

— Alors faites-le, je vous en prie.

— Je le ferai.

Ils échangèrent un long regard dans lequel se lisait la sympathie mais aussi autre chose : du côté de Matt, le trouble, masqué par une expression de défi, que peut éprouver un homme épris de logique obligé de tenir un discours totalement irrationnel ; du côté de Ben, une sorte de crainte obscure suscitée par l'intervention de forces mal définies.

8

Eva faisait son repassage en regardant l'émission « Un coup de fil qui vaut de l'or » quand Ben revint. La mise s'élevait à quarante-cinq dollars et le présentateur tirait des numéros de téléphone dans un immense tambour de verre.

— J'ai su la nouvelle, dit-elle tandis qu'il prenait un Coca-cola dans le réfrigérateur. C'est terrible. Pauvre Mike.

— Oui, c'est triste.

Il sortit le crucifix de la poche de sa chemise.

— Est-ce qu'ils savent ce qui...

— Pas encore. Je suis très fatigué, Mrs. Miller. Je crois que je vais aller dormir un peu.

— Bien sûr, il faut que vous dormiez. Mais votre chambre est très chaude dans la journée, même à cette époque de l'année. Pre-

nez la chambre du rez-de-chaussée si vous voulez. Les draps sont propres.
— Non, ça va. Je suis habitué à ma chambre.
— Oui, c'est vrai, on se fait à son petit coin, dit sentencieusement Eva. Et pourquoi donc Mr. Burke voulait-il un crucifix ?
Ben, qui avait commencé à monter l'escalier, s'arrêta, cherchant quoi dire.
— J'imagine qu'il a dû penser que Mike Ryerson était catholique.
Eva prit une chemise et la disposa sur la planche à repasser.
— Il aurait dû le savoir. Mike était au lycée avec lui. Et tous ses élèves de l'époque étaient luthériens.
Ben ne trouva rien à répondre. Il monta, se déshabilla et se mit au lit. Le sommeil vint vite. Un sommeil lourd, sans rêves.

9

Il était quatre heures et quart de l'après-midi quand il se réveilla. Son corps était trempé de sueur et il avait rejeté son drap, mais il lui sembla que son cerveau s'était allégé. Les événements de la matinée se perdaient dans une brume lointaine et il ne comprenait pas comment il avait pu être aussi sensible aux élucubrations de Matt Burke. Il allait essayer de les lui sortir de la tête ce soir.

10

Il décida d'appeler Susan de chez Spencer et de lui demander de le rejoindre. Ils iraient dans le parc ensuite et il lui raconterait tout, du début à la fin. Elle pourrait lui dire ce qu'elle en pensait pendant qu'ils se rendraient chez Matt et, une fois arrivés chez le vieux professeur, elle écouterait sa version à lui et serait à même de se faire une opinion. Et puis, ils monteraient à Marsten House. Cette idée le fit frissonner.
Il était tellement absorbé dans ses pensées qu'il ne remarqua une présence dans sa voiture que quand il vit s'ouvrir la portière et une haute silhouette se déplier pour en sortir. Suffoqué, il resta cloué sur place à regarder cette espèce d'épouvantail ambulant. Les rayons obliques du soleil déclinant soulignaient encore ce que cette silhouette avait d'inquiétant : le chapeau à large bord profondément enfoncé, les grosses lunettes noires, le vieux pardessus au col relevé, les gants de travail en caoutchouc vert.

— Qui...

Ben n'eut pas le temps d'en dire plus. La silhouette s'avança, les poings serrés. Une odeur le prit à la gorge. Il la reconnut. C'était une odeur de naphtaline. L'homme avait la bave aux lèvres et il l'entendait haleter.

— Fils de pute, t'as volé ma petite, dit Floyd Tibbits d'une voix sans timbre et pourtant discordante. Je vais te bousiller.

Et, tandis que Ben essayait vainement de mettre de l'ordre dans ses pensées, Floyd Tibbits lui rentra dedans.

SUSAN (2)

1

Susan rentra de Portland dans l'après-midi, un peu après trois heures. Quand elle sortit de sa voiture, elle tenait à la main trois sacs en plastique brun comme on en donne dans les grands magasins — elle avait vendu deux de ses peintures pour un peu plus de quatre-vingts dollars et s'était offert deux jupes et un cardigan.

— Suze? appela sa mère. C'est toi?
— Oui, je suis là. Je me suis acheté...
— Viens, Susan. J'ai quelque chose à te dire.

Elle reconnut le ton instantanément, bien qu'elle ne l'eût plus entendu depuis ses années de lycée, quand les discussions faisaient rage à propos de longueur de jupes ou de sorties avec des garçons.

Elle posa ses sacs et entra dans le salon. Sa mère était devenue de plus en plus froide en ce qui concernait Ben Mears et Susan supposa qu'il s'agissait de lui signifier définitivement son désaccord.

Ann Norton tricotait, assise dans le fauteuil à bascule, près de la fenêtre. La télévision n'était pas allumée. Les deux choses conjuguées ne présageaient rien de bon.

— Je suppose que tu ne connais pas la dernière, dit-elle à Susan.

Les aiguilles cliquetaient et le tricot vert sombre s'ordonnait en rangées régulières. Un châle probablement. Pour une amie ou pour un pauvre.

— Tu es partie trop tôt ce matin.
— La dernière?

— Mike Ryerson est mort chez Matthew Burke la nuit dernière. Et qui était auprès du cadavre ce matin ? Ton ami l'écrivain, Mr. Ben Mears !

— Mike... Ben... mais comment ?

Mrs. Norton eut un sourire acide.

— Mabel m'a appelée ce matin vers dix heures pour me raconter ça. Mr. Burke *dit* qu'il a rencontré Mike à la taverne de Delbert Markey hier soir — ce qu'un professeur va faire dans ce genre d'endroit ! je me le demande — et l'a emmené chez lui parce qu'il n'avait pas l'air bien. Il est mort dans la nuit. Et personne ne sait au juste ce que Mr. Mears faisait là.

— Ils se connaissent, dit Susan d'un air absent. En fait, Ben m'a dit qu'ils s'étaient tout de suite senti des atomes crochus... Qu'est-ce qui est arrivé à Mike, maman ?

Mais on ne pouvait pas faire dévier Mrs. Norton de son idée si facilement.

— Il y a des gens ici qui pensent qu'il s'est passé un peu trop de choses à Salem depuis l'apparition de Mr. Ben Mears. Un peu trop de choses vraiment.

— Quelle connerie ! dit Susan, exaspérée. Et maintenant est-ce que tu me diras ce qui est arrivé à Mike ?

— On ne sait pas encore, dit Mrs. Norton en dévidant sa pelote de laine. Il y a des gens qui pensent qu'il a peut-être attrapé un virus du petit Glick.

— Si c'était ça, pourquoi est-ce que personne d'autre ne l'a attrapé ? Ses parents, par exemple ?

— Les jeunes croient toujours tout savoir, lança Mrs. Norton dans le vide.

Ses aiguilles continuaient à s'agiter.

Susan se leva.

— Je vais descendre la rue pour voir si...

— Assieds-toi encore une minute, dit Mrs. Norton. Je voudrais te dire quelque chose.

Susan se rassit et attendit, le visage sans expression.

— Les jeunes ignorent quelquefois des choses qu'il leur serait utile de connaître, dit Ann Norton.

Sa voix avait pris un ton rassurant de dame d'œuvres, ce qui inspira aussitôt de la méfiance à Susan.

— Eh bien, à ce qu'on dit, Mr. Ben Mears a eu un accident il y a quelques années. Juste après la publication de son deuxième livre. Un accident de moto. Il était ivre. Sa femme a été tuée.

Susan se leva brusquement.

— Je ne veux pas en entendre plus.

— Je te dis ça pour ton bien, dit calmement Mrs. Norton.
— Qui t'a raconté ça ? demanda Susan.

Elle ne bouillonnait pas, comme quelques années auparavant, de colère impuissante. Elle ne ressentait pas non plus le besoin de se sauver dans sa chambre pour échapper à cette voix protectrice et pleurer tout à son aise. Elle était seulement froide, distante, comme à des milliers de kilomètres dans l'espace.

— C'est Mabel Werts, n'est-ce pas ?
— Peu importe. Ce qui compte, c'est que c'est vrai.
— Bien sûr, comme il est vrai qu'on a gagné la guerre au Vietnam et que Jésus-Christ traverse la ville en voiture à pédales tous les jours à midi.
— Son nom et son visage disaient quelque chose à Mabel, dit Ann Norton, alors elle a passé en revue ses vieux journaux...
— Tu veux dire ses infects torchons ? Des canards qui se gargarisent avec les scandales et qui ne contiennent que des rubriques astrologiques et des photos d'accidents ou de starlettes déshabillées. Tu peux parler de source bien informée !

Elle eut un rire méprisant.

— Ne sois pas grossière. L'histoire y était racontée noir sur blanc. Sa femme — si c'était vraiment sa femme — était sur le siège arrière. Il a dérapé et ils sont allés se jeter dans une camionnette. Ils lui ont fait un alcootest sur-le-champ, disait l'article; sur-le-champ.

Elle ponctua chaque mot d'un coup d'aiguille à tricoter sur le bras du fauteuil.

— Pourquoi n'est-il pas en prison, alors ?
— Les gens de ces milieux-là ont toujours des relations, dit Ann Norton d'un ton péremptoire. On peut se tirer de n'importe quel mauvais pas, pourvu qu'on ait de l'argent. Tu n'as qu'à voir comment s'en est sorti le fils Kennedy.
— Est-ce qu'il est passé devant un tribunal ?
— Je te l'ai dit. Ils lui ont fait un alc...
— Oui, tu l'as dit, maman, mais est-ce qu'il était ivre ?
— Je te l'ai dit. Il était ivre ! (Les joues de Mrs. Norton s'étaient marbrées de rouge.) Ils ne vous font pas un alcootest pour rien ! Sa femme est morte ! C'est exactement comme l'affaire de Chappaquiddick ! Exactement !
— Je vais prendre un petit appartement en ville, dit Susan doucement. Je voulais déjà te l'annoncer. Il y a longtemps que j'aurais dû le faire, maman. C'est dans notre intérêt à toutes les deux. J'en ai parlé à Babs Griffen, elle m'a dit qu'il y avait un joli petit deux-pièces sur Sister's Lane...
— Oh, oh ! la voilà vexée ! dit Mrs Norton à la cantonade.

Quelqu'un a abîmé l'image qu'elle se faisait de Mr. Ben Mears et elle en est *malade*.

Quelques années plus tôt, ce genre de phrases produisait toujours son effet.

— Mais, maman, qu'est-ce qui t'arrive ? Tu n'es jamais descendue aussi bas...

Ann Norton eut un violent hochement de tête. Elle se leva brusquement, prit Susan par les épaules et se mit à la secouer.

— Écoute-moi. Ça me fait de la peine de te voir te conduire comme une petite oie à qui le premier joli cœur venu tourne la tête en lui parlant du clair de lune. *Tu entends ?*

Susan lui balança une claque.

Les paupières d'Ann Norton battirent ; elle ouvrit tout grands les yeux et les fixa sur Susan avec une expression d'étonnement intense. Elles se regardèrent longuement, en silence, sous le choc toutes les deux. Susan émit un petit gémissement qui mourut avant d'avoir atteint ses lèvres.

— Je monte, dit-elle. Je serai partie mardi au plus tard.

— Floyd est venu, dit Mrs. Norton, le visage encore paralysé par la gifle de Susan.

La marque des doigts de sa fille apparaissait en rouge sur ses joues, comme une série de points d'exclamation.

— C'est fini entre Floyd et moi, dit Susan d'une voix unie. Dis-toi bien ça. Et dis-le donc aussi à ta petite copine Mabel pendant que tu y es. Peut-être que ça te l'ancrera dans la tête.

— Floyd t'aime, Susan. Tu es en train de le désespérer. Il a craqué et m'a tout dit. Il m'a confié combien il était malheureux. À la fin il n'a pas su se contenir et s'est mis à pleurer comme un bébé.

Susan n'arrivait pas à y croire. Ça ne ressemblait pas à Floyd. Était-il possible que sa mère inventât cette scène ? Elle la regarda dans les yeux et comprit que non.

— Est-ce que c'est ça que tu veux pour moi, maman ? Un bébé à qui on retire son jouet ? Ou bien est-ce que tu t'es déjà vue entourée de petits-enfants blonds comme les blés ? Je te dérange, n'est-ce pas ? Tu as l'impression que tu n'as pas fait ton boulot tant que tu ne me verras pas casée auprès d'un homme *comme il faut*. Un homme qui me mettra enceinte et me transformera en matrone le plus vite possible. Voilà le programme, non ? Et moi, ce que je veux, *moi*, est-ce que tu t'en occupes ?

— Mais, Susan, tu ne sais pas ce que tu veux.

Elle dit cela avec une telle certitude que, l'espace d'un instant, Susan fut tentée de la croire. Une série d'images se succédèrent dans sa tête. Sa mère et elle attachées ensemble par un écheveau de laine verte et la laine prête à se rompre sous les secousses qu'elles lui imprimaient, chacune dans un sens. Sa mère, en costume de pêcheur, essayant d'arracher de l'eau une énorme truite — de la tirer hors de l'eau et de la mettre dans un seau. Mais pour quoi faire ? Pour la manger ?

— Tu te trompes, maman. Je sais exactement ce que je veux. Je veux Ben Mears.

Elle tourna le dos à sa mère et commença à monter l'escalier.

Ann Norton courut derrière elle en criant d'une voix hystérique :

— Comment est-ce que tu te paierais un appartement ? Tu n'as pas d'argent !

— J'ai cent dollars en espèces et trois cents à la banque, répondit tranquillement Susan. Et puis je peux travailler chez Spencer. Mr. Labree me l'a proposé plusieurs fois.

— Ça, bien sûr, pourvu que tu te le laisses regarder sous tes jupes ! dit Mrs. Norton.

Mais sa voix était descendue d'une octave. Sa colère était presque tombée et ce qu'elle avait provoqué commençait à l'effrayer.

— Qu'à cela ne tienne, dit Susan. Je me mettrai en pantalon.

— Ma chérie, ne te fâche pas. (Mrs. Norton monta deux marches.) Je cherche seulement ce qui est le mieux pour...

— Ne te fatigue pas, maman. Je suis désolée de ce que je t'ai fait tout à l'heure. C'était lamentable. Je vous aime, papa et toi. Mais je m'en vais. Il est plus que temps. Tu dois bien t'en rendre compte toi-même.

— Réfléchis, dit Mrs. Norton, qui n'était plus seulement effrayée, mais aussi profondément chagrinée. Je continue à penser que je ne me trompe pas. Ce n'est pas la première fois que je vois un beau parleur comme ce Ben Mears. Tout ce qui l'intéresse, c'est...

— Assez, assez, je t'en prie, implora Susan en se dirigeant vers sa chambre.

Sa mère monta encore une marche et lui cria :

— Quand Floyd est reparti, il était dans un état épouvantable. Il...

Mais la porte de la chambre de Susan s'était déjà refermée et les mots lui restèrent dans la gorge.

Susan s'étendit sur son lit. Il n'y avait pas si longtemps de cela, il était encore couvert d'une multitude d'animaux en peluche ou en laine, dont son préféré, un petit caniche avec un transistor dans le ventre. Elle resta là, à regarder le mur, en s'efforçant de ne pas penser. Des photos de montagne avaient remplacé depuis peu les posters trouvés dans des revues pop et les photos de ses idoles — Jim Morrison, John Lennon, Dave Van Ronk et Chuck Berry. Si peu de temps avait passé, et pourtant il lui semblait que la Susan de cette époque et celle qu'elle était devenue n'avaient plus rien de commun.

C'était presque comme si elle voyait s'étaler le gros titre sur la première page du journal : LA FEMME D'UN JEUNE ÉCRIVAIN TUÉE DANS UN ACCIDENT DE MOTO. LE MARI EST-IL RESPONSABLE ? A quoi faisaient suite un texte où devaient se succéder les sous-entendus les plus infamants et, bien entendu, une photo, la plus sanglante possible, prise par un mauvais photographe local.

Et le pire, c'était que sa mère avait réussi à semer le doute dans son cœur. Stupide. Est-ce qu'elle s'imaginait que, lorsqu'il l'avait rencontrée, il sortait d'un congélateur ? qu'il lui était arrivé enveloppé dans un sachet de cellophane comme les verres qu'on vous donne dans les motels ? Stupide ! Et cependant le doute était là, en germe. A cause de ça, ce qu'elle éprouvait pour sa mère était bien plus qu'un ressentiment d'adolescente, c'était quelque chose de très violent qui n'était pas loin de ressembler à de la haine.

Elle fit le vide dans son esprit, se cacha le visage dans le creux de son bras et glissa dans une somnolence peuplée de cauchemars, bientôt interrompue par la sonnerie du téléphone, puis, plus brutalement encore, par la voix stridente de sa mère :

— Susan, c'est pour toi !

Elle descendit et vit à sa montre qu'il était un peu plus de cinq heures et demie. Le soleil était déjà très bas. Mrs. Norton était dans la cuisine en train de préparer le dîner. Son père n'était pas encore rentré.

— Allô !

— Susan ?

C'était une voix familière, mais elle n'arrivait pas à mettre un nom dessus.

— Oui, qui est-ce ?

— Eva Miller, Susan. J'ai une mauvaise nouvelle à t'annoncer.

— Quelque chose est arrivé à Ben ?

Sa bouche était devenue toute sèche. Elle porta la main à sa gorge. De la porte de la cuisine, Mrs. Norton, une cuillère en bois à la main, la regardait.

— Il y a eu une bagarre. Floyd Tibbits est venu cet après-midi...

— Floyd !

Au ton de la voix de sa fille, Mrs. Norton battit des paupières.
— ... et je lui ai dit que Mr. Mears dormait. Il a dit « Ah ! bon, très bien », poli comme d'habitude. Mais il était bizarrement habillé. Je lui ai demandé s'il se sentait bien. Il avait un manteau comme on en faisait autrefois, un drôle de chapeau et il gardait ses mains dans ses poches. Je n'ai pas pensé à en parler à Mr. Mears quand il s'est levé. La journée avait été tellement mouvementée !
— Et qu'est-ce qui s'est passé ?
Susan hurlait presque.
— Eh bien, Floyd l'a tabassé, dit Eva d'une voix désolée. Dans mon parking. Sheldon Corson et Ed Craig se sont précipités pour l'empêcher de continuer.
— Ben, comment est-il ?
— Pas très bien.
— Qu'est-ce qu'il a ?
Susan était cramponnée au téléphone.
— Floyd l'a envoyé valdinguer sur sa petite voiture française et il a eu un choc à la tête. Quand Carl Foreman l'a emmené à l'hôpital de Cumberland, il était inconscient. Je n'en sais pas plus. Si tu...
Susan avait déjà raccroché et s'était précipité vers le placard pour y prendre son manteau.
— Susan, qu'est-ce qui se passe ?
— Ton gentil Floyd Tibbits, dit Susan qui pleurait sans même s'en rendre compte. Il vient d'envoyer Ben à l'hôpital.
Elle courut à sa voiture sans attendre la réponse.

2

Elle arriva à l'hôpital à six heures et demie. On la fit entrer dans la salle d'attente. Elle s'assit dans une inconfortable chaise-coquille et se mit à feuilleter d'un air absent un numéro de *La maison d'aujourd'hui*. « Comme c'est terrible d'être seule pour affronter tout ça ! » pensa-t-elle. Elle songea à appeler Matt Burke, mais l'idée que le docteur pourrait arriver pendant ce temps-là et ne plus la trouver l'arrêta.
Elle regarda les aiguilles se déplacer sur la grosse horloge fixée au mur. A sept heures dix, un docteur, tenant à la main une liasse de feuillets, se montra à la porte.
— Miss Norton ?
— Oui, c'est moi. Comment va Ben ?
— Il est difficile de se prononcer pour l'instant, dit le docteur.

Puis, voyant le désarroi de Susan, il se hâta d'ajouter :
— Il va bien, à ce qu'il semble, mais nous voulons le garder sous surveillance médicale pendant deux ou trois jours. Pas de fracture du crâne. Une simple fêlure. Des contusions multiples et un œil poché comme j'en ai rarement vu.
— Est-ce que je peux le voir ?
— Non, pas ce soir. Il est sous somnifères.
— Une minute ! S'il vous plaît, rien qu'une minute !
Le médecin soupira.
— Vous pouvez le regarder si vous voulez. Il est probablement en train de dormir. Ne lui parlez pas. Attendez qu'il vous parle.
Il l'emmena au troisième étage. La chambre de Ben se trouvait à l'extrémité d'un couloir où régnait une forte odeur de pharmacie. Le malade qui était dans le second lit les regarda d'un œil vague.
Ben avait les yeux fermés. Son drap était remonté jusqu'au menton. Il était si immobile et si pâle que, l'espace d'un instant, Susan eut le sentiment qu'il était mort, que son cœur s'était arrêté de battre pendant que le docteur et elle discutaient en bas. Et puis elle vit que le drap se soulevait régulièrement au niveau de la poitrine ; son soulagement fut si grand qu'elle en vacilla sur ses jambes. « Je l'aime, pensa-t-elle. Remets-toi vite, Ben. Remets-toi vite, finis ton livre et on s'en ira ensemble de ce Salem, si tu veux bien de moi. L'air d'ici ne semble plus nous convenir, ni à toi ni à moi. »
— Je crois que vous feriez mieux de partir maintenant, dit le docteur. Peut-être demain...
Ben se mit à bouger. Un son rauque sortit de sa gorge. Ses paupières s'ouvrirent doucement, se refermèrent, s'ouvrirent à nouveau. Son regard était alourdi par les somnifères, mais il avait perçu la présence de Susan. Il fit un geste de la main dans sa direction. Des larmes jaillirent des yeux de la jeune fille ; elle lui fit un sourire, lui prit la main et la serra.
Il remua les lèvres. Elle se pencha pour entendre.
— Ce sont des tueurs, les gens, dans cette ville, dis ?
— Ben, ça m'atterre.
— Je crois que j'ai eu le temps de lui faire sauter deux ou trois dents avant qu'il ne m'envoie dans le décor, murmura Ben. C'est pas si mal pour un intellectuel fatigué.
— Ben...
— Je crois que c'est assez pour ce soir, Mr. Mears, dit le docteur. Il faut laisser à la colle le temps de sécher.
Ben tourna son regard vers le docteur :

— Rien qu'une minute !

— C'est aussi ce qu'*elle* m'a dit, répondit-il en levant les yeux au ciel.

Les paupières de Ben se refermèrent. Il les rouvrit difficilement et grommela quelques paroles inintelligibles.

Susan s'approcha.

— Quoi, mon chéri ?

— Est-ce qu'il fait nuit ?

— Oui.

— Je voudrais que tu ailles voir...

— Matt ?

Il fit signe que oui.

— Dis-lui... je lui avais dit qu'il te raconte tout. Demande-lui s'il... connaît le père Callahan. Il comprendra.

— D'accord, dit Susan. Je lui passerai le message. Dors maintenant. Dors tranquillement, Ben.

— D'ac. Je t'aime.

Il murmura encore quelque chose, par deux fois, et puis ses yeux se fermèrent, sa respiration s'alourdit.

— Qu'est-ce qu'il a dit ? demanda le docteur.

Susan avait les sourcils froncés :

— Ça ressemblait à « Ferme les fenêtres au verrou ».

3

Eva Miller et Weasel Craig étaient dans la salle d'attente quand Susan y retourna pour prendre son manteau. Eva avait sorti pour la circonstance un manteau de demi-saison avec un col de fourrure un peu râpé, et Weasel flottait dans un blouson de motard beaucoup trop grand pour lui. A leur vue, Susan se sentit toute réconfortée.

— Comment va-t-il ? demanda Eva.

— Je crois que ça va aller.

Elle répéta ce que lui avait dit le docteur et le visage d'Eva se détendit.

— Je suis si contente ! Mr. Mears est un homme très sympathique. Rien de ce genre n'est jamais arrivé chez moi. Il a fallu que Parkins Gillespie enferme Floyd dans la cellule réservée aux ivrognes. Il n'avait pas l'air d'être soûl pourtant. Seulement comme... drogué et dans le vague.

Susan secoua la tête :

— Ça ne ressemble pas du tout à Floyd.

Il y eut un silence gêné.

— Ben est un type épatant, dit Weasel en tapotant la main de Susan. Il sera sur pied en un rien de temps, tu verras.

— Oui, j'en suis sûre, dit Susan en prenant la main de Weasel entre les siennes. Eva, le père Callahan, c'est bien le curé de St. Andrew ?

— Oui, pourquoi ?

— Oh ! juste pour savoir. Merci mille fois à vous deux d'être venus. Si vous pouviez revenir demain...

— Oui, bien sûr qu'on viendra, n'est-ce pas, Eva ? dit Weasel en prenant la taille d'Eva.

Il eut fort à faire pour arriver à en faire le tour avec son bras, mais il y parvint.

— Oui, nous viendrons.

Susan marcha avec eux jusqu'au parking et monta dans sa voiture pour regagner Salem.

4

Susan agita le heurtoir de la porte de Matt. Elle s'attendait à l'entendre crier de loin «Entrez !» comme il faisait d'habitude. Mais, au lieu de ça, une voix précautionneuse venant de derrière la porte et qu'elle reconnut à peine dit tout doucement :

— Qui est là ?

— Susie Norton, Mr. Burke.

Il ouvrit la porte et elle eut un coup au cœur en le voyant changé à ce point. Il avait un air vieux et hagard. Elle remarqua au bout d'un instant qu'il portait autour du cou un lourd crucifix en métal doré. Il y avait quelque chose d'étrange et de grotesque dans cette croix de quatre sous se détachant sur une chemise de flanelle à carreaux et Susan fut saisie d'une forte envie de rire — mais elle se retint.

— Entre. Où est Ben ?

Elle le lui dit et le visage de Matt s'assombrit encore.

— Alors Floyd Tibbits s'est décidé à jouer les amoureux déçus, c'est bien ça ? Il a vraiment choisi son moment, celui-là. Le corps de Mike Ryerson a été ramené de Portland en fin d'après-midi pour que Carl Foreman le prépare en vue des funérailles. Et je suppose que nous allons devoir remettre notre petite expédition à Marsten House.

— Quelle expédition ? Et qu'est-ce qui est arrivé à Mike ?

— Tu veux prendre un café ? demanda Matt d'une voix absente.

— Non. Je veux savoir ce qui se passe. Ben m'a dit que vous allez me le dire.

— Il s'est un peu trop avancé. C'était facile pour lui de le dire. Ça l'est beaucoup moins pour moi de le faire. Mais tout de même je vais essayer.

— Qu'est-ce...

Matt la fit taire d'un geste.

— Une chose d'abord, Susan. Ta mère et toi, vous êtes allées dans le nouveau magasin l'autre jour ?

Susan fronça les sourcils.

— Oui, pourquoi ?

— Peux-tu me dire comment tu as trouvé cet endroit et quelle impression t'a faite l'homme qui s'en occupe ?

— Mr. Straker ?

— Oui.

— Oh ! il est charmant.

— Est-ce que tu l'as trouvé vraiment sympathique ? demanda Matt en la regardant d'un œil scrutateur.

— Ça a un rapport avec ce qui s'est passé ?

— Peut-être, oui.

— Bon, eh bien, je vais vous donner mon avis en tant que femme. Il m'a fait une impression mitigée. Je crois que j'ai éprouvé une vague attirance d'ordre sexuel, telle qu'on peut en éprouver pour un homme nettement plus âgé que soi, très courtois, très prévenant. On voit tout de suite que c'est le genre d'homme à ne rien ignorer de la gastronomie française et à déterminer quel vin ira avec le menu choisi, sans se contenter d'opter pour le rouge ou le blanc, mais en allant jusqu'à en préciser le cru et l'année. Ça ne court pas les rues dans nos régions. Avec ça, pas efféminé pour un sou. Souple comme un danseur. Et puis un homme qui ne semble pas du tout gêné par sa calvitie, il n'y a pas de doute, ça a quelque chose d'attirant.

Elle sourit en rougissant, un peu sur la défensive. Elle se demandait si elle n'en avait pas dit plus qu'elle ne voulait.

— Mais tu lui as trouvé aussi quelque chose de pas sympathique ? dit Matt.

Elle haussa les épaules.

— C'est difficile de mettre le doigt dessus. Je crois... je crois que j'ai senti un certain mépris sous cette amabilité de surface. Un certain cynisme aussi. Comme s'il jouait un rôle, et le jouait bien, tout en se disant que pour nous mettre dans sa manche il n'avait pas besoin de se donner trop de mal. Je crois qu'on pourrait appeler ça de la condescendance.

Elle jeta à Matt un regard incertain.

— J'ai senti aussi en lui quelque chose de cruel. Je ne sais pas pourquoi j'ai eu cette impression.
— Est-ce que quelqu'un lui a acheté quelque chose ?
— Presque rien, mais ça semblait le laisser indifférent. Maman lui a acheté une petite étagère yougoslave décorée, et Mrs. Petrie lui a pris une jolie petite table à abattants. C'est tout ce que j'ai vu. Il avait l'air de ne pas se soucier de vendre. Il s'est contenté d'insister pour que nous disions à tous ceux que nous connaissions que le magasin était ouvert et qu'ils pouvaient y venir en amis. Une amabilité d'autrefois.
— Et tu as eu l'impression que le charme opérait ?
— Oh ! oui, sûrement, dit Susan, comparant mentalement l'enthousiasme de sa mère pour Mr. Straker à l'antipathie spontanée qu'elle avait manifesté immédiatment à l'encontre de Ben.
— Tu n'as pas vu son associé ?
— Mr. Barlow ? Non, il est à New York, en voyage d'affaires.
— Ah ! oui ? dit Matt, comme se parlant à lui-même. Je me demande. L'insaisissable Mr. Barlow...
— Mr. Burke, vous ne croyez pas que vous feriez mieux de m'éclairer un peu ?
Il eut un gros soupir.
— Il faut que je le fasse, c'est certain. Mais ce que tu viens de me dire est troublant. Très troublant. Ça coïncide tellement bien avec...
— Quoi ? Qu'est-ce qui coïncide ?
— Il faut que je remonte au moment où j'ai rencontré Mike Ryerson chez Dell, dit Matt. C'était hier soir et il me semble qu'un siècle s'est écoulé depuis.

5

Quand Matt arriva au bout de son histoire, il était huit heures vingt et ils avaient bu deux tasses de café chacun.
— Je crois que c'est tout, dit Matt. Et maintenant, est-ce que je ferai mon petit Victor Hugo à Guernesey ? Est-ce que je te dirai tout de ma rencontre avec l'esprit de Marat devant une table tournante ?
— Ne soyez pas stupide, dit Susan. Il se passe quelque chose mais ça ne peut pas être ce que vous pensez. Ça, il faudrait vous en persuader.
— J'en étais convaincu jusqu'à hier soir.

— Ne peut-on penser que Mike a été saisi d'une sorte de délire ?

La chose était peu convaincante. Susan poursuivit néanmoins :

— Ou ne vous êtes-vous pas endormi sans vous en rendre compte ? N'avez vous pas fait un rêve ? Ça m'est déjà arrivé de m'assoupir comme ça pendant quinze ou vingt minutes.

Matt haussa les épaules avec lassitude.

— Aucun esprit raisonnable ne pourra jamais me croire. Et pourtant j'ai entendu ce que j'ai entendu. Je ne dormais pas. Il y a quelque chose aussi qui me hante. D'après tout ce que j'ai lu d'eux, les vampires ne peuvent pas simplement décider d'entrer dans la maison de quelqu'un pour sucer son sang. Non. Il faut qu'on les invite. Et justement Mike Ryerson a invité Danny Glick à entrer la nuit dernière. *Et moi, j'ai invité Mike à venir chez moi !*

— Matt, est-ce que Ben vous a parlé du livre qu'il est en train d'écrire ?

Matt joua avec sa pipe, mais sans l'allumer.

— Très peu. Il m'a seulement dit que Marsten House avait un rôle dans l'histoire.

— Est-ce qu'il vous a dit qu'il avait été très secoué par quelque chose qui lui est arrivé à Marsten House quand il était petit ?

Matt jeta un regard aigu à Susan.

— *A Marsten House ?* Non.

— Il y a pénétré par bravade. Il voulait faire partie d'une société secrète et on lui avait imposé pour épreuve d'entrer dans la maison et d'en rapporter un objet. Il l'a fait — mais, avant de quitter Marsten House, il est monté jusqu'à la chambre du premier où Hubie Marsten s'était pendu. En ouvrant la porte, il a vu Hubie au bout de sa corde. Et il l'a vu ouvrir les yeux. Il s'est sauvé. Et depuis vingt-quatre ans cette vision le hante. Il est revenu à Salem pour essayer de s'en délivrer en la projetant dans son livre.

— Mon Dieu !

— Ben a... une théorie à lui en ce qui concerne Marsten House. Il la tire en partie de sa propre expérience et en partie des recherches très approfondies qu'il a effectuées sur Hubert Marsten.

— Et sur ses pratiques maléfiques ?

Susan haussa les sourcils.

— Vous savez ça ?

Il eut un petit sourire amer.

— Il y a des choses dont on ne parle pas au grand jour dans les petites villes. Des secrets. Eh bien, quelques-uns des secrets de Salem concernent Hubie Marsten. Un tout petit nombre de gens les connaissent, une douzaine peut-être, les personnes les plus âgées de la ville. Mabel Werts est l'une d'entre elles. C'était il y a très longtemps, Susan. Et pourtant, aujourd'hui encore, on n'y fait pas allusion ouvertement. C'est étrange, tu sais. Mabel elle-même n'ouvrira jamais la bouche pour parler d'Hubert Marsten en dehors de son petit cercle d'initiés. On parle de sa mort, bien sûr. Et du meurtre de sa femme. Mais si vous posez une question sur les dix ans qu'ils ont passés là-haut, à faire Dieu sait quoi, tout le monde se tait, comme si Big Brother était à l'écoute. On tient peut-être là ce qui se rapproche le plus du tabou dans nos sociétés occidentales. Des rumeurs ont couru suivant lesquelles Hubert Marsten aurait kidnappé de jeunes enfants et les aurait sacrifiés au démon. Mais je suis surpris que Ben en ait eu vent. Car il s'agit là d'un secret qu'on pourrait qualifier de tribal.

— Ce n'est pas ici qu'il en a eu vent.

— Ah ! bon, alors tout s'explique. Et j'imagine qu'il fonde sa théorie sur les vieilles notions chères à la parapsychologie : l'homme sécréterait le mal comme il sécrète la sueur ou le mucus. Un mal qui se disparaîtrait jamais. Et, dans ce cas particulier, Marsten House pourrait être considérée comme un conservateur, ou, mieux, comme un accumulateur de mal.

— Oui, il s'est exprimé exactement dans ces termes, dit Susan en regardant Matt avec étonnement.

Il eut un petit rire lugubre.

— Nous avons lu les mêmes livres, lui et moi. Et toi, qu'est-ce que tu en penses, Susan ? Est-ce que ta philosophie te porte plus loin que le ciel et la terre ?

— Non, dit-elle avec une fermeté tranquille. Les maisons ne sont que des maisons. Le mal se commet, mais il n'a pas d'existence propre.

— En disant ça, tu sous-entends que je déraille et que Ben n'est pas loin de me suivre.

— Non, bien sûr que non. Je suis loin de penser que vous perdez la tête. Mais, Mr. Burke, rendez-vous compte...

— Chut !

Matt pencha la tête en avant. Susan se tut et écouta. Rien, si ce n'est un vague grincement de parquet. Elle le regarda d'un air interrogateur. Il hocha la tête.

— Tu disais ?

— J'allais seulement vous dire qu'un malencontreux hasard a

voulu qu'au moment où Ben revenait ici pour exorciser les démons de son enfance une suite d'événements étranges et tragiques se produisent. Les langues n'ont pas chômé depuis que Marsten House est habitée et que le magasin a ouvert... Ben lui-même n'a pas été épargné. On sait que parfois les rites d'exorcisme se retournent contre celui qui les pratique. Je crois qu'il serait salutaire pour Ben qu'il quitte la ville, et que ce ne serait pas non plus une mauvaise chose pour vous que vous preniez un petit congé, Mr. Burke.

Le mot d'exorcisme rappela à Susan que Ben lui avait demandé de parler à Matt du prêtre catholique. Elle prit sur elle de ne pas le faire. Elle comprenait maintenant la raison d'une telle demande. Cela ne ferait qu'attiser un feu dont les flammes étaient déjà, à son avis, dangereusement hautes. Quand Benn le lui demanderait — s'il le lui demandait jamais — elle dirait qu'elle avait oublié.

— Je sais combien ça peut paraître insensé, dit Matt. Même à moi qui ai entendu la fenêtre s'ouvrir, et ce rire, et qui ai vu le store sur la pelouse près du chemin ce matin. Mais, si ça peut te rassurer, je peux te dire que la réaction de Ben a été très raisonnable. Il a suggéré que nous considérions la chose comme une hypothèse qui pouvait être confirmée ou infirmée, et que nous commencions par...

Il s'arrêta pour écouter.

Ils restèrent silencieux pendant un bon moment cette fois et, quand il parla de nouveau, Susan fut impressionnée par le ton de calme certitude de sa voix.

— Il y a quelqu'un là-haut.

Elle prêta l'oreille. Rien.

— C'est dans votre imagination.

— Je connais ma maison, dit-il doucement. Il y a quelqu'un dans la chambre d'ami... Tiens, là tu entends ?

Cette fois elle entendit un léger craquement de plancher, comme il y en a dans les vieilles maisons alors que personne ne marche. Mais il lui sembla que dans ce bruit il y avait quelque chose d'autre — quelque chose d'inexplicable et de furtif.

— Je monte, dit-il.

— Non ! dit Susan.

Le mot lui était venu spontanément aux lèvres. *Et maintenant, attention à la Dame Blanche !* pensa-t-elle avec un reste d'humour.

— La nuit dernière, j'ai eu peur, je n'ai rien fait et il s'est passé quelque chose de terrible. Cette fois-ci, je monte.

— Mr. Burke...

Ils parlaient maintenant à voix basse. Leurs corps étaient tendus, leurs muscles contractés. Peut-être que quelqu'un s'était introduit dans la maison ? Un rôdeur ?

— Parle, dit Matt. Quand j'aurai quitté la pièce, continue à parler. De n'importe quoi.

Avant qu'elle ait pu soulever une objection, il s'était levé et s'était dirigé vers l'escalier avec une souplesse de félin. Il se retourna pour lui jeter un regard, mais elle ne put rien y déchiffrer. Et il commença à monter les marches.

Devant la tournure que prenaient tout à coup les événements, Susan se sentait décontenancée. Elle avait l'impression d'avoir décollé du réel. Quelques minutes auparavant, ils discutaient tous les deux calmement sous la lumière rassurante des ampoules électriques. Et maintenant la peur l'avait envahie.

Elle commença :

— Ben et moi, nous pensions aller dimanche par la route n° 1 jusqu'à Camden — vous savez, la ville où on a tourné *Peyton Place* — mais maintenant je pense qu'il va falloir attendre quelques jours. Il y a là une merveilleuse petite église...

Elle fut étonnée de voir qu'elle s'en tirait avec la plus grande facilité, même si ses mains se crispaient l'une sur l'autre à en faire blanchir les jointures. Son cerveau fonctionnait parfaitement et refusait toujours énergiquement d'admettre qu'il pût y avoir des vampires ou des morts-vivants à Salem. Et cependant, du fond de sa moelle épinière, montait par vagues une terreur mortelle.

6

Jamais dans sa vie Matt n'avait eu à accomplir quelque chose d'aussi terrible : monter l'escalier. Rien jamais n'avait approché cette épreuve en apparence si bénigne.

Il n'alluma pas la lumière et monta les marches une par une, en évitant la sixième qui craquait. Sa main droite, humide de sueur, se cramponnait au crucifix.

Une fois sur le palier, il obliqua silencieusement en direction de la chambre d'ami. La porte était entrouverte. Il l'avait fermée avant de descendre. On entendait, venant d'en bas, le murmure régulier de la voix de Susan.

En marchant doucement pour éviter de faire grincer le parquet, il alla vers la porte et resta un instant immobile. La quintessence de toutes les terreurs humaines, pensa-t-il. Une porte tout à l'heure fermée, maintenant entrouverte.

Il s'avança et la poussa.

Mike Ryerson était sur le lit.

La lune inondait la chambre de ses rayons argentés et en faisait une sorte d'étang magique. Matt secoua la tête comme pour la remettre en place. Il lui semblait être remonté dans le temps et se retrouver la nuit d'avant. Ben n'était pas encore à l'hôpital. Il allait descendre lui téléphoner...

Mike ouvrit les yeux.

Ils étaient cernés de rouge et brillaient sous la lune d'un éclat métallique. Mais ils n'exprimaient rien. Aucune pensée, aucun sentiment humain. *Les yeux sont les fenêtres de l'âme,* avait dit Wordsworth. Ces fenêtres-là ouvraient sur une pièce vide.

Mike s'assit. Le drap tomba, découvrant sa poitrine et la couture grossière que le médecin légiste avait dû faire en sifflotant, après l'autopsie.

Mike sourit. Ses canines et ses incisives étaient blanches et pointues. Ce sourire n'était qu'une contraction des muscles autour de la bouche ; les yeux restaient les mêmes, sans la moindre expression.

Et, très distinctement, il dit :

— Regardez-moi.

Matt le regarda. Oui, ses yeux étaient vides. Mais aussi très profonds. Matt s'y voyait, comme projeté en réduction. Il s'y noyait doucement, délicieusement. Le monde maintenant ne lui importait plus, ni la peur.

Il fit deux pas en avant et cria : « Non ! Non ! » en brandissant le crucifix.

Mike Ryerson — si on pouvait encore lui donner ce nom — émit une espèce de sifflement, comme s'il avait reçu une bassine d'eau bouillante en plein visage. Il leva les bras comme pour parer un coup. Et, quand Matt s'avança, il recula.

— Sors d'ici, cria Matt d'une voix rauque. Je révoque mon invitation !

Ryerson poussa un hurlement aigu, plein de douleur et de haine. Il fit quelques pas à reculons en vacillant. Le dos de ses genoux heurta le rebord de la fenêtre ouverte et il culbuta en arrière.

Je te verrai bientôt dormir comme dorment les morts, ô mon maître !

Toujours à reculons, il s'éloigna dans la nuit, les bras tendus au-dessus de sa tête, comme un athlète qui s'apprête à plonger. Sous la lune, son corps avait l'éclat du marbre et le noir de la cicatrice tranchait sinistrement sur la blancheur du torse.

Matt laissa échapper un hurlement de terreur et se précipita vers la fenêtre comme un fou. Il ne vit qu'un nuage de poussière argentée qui dansait dans les airs, un peu plus bas, éclairé par la lumière provenant du salon. Avec horreur, il y reconnut une forme humaine, mais cela ne dura qu'une seconde. L'instant d'après, le nuage s'était dissipé et il n'en restait plus aucune trace.

Il se retourna et voulut se précipiter en bas, mais une douleur aiguë lui vrilla la poitrine et le fit chanceler. Il s'efforça de passer outre. La douleur montait par vagues dans son bras. Le crucifix dansait devant ses yeux.

Il sortit de la chambre en pressant ses bras contre sa poitrine et en serrant toujours le crucifix dans sa main droite. L'image du corps livide de Mike Ryerson flottant dans la nuit ne le quittait pas.

— Mr. Burke !

Ses lèvres glacées s'agitèrent :

— C'est James Cody qui me soigne. Son numéro est sur le répertoire. Je crois que j'ai une crise cardiaque, dit-il d'une voix éteinte.

Puis il tomba évanoui dans le couloir, la face contre terre.

7

Susan feuilleta le répertoire et trouva, en lettres capitales : JIMMY CODY, DISTRIBUTEUR DE PILULES ; c'était l'écriture régulière qu'elle avait vue si souvent en marge de ses copies d'écolière. Une voix féminine répondit à son appel.

— Est-ce que le docteur est là ? C'est pour une urgence.
— Oui, je vous le passe.
— Ici le docteur Cody.
— Ici Susan Norton. Je suis chez Mr. Burke. Il vient d'avoir une crise cardiaque.
— Qui ? *Matt* Burke ?
— Oui. Il a perdu conscience. Que dois-je...
— Appelez une ambulance, dit Cody. Le numéro à Cumberland est 841-4000. Restez près de lui. Mettez-lui une couverture, mais ne le bougez pas. Compris ?
— Oui.
— Je serai là dans vingt minutes.
— Est-ce que vous...

Il y eut un déclic. Elle était seule.

Quand elle eut appelé l'ambulance, elle se retrouva confrontée à la nécessité de monter retrouver Matt.

8

Elle regarda l'escalier et se rendit compte avec stupeur qu'elle tremblait de tous ses membres. Si seulement rien de tout cela n'était arrivé ! si seulement Matt était bien portant ! Elle ne serait pas habitée par cette peur effroyable. Son incrédulité totale l'avait amenée à considérer, avec entêtement, que ce que Matt avait entendu la nuit précédente pouvait trouver une explication rationnelle, et voilà que maintenant cette incrédulité faisait place à un trouble intense.

Elle avait entendu les paroles de Matt, puis la phrase terrible : *Je te verrai bientôt dormir comme dorment les morts, ô mon maître,* prononcée par une voix qui ne ressemblait pas plus à une voix humaine que l'aboiement d'un chien.

Elle entreprit de retourner au premier, forçant ses jambes à monter les marches. La lumière du couloir ne la réconforta guère. Matt gisait là, le visage tourné de côté, la joue droite reposant sur le tapis usé du couloir. Sa respiration était rauque et oppressée. Elle s'accroupit et défit les deux boutons du haut de sa chemise. Il sembla respirer un peu plus facilement. Elle se releva et alla chercher une couverture dans la chambre d'ami.

La pièce était fraîche. La fenêtre était restée ouverte. Il n'y avait plus sur le lit que le molleton protégeant le matelas, mais elle trouva des couvertures empilées dans l'armoire. Au moment où elle s'apprêtait à regagner le couloir, elle aperçut sur le plancher, près de la fenêtre, quelque chose qui brillait sous la lune. Elle se pencha et le ramassa. L'objet était facilement reconnaissable. C'était une de ces bagues qui servaient d'insignes au lycée de Cumberland. A l'intérieur de l'anneau étaient gravées trois initiales, M.C.R.

Michael Corey Ryerson.

Et, instantanément, elle crut. Elle crut tout. Un cri lui monta à la gorge. Elle l'empêcha de sortir, mais l'anneau lui tomba des mains et rejoignit sa place initiale. Et, dans la douce clarté de cette nuit d'automne, il se remit à briller.

SALEM (3)

1

L<small>A</small> ville s'y connaît en ténèbres.

Les ombres nocturnes et les obscurités de l'âme n'ont pas de secrets pour elle. Les trois éléments qui la constituent, une fois réunis, forment un ensemble qui transcende ses composantes. La ville, ce sont les gens qui y vivent, ce sont les maisons qu'ils ont construites pour s'y réfugier ou y faire des affaires, et c'est le sol. Les habitants de Salem sont en majorité d'origine anglo-saxonne ou française. Le reste ne compte pas plus qu'une pincée de poivre dans une boîte de sel. Il n'y a pratiquement pas de mélange entre les communautés. Les maisons sont presque toutes en bois, un bon bois bien solide. Celles qui ont été construites autrefois sont en général minuscules, et nombreuses sont les façades de magasin derrière lesquelles il n'y a rien, sans que l'on sache pourquoi. Les gens savent que ce sont de fausses façades, exactement comme ils savent que Loretta Starcher se met des faux seins. Le sol est en granit recouvert d'une fine couche de terre meuble. Être fermier ici, c'est s'épuiser au travail pour n'obtenir que des résultats misérables. Les socs se brisent contre le granit. Dès le mois de mai, vous prenez votre camionnette et, avec l'aide de vos fils, vous débarrassez le terrain de ses pierres afin de pouvoir y passer la herse. Dix fois vous chargez la camionnette et dix fois vous la déchargez sur l'énorme tas qui s'est accumulé depuis que vous avez décidé de prendre le taureau par les cornes. Vos ongles sont irrémédiablement encrassés de terre et, de vos doigts gourds, vous arrimez la herse au tracteur. Vous n'avez pas fait deux aller et retour que vous butez sur une pierre qui vous a échappé lors du nettoyage du sol. Une lame se brise. Il faut la changer. Votre fils vous tient la herse et, pendant que vous vous affairez, le premier moustique de la saison s'amène et vous vrille les oreilles de son vrombissement lancinant. Vous vous dites que c'est ce genre de bruit que les dingues doivent entendre quand ils se mettent à tuer leurs gosses, à se jeter contre un mur avec leur voiture ou à tirer à la mitraillette sur les charlatans qui les soignent. Et, pour tout arranger, la main en sueur de votre fils lâche prise et vous vous retrouvez avec toute la peau du bras arrachée par une des lames de la herse. C'est le moment où tout craque, où il ne vous reste plus qu'à tout laisser tomber, à vous mettre à boire et, dans ce moment de désespoir où vous maudissez la terre à laquelle vous êtes attaché, vous vous apercevez que cette terre, vous l'adorez, et que vous l'adorez pour tout ce qu'elle connaît et pour tout ce qu'elle a connu de l'obscurité du monde. La terre vous tient, comme vous tiennent le hangar aux machines, la maison et la femme que vous avez commencé à aimer quand vous étiez encore au lycée (c'était encore une petite fille et vous ne connaissiez rien aux filles, vous saviez seulement que vous en aviez une et vous vous y accrochiez, et, elle, elle écrivait votre nom sur tous ses cahiers et vous l'avez embarquée et puis c'est elle qui vous a embarqué jusqu'à ce que vous n'ayez plus eu à vous soucier ni l'un ni l'autre de qui avait embarqué qui), comme vous tiennent les enfants, ces enfants — six, sept, dix — que vous avez conçus au plus noir de la nuit dans le lit à deux places aux ressorts grinçants et au bois couvert d'éraflures, et comme vous tiennent la banque et tous ceux qui vous ont fait crédit, le marchand de voitures, le marchand de meubles et le marchand de télés. Mais, bien plus que tout cela, c'est la ville qui vous tient, parce que vous la connaissez comme vous connaissez la forme des seins de votre femme. Vous savez qui va traîner toute la journée dans le magasin de Milt Crossen parce que la boutique de chaussures Knapp lui a donné son congé, qui va avoir un problème avec sa femme avant même que ce problème ait éclaté (l'histoire de Reggie Sawyer, par exemple, dont la femme se fait sauter par un type du téléphone). Vous savez où mènent toutes les routes et où vous pourrez aller boire quelques bonnes bouteilles de bière le vendredi soir avec Hank et Nolly. Vous connaissez chaque pouce de terrain et vous savez comment traverser les marais en avril sans en avoir jusqu'en haut de vos bottes. Vous connaissez tout de la ville et elle connaît tout de vous. Comment, à la fin de votre journée de travail, vous avez mal entre les jambes à cause de la selle du tracteur, comment la boule qui vous est venue sur le dos n'était qu'un kyste et pas autre chose comme le docteur l'avait craint, comment votre esprit gamberge sur les notes à régler à la fin du mois. Elle lit à travers vos mensonges, même à travers ceux que vous vous faites à vous-même : vous emmènerez votre femme et vos gosses à Disneyland l'année prochaine ou l'année d'après, vous n'aurez aucun mal à régler les traites d'une nouvelle télé couleur en faisant quelques coupes de bois à l'automne, oui, tout est en passe de bien aller. Vos relations quotidiennes avec la ville sont si charnelles, si prosaïques et si enivrantes à la fois qu'à côté d'elles ce que vous faites avec votre femme dans le bon vieux lit qui grince ressemble à une poignée de main. Quand la nuit tombe, la ville vous appartient et vous appartenez à la ville. Et vous dormez ensemble comme dorment les défunts dans leurs tombes ou les pierres dans votre champ. Il n'y a pas d'autre vie ici que la mort lente des jours, si bien que, lorsque le mal descend sur la ville, c'est un peu comme un sommeil doux et délicieux. La ville l'attend, elle sait qu'il va venir et elle sait même la forme que ce sommeil va prendre.

La ville a ses secrets et elle les garde bien. Ses habitants ne les connaissent pas tous. Ils savent que la femme du vieil Albie

Crane est partie il y a des années avec un voyageur de commerce qui venait de New York — ou ils croient le savoir, car en réalité Albie a fendu la tête de sa femme après le départ du voyageur ; il lui a attaché une pierre aux pieds et il l'a balancée au fond du puits désaffecté. Vingt ans plus tard, il est mort tranquillement dans son lit d'une crise cardiaque, exactement comme son fils Joe mourra plus tard dans ce récit. Et peut-être qu'un jour un gosse s'égarera du côté du vieux puits couvert de ronces, peut-être retirera-t-il les planches blanchies par les intempéries qui le recouvrent et apercevra-t-il dans les profondeurs le squelette de Mrs. Crane. Elle le regardera de ses orbites vides et il verra sur sa cage thoracique le collier, couvert de mousse, offert par le trop charmant voyageur.

Les habitants de Salem savent qu'Hubie Marsten a tué sa femme, mais ils ne savent pas ce qu'il lui a fait faire avant. Ils n'ont pas senti le parfum du chèvrefeuille, ce parfum lourd qui, dans la chaleur moite de cet été-là, s'apparentait étrangement à l'odeur que peut répandre un charnier en plein vent. Ils n'ont pas vu la cuisine toute poisseuse de soleil. Ils ne savent pas ce qu'il y avait entre le mari et la femme au moment où il lui a fait sauter la cervelle. Ils ignorent qu'elle l'a supplié de le faire.

Quelques dames, qui comptent parmi les doyennes de la ville — Mabel Werts, Glynis Mayberry, Audrey Hersey — se souviennent que Larry Mc Leod a trouvé dans la cheminée du premier étage des papiers calcinés, mais elles ne savent pas que ces papiers, c'était la correspondance qu'avait entretenue pendant douze ans Hubert Marsten avec un noble autrichien à l'allure étrangement désuète du nom de Breichen, que cet échange épistolaire a débuté grâce aux bons offices d'un mystérieux libraire de Boston mort dans des circonstances sinistres en 1933 et qu'Hubie, avant de se pendre, a brûlé toutes les lettres une par une, en prenant plaisir à regarder se consumer lentement l'épais papier de couleur crème couvert de l'écriture élégante et régulière de Breichen (tout comme Larry Crockett prend plaisir à songer aux fabuleux titres de propriété qui reposent maintenant dans le coffre-fort de sa banque de Portland).

Elles ne savent pas que Floyd Tibbits, la peau brûlée par la lumière du jour, a erré pendant toute la journée du vendredi dans une sorte de cauchemar éveillé, que sa visite à Ann Norton ne lui a laissé qu'un souvenir vague et qu'il ne s'est plus souvenu non plus d'avoir attaqué Ben Mears mais que, dès le coucher du soleil, il a eu la certitude enivrante que quelque chose de grand et de bon allait lui arriver.

Elles ne savent pas que Carl Foreman a voulu crier, mais que son cri lui est resté dans la gorge quand il a vu, sur la table de préparation de la maison funéraire, Mike Ryerson trembler de tous ses membres, puis ouvrir les yeux et s'asseoir.

Elles ne savent pas que le bébé McDougall, âgé de dix mois, ne s'est même pas débattu quand Danny Glick est entré par la fenêtre de sa chambre, l'a enlevé de son berceau et a enfoncé ses dents dans sa gorge fragile bleuie par les coups que lui avait donnés sa mère.

Ce sont là les secrets de la ville. Certains seront un jour dévoilés, d'autres jamais. Mais la ville garde toujours son visage impassible. Elle ne se soucie pas plus des œuvres du démon que de celles de Dieu ou de l'homme.

La ville s'y connaît en ténèbres et les ténèbres lui suffisent.

2

Dès qu'elle se réveilla, Sandy McDougall eut conscience que quelque chose n'allait pas, mais sans savoir quoi. Dans le grand lit, la place de son mari était inoccupée ; c'était le jour de congé de Roy et il était parti pêcher avec des amis. Il serait de retour vers midi. Rien ne brûlait et elle n'avait mal nulle part. Alors, qu'y avait-il ?

Le soleil. Il y avait quelque chose qui n'allait pas avec le soleil.

Les branches de l'érable devant la fenêtre dansaient sur la tenture murale. Or Randy la réveillait toujours avant ce moment où le soleil projetait l'ombre de l'arbre sur le mur.

Stupéfaite, elle regarda vite la pendule. Il était neuf heures dix. L'angoisse lui serra la gorge.

— Randy ! appela-t-elle.

Elle se précipita à l'autre bout de la caravane, sa chemise de nuit flottant autour d'elle.

— Randy, *mon chéri !*

La chambre du bébé était baignée de soleil. Au-dessus du berceau, l'unique fenêtre était... ouverte. Elle l'avait pourtant fermée avant d'aller se coucher. Elle la fermait toujours.

Le berceau était vide.

— Randy ! murmura-t-elle.

Et elle le vit.

Le petit corps, encore vêtu du pyjama du Docteur Denton, avait été jeté dans un coin de la pièce comme un déchet et gisait, une jambe dressée, dans une attitude grotesque.

— *Randy !*

Le visage ravagé, elle tomba à genoux à côté de son fils, le prit dans ses bras et le berça. Mais le corps de l'enfant était froid.

3

Tony Glick se réveilla le samedi matin en entendant sa femme tomber dans le salon.
— Margie! appela-t-il en balançant ses jambes en dehors du lit. Margie!
Au bout d'un instant, qui lui parut très long, elle répondit:
— Oui, Tony, ça va.
Il s'assit sur le bord du lit et regarda ses pieds d'un air absent.
Il avait pris un congé et, depuis une semaine, il dormait énormément, d'un sommeil sans rêves, qui balayait tout. A sept heures et demie du soir il était dans son lit; il y restait jusqu'à dix heures du matin et, l'après-midi, il faisait un somme de deux à trois. Ainsi les huit jours qui avaient suivi les funérailles tragiques de son fils s'étaient écoulés comme dans un brouillard. Des gens venaient avec des provisions — ragoûts, conserves, gâteaux. Margie disait qu'elle ne voyait pas ce qu'ils allaient en faire. Ils n'avaient faim ni l'un ni l'autre. Le mercredi soir, ils avaient essayé de faire l'amour et ils s'étaient mis à pleurer tous les deux.
Margie n'avait pas l'air bien du tout. Pour s'en sortir, elle s'était mise à nettoyer la maison de la cave au grenier, avec un acharnement maniaque qui l'empêchait de penser. Tout au long de la journée, leur demeure résonnait du bruit des seaux et du vrombissement de l'aspirateur, et l'air empestait l'ammoniaque. Elle avait pris les habits et les jouets de ses fils et en avait fait des paquets bien ficelés pour l'Armée du Salut. Quand Tony était sorti de leur chambre, le jeudi matin, elle avait aligné tous les cartons devant la porte d'entrée. Il n'avait jamais rien vu d'aussi horrible que ces cartons muets. Elle avait traîné tous les tapis dans la cour, derrière la maison, les avait suspendus sur les cordes à linge et les avait battus inlassablement. Tony, malgré la brume qui envahissait son cerveau, avait remarqué combien elle était pâle depuis un ou deux jours; même ses lèvres semblaient avoir perdu leur couleur. Elle avait de larges cernes bruns autour des yeux.
Il remuait tout ça dans sa tête et était sur le point de se laisser retomber sur son lit lorsqu'elle fit une nouvelle chute et, cette fois, ne répondit pas à son appel.
Il se leva, descendit péniblement jusqu'au salon et la vit

étendue sur le plancher, respirant à peine et fixant sur le plafond des yeux hébétés. Elle avait changé tous les meubles de place, ce qui donnait à la pièce une allure bizarre.

Son état avait sensiblement empiré depuis la veille et, bien que n'y comprenant pas grand-chose, Tony fut douloureusement frappé par sa mine. Elle était encore en robe de chambre. Dans sa chute, ses jambes s'étaient découvertes jusqu'aux cuisses ; elles avaient la pâleur du marbre. Tout le hâle qu'elle avait pris pendant les vacances d'été avait disparu. Ses mains avaient l'air de fantômes. Sa bouche s'ouvrait et se fermait comme si ses poumons n'avaient plus la force de pomper l'air. Il remarqua la forme curieusement proéminente de ses dents, mais n'y prit pas garde. Cela aurait pourtant dû l'éclairer.

— Margie ? Ma chérie ?

Elle essaya de répondre, mais n'y parvint pas. Il eut peur et se releva pour appeler le médecin.

Il se dirigeait vers le téléphone quand elle dit : « Non... non », en faisant des efforts surhumains pour s'asseoir et en emplissant la maison de son souffle rauque.

— Tire-moi... Aide-moi... Le soleil est si chaud...

Il s'approcha d'elle, la prit dans ses bras et fut saisi par la légèreté de son fardeau. Elle ne pesait pas plus qu'une brassée de petit bois.

— ... divan...

Il la coucha sur le divan, la nuque contre l'accoudoir. Elle était ainsi en dehors du carré de lumière que découpaient les rayons du soleil sur le tapis et sa respiration devint plus facile. Elle ferma les yeux un instant et il remarqua de nouveau ses dents blanches se détachant sur des lèvres exsangues. Il eut soudain envie de l'embrasser.

— Laisse-moi appeler le docteur, dit-il.

— Non, je vais mieux. Le soleil... me brûlait. Je me sentais toute faible. Maintenant ça va.

Un peu de couleur était revenue à ses joues.

— Tu es sûre ?

— Oui, oui, ça va.

— Tu t'es donné trop de mal, ma chérie.

— Oui, dit-elle d'une voix morne.

Ses yeux étaient sans expression.

Il se passa la main dans les cheveux et dit avec effort :

— Il faut qu'on se sorte de là, Margie. Il le faut. Tu as une mine...

Il s'arrêta pour ne pas lui faire de peine.

— J'ai une mine épouvantable, dit-elle. Je sais. Je me suis

regardée dans la glace de la salle de bains avant de me coucher hier soir et c'était presque comme si je n'étais pas là. Pendant une minute, j'ai... (Un sourire effleura ses lèvres.) J'ai pensé que je voyais la douche derrière moi. Comme s'il ne restait qu'un tout petit peu de moi, et si pâle... si pâle...

— Je veux que le docteur Reardon t'examine.

Elle semblait ne pas entendre.

— J'ai fait un rêve merveilleux pendant ces trois ou quatre dernières nuits, Tony. Un rêve qui avait l'air si vrai ! Danny était là et me disait : « Maman, maman, je suis si content d'être à la maison ! » Et puis il disait... il disait...

— Qu'est-ce qu'il disait ? lui demanda-t-il avec douceur.

— Il disait... qu'il était redevenu mon bébé — mon petit garçon, qui tétait mon lait. Je lui donnais mon sein et... c'était si doux et ça faisait si mal en même temps, exactement comme avant que je le sèvre, quand il commençait à avoir des dents... Oh ! qu'est-ce que je raconte, c'est *atroce,* on dirait une histoire de psychiatre.

— Mais non, dit-il. Mais non.

Il s'agenouilla auprès d'elle, elle passa ses bras autour de son cou et se mit à pleurer doucement. Ses bras étaient froids.

— Non, pas le docteur, Tony, s'il te plaît. Je vais me reposer toute la journée aujourd'hui.

— Comme tu voudras, dit-il tout en se sentant coupable d'avoir cédé.

— C'était tellement merveilleux, ce rêve, Tony ! dit-elle, tout contre la gorge de son mari.

Le mouvement de sa bouche et le renflement des dents au-dessous des lèvres lui donnaient un air étonnamment sensuel. Il sentit lui venir une érection.

— Oh ! Tony, comme je voudrais que ce rêve revienne ce soir !

— Il reviendra peut-être, dit-il en lui caressant les cheveux. Oui, oui, peut-être.

4

— Dieu, que tu es jolie ! dit Ben.

Et c'était vrai. Dans la chambre d'hôpital pâle et blanc, Susan resplendissait. Elle portait un chemisier rayé jaune et noir et une petite jupe courte en jean.

— Tu as l'air très en forme, toi aussi, dit-elle en s'approchant du lit.

Il lui donna un long baiser tout en lui caressant doucement la hanche.

— Hé, dit-elle en se reculant, ils vous mettent dehors pour moins que ça.

— Pas moi.

— Non, moi.

Ils échangèrent un regard.

— Je t'aime, Ben.

— Je t'aime, Susan.

— Si je pouvais sauter dans ton lit maintenant !

— Une seconde, je tire le drap.

— Et qu'est-ce que je dirai aux petites dames qui entreront ?

— Tu leur diras que tu me donnes le bassin.

Elle secoua la tête en souriant et approcha une chaise.

— Il y a des tas de choses qui se sont passées en ville, Ben.

Il prit une expression grave.

— Quoi donc ?

Elle hésita.

— Je ne sais pas par quel bout commencer. Je ne sais même pas ce que j'en pense. Je nage complètement, c'est le moins qu'on puisse dire.

— Bon, dis les choses comme elles viennent et je verrai ce que je peux en tirer.

— Mais d'abord où en es-tu, toi, Ben ?

— En bonne voie. Le cas n'est pas grave. Le docteur de Matt, un type qui s'appelle Cody...

— Non, je ne parlais pas de ta tête, je parlais de ce qu'il y a dedans. Est-ce que tu y crois, toi, à ces histoires de vampires ?

— Oh ! c'est de ça que tu voulais parler. Matt t'a tout raconté ?

— Matt est ici, dans cet hôpital. A l'étage au-dessus, sous surveillance médicale intensive.

— *Quoi ?* (Ben se souleva sur ses coudes.) Qu'est-ce qui lui arrive ?

— Une crise cardiaque.

— *Une crise cardiaque !*

— Le docteur Cody dit que son état s'est stabilisé. Si d'ici quarante-huit heures aucun accident n'intervient, il sera sorti d'affaire. J'étais là quand c'est arrivé.

— Dis-moi tout ce dont tu te souviens, Susan.

Toute sa gaieté l'avait abandonné. Son visage aux traits fins avait pris une expression concentrée. Perdu au milieu de cette blancheur d'hôpital, il avait l'air terriblement vulnérable.

— Tu n'as pas répondu à ma question, Ben.

— Sur ce que j'ai pensé de ce que m'a raconté Matt ?
— Oui.
— Je répondrai en te disant ce que toi tu penses. Tu penses que Marsten House m'a tellement tapé sur le ciboulot que je vois partout des araignées alors que je les ai dans le plafond. Juste ?
— Si tu veux, mais je ne me suis jamais dit la chose en termes aussi violents.
— Je sais Susan. Et maintenant laisse-moi t'expliquer le cheminement de ma pensée, si j'y arrive. Cela m'aidera peut-être à y voir plus clair. Je vois à ta figure que, de ton côté, tu as été passablement ébranlée. Est-ce que je me trompe ?
— Non... mais je ne crois pas, *je ne peux pas*...
— Arrête-toi une minute. Cette petite phrase : *Je ne peux pas*, bloque tout. C'est là-dessus aussi que j'ai buté. Sur ce refus catégorique de l'esprit. *Je ne peux pas*. Je n'ai pas cru à ce que me disait Matt, Susan, parce que des choses pareilles ne peuvent pas être vraies. Et pourtant j'ai considéré l'histoire de Matt sous tous ses angles et je n'ai pu y trouver aucune faille. Restait l'hypothèse selon laquelle Matt aurait perdu les pédales à un moment ou à un autre. Tu es d'accord ?
— Oui.
— Est-ce qu'il t'a paru fou ?
— Non, non... mais...
— Attends. (Il leva la main pour l'arrêter.) Tu te remets à te dire. *Je ne peux pas,* non ?
— Si, je crois, dit Susan.
— Quant à moi, il ne m'a paru ni fou ni exalté, poursuivit Ben. Et tu sais comme moi que les idées paranoïaques ou les complexes de persécution ne vous viennent jamais en une nuit. Ils mettent du temps à se développer. Ils ont besoin d'être entretenus. As-tu jamais entendu dire en ville qu'il manquait une case à Matt ? Matt t'a-t-il jamais dit que quelqu'un lui en voulait à mort ? A-t-il jamais milité pour des causes discutables — contre l'introduction du fluor dans l'eau des villes ou pour la réunification du Vietnam ? Participait-il à des séances de spiritisme ? S'intéressait-il plus que de raison à l'astrologie ou à la réincarnation ? A-t-il été entendu par la police pour une raison quelconque ?
— Non. Non à toutes tes questions. Mais, Ben... ça me fait mal de dire ça à propos de Matt, même si je ne fais que suggérer une hypothèse, il arrive que des gens deviennent fous tout doucement, de l'intérieur.
— Je ne le crois pas, dit Ben d'une voix calme. Il y a toutjours des signes. Quelquefois on n'y fait pas attention avant,

mais après ça vous revient. Si tu faisais partie d'un jury et si Matt venait témoigner à propos d'un accident de voiture, est-ce que tu ajouterais foi à son témoignage ?
— Oui...
— Est-ce que tu l'aurais cru s'il t'avait dit avoir vu un rôdeur entrer chez lui et tuer Mike Ryerson ?
— Oui, je crois que oui.
— Mais ce qu'il t'a dit, tu ne le crois pas ?
— Mais, Ben, c'est que je ne peux pas...
— Voilà, tu recommences.
Il la vit prête à protester et l'arrêta du geste.
— Je ne discute pas du cas de Matt, Susan. J'essaie de voir quel chemin a suivi ma pensée. Tu es d'accord ?
— Oui. Vas-y.
— Ma seconde hypothèse, c'est que quelqu'un aurait pu vouloir lui mettre une mauvaise affaire sur le dos. Par pure méchanceté ou par rancune.
— Oui. Ça m'est venu aussi à l'esprit.
— Matt dit qu'il n'a pas d'ennemis. Et je le crois.
— Tout le monde a des ennemis.
— A des degrés divers. N'oublie pas le plus important — il y a un mort dans cette histoire. Il faudrait admettre que quelqu'un en voulait suffisamment à Matt pour tuer Mike Ryerson, étant entendu que c'était le seul moyen de le mettre vraiment dans de mauvais draps.
— Pourquoi le seul moyen ?
— Parce que sans cadavre les choses n'ont pas la même gravité. Et pourtant, d'après Matt, il a rencontré Mike absolument par hasard. Personne ne l'a entraîné chez Dell jeudi soir. Il n'y a pas eu d'appel anonyme, ni de lettre, rien. Le fait que cette rencontre ait été totalement fortuite suffit à écarter l'hypothèse d'une telle machination.
— Qu'est-ce qui reste alors comme explication rationnelle ?
— Que Matt a entendu la fenêtre qui s'ouvrait, le rire et les bruits de succion dans un rêve. Que la mort de Mike est due à des causes naturelles que l'on n'a pas encore pu déterminer.
— Tu y crois.
— Je ne crois pas qu'il ait rêvé que la fenêtre s'ouvrait. Elle était ouverte. Et le store extérieur était tombé sur la pelouse. Je l'ai remarqué et Parkins Gillespie aussi. J'ai remarqué également autre chose. Les stores de Matt sont fixés à l'aide de crochets qui se manœuvrent de l'extérieur et non de l'intérieur. Le store n'aurait donc pu être arraché de l'intérieur qu'en descellant les crochets avec un tournevis ou une lame de couteau. Et encore, ça

n'aurait pas été facile. Et ça aurait laissé des traces. Je n'ai pas vu de traces. Dernière remarque : la terre autour de la maison est relativement meuble. Pour enlever le store de l'extérieur, il aurait fallu prendre une échelle, qui aurait également laissé des traces. Il n'y en avait aucune. C'est ce qui me tracasse le plus.

Ils échangèrent un regard sombre.

Ben acheva :

— J'ai remué ça dans ma tête toute la matinée. Plus j'y pensais, plus l'histoire de Matt me paraissait plausible. Alors je me suis risqué à laisser de côté le *je ne peux pas* pour un temps. Et maintenant dis-moi ce qui est arrivé chez Matt hier soir. Si ça ne coïncide pas, personne n'en sera plus heureux que moi.

— Ça coïncide, dit Susan d'une voix triste. Et même ça aggrave. Il venait de me raconter ce qui s'était passé avec Mike Ryerson. Et tout d'un coup il a dit qu'il entendait quelqu'un en haut. Il avait peur, mais il est monté.

Elle croisait ses mains sur ses genoux et les tenait serrées comme si elles risquaient de s'envoler.

— Rien d'autre ne s'est passé pendant un petit moment... et puis Matt a crié quelque chose, du genre de « Je révoque mon invitation ». Et puis... bon, je ne sais pas comment...

— Continue. Ne te torture pas. Dis les choses comme elles viennent.

— Je crois que quelqu'un — quelqu'un *d'autre* — a émis une sorte de sifflement. Il y a eu un bruit sourd, comme si quelque chose était tombé. (Le regard de Susan s'assombrit.) Et puis j'ai entendu une voix qui disait *Je te verrai bientôt dormir comme dorment les morts, ô mon maître;* mot pour mot, c'était ça. Et quand je suis entrée dans la chambre, pour prendre une couverture pour Matt, voilà ce que j'ai trouvé.

Elle prit la bague dans la poche de son chemisier et la lui mit dans la main.

Ben regarda attentivement la bague, puis l'inclina en direction de la fenêtre pour mieux voir les initiales gravées à l'intérieur de l'anneau.

— M.C.R., Mike Ryerson ?

— Mike Corey Ryerson. Je l'avais laissée retomber par terre et puis je l'ai ramassée de nouveau en me disant que, toi ou Matt, vous voudriez la voir. Garde-la. Moi, je ne tiens pas à l'avoir.

— Ça t'est désagréable ?

— Oui, très désagréable.

Elle releva la tête et dit d'un ton de défi :

— Mais ma raison se rebelle contre tout ça, Ben. Je croirais plus volontiers que Matt a tué Mike Ryerson d'une façon ou d'une autre et a inventé cette histoire de vampires pour arranger ses affaires. Qu'il s'est débrouillé pour faire tomber le store, qu'il a fait un petit numéro de ventriloque dans la chambre d'ami pendant que j'étais en bas, qu'il a déposé près de la fenêtre la bague de Mike...

— Et qu'il s'est envoyé une bonne crise cardiaque pour donner plus de vraisemblance à l'ensemble, coupa Ben. Je n'ai pas renoncé à découvrir une explication rationnelle à tout ça, Susan. J'espère qu'il y en a une. Je prie presque pour qu'il y en ait une. C'est amusant de voir les monstres au cinéma, mais l'idée qu'ils existent effectivement et qu'ils rôdent autour de nous, ça n'est pas drôle du tout. Je t'accorde que le store a pu être trafiqué, grâce à une corde attachée au toit, par exemple. Allons même plus loin. Matt a une vaste culture ; les symptômes présentés par Mike pourraient correspondre à un empoisonnement par des substances impossibles à détecter. Mais l'hypothèse du poison est difficile à soutenir puisque Mike n'avalait plus aucune nourriture...

— C'est Matt qui l'a dit.

— Il n'aurait pas menti, sachant que l'analyse du contenu stomacal est toujours pratiquée dans les autopsies et que son mensonge aurait tout de suite été détecté. Mais admettons tout de même que Matt ait empoisonné Mike. Admettons aussi que, grâce à l'ingestion d'une autre substance, il ait pu se donner tous les signes d'une attaque cardiaque. Quel aurait pu être son mobile ?

Elle secoua la tête avec découragement.

— Même s'il avait un mobile que nous ne soupçonnons pas, pourquoi aurait-il été chercher une explication aussi abracadabrante ? J'imagine qu'en partant de ces données Ellery Queen se débrouillerait pour mettre sur pied une intrigue policière, mais la vie est bien loin de ressembler à un roman d'Ellery Queen.

— Mais l'histoire de Matt, Ben... c'est dément.

— Et Hiroshima, ça ne l'était pas ?

— Arrête ça, éclata Susan. Ne joue pas au philosophe. Ça ne te va pas. Nous sommes en train de parler de contes de bonnes femmes, de cauchemars, de psychose, je ne sais pas comment tu veux appeler ça...

— On s'embourbe si on reste à ce niveau-là. Il faut faire des rapprochements et élever le débat. Le monde se disloque sous nos yeux et tu te mets des œillères pour ne voir que tes vampires.

— Salem, c'est ma ville, dit Susan avec obstination. S'il s'y passe quelque chose, c'est du réel, ce n'est pas de la philosophie.

— Entièrement d'accord avec toi, dit Ben en donnant

quelques petits coups sur sa tête bandée. Ton ex-ami s'est chargé de me le faire comprendre.

— Ça me désole, Ben. C'est un côté de Floyd que je ne connaissais pas. Ça m'étonne énormément de lui.

— Où est-il maintenant ?

— Dans la cellule où on met les ivrognes. Parkins Gillespie a dit à maman qu'il faudrait le déférer aux autorités du comté — autrement dit au shérif McCaslin — mais qu'il voulait attendre de savoir si tu comptais déposer une plainte.

— Qu'est-ce que tu en penses, toi ?

— Je n'en pense rien, dit-elle d'une voix ferme. Il ne fait plus partie de ma vie.

— Eh bien, je ne déposerai pas de plainte.

Susan haussa les sourcils.

— Mais je voudrais lui parler.

— De nous ?

— Je voudrais lui demander pourquoi il est venu me trouver avec un grand manteau, un chapeau, des lunettes de soleil... et des gants de caoutchouc.

— *Quoi ?*

— Le soleil était encore haut, dit Ben en la regardant. Il semble que Floyd ne supportait pas d'être exposé à ses rayons.

Ils se regardèrent en silence. Les derniers mots de Ben se passaient de commentaires.

5

Quand Nolly revient de *L'Excellent* avec un petit déjeuner pour Floyd, celui-ci dormait profondément. Nolly pensa qu'il serait absurde de le réveiller juste pour avaler deux œufs au plat trop cuits par Pauline Dickens et cinq ou six morceaux de lard baignant dans l'huile ; aussi décida-t-il de se dévouer et de les manger. Il but aussi le café. Il était bon, le café que faisait Pauline, ça il fallait le reconnaître. Mais quand il apporta à Floyd son déjeuner, et qu'il le trouva toujours endormi dans la même position, Nolly commença à s'inquiéter. Il posa le plateau par terre et prit une cuillère pour taper sur les barreaux de la porte.

— Hé, Floyd ! Réveille-toi, je t'apporte ton déjeuner.

Floyd ne bougea pas. Alors Nolly sortit son trousseau de clefs, mais, au moment de mettre la clef dans la serrure, il s'arrêta. Dans le *Détective* de la semaine dernière, il avait lu l'histoire d'un dur qui avait fait semblant d'être malade et avait bondi sur son gardien sitôt la porte ouverte. Nolly n'avait jamais considéré Floyd comme un dur, mais tout de même, ce qu'il avait fait à ce Ben Mears, c'était loin d'être une caresse.

Il resta donc là, indécis, la cuillère dans une main et le trousseau de clefs dans l'autre. C'était un gros homme dont les chemises, largement déboutonnées, étaient toujours tachées de sueur aux aisselles. Un champion de bowling, un pilier de bistrots qui avait la liste des bars et des motels de Portland dans son portefeuille à côté du calendrier de la paroisse ; brave type au demeurant, lent à se mettre en colère, lent à se mettre en train.

Son esprit fonctionnait toujours au ralenti et, dans ce cas précis, il se demandait vraiment ce qu'il fallait faire. Il recommença à taper sur les barreaux en appelant Floyd, avec l'espoir qu'il allait enfin bouger, ronfler, ou faire quelque chose. Il était sur le point d'aller téléphoner à Parkins pour prendre ses instructions quand celui-ci lui cria du seuil de son bureau :

— Qu'est-ce qui te prend, Nolly ? Tu appelles tes cochons pour leur donner à manger ?

Nolly rougit.

— Floyd ne bouge pas, Park. J'ai peur qu'il soit... enfin qu'il soit malade.

— Et tu penses que taper avec une cuillère sur les barreaux lui fera du bien ?

Parkins s'approcha et tourna la clef dans la serrure.

— Floyd ! (Il secoua Floyd par l'épaule.) Tu vas b...

Floyd tomba de la paillasse.

— Mon Dieu, dit Nolly. Mais c'est qu'il est mort, hein ?

Mais Parkins n'avait pas l'air de l'entendre. Ses yeux fixaient le visage étrangement paisible de Floyd. Nolly mit un certain temps à se rendre compte qu'une peur intense se lisait dans le regard de son chef.

— Qu'est-ce qu'il y a, Park ?

— Rien, dit Parkins. Simplement... sortons d'ici.

Et il ajouta, à voix très basse :

— Mon Dieu, si seulement je ne l'avais pas touché.

Nolly regardait le corps de Floyd. Une angoisse trouble commençait à l'envahir.

— Secoue-toi, dit Parkins. Il faut qu'on fasse venir le docteur.

6

L'après-midi tirait déjà à sa fin quand Franklin Boddin et Virgil Rathbun se présentèrent devant la grande porte en lattes de bois qui fermait la décharge, à l'extrémité de Burns Road, trois kilomètres après le cimetière d'Harmony Hill. Ils étaient venus dans la camionnette Chevrolet de Franklin, modèle 1957, un véhicule qui était blanc ivoire pendant la première année du second mandat présidentiel d'Ike, mais qui avait ensuite perdu sa couleur initiale pour laisser place au vermillon de l'enduit antirouille et à un brun-caca provenant de ses pérégrinations tout terrain. L'arrière de la camionnette était plein de ce que Franklin appelait des «merdouilles». Virgil et lui les apportaient environ une fois par mois à la décharge. C'étaient surtout des bouteilles ou des boîtes de bière, des tonnelets d'eau-de-vie, des bouteilles de vin, de vodka ou d'alcools divers, vides naturellement.

— Fermé, dit Franklin Boddin en louchant sur la pancarte clouée à la porte. On n'a plus qu'à crever, enterrés sous la merde.

Il prit la bouteille de Dawson qu'il avait calée entre ses jambes et en avala une grande lampée. Puis il s'essuya la bouche avec sa manche.

— On est samedi, hein ?
— Ouais, bien sûr, dit Virgil Rathbun. En réalité, il ignorait totalement si on était samedi ou mardi. Il était tellement soûl qu'il savait tout juste quel mois on était.
— La décharge est pas fermée le samedi, s'pas ? demanda Franklin.

Il n'y avait qu'une pancarte, mais il en voyait trois. Il leur lança un regard bigle. Elles disaient toutes les trois «Fermé». L'inscription avait été faite avec une peinture rouge vif qui ne pouvait venir que du pot que Dud Rogers gardait dans un coin de sa cahute.

Elle a jamais été fermée le samedi, dit Virgil.

Il balança sa bouteille de bière en direction de sa bouche, la manqua et s'envoya un jet de bière sur l'épaule gauche.

— Touché, gloussa-t-il.
— Fermé, dit Franklin avec une irritation grandissante. Ce fils de pute, il doit être sur un coup, je vais lui faire voir...

Il passa brutalement en première et appuya à fond sur l'accélérateur. La bière jaillit de la bouteille calée entre ses jambes et dégoulina sur son pantalon.

— Mets-la lui dans le cul, Franklin ! cria Virgil.

Et il lança un rot tonitruant tandis que la camionnette enfonçait la porte et la catapultait sur les boîtes de conserve entassées au bord du chemin. Franklin passa en seconde et partit à fond de train sur le sol raviné. La camionnette rebondissait follement sur ses amortisseurs fatigués. Des bouteilles étaient éjectées de l'arrière du véhicule et s'écrasaient au sol. Les mouettes tournoyaient dans le ciel en criant.

— Putain de bossu de malheur, on dirait qu'il a pas refait le chemin et qu'il a pas brûlé la merde cette semaine! dit Franklin.

Il appuya des deux pieds sur le frein. La pédale se colla au plancher en gémissant et, bientôt, la camionnette s'arrêta.

— Il doit être en train de cuver une cuite quelque part, v'là ce que c'est.

— J'ai jamais vu Dud boire de trop, dit Virgil en jetant sa bouteille vide par la portière et en tirant une autre du carton brun posé dans la cabine.

Il l'ouvrit contre la serrure de la porte, et la bière lui éclaboussa la main.

— Les bossus sont tous des soûlauds, dit Franklin sentencieusement.

Croyant la fenêtre ouverte, il lança un crachat qui rebondit sur la vitre et s'écrasa sur la manche de sa chemise, qu'il n'eut plus qu'à essuyer au carreau.

— On va le chercher. Il s'est peut-être passé quelque chose.

Il décrivit un vaste cercle en marche arrière pour finalement s'arrêter au ras du dernier tas d'ordures. Quand il eut coupé le moteur, il leur sembla que le silence tombait sur eux tout d'un coup. On n'entendait plus que le cri incessant des mouettes.

— Ce que c'est *tranquille,* dis donc! grommela Virgil.

Ils sortirent de la camionnette et se dirigèrent vers l'arrière du véhicule. Franklin défit les crochets qui maintenaient la porte. Elle tomba d'un coup sec, en craquant. Les mouettes, en train de chercher leur pitance à l'autre bout de la décharge, s'envolèrent en poussant des cris outragés.

Franklin et Virgil grimpèrent dans la camionnette sans mot dire et commencèrent à déverser la merdouille sur le tas. Les sacs en plastique tournoyaient en l'air et éclataient à l'atterrissage. Pour les deux hommes, c'était de la routine. Ils faisaient partie de la ville comme les autres, mais peu de gens avaient conscience de leur existence, d'abord parce que la ville, par convention tacite, les ignorait, ensuite parce qu'ils s'étaient eux-mêmes appliqués à se confondre avec le paysage. Lorsqu'on rencontrait la camionnette de Franklin sur la route, à peine croisée on n'y pensait plus. Lorsqu'on voyait une petite fumée noire sortir de la cheminée en fer-blanc de leur cahute et monter dans le ciel gris de novembre, on faisait glisser son regard au-dessus ou à côté. Lorsqu'on voyait Virgil sortir de la braderie de Cumberland avec une bouteille de vodka dans un sac en plastique marron, on lui disait bonjour, mais, l'instant d'après, on était incapable de se souvenir à qui on avait parlé; le visage était familier, mais impossible de se rappeler le nom. Le frère de Franklin n'était autre que Derek

Boddin, le père de Richie (l'ex-caïd de l'école primaire de Stanley Street), et Derek lui-même avait presque oublié que Franklin avait toujours bon pied bon œil et habitait la ville. C'était comme si, petit à petit, ils s'étaient tous les deux perdus dans la grisaille.

La camionnette était vide. Franklin lança la dernière boîte sur le tas — bang! — et remonta son pantalon de travail kaki.

— Et maintenant, on va voir Dud, dit-il.

Ils descendirent de la camionnette. Virgil se prit les pieds dans un de ses lacets et faillit tomber.

— Putain, comment qu'ils fabriquent maintenant leurs machins! grommela-t-il d'une voix pâteuse.

Ils allèrent jusqu'à la cahute en papier goudronné de Dud. La porte était fermée.

— Dud! hurla Franklin. Hé, Dud Rogers!

Il donna un coup dans la porte qui fit tressauter la cahute. Le crochet qui la maintenait fermée de l'intérieur sauta et la porte s'ouvrit brutalement. La pièce était vide, mais il y régnait une odeur à la fois douce et âcre qui fit grimacer ces connaisseurs en puanteurs variées. Une odeur de cornichons rances, pensa fugitivement Franklin.

— Fils de pute, dit Virgil. C'est pire que la gangrène.

Et pourtant la cahute était impeccable. La chemise de rechange de Dud était suspendue à un crochet au-dessus du lit, la vieille chaise de cuisine était bien rangée contre la table et le lit était fait au carré. Le pot de peinture, dont les parois s'ornaient de fraîches coulées rouges, était derrière la porte, posé sur plusieurs épaisseurs de papier journal.

— Si on s'en va pas d'ici, je vais dégueuler, dit Virgil.

Son visage était devenu livide.

Franklin, qui ne se sentait pas mieux, sortit de la cahute à reculons et referma la porte.

Ils jetèrent un regard circulaire sur la décharge, aussi déserte et stérile qu'un relief lunaire.

— Il est pas là, dit Franklin. Il doit être couché dans un coin du bois, avec une cuite ou quelque chose.

— Frank!

— Quoi? aboya Franklin, exaspéré.

— La porte était fermée par un crochet de l'intérieur. Comment est-ce qu'il a pu sortir?

Perplexe, Franklin se retourna et regarda la cahute. Il faillit répondre *par la fenêtre,* mais ne le fit pas. La fenêtre n'était qu'une ouverture découpée dans le papier goudronné et bouchée par un morceau de plastique transparent. Jamais Dud n'aurait pu se glisser par là, surtout avec sa bosse.

— Tant pis, dit Franklin d'une voix bourrue. S'il veut pas partager, qu'il aille se faire foutre. Nous, on se tire.

Ils retournèrent vers la camionnette et Franklin, à travers le brouillard protecteur de son ivresse, fut pris d'un sentiment insidieux dont il ne se souviendrait pas plus tard ou dont il ne voudrait pas se souvenir : le sentiment qu'il y avait dans cet endroit quelque chose qui n'allait pas, mais pas du tout. C'était comme si la décharge s'était mise à vivre d'une vie sourde, mystérieuse, terriblement angoissante. Il n'eut plus qu'une envie : fuir le plus vite possible.

— Je vois pas de rats, dit tout à coup Virgil.

Et, effectivement, il n'y en avait aucun ; seulement des mouettes. Franklin essaya de se rappeler s'il lui était déjà arrivé de ne pas voir de rats dans la décharge. Non, jamais. Et ça non plus, il n'aimait pas du tout.

— Il a dû leur foutre du poison, hein, Frank ?
— Allez, viens. Et qu'il aille se faire foutre avec ses rats !

7

Ben eut la permission, après dîner, de monter voir Matt Burke. Ce fut une courte visite : Matt dormait. Mais on lui avait retiré la tente à oxygène et l'infirmière en chef dit à Ben qu'il serait sûrement réveillé et en état de recevoir des visites dans le courant de la matinée du lendemain.

Ben fut frappé par le changement de Matt. Il prit pour la première fois conscience que Matt était un vieil homme. Il s'approcha du lit, prit sa tête entre ses mains et la tourna doucement. Aucune marque sur le cou ; la peau était parfaitement blanche et lisse.

Ben hésita un instant, puis se dirigea vers le placard et l'ouvrit. Les vêtements de Matt étaient accrochés à des cintres et il vit, suspendu à une patère fixée à l'intérieur de la porte, le crucifix que le vieux professeur portait lors de la visite de Susan ; chaîne et croix brillaient doucement sous la lumière tamisée de la chambre. Il le décrocha et le mit autour du cou de Matt.

— Hé, qu'est-ce que vous faites ?
Une infirmière venait d'entrer.
— Je lui mets sa croix autour du cou.
— Il est catholique ?
— Oui. Depuis peu, dit Ben d'une voix triste.

8

Il était neuf heures. Ben, assis dans son lit, était en train de regarder le film du samedi soir à la télé, lorsque le téléphone sonna. C'était Susan ; elle avait une voix bouleversée.

— Ben, Floyd Tibbits est mort. Mort dans sa cellule la nuit dernière. Le docteur Cody a parlé d'anémie aiguë — mais, Ben, Floyd a été mon boy-friend. Je sais qu'il avait une très forte tension. C'est même pour ça qu'il n'avait pas fait son service.

— Calme-toi, dit Ben en se redressant sur ses oreillers.

— Il n'y a pas que ça. Une famille du Bend, les McDougall, leur bébé de dix mois est mort. Ils ont emmené Mrs. McDougall pour l'interroger.

— Sais-tu comment est mort le bébé ?

— Maman m'a dit que Mrs. Evans avait entendu Sandra McDougall hurler, qu'elle était allée voir ce qui se passait et qu'elle avait appelé le vieux docteur Plowman. Plowman n'a rien dit, mais Mrs. Evans a dit que le bébé ne présentait rien d'anormal... sauf qu'il était mort.

— Quand je pense que Matt et moi, on est là comme des crétins à ne rien pouvoir faire, dit Ben plus pour lui-même que pour Susan. Comme si c'était un fait exprès.

— Il y a encore autre chose.

— Quoi ?

— Carl Foreman a disparu. Et le corps de Mike Ryerson aussi.

— Ça se vérifie, dit-il malgré lui. Ça ne peut être que ça. Je sors demain d'ici.

— Est-ce qu'ils vont te laisser partir si vite ?

— Ils n'auront rien à dire, dit Ben d'une voix absente (ce n'était pas à ça qu'il pensait). As-tu un crucifix ?

— Moi ? dit Susan d'une voix étonnée et légèrement amusée. Mon Dieu, non.

— Je ne plaisante pas, Susan. Je n'ai jamais été plus sérieux. Sais-tu où tu pourrais en trouver un à cette heure-ci ?

— Oh ! il y a bien Mary Boddin. Je pourrais aller à pied...

— Non. Ne va pas dans les rues. Reste chez toi. Fabrique-toi une croix, même s'il ne s'agit que de deux bouts de bois collés ensemble. Pose-la à côté de ton lit.

— Ben, je n'arrive pas encore à y croire. Un maniaque peut-être, quelqu'un qui *pense* qu'il est un vampire, mais...

— Dis-toi ce que tu veux, mais fabrique-toi une croix.

— Mais...

— Le feras-tu, oui ou non ? Même si ce n'est qu'un caprice de ma part ?
— Oui, dit Susan à contrecœur.
— Peux-tu venir à l'hôpital demain vers neuf heures ?
— Oui.
— Bien. Nous monterons ensemble dans la chambre de Matt et puis nous parlerons au docteur Cody.
— Il va penser que tu es fou, Ben. Tu le sais, ça.
— Oui, peut-être. Mais reconnais que, quand il fait noir, tout ça paraît beaucoup plus vraisemblable.
— Oui, dit-elle à voix basse. Oh ! oui, Dieu sait !
Ben se mit sans raison à penser à Miranda, à la façon dont elle était morte : la moto dérapant sur la route mouillée, le cri qu'elle avait poussé, sa peur à lui, brutale, affreuse, et la camionnette qui grossissait, grossissait, tandis qu'ils se jetaient sur elle.
— Susan ?
— Oui.
— Fais attention à toi. Je t'en prie.
Quand elle eut raccroché, il reposa doucement le récepteur et regarda sans les voir Doris Day et Rock Hudson qui s'agitaient sur l'écran de la télé. Il se sentait démuni, vulnérable. Il n'avait pas de croix. Ses yeux s'attardèrent sur les fenêtres. Deux carrés noirs. Il se sentit envahi par une terreur semblable à celle que les enfants éprouvent quand on les laisse dans l'obscurité et il s'empressa de ramener son regard sur Doris Day qui éprouvait quelque difficulté à tremper un chien hirsute dans un bain de mousse.

9

La morgue de Portland était une pièce froide et aseptisée, uniformément revêtue de carreaux en porcelaine verte. Le sol et les murs étaient d'un vert moyen et le plafond d'un vert plus clair. Tout le long des murs s'alignaient des portes métalliques qui ressemblaient à des portes de consigne. De longs tubes fluorescents répandaient une lumière glacée sur l'ensemble de la pièce. C'était un décor qui n'avait rien d'exaltant, mais aucun usager ne s'en était encore plaint.

Ce samedi soir, à dix heures moins le quart, les deux employés de service pénétrèrent dans la pièce, roulant un chariot sur lequel était étendu, recouvert d'un drap, le corps d'un jeune homosexuel tué dans un bar du bas de la ville. C'était leur premier cadavre de la soirée. Les accidents mortels de la route ne leur parve-

naient d'habitude qu'entre une heure et trois heures du matin.
 Buddy Bascomb était en plein dans une histoire grivoise ayant trait aux déodorants vaginaux quand il s'arrêta au beau milieu d'une phrase, les yeux fixés sur l'alignement des portes M à Z. Deux des portes étaient ouvertes.
 Bob Greenberg avait suivi son regard. Tous deux laissèrent le nouvel arrivant en plan et allèrent voir la chose de plus près. Tandis que Bob se dirigeait vers la deuxième porte, Buddy lut la fiche signalétique attachée à la première :

TIBBITS, FLOYD MARTIN
Sexe: M
Admis le: 4/10/75
Autopsie prévue le: 5/10/75
Signature: J.M. Cody.

Il manœuvra la poignée et elle tourna silencieusement sur ses gonds.
 Vide.
 — Hé! lui cria Greenberg. C'est tout vide! Celui qui nous a joué ce tour...
 — J'ai pas quitté l'entrée, dit Buddy. Personne n'est venu. J'en jurerais. Ça a dû arriver pendant que Carty était de service. Quel est le nom du tien?
 — McDougall, Randall Fratus. Qu'est-ce que ça veut dire, ce qui est à côté, enf.?
 — Enfant, dit Buddy d'une voix sinistre. Mon Dieu, je crois qu'on est dans un sacré pétrin.

10

Quelque chose l'avait réveillé.
 Il resta immobile, les yeux levés vers le plafond, dans l'obscurité totale.
 Un bruit. Du bruit. Mais non, la maison était silencieuse.
 Ah! ça recommençait. Un grattement.
 Mark Petrie changea de position et regarda du côté de la fenêtre. Danny Glick l'observait à travers la vitre. Sa peau était d'une pâleur mortelle, ses yeux rouges et luisants comme ceux d'un animal sauvage. Un liquide noirâtre lui coulait des lèvres sur le menton et, quand il vit le regard de Mark fixé sur lui, il découvrit ses dents longues et pointues en un sourire hideux.
 — Laisse-moi entrer, Mark. Je veux jouer avec toi.

Il n'y avait rien à quoi s'accrocher à l'extérieur. La chambre était au premier et la fenêtre n'avait pas de rebord. Et pourtant le visiteur hideux était là, flottant dans l'espace... Peut-être était-il suspendu au toit comme quelque monstrueux insecte.

— Mark... je suis enfin venu. Mark, je t'en prie...

Naturellement. Il faut qu'on les invite à entrer. Il le savait pour l'avoir lu dans ses revues d'épouvante, celles dont sa mère craignait qu'elles le traumatisent ou le pervertissent.

Il se leva et fut sur le point de tomber. C'est à ce moment-là seulement qu'il se rendit compte que le mot « peur » était un mot beaucoup trop faible pour ce qu'il éprouvait. Même le mot « terreur » n'approchait pas de ce qu'il ressentait. Dehors, la figure pâle essayait de sourire, mais elle était restée trop longtemps dans les ténèbres pour bien se souvenir de ce qu'était un sourire. Mark ne vit qu'une grimace affreuse — un masque de tragédie.

Et pourtant, si on regardait les yeux, ce n'était plus pareil. Si on regardait les yeux, on cessait d'avoir peur et on voyait clairement que tout ce qu'on avait à faire, c'était d'ouvrir la fenêtre et de dire : « Entre, Danny. » Après quoi on n'aurait plus jamais peur puisqu'on ne ferait plus qu'un avec Danny, avec tous les autres et surtout avec *lui*. On serait...

Non ! C'est comme ça qu'ils arrivent à vous avoir !

Il détacha ses yeux de ceux de son ami au prix d'un intense effort de volonté.

— Mark ! Laisse-moi entrer ! Je te l'ordonne ! *Il te l'ordonne !*

Mark avança de nouveau vers la fenêtre. Il ne pouvait s'en empêcher. Pas moyen de résister à cette voix. A mesure qu'il approchait, il voyait le visage avide du petit garçon, de l'autre côté de la vitre, se tordre en une grimace de convoitise de plus en plus accentuée. Quand il fut tout près, Danny tendit les bras et gratta au carreau de ses doigts noircis de terre.

Pense à quelque chose. Vite ! Vite !

— Le thé, murmura-t-il d'une voix rauque. Ton thé t'a-t-il ôté ta toux ? Ta Kathy t'a quitté... Rat vit rôt, rôt tenta rat...

Danny Glick lui lança d'une voix sifflante :

— Mark ! Ouvre la fenêtre !

— Rat mit la patte à rôt...

— La fenêtre, Mark, *il* te l'ordonne.

— Rôt brûla patte à rat, rat secoua patte et quitta rôt.

Il faiblissait. Cette voix insidieuse était plus forte que toutes ses défenses et l'ordre ne souffrait pas la désobéissance. Son regard tomba sur le bureau où se déployait la petite troupe de ses monstres miniatures qui lui paraissaient maintenant tellement dérisoires...

Tout à coup ses yeux s'élargirent. Ils venaient de se poser sur un élément du tableau d'ensemble.

Un fantôme en plastique errait dans un cimetière, également en plastique, et sur une des tombes il y avait une croix.

Sans prendre le temps de réfléchir (comme l'aurait fait un adulte — son père, par exemple — et cela aurait sans nul doute causé sa perte), Mark saisit la croix, la tint cachée dans son poing serré et dit d'une voix forte :

— Entre donc.

Le visage de Danny s'illumina d'une expression de triomphe bestiale. La fenêtre se souleva, il pénétra dans la pièce et fit deux pas en avant. Son souffle exhalait une odeur putride. Ses mains blanches et froides glissèrent le long des épaules de Mark. Sa tête s'inclina, comme celle d'un chien qui va mordre, et sa lèvre supérieure se retroussa, découvrant de longues canines pointues.

Mark, d'un geste circulaire du bras, réussit à appliquer par surprise la croix sur la joue de Danny Glick.

Son cri fut horrible. Un cri au-delà des cris, qui transperça le cerveau de Mark et lui atteignit l'âme. Le sourire de triomphe de l'enfant-vampire se transforma en une affreuse grimace d'agonie. La créature hideuse se rejeta en arrière et plongea, ou plutôt tomba dans la nuit, mais Mark eut le temps de voir sa chair se désagréger jusqu'à n'être plus qu'une fumée.

Et ce fut fini. Comme si rien ne s'était passé.

Mais pendant un moment encore la croix brilla d'une lumière vive, semblable à celle du filament d'une lampe électrique. Puis la clarté s'atténua et disparut.

A travers les craquements du plancher, il entendit un bruit familier ; c'était l'interrupteur de la lampe de chevet de ses parents. Et puis la voix de son père :

— Mais qu'est-ce qui se passe donc ?

11

Deux minutes plus tard, la porte de sa chambre s'ouvrait. C'était assez pour lui laisser le temps de faire rentrer les choses dans l'ordre.

— Tu es réveillé, mon garçon ? demanda Henry Petrie à voix basse.

— Plus ou moins, répondit Mark d'une voix ensommeillée.

— As-tu fait un cauchemar ?

— Je... je crois. Je ne me rappelle pas.

— Tu as crié en dormant.

— Je suis désolé.

— Mais non, il n'y a pas de quoi.

Henry Petrie rappela alors à son fils l'époque où il n'était qu'un tout-petit en pyjama de coton bleu, qui réveillait ses parents à toute heure de la nuit, comme font les bébés.

— Veux-tu un verre d'eau ?

— Non, merci, papa.

Henry Petrie jeta un regard circulaire sur la chambre et chercha à comprendre pourquoi il s'était réveillé en sueur, avec l'impression qu'un désastre venait d'être évité de peu. Il était encore sous le coup, et pourtant tout semblait parfaitement normal. La fenêtre était fermée. La chambre était en ordre.

— Mark, est-ce qu'il y a quelque chose qui ne va pas ?

— Non, papa.

— Bon... Eh bien, bonsoir.

— ... soir.

La porte se ferma doucement et Mark entendit le bruit sourd des pantoufles de son père sur les marches de l'escalier. Il pouvait enfin se détendre complètement. Il poussa un soupir de soulagement et s'appliqua à relâcher ses muscles. Un adulte, un enfant plus jeune ou plus âgé auraient risqué la crise nerveuse en cet instant. Mais Mark sentit sa terreur le quitter par degrés, comme lorsque le vent sur la plage vous sèche doucement au sortir de l'eau.

Il s'assoupit en douceur, mais, avant de sombrer complètement, il se surprit à réfléchir, comme il le faisait souvent d'ailleurs, à l'étrangeté des adultes. Il fallait qu'ils prennent des laxatifs, de l'alcool, des somnifères, pour échapper à leurs angoisses et trouver le sommeil ; et pourtant, comme leurs craintes étaient ordinaires et faciles à maîtriser ! travail, argent ; qu'est-ce que la maîtresse va penser si je ne peux pas acheter des vêtements neufs à Jennie ? est-ce que ma femme m'aime encore ? où sont mes vrais amis ? Comme elles paraissaient ternes à côté des terreurs que chaque enfant retrouve le soir, dans l'obscurité de sa chambre, sans espoir d'être compris de personne excepté d'un autre enfant ! Il n'y a pas de thérapie de groupe, pas de cure psychanalytique, pas d'assistance sociale prévues pour le gosse qui doit, nuit après nuit, affronter seul la menace obscure de toutes ces choses qu'on ne voit pas mais qui sont là, prêtes à bondir, sous le lit, dans la cave, partout où l'œil ne peut percer le noir. L'unique voie de salut, c'est la sclérose de l'imagination, autrement dit le passage à l'état adulte.

Mark se dit tout cela sans le formuler vraiment, dans une sorte de sténographie mentale à la fois rapide et simple. La nuit précédente, Matt Burke était confronté à l'horreur, et il en était résulté une crise cardiaque ; cette nuit, Mark avait subi une épreuve semblable et, dix minutes après, il dormait paisiblement. Telle est la différence entre l'homme et l'enfant.

Il avait gardé la croix en plastique dans sa main mais il ne la tenait pas plus serrée que si c'eût été une pelle pour jouer au sable.

BEN (4)

1

IL était neuf heures dix ce dimanche matin. Le temps était resplendissant, la chambre baignée de soleil et Ben commençait à s'inquiéter sérieusement de n'avoir pas encore vu Susan lorsque le téléphone sonna. Il arracha le récepteur.

— Allô, dit-il d'une voix angoissée.

— Du calme. Je suis là-haut avec Matt Burke qui souhaite que tu lui fasses le plaisir de venir le voir dès que possible.

— Pourquoi est-ce que tu n'es pas venue...

— Je suis venue tout à l'heure. Tu dormais comme un agneau.

— Ils vous donnent le coup de bambou avec leurs pilules pour pouvoir vous subtiliser quelques organes pendant la nuit à l'intention de leur clientèle de milliardaires, dit Ben. Comment va Matt ?

— Monte. Tu verras par toi-même.

Elle n'avait pas encore raccroché qu'il avait déjà enfilé sa robe de chambre.

2

Matt avait bien meilleure mine. Il en paraissait presque rajeuni. Susan, qui portait une robe d'un bleu vif, était assise à côté de son lit. Quand Ben entra, Matt fit un grand geste de la main :

— Prenez un de ces sièges et venez vous installer près de moi.

Ben se saisit d'un des fauteuils remarquablement inconfortables qui garnissaient la chambre et s'assit.

— Comment vous sentez-vous ?

— Beaucoup mieux. Faible, mais beaucoup mieux. Ils ont arrêté les perfusions hier et m'ont donné un œuf poché pour mon petit déjeuner ce matin. Rideau. Changement de décor. Le vieux bonhomme va rentrer chez lui.

Ben donna un baiser léger à Susan. Le visage de la jeune fille était calme, mais il se rendit vite compte que ce n'était qu'une apparence.

— Est-ce qu'il y a eu du nouveau depuis ton coup de téléphone d'hier soir ?

— A ma connaissance, rien. Mais je suis partie de la maison vers sept heures ce matin et la ville se réveille un peu plus tard le dimanche.

Ben tourna son regard vers Matt.

— Est-ce que vous vous sentez assez bien pour discuter de tout ça ?

— Oui, je crois, dit Matt en se redressant un peu sur ses oreillers.

La croix d'or que Ben lui avait mise autour du cou brillait sous le soleil.

— A propos, merci pour la croix. J'ai beau l'avoir dénichée au rayon des soldes du Woolworth vendredi après-midi, c'est fou ce que ça me réconforte de l'avoir.

— Où en êtes-vous d'après les médecins ?

— « Stabilisé ». C'est le terme qu'a employé le jeune docteur Cody lorsqu'il m'a examiné hier après-midi. D'après l'électrocardiogramme, il s'agit d'une crise cardiaque sans gravité... Pas de formation de caillots. (Il eut un grognement ironique.) L'animal a intérêt à ce qu'il en soit ainsi. J'avais fait un check-up il y a une huitaine de jours et il m'avait dit que mon cœur ne me lâcherait pas de sitôt. Je pourrais le poursuivre pour promesse fallacieuse.

Il s'arrêta et lança un regard tranquille à Ben.

— Il m'a dit qu'il avait vu ce genre de crise survenir à la suite d'un choc émotionnel grave. Je n'ai rien dit. Ai-je bien fait ?

— Certainement. Mais depuis la situation a évolué. Susan et moi, nous allons voir Cody aujourd'hui et lui cracher le morceau. S'il ne me signe pas mes papiers de sortie immédiatement, nous vous l'envoyons.

— Et je lui dirai ma façon de penser, dit Matt d'une voix grondeuse. Savez-vous que cet ignoble individu ne me laisse même pas fumer ma pipe ?

— Est-ce que Susan vous a fait part de tout ce qui s'est passé à Salem depuis vendredi soir ?

— Non, elle m'a dit qu'elle préférait attendre que nous soyons tous les trois.

— Avant qu'elle vous raconte tout, voudriez-vous me dire exactement ce qui s'est passé chez vous l'autre soir ?

Le visage de Matt s'assombrit et il perdit un instant son air de convalescent pour reprendre celui du vieil homme que Ben avait vu la veille en train de dormir.

— Si vous ne vous sentez pas assez bien pour...

— Mais si, mais si, ça va. Il faut que ça aille, d'ailleurs, si ce que je soupçonne se vérifie. (Il eut un sourire amer.) Je me suis toujours considéré comme dénué de préjugés et prêt à admettre beaucoup de choses. Mais c'est surprenant de voir à quel point l'esprit s'attache à repousser ce qui lui déplaît ou ce dont il a peur. Ça me fait penser à ces ardoises magiques que nous avions étant enfants. Quand on n'aimait pas ce qu'on avait dessiné, il suffisait de soulever la feuille et tout disparaissait.

— Mais le dessin restait gravé pour toujours sur le fond noir, dit Susan.

— Oui. (Il lui sourit.) C'est une belle métaphore pour figurer l'interaction du conscient et de l'inconscient. C'est dommage que Freud ait été forcé de s'en tenir aux oignons. Mais nous nous égarons. (Il regarda Ben.) Susan vous a déjà fait une relation des événements ?

— Oui, mais...

— Bien sûr. Je voulais seulement m'assurer que je n'avais plus besoin de m'étendre sur les tenants et aboutissants.

Il dit ce qu'il avait à dire d'une voix égale, ne s'arrêtant que lorsqu'une infirmière en chaussures à semelles de crêpe vint lui demander discrètement s'il désirait un verre de ginger ale. Il accepta et termina son récit. Ben remarqua que lorsqu'il en était arrivé au moment où Mike avait reculé jusqu'à la fenêtre avant de disparaître les glaçons s'étaient mis à tinter dans le verre qu'il tenait à la main. Mais sa voix ne fléchit jamais. Il devait avoir cette clarté d'élocution quand il faisait ses cours. Ben pensa, une fois de plus, que Matt était quelqu'un de tout à fait étonnant.

Il se tut et il y eut un long silence qu'il rompit lui-même.

— Et maintenant, vous qui n'avez rien vu de vos propres yeux, que pensez-vous de mon histoire ?

— Nous en avons discuté pendant un bon moment hier, dit Susan. Je préfère laisser parler Ben.

Un peu timidement, Ben passa en revue toutes les explications rationnelles possibles, puis les réfuta tour à tour. Quand il évoqua le store qui se fixait de l'extérieur, le sol meuble et l'absence de traces d'échelle, Matt applaudit.

— Bravo, vous êtes un vrai détective !

Puis il regarda Susan.

— Et toi qui m'écrivais des dissertations si bien balancées, si logiques dans leurs raisonnements, qu'est-ce que tu penses de tout ça ?

Elle regarda ses mains occupées à lisser les plis de sa robe et puis leva les yeux vers Matt.

— Ben m'a fait tout un cours de linguistique hier sur l'expression *je ne peux pas;* je ne vais donc pas l'utiliser. Mais il m'est très difficile de croire que Salem est aux prises avec des vampires, Mr. Burke.

— Si on peut arranger ça discrètement, je suis tout prêt à prendre une petite dose de sérum de vérité, dit Matt d'une voix douce.

Susan rougit.

— Non, non, comprenez-moi, je vous en prie. Je suis convaincue qu'il se passe quelque chose en ville, quelque chose... d'horrible. Mais... ça...

Matt allongea le bras et posa sa main sur celles de Susan.

— Je comprends, Susan. Mais veux-tu faire quelque chose pour moi ?

— Si je peux.

— Partons... Tous les trois... du principe que tout ceci est vrai. Prenons-le comme un fait acquis jusqu'à — et *seulement* jusqu'à — ce que la preuve du contraire nous soit apportée. Une méthode scientifique, comme tu vois. Ben et moi avons déjà discuté des moyens de mettre notre affirmation de base à l'épreuve. Et personne plus que moi n'espère la voir réfutée.

— Mais vous ne pensez pas qu'elle puisse l'être, n'est-ce pas ?

— Non, dit-il doucement. Après en avoir discuté longuement avec moi-même, j'ai pris ma décision. Je crois à ce que j'ai vu.

— Laissons de côté provisoirement le fait de savoir si on croit ou si on ne croit pas, dit Ben. Avec le peu de données que nous possédons, ce serait une attitude trop subjective.

— D'accord, dit Matt. Comment devons-nous procéder, d'après vous ?

— Eh bien, j'aimerais vous nommer maître de recherches. Avec la culture que vous avez, c'est à vous que ce rôle revient de droit. Et puis vous ne pouvez pas vous servir de vos jambes actuellement.

Matt le regarda comme il avait regardé Cody quand le jeune docteur lui avait dit qu'il ne pouvait pas encore reprendre sa pipe.

— Je vais appeler Loretta Starcher dès l'ouverture de la bibliothèque. Il faudra qu'elle m'apporte les livres dans une brouette.

— C'est dimanche, lui rappela Susan. La bibliothèque est fermée.
— Elle l'ouvrira, ou alors elle aura affaire à moi.
— Prenez tout ce qui se rapporte au sujet, dit Ben, qu'il soit abordé par le biais de la psychologie, de la pathologie ou de l'étude des mythes. Vous comprenez ? Tout, absolument tout.
— Je prendrai des tas de notes, dit Matt d'une voix ferme. Oui, je m'y engage.

Il les regarda tous les deux.

— C'est la première fois depuis que je me suis réveillé ici que je me sens un homme. Et vous, qu'allez-vous faire ?
— D'abord voir le docteur Cody. C'est lui qui a examiné Ryerson et Floyd Tibbits. Peut-être arriverons-nous à le persuader d'exhumer Danny Glick.
— Pensez-vous qu'il le ferait ? demanda Susan à Matt.

Matt aspira un peu de ginger ale avec sa paille avant de répondre.

— Le Jimmy Cody que j'ai eu comme élève le ferait, sans hésiter. C'était un garçon plein d'imagination et très ouvert, remarquablement dénué de préjugés. Ce que les études médicales ont fait de lui, ça, je ne le sais pas.
— Tout ça me paraît bien compliqué, dit Susan. D'autant qu'on risque d'essuyer un refus catégorique du docteur Cody. Pourquoi est-ce que, Ben et moi, nous n'irions pas tout simplement jusqu'à Marsten House pour tirer les choses au clair ? D'ailleurs c'était ce que nous voulions faire la semaine dernière.
— Je vais te dire pourquoi, dit Ben. C'est parce que nous partons du principe que tout ceci est vrai. Es-tu donc si pressée de mettre ta tête dans la gueule du loup ?
— Je croyais que les vampires dormaient pendant la journée.
— Je ne sais pas qui est Straker, mais en tout cas ce n'est pas un vampire, dit Ben. A moins que ce que dit la légende ne soit complètement faux. On l'a vu et revu tous ces jours-ci. Au mieux, il nous éconduira sans que nous ayons rien vu. Au pire, il nous retiendra prisonniers jusqu'à la nuit, afin que nous servions d'en-cas à son maître lors de son réveil.
— Barlow ? demanda Susan.

Ben haussa les épaules.

— Pourquoi pas ? Cette histoire de voyage d'affaires à New York est un peu trop belle pour être vraie.

Susan gardait une expression butée, mais ne dit plus rien.

— Que ferez-vous si Cody vous rit au nez ? demanda Matt. Sans parler de ce qu'il pourrait faire d'autre, par exemple prendre son téléphone pour vous signaler à la police.

— Nous irons au cimetière dès le coucher du soleil, dit Ben, et nous nous posterons près de la tombe de Danny Glick. Ce sera le premier test.

Matt se souleva dans son lit.

— Promettez-moi que vous serez prudent, Ben, promettez-le-moi.

— Nous serons prudents, dit Susan d'une voix apaisante. Nous nous couvrirons de croix de la tête aux pieds.

— Ne plaisante pas, grommela Matt. Si tu avais vu ce que j'ai vu...

Il détourna la tête et se perdit dans la contemplation du ciel lumineux d'automne et du feuillage doré de l'aulne qui déployait ses branches devant la fenêtre.

— Si Susan plaisante, moi pas, dit Ben. Nous prendrons toutes les précautions voulues.

— Voyez le père Callahan, dit Matt. Demandez-lui de vous donner de l'eau bénite... et, si possible, quelques hosties.

— Quelle sorte d'homme est-ce ? demanda Ben.

Matt haussa les épaules.

— Un peu étrange. Il se peut qu'il soit alcoolique, mais cela ne nuit en rien à sa façon d'être, distinguée et courtoise. Je ne serais pas étonné qu'il regimbe légèrement sous le joug d'une papauté un peu trop progressiste à son goût.

— Êtes-vous sûr que le père Callahan est... qu'il boit ? demanda Susan, les yeux écarquillés.

— Pas certain, dit Matt. Mais un de mes anciens élèves, Bud Campion, employé au magasin de vins et spiritueux de Yarmouth, m'a dit que Callahan était un de leurs plus fidèles clients. Il apprécie particulièrement le Jim Beam. Il a du goût.

— Est-ce que c'est quelqu'un à qui on peut parler ? demanda Ben.

— Je ne sais pas. Je pense que vous ne risquez rien en essayant.

— Vous ne le connaissez donc pas du tout ?

— Non, presque pas. Il est en train d'écrire une histoire de l'Église catholique en Nouvelle-Angleterre et il a une connaissance approfondie des poètes de notre âge d'or : Whittier, Longfellow, Russell, Holmes et les autres. Il est venu faire une petite conférence à mes élèves de la section littéraire à la fin de l'année dernière. Il a l'esprit vif et caustique. Les élèves ont beaucoup apprécié.

— Je le verrai, dit Ben, et je m'en remettrai à mon flair.

Une infirmière jeta un coup d'œil dans la chambre, fit un signe de tête et, un moment plus tard, Jimmy entra, son stéthoscope autour du cou.

— Vous ne fatiguez pas mon malade ? demanda-t-il d'un ton aimable.

— Pas autant que toi en me refusant ma pipe, dit Matt.

— Il ne faut absolument pas fumer, dit Cody distraitement en prenant connaissance de la fiche de Matt.

— Sacré toubib ! grogna Matt.

Cody remit la fiche en place et commença à tirer le rideau vert destiné à isoler le lit en cas d'examen ou de soins.

— Je vais vous demander de sortir un instant. Excusez-moi. Comment va votre tête, Mr. Mears ?

— Bien, il ne semble pas y avoir de fuites.

— Vous avez su pour Floyd Tibbits ?

— Susan m'a dit. J'aimerais vous parler, si vous avez un instant après vos visites.

— Je peux vous voir en dernier si vous voulez. Vers onze heures.

— Parfait.

Cody continua à tirer le rideau.

— Et maintenant, si vous et Susan voulez bien nous excuser...

— La porte de la caverne va se fermer, dit Matt. Celui qui découvrira le mot magique aura droit à cent dollars.

Le rideau glissa, séparant Ben et Susan du lit. Ils purent encore entendre Cody dire :

— La prochaine fois que je vous aurai sous anesthésie, j'en profiterai pour vos retirer votre langue et un bon bout de votre lobe antérieur.

Ils échangèrent un sourire, comme font les amoureux quand aucun nuage ne cerne leur horizon, mais leur sourire s'effaça aussitôt et, l'espace d'un instant, ils se demandèrent chacun s'ils n'avaient pas perdu l'esprit.

3

Quand Jimmy Cody arriva enfin dans la chambre de Ben, il était onze heures vingt. Ben se lança aussitôt :

— Ce dont je voulais vous parler, c'est...

— D'abord la tête, après on s'occupera du reste.

Il écarta avec douceur les cheveux de Ben, regarda le pansement et dit :

— Excusez-moi, je vais vous faire un peu mal.

Là-desus, il arracha d'un coup sec le sparadrap, ce qui fit sursauter Ben.

— Sacrée bosse! dit-il d'un ton admiratif.

Puis il recouvrit la blessure avec un pansement légèrement plus petit.

Il examina les yeux de Ben, puis donna deux coups sur son genou gauche à l'aide d'un petit marteau en caoutchouc. Ben se demanda avec un certain malaise s'il avait utilisé le même marteau pour Mike Ryerson.

— Tout cela paraît satisfaisant, dit-il en rangeant les instruments dans la sacoche. Quel est le nom de jeune fille de votre mère?

— Ashford.

— Le nom de votre instituteur ou de votre institutrice à l'école primaire?

— Mrs. Perkins, une vieille dame qui avait les cheveux bleus.

Ils lui avaient posé les mêmes questions quand il avait repris conscience.

— Le second nom de votre père?

— Merton.

— Avez-vous des vertiges, des nausées?

— Non.

— Des anomalies de l'odorat, de la vision, ou de...

— Non, non et non. Je me sens parfaitement bien.

— Je vais vérifier ça, dit Cody d'un ton un peu raide. Est-ce qu'il ne vous est pas arrivé de voir double?

— Pas depuis le jour où je me suis vanté de pouvoir avaler quinze litres de bière d'affilée.

— Parfait, dit Cody. Je vous déclare guéri. Vous pouvez rendre grâces à l'efficacité de la médecine moderne et à la dureté de votre tête. Et maintenant de quoi voulez-vous me parler? De Tibbits et du petit McDougall, j'imagine. Je peux seulement vous dire ce que j'ai dit à Parkins Gillespie. Un: je suis content que ça ne soit pas passé dans les journaux; un scandale par siècle, ça suffit pour une petite ville. Deux: je veux bien être pendu si je sais qui a pu faire quelque chose d'aussi tordu. Ça ne peut pas être quelqu'un d'ici. Nous avons notre lot de cinglés, mais...

Il s'arrêta en voyant que Ben et Susan le regardaient sans comprendre.

— Vous ne savez pas? On ne vous a pas dit?

— Dit quoi? demanda Ben

— On dirait du Mary Shelley chanté par Boris Karloff. Quelqu'un a fait disparaître les corps de la morgue de Portland la nuit dernière.

— Mon Dieu, dit Susan d'une voix blanche.
— Qu'est-ce qu'il y a ? demanda Cody, avec un intérêt soudain. Vous savez quelque chose ?
— Je commence à croire que oui, dit Ben.

4

Il était midi dix quand ils eurent fini de lui raconter leur histoire. L'infirmière avait apporté son déjeuner à Ben mais il n'y avait pas touché.

Quand la dernière syllabe s'éteignit, ils restèrent tous les trois silencieux. Par la porte entrouverte leur parvenait le bruit des couteaux et des fourchettes agités par les malades de l'étage qui, eux, avaient dû être bien contents de voir arriver l'heure du repas.

— Des vampires, dit Jimmy Cody. Venant de Matt Burke, on peut difficilement en rire, ajouta-t-il.

Ben et Susan se taisaient.

— Et vous voudriez que j'exhume le gosse des Glick, continua Cody d'une voix troublée. Le Dracula en herbe.

Il sortit une petite bouteille de sa sacoche et la lança à Ben qui l'attrapa au vol.

— Aspirine, dit-il. Vous en prenez de temps en temps ?
— Souvent.
— Mon père appelait ça la meilleure infirmière du bon docteur. Savez-vous comment elle agit ?
— Non, dit Ben en jouant distraitement avec la bouteille d'aspirine.

Il ne connaissait pas assez bien Cody pour déceler ce qu'il laissait paraître ou gardait caché d'habitude, mais il était sûr que son visage juvénile devait rarement avoir cette expression grave et méditative en face des malades. Il n'en dit pas plus pour ne pas troubler les pensées du jeune docteur.

— Ni moi ni personne. Mais c'est souverain pour soigner les migraines, l'arthrite, les rhumatismes, dont on ne sait pas non plus ce qu'ils sont. Pourquoi a-t-on mal à la tête ? Il n'y a aucune raison physiologique à ça. On sait que l'aspirine est très proche par sa composition chimique du L.S.D., mais pourquoi faut-il que l'une vous retire votre mal de tête et que l'autre vous remplisse la tête de fleurs ? S'il y a ainsi beaucoup de choses qu'on ne comprend pas, c'est qu'on ne sait pas vraiment ce qu'est le cerveau. Le médecin le plus savant du monde nage dans un océan d'ignorance. Nous agitons nos baguettes divinatoires, nous tuons nos poulets et nous lisons des présages dans leur sang. Et ça marche souvent, aussi incroyable que cela soit. Magie blanche. Gris-gris. Mes professeurs à l'école de médecine s'arracheraient les cheveux s'ils m'entendaient. Certains l'ont déjà fait quand je leur ai dit que je m'installais comme généraliste dans une petite ville du Maine. Ils piqueraient une crise de nerfs s'ils savaient que je vais demander un permis d'exhumer pour le petit Glick.

— Vous allez le faire ? dit Susan, stupéfaite.
— Ça ne peut faire de mal à personne. S'il est mort, il est mort. S'il ne l'est pas, j'aurai une communication intéressante à faire à l'Association des médecins américains lors de son prochain congrès. Je vais dire au médecin légiste du comté qu'il me faut voir si Danny Glick n'était pas atteint d'une encéphalite infectieuse. C'est la seule justification qui me vienne à l'esprit.
— Et est-ce que ça ne pourrait pas être ça ? dit Susan avec espoir.
— C'est fort peu probable.
— Il faudrait que ce soit fait le plus tôt possible, dit Ben. Quand pourriez-vous ?
— Demain au plus tôt. Si ça soulève des problèmes, mardi ou mercredi.
— Comment devrait être le corps, normalement ? demanda Ben. Je veux dire...
— Oui, je vois ce que vous voulez dire. Les Glick n'ont pas dû faire embaumer le corps, vous ne croyez pas ?
— Non.
— Ça fait une semaine ?
— Oui.
— Quand on ouvrira le cercueil, on observera une poussée de gaz, accompagnée d'une odeur putride. Le corps sera probablement tout boursouflé. Les cheveux auront poussé jusque dans le cou. Ils continuent à pousser pendant très, très longtemps. Les ongles des mains seront aussi très longs. Les yeux seront presque certainement tombés à l'intérieur.

Susan essayait de garder l'attitude calme et attentive de l'étudiante à qui on donne une explication scientifique, mais elle n'y parvenait pas vraiment. Ben se félicitait de n'avoir pas mangé son déjeuner.

— Le cadavre ne sera pas encore vraiment putréfié, continua Cody d'une voix doctorale, mais la décomposition pourra être suffisamment avancée pour qu'on observe une espèce de moisissure sur les joues et les mains... (Il s'arrêta.) Excusez-moi. Je ne sais pas ce qui me prend de vous donner tous ces détails nauséabonds.

— Il peut y avoir des choses pires que la décrépitude *post mortem*, remarqua Ben d'un ton qu'il s'efforçait de garder neutre. Imaginez que vous ne rencontriez aucun de ces signes. Imaginez que le corps soit exactement comme il était le jour de l'enterrement. Que faudra-t-il faire alors ? Lui enfoncer un pieu dans le cœur ?

— Difficile, dit Cody. Surtout que l'exhumation aura lieu en présence du médecin légiste ou de son assistant. Je doute que même Brent Norbert considère comme un acte professionnel le fait de sortir un pieu de ma sacoche et d'en transpercer le cadavre d'un enfant.

— Qu'est-ce que vous ferez alors ? s'enquit Ben.

— J'en demande pardon à Matt Burke, mais je ne crois pas que la question se posera. Cependant, si le corps était comme vous dites, il serait à coup sûr transporté au Centre médical du Maine pour un examen approfondi. Dans ce cas-là, j'attendrais la nuit pour effectuer l'examen... et j'observerais tous les phénomènes qui se produiraient.

— Et s'il se dresse sur son lit d'examen ?

— Je suis comme vous, je ne parviens pas à l'imaginer.

— Moi, il me semble que j'y parviens de mieux en mieux, dit Ben d'une voix sinistre. Est-ce que je pourrai être là quand tout ça se passera — si quelque chose se passe ?

— On s'arrangera.

— Parfait, dit Ben.

Il se leva de son lit et se dirigea vers le placard où étaient suspendus ses vêtements.

— Je vais...

Il se retourna en entendant Susan éclater de rire.

— Qu'est-ce qu'il y a ?

Cody avait un sourire jusqu'aux oreilles.

— Les chemises d'hôpital ont une fâcheuse tendance à s'ouvrir dans le dos, Mr. Mears.

— Oh ! merde ! dit Ben en s'efforçant de refermer sa chemise. Et puis appelez-moi donc Ben, je veux dire, appelle-moi donc Ben.

— D'accord, Ben. Eh bien, après ce petit épisode burlesque, on va te quitter, Susan et moi. Tu nous retrouveras en bas, à la cafétéria, quand tu auras passé une tenue décente. On a du pain sur la planche, toi et moi, cet après-midi.

— Oui, quoi donc ?

— Il va falloir raconter l'histoire de l'encéphalite aux Glick.

Je te prends comme assistant si tu veux. Tu ne diras rien. Tu te contenteras de hocher la tête au bon moment.

— Ils ne vont pas apprécier qu'on exhume leur fils.

— Mets-toi à leur place.

— Oui, dit Ben. C'est bien ce que je fais.

— Est-ce que tu as besoin de leur autorisation pour obtenir le permis d'exhumer ? demanda Susan.

— En principe, non. En fait, probablement oui. Si les Glick s'opposaient catégoriquement à l'exhumation, nous serions obligés de déposer notre demande en justice. Il faudrait compter de quinze jours à un mois pour que l'affaire passe et, à ce moment-là, mon histoire d'encéphalite perdrait tout son sens.

Il se tut un instant et regarda Susan et Ben.

— Ceci m'amène à ce qu'il y a de plus troublant en dehors de ce que nous a raconté Mr. Burke : Danny Glick est le seul cadavre qui nous reste ; les autres se sont évanouis dans la nature.

5

Ben et Jimmy Cody arrivèrent chez les Glick vers une heure et demie. La voiturer de Tony Glick était dans l'allée, mais aucun bruit ne s'échappait de la maison. Après avoir frappé plusieurs fois à la porte sans obtenir de réponse, ils traversèrent la route et se dirigèrent vers la maison d'en face — une petite maison préfabriquée, style ranch, malheureux vestige des années cinquante, soutenue d'un côté par une paire d'étais métalliques tout rouillés. La boîte aux lettres portait le nom de Dickens. Il y avait un flamant rose sur la pelouse près du chemin et un petit cocker remua la queue à leur approche.

Ils sonnèrent et Pauline Dickens, serveuse au café *L'Excellent* et en même temps associée de la société qui gérait cet établissement, ouvrit la porte. Elle portait son uniforme de travail.

— Salut, Pauline, dit Jimmy. Savez-vous où sont les Glick ?

— Vous voulez dire que vous ne *savez* pas ?

— Que je ne sais pas quoi ?

— Mrs. Glick est morte ce matin à l'aube. Son mari en est tout retourné ; ils l'ont emmené à l'hôpital général du Maine.

Ben regarda Cody. Jimmy ressemblait à un homme qui vient de recevoir un coup de pied dans l'estomac.

— Où a-t-on emmené le corps de Mrs. Glick ? demanda Ben.

Pauline passa sa main sur ses hanches pour s'assurer que sa jupe d'uniforme était bien ajustée.

— Eh bien, j'ai eu Mabel Werts au bout du fil il y a une heure et elle m'a dit que Parkins Gillespie s'apprêtait à emmener le corps à la maison funéraire tenue par ce juif à Cumberland. Il le faut bien puisqu'on ne sait pas où est Carl Foreman.

— Merci, dit Cody d'une voix lente.

— C'est terrible, ajouta Pauline en regardant longuement la maison vide de l'autre côté de la route.

La voiture de Tony Glick, garée dans l'allée, avait l'air d'un grand chien fatigué qu'on aurait attaché là pour l'abandonner ensuite.

— Si j'étais superstitieuse, j'aurais peur.

— Peur de quoi, Pauline ? demanda Cody.

— Oh !... de certaines choses.

Elle eut un sourire vague. Ses doigts jouèrent avec la petite chaîne qu'elle avait au cou.

Une médaille de saint Christophe.

6

Ils remontèrent dans leur voiture et regardèrent en silence Pauline partir à son travail au volant de la sienne.

— Et maintenant ? demanda enfin Ben.

— C'est le merdier intégral, dit Jimmy. Le juif de la maison funéraire, c'est Maury Green. Je me demande si on ne devrait pas aller jusqu'à Cumberland. Il y a neuf ans, le fils de Maury a failli se noyer dans le lac Sebago. Je me trouvais là avec une amie et je lui ai fait du bouche à bouche. J'ai réussi à le tirer de là. C'est peut-être l'occasion de profiter de la reconnaissance que me voue Maury.

— Est-ce que la reconnaissance y fera quelque chose ? Le médecin légiste a dû prendre le corps pour en faire l'autopsie, ou l'examen *post mortem,* je ne sais pas comment ils appellent ça.

— J'en doute. Souviens-toi qu'on est dimanche. Le médecin légiste doit être en balade avec son petit marteau — c'est un géologue amateur. Quant à Norbert — tu te souviens de Norbert ?

Ben fit non de la tête.

— Norbert est censé être de garde, mais c'est un fantaisiste. Il a probablement décroché son téléphone pour pouvoir regarder tranquillement le match de base-ball. Si nous allons maintenant à la maison funéraire de Maury Green, il y a bien des chances pour que nous y trouvions le corps et pour que personne ne passe d'ici ce soir.

— Bon, dit Ben. Allons-y, alors.

Il se souvint du coup de téléphone qu'il devait donner au père Callahan. Ce serait pour plus tard. Les choses allaient très vite maintenant. Beaucoup trop vite à son gré. Cauchemar et réalité ne faisaient plus qu'un.

7

Perdus l'un comme l'autre dans leurs pensées, ils roulèrent en silence jusqu'à l'autoroute. Ben pensait à ce que Jimmy avait dit à l'hôpital. Carl Foreman parti on ne savait où. Les corps de Floyd Tibbits et du bébé des McDougall disparus sous le nez des employés de la morgue. Mike Ryerson évanoui dans la nature, et Dieu sait combien d'autres encore. Combien de personnes pourraient ainsi disparaître à Salem sans qu'on s'en aperçoive avant une semaine... deux semaines... un mois ? Deux cents ? Trois cents ? Rien que d'y penser, ses mains devenaient moites.

— Ça commence à ressembler à un rêve de paranoïaque, dit Jimmy, ou à un dessin animé de Gahan Wilson. Le plus effrayant dans tout ça, quand on regarde les choses avec un peu de recul, c'est la relative facilité avec laquelle une colonie de vampires arrive à se constituer — si l'on admet le postulat de base, bien entendu. Salem sert de cité-dortoir à Portland, Lewiston et Gates Falls, principalement. Dans une usine, on remarque tout de suite une poussée d'absentéisme ; il n'y a pas d'usine dans notre petite ville. Les écoles sont des écoles de district et, si les listes d'absents s'allongent un peu, qui s'en rendra compte ? Beaucoup de gens vont à l'église à Cumberland, mais plus encore n'y vont pas du tout. Et puis la télévision a mis un terme à la vie de quartier telle qu'elle existait autrefois, exception faite pour les quelques vieux croûtons qui se retrouvent chez Milt. Une fois le mécanisme enclenché, tout peut donc se tramer dans l'ombre, et très vite.

— Ouais, dit Ben. Danny Glick contamine Mike. Mike contamine... oh ! je ne sais pas, Floyd peut-être. Le bébé des McDougall contamine... son père ? sa mère ? Au fait, est-ce que quelqu'un s'est soucié de ce qu'ils devenaient ?

— Ils ne font pas partie de ma clientèle. Tel que je connais le docteur Plowman, il a dû les appeler ce matin à la première heure pour leur faire part de la disparition du corps de leur fils. Mais je n'ai aucun moyen de le vérifier.

— Il faudrait voir ça de près, dit Ben.

Il commençait à sentir le cercle se resserrer.

— Tu imagines la progression géométrique ! Et quelqu'un qui ne ferait que traverser Salem ne se rendrait compte de rien ! Encore un de ces trous où il n'y a plus un chat dans les rues à neuf heures du soir, penserait-il. Mais qui peut savoir ce qui se passe dans les maisons, derrière les stores baissés ? Les gens peuvent être couchés dans leurs lits... ou remisés dans leurs placards comme des balais... ou au fond de leurs caves... à attendre que le soleil se couche. A chaque aube nouvelle, moins de monde dans les rues. De moins en moins.

Il avala péniblement sa salive.

— Du calme, dit Jimmy. Rien de tout ça n'est encore prouvé.

— Les preuves s'accumulent, tu veux dire, répliqua Ben. Si tout ceci pouvait s'inscrire dans un cadre de références connues — épidémie de typhoïde ou de grippe du type A2, par exemple — la ville serait déjà en quarantaine.

— J'en doute. Tu as l'air d'oublier qu'une seule personne a vraiment *vu* quelque chose.

— Oui, mais il se trouve que c'est loin d'être l'idiot du village.

— N'empêche qu'il ne tarderait pas à se faire mettre au pilori si on savait, dit Jimmy.

— Par qui ? Certainement pas par Pauline Dickens, en tout cas. Elle est mûre pour peindre des croix sur sa porte.

— A l'époque du Watergate et de la crise de l'énergie, Pauline est une exception, dit Jimmy.

Ils se turent pendant le reste du trajet. La maison funéraire de Green était située dans le quartier nord de Cumberland. Deux corbillards étaient garés dans la cour du fond, entre la porte de la chapelle (qui servait pour tous les cultes) et une haute barrière de bois. Jimmy coupa le contact et regarda Ben.

— Prêt ?
— Je crois.

Ils sortirent de la voiture.

8

La révolte grondait dans le cœur de Susan depuis leur départ. Vers deux heures de l'après-midi, l'orage éclata : ils s'y prenaient stupidement tous les deux en empruntant un chemin incroyablement détourné pour prouver quelque chose qui, de toute façon (pardon, Mr. Burke), n'avait ni queue ni tête. Elle allait, elle, monter jusqu'à Marsten House, et tout de suite.

Elle descendit de sa chambre et prit son sac ; sa mère était dans la cuisine, en train de faire des petits gâteaux, et son père dans le salon, occupé à regarder le match de base-ball.

— Où vas-tu ? demanda Mrs. Norton.
— Faire une course. Je prends la voiture.
— On dînera à six heures. Tache de rentrer à l'heure.
— Je serai ici à cinq heures au plus tard.

Elle sortit et grimpa dans sa voiture. Elle en était très fière, non parce que c'était la première chose importante qui lui appartenait en propre, mais parce qu'elle se l'était payée grâce à son travail, à son talent (elle n'avait d'ailleurs pas encore tout réglé, il lui restait six mensualités à verser). C'était une Vega décapotable qui avait maintenant presque deux ans. Elle sortit du garage en marche arrière avec précaution et fit un petit signe à sa mère qui la regardait partir de la fenêtre de la cuisine. Elles n'étaient pas revenues sur leur discussion, mais la blessure était trop profonde pour pouvoir être soignée. L'amputation était inévitable. Elle avait déjà rangé presque toutes ses affaires et elle sentait que sa décision était bonne. Il y avait longtemps qu'elle aurait dû la prendre.

Tandis qu'elle roulait sur Brock Street et à mesure qu'elle s'éloignait de chez elle, Susan sentait monter en elle une excitation qui lui venait du but qu'elle s'était fixé et, dans une certaine mesure, de l'absurdité même de son propos. Elle allait agir, et cette idée suffisait à la stimuler. C'était une fille à aller de l'avant, droit devant elle, et les événements du week-end l'avaient déboussolée. Mais maintenant elle se sentait prête à ramer contre vent et marée.

A la sortie de la ville, là où le sol commençait à monter en pente douce, elle rangea sa voiture sur le bord de la route et pénétra dans les prés de la ferme Smith. Elle y avait repéré une palissade à neige, faite de piquets assemblés par des fils de fer, qui, roulée dans un coin, attendait l'hiver. L'absurdité de l'aventure atteignait maintenant son maximum et c'est en se moquant d'elle-même qu'elle agita dans tous les sens un des piquets pour l'arracher aux fils qui le retenaient. Ce piquet long d'un mètre et pointu à un bout était un pieu tout trouvé. Elle l'emporta jusqu'à sa voiture et le posa sur le siège arrière. Elle n'ignorait pas ce à quoi il devait servir (elle avait vu suffisamment de films d'épouvante au drive-in, au cours de ses sorties à quatre, deux garçons — deux filles, pour savoir qu'il fallait transpercer avec un pieu le cœur du vampire), mais c'était un savoir tout intellectuel et elle préférait ne pas trop se demander si, le moment venu, elle saurait l'utiliser.

Elle continua sa route et se dirigea vers Cumberland. Il y avait là, sur la gauche, une petite boutique de campagne qui ouvrait le dimanche et où son père venait prendre le *Times* . Susan se souvenait d'un petit éventaire de bijoux en toc à côté du comptoir.

Elle acheta le *Times* et jeta son dévolu sur une petite croix dorée. Ses dépenses se montèrent à un total de quatre dollars cinquante, que le gros caissier enregistra sans quitter de l'œil la télé où passait une émission de jeux.

Elle prit par le nord en empruntant la nouvelle route goudronnée à deux voies. L'air était vif, la journée lumineuse. La vie lui parut belle. Et, tout naturellement, elle se mit à penser à Ben.

A huit kilomètres de County, elle tourna pour prendre Brooks Road. Après quelques montées et descentes à travers les terrains boisés qui s'étendaient au nord-ouest de la ville, la route plongeait en à-pic avant de gravir le flanc abrupt de Marsten Hill. Susan pouvait déjà voir, à travers les arbres, le toit de la maison.

Elle se gara à l'entrée d'un chemin désaffecté, dans le creux du vallon, et sortit de sa voiture. Après un moment d'hésitation, elle prit le pieu et suspendit la croix à son cou. Elle se sentait ridicule. Qu'adviendrait-il si quelqu'un la surprenait en train de grimper la côte, un piquet à la main?

Tiens, salut, Suze, où vas-tu donc comme ça?

Oh! simplement jusqu'à Marsten House pour y tuer un vampire. Mais il faut que je me dépêche, parce que je dois être rentrée à six heures pour dîner.

Mieux valait couper à travers bois.

Elle escalada précautionneusemnt un petit mur de pierre en ruine de l'autre côté du fossé qui bordait la route et se félicita d'avoir mis un pantalon. Le nec plus ultra de l'élégance pour la chasse aux vampires.

Avant que les bois ne commencent réellement, il fallait traverser toute une étendue de ravines et de broussailles. Elle se fraya un chemin péniblement, en prenant soin de faire le moins de bruit possible. Comme elle s'approchait de la crête, elle commença à apercevoir, à travers les branches, les murs de la maison. C'était la façade qui tournait le dos à la ville. A ce moment-là, elle sentit la peur la gagner. Elle n'aurait pas su dire exactement pourquoi et, en un sens, cela ressemblait à la peur qu'elle avait ressentie (mais déjà presque oubliée) chez Matt Burke. Elle était pratiquement sûre que personne ne pouvait l'entendre et il faisait grand jour. Mais la peur était là, pesante, et il n'était pas question de la déloger. C'était comme si, ayant élu domicile dans un coin reculé et inexploré de son cerveau, elle avait tout à coup fait irruption dans le champ de sa conscience. Tout ce que Susan avait ressenti un moment auparavant: le plaisir d'être dehors par ce beau temps, l'impression de participer à un grand jeu, la satisfaction

d'avoir pris une décision, tout cela avait disparu. Elle se souvint de la distinction entre lobes antérieurs et mésencéphale et comprit à quel point elle était fondamentale. La partie antérieure du cerveau vous faisait aller de l'avant, encore et encore, en dépit des avertissements donnés par la partie médiane, celle de l'instinct, si semblable anatomiquement à la cervelle de l'alligator. Oui, la partie antérieure vous conduisait de force jusqu'à une porte qui tout d'un coup s'ouvrait sur quelque chose de monstrueux, jusqu'à une cave où...
ASSEZ !
Elle rassembla toute son énergie pour écarter ces pensées et s'aperçut alors qu'elle ruisselait de sueur. Tout ça parce qu'elle avait aperçu une vulgaire maison aux volets fermés. « Fais pas ton idiote, se dit-elle. Tu vas monter et regarder ce qui s'y passe, un point c'est tout. De la cour de devant, on peut voir ta maison à toi. Alors, je te demande un peu, qu'est-ce qui pourrait bien t'arriver si près de chez toi ? »

Néanmoins elle se courba légèrement en avant, serra le pieu dans sa main et, quand les bois devinrent trop clairsemés pour offrir une protection suffisante, elle se mit à quatre pattes et commença à ramper. Trois ou quatre minutes plus tard, elle avait atteint le point extrême jusqu'où elle pouvait aller sans s'exposer aux regards. Dissimulée derrière les buissons de genévriers, au pied d'un des derniers pins, elle aperçut la face ouest de la maison envahie par le chèvrefeuille que l'automne avait dénudé. L'herbe avait jauni, mais elle était encore très haute. Personne ne s'était soucié de la couper.

Le silence fut soudain rompu par un bruit de moteur ; le cœur de Susan bondit dans sa poitrine. Elle parvint à se contrôler en s'agrippant au sol et en mordant jusqu'au sang sa lèvre inférieure. Un moment plus tard, elle vit une antique voiture noire qui faisait marche arrière, s'arrêtait à l'entrée du chemin et tournait pour prendre la route en direction de la ville. Avant qu'elle disparaisse, Susan avait eu le temps de voir très distinctement l'homme qui était au volant : un crâne chauve, des yeux enfoncés si profondément qu'on n'en voyait plus que les orbites, des lèvres minces, et le haut d'un costume de couleur sombre. Straker. Partant faire ses courses chez Milt Crossen peut-être.

De sa cachette, elle voyait que presque tous les volets avaient des lattes cassées. Parfait. Elle s'approcherait en rampant et regarderait par les fentes des volets. Que verrait-elle ? Probablement rien que des pièces délabrées, qu'on remettait en état : plâtres frais sur les murs, rouleaux de papier peint posés dans un coin, outils, échelles, seaux. Tout ça à peu près aussi romantique et supranaturel que la retransmission d'un match de foot à la télé.

Et pourtant la peur était là.

Elle l'avait envahie soudain, l'instinct ayant balayé tous les raisonnements logiques et empli sa bouche d'une saveur âcre.

Et Susan sut que quelqu'un était derrière elle avant même d'avoir senti la main sur son épaule.

9

Il faisait presque nuit.

Ben se leva de la chaise pliante en bois sur laquelle il était assis et alla vers la fenêtre pour jeter un coup d'œil sur la pelouse qui entourait la maison funéraire. Il ne remarqua rien d'anormal. Il était sept heures moins le quart et les ombres du soir s'allongeaient de plus en plus. Bien que ce fût l'automne, l'herbe était encore verte et Ben se dit que l'entrepreneur des pompes funèbres devait veiller à ce qu'il en soit ainsi jusqu'à ce que la neige la recouvre. Elle symbolisait, songeait-il, la continuité de la vie dans la mort de l'année finissante. Il trouva cette pensée particulièrement déprimante et détourna le regard.

— J'ai envie d'une cigarette, dit-il.

— La cigarette tue, lui dit Jimmy sans se retourner.

Il regardait, sur le petit Sony de Maury Green, l'émission du dimanche soir sur la vie des bêtes.

— En fait, moi aussi j'en ai envie. Je me suis arrêté il y a dix ans, quand le chirurgien chef a fait son grand numéro contre le tabac. Pas bon pour mon image de marque ! Mais quand je me réveille je tends toujours le bras pour attraper le paquet que je garde sur la table de nuit.

— Je croyais que tu avais arrêté.

— Oui, mais je le garde là comme certains alcooliques gardent une bouteille de scotch dans le placard de la cuisine. Histoire de faire preuve de volonté, mon petit.

Ben regarda l'horloge : 6 h 47. D'après le journal du dimanche de Maury Green, l'heure officielle du coucher du soleil était 7 h 2, heure locale.

Jimmy avait mené son affaire de main de maître. C'est Maury Green lui-même qui leur avait ouvert la porte. Un petit bonhomme en gilet noir déboutonné et en chemise blanche à col ouvert. En voyant Jimmy, son air sévère et un peu méfiant avait fait place à un sourire.

— *Shalom,* Jimmy! s'était-il écrié. Quel plaisir de te voir ! Mais qu'est-ce que tu deviens ?

— Je soigne les rhumes de cerveau de l'humanité, avait dit Jimmy en souriant tandis que Green lui serrait la main à l'écraser. Je veux te présenter un très bon ami à moi. Ben Mears, Maury Green.

Maury avait pris la main de Ben entre les siennes. Ses yeux brillaient derrière ses lunettes à monture noire.

— A vous aussi, *shalom.* Les amis de Jimmy sont mes amis. Entrez, entrez tous les deux. Je vais appeler Rachel...

— Attends un peu, avait dit Jimmy. Nous sommes venus te demander un service. Un grand service.

Green avait lancé un regard scrutateur à Jimmy.

— Un grand service, avait-il dit avec une ironie émue. Et de quel droit ? Si mon fils a été reçu troisième à ses examens de fin d'année, ce n'est pas grâce à toi, n'est-ce pas ? Tu sais que tu peux tout me demander, Jimmy, tout.

Jimmy avait rougi.

— J'ai fait ce que n'importe qui aurait fait, Maury.

— Pas de discussion, Jimmy, tu sais ce que j'en pense. Dis-moi, qu'est-ce qui vous tracasse tant, toi et Mr. Mears ? Est-ce que vous avez été impliqués dans un accident ?

— Non, ce n'est pas ça.

Maury les avait emmenés dans le petit coin qui lui servait de cuisine, derrière la chapelle, et, pendant qu'ils parlaient, il avait pris une vieille cafetière cabossée et avait mis du café à chauffer sur le réchaud.

— Est-ce que Norbert est déjà venu chercher Mrs. Glick ? avait demandé Jimmy.

— Non, il n'a pas encore donné signe de vie, avait dit Maury en posant la crème et le sucre sur la table. Celui-là ! Il va arriver à onze heures du soir et se demandera pourquoi je ne suis pas là pour lui ouvrir.

Il avait ajouté en soupirant :

— Pauvre femme ! Tant de tragédies dans la même famille ! Et elle a un air si doux, Jimmy ! C'est ce vieil abruti de Reardon qui l'a amenée ici. Tu étais son médecin ?

— Non, avait dit Jimmy, mais Ben et moi nous aimerions la veiller ce soir, Maury. En bas.

Green, qui tendait la main pour prendre la cafetière, s'était arrêté net.

— La veiller ? L'examiner, tu veux dire.

— Non, avait répondu Jimmy sans broncher, seulement la veiller.

— Tu plaisantes ! s'était exclamé Maury.

Il les avait observés attentivement.

— Non, je vois bien que vous ne plaisantez pas. Mais pourquoi voulez-vous faire une chose pareille ?

— Je ne peux pas te le dire, Maury.

— Ah ! bon.

— Il avait versé le café, s'était assis à côté d'eux et avait avalé lentement quelques gorgées.

— Il n'est pas trop fort. Juste comme il faut. A-t-elle eu quelque chose ? Quelque chose de contagieux ?

Jimmy et Ben avaient échangé un regard.

— Pas à proprement parler, avait dit finalement Jimmy.

— Tu voudrais que je n'en dise rien à personne, hein ?

— Oui.

— Et si Norbert vient ?

— Je me charge de Norbert, avait dit Jimmy. Je lui dirai que Reardon m'a demandé de voir si elle est morte d'une encéphalite infectieuse. Il n'ira pas chercher midi à quatorze heures.

Green avait opiné de la tête.

— D'autant plus qu'il n'est même pas capable de lire l'heure à sa montre.

— Alors tu es d'accord, Maury ?

— Oui, oui, c'est d'accord. Mais je croyais que tu devais me demander un grand service.

— Il est peut-être plus grand que tu le penses.

— Je finis mon café et je rentre chez moi. Dieu sait quelle horreur Rachel m'aura mijotée pour mon dîner du dimanche ! Voilà la clef. Tu donneras un tour à la porte en t'en allant, Jimmy.

Jimmy avait glissé la clef dans sa poche.

— Entendu. Merci encore, Maury.

— De rien. Tiens, il y a une chose qui me ferait plaisir.

— Quoi donc ?

— Si elle dit quelque chose, note-le pour la postérité.

Quand il avait vu leurs têtes, son rire lui était resté dans la gorge.

10

Sept heures moins cinq. Ben sentait la nervosité le gagner.

— Ça ne sert à rien de regarder l'horloge, dit Jimmy. Tu ne la feras pas avancer plus vite.

Ben sursauta, l'air coupable.

— Je doute fort que les vampires — si toutefois ils existent — se réveillent pile au coucher du soleil, dit Jimmy. Il ne fait pas encore assez sombre.

Il se leva néanmoins et coupa la télé, figeant un canard sauvage en plein cri.

Un lourd silence tomba sur la pièce. C'était la salle de travail de Green. Le corps de Marjorie Glick était étendu sur une table en acier inoxydable munie de gouttières et d'étriers qu'on pouvait monter ou descendre. Tout à fait comme les tables d'accouchement qu'on voit dans les hôpitaux, pensa Ben.

En entrant, Jimmy avait rabattu le drap qui recouvrait le corps et l'avait rapidement examiné. Mrs. Glick portait une robe de chambre matelassée lie-de-vin et des pantoufles tricotées. Elle avait un pansement à la cheville gauche; peut-être s'était-elle coupée en se rasant. Ben avait détourné les yeux, mais il n'avait pu empêcher son regard de revenir à plusieurs reprises vers la table.

— Qu'en penses-tu? avait-il demandé.

— Je ne veux pas trop m'avancer alors que dans deux ou trois heures nous serons probablement fixés. Mais son état ressemble étrangement à celui de Mike Ryerson : pas de lividité de l'épiderme, pas de raidissement, ni même de début de raidissement.

Il avait remonté le drap et refusé d'en dire davantage.

Et maintenant il était sept heures deux.

— Où est ta croix? demanda soudain Jimmy.

Ben sursauta.

— Ma croix? Mais je n'en ai pas!

— Tu n'as jamais été scout? dit Jimmy. Jimmy Cody, toujours prêt!

Il ouvrit sa sacoche, en tira deux abaisse-langue, les dépouilla de leur enveloppe de cellophane et les assembla en croix à l'aide d'un bout de sparadrap.

— Bénis-la, dit-il à Ben.

— Quoi? Mais je ne peux pas. Je ne sais pas faire ça.

— Invente, alors.

Le visage avenant de Jimmy se contracta brusquement.

— C'est toi l'écrivain. Alors, à toi de faire de la métaphysique. Mais, pour l'amour du ciel, dépêche-toi. J'ai l'impression qu'il va se passer quelque chose. Est-ce que tu ne le sens pas?

Oui, Ben le sentait. L'atmosphère était chargée d'électricité. Quelque chose se préparait dans le crépuscule pourpre qui descendait lentement, quelque chose d'invisible mais d'oppressant. Sa bouche était devenue sèche et il dut humecter ses lèvres pour pouvoir parler.

— Au nom du Père, du Fils et du Saint-Esprit, commença-t-il.

Puis il ajouta, l'idée lui venant après coup :

— Et au nom de la Vierge Marie, bénie soit cette croix et... et...

Les mots se mirent à jaillir de ses lèvres avec une sûreté déconcertante, irréelle. Chaque phrase tomba dans la pièce sombre comme une pierre disparaît dans un lac profond, sans faire une ride.

— Le Seigneur est mon berger, je ne manque de rien. Il me mène paître dans de verts pâturages et me désaltérer dans des eaux tranquilles. Il redonne force à mon âme...

La voix de Jimmy se joignit à la sienne et ils psalmodièrent ensemble :

— ... et me fait désirer d'être juste pour la gloire de Son nom. Oui, l'ombre de la mort s'étend sur le val où je marche et cependant je ne crains aucun mal, car Tu es avec moi...

Leur respiration devenait difficile. Ben s'aperçut qu'il avait la chair de poule et que les petits cheveux de sa nuque se hérissaient comme des piquants.

— Ton bâton, ta houlette, voilà mon réconfort. Tu dresses pour moi une table, en présence de mes ennemis. Tu oins d'huile ma tête et ma coupe déborde. Oui, le bonheur et la grâce m'accompagneront.

Le drap qui recouvrait le corps de Marjorie Glick se mit à trembler. Une main glissa en dehors du drap et ses doigts se tordirent en une sarabande convulsive.

— Seigneur, est-ce que c'est *vrai* ou est-ce que je rêve? murmura Jimmy.

Il était devenu tout pâle et ses taches de rousseur ressortaient sur ses joues comme des éclaboussures sur une vitre.

— ... tous les jours de ma vie, acheva Ben. Jimmy, regarde la croix.

Elle était resplendissante et inondait sa main d'une lumière féerique.

Une voix lente et étranglée, au timbre rauque, rompit le silence.

— *Danny*?

Ben sentit sa langue lui coller au palais. La forme enfouie sous le drap était en train de se redresser. Dans la pièce qui s'obscurcissait, des ombres s'étaient mises à bouger.

— *Danny, où es-tu, mon chéri?*

Le drap tomba, découvrant le visage de Marjorie Glick émergeant de la pénombre comme une lune pâle, perforée par les trous d'ombre des yeux. Elle vit les deux hommes et sa bouche s'ouvrit toute grande en un affreux rictus de rage. Les dernières clartés du jour faisaient étinceler ses dents.

Elle s'assit de côté sur la table, jambes pendantes. Une de ses pantoufles tomba sans qu'elle la ramassât.

— Restez assise là où vous êtes, lui cria Jimmy. N'essayez pas de bouger.

Elle répondit par une sorte d'aboiement métallique, se laissa glisser de la table et, en trébuchant, se dirigea vers eux. Ben s'aperçut que ses yeux sombres l'hypnotisaient et il en arracha son regard. On se serait noyé avec délices, en assistant de surcroît à sa propre noyade, dans ces galaxies noires, cernées de rouge.

— Ne la regarde pas en face, dit-il à Jimmy.

Ils reculaient devant elle sans s'en apercevoir, se laissant conduire vers le petit vestibule qui menait à l'escalier.

— Essaie la croix, Ben.

Il avait presque oublié qu'il l'avait. Il la brandit et dut cligner des yeux tant elle brillait. Mrs. Glick, visiblement démontée, émit un sifflement et leva les mains pour cacher son visage. Ses traits se convulsèrent. Elle recula d'un pas en chancelant.

— Ça a marché! hurla Jimmy.

Ben fonça sur elle, tenant la croix à bout de bras. Les doigts de Mrs. Glick se firent crochus comme des griffes et elle essaya de s'en saisir. Ben esquiva le coup et poussa la croix tout contre elle. Elle laissa échapper un ululement déchirant.

Pour Ben, ce qui suivit releva du cauchemar. Bien qu'il dût assister par la suite à des scènes encore plus horribles, ses rêves ne cessèrent plus d'être hantés par la vision de Marjorie Glick forcée de reculer vers la table auprès de laquelle gisait le drap mortuaire, à côté d'une pantoufle tricotée.

Elle battit en retraite malgré elle, fixant son regard tantôt sur la croix odieuse, tantôt sur un endroit précis du cou de Ben : sous le menton, à droite. Les bruits qui sortaient de sa gorge — sifflements et grognements gutturaux — n'avaient rien d'humain et, dans ce recul qui lui était imposé, elle ressemblait à quelque insecte énorme et maladroit. Ben comprit que, s'il n'avait pas brandi cette croix, elle lui aurait déchiré la gorge de ses ongles et se serait jetée sur lui comme le rescapé du désert, mourant de soif, se précipite vers un point d'eau. Elle se serait gorgée du sang qui aurait jailli de sa carotide et peut-être même s'y serait-elle baignée.

Jimmy pendant ce temps, s'était éloigné d'elle et avait entrepris un mouvement tournant sur la gauche. Les yeux sombres de

Marjorie Glick, pleins de haine et de terreur, restaient rivés sur Ben.

Jimmy passa derrière la table et, quand elle eut reculé jusque-là, il lança ses deux bras en avant et la saisit par le cou en hurlant comme un dément.

Elle poussa un gémissement perçant et se débattit pour échapper à l'étreinte. Ben vit les ongles de Jimmy lui arracher un lambeau de peau à l'épaule sans que la moindre goutte de sang coulât de la plaie qui ressemblait à une bouche sans lèvres. Et puis, contre toute attente, elle réussit à saisir Jimmy et à le lancer à travers la pièce. Il atterrit dans un coin, heurtant dans sa trajectoire le poste de télé portatif de Maury qu'il fit dégringoler de son support.

Marjorie fonça sur lui. Sa course irrégulière la faisait ressembler à une araignée gigantesque. Dans la pénombre ambiante, Ben la vit se jeter sur Jimmy, lui déchirer son col et, avec la sauvagerie du prédateur, ouvrir grandes ses mâchoires et enfoncer ses crocs.

Jimmy se mit à hurler, de ce hurlement perçant de ceux qui se savent condamnés.

Ben se précipita vers elle, trébucha et faillit s'étaler sur les débris du poste de télé. Il entendait sa respiration sifflante et, moins fort, le bruit répugnant de ses lèvres amorçant leur succion.

Il la saisit par le col de sa robe de chambre et la releva d'un coup, oubliant momentanément la croix. Elle tourna la tête avec une rapidité fulgurante. Ses yeux étaient dilatés et étincelants, ses lèvres et son menton dégoulinaient de sang, un sang presque noir dans l'obscurité.

Il sentit la puanteur de son haleine, une puanteur de tombeau, et la vit se passer lentement la langue sur les lèvres.

Il brandit la croix au moment même où elle l'étreignait avec une force qui le fit défaillir. Le bout arrondi de l'abaisse-langue formant le montant vertical de la croix la frappa sous le menton et remonta sans rencontrer de résistance. Ben eut l'impression d'avoir les yeux transpercés par une sorte d'éclair brûlant. Puis il y eut une odeur chaude et âcre de chair calcinée. Le cri qu'elle poussa fut cette fois un cri d'agonie qui jaillit du plus profond d'elle-même. Il la sentit plus qu'il ne la vit se jeter en arrière, trébucher sur le poste de télévision et retomber en avant. Elle tendit les bras pour amortir sa chute et se releva aussitôt avec l'agilité d'un loup, les yeux rétrécis par la douleur, mais toujours animés de la même expression avide et sanguinaire. Sur sa mâchoire inférieure, la chair noircie fumait encore. Elle lui découvrit ses crocs.

— Approche, salope ! dit-il, haletant. Approche, approche !

Il brandit la croix et réussit ainsi à la faire reculer jusqu'au fond de la pièce. Quand il l'aurait accumulée au mur, il lui enfoncerait la croix dans le front.

Mais, au moment précis où il était parvenu à coincer Marjorie contre le mur d'angle, elle lâcha un rire aigu qui le fit tressaillir. Un rire aussi grinçant que le bruit d'une fourchette qu'on promène sur un évier en porcelaine.

Tu te crois le plus fort, mais je n'ai pas fini de rire.

Et là, sous ses yeux, ce fut comme si le corps de Marjorie Glick s'étirait et devenait translucide. Pendant un instant, il crut qu'elle était encore là à se moquer de lui ; puis il se retrouva en face d'un mur nu, éclairé par la lueur blanche du lampadaire de la rue, les nerfs à vif, avec le sentiment qu'elle était partie en fumée, comme absorbée par la paroi.

Elle n'était plus là.

Et Jimmy hurlait.

11

Ben alluma le néon du plafond et se tourna vers Jimmy qui, déjà debout, avait porté les mains à son cou. Ses doigts scintillaient de gouttelettes écarlates.

— Elle m'a *mordu*, hurlait Jimmy. Mon Dieu, mon Dieu, elle m'a *mordu*.

Ben s'approcha de lui et voulut l'entourer de ses bras, mais Jimmy, qui roulait des yeux comme un fou, le repoussa.

— Ne me touche pas. Elle m'a souillé.

— Jimmy...

— Donne-moi ma sacoche. Le mal est en moi, je le sens, il me gagne. *Pour l'amour du ciel, donne-moi ma sacoche !*

Ben alla la chercher à l'autre bout de la pièce et Jimmy la lui arracha littéralement des mains. Il se dirigea vers la table mortuaire et l'y déposa. Son visage, d'une pâleur cadavérique, ruisselait de sueur. Le sang giclait impitoyablement de la blessure qui lui avait entaillé le cou. Il s'assit sur la table, ouvrit la sacoche et fourragea dedans. Il respirait la bouche ouverte et son souffle ressemblait à un gémissement.

— Elle m'a mordu, marmonna-t-il. Sa bouche... Oh ! mon Dieu, sa *bouche* atroce...

Il tira de sa sacoche une bouteille de désinfectant dont il envoya rouler le bouchon sur le carrelage. S'appuyant d'un bras à la table, il se pencha en arrière et versa le contenu de la bouteille sur la blessure. Le liquide, entraînant avec lui des filets de sang, éclaboussa du même coup sa gorge, son pantalon et la table. Il ferma les yeux et laissa échapper un cri, puis un autre, mais sa main ne trembla pas et il vida la bouteille jusqu'au bout.

— Jimmy, qu'est-ce que je peux...
— Une minute, murmura Jimmy. Attends. J'ai l'impression que ça va mieux. Attends, attends un peu...

Il jeta la bouteille qui se fracassa sur le carrelage. La blessure, lavée du sang impur, était nettement visible. Ben distingua deux perforations, tout près de la jugulaire ; l'une d'elles avait horriblement déchiqueté la chair. Mais Jimmy avait déjà pris une ampoule et une seringue. Il dénuda l'aiguille de son enveloppe protectrice et l'enfonça dans l'ampoule. Ses mains tremblaient tellement qu'il dut s'y prendre à deux fois. Il remplit la seringue et la tendit à Ben.

— Antitétanique. Pique-moi ici.

Et il étendit le bras, le tournant de côté pour bien présenter la saignée.

— Jimmy, ça va te remettre K.O.
— Non, non, ne crains rien, vas-y.

Ben prit la seringue et interrogea Jimmy du regard. Jimmy lui fit un signe de tête et Ben enfonça l'aiguille.

Le corps de Jimmy se tendit comme un ressort d'acier. Un instant il resta pétrifié sous l'effet de la douleur, et ses muscles, bandés à se rompre, se détachèrent en relief, comme sur une statue personnifiant l'agonie. Puis il se détendit progressivement. Par réaction, son corps se mit à trembler et Ben remarqua que son visage ruisselait de larmes autant que de sueur.

— Pose la croix sur moi, dit-il à Ben. Si la souillure est encore en moi, la croix me... me purifiera.
— Tu crois ?
— J'en suis sûr. Pendant que tu étais aux prises avec elle, j'ai voulu me jeter sur *toi*. Oui, que Dieu me pardonne, sur toi. Mais j'ai regardé la croix et... j'ai été pris de nausée.

Ben appliqua la croix sur le cou de Jimmy. Il ne se produisit rien. Elle avait perdu toute sa luminosité. Il la retira.

— Ça va, dit Jimmy, je crois que c'est tout ce qu'on peut faire.

Il farfouilla de nouveau dans sa sacoche et y trouva un sachet contenant deux pilules qu'il avala aussitôt.

— Belle invention, la drogue, de temps en temps... Heureusement que j'étais allé aux toilettes avant que... avant que ça arrive. Je crois que je me suis pissé dessus, mais ça n'a pas été plus loin que quelques gouttes. Est-ce que tu pourrais me faire un pansement ?

— Je crois que oui.

Jimmy lui tendit de la gaze, du sparadrap et une paire de ciseaux de chirurgie. Ben s'approcha et vit que la peau autour des deux blessures avait pris une vilaine coloration violacée. Il lui appliqua la pansement sur le cou le plus doucement possible, mais Jimmy eut une grimace de douleur.

— Pendant quelques minutes, j'ai cru que j'allais devenir fou. Oui, cliniquement fou. Ses lèvres sur moi... ses dents qui me mordaient.

Il avala sa salive et la peau de son cou se plissa autour du pansement.

— Et quand elle me faisait ça, *ça me faisait plaisir,* Ben. C'est diabolique. Je bandais. Tu imagines ? Si tu n'avais pas été là pour me délivrer, je l'aurais... oui, je l'aurais laissée faire...

— N'y pense plus, dit Ben.

— Il y a une dernière chose que je dois faire, bien que je n'en aie aucune envie.

— Quoi donc ?

— Regarde-moi un instant.

Ben acheva de poser le pansement et recula un peu pour regarder Jimmy.

— Qu'est-ce que...

Sans rien l'eût laissé prévoir, Jimmy lui décocha un direct dans la mâchoire. Mille étoiles fusèrent dans le cerveau de Ben ; il fit trois pas en arrière en titubant et s'effondra. Puis, secouant la tête pour s'éclaircir les idées, il vit Jimmy venir vers lui. Affolé, il chercha la croix, en se disant : « C'est ce qu'on appelle un dénouement à la O. Henry ; oh ! le con, le méchant petit con... »

— Ça va ? lui demanda Jimmy. Je suis désolé, mon vieux, mais c'est plus facile quand l'autre ne s'y attend pas.

— Mais, bon Dieu...

Jimmy s'assit par terre à côté de lui.

— Laisse-moi te raconter notre histoire. Elle n'est pas bien fameuse, mais je suis à peu près sûr que Maury Green nous soutiendra. Ça me permettra de garder ma clientèle et puis ça nous évitera la prison ou l'asile. Ce n'est pas que ça m'importe tellement, au point où j'en suis, mais je tiens à rester libre pour combattre ces... ces choses. Tu comprends ?

— En gros, oui, dit Ben.

Il se tâta la mâchoire et fit une grimace de douleur. Son menton était tout enflé du côté gauche.

— Écoute. Quelqu'un s'est introduit ici pendant que j'examinais Mrs. Glick. Ce quelqu'un t'a neutralisé en te balançant un direct dans la mâchoire et s'est jeté sur moi. Pendant la bagarre, il m'a mordu pour me faire lâcher prise. C'est tout ce dont nous nous souvenons. *Absolument tout.* Compris ?

Ben fit oui de la tête.

— Le type en question portait une vareuse sombre, bleue ou noire, et un bonnet en tricot, vert ou gris. C'est tout ce que tu as vu. O.K. ?

— Dis-moi, tu n'as jamais songé à abandonner la médecine pour faire une carrière de romancier ?

Jimmy sourit.

— L'imagination ne me vient qu'en cas de force majeure. Tu te rappelleras mon histoire ?

— Bien sûr. Elle n'est d'ailleurs pas aussi invraisemblable que tu le crois. Après tout, le cadavre de Mrs. Glick n'est pas le premier à avoir disparu ces temps derniers.

— J'espère que c'est ce qu'ils penseront. Mais le shérif du comté est beaucoup plus futé que Parkins Gillespie. Il faudra se tenir à carreau. Garde-toi d'en rajouter.

— Crois-tu qu'il y aura quelqu'un dans l'administration pour faire le lien entre tous ces phénomènes ?

Jimmy secoua la tête.

— Aucune chance. Il va falloir se débrouiller seuls. Et souviens-toi qu'à partir de maintenant nous sommes des criminels.

Sur ces mots, il se dirigea vers le téléphone et appela Maury Green, puis le shérif du comté, Homer McCaslin.

12

Ben se retrouva chez Eva vers minuit et quart. Il se prépara une tasse de café dans la cuisine déserte et la but lentement, en revivant les énévements de la soirée comme peut le faire un homme qui vient d'échapper à la mort.

Le shérif du comté était un homme grand et chauve. Il ne fumait pas, il chiquait. Ses mouvements, étaient lents, mais ses yeux vifs ne laissaient rien échapper. Il avait pris dans la poche arrière de son pantalon un gros carnet tout ratatiné, attaché par une chaîne, et avait sorti de son gilet de laine verte un antique stylo à réservoir. Il avait interrogé Ben et Jimmy, pendant que deux de ses adjoints prenaient des photos et saupoudraient les meubles afin de relever d'éventuelles empreintes digitales. Maury Green, qui se tenait immobile et silencieux dans un coin de la pièce, lançait de temps en temps un regard perplexe à Jimmy.

Pour quelle raison s'étaient-ils rendus à la maison funéraire de Mr. Green ?

Jimmy s'était chargé de répondre à cette question et avait raconté l'histoire de l'encéphalite.

Est-ce que le vieux docteur Reardon était au courant ?

Eh bien, non. Jimmy avait cru bon de faire une petite visite de contrôle discrète avant d'en parler à qui que ce soit. Le docteur Reardon, c'était bien connu, ne savait pas toujours tenir sa langue.

Et la femme, elle l'avait eue, finalement, cette encéphal... chose ?

Non, c'était pratiquement exclu. Il avait pu terminer son examen avant que l'homme à la vareuse ne fasse irruption. Jimmy n'était pas en mesure de dire de quoi elle était morte, mais en tout cas ce n'était pas d'une encéphalite.

Pouvaient-ils décrire l'agresseur ?

Ils avaient repris les termes de l'histoire qu'ils avaient concoctée. Ben y avait ajouté une paire de bottes de travail pour que ça n'ait pas trop l'air d'être bonnet blanc et blanc bonnet.

McCaslin avait encore posé quelques questions et Ben commençait à penser qu'ils allaient s'en tirer sans dommage quand McCaslin, se retournant brusquement, lui avait demandé à brûle-pourpoint :

— Et qu'est-ce que vous veniez faire là-dedans, Mr. Mears ? Vous n'êtes pas toubib.

Son regard attentif pétillait de malice. Jimmy avait ouvert la bouche pour répondre, mais le shérif lui avait fait signe de se taire.

Si McCaslin, en s'attaquant à Ben de la sorte, avait pensé le désarçonner, il n'avait pas réussi. Ben était trop secoué par les événements de la soirée pour s'affoler devant une question. L'idée de se faire prendre en flagrant délit de mensonge ne l'effrayait guère.

— Non, c'est vrai, je ne suis pas médecin, je suis écrivain. J'écris des romans. J'en écris un actuellement où l'un des personnages secondaires est le fils d'un entrepreneur de pompes funèbres. Je voulais simplement savoir à quoi ressemble la salle de travail d'une maison funéraire. Jimmy m'a dit qu'il devait venir ici et j'ai profité de l'occasion. Il ne m'a rien dit du but de sa visite et je n'ai pas insisté.

Il s'était frotté le menton où une petite bosse dure s'était formée.

— Mais il y a eu de l'imprévu.

McCaslin n'avait paru ni satisfait ni mécontent de la réponse.

— Oui, de l'imprévu, en effet. C'est vous qui avez écrit *La fille de Conway,* n'est-ce pas ?

— C'est exact.

— Ma femme en a lu un extrait dans un magazine féminin, *Cosmopolitan,* je crois. Elle riait comme une folle en le lisant. J'y ai jeté un coup d'œil, mais je n'ai pas vu ce qu'il y avait de drôle dans cette histoire de petite fille qui se drogue.

— Moi non plus, avait dit Ben en regardant McCaslin droit dans les yeux, je ne vois pas ce qu'il y a de drôle là-dedans.

— Et le nouveau, celui qu'on m'a dit que vous étiez en train d'écrire à Salem.

— Oui ?

— Peut-être que vous aimeriez le faire lire à Moe Green pour qu'il voie si vous n'avez pas commis d'erreurs dans ce que vous avez raconté sur les pompes funèbres.

— Cette partie-là n'est pas encore écrite, avait dit Ben. Je fais mes recherches avant d'écrire. C'est plus facile.

McCaslin avait secoué la tête, l'air perplexe.

— Vous savez que votre histoire m'a l'air de sortir tout droit d'un livre de Fu Manchu. Un type s'introduit ici, met deux grands gaillards hors de combat et subtilise le corps d'une pauvre femme morte mystérieusement.

— Écoute, Homer..., avait commencé Jimmy.

Mais McCaslin l'avait interrompu :

— Toi, n'essaie pas de me faire du charme. Tout ça ne me paraît pas très catholique. Et même pas catholique du tout. Cette encéphalite, c'est contagieux, n'est-ce pas ?

— Oui, c'est une maladie infectieuse, avait dit Jimmy, sur ses gardes.

— Et ça ne t'a pas empêché d'emmener ton ami l'écrivain ?

Jimmy s'était rebiffé.

— Je ne mets pas en doute tes qualités professionnelles et je te demande de faire confiance aux miennes. L'encéphalite est une maladie qui se propage lentement dans le sang et qui est peu contagieuse. J'ai estimé que nous ne courions aucun risque. Est-ce que tu ne crois pas que tu ferais mieux de partir à la recherche du corps de Mrs. Glick et de son ravisseur, que ce soit Fu Manchu ou un autre, plutôt que de perdre un temps précieux à nous questionner ? A moins que ça ne t'amuse ?

Le bon gros McCaslin avait refermé son carnet avec un long soupir et l'avait fait disparaître dans les profondeurs de sa poche de pantalon.

— Bon, on va diffuser le signalement que tu nous as donné, Jimmy. Mais je doute fort que ça donne quelque chose, à moins que ton hurluberlu ne se manifeste de nouveau — si hurluberlu il y a — ce qui m'étonnerait.

Jimmy avait haussé les sourcils.

— Vous mentez, avait dit calmement McCaslin. Je le sais, mes adjoints le savent et je parierais que même notre brave vieux Moe le sait aussi. J'ignore si vous mentez peu ou beaucoup ; mais ce dont je suis sûr, c'est que je ne pourrai pas *faire* la preuve que vous ne dites pas la vérité tant que vous vous en tiendrez tous les deux à votre histoire. Je pourrais bien sûr vous mettre en taule, mais la loi vous donne le droit de téléphoner et n'importe quel blanc-bec, frais émoulu de l'école de droit, saura vous faire libérer, vu que tout ce que j'ai contre vous, ce sont de vagues soupçons. Je sais que vous avez manigancé quelque chose, mais quoi ? Et puis, tel que je te connais, Jimmy, ton conseil juridique n'est certainement pas un débutant.

— Non. Effectivement.

— Tout ça ne m'empêcherait pas de vous boucler, si je croyais que vous mentez pour dissimuler un délit. Mais je ne le crois pas, avait repris McCaslin en appuyant rageusement sur la pédale de la poubelle en inox posée à côté de la table mortuaire.

Le couvercle s'était soulevé brusquement et le shérif, suscitant la réprobation muette de Maury Green, avait envoyé gicler dans la poubelle un jet brumâtre de jus de tabac.

— Nous sommes prêts à vous entendre à nouveau si vous voulez, l'un ou l'autre, reconsidérer votre version des faits, avait-il dit d'une voix mesurée en martelant ses mots. La situation est grave. Nous avons eu quatre morts à Salem et les corps ont disparu tous les quatre. Je veux comprendre ce qui se passe.

— Nous t'avons dit tout ce que nous savons, avait répliqué Jimmy avec une fermeté tranquille, en regardant McCaslin droit dans les yeux. Si nous pouvions t'en dire davantage, nous le ferions.

McCaslin l'avait sondé du regard.

— Tu es mort de trouille, avait-il dit, et ton ami l'écrivain aussi. Vous ressemblez à ces types qu'on ramenait du front pendant la guerre de Corée.

Les adjoints du shérif ne les quittaient pas des yeux. Ben et Jimmy n'avaient rien dit.

McCaslin avait soupiré à nouveau.

— Alors, foutez-moi le camp. Mais je veux vous voir tous les deux au poste, demain matin à dix heures, pour faire vos déclarations. Si vous n'êtes pas là à dix heures pile, j'envoie une voiture de police vous chercher.

— Ce ne sera pas la peine, avait dit Ben.

McCaslin l'avait regardé d'un air chagrin et avait secoué la tête.

— Et vous, pourquoi n'écrivez-vous pas des bouquins moins abracadabrants ? Faites donc comme ce type qui écrit les Travis McGee. Lui, c'est du solide, au moins.

13

Ben se leva de sa chaise et alla rincer sa tasse de café dans l'évier, non sans s'être arrêté un instant pour jeter un regard à travers la vitre sur l'obscurité de la nuit. Qui y avait-il là-dehors, ce soir ? Marjorie Glick et son fils, enfin réunis ? Mike Ryerson ? Floyd Tibbits ? Carl Foreman ?

Il sortit de la cuisine et monta l'escalier.

Il dormit toute la nuit avec la lampe de bureau allumée. Il avait posé sur la table de nuit, à portée de sa main droite, la croix faite de deux abaisse-langue qui avait eu raison de Mrs Glick. Avant de sombrer dans le sommeil, sa dernière pensée fut pour Susan. Était-elle en danger ?

MARK

1

AUX premiers craquements de brindille qu'il entendit, il se dissimula derrière le tronc d'un grand sapin et attendit, sans bouger, de voir qui allait se montrer. *Ils* ne sortaient pas en plein jour, mais *ils* avaient leurs âmes damnées ; des gens qu'*ils* avaient achetés ou dont *ils* s'étaient concilié les services par d'autres moyens. Mark avait vu en ville ce Straker, un type à vous faire froid dans le dos. Il avait les yeux d'un crapaud qui se chauffe au soleil. On le sentait capable de briser les bras d'un bébé tout en continuant à sourire.

Il enfonça sa main dans la poche de sa veste, que gonflait le pistolet de son père, et passa ses doigts sur la lourde masse métallique. Les balles, si elles n'étaient pas en argent, ne leur faisaient rien, à *eux,* mais s'il réussissait à toucher Straker entre les deux yeux il lui ferait son affaire, c'était sûr.

Son regard s'arrêta un instant sur un objet de forme à peu près cylindrique, enveloppé dans une vieille serviette de bain et appuyé contre l'arbre. Il y avait derrière la maison des Petrie une réserve de bois de chauffage, environ deux stères de bûches, du frêne, que son père et lui avaient débitées en juillet et en août avec la scie électrique McCullough. Henry Petrie était un homme précis et chaque bûche, Mark en était sûr, était longue de quatre-vingt-dix centimètres, à un poil près. Son père savait d'instinct la bonne longueur, comme il savait que l'hiver succédait à l'automne et que, dans la cheminée du salon, c'était le bois de frêne qui brûlerait le plus longtemps en faisant le moins de fumée.

Son fils, qui, lui, avait des connaissances d'un autre genre, savait que le frêne avait son utilité en ce qui *les* concernait. Ce matin, alors que, munis des jumelles qui leur servaient à observer les oiseaux, son père et sa mère étaient sortis faire leur promenade dominicale, il avait pris une des bûches et l'avait taillée en pointe avec sa petite hache de scout. Ce n'était pas du travail de précision, mais ça irait quand même.

L'espace d'une seconde, une tache de couleur lui frappa la rétine; il se blottit contre l'arbre et glissa un œil le long de l'écorce rugueuse, en direction de l'ennemi. Un instant plus tard, il vit clairement une personne en train de gravir la colline. C'était une fille. Il se sentit à la fois soulagé et déçu. En fait de suppôt du démon, ce n'était que la fille des Norton.

Soudain son intérêt se raviva. Elle aussi portait un pieu ! Quand elle fut parvenue un peu plus près, il dut se contenir pour ne pas laisser échapper un rire ironique. C'était un piquet de palissade qu'elle tenait à la main. Il suffirait de deux coups d'un marteau ordinaire pour le fendre en deux.

Elle allait passer à droite de son arbre. Tandis qu'elle s'approchait, il se mit à le contourner doucement, d'abord dans un sens, puis dans l'autre, en prenant garde d'éviter les brindilles qui pouvaient le trahir. Ce petit mouvement synchronisé une fois terminé, il ne la vit plus que de dos. Elle poursuivait sa montée vers la clairière, avec la plus grande prudence. Voilà un bon point pour elle. Malgré ce ridicule pieu de palissade, elle n'était donc pas totalement inconsciente des dangers qu'elle courait. N'empêche que si elle continuait à avancer elle allait bientôt se trouver en difficulté. Straker était chez lui. Mark, qui était là depuis midi et demi, l'avait vu sortir dans l'allée, jeter un coup d'œil sur la route puis rentrer dans la maison. Mark se demandait justement ce qu'il allait faire quand cette fille était arrivée, introduisant une nouvelle variable dans l'équation.

N'allait-elle pas tout gâcher finalement ? Elle s'était arrêtée derrière un écran de buissons et restait là, accroupie, à regarder la maison. Mark fit le tour de la question. Elle savait, c'était évident. Comment le savait-elle ? Ça, il ne s'en souciait pas, mais elle savait, sans quoi elle n'aurait pas pris ce misérable pieu. Il fallait aller la trouver, la prévenir que Straker était là et qu'il faisait le guet. Elle n'avait probablement pas de pistolet, même pas un petit comme le sien.

Il était là, à chercher la meilleure manière de l'aborder sans qu'elle pousse des cris à réveiller les morts, lorsque le moteur de la voiture de Straker se mit à rugir. D'un bond, elle se dressa et, pendant un instant, il crut qu'elle allait s'enfuir à toute vitesse à travers le bois, signalant ainsi sa présence à des kilomètres à la ronde. Mais elle s'accroupit de nouveau, se cramponna à la terre comme pour l'empêcher de s'envoler. Il lui accorda un nouveau satisfecit : elle était idiote, mais elle ne manquait pas de cran.

La Packard descendit l'allée en marche arrière (il n'en apercevait que le toit noir ; d'où elle était, la fille devait en voir beaucoup plus), puis elle resta un peu sur place, avant de s'engager sur la route qui menait à la ville.

C'était décidé, ils devaient faire équipe. Tout valait mieux que d'affronter seul la maison. Il en était encore à plus d'un kilomètre, mais sentait déjà les effluves empoisonnés qui en émanaient et qui, au fur et à mesure qu'il approchait, devenaient de plus en plus insoutenables. Il gravit la pente en courant d'un pas leste et posa sa main sur l'épaule de la jeune fille. Il sentit son corps se raidir et, prévoyant qu'elle allait se mettre à hurler, lui dit :

— Ne crie pas. N'aie pas peur. C'est moi.

Elle ne cria pas, mais poussa un énorme soupir de frayeur. Blanche comme un linge, elle se tourna vers lui.

— Qu... qui, moi ?

Il s'assit à côté d'elle.

— Je m'appelle Mark Petrie. Je te connais, tu es Sue Norton. Mon père connaît le tien.

— Petrie... ? Henry Petrie ?

— Oui, c'est mon père.

— Qu'est-ce que tu fais ici ?

Elle le regarda plusieurs fois des pieds à la tête, comme pour s'assurer qu'il était réellement là.

— La même chose que toi. Seulement, ton pieu, c'est de la rigolade. Il est trop... (il hésita avant d'employer un mot rencontré au cours de ses lectures et dont il connaissait le sens, mais qu'il n'avait encore jamais utilisé), il est trop frêle.

Elle regarda son piquet de palissade en rougissant.

— Ce machin-là ? Oh ! je l'ai trouvé dans les bois et j'ai pensé qu'il risquait de faire tomber quelqu'un, alors je...

Il coupa court à ces tergiversations d'adulte.

— Tu es venue tuer le vampire, non?

— Quelle drôle d'idée! Des vampires! Et puis quoi encore?

— Un vampire a essayé de m'avoir hier soir. D'ailleurs il a failli y arriver.

— Ne sois pas ridicule. Un grand garçon comme toi ne devrait plus en être à inventer...

— C'était Danny Glick.

Elle recula en clignant des yeux, comme s'il l'avait menacée du poing, puis elle se ressaisit, lui prit le bras et le serra. Ils se regardèrent avec intensité.

— Tu n'inventes pas, n'est-ce pas, Mark?

— Non, dit-il.

Et il raconta son histoire en quelques phrases simples.

— Et tu es venu ici, seul? lui demanda-t-elle quand il eut fini. Tu crois tout ça et tu es quand même venu?

— Comment, «tu crois tout ça»? (Il la regarda avec stupéfaction.) Bien sûr que j'y crois. Je l'ai vu de mes propres yeux.

Il n'y avait rien à répondre à cela, et Susan eut honte tout d'un coup d'avoir mis en question — et mis en question, c'est peu dire — l'histoire de Matt et l'adhésion pourtant réticente de Ben.

— Et qu'est-ce qui t'amène ici, toi?

Elle hésita un instant :

— Certaines personnes en ville pensent qu'il y a un homme dans cette maison, un homme que personne n'aurait vu. Qu'il est possible que cet homme soit un... un...

Elle ne réussit pas à sortir le mot, mais Mark l'en dispensa d'un hochement de tête compréhensif. «C'est un petit garçon tout à fait exceptionnel, se dit-elle, il suffit de quelques instants pour s'en apercevoir.»

Renonçant à lui raconter le reste, elle se contenta d'expliquer.

— Je suis venue pour me rendre compte des choses par moi-même.

D'un mouvement de tête, il désigna le pieu.

— Et tu as apporté ça pour lui transpercer le cœur?

— Je ne sais pas si j'en serais capable.

— Moi, je pourrai, dit-il sans forfanterie. Après ce que j'ai vu hier soir, je pourrai. Danny était là, dehors, accroché à ma fenêtre comme une mouche gigantesque, et on voyait ses dents...

Il secoua la tête pour écarter ce cauchemar comme un homme d'affaires refusant d'entendre un client en faillite.

— Est-ce que tes parents savent que tu es ici? lui demanda-t-elle, connaissant d'avance la réponse.

— Non, dit-il, parfaitement à l'aise. Le dimanche, c'est leur jour de promenade. Le matin est consacré aux oiseaux et l'après-midi à des activités diverses. Quelquefois je les accompagne, mais pas toujours. Aujourd'hui, ils vont faire une balade en voiture le long de la côte.

— Tu es quelqu'un, toi !
— Oh ! rien d'extraordinaire, dit-il, nullement ému par l'éloge. Mais je suis décidé à le supprimer, *lui*.

Et il leva les yeux vers la maison.

— Es-tu sûr que...
— Absolument sûr. Toi aussi, d'ailleurs. Est-ce que tu ne *sens* pas le mal qu'il y a en lui ? Est-ce que cette maison ne te fait pas peur, rien qu'à la regarder ?
— Si, dit-elle simplement sans chercher à discuter davantage.

Il avait une logique intuitive et, contrairement à celle de Matt ou de Ben, on ne pouvait y résister.

— Comment allons-nous nous y prendre ? demanda-t-elle en lui attribuant d'emblée la direction des opérations.
— Il faut monter là-haut et forcer l'entrée. Ensuite il faut le trouver, lui enfoncer le pieu — *mon* pieu — dans le cœur et puis ressortir. Il est probablement à la cave. Ils aiment l'obscurité. As-tu apporté une lampe électrique ?
— Non.
— Merde, moi non plus.

Avec ses pieds chaussés d'espadrilles, il s'amusait distraitement à soulever les feuilles mortes.

— Et, évidemment, tu n'as pas apporté de croix non plus ?
— Si, j'en ai une, dit Susan.

Elle sortit sa chaîne de dessous son chemisier et lui montra la croix. Il hocha la tête et tira à son tour une chaîne de sa chemise.

— J'espère pouvoir la remettre avant que mes parents ne rentrent, dit-il sombrement. Je l'ai fauchée dans la boîte à bijoux de ma mère. Si elle s'en aperçoit, je me ferai drôlement attraper !

Il regarda autour de lui. Les ombres avaient commencé à s'allonger pendant qu'ils parlaient et pourtant ils avaient envie tous deux de remettre leur expédition à plus tard, à bien plus tard...

— Quand nous l'aurons trouvé, ne le regarde pas dans les yeux, dit Mark. Il ne peut pas quitter son cercueil, pas avant qu'il fasse nuit, mais il peut t'envoûter du regard. Est-ce que tu connais des prières par cœur ?

Ils repartirent à travers les broussailles qui séparaient les bois de la pelouse laissée à l'abandon autour de la maison.

— Je connais le *Notre Père*...
— Oui, c'est bon, ça. Moi aussi, je le connais. Quand je lui enfoncerai le pieu dans le cœur, nous le réciterons ensemble.

Voyant à l'expression de Susan que cette perspective la bouleversait et que le courage allait lui manquer, il lui prit la main et la serra. Sa maîtrise de lui-même était vraiment déconcertante.

— Écoute, il faut qu'on le fasse. Depuis cette nuit, il doit tenir la moitié de la ville. Une nuit de plus et il l'aura tout entière. Ça ne peut qu'aller très vite maintenant.

— Depuis cette nuit ?

— Je l'ai rêvé, dit Mark. (Sa voix était calme, mais son regard était sombre.) J'ai rêvé qu'ils allaient chez les gens, qu'ils les appelaient au téléphone, qu'ils suppliaient qu'on les laisse entrer. Ces gens savaient, ils avaient compris, au fond d'eux-mêmes, mais ils les laissaient entrer quand même. C'était plus facile de leur ouvrir que d'admettre que quelque chose d'aussi affreux puisse exister.

— Ce n'était qu'un rêve, dit-elle, mal à l'aise.

— Je parie qu'aujourd'hui il y a un tas de gens qui ont fermé leurs rideaux, baissé leurs stores et qui restent au lit en se demandant si c'est la grippe qu'ils couvent. Ils se sentent affaiblis ; ils ont le vertige. Ils ne peuvent rien avaler. Rien qu'à l'idée de bouffer, ils ont envie de dégobiller.

— Comment sais-tu tout ça ?

— Je lis des revues d'épouvante et je vais au cinéma chaque fois que j'en ai l'occasion. D'habitude, je dis à maman que je vais voir un Walt Disney. Mais il ne faut pas croire tout ce qu'ils racontent ; quelquefois ils en rajoutent pour que ce soit plus terrifiant.

Ils avaient atteint les abords de la maison. Et, comme Mark l'avait dit, il y avait quelque chose dans l'air qui excluait le moindre doute. Leurs pensées, leur conversation même étaient neutralisées, submergées, par une voix intérieure qui leur hurlait en mots informulables : *danger ! danger !*

Susan jeta un coup d'œil à l'intérieur par une fente des volets.

— Comment, mais ils n'ont rien arrangé du tout ! dit-elle d'un ton réprobateur. C'est crasseux comme il n'est pas permis.

— Laisse-moi voir. Fais-moi la courte échelle.

Elle entrecroisa les doigts pour lui faire un étrier. Il posa un pied dessus, regarda à travers les lattes cassées et vit un salon à l'abandon, dont le mobilier se réduisait à deux ou trois fauteuils en mauvais état et à une table tout éraflée. Le parquet était recouvert d'une épaisse couche de poussière, où l'on voyait de nombreuses empreintes de pas ; la tenture murale se décollait de partout et les corniches du plafond étaient festonnées de toiles d'araignée.

Avant qu'elle pût l'en empêcher, il avait donné, du bout de son pieu, un coup sec au loquet qui tenait les volets fermés. Déjà fort rouillés, le crochet et le pion tombèrent et les volets s'entrebâillèrent en grinçant.

— Hé ! protesta-t-elle, tu n'aurais pas dû...
— Qu'est-ce qu'il aurait fallu faire ? Sonner à la porte ?

Il replia le volet droit en accordéon et donna cette fois un coup sec sur une des vitres rendues opaques par la poussière et la crasse. Elle céda et tomba en morceaux sur le parquet. Susan sentit la peur lui sauter au visage, une peur brûlante qui la prit à la gorge et lui laissa dans la bouche un goût de soufre.

— Il est encore temps de se sauver, dit-elle comme si elle se parlait à elle-même.

Il n'y avait pas trace de mépris dans le coup d'œil qu'il lui lança ; il avait aussi peur qu'elle et il était assez honnête pour le reconnaître.

— Va-t'en, si tu ne peux pas faire autrement.
— Non, je tiendrai le coup.

Elle essaya, sans y parvenir, de faire passer la boule d'angoisse qu'elle avait en travers du gosier.

— Dépêche-toi. Tu pèses lourd.

Il fit tomber les éclats de verre qui tenaient encore au châssis, prit le pieu de la main gauche et passa la main droite à l'intérieur pour tirer le verrou de la fenêtre, après quoi il la souleva et elle s'ouvrit en gémissant. La voie était libre.

Susan l'aida à redescendre et il regardèrent un instant la fenêtre sans rien dire. Puis elle fit un pas en avant, ouvrit complètement le volet droit et prit appui sur le rebord hérissé d'échardes pour se hisser à l'intérieur. La peur s'était installée dans son ventre comme un fœtus monstrueux. Elle comprit enfin ce que Matt avait dû ressentir en grimpant l'escalier pour aller affronter... l'être ? la chose ? qui l'attendait dans la chambre d'ami.

Elle se souleva d'un mouvement souple, passa une jambe, puis l'autre, par dessus le rebord de la fenêtre, se laissa retomber sur le parquet poussiéreux et regarda autour d'elle. Les murs exsudaient une puanteur si forte qu'elle en était presque palpable. Elle essaya de se persuader que cela venait du plâtre en décomposition, ou des excréments des animaux qui avaient fait leurs nids derrière ces lattis brisés — marmottes, rats, peut-être même ratons laveurs. Mais c'était bien autre chose qu'une odeur animale ; c'était une puanteur profonde et tenace, évoquant les larmes, le vomi, les ténèbres.

— Hé ! appela Mark doucement. (Ses mains s'agitaient au-dessus du rebord de la fenêtre.) Tu m'aides ?

Elle se pencha, le saisit par les aisselles et le souleva jusqu'à ce qu'il pût attraper le bord de la fenêtre. Un rétablissement adroit, et il atterrit en douceur dans le salon, tapis et chaussures de tennis s'étant conjugués pour assourdir le choc. Et puis ce fut de nouveau le silence.

Ils écoutaient, fascinés. Il n'y avait même pas ce petit bourdonnement aigu qui atténue le silence absolu et qui n'est en fait que le bruit du système nerveux tournant à vide. Rien que le battement du sang dans leurs oreilles.

Et pourtant, ils le savaient, ils n'étaient pas seuls.

2

— Viens, dit-il. On va faire le tour.

Il serra le pieu très fort dans sa main en jetant sur la fenêtre un coup d'œil teinté de regret.

Susan s'avança à pas de loup en direction du hall ; il la suivit. Il y avait, juste derrière la porte, une petite table avec un livre relié posé dessus. Mark le prit.

— Hé ! tu as fait du latin ?
— Un peu, au lycée.
— Qu'est-ce que ça veut dire ?

Il lui montra le titre.

Elle ânonna les syllabes en fronçant les sourcils, puis secoua la tête.

— Je ne sais pas.

Il ouvrit le livre au hasard et tressaillit. Il était tombé sur l'image d'un homme nu qui tendait le corps éviscéré d'un enfant vers quelque chose ou quelqu'un qu'on ne voyait pas. Il se hâta de remettre le volume sur la table, heureux de s'en débarrasser. Ils poursuivirent leur chemin à travers le hall jusqu'à la cuisine. L'obscurité était profonde ; le soleil était déjà passé de l'autre côté de la maison.

— Tu sens ? lui demanda-t-il.
— Oui.
— C'est pire ici, non ?
— Si.

Il se souvint de la resserre que sa mère avait dans la cave de leur précédente maison et comment, une année, ils y avaient laissé pourrir, dans le noir, trois cageots de tomates. C'était cette odeur-là, une odeur de tomates en train de pourrir.

— Mon Dieu, ce que je peux avoir peur ! chuchota Susan.

Le linoléum de la cuisine était vieux, bosselé, criblé de trous et, devant l'antique évier en porcelaine, il était noirci par l'usure.

Au milieu de la pièce se trouvait une grande table couverte d'éraflures, avec un couteau, une fourchette et un reste de bifteck haché, cru, dans une assiette jaune.

La porte de la cave était entrebâillée.

— C'est là qu'il faut qu'on aille, dit-il.

— Oh ! dit-elle faiblement.

La porte, à peine entrouverte, ne laissait rien pénétrer des dernières clartés du jour. C'était comme une langue démoniaque qui semblait lécher goulûment la cuisine en attendant de pouvoir, à la tombée de la nuit, l'avaler tout entière. Cette étroite ouverture sur le noir suggérait des choses d'une horreur indicible. Susan restait figée aux côtés de Mark ; paralysée.

Il fit un pas en avant, ouvrit la porte et resta là un instant, à regarder en bas. Elle remarqua une contraction des muscles de sa mâchoire.

— Je pense..., commença-t-il.

— Elle entendit alors quelque chose derrière elle et se retourna, sachant déjà qu'il n'y avait plus rien à faire, que c'était trop tard. Straker était là. Il souriait.

Mark se retourna à son tour, le vit et essaya de faire un plongeon de côté, mais Straker lui envoya un direct au menton et il perdit connaissance.

3

Quand il revint à lui, on le portait en haut d'un escalier, qui n'était pas celui de la cave. Les murs ne sentaient pas la moisissure et l'air était moins fétide. Mark laissa sa tête bringuebaler et entrouvrit furtivement les paupières. Ils allaient atteindre le palier... le premier étage. On y voyait encore assez bien, le soleil n'étant pas tout à fait couché. Il restait donc une lueur d'espoir.

A peine étaient-ils arrivés en haut que les bras qui le tenaient le lâchèrent. Il tomba lourdement à terre et sa tête heurta le sol.

— Crois-tu vraiment, jeune homme, que je ne vois pas que tu fais le mort ? lui demanda Straker.

Vu du plancher, il paraissait avoir au moins trois mètres. Son crâne chauve luisait dans la pénombre. Mark s'aperçut, terrifié, qu'il avait une corde enroulée autour de l'épaule.

Il tâta la poche où il avait mis son pistolet.

Straker rejeta la tête en arrière et rit à belles dents.

— Je me suis permis de te retirer ton pistolet, jeune homme. Des garçons de ton âge ne devraient pas s'amuser avec des armes dont ils sont incapables de se servir... pas plus qu'ils ne devraient

amener des jeunes filles dans des maisons où elles n'ont pas été invitées.
— Qu'est-ce que vous avez fait de Susan Norton ?
Straker sourit.
— Je l'ai conduite là où elle souhaitait aller, mon garçon. A la cave. Plus tard, quand le soleil se couchera, elle rencontrera celui qu'elle est venue chercher. Toi aussi, tu le rencontreras, peut-être ce soir, peut-être demain soir. Il est possible, bien sûr, qu'il te donne à la jeune fille, mais je crois plutôt qu'il voudra lui-même se charger de toi. Elle aura ses amis à elle, dont certains font peut-être partie, comme toi, de ceux qui se mêlent de ce qui ne les regarde pas.

Mark déplia brusquement les jambes pour l'atteindre au bas-ventre, mais Straker esquiva le coup avec une souplesse de danseur et lui décocha à son tour un violent coup de pied dans les reins.

Mark se tordit de douleur et se mordit les lèvres pour ne pas crier. Straker eut un rire satisfait.
— Allons, jeune homme, debout !
— Je... je ne peux pas.
— Alors tu te traîneras à quatre pattes, lui dit-il avec mépris tout en lui lançant un nouveau coup de pied qui l'atteignit cette fois à la cuisse.

La douleur fut atroce, mais Mark serra les dents. Il se mit à genoux, puis debout.

Ils s'avancèrent le long du couloir vers la porte du fond. La douleur aux reins commençait à s'atténuer.
— Qu'est-ce que vous allez faire de moi ?
— Te ficeler comme un dindon qu'on va mettre à rôtir, jeune homme. Après quoi, une fois que mon maître aura eu de toi ce qu'il aura voulu, tu retrouveras ta liberté.
— Comme les autres ?
Straker sourit.

Quand Mark eut poussé la porte et pénétré dans la chambre où Hubert Marsten s'était suicidé, quelque chose de bizarre se produisit en lui. Non que sa peur se fût dissipée, mais elle cessa de paralyser son intelligence. Ses pensées se lancèrent dans une course vertigineuse, trop rapide pour les paroles, ou même pour les images, comme une sorte de sténographie mentale.

Il lui fallut moins de cinq secondes pour ouvrir la porte, jeter un coup d'œil autour de lui et gagner le milieu de la pièce avant que Straker lui dise de s'arrêter. Ces quelques instants lui suffirent pour découvrir que la situation pouvait se dénouer de trois façons différentes.

Première éventualité : il courait à toute vitesse à travers la pièce et, comme un héros de western, se jetait à travers la fenêtre, enfonçant d'un seul coup carreaux et volets, sans prendre le temps de se demander où il atterrirait. Son petit ordinateur intérieur lui fournissait alors deux hypothèses... Un, il tombait sur un tas de vieilles machines agricoles, toutes rouillées, et, comme un insecte épinglé vivant, rendait le dernier soupir, empalé sur les dents émoussées d'une herse. Deux, il enfonçait la vitre, mais le volet résistait au choc et il se voyait les vêtements déchirés, les chairs meurtries et sanguinolentes, ramené de force dans la pièce par Straker.

Deuxième éventualité : Straker le ligotait, puis s'en allait. Il restait là, étendu sur le sol, à regarder faiblir la lumière, sans pouvoir se libérer, malgré des efforts de plus en plus désespérés — et toujours aussi vains. Enfin il entendait dans l'escalier le pas régulier de l'être redoutable, mille fois plus redoutable que Straker, qui venait le chercher.

Troisième éventualité : il recourait à une astuce de Robert-Houdin, sur lequel il avait lu un livre l'été dernier. Houdin était un magicien célèbre, capable de se sortir de n'importe quelle cage, que ce soit une cellule de prison, une caisse bouclée avec des chaînes, une chambre forte dans une banque ou une malle-cabine jetée à la rivière. Attaché avec des cordes, des menottes ou des doigtiers chinois, il s'en sortait toujours. Le livre expliquait qu'un de ses trucs consistait à bander ses muscles et à retenir son souffle quand quelqu'un le ligotait. Il fallait faire saillir les muscles des cuisses, des avants-bras et du cou. Il suffisait, une fois la corde mise, de les détendre pour se donner du jeu. Il y avait toutefois une condition essentielle : savoir se détendre complètement et bien organiser son affaire, sans se presser, sans se laisser gagner par la panique. Bientôt, l'effort aidant, la sueur vous huilait les membres. Dans le livre, ça paraissait aller tout seul.

— Tourne-toi, dit Straker. Je vais t'attacher. Ne bouge pas ! Si jamais tu bouges, je prendrai ça (et il montra son pouce d'un geste d'auto-stoppeur) et je te crèverai un œil. Tu as compris ?

Mark acquiesça de la tête. Il aspira profondément, bloqua l'expiration et contracta ses muscles.

Straker fit passer la corde par-dessus une poutre.

— Couche-toi, dit-il.

Mark obéit.

Straker lui mit les mains en croix derrière le dos et les attacha avec la corde, en serrant très fort. Il fit une boucle, la glissa autour du cou de Mark et fit un nœud coulant.

— Jeune homme, sache que l'ami de mon maître, celui qui nous a parrainés dans ce pays, s'est pendu à cette poutre à laquelle je viens de t'attacher. J'espère que tu es conscient de l'honneur qui t'est fait.

Mark poussa un grognement et Straker rit. Il passa la corde entre les jambes de Mark et la serra d'un geste brusque. Mark laissa échapper un gémissement. Straker éclata d'un rire à la fois bon enfant et incroyablement cruel.

— Ah! les joyeuses te font mal? Plus pour longtemps. Tu vas mener une vie d'ascète, mon enfant... une longue, très longue vie.

Il fit passer la corde autour des cuisses, serra fort le nœud, puis s'attaqua aux genoux et enfin aux chevilles. Mark continuait à bander ses muscles. Il commençait à avoir grand besoin de respirer, mais il tint bon.

— Tu trembles, jeune homme, dit Straker d'un ton moqueur. Tu te contractes. Tu es livide — mais ta chair deviendra plus livide encore. Il ne faut pas avoir peur. Mon maître sait être généreux. Il est très aimé, ici même, dans ta propre ville. Ce n'est rien qu'une petite piqûre, comme celle d'une seringue, suivie d'une sensation de douceur indicible. Après quoi, tu seras libre. Tu reverras ton père et ta mère, mais oui, tu les reverras quand ils dormiront.

Il se redressa et observa Mark avec bienveillance.

— Je vais te quitter pendant un moment, jeune homme. Il faut que je m'assure que la charmante épousée n'a besoin de rien. A notre prochaine rencontre, je crois que nous nous entendrons très bien.

Il sortit en claquant la porte. Une clef tourna dans la serrure. Dès qu'il l'eut entendu descendre l'escalier, Mark reprit son souffle et détendit ses muscles en poussant un grand soupir.

La corde se relâcha — un tout petit peu.

Étendu sur le sol, immobile, il se concentrait. Ses pensées filaient toujours à une allure affolante, grisante. Son regard glissa le long du plancher inégal et parvint au lit de fer. Du lit il passa au mur. Le papier peint s'était décollé et était tombé sous le lit en s'enroulant sur lui-même, comme une dépouille de serpent. Il fixa un endroit précis du mur, l'examina attentivement en chassant toute pensée de son esprit. Le livre sur Houdin insistait sur le rôle crucial que jouait la concentration. Il fallait bannir toute trace de peur ou d'énervement, détendre complètement son corps et prévoir les étapes de sa libération jusque dans les moindres détails avant de passer à l'action. Tout devait se vivre d'abord en esprit.

Il fixa le mur et laissa passer les minutes.

Au bout d'un certain temps, il commença à pouvoir bouger les mains et réussit à décrire deux demi-cercles avec les poignets. A l'extrémité du demi-cercle, ses paumes pouvaient se toucher, du côté des pouces. Seuls bougeaient les muscles de l'avant-bras. Il n'essaya pas de forcer et fixa le mur.

Au fur et à mesure qu'il transpirait, ses mouvements gagnaient en ampleur. Les demi-cercles devenaient des trois quarts de cercle. A la fin de chaque mouvement, il serrait ses paumes l'une contre l'autre. Au niveau de ses poignets, la corde s'était sensiblement relâchée.

Il s'arrêta.

Après cette pause d'un instant, il replia les pouces et agita les autres doigts, tout en les tenant serrés les uns contre les autres. Son visage restait aussi impassible que celui d'un mannequin.

Cinq minutes passèrent. A présent ses mains transpiraient abondamment. Il avait atteint un tel degré de concentration qu'il en était arrivé à contrôler, au moins partiellement, son système nerveux sympathique (comme le font yogis et fakirs) et même, sans en avoir clairement conscience, certaines fonctions du corps normalement indépendantes de la volonté. Ses mouvements, très mesurés, ne pouvaient expliquer à eux seuls la quantité de sueur que ses pores exsudaient. Ses mains en étaient comme huilées et des gouttes lui tombaient du front, faisant des taches sombres sur la poussière blanche du parquet.

Il entreprit de lever et baisser les bras, se servant seulement des biceps et des muscles du dos, en un mouvement de piston. Le nœud coulant qui lui entourait le cou se resserra un peu, mais l'une des boucles retenant ses mains commença à se relâcher et à glisser jusqu'à la paume de sa main droite. Il ne restait plus maintenant qu'à passer l'obstacle constitué par le coussinet du pouce. Mark sentit la joie l'envahir, mais il s'immobilisa aussitôt en attendant que son émotion se dissipe. Le calme revenu, il recommença en haut — en bas ; en haut — en bas. Il gagnait du terrain millimètre par millimètre. Et soudain, le choc : sa main droite était libre.

Il ne la changea pas de place, mais la plia et la déplia. Quand elle fut bien assouplie, il glissa les doigts sous le nœud qui retenait le poignet gauche et tira la corde vers l'avant. La main gauche se libéra.

Il rapprocha ses mains, les posa par terre puis ferma un instant les yeux. Le danger était maintenant de croire que la partie était gagnée. Il ne fallait surtout rien précipiter.

Prenant appui sur la main gauche, il explora de la main droite les bosses et les creux du nœud qui lui enserrait le cou. Il comprit aussitôt que pour se libérer il risquait de s'étrangler et de resserrer encore plus la corde qui lui écrasait déjà les testicules.

Il prit une longue aspiration et commença à travailler le nœud. La corde se tendit; les aspérités du chanvre brut lui rentraient dans la gorge comme de minuscules aiguilles de tatouage. Pendant un moment qui lui parut interminable, le nœud lui résista. Sa vue se troubla et de grandes fleurs noires apparurent devant ses yeux. Il garda son calme et, à force d'agiter le nœud à un rythme régulier d'avant en arrière et d'arrière en avant, il le sentit se desserrer. L'espace d'un instant, la pression de la corde sur son entrejambe devint intolérable et puis, d'un geste convulsif, il passa le nœud coulant par-dessus sa tête et la douleur s'estompa.

Il s'assit, baissa la tête et, respirant avec difficulté, berça dans ses mains ses testicules meurtris. La douleur lancinante fit place à une douleur diffuse et il eut comme une sensation de nausée.

Quand il commença à avoir moins mal, il regarda la fenêtre. Les volets étaient fermés; la lumière qui passait encore par les lattes brisées avait pris un ton grisâtre; le soleil allait se coucher. Et la porte était fermée à clef.

Il tira la partie libre de la corde pour la décrocher de la poutre et se mit à défaire les nœuds qui retenaient ses jambes. Ils étaient serrés au maximum et son pouvoir de concentration avait baissé; le contrecoup de l'effort qu'il venait de fournir se faisait sentir.

Il se libéra les cuisses, les genoux et, après ce qui lui parut être un combat interminable, les chevilles, puis il se mit debout en chancelant au milieu des boucles de la corde défaite, désormais inoffensive, et entreprit de se masser les cuisses.

C'est alors qu'il entendit, venant d'en bas, un bruit de pas.

Il releva la tête, les narines dilatées par la peur, boitilla jusqu'à la fenêtre et essaya de la soulever. Mais elle était fixée par de grands clous rouillés, recroquevillés comme des agrafes sur le bois pourri du chambranle.

Les pas montaient l'escalier.

Il s'essuya la bouche de la main et jeta un coup d'œil affolé autour de la pièce. Deux piles de revues, une petite assiette en étain avec, gravée dessus, l'image d'un pique-nique estival en 1890 et le lit de fer, c'était tout ce qui s'y trouvait.

En désespoir de cause, il se dirigea vers le lit et le souleva par un bout. C'est alors qu'un dieu vit, du fond de sa retraite lointaine, combien il s'était aidé lui-même et décida de l'aider à son tour.

Les pas avaient parcouru le couloir et atteignaient la porte quand Mark enleva la dernière vis et arracha le pied du lit.

4

Au moment où la porte s'ouvrit, Mark se tenait derrière, prêt à bondir. Il brandissait son pied de lit comme un Indien son tomahawk.

— Jeune homme, je suis venu...

Straker vit la corde par terre et, foudroyé, resta cloué sur place pendant une seconde.

Mark eut l'impression que la suite des événements se déroulait au ralenti, comme à la télé lorsqu'on vous repasse certaines séquences d'un match pour qu'on suive bien les mouvements des joueurs. Il lui sembla qu'il disposait de plusieurs minutes, et non pas de quelques secondes, pour bien viser le morceau de crâne qui dépassait de la porte.

Tenant le pied de lit des deux mains, il frappa, mais pas aussi fort qu'il l'aurait voulu ; il sacrifia un peu de sa force à la précision et atteignit Straker juste au-dessus de la tempe au moment où il tournait la tête pour regarder derrière la porte. Ses yeux se fermèrent sous l'effet de la douleur. Le sang jaillit en geyser de la blessure.

Plié en deux, tout chancelant, il entra dans la pièce à reculons. Son visage était convulsé de haine. Il avança le bras et Mark lui asséna un deuxième coup. Le pied de lit toucha cette fois le crâne chauve juste au-dessus du front et le sang jaillit de nouveau.

Straker s'écroula comme une poupée désarticulée, les yeux révulsés.

Mark fit le tour du corps et le contempla avec des yeux écarquillés et vides. L'extrémité du pied de lit était tachée de sang. Un sang, remarqua-t-il, dont le rouge était plus foncé que celui des films en technicolor. A le regarder, il se sentit pris de nausée, alors que la vue de Straker inanimé l'avait laissé indifférent. *Je l'ai tué*, pensa-t-il ; et tout de suite après, *tant mieux, c'est une bonne chose.*

La main de Straker lui saisit la cheville.

Mark poussa un cri étouffé et essaya de dégager son pied, mais c'était comme s'il était pris entre les mâchoires d'un piège à ressort. Straker le regardait de ses yeux froids et brillants ; son visage dégoulinait de sang, ses lèvres remuaient, mais aucun son n'en sortait. Mark tira encore plus fort, mais en vain. Tout en gémissant, il se mit à taper de toutes ses forces avec le pied de lit sur la main en pince de crabe de Straker. Une fois, deux fois, trois fois. A la quatrième fois, il y eut un bruit atroce de crayon qu'on casse en deux, le bruit des doigts qui se brisaient. Straker lâcha prise et Mark se dégagea d'un mouvement violent qui le projeta dans le couloir, où il se retrouva tout titubant.

La tête de Straker retomba par terre. Sa main blessée s'ouvrait et se refermait convulsivement sur le vide comme s'agite la patte d'un chien qui rêve qu'il a attrapé un chat.

Les doigts engourdis de Mark laissèrent tomber le pied de lit et il s'éloigna à reculons en tremblant. Puis la panique le saisit, il fit volte-face et descendit à toute allure l'escalier, sautant deux ou trois marches à la fois de ses jambes encore maladroites et effleurant à peine de la main la rampe vermoulue.

Le hall d'entrée était plongé dans l'ombre, il y faisait presque noir.

Il entra dans la cuisine et jeta un coup d'œil affolé sur la porte ouverte de la cave. Le soleil se couchait, transformant le ciel en un creuset où se fondaient des coulées de rouge, de jaune et de violet. A une vingtaine de kilomètres de là, dans une maison funéraire, Ben Mears était en train de regarder sur une pendule l'aiguille des minutes osciller entre sept heures et sept heures deux.

Mark ignorait cela, mais il savait que l'heure des vampires approchait. Rester plus longtemps, c'était accepter de se trouver sur leur route ; aller à la cave pour tenter de sauver Susan, c'était s'enrôler dans les rangs des morts-vivants.

Et pourtant il se dirigea vers la porte de la cave ; il réussit à descendre les trois premières marches, puis la peur le paralysa et l'empêcha d'aller plus avant. Il se mit à pleurer et à trembler violemment comme s'il souffrait d'une crise de paludisme.

— Susan, cria-t-il, viens vite !

— M... Mark ? dit-elle d'une voix faible et atone. Je n'y vois rien. Il fait tout noir...

Il y eut alors comme une détonation sèche, suivie d'un rire qui n'avait rien d'humain.

Susan poussa un cri, qui se transforma en gémissement, puis s'éteignit.

Mark n'avait pas bougé, mais ses pieds, qu'il sentait légers comme des plumes, brûlaient de s'envoler loin, très loin.

Mais d'en bas voici que lui parvint une voix amicale, une voix qui ressemblait étrangement à celle de son père.

— Descends, mon garçon. Je veux te dire toute l'admiration que j'ai pour toi.

Le pouvoir de cette voix était tel que la peur se retira de lui. Ses pieds, devenus de plomb, se refusèrent à remonter. Il commençait même à descendre, quand tout à coup il se rendit compte de ce qu'il faisait, se ressaisit et s'arrêta ; il dut pour cela mobiliser tout ce qui lui restait d'énergie.

— Descends, dit la voix, plus proche à présent.

Derrière la chaleur paternelle, Mark sentit une autorité inflexible.

— Je connais votre nom, vous êtes Barlow! cria-t-il.

Et il détala à toutes jambes. Quand il atteignit le hall d'entrée, la peur l'avait de nouveau envahi et, si la porte de la maison n'avait pas été ouverte, sans doute serait-il passé au travers, laissant derrière lui une porte découpée en silhouette, comme dans les dessins animés.

Il descendit le chemin en courant à fond de train (comme l'avait fait autrefois le jeune Ben Mears), puis s'engagea sur Brooks Road en direction de la ville. Mais il ne se sentait pas en sécurité. Qu'est-ce qui empêchait le maître des vampires de le poursuivre jusque-là ?

Il quitta donc la route et se fraya un chemin à travers bois, dans l'obscurité. Il traversa Taggart Stream en s'enfonçant dans l'eau jusqu'aux genoux, s'embrouilla les jambes dans les buissons de ronces de l'autre rive, déboucha enfin dans le jardin de ses parents, derrière la maison.

Il entra par la porte de la cuisine et son regard alla tout de suite vers le salon où sa mère, l'annuaire ouvert sur les genoux et le visage creusé par l'inquiétude, parlait au téléphone.

Elle leva la tête, le vit et une expression d'intense soulagement se marqua sur ses traits.

— ... le voilà...

Elle raccrocha le récepteur sans attendre la réponse et alla vers lui. Il eut un air bouleversé, lui qui d'habitude ne laissait rien paraître, en voyant qu'elle avait pleuré et elle en fut surprise.

— Oh! Mark, où étais-tu ?
— Il est rentré ?

Son père était dans son bureau, mais il suffisait d'entendre le son de sa voix pour comprendre que les foudres paternelles ne tarderaient pas à éclater.

— *Où étais-tu ?*

Elle le prit par les épaules et le secoua.

— Dehors, dit-il d'un air hébété. Je suis tombé en rentrant à la maison.

Il n'y avait rien d'autre à dire. Ce qui caractérise l'enfant, ce n'est pas tant qu'il passe sans effort de la réalité au rêve, c'est qu'il vit dans un monde sans communication possible avec le monde des adultes. Il n'y a pas de mots pour rendre compte de ses tribulations ténébreuses. L'enfant avisé le sait et en accepte les conséquences inévitables. Quand ces conséquences commencent à lui paraître trop lourdes à porter, il cesse d'être un enfant.

— Je n'ai pas fait attention à l'heure, ajouta-t-il.

Il ne restait plus au père courroucé qu'à intervenir énergiquement.

5

Lundi, au petit matin, avant le lever du jour.

On grattait à la vitre.

Il se réveilla instantanément, sans passer par les étapes habituelles du demi-sommeil. Il n'y avait pas de démarcation entre le cauchemar qu'il vivait et les mauvais rêves de la nuit.

C'est le visage blanc de Susan qui émergea de l'obscurité derrière la vitre.

— Mark... laisse-moi entrer.

Il sortit de son lit. Le parquet était froid sous ses pieds nus et il tremblait.

— Va-t'en, dit-il d'une voix sans timbre.

Il remarqua qu'elle portait le même chemisier et le même pantalon que l'après-midi. « Je me demande si ses parents s'inquiètent, eux aussi, pensa-t-il, et s'ils ont téléphoné à la police. »

— Ce n'est pas comme tu le crois, Mark, dit-elle.

Et ses yeux impassibles avaient la dureté de l'obsidienne. Elle sourit, montrant ses dents éclatantes et ses gencives exsangues.

— En fait, c'est délicieux. Si tu me laisses entrer, je te montrerai. Je t'embrasserai, Mark. Je t'embrasserai partout, comme ta mère ne l'a jamais fait.

— Va-t'en, répéta-t-il.

— Tu seras à nous, tôt ou tard, dit-elle. Nous sommes nombreux à présent. Laisse-moi entrer, Mark. J'ai... j'ai faim.

Le sourire qu'elle esquissa se tordit en une grimace affreuse qui le glaça jusqu'aux os.

Il brandit sa croix et la pressa contre la vitre.

Elle siffla comme si on l'avait ébouillantée, lâcha le rebord de la fenêtre et resta un instant suspendue en l'air ; son corps devint pâle et évanescent, puis disparut. Mais il put — ou crut — déceler sur sa figure, avant qu'elle ne se volatilise, une expression de tristesse indicible.

La nuit redevint immobile et silencieuse.

Nous sommes nombreux à présent.

Il pensa tout à coup à ses parents qui, inconscients du danger, dormaient au rez-de-chaussée. Une terreur viscérale l'empoigna.

Il y avait des hommes qui savaient, ou qui se doutaient de quelque chose. Elle l'avait dit.

Mais qui ?

D'abord l'écrivain, évidemment. Il sortait avec Susan et il s'appelait Mears. Il habitait à la pension d'Eva. Les écrivains savent des tas de choses. C'était tout vu. Ce serait lui qu'il irait trouver. Mais il faudrait qu'il arrive avant qu'elle ne l'ait...

Il s'arrêta net sur le chemin de son lit.

Si ce n'était pas déjà fait.

LE PÈRE CALLAHAN

1

CE même soir, le père Callahan entra d'un pas hésitant dans la chambre d'hôpital de Matt, alors que la montre du vieux professeur marquait sept heures moins le quart. Une montagne de livres, dont certains disparaissaient sous la poussière, s'empilait sur la table de nuit. Même le dessus-de-lit en était jonché. Matt avait téléphoné à Loretta Starcher, la vieille demoiselle qui tenait la bibliothèque municipale, et avait obtenu d'elle, non seulement qu'elle sorte des livres le dimanche, mais qu'elle les lui apporte personnellement. Elle avait débarqué dans sa chambre à la tête d'un cortège de trois infirmiers, chargés comme des baudets, et était repartie assez mécontente parce que Matt avait refusé de répondre à ses questions sur ces lectures insolites.

Le père Callahan jeta un regard étonné sur Matt. Ses traits étaient tirés, mais il ne lui sembla pas aussi atteint que ceux de ses paroissiens qui étaient passés par des épreuves semblables et il fut surpris de la vigueur avec laquelle il répondit à son serrement de main.

— Mon père, je vous remercie d'être venu.

— C'est un plaisir pour moi. Les bons professeurs, comme les épouses vertueuses, sont des perles qui n'ont pas de prix.

— Même s'il s'agit de vieux ours agnostiques comme moi ?

— Raison de plus, répondit Callahan, enchanté de pouvoir lui renvoyer la balle. C'est peut-être ma seule chance de vous trouver en état de moindre résistance ; car s'il est vrai, comme on le dit, qu'il n'y a pas d'athées dans les tranchées, j'imagine que dans les services d'urgence des hôpitaux on doit les compter sur les doigts.

— C'est possible, mais je m'en vais bientôt, hélas !
— Allons, allons ! le jour viendra où vous direz, vous aussi, vos *Pater Noster* et vos *Je vous salue, Marie*.
— Vous ne croyez peut-être pas si bien dire, soupira Matt.
Le père Callahan s'assit et se cogna la jambe contre la table de nuit en avançant sa chaise. Une pile de livres en équilibre instable s'écroula sur ses genoux. Il les remit sur la table, tout en en lisant à haute voix les titres.
— *Dracula. L'invité de Dracula. A la recherche de Dracula. La branche d'or. L'Histoire naturelle des vampires* — naturelle ? — *Recueil de contes hongrois. Les Monstres des ténèbres. Les Monstres dans la vie de tous les jours. Peter Kurtin, le monstre de Düsseldorf.* Et...
Il passa la main sur la dernière couverture, en retira une épaisse couche de poussière et découvrit l'image d'un spectre penché sur une jeune fille endormie.
— *Varney le vampire* ou *La fête du sang*. Bonté divine ! C'est avec de pareilles lectures qu'on soigne aujourd'hui les victimes d'une crise cardiaque ? Est-ce pour discuter de ce genre de sujets que vous avez demandé à me voir ? Vous aviez dit à miss Curless qu'il s'agissait d'une affaire importante.
— Oui, en effet.
— De quoi peut-il s'agir ? Si votre intention était de m'inquiéter, vous y avez certainement réussi.
Matt le regarda calmement.
— Un de mes meilleurs amis, Ben Mears, devait prendre contact avec vous aujourd'hui. J'ai compris, d'après ce que m'a dit votre gouvernante, qu'il ne l'a pas fait.
— C'est exact. Je ne l'ai pas vu.
— J'ai essayé en vain de le joindre. Il a quitté l'hôpital en compagnie de mon médecin, James Cody, que je n'ai pas pu joindre, lui non plus. Et je n'ai pas davantage réussi à retrouver Susan Norton, la jeune amie de Ben. Elle est sortie au début de l'après-midi, ayant promis à ses parents de rentrer vers cinq heures. Elle n'est pas rentrée et ils sont inquiets.
Callahan dressa l'oreille quand Matt prononça le nom de Norton. Bill Norton était venu le consulter une fois à propos d'un problème qui concernait des membres catholiques de son syndicat.
— Vous avez idée de ce qui a pu leur arriver ?
— Laissez-moi vous poser une question. C'est sérieux et je voudrais que vous réfléchissiez bien avant de me répondre. Avez-vous remarqué quoi que ce soit d'inhabituel à Salem ces derniers temps ?

Depuis le début de leur entretien, Callahan avait l'impression — et la question prudente de Matt ne fit que renforcer ce sentiment — que son interlocuteur prenait grand soin de ne pas l'inquiéter en lui faisant part ouvertement de ce qu'il avait en tête. L'invraisemblable collection de livres dont il s'était entouré parlait d'elle-même et ce qu'elle suggérait était déjà suffisamment effrayant.

— Des vampires à Salem ? demanda-t-il.

Il était en train de penser à ces dépressions qui succèdent si souvent aux graves maladies et de se dire que le malade avait de bonnes chances d'y échapper s'il avait par ailleurs de solides raisons de vivre. L'artiste avait sa peinture, le musicien sa musique, l'entrepreneur sa maison à terminer. Mais la passion qui empêchait le malade de sombrer n'était pas forcément saine. Elle pouvait être liée à une psychose jusque-là inapparente. Fort de son expérience, Callahan était d'avis qu'une petite psychose de temps en temps, comme une bonne dose de Cutty Sark, pouvait être tout à fait bénéfique.

Il se contenta donc de croiser les mains et d'attendre que Matt continue.

— C'est déjà très difficile pour moi de vous parler de ce que j'ai dans l'esprit, mais si vous me croyez en proie à des fantasmes à la suite de ma maladie ce sera plus difficile encore.

Stupéfait de voir Matt lire dans ses pensées au moment même où il se les formulait, Callahan s'efforça de rester impassible et dit d'un ton apaisant :

— Vous me paraissez au contraire parfaitement lucide.

Matt soupira.

— Qu'on soit lucide ne signifie pas qu'on soit sain d'esprit et vous le savez bien.

Il changea de position dans le lit, dispersant du même coup les livres éparpillés autour de lui.

— Dieu, si Dieu il y a, doit être en train de me faire payer une vie intellectuelle trop académique. Je me suis, en effet, toujours refusé à émettre la moindre hypothèse sans l'étayer par une argumentation et des références indiscutables, et aujourd'hui, pour la deuxième fois, je suis obligé d'avancer des affirmations proprement insensées, sans pouvoir en fournir la moindre preuve. Tout ce que je peux dire, si je puis vous convaincre que j'ai encore un peu de cervelle, c'est que mes allégations sont assez facilement contrôlables ; j'espère seulement que vous consentirez à le faire avant qu'il ne soit trop tard.

Il eut un rire ironique.

— *Avant qu'il ne soit trop tard.* Ça sort tout droit de la

presse du cœur des années trente, vous ne trouvez pas?

— C'est que la vie ressemble souvent à un roman-photo, remarqua le père Callahan, tout en se disant que ce n'était pas tellement le cas de sa vie à lui.

— Laissez-moi vous poser de nouveau ma question. Avez-vous remarqué quoi que ce soit — n'importe quoi — d'étrange ou d'inhabituel ce week-end?

— Qui aurait quelque rapport avec des vampires ou...?

— Avec tout ce que vous voulez.

Callahan réfléchit un instant.

— La décharge était fermée, dit-il finalement. Mais quelqu'un avait cassé le portail et j'ai pu y entrer quand même.

Il sourit.

— J'aime assez porter moi-même mes ordures à la décharge. Quand je vois cet endroit si humble et pourtant si plein de ressources, j'en arrive à croire — et cela flatte mes tendances élitistes — que, si pauvre qu'il soit, le prolétariat est loin d'être malheureux. La décharge était fermée et Dud Rogers n'était pas là.

— Autre chose?

— Ah! oui... Les Crockett n'ont pas assisté à la messe ce matin et pourtant Mrs. Crockett ne la manque jamais.

— Ensuite?

— Ensuite il y a évidemment la pauvre Mrs. Glick.

Matt se dressa sur un coude.

— Mrs. Glick? Qu'est-ce qu'elle a?

— Elle est morte.

— De quoi?

— Pauline Dickens croit que c'est d'une crise cardiaque, dit Callahan sans conviction.

— Quelqu'un d'autre est-il mort à Salem aujourd'hui?

En temps ordinaire, la question eût pu être considérée comme extravagante. Les morts en série n'étaient pas de règle dans une petite ville comme Salem, malgré le fort pourcentage de personnes âgées dans la population.

— Non, répondit lentement Callahan, mais il faut reconnaître que nous avons un taux de mortalité fort élevé depuis un moment. Mike Ryerson... Floyd Tibbits... le bébé McDougall...

Matt hocha la tête. Il avait l'air très las.

— C'est plus qu'étrange, dit-il. Nous en serons bientôt au point où ils pourront s'aider les uns les autres à brouiller les pistes. Une ou deux nuits encore et... j'ai peur, je vous dis que j'ai peur.

— Assez tourné autour du pot, dit Callahan.

— C'est vrai. Je n'ai que trop tardé à vous mettre au courant.

Il se mit à raconter son histoire, de bout en bout. Il la compléta avec le récit de ce qui était arrivé à Ben, à Susan et à Jimmy, sans rien omettre. Quand il arrêta, la soirée tragique de Ben et Jimmy chez Maury Green avait pris fin. Mais, pour Susan Norton, tout ne faisait que commencer.

2

Son récit terminé, Matt laissa le silence retomber, puis dit :
— Alors, je suis fou ?
— En tout cas, vous me paraissez bien persuadé que l'on doit vous croire fou, même si vous avez réussi à convaincre Mr. Mears et votre médecin. Non, je ne vous crois pas fou. Après tout, le surnaturel est en quelque sorte mon métier. Si je peux me permettre d'en parler un peu légèrement, je dirai que le surnaturel, c'est mon pain et mon vin. Quand j'étais petit, je m'intéressais, comme tant d'autres, aux sciences occultes et, quand j'ai grandi, ma vocation religieuse, loin d'éteindre mon goût pour ces choses-là, n'a fait que le renforcer.

Il poussa un profond soupir.
— Mais depuis quelque temps je m'interroge sur la nature du mal qui règne dans le monde.

Et il ajouta avec un petit sourire mi-figue, mi-raisin :
— Et les questions que je me pose me gâchent un peu le plaisir.
— Alors... accepteriez-vous de faire une petite enquête pour moi... et de prendre avec vous de l'eau bénite et quelques hosties ?
— Ça, c'est un problème épineux sur le plan théologique, dit Callahan, réellement ennuyé.
— Pourquoi ?
— Je n'émets pas un refus catégorique, du moins pas encore, et je dois vous dire que si vous vous étiez adressé à un prêtre plus jeune il aurait probablement accepté tout de suite, sans la moindre hésitation.

Il eut un sourire amer.
— A leurs yeux, le rituel de l'Église n'a qu'une valeur symbolique, il n'a pas de valeur en soi ; ils n'y voient qu'une nouvelle version de la coiffe et du bâton magique du chaman. Le jeune prêtre vous prendrait peut-être pour un fou, mais si le fait de vous asperger d'un peu d'eau bénite pouvait vous tranquilliser il n'y verrait pas d'inconvénient. En ce qui me concerne, c'est tout

bonnement hors de question. Si je devais faire votre petite enquête habillé d'un costume de tweed et armé d'un exemplaire de *L'Exorciste sensuel* de Sybil Leek, cela n'engagerait que vous et moi. Mais si je prends avec moi une hostie, c'est que j'agis en tant que ministre de la sainte Église catholique et que je me dispose à célébrer les rites les plus sacrés de ma fonction. Je suis alors celui qui représente le Christ sur terre.

Il regarda Matt avec une gravité presque solennelle.

— Je suis un prêtre bien médiocre, je me le dis souvent ; je suis blasé, cynique et, depuis quelque temps, je traverse une crise, je remets tout en question... mais je crois encore assez au redoutable pouvoir mystique de l'Église que je représente pour être incapable de prendre à la légère ce que vous me demandez là. L'Église, quoi qu'en pensent ces messieurs de la nouvelle vague, c'est autre chose qu'un tas d'idées généreuses. Nous ne sommes pas des boy-scouts et nous avons mieux à accomplir que des B.A. L'Église est une force, et on ne met pas une force en mouvement pour n'importe quoi.

Il regarda Matt d'un air sévère.

— Est-ce que vous comprenez ça ? C'est primordial pour moi que vous le compreniez.

— Je le comprends.

— Voyez-vous, la conception que l'Eglise se fait du mal a énormément évolué au cours du XXe siècle. Savez-vous pourquoi ?

— Je m'imagine que c'est à cause de Freud.

— Bravo. L'Église se trouve effectivement, depuis le début du siècle, devant un phénomène nouveau : la désacralisation du mal. Notre vieux diable cornu, avec sa longue queue et ses pieds fourchus, n'a plus cours. On lui a substitué une interprétation psychanalytique des phénomènes. Le mal, d'après l'Évangile selon Saint Sigmund, n'aurait plus rien à voir avec le serpent tentateur du jardin, malgré ce que cette image peut avoir de freudien ; ce serait plutôt un gigantesque composé de pulsions individuelles et collectives, le subconscient de l'humanité en quelque sorte.

— Ne pensez-vous pas que le mal ainsi conçu est autrement plus impressionnant que ces petits diablotins à queue rouge qu'un pet d'ecclésiastique constipé suffit à faire fuir ?

— Impressionnant, bien sûr, mais aussi impersonnel et impitoyable. Il échappe à toute emprise, et nous n'avons pas plus d'espoir de le distinguer du bien que Shylock n'en avait de se voir découper sa livre de chair sans verser une goutte de sang. L'Église a été conduite à reconsidérer complètement son attitude en ce qui concerne le mal, qu'il s'agisse des bombardements du

Cambodge, de la guerre en Irlande ou au Moyen-Orient, des policiers assassinés, des ghettos en révolte ou, plus généralement, de cette violence que, partout dans le monde, les hommes exercent les uns sur les autres sous des formes multiples et à tous les degrés. Le prêtre rejette sa dépouille de sorcier et se lance dans l'action sociale, dans la lutte politique. Le contact avec les déshérités des bidonvilles confère plus de prestige que le rituel de la confession. Et la communion passe après les conflits raciaux et la crise du logement. L'Église d'aujourd'hui oublie le Ciel à force d'avoir les pieds sur terre.

— Une terre où il n'y a plus ni sorciers, ni succubes, ni vampires, mais seulement des parents indignes, des enfants incestueux et des pollueurs en tout genre, enchaîna Matt.

— Oui.

— Et vous détestez tout cela ? dit Matt lentement.

— Oui, répondit Callahan d'une voix calme. Je pense que c'est une abomination. C'est comme si l'Église nous disait que Dieu n'est pas mort, mais qu'il est un tout petit peu sénile. Ne trouvez-vous pas que cela justifie ma réponse ? Et maintenant que voulez-vous que je fasse ?

Matt le lui dit.

— Vous vous rendez compte que si j'accepte je vais à l'encontre de tout ce que je viens de vous dire, dit Callahan après réflexion.

— Au contraire, je pense que ce sera pour vous l'occasion de mettre l'Église — *votre* Église — à l'épreuve.

Callahan prit son souffle.

— Bon, j'accepte, mais à une condition.

— Laquelle ?

— Que les membres de l'expédition aillent d'abord voir ce Mr. Straker à son magasin et que Mr. Mears, parlant en votre nom, lui fasse franchement part de nos soupçons. Nous pourrons ainsi observer ses réactions et cela lui donnera l'occasion, le cas échéant, de nous rire au nez.

Matt se renfrogna.

— Mais, ce faisant, on le prévient.

Callahan secoua la tête.

— C'est vrai, mais je crois que c'est sans importance si nous sommes bien décidés tous les trois, Mr. Mears, le docteur Cody et moi, à aller de l'avant quoi qu'il arrive.

— D'accord, dit Matt, sous réserve que Ben et Jimmy acceptent aussi.

— Bien sûr.

Callahan soupira.

— Vous ne vous vexerez pas si je vous dis que je souhaite prouver que tout cela n'existe que dans votre tête. J'espère que ce Straker nous rira au nez et qu'il aura bien raison de le faire.
— Ça ne me vexe nullement.
— Oui, j'espère vraiment que tout cela est sans fondement. En acquiesçant à ce que vous me demandez, je fais une chose grave, plus grave que vous ne le croyez, et j'avoue que cela m'effraie.
— Et moi donc, dit Matt tout bas.

3

Mais, en regagnant d'un pas leste l'église St. Andrew, Callahan n'avait pas peur, il se sentait revivre. Pour la première fois depuis des années, il n'avait pas bu et il n'avait pas envie de boire. De retour au presbytère, il décrocha le téléphone et composa le numéro de la pension d'Eva Miller.
— Allô, Mrs Miller ? Est-ce que je pourrais parler à Mr. Mears ? Il n'est pas là ? Ah ! bon... Non, pas de message. Je rappellerai demain. Oui, au revoir.
Il raccrocha et s'approcha de la fenêtre.
Mears était-il allé boire une bière dans une taverne des alentours, ou bien tout ce que venait de lui dire le vieux professeur serait-il vrai ? Dans ce cas..., dans ce cas...
Ne pouvant rester en place, il alla sous la véranda, derrière la maison, aspira à pleins poumons l'air vif et piquant d'octobre et scruta l'obscurité mouvante. Peut-être que Freud n'est pas le seul responsable, pensa-t-il, peut-être que l'invention de l'électricité qui, de son faisceau lumineux, transperce le cœur de la nuit aussi sûrement que le pieu transperce le cœur du vampire, et plus proprement, a autant fait que la psychanalyse pour chasser les ombres qui hantent les cerveaux des hommes.
Son exaltation, qui n'était qu'un mauvais reflet de son orgueil, s'évanouit comme un écho. La terreur empoigna son cœur. Non pas la peur de perdre la vie ou l'honneur. Non pas la crainte d'être surpris par sa gouvernante, une bouteille de whisky à la main. Non, une terreur comme il n'en avait jamais connu, même aux jours les plus noirs de son adolescence.
C'était pour son âme qu'il tremblait ce soir-là.

TROISIÈME PARTIE

LA VILLE DÉSERTÉE

> *I heard a voice, crying from the deep:*
> *Come join me, baby, in my endless sleep.*
>
> (Old rock 'n' roll song.)
>
> *Et maintenant les voyageurs, dans cette vallée,*
> *A travers les fenêtres rougeâtres, voient*
> *De vastes formes qui se meuvent fantastiquement*
> *Aux sons d'une musique discordante,*
> *Pendant que, comme une rivière rapide et lugubre,*
> *A travers la porte pâle*
> *Une hideuse multitude se rue éternellement,*
> *Qui va éclatant de rire — ne pouvant plus sourire.*
>
> Edgar Allan POE.
> (*The Haunted Palace.*)
> (Trad. Charles Baudelaire
> in *La chute de la maison Usher.*)
>
> *Tell you now that the whole town is empty.*
>
> Bob DYLAN.

SALEM (4)

1

DE « *L'Almanach du Vieux Fermier* » :
Dimanche 5 octobre 1975, coucher du soleil, 19 h 2.
Lundi 6 octobre 1975, lever du soleil, 6 h 49.
En ce treizième jour après l'équinoxe d'automne, Jerusalem's Lot sera donc dans l'obscurité pendant onze heures et quarante-sept minutes.
Nouvelle lune.
Proverbe du jour : « A soleil tôt couché, moisson presque faite. »
De la station météorologique de Portland :
Températures relevées pendant la période d'obscurité : la plus haute, 15 °C à 19 h 6 — la plus basse, 8 °C à 4 h 6. Nuages : en petit nombre ; précipitations : nulles ; vent de nord-ouest, 3 à 6 km/H.
Du bloc-notes journalier de la police du comté de Cumberland :
Rien à signaler.

2

Il n'y eut personne pour déclarer la ville morte en ce matin du 6 octobre ; personne ne savait qu'elle l'était. Elle conservait, comme les cadavres de ses habitants, toute l'apparence de la vie.

Ruthie Crockett, qui, se sentant malade, était restée pelotonnée au fond de son lit pendant tout le week-end, n'était plus là le lundi matin. Personne ne remarqua sa disparition. Sa mère gisait dans la cave, le corps recouvert d'une bâche, derrière ses étagères de conserves, et Larry Crockett, qui s'était réveillé très tard, supposa que sa fille était en classe. Il décida de ne pas aller à son bureau ce jour-là. Il se sentait épuisé, la tête vide et les jambes flageolantes. La grippe probablement. La lumière lui faisait mal aux yeux. Il se leva et baissa le store. L'absence de sa femme l'étonnait un peu, mais il ne s'appesantit pas sur la question. Il se recoucha, passa le doigt sur la drôle de petite coupure qu'il s'était faite juste sous le menton en se rasant, remonta son drap jusqu'aux yeux et sombra à nouveau dans le sommeil.

Pendant ce temps, sa fille dormait aux côtés de Dud Rogers au plus profond d'un congélateur abandonné et, dans les ténèbres de sa nouvelle existence, au milieu des ordures de la décharge, elle trouvait les avances de son compagnon fort acceptables.

Loretta Starcher, la bibliothécaire de la ville, avait disparu aussi. Mais qui se soucie de la disparition d'une vieille fille ? Elle reposait au dernier étage de la bibliothèque municipale, l'étage obscur, poussiéreux, toujours fermé à clef (elle était la seule à en avoir la clef et la portait au cou, accrochée à une chaîne), où ne pénétraient que ceux qui avaient su la convaincre de leur valeur intellectuelle et surtout *morale* au point de mériter cette faveur insigne.

Exemplaire unique, reliure intacte, elle avait rejoint maintenant ses précieux livres. Aucun homme, jamais, ne l'avait touchée, aucun homme ne la toucherait jamais.

Eva Miller fut surprise de ne pas voir Weasel Craig au petit déjeuner, mais elle n'eut pas le loisir de se poser beaucoup de questions. L'atmosphère était toujours fiévreuse le lundi matin. Il s'agissait de repartir pour une nouvelle semaine de travail et on se bousculait autour du fourneau. Après quoi il fallait remettre tout en ordre et laver la vaisselle de ces deux pestes de Grover Verrill et de Mickey Sylvester qui s'obstinaient à ne pas voir la petite pancarte « N'oubliez pas de laver vos assiettes, s.v.p. » clouée au-dessus de l'évier.

Mais, quand à la frénésie du petit matin succéda le rythme tranquille des tâches quotidiennes, elle prit de nouveau conscience de l'absence de Weasel. C'était lui qui, tous les lundis, allait porter les ordures au coin de Railroad Street afin que Royal Snow les embarque dans son vieil International Harvester. Les grands sacs en plastique vert s'alignaient sur les marches de la cuisine et Weasel n'était pas là pour les enlever.

Elle alla jusqu'à sa chambre et frappa doucement à la porte.
— Ed ?
Pas de réponse. Un autre jour, elle se serait dit qu'il cuvait encore une cuite et aurait porté les sacs elle-même, en grommelant un peu. Mais ce matin-là elle sentit monter en elle une espèce d'angoisse, tourna le bouton de la porte et avança la tête.

— Ed ? dit-elle d'une voix sourde.

La pièce était vide, la fenêtre ouverte, et les rideaux étaient agités par la brise. Le lit était en désordre, elle se mit à le faire machinalement, et soudain sa pantoufle droite buta dans quelque chose. Elle se baissa et vit le miroir monté sur écaille de Weasel, brisé. Elle le ramassa et le tourna entre ses doigts, les sourcils froncés. C'était un miroir qu'il tenait de sa mère ; il avait refusé une fois de le vendre à un antiquaire qui lui en offrait dix dollars et pourtant il buvait déjà à ce moment-là.

Elle alla chercher la pelle à poussière dans le placard du couloir et balaya lentement et pensivement les morceaux de verre. Elle savait que Weasel n'était pas ivre quand il l'avait quittée pour aller dans sa chambre la veille au soir et qu'après neuf heures il ne pouvait trouver de bière nulle part, à moins d'aller en stop jusque chez Dell ou à Cumberland.

Elle vida la pelle dans la corbeille à papiers, puis inspecta le contenu de la corbeille : pas de bouteille vide. Le contraire l'eût étonnée, Weasel ne buvait pas en cachette, ce n'était pas son genre.

Bon, il va bien finir par se montrer.

C'est pourtant le cœur lourd qu'elle descendit l'escalier, sans vouloir s'avouer que, si elle se sentait à ce point préoccupée, c'est qu'elle avait beaucoup plus que de l'amitié pour Weasel.

— Ma'ame ?

Quelqu'un qu'elle ne connaissait pas était dans sa cuisine et lui parlait. Elle se secoua pour chasser ses pensées et regarda l'étranger. C'était un petit garçon, soigneusement vêtu d'un pantalon en velours côtelé et d'un tee-shirt bleu impeccablement propre. *D'où sort-il, ce petit ?* Sa figure lui disait quelque chose, mais elle ne parvenait pas à le situer. Il appartenait probablement à une de ces familles qui venaient de s'installer sur Jointner Avenue.

— Est-ce que Mr. Ben Mears habite bien ici ?

Eva fut sur le point de lui demander pourquoi il n'était pas à l'école, mais n'en fit rien. L'enfant avait une expression impressionnante de gravité, et des cernes bleus entouraient ses yeux.

— Mr. Mears dort.

— Est-ce que je peux attendre ?

En sortant de la maison funéraire de Maury Green, Homer McCaslin s'était rendu directement chez les Norton. Il était onze heures du soir lorsqu'il frappa à leur porte. Mrs. Norton était en larmes ; quant à Bill Norton, il s'efforçait de garder son calme, mais ses traits étaient tirés et il allumait cigarette sur cigarette.

McCaslin accepta de diffuser le signalement de Susan. Oui, il les appellerait s'il apprenait quelque chose. Oui, il téléphonerait à tous les hôpitaux de la région, comme c'est la règle dans ces cas-là (il ne leur dit pas qu'on téléphonerait aussi à la morgue). Il pensait à part lui que la petite avait très bien pu partir sur un coup de tête. La mère reconnaissait elle-même qu'elles s'étaient disputées et que sa fille avait parlé d'aller habiter ailleurs.

Par acquit de conscience, il fit néanmoins une ronde sur les petites routes qui entouraient la ville, tout en prêtant l'oreille aux grésillements de sa radio de bord. A minuit passé, alors qu'il remontait Brooks Road, la torche électrique avec laquelle il balayait le bas-côté de la route éclaira quelque chose de métallique — une voiture garée dans les bois.

Il s'arrêta, fit marche arrière et sortit de sa voiture. L'auto qu'il avait repérée était garée sur un chemin désaffecté. C'était une Vega beige 1973. McCaslin sortit son gros carnet à chaîne de la poche arrière de son pantalon et dirigea le rayon de sa lampe sur la plaque de la voiture. C'était bien le numéro que Mrs. Norton lui avait indiqué. Les choses étaient peut-être plus sérieuses qu'il ne l'avait cru. Il posa la main sur le capot. Il était froid. La voiture devait être là depuis un certain temps.

— Shérif ?

Une voix légère, aérienne, comme un tintement de clochettes. Pourquoi diable avait-il mis la main sur la crosse de son pistolet ?

Il se retourna et aperçut la fille des Norton. Elle était incroyablement belle et donnait la main à un jeune homme qu'il ne connaissait pas et dont les cheveux noirs étaient coiffés en arrière à la mode des années trente. McCaslin dirigea le rayon de sa lampe sur le visage du garçon et eut l'impression très étrange que le faisceau lumineux passait à travers lui sans l'éclairer.

Les deux jeunes gens s'approchèrent. Leurs pas ne laissaient aucune trace sur la terre meuble. La peur le saisit, son corps se tendit, sa main serra le revolver... et puis relâcha son étreinte. Il éteignit sa lampe et attendit passivement.

— Shérif, dit-elle.

Sa voix avait pris une intonation sourde et caressante.

— Comme c'est gentil à vous d'être venu, dit l'étranger.

Ils se jetèrent sur lui.

La voiture de police se cachait maintenant sous les fougères et les genévirers. McCaslin était pelotonné dans la malle arrière et les appels radio résonnant à intervalles réguliers n'étaient plus reçus par personne.

Un peu plus tard, ce matin-là, Susan rendit une courte visite à sa mère, mais sans lui faire grand mal ; elle était déjà repue. Mais, puisque Ann Norton l'avait invitée à entrer, elle aurait tout loisir de retourner chez elle quand elle le voudrait. Car elle allait avoir faim ce soir... et tous les soirs.

Enfin le jour se leva et le mal se remit en sommeil. On allait avoir une belle journée d'automne, fraîche et lumineuse. La ville, ignorante de sa propre mort, reprendrait ses activités sans se douter des basses œuvres de la nuit. Selon *L'Almanach du Vieux Fermier*, le soleil se coucherait à sept heures juste.

Les jours allaient devenir de plus en plus courts. Bientôt ce serait Halloween, et puis viendrait l'hiver.

3

Quand Ben descendit de sa chambre, à neuf heures moins le quart, Eva Miller lui dit tout en continuant à laver ses assiettes :
— Il y a quelqu'un qui vous attend sous la véranda.
— Ah ! dit Ben.

Et il se dirigea vers la porte de la cuisine donnant sur l'extérieur. Il s'attendait à voir Susan, ou le shérif McCaslin, mais son visiteur était un petit garçon à l'allure d'enfant sage. Il était assis sur les marches de la véranda et regardait la ville qui, comme chaque matin à cette heure-là, commençait à s'animer.

— Salut ! dit Ben.

L'enfant tourna vivement la tête.

Ils échangèrent un bref regard, mais cela suffit à Ben pour avoir l'impression qu'il était passé de l'autre côté du miroir, une fois de plus, et que l'espace et le temps n'étaient plus les mêmes. Cet enfant lui rappelait étrangement le petit garçon qu'il avait été, mais il y avait plus que cela. Il avait le cœur serré, comme si leur rencontre avait été prévue de longue date par quelque puissance mystérieuse — tout comme le jour où il avait fait la connaissance de Susan dans le parc et où malgré le naturel de leur conversation, il avait eu le sentiment pénible qu'ils étaient tous les deux le jouet de forces inconnues.

L'enfant dut sentir un peu la même chose ; ses prunelles se dilatèrent et il s'appuya d'une main à la balustrade.

— Tu es Ben Mears, dit-il, comme s'il posait une évidence.
— Oui. Tu me bats d'une longueur, moi je ne sais pas qui tu es.
— Je m'appelle Mark Petrie, dit l'enfant. J'ai de mauvaises nouvelles pour toi.

Je le savais, pensa Ben lugubrement. Il se prépara à soutenir le choc, mais la nouvelle était si imprévisible qu'il en fut assommé.

— Susan Norton est devenue l'un d'entre *eux,* dit l'enfant,

Barlow a pris possession d'elle dans la cave de Marsten House. Mais j'ai tué Straker. Enfin je crois que je l'ai tué.

Ben essaya de parler, mais n'y parvint pas. Il avait la gorge bloquée.

L'enfant hocha la tête avec compréhension et enchaîna tout naturellement :

— On pourrait faire un tour dans ta voiture pour discuter. Je ne tiens pas à ce qu'on me voie par ici. J'ai séché l'école et je viens déjà d'avoir quelques petits problèmes avec mes parents.

— Je crois que je vais dégueuler, dit Ben.

— Vas-y, dit Mark.

Ben passa derrière sa Citroën et se plia en deux en se tenant à la portière. Il ferma les yeux, tout devint noir et le visage de Susan lui apparut, avec son sourire charmant et cette façon irrésistible qu'elle avait de le regarder. Il ouvrit les yeux. Peut-être que ce gosse mentait ou fabulait, peut-être qu'il était complètement paumé. Mais il ne trouva pas grand réconfort dans cette idée. Ça ne collait pas avec le gosse. Il se retourna, le regarda bien en face et ne lut sur son visage que de l'inquiétude et de la sympathie.

— Viens, dit-il.

L'enfant monta dans la voiture et Ben démarra. Eva Miller, les sourcils froncés, les regarda partir de la fenêtre de sa cuisine. Il se passait quelque chose de grave. Elle le sentait, dans toutes ses fibres, comme elle l'avait senti le jour où son mari était mort.

Elle se leva pour aller donner un coup de fil à Loretta Starcher. Le téléphone sonna, sonna ; personne ne répondit. Elle attendit longtemps, puis raccrocha. Où Loretta pouvait-elle bien être ? Certainement pas à la bibliothèque, qui était fermée le lundi.

Elle s'assit de nouveau et regarda pensivement le téléphone. Elle sentait la catastrophe imminente ; une catastrophe qui aurait peut-être la gravité du grand feu de 1951.

Elle se décida enfin à appeler Mabel Werts qui, bien sûr, était au fait des dernières nouvelles et impatiente d'en connaître d'autres. La ville n'avait pas connu un pareil week-end depuis longtemps.

4

Ben menait sa voiture au hasard des routes tandis que Mark racontait son histoire. Il la raconta bien, en partant de la nuit où

Danny Glick était venu gratter à sa fenêtre et en terminant avec la visite qu'il avait reçue le matin même.

— Tu es sûr que c'était Susan ?

Mark fit oui de la tête.

Ben s'engagea dans un brusque demi-tour et remonta Jointner Avenue à quatre-vingts à l'heure.

— Où vas-tu ? A Mar...
— Non, pas là. Pas encore.

5

En roulant sur Brooks Road, ils dépassèrent le chemin où Homer McCaslin avait repéré la Vega de Susan et leur regard capta un reflet de soleil sur du métal.

— Attends. Arrête-toi.

Ben se gara sur le bord de la route et ils remontèrent le chemin en marchant l'un à côté de l'autre sans se parler. C'était une sente depuis longtemps désaffectée, creusée d'ornières anciennes et envahie par l'herbe haute. Un oiseau pépiait au-dessus d'eux.

Ils arrivèrent bientôt près de la voiture.

Ben ralentit sa marche, puis s'arrêta. Il se sentait inondé d'une sueur froide et ses nausées l'avaient repris.

— Va voir, toi.

Mark alla jusqu'à la voiture et pencha la tête par la vitre ouverte du côté du volant.

— Les clefs sont dessus, dit-il en se retournant.

Ben s'avança à son tour. Son pied buta dans quelque chose. Il se baissa et vit un revolver de calibre 38 traînant dans la poussière. Il le ramassa et l'observa attentivement. C'était un revolver de la police, à n'en pas douter.

— Il est à qui, d'après toi, ce pistolet ? demanda Mark en s'approchant.

Il avait les clés de Susan à la main.

— Je ne sais pas.

Il vérifia que le revolver n'était pas armé et le mit dans sa poche.

Mark lui tendit les clés. Il les prit et marcha comme dans un rêve jusqu'à la Vega. Ses mains tremblaient et il dut s'y reprendre à deux fois avant de réussir à engager la clé dans la serrure du coffre. Enfin il y parvint, tourna la clé et souleva l'abattant en s'efforçant de ne penser à rien.

Ils regardèrent ensemble à l'intérieur. Il n'y avait qu'une roue de secours et un cric. Ben poussa un long soupir.

— Et maintenant ? demanda Mark.
Ben resta silencieux. Ce ne fut que quand il se sentit à nouveau maître de sa voix qu'il répondit :
— On va aller voir Matt Burke, un de mes amis qui est à l'hôpital. Il sait tout sur les vampires.
L'enfant lui lança un regard insistant.
— Tu me crois, dis ?
— Oui, dit Ben.
Le mot était parti, très vite, balayant du même coup tous les doutes qu'il pouvait encore avoir.
— Oui, je te crois.
— Mr. Burke est prof au lycée, n'est-ce pas ? Est-ce qu'il sait ?
— Oui, et son docteur aussi.
— Le docteur Cody ?
— Oui.
Ils n'avaient pas détaché leur regard de la voiture ; on aurait dit qu'ils venaient de découvrir le dernier spécimen d'une race maudite dans ces bois ensoleillés, à l'ouest de la ville. Le coffre était ouvert devant eux comme une gueule béante ; Ben le referma d'un coup sec et le bruit sourd de la serrure qui s'enclenchait retentit dans son cœur.
— Et quand on l'aura vu, dit-il, on montera à Marsten House et on réglera son compte à l'enfant de salaud qui a fait tout ça.
Mark, immobile, le regardait.
— Ce ne sera peut-être pas aussi simple que tu le penses. Elle sera là haut, elle aussi. Elle *lui* appartient maintenant.
— Je *le* ferai se repentir d'être venu à Salem, dit Ben d'une voix déterminée. Allez, viens.

6

Ils arrivèrent à l'hôpital à neuf heures et demie. Jimmy Cody était dans la chambre de Matt. Il regarda d'abord Ben, sans sourire, puis jeta un coup d'œil intrigué sur Mark Petrie.
— J'ai de mauvaises nouvelles pour toi, Ben. Sue Norton a disparu.
— C'est un vampire maintenant, dit Ben d'une voix sourde.
Matt laissa échapper un grognement.
— Tu en es sûr ? demanda Jimmy d'une voix brève.
Ben leur montra du geste Mark Petrie.
— Mark ici présent a reçu une petite visite de Danny Glick samedi soir. Il va vous raconter le reste.

Mark raconta son histoire du début à la fin, comme il l'avait fait avec Ben.

Quand il eut terminé, Matt fut le premier à parler.

— Ben, je ne sais comment vous dire à quel point tout cela m'atterre.

— Ben, veux-tu que je te donne un tranquillisant ou un remontant ? dit Jimmy.

— Ce n'est pas d'un médicament que j'ai besoin, Jimmy. C'est d'aller, sans perdre une minute, trouver ce Barlow. Aujourd'hui même. Avant que la nuit tombe.

— Je suis prêt. J'ai annulé tous mes rendez-vous, et j'ai téléphoné au bureau du shérif McCaslin. Il a disparu lui aussi.

— On tient peut-être alors l'explication de ça, dit Ben en sortant le revolver de sa poche et en le déposant sur la table de nuit de Matt.

Un pareil objet, dans une chambre d'hôpital, faisait un effet très étrange.

— Où est-ce que tu l'as trouvé ? demanda Jimmy.

— Par terre, près de la voiture de Susan.

— Ah ! bon, alors je vois bien le processus. McCaslin est allé voir les Norton peu après nous avoir quittés. Ils lui ont dit que Susan était partie avec sa Vega et lui en ont donné le numéro. Il est allé à sa recherche sur les petites routes et...

Le silence tomba. Personne n'avait envie de le rompre.

— La maison de Foreman est toujours fermée, dit enfin Jimmy, et les vieux de chez Milt Crossen n'arrêtent pas de rouspéter à propos de Dud Rogers. On ne l'a pas vu à la décharge depuis une semaine.

Ils se regardèrent tous d'un air lugubre.

— J'ai vu le père Callahan hier soir, dit Matt. Il est d'accord pour vous accompagner pourvu que vous — et, quand je dis vous, je parle de Mark aussi, bien sûr — vous arrêtiez d'abord au magasin de meubles pour parler à Straker.

— Je ne pense pas qu'il soit en état de parler à qui que ce soit aujourd'hui, dit Mark d'une voix douce.

— Qu'est-ce que vous avez appris qui puisse nous être utile en ce qui les concerne ? demanda Jimmy à Matt.

— Eh bien, je crois que je suis arrivé à reconstituer une partie du puzzle. Straker est probablement une sorte de garde du corps de Barlow. Il fallait qu'il le précédât en ces lieux, car il y avait certains rites à accomplir pour se concilier la faveur du Maître Suprême des Ténèbres. Car Barlow a lui aussi un maître, voyez-vous.

Il les regarda d'un air sombre.

— Je crains qu'on ne retrouve jamais trace de Ralphie Glick. Il a dû servir de ticket d'admission à Barlow, si je peux m'exprimer ainsi. Et c'est dans ce but que Straker l'a pris et l'a sacrifié.

— Salaud, dit Jimmy d'une voix blanche.

— Et Danny Glick ? demanda Ben.

— Straker a eu l'honneur et le plaisir de le saigner à blanc, dit Matt. La récompense accordée au fidèle serviteur. Remarquez que si Barlow avait été là il s'en serait peut-être chargé.

— Mais ce Barlow ? demanda Jimmy. Comment est-il arrivé ici ?

Matt haussa les épaules.

— Je ne sais quoi dire. Si l'on en croit la légende, il est vieux... très vieux. Peut-être a-t-il eu douze noms différents. Peut-être en a-t-il eu mille. Peut-être est-il né successivement dans toutes les régions du monde, encore que je le croie plutôt d'origine roumaine ou magyare. Comment il est arrivé ici ? Il n'est pas tellement important de le savoir... Peut-être bien que Larry Crockett y a mis la main. Non, ce qui est important, c'est qu'il soit ici.

» Bon, maintenant voilà ce qu'il faut que vous fassiez. Prenez un pieu. Prenez aussi un pistolet au cas où Straker serait encore vivant. Tenez, le revolver du shérif fera tout à fait l'affaire. Pour anéantir définitivement le vampire, il faut que le pieu lui traverse le cœur. Jimmy, tu y veilleras. Cela fait, il faut lui couper la tête, lui remplir la bouche d'ail et le mettre dans son cercueil, le visage tourné vers le sol. Dans les films et dans les livres de fiction, le vampire, une fois transpercé, tombe presque immédiatement en poussière. Mais il se peut que la réalité soit différente. Dans ce cas, il faudrait que vous preniez le cercueil et que vous alliez le jeter dans une eau courante. Dans la Royal River, par exemple. Quelqu'un a-t-il des questions à poser ?

Personne ne dit rien.

— Bien. Vous devez emporter de l'eau bénite et des hosties. Et vous devez vous confesser au père Callahan avant de partir.

— Je crois qu'aucun de nous n'est catholique, dit Ben.

— Moi, je suis catholique, dit Jimmy, mais je ne pratique pas.

— Confessez-vous quand même et dites votre acte de contrition et votre pénitence. Ainsi vous partirez purifiés.

— D'accord, dit Ben.

— Ben, avez-vous fait l'amour avec Susan ? Pardonnez-moi, mais...

— Oui, dit Ben.

— Dans ce cas, vous devez enfoncer le pieu d'abord dans le

cœur de Barlow, ensuite dans le *sien*. Vous êtes le seul membre de notre petit groupe qui ait été atteint personnellement. Vous agirez comme si vous étiez son mari. Et vous ne devez pas flancher. Ainsi vous la libérerez.

— D'accord, dit encore une fois Ben.

— Maintenant la chose essentielle, dit Matt en jetant un regard circulaire : *vous ne devez pas le regarder dans les yeux !* Si vous le faites, il s'emparera de vous et se servira de vous contre les autres, en vous exposant au besoin à la mort. Souvenez-vous de Floyd Tibbits !

» Avoir un revolver peut être dangereux mais peut aussi être utile. Jimmy, c'est toi qui le prendras, et tu resteras un peu en arrière. Quand tu examineras Barlow et Susan, confie-le à Mark.

— Compris, dit Jimmy.

— Pensez bien à acheter de l'ail. Et des roses si vous en trouvez. Est-ce que le petit magasin de fleurs de Cumberland est encore ouvert, Jimmy ?

— Le Bouquet du Nord ? Je crois, oui.

— Prenez chacun une rose blanche. Attachez-la dans vos cheveux ou autour de votre cou. Et — je me répète mais ça ne fait rien — ne le regardez pas dans les yeux ! Je pourrais encore vous dire mille choses, mais il vaut mieux que vous partiez. Il est déjà dix heures et il ne faudrait pas que le père Callahan se ravise. Je vous accompagne de mes vœux et de mes prières. Un vieil agnostique comme moi qui parle de prières, ça fait un peu drôle, mais je suis loin d'être aussi agnostique que je l'étais il y a quelques jours encore. Est-ce que c'est Carlyle qui a dit que celui qui détrône Dieu dans son cœur doit mettre Satan à sa place ?

Personne ne répondit. Matt soupira.

— Jimmy, je voudrais regarder ton cou de plus près.

Jimmy s'approcha du lit et leva le menton. Les petites blessures étaient, à n'en pas douter, des perforations, mais elles étaient toutes les deux bien cicatrisées et il semblait n'y avoir aucune inflammation.

— Des douleurs ? Des démangeaisons ? demanda Matt.

— Non.

— Tu as eu de la chance, dit Matt gravement.

— Oui, je commence à me rendre compte de la chance incroyable que j'ai eue.

Matt se laissa retomber sur ses oreillers, le visage creusé, les yeux profondément enfoncés dans leurs orbites.

— Jimmy, je crois que je vais prendre le médicament que Ben a refusé.

— Je vais demander à une infirmière de vous le donner.

— Je dormirai pendant que vous mènerez votre combat. Plus tard, il y aura encore un point... Bon, c'est assez pour le moment. (Son regard se tourna vers Mark.) Tu as fait une chose remarquable hier, mon enfant. Follement téméraire, mais remarquable.

— C'est *elle* qui a payé pour moi, dit Mark de sa voix calme en pressant ses mains l'une contre l'autre pour les empêcher de trembler.

— Oui, et il pourrait bien vous le faire payer encore aux uns ou aux autres si ce n'est à tous. Ne le sous-estimez pas ! Et maintenant je dois vous avouer que je suis horriblement fatigué. J'ai passé presque toute la nuit à lire. Appelez-moi dès que tout sera fait.

En sortant de la chambre, Ben et Jimmy échangèrent un regard.

— Quelle classe, ce type ! dit Ben.

7

A dix heures et quart, Eva Miller descendit dans sa cave pour y prendre deux bocaux de maïs à l'intention de Mrs. Norton qui, d'après ce que lui avait dit Mabel Werts, était alitée. Eva avait passé presque tout son mois de septembre, dans les vapeurs du fourneau, à faire des conserves. Cela consistait pour une part à blanchir et à stériliser des légumes et, pour le reste, à faire des confitures et à recouvrir chaque pot d'une mince couche de paraffine. Plus de deux cents bocaux s'alignaient maintenant sur les étagères de la réserve qu'elle avait installée dans le sous-sol de sa maison et qu'elle veillait à garder toujours dans un ordre impeccable. La préparation des conserves était une de ses occupations favorites. A l'approche de l'hiver, elle compléterait sa collection avec quelques pots de « mincemeat », ce mélange de raisins secs, de pommes et d'amandes qu'on conserve avec du cognac.

Dès qu'elle ouvrit la porte de la cave, elle fut saisie par l'odeur.

— Mon Dieu, mais ça pue, grommela-t-elle entre ses dents en descendant les marches avec précaution comme s'il s'agissait d'entrer dans une eau fétide.

C'était son mari qui avait construit cette resserre et il avait pris soin de faire des murs en pierre très épais afin qu'elle reste toujours fraîche. Il arrivait cependant qu'une marmotte ou un rat musqué se glisse par quelque fente de la paroi et finisse par mourir dans un coin. C'était ce qui avait pu se produire, quoique jamais encore elle n'eût senti une pareille puanteur.

Elle parvint au bas des marches et s'avança en longeant les murs à la faible lumière des deux ampoules de cinquante watts qui pendaient au plafond. Il faudrait mettre des soixante-quinze, pensa-t-elle. Elle prit deux bocaux sur l'étiquette desquels le mot MAÏS était écrit à l'encre bleue en gros caractères bien réguliers et continua l'inspection, allant même jusqu'à se glisser péniblement entre le mur et l'énorme chaudière à canalisations multiples. Rien.

Elle refit le même chemin en sens inverse, se retrouva au bas des marches menant à la cuisine et, les sourcils froncés, jeta un coup d'œil autour d'elle. La pièce était beaucoup plus dégagée depuis qu'elle avait requis les services de deux des employés de Larry Crockett pour construire une réserve à outils derrière la maison. Elle n'abritait plus que la chaudière, sorte de figuration moderne de la déesse Kâli avec ses tuyaux qui partaient dans toutes les directions, les contre-fenêtres qu'il ne faudrait pas tarder à poser vu qu'on était déjà en octobre et que le chauffage coûtait cher, et le billard qui avait appartenu à son mari, recouvert d'un plastique. Chaque année, au mois de mai, elle en passait le feutre à l'aspirateur, bien que personne n'eût plus joué dessus depuis la mort de Ralph, en 1959. En dehors de ça et des conserves, la cave ne contenait plus guère qu'un carton rempli de livres de poche qu'Eva avait réunis pour les porter à l'hôpital de Cumberland, une pelle à neige au manche cassé, un tableau de bois auquel étaient accrochés quelques vieux outils dont se servait Ralph autrefois et une pile de rideaux qui devaient être complètement piqués.

Et pourtant l'odeur était bien là.

Ses yeux se dirigèrent vers la porte basse qui menait au cellier. Elle n'allait quand même pas descendre là, pas aujourd'hui ! Et puis la maison était solidement assise sur du béton. Comment un animal aurait-il pu pénétrer jusque-là ? Et pourtant...

— Ed ? appela-t-elle tout d'un coup, sans raison.

Et elle sentit son angoisse augmenter en entendant le son de sa voix.

Le mot mourut lentement dans la lumière blafarde du sous-sol. Pourquoi diable avait-elle appelé Ed ? Que serait-il venu faire ici ? Boire en cachette ? Il ne pouvait y avoir, dans toute la ville, d'endroit plus déprimant pour y vider une bouteille. Non, il avait probablement touché un petit rappel et était allé boire dans les bois avec ce bon à rien de Virge Rathbun.

Elle s'attarda pourtant un instant encore et jeta de nouveau un regard circulaire. Cette odeur était vraiment épouvantable. Une odeur de pourriture. Elle se demanda avec inquiétude si elle ne serait pas obligée de faire venir le service de désinfection.

Enfin, après un dernier regard à la porte qui conduisait au cellier, elle se décida à remonter.

8

Une fois arrivés chez le père Callahan, ils reprirent pour lui toute l'histoire et, quand ils eurent terminé, il était un peu plus de onze heures et demie.

— Imaginez que l'orage gronde et que la foudre, en tombant sur la centrale, nous ait plongés dans le noir. Tout ce que vous venez de me raconter serait beaucoup plus crédible, dit Callahan.

— C'est vrai pourtant, je vous le garantis, dit Jimmy en portant la main à son cou.

Le père Callahan se leva et extirpa de la sacoche noire de Jimmy deux battes de base-ball dont l'extrémité avait été taillée en pointe.

— Une minute, Mrs. Smith, ça ne va pas vous faire mal du tout, dit-il en en faisant tourner une dans sa main.

Personne ne rit.

Callahan remit les pieux où il les avait pris, se dirigea vers la fenêtre et jeta un regard sur Jointner Avenue.

— Vous êtes tous très convaincants. Et je vais même ajouter une nouvelle pièce à votre dossier. Il y a une pancarte sur la devanture du magasin de meubles Barlow et Straker, « Fermé pour travaux ». J'ai voulu y aller dès neuf heures ce matin pour discuter avec votre mystérieux Mr. Straker de ce que pense Mr. Burke. La porte d'entrée de la boutique était fermée au verrou et la porte de derrière aussi.

— Il faut que vous admettiez que ça coïncide avec ce que dit Mark, remarqua Ben.

— En effet, mais il se peut que la coïncidence ne soit qu'accidentelle. Et je voudrais vous demander encore une fois : est-il vraiment nécessaire, selon vous, de mêler l'Église catholique à tout ceci ?

— Oui, dit Ben, mais nous agirons sans vous s'il le faut. Au besoin, j'irai tout seul.

— Il n'en est pas question, dit le père Callahan en se levant. Voulez-vous me suivre dans l'église, mes amis, je vais entendre vos confessions.

9

Ben s'agenouilla dans l'obscurité du confessionnal. Il ne parvenait pas à mettre de l'ordre dans ses pensées. L'étrangeté de sa situation, l'odeur très particulière qui régnait en ce lieu, tout cela le mettait dans une sorte d'état second. Pour la première et la dernière fois, l'idée lui vint qu'il était peut-être en train de rêver, et son esprit s'accrocha désespérément à cette pensée.

Tout d'un coup ses yeux se fixèrent sur quelque chose qui était par terre, dans un coin du confessionnal. Il la ramassa et vit que c'était une boîte de chewing-gum vide, probablement tombée de la poche d'un enfant. Impossible de nier l'existence de cette petite boîte. Il sentait le carton sous ses doigts. Le cauchemar était réalité.

Le petit volet glissa sur ses rails. Il regarda, mais ne vit rien. L'ouverture était masquée par un store.

— Que dois-je faire ? demanda-t-il, les yeux fixés sur l'écran opaque.

— Dites : « Bénissez-moi, mon père, parce que j'ai péché. »

— Bénissez-moi, mon père, parce que j'ai péché, dit Ben.

Et sa voix lui parut étrangement pesante dans ce petit espace clos.

— Maintenant, dites-moi vos péchés.

— Tous ? demanda Ben, très inquiet.

— Essayez de me donner un aperçu d'ensemble, dit Callahan d'une voix brève. Ne croyez pas que j'oublie que nous avons une tâche à accomplir avant la nuit.

Quand Ben sortit du confessionnal, il fut heureux de retrouver l'air frais du dehors qui entrait dans l'église par la porte ouverte. Il passa la main sur sa nuque et s'aperçut qu'elle était trempée de sueur.

Callahan sortit à son tour.

— Ce n'est pas fini, dit-il.

Sans un mot, Ben retourna dans le confessionnal, mais cette fois il ne s'agenouilla pas. Callahan lui donna pour pénitence dix *Notre Père* et dix *Je vous salue, Marie*.

— Je ne connais pas cette prière-là, dit Ben.

— Vous la trouverez sur une petite feuille que je vais vous remettre, dit la voix de l'autre côté du store. Vous n'aurez qu'à la dire intérieurement pendant que nous roulerons jusqu'à Cumberland.

Ben hésita un instant.

— Matt avait raison, vous savez, quand il disait que ça allait être dur, plus dur que nous ne le pensions. Il va nous venir des sueurs de sang avant que nous ne soyons au bout.
— Oui, vraiment ? dit Callahan.
Exprimait-il un doute poli ou une inquiétude réelle ? Ben aurait été bien en peine de le dire. Il regarda ses mains et vit qu'il tenait toujours la petite boîte de chewing-gum. A force de la tripoter nerveusement, il en avait fait une espèce de chiffon informe.

10

Il était près d'une heure de l'après-midi quand ils se retrouvèrent tous dans la grande Buick de Jimmy Cody et se mirent en route. Ils restaient silencieux. Le père Donald Callahan était en soutane et portait un surplis et une étole blanche bordée de violet. Il leur avait donné à chacun un petit flacon d'eau bénite, en faisant un signe de croix. Sur ses genoux était posée une custode d'argent contenant les hosties.

Arrivés à Cumberland, ils se rendirent d'abord au cabinet de Jimmy qui les quitta un instant et revint vêtu d'une veste de sport très ample. Le revolver de McCaslin était sans doute enfoui dans une des poches. Dans la main droite, il tenait un gros marteau ordinaire.

Ben, fasciné, gardait les yeux fixés sur le marteau. Il regarda Mark et Callahan du coin de l'œil et s'aperçut qu'ils faisaient de même. Le marteau avait une tête en acier chromé et une poignée en caoutchouc noir à trous.

— C'est pas beau, n'est-ce pas ? dit Jimmy.
Ben s'imagina en train de se servir de cet engin pour enfoncer un pieu à travers la douce poitrine de Susan et son estomac se révulsa.

— Non, dit-il, c'est pas beau, mais c'est comme ça.
Ils s'arrêtèrent ensuite au supermarché de Cumberland. Ben et Jimmy achetèrent tout l'ail disponible — douze boîtes. La jeune caissière haussa les sourcils et dit :

— Heureusement que j'ai pas rendez-vous avec vous ce soir, les gars.

— Je me demande comment on explique le rôle de l'ail dans la lutte contre les vampires, dit Ben en sortant du magasin. Est-ce qu'on en parle dans la Bible ? Est-ce que ça correspond à une malédiction ancienne ?...

— Je crois plutôt qu'il s'agit d'une allergie, dit Jimmy.

— Une allergie ?

Callahan n'avait entendu que les derniers mots de la discussion et leur demanda de répéter tandis qu'ils roulaient en direction de la boutique de fleurs, le Bouquet du Nord.

— Oui, je suis d'accord avec le docteur Cody, dit-il. Il pourrait bien s'agir d'une allergie... si tant est que l'ail ait l'efficacité qu'on lui attribue, ce qui n'est pas prouvé.

— C'est curieux qu'étant prêtre vous puissiez penser que c'est une allergie, dit Mark.

— Pourquoi ? Si je dois accepter l'existence des vampires — et il semble que j'y sois contraint, pour le moment du moins — cela n'implique pas que je doive les considérer comme des créatures échappant à toutes les lois naturelles. Ils échappent à certaines lois, c'est évident. La légende dit qu'ils ne se reflètent pas dans les miroirs, qu'ils peuvent se transformer en chauves-souris, en loups ou en oiseaux et rapetisser jusqu'à réussir à passer par les plus petits trous. Et cependant nous savons qu'ils voient, qu'ils entendent, qu'ils parlent... et que, très probablement, ils ont aussi le sens du goût. Peut-être connaissent-ils également la gêne, la douleur...

— Et l'amour ? dit Ben sans regarder personne.

— Non, dit Jimmy. Je crois que l'amour les dépasse.

Il se gara dans le parking du magasin de fleurs. C'était une grande boutique en forme de L, prolongée par une serre.

Une petite cloche tinta au-dessus de la porte quand ils entrèrent et ils furent saisis par le lourd parfum des fleurs. Ben sentit la tête lui tourner et cela lui rappela ce qu'il avait éprouvé dans les chambres des maisons funéraires.

Un homme en tablier bleu, qui portait un pot de fleurs, s'approcha d'eux :

— Vous désirez ?

Ben commençait seulement à le lui expliquer quand l'homme au tablier l'interrompit en secouant la tête.

— Vous arrivez trop tard, mes pauvres messieurs. Quelqu'un est venu vendredi dernier et m'a acheté tout ce que j'avais comme roses — les rouges, les blanches et les jaunes. Je n'en aurai plus maintenant avant mercredi, au plus tôt. Si vous voulez commander...

— A quoi ressemblait-il, votre client ?

— C'est le genre d'homme qu'on n'oublie pas : grand, complètement chauve, un regard perçant. Il fumait des cigarettes étrangères. Je m'en suis rendu compte à l'odeur. Trois brassées de roses, il a emporté ! Il les a mises à l'arrière d'une vieille voiture, une Dodge, je crois...

— Une Packard, dit Ben. Une Packard noire.
— Vous le connaissez, alors ?
— D'une certaine façon, oui.
— Il m'a payé en espèces. C'est pas ordinaire, vu l'importance de l'achat. Mais peut-être que si vous alliez le voir il vous vendrait...
— Peut-être, dit Ben.
Quand ils eurent regagné la voiture, ils discutèrent de la question.
Le père Callahan commença d'un ton hésitant :
— Il y a une boutique à Falmouth...
Ben l'interrompit :
— Non ! Non !
On le sentait au bord de l'hystérie.
— Et quand nous serons arrivés à Falmouth et que nous nous apercevrons que Straker est passé avant nous là aussi ? Alors, quoi ? Nous irons à Portland ? à Kittery ? à *Boston* ? Est-ce que vous vous rendez compte de ce qui se passe ? *Il nous mène par le bout du nez.*
— Ben, sois raisonnable, dit Jimmy. Est-ce que tu ne crois pas que nous devrions au moins...
— Est-ce que tu te souviens de ce que Matt a dit ? « Ne croyez pas que, parce qu'il ne peut pas sortir pendant la journée, il ne peut pas vous faire de mal. » Quelle heure est-il, Jimmy ?
— Deux heures et quart, dit Jimmy d'une voix lente en regardant le ciel comme s'il doutait de l'exactitude de sa montre (mais c'était bien vrai ; les ombres commençaient à changer de sens).
— Il nous a devancés, dit Ben. Il a prévu notre progression, étape par étape. Il n'y a pas de miracle. *Il* devait fatalement tenir compte de nous et préparer ses défenses. Il faut que nous y allions *maintenant,* au lieu de perdre le reste de la journée à discuter du sexe des anges.
— Il a raison, dit Callahan d'une voix calme. Cessons de discuter et allons-y.
— *Vas-y,* Jimmy, dit Mark d'une voix pressante.
Jimmy fonça en dehors du parking. Les pneus crissèrent sur la chaussée. Le fleuriste était sorti de sa boutique pour les regarder partir. Trois hommes, dont un prêtre, et un petit garçon. Pourquoi est-ce qu'ils étaient si nerveux ? Et qu'est-ce qu'ils faisaient sur les routes, tous les quatre, dans une voiture avec une plaque de médecin dessus ?

Cody monta à Marsten House par Brooks Road, et Donald Callahan, qui avait rarement vu la maison sous cet angle, fut frappé par le fait qu'elle semblait peser sur le village comme une présence menaçante.

Le suicide y avait succédé au meurtre. L'un comme l'autre étaient réprouvés par l'Église et souillaient le lieu où ils étaient commis.

Il ouvrit la bouche pour le dire, mais se ravisa.

Cody tourna pour prendre Brooks Road et, pendant un moment, la maison disparut derrière les bois. Puis les arbres se raréfièrent et Cody s'engagea dans l'allée. La Packard était devant le garage et, quand il eut coupé le contact, Jimmy s'arma du revolver de McCaslin.

Callahan fut saisi par l'atmosphère lourde qui régnait autour de la maison. Il sortit un crucifix de sa poche — celui de sa mère — et le mit à son cou en plus du sien. On n'entendait pas un seul chant d'oiseau dans les arbres dénudés par l'automne ; l'herbe qui envahissait la cour et les allées semblait plus desséchée que normalement, en pareille saison ; quant à la terre, elle avait pris un ton de cendre.

Les marches qui menaient à la véranda étaient tout de guingois et, sur un des pilastres, il y avait un carré d'une couleur plus vive, là où était suspendu naguère l'écriteau DÉFENSE D'ENTRER. Un cadenas Yale flambant neuf avait été installé sur la porte d'entrée, au-dessous du vieux verrou tout rouillé.

— Par une fenêtre, peut-être, comme Mark..., dit Jimmy d'une voix hésitante.

— Non, dit Ben. Par la porte d'entrée. Nous l'enfoncerons s'il le faut.

— Je ne pense pas que ce soit nécessaire, dit Callahan.

Sa voix avait changé. On eût dit que quelqu'un d'autre parlait par sa bouche. Quand ils étaient sortis de la voiture, il avait tout naturellement pris la tête du petit groupe. Et, à mesure qu'ils approchaient de la maison, il se sentait de plus en plus sûr de lui. Comme si son ardeur d'autrefois lui revenait tout entière alors qu'il la croyait perdue à tout jamais. La maison était là, tapie devant eux comme une bête aux aguets. Elle exsudait le mal par tous ses pores. Et il n'hésitait pas. Loin de lui maintenant l'idée de temporiser. Pour un peu il se serait jeté sur elle.

— Au nom du Père, du Fils et du Saint-Esprit ! cria-t-il.

Et, dès qu'ils entendirent son ton de commandement, ses compagnons se regroupèrent autour de lui.

— J'ordonne au mal de quitter cette maison ! Démons, je vous chasse !

Et, alors que l'instant d'avant il ne savait pas encore qu'il allait le faire, il frappa la porte avec son crucifix.

Il y eut un éclair éblouissant, une odeur âcre et un gémissement, comme si les planches s'étaient mises à crier. La petite imposte semi-circulaire au sommet de la porte explosa et la grande baie vitrée qui donnait sur la pelouse à gauche se brisa au même instant. Jimmy poussa un cri. Le cadenas Yale gisait à leurs pieds. Il avait fondu jusqu'à perdre complètement sa forme initiale. Mark voulut s'en saisir, mais fit un bond en arrière.

— Bouillant, dit-il.

Callahan avait reculé de deux pas. Il tremblait.

— C'est, sans aucun doute, la chose la plus incroyable qui me soit arrivée dans ma vie.

Il leva les yeux au ciel comme s'il s'attendait à voir apparaître le visage même de Dieu. Mais le ciel était vide.

Ben poussa la porte. Elle s'ouvrit sans difficulté. Il laissa Callahan passer le premier. Le prêtre regarda Mark.

— La cave, dit Mark, on y va par la cuisine. Straker est là-haut. Mais... (Il s'arrêta, les sourcils froncés.) Il y a quelque chose de différent. Je ne sais pas quoi. Ce n'est pas comme avant.

Ils décidèrent de monter d'abord. Ben n'était pas le premier, mais il sentit néanmoins revenir toute son angoisse ancienne à mesure qu'ils avançaient dans le couloir et s'approchaient de la porte. Il allait, presque un mois après son retour à Salem, voir pour la deuxième fois cette chambre. Quand Callahan poussa la porte, il leva les yeux... et ne put arrêter le cri qui lui monta à la gorge. Un cri de femme, aigu, hystérique.

Ce n'était ni Hubert Marsten ni son fantôme qui était pendu à la poutre.

C'était Straker. Il avait été pendu la tête en bas, comme un porc à l'abattoir, et il avait la gorge ouverte. Ses yeux vitreux étaient fixés sur eux et semblaient voir à travers eux, au-delà d'eux.

Il avait été saigné à blanc.

12

— Mon Dieu, dit le père Callahan. Mon Dieu !

Ils pénétrèrent lentement dans la pièce, Callahan et Cody en tête, Ben et Mark derrière, serrés l'un contre l'autre.

Les pieds de Straker avaient été attachés ensemble, puis on

avait passé la corde par-dessus la poutre et on avait hissé le corps à une hauteur suffisante pour que les mains pendantes ne touchent plus le sol. Ben songea obscurément que celui qui avait fait ça devait avoir une force considérable.

Jimmy posa la face intérieure de son poignet sur le front de Straker, puis il prit une de ses mains dans la sienne.

— Il doit être mort depuis dix-huit heures environ, dit-il.

Il laissa retomber la main en frissonnant.

— Mon Dieu, quelle affreuse façon de... Je n'arrive pas à comprendre. Pourquoi... Qui...

— C'est Barlow qui a fait ça, dit Mark d'une voix calme et ferme en regardant le corps.

— Et voilà le Straker liquidé, dit Jimmy. La vie éternelle, pour lui, c'est râpé. Mais pourquoi comme ça ? Pourquoi l'avoir pendu la tête en bas ?

— En Macédoine on procédait déjà ainsi, dit le père Callahan. On pendait le corps de l'ennemi ou du traître par les pieds. Ainsi, son visage faisait face à la terre et non au ciel. Saint Paul fut crucifié comme ça ; on le cloua sur une croix en forme de X et on lui brisa les jambes.

— Attention, *il* est en train de nous faire perdre du temps, dit Ben d'une voix rauque et comme vieillie par le chagrin. Ça fait partie de ses combines. Allons-y tout de suite.

Ben en tête, ils descendirent et gagnèrent la cuisine. Arrivés là, Ben céda la place au père Callahan. Pendant un court instant, ils restèrent sans bouger, se regardant les uns les autres et regardant la porte qui menait à la cave, comme vingt-cinq ans auparavant Ben avait regardé la porte d'en haut, le cœur envahi par l'angoisse.

13

Quand le père Callahan ouvrit la porte, Mark retrouva l'odeur fétide qui lui avait sauté aux narines la première fois, mais ce n'était pas tout à fait la même. Elle n'était pas si forte. Elle paraissait moins nocive.

Cependant, quand le prêtre commença à descendre les marches, il lui fallut rassembler tout son courage pour le suivre.

Jimmy avait sorti de sa sacoche une torche électrique. Il l'alluma et balaya la pièce du faisceau de sa lampe. Après être passé très vite sur le sol et les murs, il s'arrêta longuement sur une grande caisse posée dans un coin, puis sur une table.

— Tiens, dit-il. Regardez.

Il y avait là une enveloppe de couleur crème, en beau vélin, qui tranchait sur la grisaille et la saleté du reste.

— C'est un piège, dit le père Callahan, mieux vaut ne pas y toucher.

— Je ne suis pas de cet avis, dit Mark qui se sentait à la fois soulagé et déçu. Il n'est plus ici. Il est parti. Cette lettre est pour nous. Il doit nous en dire de toutes les couleurs.

Ben s'avança et prit l'enveloppe. Il la tourna et la retourna — Mark vit que ses mains tremblaient — puis il se décida à l'ouvrir.

Elle contenait une feuille du même vélin que l'enveloppe, et ils se serrèrent tous les quatre l'un contre l'autre pour la voir de plus près. Jimmy dirigea le rayon de sa lampe sur elle. Elle était couverte d'une écriture serrée, fine et élégante. Ils la lurent ensemble, Mark peut-être un peu plus lentement que les autres.

4 octobre.

Mers chers amis,

Comme c'est gentil à vous d'être venus jusqu'ici !

J'ai toujours apprécié la compagnie ; l'amitié a été une des joies de ma longue existence, trop souvent solitaire. Si vous étiez venus le soir, je me serais fait un plaisir de vous accueillir moi-même. Mais, sachant que vous préféreriez venir pendant la journée, j'ai pensé qu'il valait mieux ne pas être présent.

Je vous ai laissé, en gage de mon estime, une personne qui est très chère à l'un d'entre vous. Vous la trouverez là où je me retirais pendant le jour avant d'émigrer vers un lieu plus tranquille. Elle est très jolie, Mr Mears, *à croquer* dirai-je même si vous me permettez ce bon mot. Je n'ai plus besoin d'elle, aussi vous l'ai-je laissée pour que vous vous fassiez la main sur elle avant d'en arriver à l'essentiel. Un amuse-gueule en quelque sorte. Il sera intéressant de voir quel plaisir vous prendrez à le déguster en attendant le plat de résistance.

Master Petrie, vous m'avez enlevé le serviteur le plus fidèle et le plus capable que j'ai jamais eu. Vous m'avez indirectement conduit à prendre part à sa déconfiture en éveillant mes appétits par le sang que vous lui avez fait verser. Vous vous en êtes tiré avec lui, c'est vrai. Mais je me ferai un plaisir de m'occuper de vous. De vos parents d'abord, je pense. Ce soir... ou demain soir... ou le soir d'après. Après ce sera votre tour. Vous aurez l'honneur d'être admis dans mon Église comme *castrat*.

Et vous, Père Callahan — ce sont eux qui vous ont persuadé

de venir, n'est-ce pas ? Je vous ai observé depuis mon arrivée à Jerusalem's Lot, comme un bon joueur d'échecs étudie la position des pièces de son adversaire. L'Église catholique n'est pas la première à m'avoir combattu ! J'étais déjà vieux quand elle est apparue, quand ses fidèles se cachaient dans les catacombes de Rome et peignaient des poissons sur leurs poitrines pour se reconnaître entre eux. Ma puissance était déjà fermement établie alors que ces faiseurs de grimaces, ces mangeurs de pain et ces buveurs de vin étaient encore en butte aux persécutions. Les rites de mon Église ont de loin précédé ceux de la vôtre. Et cependant je ne vous sous-estime pas. Je connais la saveur du bien aussi parfaitement que celle du mal. Je ne suis pas blasé.

De nous deux, c'est moi qui serai le plus fort. *Comment cela ?* direz-vous. Moi, Callahan, je représente le Bien, je peux me déplacer de jour comme de nuit, je connais, par mon ami Matthew Burke, les potions et les charmes, tant païens que chrétiens, à employer contre vous. Oui, trois fois oui. Mais, en face de moi, vous n'êtes qu'un enfant. Je connais plus d'un tour. Je ne suis pas le serpent, mais le père du serpent.

Cela ne suffit pas, direz-vous. Et c'est vrai. Ma force supplémentaire, c'est votre faiblesse. Père Callahan, vous ne tarderez pas à flancher. Votre foi dans le Bien n'est pas assez solide. Quand vous parlez amour du prochain, ce ne sont que des mots. Vous ne faites autorité qu'en matière de bouteille.

Mes bons, bons amis — Mr. Mears, docteur Cody, Master Petrie, Père Callahan — je vous souhaite de passer un très, très bon moment. Le médoc est excellent. Le précédent propriétaire de la maison, que je n'ai pas eu la joie de connaître, l'a fait rentrer spécialement pour moi. Servez-vous quelques bonnes rasades si vous en avez encore envie après avoir accompli la petite tâche qui vous attend. Nous nous verrons bientôt et j'adresserai alors à chacun d'entre vous mes félicitations sous une forme plus personnelle.

En attendant, adieu.

                                                               BARLOW.

Ben tremblait de tous ses membres. Il laissa retomber la lettre sur la table et regarda les autres. Mark avait les poings serrés et l'expression de quelqu'un qui vient de mordre dans un fruit pourri ; le visage étonnamment juvénile de Jimmy était devenu livide ; le père Callahan avait un regard éteint, les coins de sa bouche tombaient et ses lèvres s'agitaient convulsivement.

Ils le regardèrent.

— Allons-y, dit-il.

Ils s'avancèrent ensemble dans la cave.

14

La pièce était en forme de L et, quand ils eurent dépassé la table, ils se trouvèrent dans ce qui était autrefois la cave à vin. Il y avait là des tonneaux de toutes dimensions qui disparaissaient sous la poussière et les toiles d'araignée. L'un des murs était consacré aux casiers à bouteilles et on voyait dépasser des goulots de magnums. Quelques bouteilles avaient explosé et, à la place d'un bourgogne de grand cru attendant d'être dégusté par un palais exercé, il n'y avait plus qu'un trou noir dont les araignées s'étaient emparées. D'autres avaient tourné au vinaigre ; c'était de là que venait cette odeur acide qui emplissait l'atmosphère, mêlée à une autre, plus immatérielle, que l'on ne pouvait définir autrement que comme une odeur de corruption.

— Non, dit Ben de la voix calme et déterminée de quelqu'un qui constate un fait. Je ne peux pas.

— Vous devez le faire, dit le père Callahan. Je ne vous dis pas que ce sera facile, ni que ce ne sera pas affreusement pénible. Je vous dis seulement que vous devez le faire.

— *Je ne peux pas !* cria Ben.

Et son cri se répercuta sur les parois de la cave.

Au centre de la pièce, sur une estrade qu'éclairait la torche de Jimmy, Susan Norton était étendue. Un fin drap blanc la recouvrait des épaules jusqu'aux pieds. Les mots s'étaient éteints sur leurs lèvres lorsqu'ils l'avaient vue et ils s'en approchèrent, fascinés.

C'était, dans la vie, une très charmante jeune fille qui avait manqué de très peu d'être vraiment belle, non à cause de quelque défaut de ses traits, mais peut-être du fait de sa vie trop ordinaire et trop paisible. Elle était belle maintenant, d'une beauté inquiétante.

La mort n'avait en rien marqué son visage. Ses joues étaient roses et ses lèvres d'un rouge lumineux qui ne devait rien à un quelconque maquillage. Son front était pâle et lisse, sa peau laiteuse. Elle avait les yeux fermés et ses longs cils noirs rendaient plus frappante encore la fraîcheur de son teint. Une de ses mains, à demi fermée, était pressée contre sa hanche, tandis que l'autre reposait délicatement sur sa poitrine. Parfaitement belle, oui, mais d'une beauté qui ne rayonnait pas et à travers laquelle aucune âme ne s'exprimait. Il y avait quelque chose d'indéfinissable dans son visage qui rappela à Jimmy les filles de Saïgon, dont certaines n'avaient pas treize ans, qui s'agenouillaient devant les soldats dans les allées obscures, derrière les bars, pour la centième ou la millième fois. Mais, dans leur cas, ce n'était pas le mal à proprement parler qui les avait corrompues, mais le fait de devoir affronter trop jeunes les réalités de la vie. Le changement qui s'était opéré sur le visage de Susan était d'un autre ordre — mais il n'aurait pas su expliquer pourquoi ni comment.

Callahan s'avança et posa son index sur le sein gauche de la jeune fille.

— Ici, dit-il. Dans le cœur.

— Non, répéta Ben. Je ne peux pas.

— Agissez en amant, dit d'une voix douce le père Callahan. Ou mieux, agissez en mari. Vous ne lui ferez pas mal, Ben. Vous la libérerez. Le seul à souffrir, ce sera vous.

Ben le regarda d'un air hébété. Mark avait pris le pieu dans la sacoche noire de Jimmy. Il le lui tendit sans un mot. Ben eut l'impression que pour s'en saisir son bras avait parcouru un espace énorme.

Si je ne pense pas à ce que je fais en le faisant, alors peut-être...

Mais comment ne pas y penser ? Ben se rappela tout à coup une phrase de *Dracula*, cet ouvrage de fiction qui l'avait amusé autrefois, mais qui ne l'amuserait plus du tout. C'était Van Helsing qui la disait à Arthur Holmwood au moment où celui-ci s'apprêtait à accomplir la même affreuse tâche : *Nous devons traverser bien des eaux amères avant d'atteindre les eaux douces.*

Atteindraient-ils jamais les eaux douces, les uns et les autres ?

— Reprenez-le ! gémit-il d'une voix rauque. Ne me faites pas faire ça...

Pas de réponse.

Il sentait la sueur lui couler sur le front, sur les joues, le long du bras. Le pieu, qui n'était auparavant qu'une simple batte de base-ball, lui semblait avoir maintenant un poids tout à fait anormal, comme si d'invisibles mais puissantes lignes de force avaient convergé sur lui.

Susan portait un chemisier dont les deux boutons du haut n'étaient pas fermés. Ben leva le pieu et le pressa contre le sein gauche, juste au-dessus de la troisième boutonnière. La chair se creusa et, à cette vue, Ben sentit ses lèvres se tordre en un tic incontrôlable.

— Elle n'est pas morte, dit-il d'une voix étranglée.

C'était là son ultime recours. La réponse de Jimmy fut implacable.

— Ne dis pas ça. Dis plutôt qu'elle fait maintenant partie des morts-vivants.

Il le leur avait bien montré tout à l'heure : il avait passé le bracelet de caoutchouc autour de son bras et actionné la pompe, résultat : 00/00 ; il avait posé le stéthoscope sur sa poitrine et leur avait fait écouter à chacun le silence qui régnait dans la cage thoracique.

Ben sentit qu'on lui glissait quelque chose dans son autre main — des années plus tard, il serait encore incapable de se rappeler lequel d'entre eux avait fait cela. C'était le marteau. Le marteau ordinaire avec sa poignée en caoutchouc noir à trous et sa tête en acier chromé brillant sous le faisceau de la torche électrique.

— Faites-le tout de suite, dit Callahan, et précipitez-vous dehors après. A nous de faire le reste.

Nous devons traverser bien des eaux amères avant d'atteindre les eaux douces.

— Mon Dieu, pardonnez-moi, murmura Ben.

Il leva le marteau et en frappa le pieu. Le coup tomba bien droit et la batte de frêne s'enfonça dans la chair molle en vibrant sur toute sa longueur. Jamais Ben ne pourrait oublier ce moment. Ses rêves en seraient hantés pour toujours. Les yeux bleus de Susan s'ouvrirent tout grands, comme sous l'effet du choc. Le sang jaillit de la blessure avec une force incroyable, éclaboussant les mains de Ben, sa chemise, son visage. Une odeur chaude et cuivrée se répandit dans la cave.

La jeune fille fut saisie de mouvements convulsifs. Ses mains s'agitèrent comme des oiseaux affolés. Ses pieds se mirent à battre frénétiquement l'estrade sur laquelle elle était étendue. Ses lèvres se retroussèrent sur ses crocs de loup et, la bouche grande ouverte, elle se mit à pousser une succession de hurlements qui évoquaient les trompettes de l'enfer tandis que deux ruisseaux de sang s'échappaient du coin de ses lèvres.

Le marteau se leva et retomba : encore... encore... encore...

Dans le cerveau de Ben, de grands oiseaux noirs tournoyaient en criant et des images sanglantes se mêlaient à leur vol. Tout était devenu rouge, ses mains, le pieu, le marteau qui frappait sans remords. Dans les mains tremblantes de Jimmy, la torche électrique était devenue stroboscopique et, sous cette lumière discontinue, le visage convulsé de Susan apparaissait et disparaissait. De ses dents acérées elle avait déchiré ses lèvres et son sang avait couvert d'idéogrammes chinois le fin drap blanc que Jimmy avait rabattu avec soin pour découvrir son torse.

Et puis, tout d'un coup, son corps se tendit, son dos s'arqua et sa bouche s'ouvrit si grande que ses mâchoires auraient pu ne pas y résister. Un geyser de sang plus foncé jaillit de la blessure — dans cette lumière hasardeuse et fantasque il paraissait presque noir : le cœur était touché. Le cri qui jaillit à cet instant de ses lèvres venait du fond des âges et des régions les plus ténébreuses de l'âme humaine. Du sang jaillit aussi de sa bouche, de son nez et... quelque chose d'autre s'échappa d'elle en même temps. Ce ne fut qu'une ombre, un je ne sais quoi de très flou qui s'enfuit honteusement et disparut presque immédiatement dans l'obscurité ambiante.

Le corps de Susan se détendit, ses lèvres se rapprochèrent en laissant échapper un dernier souffle rauque. Pendant un instant ses paupières battirent et Ben revit, ou eut l'impression qu'il revoyait, la jeune fille qu'il avait vue dans le parc en train de lire un de ses livres.

C'était fait.

Il laissa tomber le marteau et s'éloigna à reculons, les bras tendus en avant comme pour éloigner un cauchemar.

Callahan posa une main sur son épaule.

— Ben...

Il se retourna et se jeta vers l'escalier.

Il monta les marches en trébuchant, tomba, se raccrocha, rampa presque vers la lumière. Les terreurs de l'enfant et celles de l'aldulte s'étaient rejointes. S'il regardait par-dessus son épaule, il verrait Hubie Marsten (ou peut-être Straker) à deux pas derrière lui, la figure toute verte et toute boursouflée, la corde serrée autour du cou, les lèvres retroussées en un sourire cruel sur des crocs pointus. Il poussa un cri de détresse.

Il lui sembla entendre Callahan dire :

— Non, laissez-le s'en aller...

Il traversa en trombe la cuisine et se précipita dehors. Dans sa hâte, il manqua une marche et tomba la tête la première dans la boue. Il se redressa, se mit à genoux, parvint enfin à se relever et regarda derrière lui.

Rien.

La maison gardait son air menaçant, mais elle avait perdu ses pouvoirs maléfiques. Ce n'était plus maintenant qu'une maison comme toutes les autres.

Dans le grand silence de la cour envahie d'herbes folles, Ben Mears rejeta la tête en arrière et respira à longs traits.

15

Durant l'automne, c'est ainsi que la nuit tombe sur Salem ; le soleil cesse de réchauffer l'atmosphère ; la fraîcheur de l'air vous rappelle que l'hiver est proche et qu'il sera long. De fins nuages apparaissent à l'horizon et les ombres s'allongent. Elles ne sont pas larges comme en été ; il n'y a pas de feuilles sur les arbres ni de gros nuages dans le ciel pour leur donner de l'épaisseur. Ce sont des ombres maigres, avides, qui mordent la terre comme des dents.

Lorsque le soleil arrive au ras de l'horizon, le jaune paisible de son disque prend une tonalité plus violente jusqu'à devenir un furieux jaune de chrome. Les nuages se colorent de rouge, d'orange, de vermillon, de violet. Parfois ils se séparent, et, dans leur lente dérive, laissent passer de doux rayons d'or pâle, souvenirs nostalgiques de l'été disparu.

Il est six heures, l'heure du souper. Mabel Werts, tout alourdie de graisse malsaine, s'est installée devant une aile de poulet rôti au gril et une tasse de thé Lipton, le téléphone à portée de la main. Chez Eva, les hommes se sont réunis pour ingurgiter, ensemble les pitoyables repas tout préparés que l'on vous fournit maintenant : plateaux télé, corned-beef, haricots en boîtes qui ne ressemblent en rien à ceux que leur mère mettait autrefois une journée à préparer, dîners dits à l'italienne, hamburgers à réchauffer achetés au McDonald de Falmouth en rentrant du boulot. Eva, assise à la table de la grande pièce, joue au gin rummy avec Grover Verrill. Elle invective tout le monde, son partenaire et les autres, qu'elle accuse de renverser de la bière et de mettre de la graisse partout. Jamais ils ne l'ont vue si irritable. Mais ils savent pourquoi elle est comme ça, même si elle ne le sait pas elle-même.

Mr. et Mrs. Petrie mangent des sandwiches dans leur cuisine en essayant de comprendre le sens du coup de téléphone qu'ils viennent de recevoir du curé de St. Andrew, le père Callahan. *Votre fils est avec moi. Il va bien. Je vous le ramène bientôt. Au revoir.* Ils ont songé à appeler le constable, Parkins Gillespie, mais ils ont décidé d'attendre encore un peu. Ils avaient bien remarqué un changement dans le comportement de leur fils, mais, de toute façon, ç'avait toujours été, comme sa mère le disait, « un petit garçon très secret ». Au fond de leur cœur, ils sont hantés par l'idée que Mark risque de subir le même sort que les enfants Glick.

Vers sept heures moins le quart, on a, dans presque toutes les maisons, terminé le repas, fumé la cigarette, le cigare ou la pipe d'après-dîner et desservi la table. La vaisselle a été lavée, rincée et posée sur l'égouttoir. On a empaqueté les enfants dans des pyjamas du Docteur Denton et on les a expédiés à côté, devant la télé, pour qu'ils regardent les émissions de jeux jusqu'à ce qu'il soit l'heure d'aller se coucher.

Roy McDougall a laissé brûler ses côtelettes de veau. Il lance une bordée de jurons, jette la viande à la poubelle et la poêle avec. Après quoi il enfile sa veste en jean et se rend chez Dell en laissant sa connasse de bonne femme endormie dans la chambre. Le gosse est mort, la femme se laisse aller complètement, et le souper est cramé. Y a plus qu'à se soûler la gueule et peut-être à se tirer de cette ville de merde.

Dans un petit appartement en étage de Taggart Street, la rue qui part de Jointner Avenue pour finir en impasse derrière la mairie, les dieux ont décidé de faire à Joe Crane un cadeau à leur façon. Il s'est installé devant sa télé après avoir avalé un bol de corn flakes lorsqu'une vive douleur lui paralyse brusquement tout le bras gauche et la poitrine du même côté. Qu'est-ce que c'est que ça? Le cœur? se dit-il. C'est bien ça. Il se lève, se dirige vers le téléphone, mais la douleur devient fulgurante et l'abat sur place comme un bœuf qu'on tue d'un coup de marteau entre les deux yeux. Sa petite télé couleur continuera à babiller pendant vingt-quatre heures jusqu'à ce qu'on le découvre ainsi. Sa mort, qui survient à 18 h 51, est la seule mort naturelle enregistrée à Salem le 6 octobre.

Vers sept heures, l'éventail de couleurs qui a animé le ciel l'instant d'avant se rétrécit jusqu'à n'être plus qu'une ligne orange, comme si, à l'horizon, on venait de couvrir le feu. A l'est, les étoiles sont déjà visibles. A cette époque de l'année, elles ont la pureté et la froideur du diamant et ce n'est pas en elles que les amants pourront trouver le moindre réconfort.

Le moment est venu pour les petits d'aller se coucher. Les parents les bordent dans leurs lits ou dans leurs berceaux; ils sourient quand leurs enfants les supplient de les laisser jouer encore un peu, de leur laisser la lumière allumée; ils vont jusqu'à ouvrir les portes des placards pour leur montrer qu'il n'y a rien dedans.

La nuit étend ses ailes ténébreuses. L'heure des vampires a sonné.

16

Matt somnolait lorsque Ben et Jimmy pénétrèrent dans sa chambre; il se réveilla presque aussitôt et son premier réflexe fut de serrer très fort la croix qu'il tenait dans sa main droite.

Son regard alla d'abord vers Jimmy, puis vers Ben... sur lequel il s'attarda longuement.

— Qu'est-ce qui s'est passé ?

Jimmy le lui raconta brièvement. Ben resta silencieux.

— Et son corps ?

— Callahan et moi, nous l'avons mis face contre terre dans une caisse qui se trouvait dans la cave. C'est peut-être dans cette caisse-là que Barlow est arrivé à Salem. Nous l'avons jetée dans la Royal River il y a moins d'une heure, après l'avoir remplie de pierres. Nous nous sommes servis de la voiture de Straker. Si quelqu'un a remarqué sa présence près du pont, il aura pensé que c'était lui.

— C'est bien vu. Et où est Callahan ? Et l'enfant ?

— Ils sont partis chez Mark. Il faut que ses parents sachent que Barlow les a menacés personnellement.

— Est-ce qu'ils vont y croire ?

— S'ils n'y croient pas, Mark dira à son père de vous appeler.

Matt fit un signe approbateur. Il avait l'air très las.

— Et vous, Ben, approchez-vous. Asseyez-vous sur mon lit.

Ben obéit. Il était blanc comme un linge et avait un air hébété. Il s'assit et croisa les mains sur ses genoux. Ses yeux sombres et comme rétrécis faisaient penser à des trous de cigarette.

— Je ne peux vous être d'aucun réconfort, dit Matt.

Il prit une main de Ben dans les siennes. Ben le laissa faire sans réagir.

— Mais le temps se chargera de vous rendre la sérénité. Quant à elle, elle repose en paix maintenant.

— Il s'est joué de nous, dit Ben d'une voix sourde. Nous avons eu droit chacun aux railleries les plus atroces. Jimmy, donne la lettre à Matt.

Jimmy tendit l'enveloppe à Matt ; celui-ci en tira l'épaisse feuille de papier à lettres et la lut avec la plus grande attention en la tenant à quelques centimètres de son nez et en remuant les lèvres. Quand il eut terminé, il la posa sur son lit et dit :

— Oui. C'est bien lui. Son orgueil est encore beaucoup plus grand que je l'imaginais. Ça fait frissonner.

— C'est par délectation sadique qu'il nous a laissé Susan, reprit Ben d'une voix rauque. Il y a un moment qu'*il* a décampé, *lui*. Vouloir le combattre, c'est vouloir combattre le vent. Nous ne sommes pour lui que des insectes dont il prend plaisir à observer la course affolée.

Jimmy ouvrait la bouche pour intervenir quand Matt l'arrêta du geste et prit lui-même la parole.

— Ne dites pas ça, Ben. S'il avait pu prendre Susan avec lui, il l'aurait fait. Il n'abandonnerait certainement pas ses morts-vivants uniquement pour faire une mauvaise plaisanterie alors qu'il en a si peu ! Réfléchissez un instant à tout ce que vous lui avez fait. Vous avez tué Straker, son serviteur fidèle. En excitant son appétit sanguinaire, vous l'avez forcé, il le reconnaît lui-même, à se livrer à une véritable boucherie sur son cadavre. Imaginez sa terreur quand, sortant de son sommeil sans rêves, il a découvert qu'un jeune garçon, pas même armé, avait réussi à neutraliser quelqu'un d'aussi dangereux que Straker.

Matt se redressa avec difficulté. Ben le regarda. C'était la première fois que son regard s'animait depuis que ses compagnons étaient sortis de la maison et l'avaient rejoint dans la cour.

— Peut-être avez-vous réussi quelque chose d'encore plus considérable que la liquidation de Straker, continua Matt d'une voix pensive, en le chassant de la maison qu'il s'était choisie. Jimmy a dit que le père Callahan avait purifié la cave et scellé les portes avec des hosties. S'il revient, il mourra... *et il le sait.*

— Mais il est parti, dit Ben. Alors qu'est-ce que ça peut lui faire ?

— Il est parti, dit Matt en écho. Et où dort-il aujourd'hui ? Dans le coffre d'une voiture ? dans la cave d'une de ses victimes ? ou encore dans le soubassement de la vieille église méthodiste des marais qui a brûlé dans l'incendie de 1951 ? Croyez-vous qu'il puisse se sentir bien, qu'il puisse ne pas trembler dans son refuge de fortune ?

Ben ne répondit pas.

— Demain, vous vous mettrez en chasse, dit Matt en serrant les mains de Ben. Vous vous efforcerez de débusquer non seulement Barlow, mais aussi toutes ses prises de la nuit et il y en aura beaucoup, car jamais *ils* ne sont rassasiés. Les nuits lui appartiennent, mais dans la journée vous le traquerez jusqu'à ce que vous réussissiez à le faire fuir ou à le capturer et à le traîner, hurlant, un pieu en travers du corps, à la lumière du jour.

Pendant que Matt parlait, Ben avait redressé la tête. Son visage s'était animé et avait pris une expression presque cruelle. Un petit sourire s'était dessiné sur ses lèvres.

— Oui, c'est ça, murmura-t-il. Seulement ce n'est pas demain qu'il faut commencer, c'est ce soir, c'est tout de suite...

La main de Matt s'agrippa à son épaule avec une force surprenante.

— Non, pas ce soir. Ce soir nous allons rester tous ensemble, vous, moi, Jimmy, le père Callahan, Mark et ses parents. *Il* sait maintenant... il a peur. Seul un fou ou un saint se risquerait à l'approcher quand il est réveillé et qu'il baigne dans son élément naturel, la nuit. Or nous ne sommes ni l'un ni l'autre.

Il ferma les yeux et dit d'une voix lente :

— Je crois que je commence à la connaître. J'essaie, depuis que je suis dans ce lit d'hôpital, de prévoir ses réactions en me mettant à sa place. Son expérience est séculaire et son esprit brillant. Mais il est aussi furieusement épris de lui-même, ainsi que le prouve sa lettre. Rien d'étonnant ; comme une perle grossit, par couches successives, son ego a grandi jusqu'à devenir démesuré et dangereux pour lui-même. Il est gonflé d'orgueil et il y a, j'en suis sûr, une part de vantardise dans ce qu'il dit. Sa soif de vengeance est effrayante, mais c'est une chose dont on peut peut-être se servir.

Il ouvrit les yeux, regarda Ben et Jimmy avec solennité et brandit sa croix.

— Cette croix va l'arrêter, *lui*, mais elle n'arrêtera peut-être pas ceux qu'il fait agir comme il a fait agir Floyd Tibbits. Il est possible qu'il essaie de s'attaquer à quelques-uns d'entre nous cette nuit... ou à nous tous.

Il regarda Jimmy.

— Je crois que vous avez fait une erreur en envoyant Mark et le père Callahan chez les Petrie. On aurait pu les prévenir par téléphone d'ici. Maintenant notre petite équipe est scindée en deux...et je m'inquiète en particulier pour l'enfant. Jimmy, tu ferais bien de les appeler... de les appeler maintenant.

— J'y vais, dit Jimmy en se levant.

Matt regarda Ben.

— Êtes-vous prêt à rester avec nous ? à combattre avec nous ?

— Oui, dit Ben d'une voix déterminée. Oui.

Jimmy sortit de la chambre, parcourut le couloir et entra dans le bureau des infirmières. Il trouva le numéro des Petrie dans l'annuaire, le composa rapidement et, l'estomac chaviré, entendit au bout du fil non pas une sonnerie normale, mais un petit bruit continu de sirène. La ligne était hors service.

— Il les a eus, dit-il tout haut.

L'infirmière chef leva les yeux en entendant sa voix et fut effrayée par l'expression de son visage.

17

Henry Petrie était un homme instruit. Il était diplômé du Massachusetts Institute of Technology et titulaire d'un doctorat de sciences économiques. Il avait abandonné un poste très honorable d'assistant de faculté pour entrer comme cadre administratif à la compagnie d'assurance « La Prudence », non dans l'espoir de recevoir un traitement supérieur, mais par simple curiosité scientifique. Il voulait voir si certaines de ses idées sur l'économie se vérifiaient dans la pratique. Et il avait réussi à en faire la démonstration. Il espérait pouvoir, l'été suivant, passer le certificat d'aptitude à la profession d'avocat et, deux ans plus tard, l'examen probatoire. Son objectif était d'obtenir, vers les années quatre-vingt, de hautes responsabilités d'ordre économique dans le gouvernement fédéral. Il allait son chemin droit devant lui, faisant confiance à ses propres forces et aux lois de la physique, des mathématiques, de l'économie et (à un degré moindre) de la sociologie.

Il écouta le récit que lui firent son fils et le curé de St. Andrew en buvant à petits coups une tasse de café et en posant la question qu'il fallait chaque fois que les narrateurs s'embrouillaient un peu ou n'étaient pas clairs. Son calme semblait s'accroître en proportion des invraisemblances de l'histoire et de l'agitation de June, sa femme. Il était sept heures moins cinq quand ils terminèrent. Henry Petrie fit connaître aussitôt son verdict en quatre syllabes péremptoires :

— Impossible.

Mark poussa un soupir et dit en regardant Callahan :

— Je vous l'avais dit.

Il le lui avait effectivement dit pendant le trajet qui les avait menés, dans la vieille voiture de Callahan, de la cure à la maison des Petrie.

— Henry, est-ce que tu ne penses pas que nous..., commença June Petrie.

— Attends, répliqua son mari.

Et le geste qu'il fit semblait signifier que ce que pourrait dire sa femme n'avait que peu d'importance. Elle ne protesta pas, s'assit près de Mark et, lui entourant les épaules de son bras, l'éloigna légèrement de Callahan. L'enfant se laissa faire.

Henry Petrie prit un air aimable pour s'adresser au père Callahan.

— Essayons de considérer les choses, qu'il s'agisse d'hallucinations ou de je ne sais quoi d'autre, en hommes raisonnables.

— Il est à craindre que ce ne soit pas possible, dit Callahan avec une amabilité égale, mais nous pouvons essayer. Nous sommes venus vous trouver, Mr. Petrie, essentiellement parce que Barlow vous a menacés nommément, vous et votre femme.

— Avez-vous vraiment enfoncé un pieu dans le corps de cette jeune fille cet après-midi ?

— Ce n'est pas moi qui l'ai fait. C'est Mr. Mears.
— Le cadavre est-il toujours là-bas ?
— Ils l'ont jeté dans la rivière.
— Si tout ceci est vrai, dit Petrie, vous avez impliqué mon fils dans une action criminelle, êtes-vous conscient de ça ?
— Oui, mais c'était nécessaire. Mr. Petrie, vous n'avez qu'à téléphoner à Matt Burke dans sa chambre d'hôpital et...
— Oh ! je suis sûr que votre ami confirmera vos dires ! dit Petrie, toujours avec le même calme exaspérant. C'est cette espèce de contagion qui m'étonne le plus dans cette affaire de dérangement mental. Puis-je voir la lettre que ce Barlow avait laissée à votre intention ?

Callahan jura intérieurement.
— C'est le docteur Cody qui l'a.

Il ajouta, une seconde après :
— Il faudrait vraiment que nous allions jusqu'à l'hôpital de Cumberland. Si vous en discutez avec...

Petrie secoua la tête.
— Discutons-en encore un peu ici. Je ne doute pas que vos témoins soient dignes de confiance. Le docteur Cody est notre médecin de famille et nous l'apprécions baucoup. Quant à Matthew Burke, j'ai entendu dire qu'il était au-dessus de tout reproche... comme professeur tout au moins.
— Mais malgré cela ? demanda Callahan.
— Père Callahan, soyons sérieux. Si une douzaine de personnes très estimables vous disaient avoir vu une punaise géante se promener à midi dans le parc en chantant l'hymne national et en brandissant le drapeau des États-Unis, les croiriez-vous ?
— Si je les savais de bonne foi et si j'étais certain qu'elles ne me montaient pas un canular, je les croirais immédiatement, oui.
— Eh bien, c'est en quoi nous différons, dit Petrie, toujours avec son petit sourire.
— Vous vous mettez des œillères, dit Callahan.
— Non, simplement je sais en quoi je crois.
— C'est la même chose. Dites-moi, dans la compagnie pour laquelle vous travaillez, sont-ils satisfaits d'avoir des responsables qui fondent leurs décisions sur des idées préconçues et non sur des faits ? Soyez logique, Petrie.

Petrie cessa de sourire et se leva.
— Votre histoire est troublante. Vous avez entraîné mon fils dans une affaire bizarre et peut-être dangereuse. Il faudra vous estimer heureux si on ne vous demande pas d'en répondre devant un tribunal. Je vais téléphoner comme vous me le demandez.

Après quoi nous irons à l'hôpital pour discuter le problème à fond avec Mr. Burke.

— Vous êtes vraiment trop bon de faire une entorse à vos principes, dit sèchement Callahan.

Petrie passa dans le salon et décrocha le récepteur. Il n'y avait pas de tonalité. La ligne était muette. Il fronça légèrement les sourcils et secoua l'appareil. Sans résultat. Il raccrocha et retourna dans la cuisine.

— Il semble que le téléphone ne marche pas, dit-il.

Il vit le regard d'affolement que Callahan et son fils échangèrent et en fut irrité.

— Je vous garantis, dit-il un peu plus rudement qu'il ne l'aurait voulu, qu'à Jerusalem's Lot les lignes téléphoniques se dérangent fort bien sans l'aide des vampires.

Les lumières s'éteignirent.

18

Jimmy regagna en courant la chambre de Matt.

— La ligne ne fonctionne pas chez les Petrie. *Il* doit y être. Mon Dieu, ce que nous avons pu être stupides !...

Ben se leva brusquement. Le visage de Matt semblait s'être ratatiné.

— Vous voyez comment il s'y prend, marmonna-t-il, comme il fait ça en douceur. Si seulement nous disposions d'une heure de jour encore, nous pourrions... mais ce n'est pas le cas. Il est trop tard.

— Il faut que nous allions là-bas, dit Jimmy.

— Non, il ne faut pas y aller ! Pour le salut de vos vies et de la mienne, il faut que vous restiez ici.

— Mais ils...

— *Leur destin est joué*. Ce qui se passe maintenant — ou ce qui s'est passé — sera de toute façon consommé quand vous arriverez.

Ils restaient près de la porte, indécis.

Matt rassembla toute son énergie pour s'adresser à eux avec calme et autorité.

— Son orgueil est immense. C'est là une faille dont nous pourrons peut-être tirer parti. Mais son intelligence est supérieure et ça, il faut que nous sachions le reconnaître et en tenir compte. Vous m'avez montré sa lettre — il y parle des échecs. Je suis sûr que c'est un joueur hors pair. Il aurait pu, vous le savez très bien, faire ce qu'il voulait chez les Petrie sans couper la ligne. S'il l'a coupée, c'est qu'il voulait vous faire savoir qu'il avait mis en échec une pièce maîtresse des blancs. Il sait que l'union fait la force et il a profité de ce que vous l'aviez oublié pour introduire la confusion dans vos esprits. Si vous vous précipitez chez les Petrie, l'équipe sera divisée en trois. Je suis seul et cloué au lit ; ce sera un jeu d'enfant pour lui de me neutraliser, en dépit des croix, des livres et des incantations. Il lui suffira de me déléguer un de ses séides avec un fusil ou un couteau. Il ne restera plus que vous deux, en train de courir vous jeter dans la gueule du loup. Et, quand il en aura terminé avec vous, Salem lui appartiendra tout entière. Est-ce que vous pouvez comprendre ça ?

— Oui, dit Ben.

Matt se laissa retomber sur ses oreillers.

— Je ne vous dis pas cela parce que je crains pour ma vie, Ben, croyez-le bien. Pas même parce que je crains pour vos vies à vous. Non, j'ai peur pour la ville. En tout état de cause, il faut que l'un de nous au moins reste pour arrêter Barlow dans son œuvre de destruction.

— Oui. Et puis je ne veux pas me laisser avoir avant d'avoir vengé Susan, dit Ben.

Un silence tomba.

C'est Jimmy Cody qui le rompit.

— Sait-on jamais, peut-être qu'ils s'en tireront, dit-il pensivement. Je crois que Barlow sous-estime Callahan et je suis certain qu'il sous-estime Mark. Ce gosse est quelqu'un d'étonnant.

— Espérons, dit Matt en fermant les yeux.

Et l'attente commença.

19

Le père Donald Callahan se tenait à un bout de la vaste cuisine des Petrie, et la croix de sa mère qu'il brandissait très haut au-dessus de sa tête répandait sur toute la pièce une lueur spectrale. Barlow était à l'autre bout, près de l'évier avec une de ses mains il tenait fermement les mains de Mark derrière son dos tandis qu'avec l'autre il le maintenait par le cou. Henry et June Petrie gisaient au centre de la pièce, au milieu des débris de la vitre que Barlow avec cassée pour entrer.

Callahan était abasourdi. Tout était arrivé si vite que son cerveau en était paralysé. Il était en train de discuter des événements aussi raisonnablement que possible avec Petrie sous la lumière vive et démystifiante de la cuisine quand tout d'un coup, sans transition, il s'était trouvé plongé dans ce monde insensé dont le père de Mark avait nié l'existence avec tant de calme et de fermeté compréhensive.

Son esprit essaya de reconstituer ce qui s'était passé.

Petrie était revenu et leur avait dit que le téléphone ne marchait pas. Aussitôt après, les lumières s'étaient éteintes. June Petrie avait poussé un cri. Une chaise était tombée. Pendant un court instant, ils avaient trébuché dans l'obscurité en s'appelant les uns les autres. Et puis la fenêtre au-dessus de l'évier avait éclaté et les morceaux de verre étaient tombés en pluie sur le plan de travail et sur le linoléum du plancher. Tout ceci en l'espace de trente secondes.

Il y avait une présence nouvelle dans la cuisine. Callahan avait réussi à rompre le charme qui l'avait empêché jusque-là de réagir. Il avait serré dans sa main la croix qui pendait à son cou et, dès qu'il l'avait touchée, la pièce avait été inondée d'une lumière surnaturelle.

Callahan avait vu Mark qui essayait de tirer sa mère vers l'arcade qui séparait la cuisine du salon. Henry Petrie était à côté d'eux, la mâchoire pendante. Cette invasion brutale et parfaitement illogique l'avait laissé pantois. Et, à l'arrière-plan, comme dans un brouillard, il avait aperçu une figure livide et grimaçante qui semblait sortie d'un dessin de Frazetta, avec ses dents longues et pointues comme des crocs et ses yeux de braise à l'éclat sinistre. Barlow avait tendu les mains (Callahan avait eu juste le temps de voir combien ses doigts étaient allongés et fins, des mains de pianiste), avait saisi la tête d'Henry Petrie d'un côté, la tête de June de l'autre et les avait cognées brutalement l'une contre l'autre. Il y avait eu un affreux craquement et les deux Petrie étaient tombés comme des masses. La première menace de Barlow venait d'être mise à exécution.

Mark avait poussé un hurlement et, sans la moindre considération de prudence, s'était jeté sur Barlow.

— Te voilà ! s'était exclamé Barlow de sa voix chaude et puissante en se saisissant de l'enfant.

Callahan s'avança en brandissant sa croix.

Le sourire de triomphe de Barlow se transforma en un rictus d'agonie. Il bascula en arrière, sur l'évier, entraînant l'enfant qu'il tenait toujours devant lui. Leurs pieds dérapèrent sur les morceaux de verre.

— Au nom du Seigneur..., commença Callahan.

A cette évocation de la divinité, Barlow hurla comme s'il avait été frappé par un fouet, sa bouche se convulsa et laissa apparaître ses crocs acérés. Les muscles de son cou se tendirent et devinrent saillants.

— Pas plus près ! dit-il. Si tu avances d'un pas, sorcier maudit, je sectionne la jugulaire et la carotide de ce petit monsieur.

Il parlait encore que sa lèvre supérieure se retroussait déjà, découvrant ses longues dents en aiguille. A peine sa menace proférée, il pencha brusquement la tête et se jeta sur le cou de Mark avec la promptitude d'une vipère, le manquant d'un quart de centimètre.

Callahan cessa d'avancer.

— Recule, ordonna Barlow qui avait retrouvé son sourire.

Callahan recula lentement, tenant la croix devant lui, mais à hauteur de ses yeux pour pouvoir surveiller Barlow. Le crucifix brillait de mille feux et Callahan sentait comme une force magnétique courir le long de ses bras et agir sur ses muscles.

Ils étaient face à face.

— Nous voilà enfin réunis ! dit Barlow en souriant.

Il avait un visage intelligent et volontaire. Ses traits étaient beaux mais durs encore que, vus sous certains angles, ils eussent pu paraître presque efféminés. Où Callahan avait-il déjà vu ce visage ? Soudain le souvenir lui revint, dans ce moment d'extrême terreur qu'il traversait. C'était Mr. Flip, le croque-mitaine de son enfance, la chose qui se cachait dans le placard pendant la journée et qui sortait le soir dès que sa mère avait fermé la porte de la chambre. On ne permettait pas au petit Donald de garder la lumière allumée — son père et sa mère s'accordaient à penser que la meilleure façon de vaincre ces peurs enfantines, c'était de les affronter et non d'essayer de composer avec elles — et, chaque nuit, à peine la porte refermée, dès que les pas de sa mère s'éloignaient dans le couloir, la porte du placard s'ouvrait et il percevait (ou *voyait* vraiment) la mince figure blanche et les yeux de braise de Mr. Flip. Il était là de nouveau, sorti de son placard, avec son visage d'une blancheur clownesque et ses lèvres rouges et sensuelles, et il regardait Callahan de ses yeux luisants, par-dessus l'épaule de Mark.

— Et maintenant ? dit Callahan.

Il ne reconnut pas sa propre voix. Ses yeux ne quittaient pas les doigts de Barlow, ces longs doigts d'artiste qui tenaient serrée la gorge de Mark. Il y avait de petites taches bleues dessus.

— Ça dépend. Qu'est-ce que tu es prêt à donner en échange de cette petite saleté ?

Il tordit brusquement les bras de Mark derrière son dos, avec l'espoir que sa question serait ponctuée par un cri de l'enfant, mais Mark ne lui donna pas satisfaction sur ce point. Il respira un peu plus fort, c'est tout.

— Tu vas crier, murmura Barlow (et ses lèvres se tordirent en une grimace de haine bestiale). Tu vas crier à t'en faire *éclater* la gorge !

— Assez ! cria Callahan.

— Dois-je vraiment m'arrêter ?

La haine avait disparu du visage de Barlow et avait fait place à un sourire d'une amabilité inquiétante.

— Dois-je accorder un délai de grâce à cet enfant, le garder pour une autre nuit ?

— Oui !

D'une voix douce et qui se voulait charmeuse, Barlow dit :

— Alors il faut que tu acceptes de jeter ta croix et de lutter avec moi à armes égales — le blanc contre le noir, ta foi contre la mienne.

— Oui, dit encore Callahan mais d'une voix déjà moins assurée.

— Eh bien, fais-le donc !

Les lèvres sensuelles de Barlow s'étaient contractées. L'étrange lumière dans laquelle baignait la pièce faisait briller son front haut et dégagé.

— Et vous le libéreriez ? Comment voulez-vous que je vous fasse confiance ? Autant mettre un serpent à sonnettes sous ma chemise et lui demander de ne pas me mordre !

— Moi, je te fais confiance... Tiens, regarde !

Il lâcha Mark et leva les mains en l'air. Elles étaient vides.

Mark resta un instant sans bouger, incrédule, puis courut s'agenouiller auprès de ses parents sans jeter un regard du côté de Barlow.

— Sauve-toi, Mark ! cria Callahan. Sauve-toi !

Mark leva son regard vers lui. Ses yeux assombris par le chagrin lui dévoraient le visage.

— Je crois qu'ils sont morts...

— SAUVE-TOI !

Mark se releva lentement et se tourna vers Barlow.

— Bientôt, mon petit frère, dit Barlow d'une voix pleine de bienveillance, très bientôt, toi et moi, nous...

Mark lui cracha au visage.

Barlow en eut le souffle coupé. Son expression douce et bienveillante, qui n'était qu'un masque, disparut immédiatement. La colère assombrit ses traits et Callahan vit briller dans ses yeux une lueur de folie qui n'était pas seulement meurtrière. Il comprit que Barlow était habité par le désir sauvage de détruire aussi bien l'âme que le corps.

— Tu as osé cracher sur moi, siffla-t-il.

Et, tremblant de rage, il fit un pas en avant.

— Arrière! cria Callahan en brandissant sa croix.

Barlow hurla et couvrit son visage de ses mains. La croix brillait d'un feu céleste. Callahan aurait eu tout pouvoir sur lui s'il avait osé pousser son avantage à cet instant précis.

— Je vous tuerai, dit Mark.

L'instant d'après, il avait disparu, comme disparaît un remous dans une eau profonde.

Barlow semblait être devenu plus grand. Ses cheveux, coiffés en arrière à la mode européenne, flottaient autour de sa tête. Il portait un costume sombre et une cravate lie-de-vin impeccablement nouée. Présence fuligineuse, ténèbres au milieu des ténèbres et, dans tout ce noir, le feu inquiétant des prunelles cernées de rouge.

— A toi maintenant de remplir tes engagements, misérable sorcier.

— Je suis un *prêtre,* hurla Callahan.

Barlow fit une courbette.

— *Monsieur l'Abbé,* dit-il d'un ton de dérision.

Callahan ne parvenait pas à se décider. Pourquoi jeter la croix ? Pourquoi ne pas le chasser, en rester là pour ce soir et demain...

Mais, au plus profond de lui-même, une voix lui disait que ne pas jouer franc jeu avec le vampire c'était s'exposer à des dangers infiniment plus graves que tous ceux qu'il avait connus jusqu'à présent. S'il n'osait pas jeter la croix, cela signifiait qu'il admettait... qu'il admettait... quoi ? Si seulement les choses n'allaient pas si vite, si seulement il avait le temps de peser le pour et le contre...

Le rayonnement de la croix diminuait.

Il la regardait, les yeux agrandis par la peur. Ses entrailles étaient comme nouées et son ventre traversé d'éclairs brûlants. Il redressa la tête et vit Barlow s'avancer vers lui avec un sourire presque voluptueux.

— *Vade retro*, dit-il d'une voix rauque en reculant lui-même d'un pas. Je vous l'ordonne, au nom du Seigneur.

Barlow éclata d'un rire ironique.

Le crucifix maintenant ne brillait presque plus : deux petits filaments lumineux en forme de croix. L'ombre avait envahi la pièce et le visage du vampire n'était plus qu'un triangle blafard.

Callahan recula encore d'un pas et sentit contre ses reins la table de cuisine que les Petrie avaient placée le long du mur.

— Impossible d'aller plus loin, dit Barlow avec une désolation feinte.

Dans ses yeux sombres brillait une joie infernale.

— C'est triste de voir un homme avoir une foi si chancelante. Enfin...

La croix tremblait dans la main de Callahan. Et, brusquement, elle perdit tout éclat. Ce ne fut plus qu'un morceau de plâtre, objet dérisoire achetée par sa mère, peut-être au rabais, dans une boutique de souvenirs de Dublin. Plus trace de cette puissance surnaturelle que Callahan sentait dans ses muscles l'instant d'avant et qui lui aurait permis, lui semblait-il, de faire tomber les murs et de fendre en deux les rochers.

Barlow jaillit de l'ombre et lui arracha la croix. Callahan poussa un gémissement d'angoisse, étrangement semblable au gémissement muet que poussait l'enfant qu'il avait été lorsqu'il se retrouvait seul avec Mr. Flip dans sa chambre obscure. Ce qu'il entendit ensuite allait le hanter pour le restant de ses jours : deux petits claquements secs, les bras de la croix que Barlow brisait l'un après l'autre, et un bruit mat, les morceaux de plâtre atterrissant sur le linoléum.

— Dieu vous *damne !* cria-t-il.

— Pas de cinéma, s'il te plaît, dit la voix de Barlow, avec un accent de réelle tristesse. Ce que tu dis ne correspond à rien. Tu as cessé de croire en ton Église et tu le sais. La croix... le pain et le vin...le confessionnal... n'ont de valeur que par ce qu'ils représentent pour le croyant. Sans la foi, la croix n'est qu'un morceau de bois, le pain de la farine passée au four et le vin du jus de raisin fermenté. Si tu avais jeté ton crucifix, tu aurais gardé tes chances de l'emporter sur moi. Et un sens je le souhaitais. Il y a longtemps que je n'ai pas rencontré d'adversaires à ma mesure. L'enfant te vaut dix fois, faux prêtre.

Callahan vit des mains émerger de l'ombre et s'aggripper à ses épaules avec une vigueur surprenante.

— Tu accueillerais avec reconnaissance, j'en suis sûr, l'oubli que te procurerait ton entrée dans le monde des morts-vivants. Les vampires n'ont pas de mémoire ; ils n'ont que leur appétit insatiable et leur volonté de servir le Maître. Je pourrais t'utiliser en t'envoyant auprès de tes amis. Mais est-ce nécessaire ? Sans toi pour les conduire, ils sont peu de chose. Et l'enfant les aura prévenus. Non, déjà quelqu'un d'autre est en route vers eux. Pour toi, faux prêtre, j'envisage un châtiment plus approprié.

Callahan se souvint des paroles de Matt : *Il y a des choses qui sont pires que la mort.*

Il essaya de se dégager, mais les mains de Barlow lui tenaient les épaules comme dans un étau. Puis il sentit une main relâcher son étreinte. Il y eut un frottement d'étoffe suivi d'un léger grattement, comme celui d'une lame sur quelque chose de mou.

Les mains lui saisirent le cou.

— Viens là, faux prêtre, que je t'enseigne la vraie religion. Prends *ma* communion.

D'un seul coup, Callahan comprit tout. L'horreur l'envahit.

— Non, par pitié !... pas ça !...

Mais les mains étaient implacables. Elles lui tiraient la tête en avant, encore, encore.

— Et maintenant, monsieur l'Abbé..., susurra Barlow.

Callahan, presque asphyxié par l'odeur de chair fétide, se retrouva la bouche pressée contre la gorge froide du vampire où battait une veine ouverte. Il retint son souffle pendant ce qui lui parut être un siècle, un millénaire, une éternité, et se débattit sauvagement sans autre résultat que de se barbouiller les joues, le front, le visage entier, du sang maudit.

Et finalement il but.

20

Matt s'était assoupi, la bouche ouverte. Ben ferma la porte et éteignit la lumière. Jimmy s'étendit au pied du lit. Quand ils entendirent dans le couloir des pas hésitants, Ben se posta à l'entrée de la chambre, prêt à intervenir. Dès que la porte s'ouvrit et qu'une tête se montra, il se jeta en avant, cravata l'individu qui venait d'apparaître et lui pressa contre la joue la croix qu'il tenait à la main.

— Laissez-moi !

Un poing se tendit et martela de coups la poitrine de Ben sans réussir à lui faire lâcher prise. Matt, réveillé par le bruit, alluma le plafonnier et, clignant des yeux, aperçut Mark Petrie qui se débattait dans les bras de Ben.

Jimmy se précipita vers Mark. Il allait embrasser l'enfant quand il fut pris d'une inquiétude subite.

— Lève la tête.

Mark obéit et les trois hommes purent voir que son cou était intact.

Jimmy se détendit.

— Mon petit vieux, je crois que je n'ai jamais été aussi heureux de voir quelqu'un. Où est le père Callahan ?

— Je ne sais pas, dit Mark d'un air sombre. Barlow m'a

attrapé... il a tué mes parents. Ils sont morts. Papa et maman sont morts. Il a cogné leurs têtes l'une contre l'autre. Il les a tués. Et puis il m'a pris et il a dit au père Callahan qu'il me laisserait partir si le père Callahan promettait de jeter sa croix. Il a promis. Je me suis sauvé. Mais, avant de m'en aller, j'ai craché sur Barlow. J'ai craché sur lui et je lui ai dit que je le tuerai.

Il était encore près de la porte, tout chancelant. Son front et ses joues étaient couverts d'égratignures. Il avait coupé par les bois en prenant le petit chemin où Danny Glick et son frère avaient fait leur fatale rencontre. En traversant Taggart Stream, il était entré dans l'eau jusqu'aux genoux et son pantalon était trempé. Il avait fait du stop, mais était incapable de se rappeler qui l'avait ramassé. Il ne se rappelait qu'une chose, c'est que la radio de la voiture était allumée.

Ben était figé d'horreur. Il ne trouva pas de mots pour exprimer ce qu'il ressentait.

— Mon pauvre garçon, dit Matt avec douceur. Mon pauvre garçon, tu as été bien courageux.

Brusquement la figure de Mark se décomposa. Ses yeux se fermèrent, sa bouche se mit à trembler.

— Ma ma-ma-*maman*...

Il fit quelques pas en vacillant. Ben l'attrapa au passage, le prit dans ses bras et le berça.

— Va, pleure, ça te fera du bien, lui dit-il.

Et l'enfant laissa libre cours à ses larmes.

21

Le père Donald Callahan partit au hasard des rues. Combien de temps marcha-t-il ? Il aurait été bien incapable de le dire. Il commença par se diriger en titubant vers le centre de la ville en empruntant Jointner Avenue, sans plus penser à sa voiture qu'il avait garée sur le chemin des Petrie. Tantôt il marchait en zigzag au milieu de la rue et tantôt il s'avançait en chancelant le long de la chaussée. A un moment donné, une voiture arriva droit sur lui ; ses phares étaient comme des disques lumineux qui grandissaient, grandissaient, et puis l'avertisseur se mit à rugir et la voiture fit une embardée de dernière minute dans un hurlement de pneus. Une autre fois il tomba dans le fossé. Il était à la hauteur du feu de circulation à clignotant jaune quand il se mit à pleuvoir.

Il n'y avait personne dans les rues pour remarquer son passage ; Salem s'était barricadée pour la nuit encore plus étroitement que d'habitude. Le restaurant de routiers était vide et, chez Spencer, miss Coogan, assise près de sa caisse, lisait la confession d'une vedette dans un magazine féminin qu'elle avait pris sur l'éventaire. Dehors, au-dessous de la pancarte éclairée qui figurait un chien bleu en plein élan, une enseigne lumineuse disait en grosses lettres rouges : AUTOCARS, ARRÊT.

Les gens ont peur, pensa-t-il. Ils avaient en effet toutes les raisons d'avoir peur. La part la plus instinctive d'eux-mêmes avait flairé le danger et, ce soir, les portes à Salem étaient verrouillées comme elles ne l'avaient pas été depuis des années... si même elles l'avaient jamais été ainsi.

Il était seul dans les rues. Et il était le seul à n'avoir rien à craindre. Comme c'était drôle ! Il rit tout fort d'un rire de fou qui ressemblait à un sanglot. Aucun vampire ne s'attaquerait à lui. A d'autres peut-être, mais pas à lui. Le Maître l'avait marqué de son sceau et, tant que le Maître ne revendiquerait pas son bien, il serait libre.

Le clocher de St. Andrew surgit de l'obscurité.

Il eut une hésitation, puis se dirigea vers l'église. Il allait prier. Prier toute la nuit s'il le fallait. Il ne s'adresserait pas au Dieu d'aujourd'hui, celui des ghettos, de la conscience sociale et des repas gratuits, mais au Dieu d'autrefois, celui qui avait dit par la voix de Moïse qu'il fallait chasser les sorcières, celui qui avait permis à son propre fils de se lever d'entre les morts. Donne-moi une seconde chance, Seigneur. Je ferai pénitence ma vie durant. Mais, je t'en conjure, ... une seconde chance.

Il trébucha sur les marches, sa soutane était pleine de boue et son visage maculé du sang de Barlow.

Arrivé en haut des marches, il resta un instant immobile, puis tendit la main vers la poignée de la porte centrale.

A peine l'avait-il touchée qu'un éclair bleu jaillit et qu'il se sentit rejeté en arrière avec violence. Après quoi il n'eut plus conscience, tandis qu'il dévalait les marches la tête la première, que d'avoir mal, très mal, partout, au dos, à la nuque, à la poitrine, au ventre, aux jambes.

Il se retrouva au bas des marches, tout tremblant, sous la pluie, la main en feu.

Il l'éleva devant ses yeux. Elle portait des traces de brûlures.

— Souillé, marmonna-t-il. Souillé, je suis souillé, oh ! mon Dieu, souillé au plus profond.

La pluie tombait toujours. Il se mit à trembler de plus belle, à trembler de tous ses membres, et se recroquevilla sur lui-même, les bras croisés et les mains attachées aux épaules. L'église était là, toute proche, émergeant du brouillard nocturne, mais ses portes ne s'ouvriraient plus pour lui.

22

Mark Petrie s'assit sur le lit de Matt à l'endroit précis où Ben s'était assis lorsqu'il était arrivé avec Jimmy. Il sécha ses larmes avec la manche de sa chemise ; ses yeux étaient rouges et gonflés, mais il semblait avoir repris le contrôle de lui-même.

— Tu sais, n'est-ce pas, lui dit Matt, que Salem est dans une situation désespérée.

Mark fit signe que oui.

— En ce moment même, *ses* morts-vivants parcourent la ville, reprit Matt d'une voix sombre, recrutant de nouvelles troupes. Ils ne pourront pas se saisir de tout le monde cette nuit, mais vous aurez déjà demain une lourde tâche.

— Matt, je voudrais que vous dormiez un peu maintenant, dit Jimmy. Soyez tranquille, nous ne vous quitterons pas. Vous n'avez pas l'air bien. Tout ceci vous a mis à rude épreuve...

— Ma ville est en train de se désintégrer presque sous mes yeux et tu veux que je dorme ?

Ses yeux n'avaient rien perdu de leur vivacité et brillaient dans son visage creusé par la fatigue.

Jimmy reprit avec obstination :

— Si vous voulez nous aider jusqu'au bout, il faut économiser vos forces. Je suis tout de même votre médecin, bon Dieu !

— Bien, bien, tout de suite.

Il les regarda l'un après l'autre.

— Demain, il faut que vous alliez tous les trois jusque chez Mark et que vous prépariez des pieux. Beaucoup de pieux.

Il leur fallut un instant pour se rendre compte de ce qu'impliquait la phrase de Matt.

— Combien ? demanda Ben d'une voix faible.

— Eh bien, je dirais qu'il vous en faut au moins trois cents. Et je vous conseillerais plutôt d'en faire cinq cents.

— Impossible, dit Jimmy d'un ton lugubre. Ils ne peuvent pas être si nombreux que ça.

— Les morts-vivants sont toujours assoiffés, dit Matt d'une voix calme. Il faut que vous vous attendiez au pire. Restez toujours ensemble. Ne prenez pas le risque de vous séparer, même pendant la journée. Faites comme les éboueurs. Commencez par un bout de la ville et finissez par l'autre.

— On n'arrivera jamais à les repérer tous, gémit Ben. Même si on y travaille du petit jour à la tombée de la nuit.

— Tâchez d'en faire le maximum, Ben. Et puis dites-vous bien que les gens commenceront peut-être à vous croire. Certains viendront même vous aider, si vous les mettez en face de la réalité. Et quand la nuit sera là de nouveau vous aurez réussi à défaire une grande partie de ce qu'*il* aura fait. (Il soupira.) Il faut malheureusement nous faire à l'idée que le père Callahan est perdu pour nous. C'est un rude coup, mais qui ne doit pas nous décourager. Et puis faites attention. Soyez toujours prêts à mentir. Si on vous enferme, que ce soit à l'asile ou dans une prison, *il* en sera très content. Vous n'y avez peut-être pas encore songé, mais vous feriez bien d'y songer maintenant : il y a toutes les chances pour que notre survie et notre triomphe éventuels ne nous servent qu'à nous faire accuser de meurtre devant un tribunal.

Il chercha le regard de Ben, de Jimmy et de Mark. Ce qu'il vit dut le satisfaire car il concentra très vite son attention sur Mark.

— Tu sais quelle est la tâche la plus importante à accomplir, n'est-ce pas ?

— Oui, dit Mark. C'est de tuer Barlow.

Matt eut un petit sourire.

— Tu mets, malheureusement, la charrue devant les bœufs. Il s'agit d'abord de le trouver.

Il lui jeta un regard scrutateur.

— As-tu vu, entendu, senti, touché quelque chose ce soir qui puisse nous aider à le localiser ? Réfléchis bien avant de répondre. Tu sais mieux que personne que c'est une question vitale.

Mark se mit à réfléchir. Ben n'avait jamais vu personne obéir aussi scrupuleusement à une injonction. Il avait la tête penchée, le menton dans le creux de la main et les yeux fermés. On sentait qu'il passait en revue, avec la plus grande minutie, tous les détails de sa rencontre avec Barlow.

Il ouvrit finalement les yeux, jeta un regard circulaire sur les trois hommes et secoua la tête.

— Rien.

Le visage de Matt s'affaissa, mais il ne perdit pas espoir.

— Une feuille accrochée à son costume ? Un flocon de fleur de roseau dans le revers de son pantalon ? De la boue sur ses chaussures ? Un fil sur sa manche ? (Il tapa du poing sur son lit avec désespoir.) Dieu du ciel, est-il donc aussi lisse qu'un œuf ?

Les yeux de Mark s'élargirent brusquement.

— Quoi donc ? dit Matt en saisissant l'enfant par l'épaule. Qu'est-ce que c'est ? A quoi as-tu pensé ?

— De la craie bleue, dit Mark. Il me tenait le cou avec son bras, comme ça, et je voyais sa main. Il a des doigts très longs et très blancs, et sur deux de ses doigts j'ai vu des traces de craie bleue. Des toutes petites traces.
— De la craie bleue, dit Matt pensivement.
— Une école, dit Ben. C'est le plus probable.
— Pas le lycée en tout cas, dit Matt. Nos craies viennent de chez Dennison, une maison de Portland. Ils ne nous donnent que du blanc et du jaune. J'en ai sous les ongles et sur mes vêtements depuis que je suis professeur à Salem.
— Les salles de dessin ? suggéra Ben.
— Non, on ne donne au lycée que des cours d'art graphique. Les élèves se servent d'encre, jamais de craie. Mark, tu es sûr que c'était...
— De la craie, oui, absolument, dit-il en hochant la tête.
— Je crois bien qu'il y a des professeurs de science qui se servent de craies de couleur, reprit Matt. Mais où pourrait-on se cacher au lycée ? Vous avez vu, Ben — tout est sur un seul niveau et il y a des vitres partout. Dans l'économat, c'est un va-et-vient continuel et on peut dire la même chose de la chaufferie.
— Dans la salle de théâtre, derrière la scène ?
Matt haussa les épaules.
— C'est vrai que c'est sombre. Mais si c'est Mrs. Rodin qui prend en charge le cours d'art dramatique à ma place il y aura tout le temps du monde dans le secteur et ce sera un risque énorme pour lui. Il doit le savoir.
— Et les écoles primaires ? demanda Jimmy. On doit faire faire du dessin aux petits. Et je parierais bien cent dollars qu'on y utilise des craies de couleur à la pelle.
— L'école primaire de Stanley Street, répondit Matt, a été construite avec un financement analogue à celui du lycée. Elle correspond, comme lui, aux conceptions que l'on a maintenant des bâtiments scolaires. Sa taille est en rapport avec l'effectif des élèves et elle est sur un seul niveau. On a mis partout des baies vitrées pour faire entrer le soleil. Ce n'est pas du tout le genre d'endroit où celui que nous cherchons irait se réfugier. Les vampires aiment les maisons d'autrefois, sombres, un peu crasseuses, comme...
— Comme l'école de Brock Street, dit Mark.
— Oui, dit Matt en regardant Ben. L'école de Brock Street est un bâtiment en bois qui possède un rez-de-chaussée, deux étages et un sous-sol, et qui a été construit à peu près en même temps que Marsten House. Au moment où on a lancé l'emprunt pour la construction de la nouvelle école, beaucoup de gens ont

dit qu'il y avait de sérieux risques d'incendie à l'école de Brock Street et c'est ce qui a permis à l'emprunt de réussir. Deux ou trois ans auparavant, une école avait brûlé dans le New Hampshire...

— Je me souviens, murmura Jimmy. A Cobb's Ferry, n'est-ce pas ?

— Oui. Trois enfants avaient péri carbonisés.

— L'école de Brock Street est-elle encore ouverte ? demanda Ben.

— Seulement le rez-de-chaussée. De la maternelle au cours moyen. Quand on a voté la construction de la nouvelle école, il était entendu que l'ancienne serait entièrement évacuée dans les deux ans qui suivraient.

— Barlow pourrait-il s'y cacher ?

— Je pense que oui, dit Matt comme à regret. Le premier et le second sont pleins de salles de classe vides. Les fenêtres ont été bouchées avec des planches pour éviter que les enfants ne cassent les carreaux avec des pierres.

— Alors c'est là, dit Ben. Sûrement.

— On dirait, oui, admit Matt. (Il avait l'air très las.) Mais ça paraît trop simple.

— De la craie bleue, murmura Jimmy, les yeux dans le vague.

— Je ne sais pas, dit Matt d'un air absent. Je ne sais vraiment pas...

Jimmy ouvrit sa sacoche et en sortit une petite bouteille de pilules.

— Prenez-en deux avec un peu d'eau, dit-il. Tout de suite.

— Non. Il y a encore trop de choses à discuter, trop de problèmes...

— Trop de problèmes pour que nous prenions le risque de vous perdre, dit Ben d'une voix ferme. Maintenant que le père Callahan *n'est plus* avec nous, vous nous êtes doublement précieux. Faites ce qu'il vous dit.

Mark alla chercher un verre d'eau dans le cabinet de toilette et Matt céda de mauvaise grâce.

Il était dix heures et quart.

Le silence s'installa dans la chambre. Ben se dit que Matt avait l'air vraiment très vieux maintenant. Comme si son visage avait reçu tout d'un coup l'empreinte d'une vie entière de misère et de souffrances.

— Je m'inquiète pour lui, dit Jimmy à voix basse.

— Je croyais qu'il n'avait eu qu'une attaque sans gravité, dit Ben. Un avertissement, pas vraiment une crise cardiaque.

— L'occlusion n'a pas été très importante. Mais une seconde crise serait grave. On risque maintenant l'occlusion majeure. Cette affaire va le tuer, si on n'en vient pas à bout très rapidement.

Il prit le poignet de Matt et lui tâta le pouls avec douceur, presque avec tendresse.

— Et ça, ce serait tragique.

Ils attendirent que le jour vienne autour du lit de Matt, chacun ayant son tour de garde. Matt dormit la nuit entière et Barlow ne se montra pas. Il avait à faire ailleurs.

23

Miss Coogan était plongée dans un récit intitulé « J'ai essayé d'étrangler notre bébé » qu'elle avait trouvé dans *Confessions de femmes* lorsque la porte s'ouvrit. Son premier client faisait son apparition.

Elle n'avait jamais vu une soirée aussi morne. Même Ruthie Crockett et ses petites copines ne s'étaient pas montrées, comme d'habitude, pour prendre un ice-cream soda au comptoir — elles ne lui manquaient pas, celles-là — et même Loretta Starcher ne s'était pas arrêtée pour prendre le *New York Times*. Il était encore là, bien plié sous le comptoir. Loretta était la seule personne de Jerusalem's Lot à acheter régulièrement le *Times*. Le lendemain, elle le mettait dans la salle de lecture.

Avant la démolition du Nordica, le vieux cinéma d'en face, il y avait toujours de la bousculade après les séances et il arrivait à miss Coogan de regretter cette époque.

Tout le monde parlait à la fois pour demander qui un lait-fraise, qui une glace, qui un granité-citron, et garçons et filles se tenaient la main en discutant du travail qu'ils avaient à faire pour la classe du lendemain. C'était fatigant, mais en même temps réconfortant. Les jeunes de ce temps-là n'étaient pas comme ceux d'aujourd'hui, comme cette Ruthie Crockett et sa bande, tout le temps en train de ricaner, les seins nus sous leurs pulls et moulées dans des jeans si serrés qu'on voyait la ligne de leurs slips au travers... quand elles en avaient un. Les sentiments qui l'animaient envers ces clients d'autrefois (qui l'agaçaient tout autant, seulement elle l'avait oublié) étaient colorés en rose par la nostalgie ; aussi leva-t-elle la tête avec espoir quand la porte s'ouvrit, prête à voir resurgir une de ces jeunes filles des années soixante, accompagnée de son boy-friend.

Mais non, c'était un homme d'un certain âge qu'elle connaissait sans pouvoir le situer. Elle le regarda s'approcher avec sa valise, et quelque chose dans son allure et dans son visage le lui fit reconnaître.

— Père Callahan, dit-elle sans parvenir à cacher sa surprise.

Elle ne l'avait jamais vu sans son habit de prêtre. Il portait ce soir un pantalon noir et une chemise de coton bleu, comme n'importe quel ouvrier.

Et tout à coup elle eut peur. Il était proprement habillé, ses cheveux étaient soigneusement coiffés, mais il y avait quelque chose dans son visage, quelque chose...

Un souvenir, vieux de vingt ans, lui revint en mémoire. Quand elle était rentrée de l'hôpital où sa mère venait de mourir d'une congestion cérébrale — ce qu'on appelait autrefois un coup de sang — et qu'elle avait annoncé la nouvelle à son frère, il avait pris un visage hagard et ses yeux avaient perdu d'un seul coup toute expression. Le père Callahan avait un air du même genre et cela la mit affreusement mal à l'aise. Elle remarqua aussi qu'il avait la peau autour des lèvres rouge et irritée, comme s'il s'était rasé de trop près ou comme s'il s'était frotté très longtemps avec un gant-éponge pour effacer une vilaine tache.

— Je voudrais prendre un billet d'autocar, dit-il.

« Ah! voilà, pensa-t-elle. Pauvre homme! Il y a eu un décès dans sa famille et il vient d'apprendre la nouvelle. »

— Certainement. Où...

— Quel est le premier autocar?

— Pour où?

— N'importe où, dit-il, mettant en pièces sa théorie.

— Eh bien... je ne... attendez...

Elle consulta nerveusement l'horaire et le regarda avec inquiétude.

— Il y a un autocar à onze heures dix qui va à Portland, Boston, Hartford et New Y...

— Ça ira. Combien?

— Jusqu'à quand... je veux dire, jusqu'où?

Elle ne savait vraiment plus où elle en était.

— Jusqu'au bout, dit-il d'une voix lugubre.

Puis il lui sourit. De sa vie elle n'avait vu un sourire aussi impressionnant. Elle s'empressa de détourner la tête. *S'il me touche,* pensa-t-elle, *je crie, je hurle au meurtre.*

— C... c'est N... New York, bredouilla-t-elle. Vingt-neuf dollars soixante-quinze pence.

Il extirpa avec quelque difficulté son portefeuille de la poche arrière de son pantalon et elle vit que sa main droite était bandée. Il posa un billet de vingt dollars et deux billets d'un dollar sur le comptoir et elle fit tomber une pile de billets en blanc sur le plancher en voulant en prendre un. Quand elle eut fini de les ramasser, il avait ajouté cinq autres billets d'un dollar et une montagne de pièces.

Elle remplit le billet aussi vite qu'elle put, mais ce n'était pas encore assez vite. Elle sentait peser sur elle son regard mort. Après avoir tamponné le billet, elle le poussa à travers le comptoir pour n'avoir pas à lui toucher la main.

— I... il f... faut que vous attendiez dehors, père C... Callahan. Je ferme dans cinq minutes.

Elle passa la main sur le comptoir et fit tomber les billets et les pièces dans le tiroir-caisse sans même les compter.

— Très bien, dit-il en fourrant le billet dans sa poche de poitrine.

Puis il dit, sans la regarder :

— *Et le Seigneur a mis sa marque sur Caïn afin que quiconque le trouverait ne le tue pas. Et Caïn s'en alla de la face du Seigneur et demeura comme un fugitif sur la terre, à l'est d'Éden.* C'est ce que dit l'Écriture, miss Coogan. Et c'est la parole la plus dure que contienne la Bible.

— Ah! vraiment? dit-elle. Je suis désolée, père Callahan, mais il faut absolument que vous attendiez dehors. Je... Mr. Labree va arriver dans une minute et il n'aime pas... n'aime pas que je... que je...

— Bien sûr, dit-il.

Et il se dirigea vers la porte, mais au bout de quelques pas il s'arrêta et se tourna vers elle. Elle ne put soutenir son regard de pierre.

— Vous habitez Falmouth, n'est-ce pas, miss Coogan?
— Oui...
— Vous avez une voiture?
— Oui, naturellement. Père Callahan, je regrette d'être obligée de nouveau de vous demander d'attendre l'autocar dehors...

— Rentrez le plus vite possible chez vous ce soir, miss Coogan. Mettez la fermeture de sécurité à toutes vos portes et ne prenez personne en route. *Personne.* Ne vous arrêtez même pas si c'est quelqu'un que vous connaissez.

— Je ne prends *jamais* personne en stop, dit miss Coogan dignement.

— Et, une fois que vous serez chez vous, gardez-vous de reprendre le chemin de Jerusalem's Lot, continua Callahan en la regardant fixement. Le mal est dans Salem maintenant.

Elle dit d'une voix faible :

— Je ne sais pas de quoi vous parlez, mais il faut que vous attendiez votre autocar dehors.

— Oui. D'accord.

Il sortit.

Elle prit conscience tout d'un coup du calme qui régnait dans le drugstore. Un calme absolu. Se pouvait-il que pas une seule personne ne soit venue depuis que la nuit était tombée, à l'exception du père Callahan! Mais oui. *Pas une.*

Le mal est dans Salem maintenant.

Elle couvrit son comptoir et éteignit les lumières.

24

La nuit pesait sur Salem.

A minuit moins dix, un coup de klaxon prolongé tira brutalement Charlie Rhodes de son sommeil et le fit se dresser sur son séant.

C'était son bus!

Il comprit aussitôt.

Les petits salauds!

Les gosses lui avaient déjà joué des tours du même genre. Il les connaissait bien, ces petits emmerdeurs. Ils avaient réussi une fois à lui crever un pneu avec des allumettes. Il avait tout de suite deviné qui avait fait le coup — ce ne pouvait être que Mike Philbrook et Audie James — et il ne s'était pas gêné pour les dénoncer à cette poule mouillée de proviseur. Il n'avait pas besoin de les avoir vus pour savoir que c'étaient eux.

Toujours ce bruit d'avertisseur, à vous rendre fou. Ils n'y allaient pas de main morte et la batterie devait se décharger à toute allure.

TUT... TUT... TUUUTTTTT...

— Bande de petits cons, chuchota-t-il en se laissant glisser de son lit et en attrapant son pantalon dans le noir.

S'il allumait, il mettrait les petits merdeux en fuite, ce qui était la dernière chose à faire.

Il enfila sa chemise et prit la vieille raquette de tennis appuyée contre le mur. Cette fois-ci, il les tenait, bon Dieu, et il ne les lâcherait pas avant de les avoir bien rossés!

Il sortit par la porte de derrière et fit le tour de la maison pour rejoindre l'endroit où était garé le grand bus jaune. Ils allaient voir à qui ils avaient affaire. A la guerre, on appelait ça de l'infiltration et il savait ce que ça voulait dire.

Il s'immobilisa un instant derrière le laurier-rose pour observer le bus sans se faire repérer. Oui, il les voyait, toute une bande, des silhouettes sombres derrière les vitres obscurcies par la nuit. La rage le reprit et sa main se crispa sur le manche de la raquette jusqu'à la faire vibrer comme un diapason. Qu'est-ce qu'ils lui avaient cassé comme vitres ! Six, sept, huit... huit vitres démolies !

Il se faufila derrière le bus et se glissa jusqu'à la porte des passagers. Elle était ouverte — pliée en accordéon. Il prit son élan, escalada d'un bond les marches et fit irruption dans le bus.

— Ah ! je vous y prends ! Restez où vous êtes ! Et toi, arrête de klaxonner, connard, ou je te...

Le gosse qui était assis sur le siège du conducteur et qui enfonçait le klaxon des deux mains tourna la tête vers lui et fit un affreux sourire, un sourire de fou. Charlie sentit son estomac se révulser. C'était Richie Boddin. Ses yeux d'un noir de jais et ses lèvres très rouges éclataient dans un visage d'une blancheur de linceul.

Quant à ses dents...

Charlie Rhodes parcourut le bus du regard.

C'étaient bien Mike Philbrook et Audie James qu'il voyait là ! Et du diable si ce n'étaient pas aussi les jeunes Griffen ! Hal et Jack, assis au fond, avec de la paille plein les cheveux. *Mais ces gosses-là ne prennent pas mon bus !* Et Mary Kate Greigson, et Brent Tenney, assis côte à côte ! Elle était en chemise nuit — lui portait un blue-jean et une chemise en flanelle qu'il avait mise à l'envers, comme s'il ne savait plus s'habiller.

Et que venait faire là Danny Glick ? Il était *mort,* celui-là, mort et enterré *depuis des semaines !*

Sa main laissa échapper la raquette de tennis. Richie Boddin, souriant toujours de son affreux sourire de fou, appuya sur le levier en métal chromé qui commandait la fermeture de la porte. Alors tous se dressèrent de leurs sièges.

— Non, dit-il en essayant de sourire. Voyons, les gosses, il y a maldonne. C'est moi, Charlie Rhodes. Vous... Vous...

Son sourire s'était transformé en un rictus d'angoisse, il secouait désespérément la tête, tendait les mains vers eux pour leur montrer que c'était lui, le bon vieux Charlie, qui ne leur voulait pas de mal.

Ils s'avançaient vers lui.

Il fit un pas en arrière et se retrouva le dos coincé contre la grande vitre fumée du pare-brise.

— Non, pas ça, pas ça, dit-il d'une voix qui n'était plus qu'un souffle.

Ils s'approchaient toujours, sans cesser de sourire.

— Je vous en supplie...
Ils fondirent sur lui...

25

Eva Miller avait fait un rêve, un rêve étrange, mais pas précisément un cauchemar. C'était pendant l'incendie de 1951. Le ciel était comme chauffé à blanc par les flammes, sauf à l'horizon où il restait d'un bleu très pâle.

Ralph était toujours en vie et il luttait pour sauver la fabrique. Mais tout ça était très confus puisque Ed Craig était déjà là alors qu'elle ne l'avait rencontré qu'à l'automne de 1954.

Elle observait l'incendie de la fenêtre de sa chambre et elle était nue. Des mains lui saisissaient les hanches par-derrière. La vitre ne reflétait rien, mais elle reconnaissait ces mains rudes et bronzées sur sa peau blanche et lisse : c'était Ed.

Elle essayait de lui dire : *Ed, pas maintenant, c'est trop tôt, il y a encore neuf ans à attendre.*

Mais les mains se faisaient plus hardies. Elles lui caressaient le ventre, jouaient avec son nombril puis, aussi habiles qu'entreprenantes, s'emparaient de ses seins.

Elle voulait lui dire qu'ils étaient devant la fenêtre, que n'importe qui pouvait les voir de la rue, mais les mots restaient coincés dans sa gorge. Elle sentait ses lèvres remonter le long de son bras, glisser sur son épaule et s'arrêter sur son cou avec une insistance voluptueuse. Elle sentait ses dents s'enfoncer dans la chair de sa gorge et la mordre jusqu'au sang. Elle essayait de nouveau de protester : *Pas de suçon, je t'en prie, Ralph va le voir...*

Mais elle ne parvenait pas à dire quoi que ce soit, elle n'en avait même plus envie. Elle se moquait bien de se montrer nue et impudique, les passants pouvaient la reluquer autant qu'ils voulaient.

Tandis que les lèvres et les dents d'Ed s'acharnaient sur son cou, le regard d'Eva, devenu rêveur et lointain, se perdait dans les flammes. La fumée, maintenant très noire, remplissait le ciel et transformait le jour en nuit. Des braises et des flammèches brillaient çà et là, comme des fleurs pourpres dans une jungle obscure.

Et puis ce fut la nuit. La ville avait disparu, mais le feu crépitait toujours et faisait jaillir de l'obscurité mille formes changeantes. Un visage surgit dont les contours semblaient avoir été tracés avec du sang — un nez aquilin, des yeux brûlants profondément enfoncés dans leurs orbites, des lèvres sensuelles et des cheveux ramenés en arrière, à l'artiste, pour dégager le front.

— Le buffet rustique, dit une voix lointaine. (Ce ne pouvait être que sa voix à *lui*.) Celui qui se trouve au grenier. Il fera très bien l'affaire. Ensuite nous nous occuperons de l'escalier. Il faut tout prévoir.

Et puis il n'y eut plus de voix, plus de feu.

Plus que la nuit et elle, Eva, qui rêvait ou qui allait rêver. Elle pressentit vaguement que ce rêve durerait longtemps et qu'il serait doux, mais qu'il laisserait un arrière-goût amer, comme les eaux du Léthé.

Elle entendit de nouveau une voix, celle d'Ed cette fois.

— Viens, chérie, réveille-toi. Il faut faire ce qu'il dit.

— Ed ? C'est toi, Ed ?

Le visage qui se penchait sur le sien n'était pas un visage de flamme ; il était, au contraire, terriblement pâle et étrangement vide. Et pourtant elle l'aimait encore, son Ed... plus que jamais, et elle avait envie de son baiser.

— Viens vite, Eva.

— Est-ce que je rêve, Ed ?

— Non... ce n'est pas un rêve.

Elle eut peur soudain, mais rien qu'un instant, le temps de comprendre. Et, quand elle eut compris, elle sentit naître en elle une faim insatiable.

Elle jeta un coup d'œil dans le miroir et n'y vit que le reflet de la chambre, vide et silencieuse. La porte du grenier était fermée à clef et la clef se trouvait dans le dernier tiroir de la commode, mais cela n'avait aucune importance. Ils n'avaient plus besoin de clefs à présent.

Ils se glissèrent comme des ombres entre la porte et le chambranle.

26

A trois heures du matin, le sommeil est profond et la circulation se fait lente, comme si le sang s'épaississait. Ceux qui dorment à cette heure-là sont bénis des dieux, mais malheur à ceux qui veillent. A trois heures du matin, il n'y a pas de milieu entre l'oubli et le désespoir. C'est alors que le monde se montre sans fard et qu'on s'aperçoit qu'il n'est qu'une putain borgne et sans nez. Comme au château de la Mort Rouge d'Edgar Poe, la gaieté n'est plus qu'une façade. L'horreur est chassée par l'ennui et l'amour n'existe qu'en rêve.

Parkins Gillespie se leva de son bureau sur lequel s'étalait un jeu de patience figurant une horloge et se traîna jusqu'à la cafetière. On eût dit un gorille miné par quelque maladie pernicieuse. Il avait entendu des cris pendant la nuit, l'étrange mugissement d'un klaxon et un bruit de pas précipités, mais il n'était pas sorti voir ce qui se passait. Ses traits tirés et ses yeux cernés trahissaient assez les pensées sombres qui l'habitaient. Il portait une croix autour du cou ainsi qu'une médaille de saint Christophe et un emblème de la paix. Il ne savait pas au juste pourquoi il les avait mis, mais ça le réconfortait. Il se disait que, s'il arrivait à tenir jusqu'au jour, il partirait, laissant son insigne de constable sur l'étagère, à côté de son porte-clefs.

Mabel Werts était assise à sa table de cuisine devant une tasse de café refroidi. Pour la première fois depuis des années, ses stores étaient baissés et elle avait remis les capuchons sur les lentilles de ses jumelles. Pour la première fois depuis soixante ans, elle souhaitait ne rien voir, ne rien entendre. Tout ce que rapportait la rumeur publique était étrange et inquiétant, et elle était bien décidée à ne pas y prêter l'oreille.

Il y avait encore un certain nombre de gens à Salem qui n'avaient pas été touchés par les événements. C'étaient le plus souvent des célibataires sans parents ni amis. Beaucoup d'entre eux ne savaient même pas que des choses anormales s'étaient passées dans leur ville.

Cependant ceux qui ne dormaient pas avaient éprouvé le besoin d'allumer leurs lumières. Toutes ces fenêtres éclairées durent surprendre les voyageurs cette nuit-là (et il y en eut sûrement pas mal — des gens qui allaient à Portland ou vers d'autres villes plus au sud). Ils durent s'étonner de voir tant de lampes allumées à une heure aussi indue dans une petite ville qui par ailleurs ressemblait en tous points aux autres. Sans doute ralentirent-ils pour essayer de repérer un incendie ou un accident et, ne trouvant ni l'un ni l'autre, continuèrent-ils leur route sans y penser davantage.

Mais le plus curieux dans toute cette histoire, c'est ceci : aucun des habitants de Salem qui ne dormaient pas ne connaissait la vérité. Quelques-uns la subodoraient, mais leurs soupçons n'étaient qu'embryonnaires. Et pourtant ils étaient tous allés chercher au fond des tiroirs, dans les malles du grenier, dans les coffrets à bijoux, les objets de piété qu'ils possédaient. Ils avaient fait cela involontairement, comme un homme qui fait un long voyage en voiture se met à chanter sans s'en rendre compte. Désemparés, inquiets, ils allaient lentement d'une pièce à l'autre, allumaient toutes les lumières, mais ne regardaient pas par les fenêtres.

Il ne fallait surtout pas qu'ils regardent par les fenêtres.

Quels que fussent les bruits, les dangers réels ou imaginaires, les terreurs de l'inconnu, il y avait pire encore : regarder la Gorgone dans les yeux.

27

— Hé, mon vieux, cria le chauffeur de l'autocar. Nous sommes à Hartford.

Callahan regardait par la grande vitre fumée. Les premières lueurs de l'aube rendaient plus étrange encore ce paysage inconnu. A l'heure qu'il était, *ils* devaient rentrer dans leurs terriers.

— Je sais, dit-il.

— L'arrêt est de vingt minutes. Vous avez le temps de descendre et d'aller prendre un sandwich.

Callahan chercha maladroitement son portefeuille et, quand il l'eut trouvé, faillit le laisser tomber. Il fut étonné de constater que sa main brûlée ne lui faisait plus mal, qu'elle était devenue insensible. Il aurait préféré souffrir. Au moins, quand on souffre, on a l'impression de vivre. Tandis que ce goût de charogne qui lui restait dans la bouche, ce goût fade et écœurant de pomme pourrie... La mort, ce n'était donc que ça ? Oui, ce n'était que ça et c'était bien assez terrible.

Il tendit un billet de vingt dollars au chauffeur.

— Pouvez-vous m'acheter quelque chose à boire ?

— Monsieur, le règlement...

— Naturellement vous garderez la monnaie. Une petite bouteille suffira.

— Je ne veux pas d'histoires dans mon car. Nous serons à New York dans deux heures. Là-bas vous pourrez vous envoyer tout ce que vous voudrez. Absolument tout.

« C'est ce qui vous trompe, l'ami », pensa Callahan. Il regarda de nouveau dans son portefeuille pour voir ce qui lui restait. Un billet de dix, un autre de cinq et deux billets d'un dollar. Il ajouta le billet de dix à celui de vingt et, de sa main bandée, les tendit au chauffeur.

— Une petite bouteille, ce sera parfait. Et naturellement vous garderez la monnaie.

Le chauffeur regarda les billets puis les yeux creux et cernés du prêtre. Pendant un instant, il eut l'impression que c'était un crâne et non un visage qu'il voyait, que c'était à un mort et non à un homme qu'il parlait.

— Trente dollars, pour une petite bouteille ? Vous êtes maboul, mon vieux.

Il prit cependant l'argent et le fit disparaître dans sa poche. Au moment de descendre, il se retourna :

— Mais pas de bêtises. Je ne veux pas d'histoires dans mon car.

Callahan hocha docilement la tête, comme un petit garçon qui écoute une admonestation méritée.

Le chauffeur lui lança un dernier regard, puis descendit. « Du tord-boyaux, voilà ce qu'il me faut, pensa Callahan. Quelque chose qui fasse passer ce goût douceâtre ou qui, au moins, me le fasse oublier en attendant que je puisse boire pour de bon. » Il allait falloir boire, boire encore, boire toujours.

Il se sentait prêt à s'effondrer, à éclater en sanglots, mais les larmes ne venaient pas. Il était desséché, vidé. La seule chose qui lui restait, c'était ce goût dans la bouche.

Vite, chauffeur, vite.

Il continuait de regarder à travers la vitre. De l'autre côté de la rue, un adolescent était assis sur les marches d'une véranda, la tête cachée entre ses bras. Callahan ne le quitta pas des yeux jusqu'à ce que l'autocar reprenne la route ; le gosse ne bougea pas.

28

Ben sentit une main se poser sur son bras et s'arracha à un sommeil profond.

— Bonjour, lui dit Mark à l'oreille.

Il se mit debout et regarda autour de lui. Matt dormait. Sa cage thoracique montait et descendait au rythme régulier de sa respiration. Jimmy, étendu sur la seule chaise longue de la pièce, dormait aussi. Une barbe de deux jours, peu conforme à l'image qu'on se fait d'un médecin, lui avait poussé. Ben se passa la main sur le visage et découvrit qu'il piquait lui aussi.

— C'est l'heure de se mettre en route, n'est-ce pas ? demanda Mark.

Ben acquiesça. Mais, en pensant à la journée qui les attendait et à son potentiel d'horreur, il eut un mouvement instinctif de recul. La façon de s'en tirer était de ne pas voir plus loin que les dix minutes qui suivraient. Et le mélange d'impatience et de sang-froid qu'il lut dans les yeux de l'enfant, loin de le rassurer, le mit très mal à l'aise. Il se dirigea vers Jimmy et commença à le secouer.

— Hein ? s'écria Jimmy en s'agitant comme un plongeur qui remonte à la surface.

Son visage se contracta, ses paupières battirent et, dès qu'il ouvrit les yeux, son regard s'emplit de terreur. Il les regarda sans comprendre, sans les reconnaître.

Puis la conscience lui revint et il se détendit.

— Je ne savais plus où j'étais.

Mark hocha la tête d'un air compréhensif.

Jimmy regarda par la fenêtre.

— Le jour ! s'exclama-t-il, s'émerveillant devant la lumière comme l'avare devant un tas de pièces d'or.

Il se leva, s'approcha de Matt et lui prit le pouls.

— Ça va ? demanda Mark.

— Ça va mieux qu'hier soir en tout cas, dit Jimmy. Ben, je voudrais qu'on s'en aille par l'ascenseur de service, pour le cas où quelqu'un aurait vu Mark la nuit dernière. Il ne faut pas prendre de risques.

— On peut laisser Mr. Burke tout seul ? demanda Mark.

— Il le faut bien, dit Ben. Je lui fais confiance pour savoir se débrouiller sans nous. Nous ne pouvons pas laisser passer encore une journée sans rien faire. Barlow, évidemment, ne demanderait pas mieux.

Ils parcoururent le couloir sur la pointe des pieds et empruntèrent l'ascenseur de service. Il était déjà presque sept heures et quart et il commençait à y avoir du mouvement dans la cuisine. Un des cuisiniers leva la tête et agita la main en disant :

— Salut, docteur.

Personne d'autre ne leur adressa la parole.

— Où faut-il aller d'abord ? Demanda Jimmy. A l'école de Brock Street ?

— Non, dit Ben. Il y aura trop de monde ce matin. Est-ce que les petits sortent de bonne heure, Mark ?

— Ils sont là jusqu'à deux heures.

— Ça nous laisse largement le temps avant qu'il ne fasse nuit, dit Ben. Allons d'abord chez Mark. Pour les pieux.

29

Quand la Buick ne fut plus qu'à quelque distance de Salem, l'angoisse envahit les occupants de la voiture et la conversation s'étiola. Au moment où Jimmy quitta l'autoroute, à la hauteur du grand panneau-réflecteur vert qui disait ROUTE 12 JÉRUSALEM'S LOT CUMBERLAND CUMBERLAND CENTRE

VILLE, Ben se souvint que c'était par là que lui et Susan étaient rentrés après leur première sortie — elle avait voulu voir un film avec une scène de poursuite en voiture.

— *Ils* ont dû s'en donner ! dit Jimmy d'une voix que la peur et la colère faisaient trembler.

Son visage d'adolescent était devenu livide.

— Nom de Dieu, vous sentez, on dirait une odeur de tombe !

Et c'était vrai, pensa Ben ; l'odeur était là, même si, à l'origine, elle était plus psychique que physique.

La route 12 était à peu près déserte. Ils remarquèrent au passage la camionnette de Win Purinton garée au bord de la route. Il n'y avait personne dedans et pourtant le moteur tournait. Ils s'arrêtèrent. Ben descendit de la Buick, jeta un coup d'œil à l'intérieur de la camionnette et coupa le contact. Quand il remonta dans la voiture, Jimmy l'interrogea du regard. Ben secoua la tête.

— Personne, mais le moteur devait tourner depuis des heures, elle allait tomber en panne d'essence.

Jimmy tapa du poing sur sa cuisse.

Ils entrèrent dans la ville et là, tout d'un coup, Jimmy se sentit absurdement soulagé.

— Regardez là-bas. Chez Crossen, c'est ouvert !

C'était vrai. Milt était devant son magasin, en train d'essayer de recouvrir son éventaire de journaux avec une bâche en plastique. A côté de lui, habillé d'un ciré jaune, ils aperçurent Lester Sylvius.

— Mais je ne vois personne d'autre, dit Ben.

Milt leur jeta un coup d'œil et les salua de la main, mais Ben crut déceler des signes de fatigue sur les visages des deux hommes. La pancarte « Fermé » était toujours suspendue derrière la porte vitrée de la maison funéraire de Carl Foreman. La quincaillerie était fermée aussi et, chez Spencer, c'était également tout bouclé et tout noir. Le café, par contre, était ouvert, mais Jimmy le dépassa pour aller se garer devant le nouveau magasin. Au-dessus de la vitrine, on pouvait lire, écrit en lettres d'or sur une enseigne : « Barlow & Straker — Meubles de style. » Il y avait aussi, conformément aux dires de Callahan, une carte écrite à la main et collée sur la porte avec du scotch qui disait « Fermé pour travaux ». Ils reconnurent tous les trois l'écriture fine et élégante ; c'était la même que celle de la lettre trouvée la veille dans la cave de Marsten House.

— Pourquoi est-ce qu'on s'arrête ici ? demanda Mark.

— Pour en avoir le cœur net, dit Jimmy. Il y a peu de chances pour qu'il ait cherché refuge ici, mais il peut se dire que cette cachette est tellement évidente que nous jugerons inutile de la fouiller. Je pense aussi au fait que les douaniers font souvent une petite marque à la craie sur les colis qu'il ont contrôlés.

Ils contournèrent le magasin et, pendant que Ben et Mark courbaient le dos sous la pluie, Jimmy enfonça avec son coude, protégé par la manche de son imperméable, le carreau de la porte de derrière. Puis ils s'enfilèrent tous les trois à l'intérieur.

L'air y était fétide, comme si la pièce avait été fermée, non pas depuis quelques jours, mais depuis des siècles. Ben alla jeter un coup d'œil dans la salle d'exposition, mais, de toute évidence, il n'y avait là aucun endroit où se cacher. Il n'y avait plus que quelques meubles : Straker n'avait pas dû renouveler son stock.

Tout à coup, Jimmy l'appela d'une voix rauque :
— Viens, Ben !
La peur le saisit à la gorge.

Jimmy et Mark étaient penchés sur une longue caisse que Jimmy avait réussi à entrouvrir en se servant de la panne de son marteau. On apercevait à l'intérieur une main blanche et une manche noire.

Ben se précipita sur la caisse et, sans réfléchir, s'y attaqua de toutes ses forces. Jimmy, armé de son marteau, faisait de même à l'autre bout.

— Ben, dit Jimmy, tu vas te couper les mains. Tu devrais...
Ben n'entendait rien. Il arrachait les morceaux de planches avec ses mains, sans se soucier ni des clous ni des échardes. Ils la tenaient, cette fois, la sangsue gluante de la nuit, et lui, Ben, allait lui enfoncer le pieu dans le cœur, comme il l'avait enfoncé dans le cœur de Susan, il allait...

Il arracha encore une autre planche et découvrit le visage livide de Mike Ryerson.

Ils restèrent un moment figés, puis poussèrent tous ensemble un grand soupir. On eût dit qu'une brise légère traversait la pièce.

— Qu'allons-nous faire maintenant ? demanda Jimmy.
— Le mieux serait d'aller d'abord chez Mark, dit Ben d'une voix altérée par la déception. Nous savons maintenant que c'est à l'école qu'il se trouve, mais nous n'avons toujours pas préparé nos pieux.

Ils remirent à leur place, tant bien que mal, les planches cassées.

— Montre-moi tes mains, dit Jimmy. Elles saignent.
— Plus tard, dit Ben. Allons-y.

Il sortirent et, sans rien dire, refirent le tour de la maison, heureux de se retrouver en plein air. Ils remontèrent dans la Buick et Jimmy s'engagea dans Jointner Avenue pour rejoindre le quartier résidentiel, un peu au-delà du centre de la ville et de ses quelques magasins. Ils arrivèrent chez Mark presque plus vite qu'ils ne l'auraient souhaité.

La vieille guimbarde du père Callahan était garée devant la maison. derrière la petite Pinto décapotable d'Henry Petrie. A la vue de la voiture de son père, Mark prit une longue inspiration et détourna les yeux. Son visage était devenu livide.

— Je ne peux pas y aller, murmura-t-il. Excusez-moi. Je vous attendrai dans la voiture.

— Tu n'as pas besoin qu'on t'excuse, Mark, dit Jimmy.

Il se gara, coupa le moteur et descendit de voiture. Ben hésita un instant, puis posa la main sur l'épaule de Mark.

— Est-ce que tu vas pouvoir tenir le coup ?

— Bien sûr.

Mais ça n'avait pas l'air d'aller très fort. Son menton tremblait et son regard s'était creusé. Il se tourna subitement vers Ben, les yeux pleins de larmes.

— Couvre-les, tu veux bien ? Si tu trouves leurs corps, couvre-les, dit-il d'une voix étranglée par la douleur.

— Compte sur moi.

— Au fond, c'est mieux comme ça. Peut-être que mon père aurait fait un excellent vampire. Ou peut-être qu'il serait devenu un second Barlow. Il réussissait si bien tout ce qu'il entreprenait ! Peut-être trop bien, justement.

— Essaie de ne pas trop y penser, dit Ben.

Et il eut honte d'avoir trouvé des paroles de réconfort aussi dérisoires. Mark lui sourit tristement.

— Le tas de bûches est derrière la maison, dit-il. Ça ira plus vite si vous vous servez du tour de mon père qui se trouve à la cave.

— D'accord. Et ne t'en fais pas... enfin, le moins possible.

Mais l'enfant avait détourné la tête et s'essuyait les yeux sur sa manche.

Ben et Jimmy passèrent par-derrière, montèrent les quelques marches et pénétrèrent dans la maison.

30

— Callahan n'est pas ici, dit Jimmy d'un ton de certitude.

Ils avaient fouillé la maison de fond en comble.

Ben dut se forcer pour se rendre à l'évidence.

— Barlow l'a eu, lui aussi, se résolut-il à dire.

Il regarda les débris de croix qu'il avait ramassés. C'était la croix de Callahan. Il ne leur restait plus que ça de lui. Ben et

Jimmy en avaient retrouvé les morceaux à côté des corps des Petrie. Les têtes d'Henry et de June Petrie avaient été envoyées l'une contre l'autre avec une telle force qu'ils en avaient eu le crâne fracassé. Ben, se rappelant la force surhumaine de Mrs. Glick, fut pris d'une soudaine envie de vomir.

— Viens, dit-il à Jimmy. Il faut qu'on couvre les corps. Je l'ai promis à Mark.

31

Ils enlevèrent la housse du canapé et l'étendirent sur les corps. Ben essaya de ne pas les regarder et de ne pas penser à ce qu'il faisait, mais c'était impossible. Quand ils eurent fini, Ben remarqua qu'une des mains de June Petrie, une main soignée aux ongles vernis, dépassait de la housse en tissu imprimé à décor de bouquets printaniers. Il la repoussa de la pointe du pied en s'efforçant de résister à la nausée qui le gagnait. On distinguait parfaitement sous la housse la forme des corps ; il n'y avait pas moyen de s'y tromper. Il se souvint en les regardant des photos de la guerre du Vietnam où on voyait aussi des morts, tantôt écroulés sur le lieu du combat, tantôt portés dans d'affreux sacs de caoutchouc noir qui ressemblaient absurdement à des sacs de golf.

Ils prirent chacun une brassée de bûches de frêne et descendirent l'escalier menant au sous-sol.

La cave avait été le royaume d'Henry Petrie et tout y reflétait sa personnalité. Trois spots puissants étaient suspendus au-dessus du grand établi. Coiffés d'abat-jour métalliques, ils projetaient leurs faisceaux lumineux sur le rabot, la scie sauteuse, la scie circulaire, le tour et la ponceuse électrique. Ben vit qu'Henry Petrie avait entrepris de construire un colombier, destiné sans doute à prendre place dans le jardin au printemps. Le plan était là, fixé aux quatre coins par des presse-papiers métalliques découpés à la machine. C'était du travail honnête mais sans imagination, et qui maintenant resterait inachevé. Le plancher avait été balayé depuis peu, mais l'air restait imprégné d'une bonne odeur de sciure.

— Ça ne marchera jamais, dit Jimmy.
— Je le sais bien, dit Ben.
— Un tas de bois ! ricana Jimmy en ouvrant les bras pour laisser tomber les bûches.

Elles s'écrasèrent par terre avec fracas et roulèrent follement sur le sol comme autant d'énormes jonchets. Jimmy fut pris d'un rire hystérique.

— Jimmy...

Mais le rire de Jimmy noyait toute tentative de communication. Enfin il se reprit :

— Tu crois que nous allons mettre fin à ce fléau armés de nos seules bûches, trouvées derrière la maison des Petrie ? Et pourquoi pas quelques pieds de chaise et quelques battes de base-ball pendant qu'on y est ?

— Jimmy, que veux-tu faire d'autre ?

Jimmy le regarda et, au prix d'un effort considérable, réussit à se maîtriser.

— Ça ressemble à une chasse au trésor. Fais quarante pas vers le nord dans le champ de Charles Griffen et regarde sous le grand rocher. Mais quelle sinistre plaisanterie, nom de Dieu ! Par contre, on pourrait se tirer. Ça, c'est encore une chose possible.

— Tu veux renoncer. C'est ça que tu veux ?

— Non, mais il n'y aura pas qu'aujourd'hui, Ben. Il nous faudra des semaines pour les anéantir tous, à supposer qu'on y arrive. Est-ce que tu pourras tenir le coup ? Est-ce que tu pourras faire, des centaines et des centaines de fois... ce que tu as fait à Susan ? Est-ce que tu iras les chercher jusque dans leurs placards et leurs terriers puants ? Est-ce que tu auras la force de les traîner dehors, hurlants et gigotants, et de leur enfoncer ton pieu dans le cœur ? Et est-ce que tu pourras le faire, jusqu'en novembre, sans devenir cinglé ?

Ben réfléchit et se trouva incapable de répondre dans un sens ou dans l'autre.

— Je ne sais pas, dit il.

— Et le gosse ? Comment veux-tu qu'il tienne le coup ? Il sera bon pour l'asile. Matt, n'en parlons pas, c'est sûr qu'il n'y résistera pas. Et qu'est-ce que nous ferons quand la police du Maine commencera à se demander ce qu'on fout à Salem ? Qu'est-ce que nous leur dirons ? « Un instant, je vous prie, que je finisse d'empaler cette sangsue. » Tu as pensé à tout ça, Ben ?

— Comment veux-tu que j'y aie pensé ? Nous n'avons jamais eu le temps d'y réfléchir !

Ils se rendirent compte soudain qu'ils étaient là, face à face, en train de s'affronter violemment.

— Holà, dit Jimmy. Doucement !

Ben baissa les yeux.

— Pardonne-moi.

— Non, c'est de ma faute. Il faut dire qu'on est sous pression... Barlow doit compter là-dessus pour nous faire perdre les pédales.

Il passa la main dans ses cheveux roux et jeta un coup d'œil distrait autour de lui. Son regard se fixa sur un objet posé sur l'établi, à côté du plan d'Henry Petrie. Il le prit. C'était un crayon gras.

— Peut-être que c'est comme ça qu'il faut faire, dit-il pensivement.

— Comment ?

— Écoute, Ben, tu vas rester ici et te mettre à fabriquer des pieux. Si on veut réussir, il faut s'organiser. Toi, tu seras le chef de production. Mark et moi, nous ferons de la recherche. Nous fouillerons systématiquement la ville. Et nous les trouverons, comme nous avons trouvé Mike. Je marquerai au crayon gras les endroits où ils se sont réfugiés et demain nous y retournerons avec les pieux.

— Est-ce qu'ils ne vont pas voir les marques et filer ailleurs ?

— Je ne crois pas. Mrs. Glick ne m'a pas semblé avoir beaucoup de suite dans les idées. Je pense qu'ils obéissent surtout à leur instinct. Il se pourrait qu'ils finissent par se douter de quelque chose et par mieux se cacher, mais au début ils se laisseront prendre à tous les coups, j'en suis sûr.

— Et pourquoi est-ce que je n'irais pas, moi ?

— Parce que je connais la ville et que la ville me connaît, comme elle a connu mon père. Les habitants de Salem encore en vie aujourd'hui se cachent dans leurs maisons. Si c'est toi qui frappes à leur porte, ils ne répondront pas. Alors que si c'est moi la plupart ouvriront. Et puis je connais les bonnes cachettes, les huttes où s'abritent les vagabonds du côté des marais et les sentiers où vont se planquer les amoureux. Tu ne connais pas tout ça, toi. Sais-tu comment on fait marcher un tour ?

— Oui.

Jimmy avait raison, c'était évident. Et pourtant Ben ne put s'empêcher de se sentir coupable d'éprouver un tel soulagement à la pensée qu'il n'aurait pas à les affronter, *eux*.

— O.K. On s'y met. Il est midi passé.

Ben alla vers l'établi, puis s'arrêta et regarda Jimmy.

— Si tu veux attendre une demi-heure, je pourrai te donner cinq ou six pieux à emporter avec toi.

Jimmy réfléchit un instant, puis baissa les yeux.

— Euh, je pense que demain... demain serait...

— D'accord. Vas-y. Écoute, pourquoi est-ce que tu ne reviendrais pas ici vers trois heures ? A cette heure-là, l'école sera déserte et on pourra aller y jeter un coup d'œil.

— Entendu.

Jimmy traversa la pièce et commença à monter les marches. Quelque chose, l'ombre d'une idée ou d'une intuition, le fit se retourner. Il voyait Ben à l'autre bout de la cave, travaillant sous la lumière crue des spots si parfaitement alignés.

Quelque chose... et puis ce fut tout.

Il descendit quelques marches.

Ben arrêta le tour et le regarda.

— Il y a autre chose ?

— Ouais, dit Jimmy. Je l'avais sur le bout de la langue, mais je n'arrive pas à m'en souvenir.

Ben fronça les sourcils.

— Quand j'étais dans l'escalier et que je me suis retourné pour te regarder, il y a eu un déclic. Mais maintenant c'est parti.

— C'était important ?

— Je n'en sais rien.

Il se dandinait d'une jambe sur l'autre, essayant de rattraper son idée. C'était la vue de Ben penché sur le tour, sous les spots, qui l'avait déclenchée. Mais rien n'y fit. Plus il y pensait et plus l'idée se dérobait.

Il monta l'escalier et s'arrêta encore une fois. A la fois distante et familière, l'idée le poursuivait tout en refusant de se laisser apprivoiser. Il traversa la cuisine, sortit de la maison et se dirigea vers sa voiture. La pluie n'était plus qu'une bruine.

32

La voiture de Roy McDougall était garée près de sa caravane, dans le lotissement du Bend, et, à la voir là un jour de semaine, Jimmy se dit qu'il fallait s'attendre au pire.

Mark et Jimmy descendirent de la Buick. Jimmy, sa sacoche noire à la main, sonna. Voyant que la sonnette ne marchait pas, il frappa. Personne ne vint ouvrir et il n'y eut pas le moindre mouvement dans la caravane voisine, vingt-cinq mètres plus loin. Il y avait pourtant, là aussi, une voiture.

Jimmy essaya d'ouvrir la contre-porte ; elle était verrouillée.

— Prends le marteau, Mark, il est sur le siège arrière de la voiture.

Mark alla le chercher et Jimmy brisa le carreau de la contre-porte, à côté de la poignée. Il passa la main par le trou et poussa le verrou. La porte intérieure n'était pas fermée à clef. Ils entrèrent.

L'odeur les prit à la gorge. Ils la reconnurent instantanément. Si elle était moins forte qu'à Marsten House, elle n'en était pas moins répugnante. C'était une odeur de pourriture et de mort, une puanteur nauséabonde et pénétrante.

— Ils sont ici, dit Mark. C'est sûr.

Ils fouillèrent systématiquement la caravane — la cuisine, le coin repas, le salon, les deux chambres — en prenant garde de n'oublier aucun placard. En ouvrant celui de la chambre des parents, Jimmy aperçut une forme indistincte et eut un sursaut, mais ce n'était qu'un tas de linge sale.

— Pas de cave ? demanda Mark.

— Non, mais il y a peut-être, sous la caravane, un vide où on peut se glisser.

Il la contournèrent et repérèrent une trappe prise dans le béton bon marché du soubassement. Elle était fermée avec un vieux cadenas que Jimmy fit sauter de deux grands coups de marteau. Quand le battant s'ouvrit, l'odeur les frappa de plein fouet.

— Ils sont là, dit Mark.

Jimmy passa la tête à l'intérieur et aperçut trois paires de pieds, à l'alignement. Les premiers portaient des bottes de travail, les seconds des pantoufles tricotées et les troisièmes — tout petits — étaient nus. « Quelle touchante scène de famille ! pensa Jimmy, versant momentanément dans l'humour noir. Tout à fait une scène pour le *Reader's Digest !* » Non, c'était pas vrai ! Ils n'allaient tout de même pas enfoncer un pieu dans le cœur d'un bébé !

Il fit une croix au crayon gras sur la trappe et ramassa le cadenas brisé.

— Allons à côté, dit-il.

— Attends, dit Mark. Laisse-moi en sortir un.

— Pour quoi faire ?

— Peut-être que la lumière du jour va les tuer, peut-être qu'on n'aura pas besoin d'utiliser les pieux.

Jimmy sentit poindre un espoir.

— Ouais, d'accord. Lequel ?

— Pas le bébé, dit tout de suite Mark. L'homme. Tu prendras un pied, moi l'autre.

— O.K., dit Jimmy, la bouche sèche.

Mark se mit sur le ventre et rampa à l'intérieur. Il saisit une botte de Roy McDougall et tira dessus. Jimmy se faufila avec difficulté à côté de lui et empoigna l'autre botte. En conjuguant leurs efforts, ils parvinrent à extraire le corps de Roy McDougall et l'exposèrent à la lumière blanchâtre et à la bruine.

Ce qui suivit fut atroce. Dès que la lumière frappa son visage, McDougall commença à se débattre, comme un homme qu'on tire de son sommeil malgré lui. Ses pores exsudaient un liquide qui se transformait aussitôt en vapeur et sa peau était jaune et fripée. Ses yeux roulaient sous ses paupières closes. Sa lèvre supérieure se retroussa, découvrant des incisives pointues comme celles d'un berger allemand. Lentement, comme dans un rêve, il agitait les pieds, battait des bras, ouvrait et fermait les poings. Quand une de ses mains frôla la chemise de Mark, l'enfant se rejeta en arrière en poussant un cri de dégoût.

Enfin il réussit à se mettre sur le ventre et rampa vers son abri. Ses bras, ses genoux, son visage creusaient des sillons dans la terre détrempée. Exposé au soleil, il s'était mis à haleter. Respiration saccadée et sueurs s'arrêtèrent dès qu'il eut rejoint l'ombre.

— Ferme, dit Mark d'une voix étranglée. Je t'en prie, ferme vite.

Jimmy referma la trappe et remit de son mieux la serrure cassée. L'image de McDougall s'agitant convulsivement sous la lumière le hantait. Elle le hanterait pour le restant de ses jours, dût-il vivre cent ans.

33

Ils restaient là, sans bouger, sous la pluie.

— On va à côté ? demanda Mark, d'une voix tremblante.

— Oui. Logiquement, c'est à leurs voisins qu'ils ont dû s'attaquer d'abord.

Ils se dirigèrent vers l'autre caravane et, cette fois-ci, l'odeur de pourriture les saisit dès leur entrée dans l'enclos. Ils lurent sous la sonnette le nom d'Evans. David Evans et sa famille. Jimmy connaissait. Evans était mécanicien au garage du centre commercial de Gates Falls. Il l'avait soigné, deux ans auparavant, pour un kyste ou quelque chose de ce genre.

La sonnette fonctionnait, mais personne ne vint leur ouvrir. Ils trouvèrent Mrs. Evans étendue sur son lit. Dans la chambre d'enfants, les deux petits étaient couchés dans leurs lits superposés, habillés de pyjamas identiques décorés de Mickeys et de Donalds. Mark et Jimmy eurent plus de mal à retrouver Dave Evans. Il s'était caché dans un appentis inachevé, au-dessus du garage.

Jimmy fit une croix sur la porte de la caravane et sur celle du garage.

— On est des as, dit-il. Deux sur deux.

— Tu veux bien m'attendre une minute ? lui dit Mark d'un air embarrassé. Je voudrais bien me laver un peu.

— Bien sûr. Moi aussi, d'ailleurs. Les Evans ne se formaliseront pas si nous nous servons de leur salle de bains.

Ils remontèrent dans la caravane. Jimmy s'assit dans un fauteuil et ferma les yeux.

De terribles images resurgirent ; il revit la table de Maury Green, le tremblement du drap recouvrant le corps de Marjorie Glick, la main écartant le tissu blanc et dessinant des arabesques diaboliques...

Il ouvrit les yeux.

Chez les Evans, c'était plus coquet, plus soigné que chez les McDougall. Il n'avait jamais rencontré Mrs. Evans, mais c'était visiblement une femme d'intérieur. De son siège, il apercevait, dans un recoin, probablement baptisé buanderie dans la brochure publicitaire de Larry Crockett, des jouets soigneusement rangés. Pourvu que ces pauvres gosses en aient bien profité ! pensa-t-il. Il y avait un tricycle, plusieurs gros camions en plastique, une station-service, une voiture à chenilles (qu'est-ce qu'ils avaient dû se bagarrer pour celle-là !) et une table de billard miniature.

Son regard allait glisser sur autre chose quand le déclic se fit :
De la craie bleue.
Une rangée de trois spots à abat-jour coniques.
Sous la lumière crue, autour d'une table verte, des hommes vont et viennent, queutent, frottent leurs doigts tachés de craie...
— Mark ! cria-t-il en se dressant tout droit sur son fauteuil. *Mark !*

Et Mark, sans avoir eu le temps de remettre sa chemise, arriva en courant.

34

Un ancien élève de Matt (promotion 64, très bon en explications de textes, moyen en rédaction) était venu lui rendre visite vers deux heures et demie. En voyant les livres amoncelés sur le lit et sur la table de nuit, il lui avait demandé s'il préparait un doctorat en sciences occultes. Matt ne se souvenait plus s'il s'appelait Herbert ou Harold.

Il entreprit de rendre compte à son élève de sa dernière trouvaille, l'histoire de Momson, petite ville du Vermont. Cette histoire était d'autant plus intéressante qu'elle ressemblait étrangement à celle de Salem.

— Les habitants disparurent les uns après les autres, dit-il à Herbert-Harold qui étouffa avec peine un bâillement. C'était une petite ville comme bien d'autres, perdue au fin fond du Vermont, et à laquelle on n'accédait que par la nationale 2 et la régionale

19. Au recensement de 1920, elle ⟨…⟩ trois cent douze habitants. On a raconté de curieuses histoi⟨res…⟩ des histoires de fantômes... toutes sortes d⟨e…⟩nos de Momson... voir encore aujourd'hui des croix et des signes ⟨…⟩. Et on peut sur les portes des étables. Regarde, voici une photo d⟨…⟩es peints la ville, si on peut l'appeler ainsi : une épicerie, une pomp⟨…⟩ ⟨…⟩tre de essence et un magasin d'alimentation pour bétail. Qu'est-ce que tu en penses ?

Herbert-Harold regarda la photo avec un intérêt poli. Une petite ville, très ordinaire, quelques maisons et quelques magasins. Des toits écroulés, sans doute à cause du poids de la neige en hiver. Des petites villes comme ça, il y en avait à la pelle en Amérique, et le voyageur qui les traversait le soir après huit heures et qui voyait les trottoirs vides et les fenêtres noires eût été bien en peine de dire si leurs habitants étaient morts ou vivants. En vieillissant, ce pauvre prof perdait vraiment la boule. C'était comme sa vieille tante qui, les deux dernières années de sa vie, s'était persuadée que sa fille lui avait tué son petit perroquet chéri et le lui avait servi en pâté. Les vieux se font quelquefois de drôles d'idées.

— C'est intéressant, mais je ne crois pas... (Il regarda Matt.) Mr. Burke ? Mr. Burke, qu'est-ce qu'il y a ? Êtes-vous... oh ! mon Dieu, où est l'infirmière ?... Mademoiselle ! Hé, *mademoiselle !*

Les yeux de Matt étaient devenus fixes. Sa main droite était crispée sur le drap et sa main gauche pressée sur sa poitrine. Son visage était livide et une veine saillait sur son front.

Trop tôt, pensa-t-il, *non, c'est trop tôt.*

La douleur lui venait par vagues et l'enfonçait chaque fois un peu plus profondément dans les ténèbres. Il eut un dernier éclair de conscience. *Attention à la dernière marche : le pas de la mort.*

Puis il sombra.

Herbert-Harold se précipita hors de la chambre, renversant sa chaise au passage et envoyant valser la pile de livres. Il se trouva nez à nez avec l'infirmière qui courait elle aussi.

— C'est Mr. Burke, lui dit Herbert-Harold.

Il tenait toujours le livre ouvert à la page de Momson.

L'infirmière lui fit un bref signe de tête et entra dans la chambre. Matt était renversé en arrière, la tête au bord du lit, les yeux fermés.

— Est-ce que... ? demanda timidement Herbert-Harold.

Il n'avait pas besoin d'en dire plus.

— Je crois que oui, dit l'infirmière en appuyant sur le bouton d'appel de l'équipe de réanimation. Monsieur, je suis obligée de vous demander de sortir.

Elle avait retrou... calme, maintenant qu'elle avait fait le nécessaire, et ... a songer au déjeuner qu'elle avait dû interrompre.

35

— Mais il n'y a pas de salle de billard à Salem, dit Mark. La salle la plus proche se trouve à Gates Falls. Tu crois qu'il irait jusque-là ?
— Non, dit Jimmy. Je suis même sûr du contraire. Mais il y a des gens qui ont un billard dans leur maison.
— Oui, je sais.
— Il y a autre chose, dit Jimmy, mais je n'arrive pas à m'en souvenir.

Il s'appuya contre le dossier du fauteuil et mit ses mains devant ses yeux. Ce qui lui trottait dans la tête avait quelque chose à voir avec le plastique. Pourquoi le plastique ? C'est fou tout ce qu'on fabriquait avec : des jouets, des couverts pour pique-nique, des bâches pour recouvrir les bateaux l'hiver...

Soudain, l'illumination. Il vit un billard recouvert d'un plastique et il entendit une voix :
— Je devrais le vendre avant que le feutre ne moisisse — Ed Craig m'a dit que le feutre, ça moisissait — mais il était à Ralph...

Il ouvrit les yeux.
— Je sais où il est, s'écria-t-il. Je sais où se trouve Barlow. Il est dans la cave de la pension d'Eva Miller.

Il en avait la certitude et rien ne l'en ferait démordre.
Les yeux de Mark étincelaient.
— On y va !
— Attends.

Il s'approcha du téléphone, trouva le numéro d'Eva et le composa en toute hâte. Le téléphone sonna, mais personne ne répondit. Dix, onze, douze fois. Il raccrocha, pris de frayeur. Eva avait au moins dix pensionnaires, pour la plupart des vieux à la retraite. Il y avait toujours quelqu'un à la maison.

Il regarda sa montre. Il était trois heures et quart ; le temps filait, filait...
— Allons-y, dit-il.
— Et Ben ?
— Nous ne pouvons pas l'appeler, dit Jimmy d'un air sombre. La ligne a été coupée chez toi. Si nous allons directement chez Eva et que nous n'y trouvons rien, il nous restera encore une bonne partie de l'après-midi. Et, si Barlow y est, nous

36

La Citroën de Ben était toujours dans le parking à présent tapissé de feuilles mortes tombées des ormes d'alentour. Le vent avait repris et le ciel était gris, mais la pluie s'était arrêtée. L'enseigne «Pension Eva Miller» grinçait au vent. Un silence surnaturel planait sur la maison. Elle avait l'air de vous attendre... comme Marsten House. A cette idée, un frisson parcourut Jimmy. Il se demanda si quelqu'un s'y était suicidé. Eva devait le savoir, mais il ne fallait plus compter sur elle pour le dire...

— Pour lui, c'est le rêve, dit-il tout haut. Il s'installe dans la pension du coin et s'y entoure de ses fidèles.

— Tu ne crois pas qu'on devrait aller chercher Ben ?

— Après. Allons d'abord voir.

Ils descendirent de voiture et se dirigèrent vers la véranda. Le vent s'engouffrait dans leurs vêtements et leur ébouriffait les cheveux. Les stores étaient baissés et la maison semblait ruminer des pensées sombres.

— Tu sens l'odeur ? demanda Jimmy.

— Oui, plus que jamais.

— Tu vas pouvoir tenir le coup ?

— Oui, dit Mark d'une voix ferme. Et toi ?

— Il le faudra bien.

Ils montèrent les marches et Jimmy tourna le bouton de la porte. Elle était ouverte. Quand ils pénétrèrent dans la vaste cuisine, d'une propreté de clinique, l'odeur les frappa de plein fouet ; c'était comme s'ils venaient de plonger dans une fosse à ordures.

Jimmy se souvint d'une conversation avec Eva, quatre ans plus tôt, quand il commençait à exercer. Eva était venue pour un check-up. Le père de Jimmy était son médecin depuis de nombreuses années et, quand Jimmy lui succéda et reprit son cabinet de consultations de Cumberland, elle était allée chez lui en toute confiance. Ils avaient parlé de Ralph, mort depuis douze ans déjà ; elle lui avait dit que l'esprit de Ralph hantait toujours la maison, qu'elle découvrait encore des affaires à lui au grenier ou au fond d'un tiroir. Il y avait aussi, bien sûr, son billard qu'elle avait descendu à la cave, elle voulait s'en débarrasser car il occupait trop de place. Mais c'était le billard de Ralph et elle n'arri-

low allait gagner. C'était fou de leur part d'avoir voulu lui résister ! Tout comme Susan et le père Callahan, Jimmy avait payé le prix de son audace.

Non, tu ne vas quand même pas te résigner.

Tout chancelant, il descendit les marches de la véranda et grimpa dans la Buick. Les clefs étaient sur le tableau de bord.

Va chercher Ben. Il faut essayer encore une fois.

Ses jambes étaient trop courtes pour atteindre les pédales. Il avança le siège et tourna la clef de contact. Le moteur rugit. Il passa la première et appuya son pied sur l'accélérateur. La voiture fit un bond en avant, et le klaxon se mit à corner.

Je ne peux pas la conduire !

Il crut entendre son père, avec son ton doctoral, lui faire un cours sur la conduite automobile. « Quand on est novice, il faut faire très attention, Mark. L'automobile est le seul mode de transport dont la conduite n'est pas soumise à une réglementation étatique. Par conséquent, tous les conducteurs sont des amateurs, et nombre d'entre eux sont dangereux. Il faut être très prudent. Tu dois enfoncer l'accélérateur avec précaution, comme s'il y avait un œuf sous la pédale. Quand tu conduis une voiture à transmission automatique comme la nôtre, tu ne te sers jamais du pied gauche, seulement du pied droit. Une pédale pour freiner, l'autre pour accélérer. »

Il retira son pied du frein. La voiture descendit lentement l'allée et sauta le trottoir. Il l'arrêta brutalement. Le pare-brise s'était embué ; il le frotta avec son bras et ne réussit qu'à l'opacifier davantage.

— Saloperie de bagnole ! grommela-t-il.

Haussant son cou pour arriver à voir par-dessus le volant, il repartit, avança par saccades, monta sur le trottoir d'en face en faisant son demi-tour et se retrouva enfin sur le chemin de sa maison. Sa main droite tâtonna pour trouver le bouton du poste et le tourna à fond. Les larmes roulaient sur ses joues.

38

Ben descendait Jointner Avenue à pied quand il vit apparaître la Buick beige de Jimmy qui avançait par à-coups et tanguait de droite et de gauche comme un bateau ivre. Il fit un grand signe et elle vint se ranger tant bien que mal au bord de la chaussée.

Absorbé par la fabrication des pieux, Ben avait laissé passer l'heure et, quand il regarda sa montre, il était déjà presque quatre heures dix. Il débrancha le tour, prit quelques pieux, les glissa dans sa ceinture et monta téléphoner. Mais, dès qu'il eut la main sur le récepteur, il se souvint que la ligne était coupée.

Sérieusement inquiet, il courut vers les deux voitures. Pas de clefs de contact. Il aurait pu retourner fouiller dans les poches d'Henry Petrie mais, rien que d'y penser, le courage lui manqua. Il prit donc le chemin de la ville au pas de course, en espérant voir arriver la Buick. Il s'apprêtait à se rendre directement à l'école de Brock Street quand elle fit son apparition.

Il se précipita vers le siège du conducteur et découvrit Mark. L'enfant le regarda d'un air hébété. Ses lèvres remuèrent, mais aucun son n'en sortit.

— Qu'est-ce qui se passe ? Où est Jimmy ?

— Jimmy est mort, dit Mark d'une voix sans timbre. Barlow nous a eus encore une fois. Il est caché quelque part dans la cave de Mrs. Miller. Jimmy s'y trouve aussi. Je suis descendu pour l'aider et j'ai cru que je n'allais pas pouvoir en sortir. Mais finalement j'ai trouvé une planche et j'ai grimpé dessus jusqu'aux marches du haut. Sinon j'étais coincé jusqu'au c... coucher du soleil...

— Mais qu'est-ce qu'il y a eu ? Pourquoi une planche ? Que veux-tu dire ?

— Jimmy a compris tout d'un coup d'où venait la craie bleue, tu vois. Pendant qu'on était en train de fouiller une maison du Bend, l'idée lui est venue que la craie bleue était celle d'un billard. Il s'est souvenu qu'il y en avait un dans la cave de Mrs. Miller, celui de son mari. Il a téléphoné à la pension, personne n'a répondu ; alors on y est allés.

» Il n'y avait pas d'électricité, comme à Marsten House, et il m'a dit de chercher une torche électrique. Alors j'ai commencé à regarder un peu partout. J'ai bien remarqué qu'il n'y avait plus un seul couteau dans le porte-couteaux au-dessus de l'évier, mais je n'y ai pas prêté attention. Alors tu comprends, d'une certaine façon, c'est moi qui l'ai tué, moi, moi. Oui. C'est de ma faute, tout est de ma faute, de ma...

Ben le prit par les épaules et le secoua énergiquement.

— Arrête, Mark, arrête !

Mark mit la main devant sa bouche, comme pour faire barrage à ce flot de paroles hystériques, et jeta un regard fiévreux sur Ben.

Enfin il réussit à se dominer et reprit :

— J'ai finalement trouvé une torche dans la commode du couloir. Et c'est à ce moment-là que Jimmy est tombé et s'est mis à hurler. Je serais tombé, moi aussi, s'il ne m'avait pas prévenu. La dernière chose qu'il m'a dite, c'est : *Attention aux marches, Mark.*

— Qu'est-ce qu'elles avaient ?

— Ils ont enlevé l'escalier, Barlow et les autres, dit Mark d'une voix sans timbre. Ils l'ont scié à partir de la troisième marche, en laissant une partie de la rampe pour faire croire, pour faire croire... (Il secoua la tête). Dans le noir, Jimmy a pensé que toutes les marches étaient là. Tu comprends ?

— Oui, dit Ben.

Il avait compris et il en avait la nausée.

— Et les couteaux ?

— *Ils* les ont mis au pied de l'escalier, la pointe en l'air, en fixant les lames sur des panneaux de contre-plaqué qu'ils ont posés par terre.

— Oh! mon Dieu! dit Ben, horrifié.

Il saisit Mark par les épaules.

— Tu es sûr qu'il est mort, Mark ?

— Oui, sûr. Il avait une demi-douzaine de couteaux dans le corps. Le sang...

Ben regarda l'heure à son poignet. Toujours la course contre la montre.

— Qu'est-ce qu'on va faire maintenant ? demanda Mark d'un air absent.

— Nous allons retourner en ville. Nous téléphonerons à Matt et à Parkins Gillespie, et nous finirons avec Barlow avant la nuit. Il le faut absolument.

Mark eut un petit sourire désabusé.

— Jimmy a dit la même chose. Il a dit que nous allions lui faire son affaire. Mais Barlow nous battra toujours. Je parie qu'il y en a de plus forts que nous qui ont déjà essayé.

Ben regarda l'enfant et chercha ce qu'il pourrait lui dire de blessant pour le sortir de son apathie.

— On dirait que tu as peur.

— C'est vrai, j'ai peur, dit Mark sans se vexer. Pas toi ?

— Si, mais je suis aussi en rage. Barlow m'a pris la fille que j'aimais. Nous avons perdu Jimmy. Et toi, tu as perdu ton père et ta mère. Ils sont étendus par terre dans ton salon, sous la housse du canapé. (Il se força à être méchant). Tu veux peut-être retourner là-bas pour les voir ?

Mark chancela sous le coup ; l'horreur et la douleur se peignirent sur son visage.

— J'ai besoin que tu sois avec moi, dit Ben plus doucement.

La torture mentale qu'il venait d'exercer sur Mark l'écœurait. Il se faisait l'effet d'un entraîneur de rugby avant le grand match.

— Je m'en fous si d'autres ont déjà essayé de l'arrêter et n'ont pas réussi. Je veux tenter ma chance. Et je veux que tu sois avec moi. J'ai besoin de toi.

Et c'était vrai. La vérité, c'était ça.

— O.K., dit Mark sans le regarder, en croisant et décroisant les doigts.

— Il faut t'accrocher, dit Ben.

Mark lui lança un regard désespéré.

— C'est bien ce que j'essaie de faire.

39

Ben avisa, dans le prolongement de Jointner Avenue, une station-service ouverte et s'y arrêta. Le propriétaire, Sonny James, qui avait affiché dans sa vitrine, derrière une pyramide de bidons d'huile, un énorme poster en couleurs du chanteur folk du même nom, vint lui-même les servir. C'était un petit homme à l'allure de gnome ; il avait le dessus du crâne entièrement chauve, mais, sur le pourtour, une couronne de cheveux tondus laissant apparaître une peau toute rose.

— Bonjour, Mr. Mears, comment ça va ? Où est votre Citroën ?

— Elle est mal en point. Où est Pete ?

Pete Cook était employé à mi-temps au garage. Il habitait Salem. Sonny n'y habitait pas.

— Je l'ai pas vu de la journée. Mais qu'est-ce ça fait ? De toute façon, y a personne à servir. La ville est sacrément morte.

Ben fut secoué intérieurement par un rire hystérique qu'il eut toutes les peines du monde à contenir.

— Faites-moi le plein, s'il vous plaît. Je peux téléphoner ?

— Bien sûr. Et toi, fiston, pas d'école aujourd'hui ?

— C'est ma journée d'activités libres, dit Mark. Vous étonnez pas si j'ai du sang sur mon tee-shirt, je viens de saigner du nez.

— Et drôlement, à ce que je vois ! Mon frangin saignait du nez tout le temps. Ça veut dire qu'on fait de la tension. Faut pas plaisanter avec ça, mon p'tit.

Il se dirigea vers l'arrière de la Buick et dévissa le couvercle du réservoir d'essence.

Ben entra dans le bureau, repéra le téléphone à côté de l'éventaire de cartes routières et composa le numéro de l'hôpital.

— Hôpital de Cumberland. Quel service désirez-vous ?

— Je voudrais parler à Mr. Burke, s'il vous plaît. Chambre 402.

Il y eut un silence anormal au bout du fil et Ben était sur le point de demander si on avait changé Matt de chambre quand la voix reprit :
— C'est de la part de qui, s'il vous plaît ?
— Benjaman Mears.
L'idée que Matt était mort envahit soudain sa conscience comme un nuage noir obscurcissant le ciel. Non, ce n'était pas possible, ce serait vraiment trop à la fois !
— Il va bien, dites ?
— Vous êtes un parent ?
— Non, je suis un ami. Il n'est pas...
— Mr. Burke est décédé cet après-midi à trois heures sept, Mr. Mears. Si vous voulez attendre un instant, je vais voir si le docteur Cody est là, il pourra peut-être...
La voix continuait, mais Ben ne l'écoutait plus, bien qu'il gardât le récepteur collé à l'oreille. Il mesurait brusquement l'ampleur de la perte subie. Matt était leur ultime recours. Comment s'en tireraient-ils sans ses conseils ? Il avait succombé à une défaillance cardiaque. Une mort naturelle. Dieu lui-même s'était détourné d'eux...
Mark et moi, plus que nous deux maintenant.
Susan, Jimmy, le père Callahan, Matt, tous disparus.
La panique le saisit, mais il la refoula de son mieux, en silence.
Il raccrocha, sans y prendre garde, au beau milieu d'une question de la réceptionniste, et sortit du bureau. Il était cinq heures dix et, à l'ouest, les nuages commençaient à se disperser.
— Ça fait trois dollars tout rond, dit Sonny d'une voix joviale. Dites, c'est bien la bagnole du docteur Cody ? Chaque fois que je vois une voiture avec un papillon de toubib, ça me fait penser à un film où on voyait une bande d'escrocs voler des voitures de toubib parce que...
Ben lui tendit trois billets d'un dollar.
— Je suis navré, Sonny, mais il faut qu'on file. J'ai des emmerdes.
Le front de Sonny se plissa.
— Mince alors, Mr. Mears, je suis embêté pour vous. Des mauvaises nouvelles du type qui publie vos bouquins ?
— Oui, c'est à peu près ça.
Il se glissa derrière le volant, claqua la portière, démarra et laissa Sonny planté au bord de la route.
Mark lança un regard scrutateur à Ben.
— Matt est mort, n'est-ce pas ?
— Oui, d'une crise cardiaque. Comment le sais-tu ?

— Je l'ai vu à ta tête.
Il était cinq heures et quart.

40

Quand ils s'arrêtèrent devant l'église St. Andrew, il était six heures moins le quart. Présage funeste, l'ombre de l'église s'était allongée jusqu'à envelopper complètement le presbytère. Ben déversa le contenu de la sacoche de Jimmy sur le siège arrière de la voiture ; il prit toutes les petites bouteilles et les vida par la portière.
— Qu'est-ce que tu fais ?
— Nous allons les remplir d'eau bénite, dit Ben. Viens.
Ils montèrent les marches de l'église. Mark était sur le point d'ouvrir la grande porte quand il s'arrêta.
— Regarde ça ! s'exclama-t-il.
La poignée de la porte était noircie et légèrement tordue, comme si elle avait été frappée par une forte décharge électrique.
— Tu comprends, toi, ce qui s'est passé ? demanda Ben.
Mark secoua la tête, comme pour dire qu'il préférait ne pas chercher à comprendre. Ils entrèrent. L'église était sombre et fraîche, il y régnait ce silence lourd de mystère à tous les lieux de culte en dehors des offices.
De part et d'autre de la vaste allée centrale, deux anges en plâtre miraient leurs visages sereins dans des vasques d'eau bénite.
— Passe-toi de l'eau sur le visage et sur les mains, dit Ben.
Mark lui jeta un regard troublé.
— Est-ce que ce n'est pas un sacr... sacri...
— Un sacrilège ? Non, sûrement pas dans notre cas. Vas-y.
Ils plongèrent leurs mains dans les vasques et s'aspergèrent le visage comme on s'asperge d'eau froide au réveil pour se mettre en train.
Ben avait sorti une première bouteille de sa poche et s'apprêtait à la remplir lorsqu'il s'entendit interpeller par une voix stridente.
— Hé, vous là-bas, qu'est-ce que vous faites ?
Il tourna la tête et vit une dame d'un certain âge, assise au premier rang et triturant fébrilement un rosaire. Elle portait une robe noire, sa combinaison dépassait et ses cheveux étaient tout décoiffés.
— Où est le père Callahan ? Qu'est-ce que vous faites ?
Sa voix était presque hystérique.

— Qui êtes-vous ? demanda Ben.

— Je suis miss Curless, la gouvernante du père Callahan. Où est-il ? Qu'est-ce que vous faites ?

Elle se tordait les mains.

— Le père Callahan est parti, dit Ben aussi doucement que possible.

— Oh ! dit-elle en fermant les yeux. Est-ce qu'il avait entrepris de guérir la ville du mal qui la frappe ?

— Oui, dit Ben.

— J'en étais sûre, dit-elle. C'est un prêtre comme on n'en voit plus, notre père Callahan. Quand je pense qu'il y en avait à la paroisse qui disaient qu'il n'arriverait jamais à la cheville du père Bergeron ! Il y est bel et bien arrivé. Et même mieux que ça, à ce que je vois.

Elle les regarda avec des yeux anxieux. Une larme roula le long de sa joue.

— Il ne reviendra plus, n'est-ce pas ?

— Je ne sais pas, dit Ben.

— Les gens disaient qu'il buvait. Mais a-t-on jamais vu un Irlandais ne pas aimer un peu la bouteille ? Il n'était pas de ces prêtres à l'eau de rose, avec leur cour de bigotes et leurs fêtes paroissiales. Non, il valait mieux que ça !

Sa voix rauque montait, faisant résonner les voûtes. Une véritable profession de foi.

— C'était un *homme de Dieu !*

Ben et Mark écoutaient sans rien dire. Plus rien de ce que cette journée de cauchemar leur réservait encore ne pouvait les surprendre. Ils ne se voyaient ni comme des anges exterminateurs, ni comme des sauveurs. Ils essayaient seulement de survivre.

— L'avez-vous vu faire preuve de courage ? leur demanda-t-elle.

Ses yeux étaient maintenant pleins de larmes, mais son regard restait d'acier.

— Oui, dit Mark, se souvenant du père Callahan brandissant sa croix dans la cuisine de sa mère.

— Et vous continuez ce qu'il a commencé ?

— Oui, dit à nouveau Mark.

— Alors ne tardez pas, dit-elle sèchement. Qu'attendez-vous ?

Et elle s'en alla dans sa robe noire, seule pleureuse de funérailles qui n'avaient pas eu lieu.

Ils se retrouvèrent enfin chez Eva. Six heures dix : c'était vraiment la dernière limite. Le soleil n'allait pas tarder à disparaître ; on apercevait encore, juste au-dessus des pins, son disque rouge sang, barré de nuages déchiquetés.

Ben gara la Buick dans le parking et jeta un coup d'œil vers la fenêtre de sa chambre. Le store n'était pas baissé. Il aperçut sa machine à écrire, en sentinelle, et, à côté d'elle, son manuscrit sur lequel était posé le presse-papiers au paysage de neige. Se pouvait-il que tout soit resté comme il l'avait laissé, alors que leurs vies étaient emportées dans un tel tourbillon ?

Son regard glissa vers la véranda. Les deux fauteuils à bascule sur lesquels Susan et lui étaient assis lorsqu'ils avaient échangé leur premier baiser se trouvaient toujours côte à côte, au même endroit. La porte de la cuisine était restée grande ouverte.

— Je ne peux pas, murmura Mark. Je ne peux vraiment pas.

Ses yeux s'étaient agrandis et vidés de toute expression. Il était recroquevillé sur son siège, les genoux sous le menton.

— Il faut qu'on y aille tous les deux, dit Ben.

Et il lui tendit deux petites bouteilles d'eau bénite. Mark eut un mouvement de recul, comme s'il s'agissait de fioles de poison.

— Viens, dit Ben.

Il était à bout d'arguments.

— Allez, viens !
— Non.
— Mark ?
— Non !
— Mark, j'ai besoin de toi. Je n'ai plus que toi.
— J'ai fait tout ce que j'ai pu, je ne peux pas faire plus ! *Tu ne comprends pas que je ne peux pas le regarder ?*
— Mark, nous devons y aller ensemble, toi et moi. Tu le sais bien.

Mark prit les bouteilles et les pressa contre sa poitrine en poussant un grand soupir, puis il regarda Ben et fit un petit hochement de tête saccadé.

— O.K., souffla-t-il d'une voix éteinte.
— Où est le marteau ? demanda Ben en sortant de la voiture.
— Jimmy l'a pris pour descendre.
— Ah ! bon.

Ils montèrent les marches de la véranda. Le vent avait repris et le soleil couchant incendiait le ciel. Dans la cuisine régnait une odeur lourde et moite, une odeur de mort. La porte de la cave était toujours grande ouverte, elle aussi.

— J'ai peur, dit Mark en frissonnant.
— Tu peux. Où est la torche ?
— A la cave. Je l'y ai laissée quand...
— Ah ! bon.
Ils s'approchèrent de l'escalier. Comme Mark l'avait dit, on n'y pouvait déceler rien d'anormal.
— Suis-moi, dit Ben.

42

« Je vais à ma mort », se dit Ben, mais cette idée le laissa parfaitement indifférent. Elle lui était venue tout naturellement, et il n'y avait en elle ni peur ni regret. La présence envahissante du mal submergeait tout sentiment individuel. Et c'est avec un calme presque surnaturel qu'il se laissa glisser sur la planche que Mark avait utilisée pour sortir de la cave.

Matt était mort, Susan était morte. Et Miranda aussi. Ses yeux se portèrent sur le corps de Jimmy. Voilà à quoi on ressemblait quand c'était fini : un corps, contenant toutes sortes de fluides de couleurs différentes, qui maintenant gisait, baignant dans son sang. Ce n'était pas si terrible. Le pistolet de McCaslin devait être encore dans la poche de Jimmy. Il le prendrait et, si le soleil se couchait avant qu'ils puissent en finir avec Barlow... il le ferait. D'abord l'enfant, puis lui-même.

Il atterrit sur le sol de la cave puis aida Mark à descendre. Le temps d'un éclair, le regard de l'enfant se posa sur la forme sombre et recroquevillée.

— Je ne peux pas le regarder, dit-il d'une voix rauque en se détournant.

— Eh bien, ne le regarde pas.

Ben s'agenouilla et retourna le corps de Jimmy. « Oh ! Jimmy », voulut-il dire, mais les mots restèrent coincés dans sa gorge. Il soutient le corps de son bras gauche et, de la main droite, en retira les lames. Il y en avait six et Jimmy avait énormément saigné.

Dans un coin de la pièce, sur un rayon, Ben vit quelques rideaux soigneusement pliés. Il les étendit sur le corps, après avoir pris le pistolet, la torche et le marteau.

Il se releva et essaya la torche. Le plexiglas qui protégeait l'ampoule était fendu, mais la lampe fonctionnait. Il promena le faisceau lumineux autour de la cave. Rien. Sur et sous le billard. Rien. Du côté de la chaudière. Rien non plus. Qu'y avait-il d'autre ? Des étagères remplies de pots de confiture et de bocaux de conserves, et un tableau sur lequel étaient accrochés des outils. Les marches enlevées étaient au fond de la pièce afin qu'on ne les voie pas de la cuisine.

— Où est-il ? marmonna Ben.

Il jeta un coup d'œil à sa montre et vit qu'il était six heures vingt-trois. Le soleil se couchait à quelle heure ? Il n'arrivait plus à s'en souvenir. Un peu avant sept heures sûrement. Cela ne leur laissait plus qu'une demi-heure.

— Où est-il ? cria-t-il d'une voix angoissée. Je *sens* qu'il est là, mais où ?

— Là ! s'écria Mark en montrant quelque chose du doigt. Qu'est-ce que c'est que ça ?

Ben amena le rayon de la torche dans la direction que lui indiquait l'enfant. C'était un buffet rustique.

— Ce n'est pas assez grand, dit-il à Mark. Et c'est contre le mur..

— Regardons derrière.

Ils s'approchèrent du meuble et chacun le prit par un bout. Ben sentit l'espoir renaître. L'odeur avait ici une densité, une force, qu'elle n'avait nulle part ailleurs.

Il jeta un coup d'œil vers la cuisine. La lumière baissait sérieusement et elle était moins dorée qu'avant.

— Il est trop lourd pour moi, dit Mark en haletant.

— Ça ne fait rien, dit Ben. Nous allons le renverser. Cherche la meilleure prise.

Mark se pencha au-dessus du buffet, l'épaule collée contre le bois.

— Allons-y, dit-il d'une voix déterminée.

Ils rassemblèrent leurs forces et pesèrent de tout leur poids sur le meuble qui finit par basculer dans un fracas de vaisselle brisée — la vaisselle de mariage d'Eva, probablement.

— *J'en étais sûr !* s'exclama Mark, triomphant.

Il y avait dans le mur, à l'emplacement du buffet, une porte basse fermée par un cadenas Yale tout neuf.

Ben donna deux grands coups de marteau sur la fermeture. Sans résultat.

— Nom de Dieu ! murmura-t-il doucement.

C'était trop bête, à la fin, de se voir mis en échec par un cadenas de cinq dollars !

Non, il rongerait plutôt le bois de la porte avec ses dents.

Il promena le faisceau de la torche autour de lui et avisa le tableau à outils, à droite de l'escalier. Il y vit une hache, dont la lame était protégée par un étui en caoutchouc.

Il courut l'arracher du tableau et dénuda la lame ; puis il sortit une des petites bouteilles de sa poche, mais elle lui glissa des mains. L'eau bénite se répandit par terre et devint aussitôt lumineuse. Il prit une autre bouteille, en dévissa le capuchon et en versa le contenu sur la lame de la hache qui se mit à scintiller d'une étrange lueur phosphorescente. Quand il saisit le manche, il eut le sentiment que l'outil était à sa mesure et qu'il avait trouvé d'instinct la prise qui lui donnerait le maximum de puissance. Il contempla la lame puis, mû par une impulsion étrange, la porta à son front. Alors, comme par miracle, tous ses doutes s'évanouirent et il sut que ce qu'il faisait était *juste*.

— Vas-y! supplia Mark. Vite, je t'en prie!

Il écarta les jambes, prit son élan et lança la hache en avant. La lame, en s'abattant, traça un arc éblouissant et s'enfonça dans le bois jusqu'au manche avec un bruit sourd. Des échardes volèrent.

Le bois grinça quand il en arracha la hache. Il l'abattit encore... encore... encore. Ses muscles coordonnaient leurs efforts pour arriver à une précision et à une efficacité jamais atteintes auparavant. Les échardes volaient comme des balles de schrapnel. Au cinquième coup, la lame s'enfonça dans le vide et Ben agrandit le trou avec une hâte frénétique.

Mark l'observait, stupéfait. La luminosité de la lame avait gagné de proche en proche le manche de la hache, puis le bras de Ben. Il était pris dans une colonne de feu. Les muscles de son cou saillaient sous l'effort. Un œil était fermé pour mieux viser et l'autre fixait rageusement la cible. Sa chemise s'était déchirée, laissant voir les muscles de son dos tendus comme des cordes, il était possédé, non pas par le bien tel que le conçoit l'Église, mais par une force primitive, celle-là même qui meut l'univers.

Ce n'était tout de même pas la porte du cellier d'Eva Miller qui lui résisterait! La hache se mit à voltiger à une vitesse vertigineuse ; on ne la voyait plus, c'était un éclair, un arc-en-ciel, qui prenait naissance au-dessus de l'épaule de Ben pour s'achever dans les débris de la porte déchiquetée.

Il assena le coup final, puis jeta la hache et regarda ses mains. Elles rayonnaient.

Il les tendit vers Mark qui se mit à trembler.

— Je t'aime, dit-il.

Leurs mains s'étreignirent.

43

Le cellier avait la taille d'une cellule de moine et n'abritait que quelques bouteilles poussiéreuses, deux ou trois caisses de faible dimension, un vieux cageot plein de pommes de terre germées... et les corps. Au fond, le cercueil de Barlow, dressé contre le mur comme un sarcophage égyptien.

Devant lui s'alignaient les corps de ceux avec qui Ben avait vécu et partagé le pain : Eva Miller et, à ses côtés, Weasel Craig ; Mabe Mullican, le pensionnaire de la chambre du premier, au bout du couloir ; John Snow, le malheureux invalide qui vivait à la charge de la commune et arrivait à peine à descendre pour le petit déjeuner, tant il souffrait d'arthrite ; enfin Vinnie Upshaw et Grover Verrill.

Ben et Mark les enjambèrent et s'approchèrent du cercueil. Ben regarda l'heure ; il était six heures quarante.

— On va le sortir d'ici, dit-il. Et le mettre près de Jimmy.
— Ça doit peser une tonne, dit Mark.
— On y arrivera.

Ben hésita, puis saisit l'angle supérieur droit du cercueil. Bien que le bois fût parfaitement lisse et n'offrît aucune prise, il le fit basculer sans peine, le descendit progressivement, l'attrapa par en dessous et réussit à le soutenir d'une seule main, comme s'il était maintenu en l'air par des contrepoids invisibles. Un choc sourd se fit entendre à l'intérieur.

— Maintenant, prends l'autre bout.

Mark parvint, à son grand étonnement, à soulever l'extrémité du cercueil sans difficulté.

— Je crois que j'aurais pu le faire avec un seul doigt, dit-il, le visage rayonnant.

— Oui, c'est bien possible. La Providence semble enfin être avec nous. Seulement il faut faire vite.

Ils commencèrent à sortir le cercueil, mais il se coinça dans l'embrasure de la porte. Mark, tête baissée, le poussa en avant, le bois gémit et le cercueil passa de l'autre côté.

Ils le déposèrent près du corps de Jimmy, recouvert des rideaux d'Eva Miller.

Ben consulta de nouveau sa montre : 6 h 45. La lumière qui leur parvenait encore par la porte de la cuisine avait une couleur de cendre.

— Maintenant ? demanda Mark.

Ils se regardèrent par-dessus le cercueil.

— Oui, maintenant.

Mark rejoignit Ben. Ils se penchèrent sur les serrures. Sitôt touchées, elle s'ouvrirent d'elles-mêmes avec un bruit sec. Ils soulevèrent le couvercle.

Barlow était là, devant eux, ses yeux brûlants fixés sur le plafond.

Il était redevenu jeune ; sa chevelure noire, brillante et vigoureuse, se répandait sur l'oreiller de satin ; son teint était frais, ses joues vermeilles ; ses dents, au ton d'ivoire, se recourbaient sur ses lèvres charnues.

— Il..., dit Mark sans pouvoir achever.

Les yeux cernés de rouge de Barlow s'étaient mis à bouger. Il y brillait une joie hideuse. Il réussit à capter le regard de Mark qui perdit aussitôt toute expression.

— Ne le regarde pas ! s'écria Ben en écartant Mark d'une bourrade.

Mais il était trop tard.

L'enfant poussa un gémissement et, subitement, s'attaqua à Ben qui, pris par surprise, chancela et recula d'un pas. Déjà les mains de l'enfant fouillaient les poches de sa veste à la recherche du pistolet d'Homer McCaslin.

— Mark, non...

Mais l'enfant n'entendait pas. Son visage n'exprimait rien ; c'était un mur. Il continuait à gémir comme un petit animal pris au piège. Il avait saisi le pistolet à deux mains. Ben se jeta sur lui et tenta de lui faire lâcher prise tout en faisant dévier le canon loin d'eux.

— Mark ! rugit-il. Mark, réveille-toi, pour l'amour du ciel...

Il ne put empêcher le canon de pointer vers sa tête et le coup partit, lui frôlant la tempe. Il tint les mains de Mark serrées dans les siennes et lui décocha un coup de pied. L'enfant perdit l'équilibre et laissa échapper le pistolet. Il se précipita dessus en pleurnichant, mais Ben lui envoya à toute volée un droit dans les gencives. Il sentit les lèvres de l'enfant s'aplatir contre ses dents et ne put retenir un cri, comme s'il avait lui-même essuyé le coup. Mark se laissa tomber à genoux, mais Ben envoya le pistolet à l'autre bout de la pièce d'un nouveau coup de pied avant que Mark ne l'atteigne. L'enfant se mit alors à courir à quatre pattes vers l'arme, mais Ben le frappa encore.

Enfin l'enfant s'effondra.

Ben avait perdu tout son courage. Il ne se sentait plus possédé par une force surnaturelle. Il était redevenu Ben Mears et il avait peur.

Le carré de lumière en haut des marches avait tiré au violet ; sa montre marquait 6 h 51.

Ben sentait son regard attiré irrésistiblement vers l'affreuse créature gorgée de sang, couchée dans le cercueil.

Regarde-moi donc, espèce d'avorton. Regarde Barlow qui a traversé le monde et les siècles tandis que tu n'as mené, toi, qu'une petite vie sans horizon et sans grandeur. Regarde le

Maître des Ténèbres que tu t'imaginais pouvoir immoler à l'aide d'un misérable bout de bois. Regarde-le et renonce!

Jimmy, je ne peux pas. Il est trop tard. Je n'ai pas la force de lui résister...

REGARDE-MOI!

Il était maintenant 6 h 53.

Mark se mit à gémir.

— Maman? Maman, où es-tu? Ma tête me fait mal... Il fait noir...

Je le castrerai et il deviendra mon esclave.

Ben prit à tâtons un des pieux piqués dans sa ceinture, mais le laissa échapper. Il eut un cri de désespoir. Dehors, le soleil avait abandonné Salem. Ses derniers rayons éclairaient encore le toit de Marsten House.

Il ramassa le pieu. Mais où avait-il mis le marteau? *Où diable pouvait-il être?*

A côté de la porte du cellier. Il avait essayé de casser le cadenas avec.

Il traversa la cave d'un bond et le ramassa.

Mark s'était redressé. Sa bouche saignait, il passa la main sur ses lèvres et regarda le sang d'un air stupéfait.

— Maman! cria-t-il. Où est maman?

Il était 6 h 55. Le point de jonction entre le jour et la nuit. Ben traversa en courant la cave déjà sombre, le pieu dans la main gauche, le marteau dans la main droite.

Un rire triomphant retentit. Barlow s'était assis dans son cercueil; ses yeux de braise étincelaient d'une joie diabolique. Le regard de Ben, invinciblement attiré, rencontra son regard et sa volonté faiblit.

Pourtant, d'un geste violent, en hurlant de rage, il souleva le pieu au-dessus de sa tête et l'abattit comme un éclair. La pointe acérée déchira la chemise de Barlow et pénétra dans la chair.

Barlow poussa un cri. C'était un cri étrange, un hurlement de loup à l'agonie. La force du coup le fit retomber en arrière. Ses mains, recourbées comme des griffes, déchiraient convulsivement le vide.

Ben frappa encore sur le pieu et Barlow poussa un nouveau cri. D'une main froide comme la tombe, il saisit la main gauche de Ben, celle qui tenait le pieu.

Ben entra dans le cercueil et s'agenouilla sur le corps de Barlow, dont le visage était convulsé de haine et de douleur.

— *ARRÊTE!* cria Barlow.

— Et voilà pour toi, salopard! Et voilà pour toi, vermine! sanglota Ben.

Il frappa de nouveau. Un geyser de sang jaillit, l'aveuglant pendant un instant. La tête de Barlow roulait furieusement d'un côté à l'autre de l'oreiller de satin.

— *Arrête, tu ne peux pas, tu n'oseras pas faire ça...*

Le marteau s'abattit encore et encore. Le sang gicla des narines de Barlow. Son corps se tordit. Ses mains griffèrent les joues de Ben, lui arrachant des lambeaux de chair.

— *Laisse-moi...*

Il assena un dernier coup de marteau sur le pieu et, de la poitrine de Barlow, jaillit cette fois du sang noir.

En l'espace de deux secondes, le corps se désagrégea, trop vite pour que plus tard, à la lumière du jour, on puisse y croire, mais pas assez pour que Ben ne reste pas hanté pour toujours par cette vision affreuse.

La peau jaunit et se craquela comme un vieux parchemin. Les yeux devinrent vitreux et s'enfoncèrent dans les orbites. Les cheveux blanchirent et tombèrent en petits tas sur l'oreiller de satin. Le corps se ratatina. La bouche, en un terrifiant rictus, découvrit les dents de carnassier. Les ongles noircirent et se détachèrent. Bientôt il ne resta plus des doigts que les os et quelques bagues cliquetant comme des castagnettes ; la tête chauve et ridée ne fut plus qu'un crâne ; la veste et le pantalon de satin noir s'affaissèrent et des bouffées de poussière s'échappèrent de la chemise en toile de lin. Ben poussa un cri et bondit hors du cercueil.

A chaque étape de cette horrible décomposition avait correspondu une odeur particulière : d'abord une infecte puanteur de charogne, ensuite une odeur de moisi, enfin une odeur âcre de poussière. Et puis plus rien. Les osselets des doigts s'agitèrent en une dernière danse, puis s'écaillèrent et tombèrent en poudre. Les fosses nasales s'élargirent jusqu'à rejoindre la cavité orale. Les orbites s'agrandirent, donnant au crâne une expression de surprise et d'horreur, puis fusionnèrent. Il n'y eut plus, à la place de la tête, que des fragments d'os, comme les morceaux d'un vase brisé, et, à la place du corps, que quelques vêtements chiffonnés, comme un tas de linge sale.

Pourtant l'esprit de Barlow ne s'avouait pas vaincu ; la poussière au fond du cercueil se soulevait encore en petits nuages qui virevoltaient diaboliquement. Soudain Ben sentit passer un vent de tempête et fut saisi d'un grand frisson. Au même moment, toutes les vitres de la pension explosèrent.

— Attention, Ben ! cria Mark. Attention !

Ben se retourna brusquement et les vit sortir du cellier — Eva, Weasel, Mabe, Grover et les autres. Leur heure avait sonné.

Mark hurlait sans pouvoir s'arrêter. Ben le prit par les épaules et le secoua.

— *L'eau bénite!* cria-t-il. *Ils ne peuvent pas nous toucher!*

Les hurlements d'angoisse de Mark se transformèrent en gémissements plaintifs.

— Grimpe dans la cuisine, dit Ben. Vas-y !

Il dut mettre l'enfant sur la planche et le pousser. Quand il le vit hors de danger, il se retourna et fit face aux morts-vivants.

Ils étaient là, en ligne, à cinq ou six mètres de lui, et leur regard exprimait une haine qui n'avait rien d'humain.

— Vous avez tué le Maître, dit Eva d'une voix dont les accents semblaient bien être ceux du chagrin. Comment avez-vous pu faire ça ?

— Je reviendrai, lui lança-t-il. Et ce sera pour m'occuper de vous tous.

Puis il grimpa à son tour sur la planche. Le bois plia sous le poids, mais ne céda pas. Arrivé au seuil de la cuisine, il jeta un dernier coup d'œil en arrière et les vit rassemblés autour du cercueil qu'ils contemplaient en silence. Un peu comme les gens qui étaient venus regarder le corps de Miranda après son accident...

Il chercha Mark et l'aperçut couché sur le ventre à côté de la porte de la véranda.

44

Ben se dit que l'enfant était évanoui, rien de plus. C'était vraisemblable. Son pouls battait régulièrement. Il le prit dans ses bras et le porta jusqu'à la Citroën.

Il se glissa derrière le volant et mit le moteur en marche. Au moment de s'engager sur Railroad Street, il réprima un cri.

Les morts-vivants étaient là, dans les rues.

A la fois brûlant de fièvre et grelottant de froid, la tête prête à éclater, il tourna à gauche sur Jointner Avenue et quitta Salem.

BEN ET MARK

1

BERCÉ par le ronronnement régulier de la Citroën, Mark s'efforçait confusément de reprendre conscience, sans avoir à penser ni à se souvenir. Il regarda par la fenêtre et la peur le saisit à nouveau. La nuit était tombée ; les arbres au bord de la route n'étaient plus que des ombres confuses et les voitures avaient allumé leurs phares. Il poussa un gémissement et agrippa fébrilement la croix suspendue à son cou.

— Détends-toi, dit Ben. Nous sommes à trente kilomètres de Salem.

L'enfant se pencha par-dessus le volant pour mettre la sécurité de la portière du conducteur et faillit faire faire une embardée à Ben. Puis, se tournant de l'autre côté, il mit la sécurité de sa propre portière. Après quoi il se recroquevilla sur son siège, ne souhaitant plus qu'une chose : s'enfoncer à nouveau dans le néant. Le néant, il n'y avait rien de mieux ; au moins n'y retrouvait-on pas toutes ces affreuses images.

Le moteur faisait un bruit monotone et rassurant. *Mmmmmmmmmmmmmmm. Rien de mieux. Il ferma les yeux.*

— Mark ?

Il était plus prudent de ne pas répondre.

— Mark, tu ne te sens pas mal ?

Mmmmmmmmmmmmmmmmmm.

— ... Mark...

Il était loin déjà. C'était ce qu'il fallait. Rien, plus rien que du gris.

2

Quand ils eurent passé la frontière du New Hampshire, Ben décida de s'arrêta dans un motel. Il inscrivit sur le registre « Ben Cody et enfant » et griffonna une signature. Mark brandit sa croix en entrant dans la chambre. Il avait le regard affolé d'un petit animal pris au piège. Il tint la croix serrée dans sa main jusqu'à ce que Ben eut fermé la porte, mis le verrou et suspendu sa propre croix sur la poignée. Il y avait une télé couleur et Ben la regarda un moment. Deux pays africains en guerre. Le Président avait pris un coup de froid, mais c'était sans gravité. A Los Angeles, un bonhomme était devenu dingue et avait descendu quatorze personnes à coups de fusil. La météo annonçait de la pluie et, dans le nord du Maine, des bourrasques de neige.

3

Salem était dans les ténèbres et les vampires continuaient de hanter la ville et ses alentours. Certains d'entre eux avaient réussi à s'arracher suffisamment aux ombres de la mort pour retrouver un sens rudimentaire de la ruse. Lawrence Crockett appela Royal Snow pour l'inviter à jouer aux cartes. Royal n'eut pas plus tôt garé sa voiture et pénétré chez les Crockett que Lawrence et sa femme fondirent sur lui. Glynis Mayberry donna un coup de fil à Mabel Werts, lui dit qu'elle avait peur toute seule et lui demanda si elle ne pouvait pas venir passer la soirée chez elle en attendant le retour de son mari. Mabel, qui vivait maintenant dans l'angoisse, donna son accord avec un empressement pathétique. Dix minutes plus tard, elle se trouva en face de Glynis complètement nue, son sac au bras et découvrant ses crocs en un sourire hideux. Elle n'eut que le temps de pousser un cri, pas plus. Quand Delbert Markey quitta son cabaret désert, un peu après huit heures, il vit Carl Foreman et Homer McCaslin sortir de l'ombre et lui dire, en souriant de toutes leurs dents, qu'ils venaient boire un coup. Milt Crossen reçut, dès la fermeture de son magasin, la visite de quelques-uns de ses habitués. George Middler, le quincaillier pédé, alla trouver chez eux les petits lycéens qui prenaient un air entendu et méprisant lorsqu'ils entraient dans son magasin, et ses vœux les plus noirs furent exaucés.

Les voyageurs continuèrent à passer à côté de Salem, sur la route 12, sans rien voir d'autre que deux panneaux : celui du Rotary et celui qui limitait la vitesse à cinquante à l'heure. Une fois la ville dépassée et le quatre-vingt-dix retrouvé, que pouvaient-ils penser sinon : quel trou sinistre !

La ville gardait son secret et Marsten House veillait sur elle comme un roi déchu continue de suivre les affaires de son peuple.

4

Le lendemain à l'aube, Ben prit sa voiture pour retourner làbas, laissant Mark dans la chambre du motel. Il s'arrêta pour acheter une pioche et une pelle dans une quincaillerie de Westbrook.

Salem attendait en silence, sous un ciel d'orage, que la pluie se mette à tomber. Il y avait très peu de voitures dans les rues. C'était ouvert chez Spencer, mais le café *L'Excellent* était fermé : quelqu'un avait baissé les stores, enlevé le menu de la vitrine et effacé le plat du jour sur l'ardoise.

Le spectacle de ces rues désertes lui fit froid dans le dos et lui rappela la pochette d'un disque de rock où l'on voyait de profil, sur fond noir, un travesti, dont le visage étrange était maculé de sang et de rouge à lèvres, et au-dessous un titre : « Ils Ne Sortent Que La Nuit. »

Il commença par se rendre chez Eva, monta au premier et poussa la porte de sa chambre. Elle était exactement comme il l'avait laissée, avec le lit défait et un paquet de bonbons ouvert près de la machine. Il attrapa la corbeille à papiers en métal posée sous le bureau et la mit au milieu de la pièce.

Puis il prit son manuscrit et le déposa dedans. De la page de titre il fit un allume-feu, l'enflamma avec son briquet et la jeta sur les pages dactylographiées. La flamme les lécha avec délectation puis les dévora sans façon. Les feuilles se roulèrent et noircirent. Une fumée blanchâtre s'échappa en volutes de la corbeille et il se pencha machinalement par-dessus son bureau afin d'ouvrir la fenêtre.

Sa main tomba sur le presse-papiers, celui qu'il avait gardé depuis son enfance, depuis le jour où il était entré dans la maison du monstre. Si on l'agitait, il se remplissait de flocons de neige.

Il le secoua, en le tenant devant ses yeux comme il le faisait quand il était petit, et l'éternel miracle se produisit. On apercevait, à travers la neige, une maison couleur de pain d'épice et un petit chemin. Les volets étaient fermés, mais un petit garçon imaginatif comme Mark Petrie n'aurait eu aucun mal à voir une longue main blanche rabattre un des volets et un visage blafard apparaître, découvrir des crocs de loup et l'inviter à pénétrer dans cet éternel hiver, au-delà du temps. Il le voyait, ce visage, pâle et avide, un visage qui ne verrait plus jamais ni la lumière du jour ni le bleu du ciel.

C'était son visage à lui.

Il jeta le presse-papiers au fond de la pièce où il se brisa en mille morceaux et quitta la chambre sans jeter un regard en arrière.

5

Il réussit, Dieu sait comment, à remonter le corps de Jimmy, toujours enveloppé dans les rideaux d'Eva. Il le mit dans le coffre de la Buick et partit en direction de la maison des Petrie. La pioche et la pelle étaient sur le siège arrière, à côté de la sacoche noire de Jimmy. Il passa le reste de la matinée et le début de l'après-midi dans une clairière derrière la maison, tout près de Taggart Stream, à creuser une fosse profonde de plus d'un mètre.

Il y déposa le corps de Jimmy et ceux des parents de Mark, enveloppés dans la housse du canapé.

Il était deux heures et demie quand il commença à remplir la fosse. A mesure que la lumière faiblissait dans le ciel nuageux, ses mouvements devenaient plus rapides. La sueur qui se condensait sur sa peau ne lui venait pas seulement de l'effort fourni.

A quatre heures, la fosse était comblée. Il tassa soigneusement les mottes de terre, jeta la pelle et la pioche toutes crottées dans le coffre de la voiture, retourna en ville et se gara devant le café *L'Excellent* sans couper le contact.

Il resta là un moment à regarder la ville. Les magasins déserts, avec leurs fausses façades, semblaient prêts à se lézarder et à s'écrouler. La pluie, qui tombait depuis midi, donnait au jour un ton de funérailles. Le petit parc où il avait rencontré Susan était vide et mélancolique. Les stores de la mairie étaient baissés. Seule tranchait sur la désolation générale la petite pancarte insouciante « Sorti déjeuner » que Larry Crockett avait accrochée dans la devanture de son agence immobilière. Il n'y avait de bruit que celui de la pluie.

Il marcha jusqu'à Railroad Street et entendit ses pas résonner dans le silence. En passant devant la maison d'Eva, il la regarda une dernière fois. Aucun signe de vie.

La ville était morte. Il le savait maintenant, comme il avait su que Miranda était morte lorsqu'il avait vu sa chaussure dans le caniveau.

Il se mit à pleurer.

Il pleurait encore quand il dépassa le panneau du Rotary qui disait : « Vous venez de quitter Jerusalem's Lot. Une bien jolie petite ville ! Revenez nous voir ! »

Il rejoignit l'autoroute. En prenant la bretelle d'accès, il jeta un coup d'œil du côté de Marsten House, mais elle était masquée par les arbres. Il allait maintenant vers le sud. Vers Mark. Vers la vie.

ÉPILOGUE

Au milieu de ces villages décimés
Sur ce promontoire offert, nu, au vent du sud
Devant ces hautes montagnes qui te cachent
Qui prendra en compte notre volonté d'oublier?
Qui acceptera notre offrande de fin d'automne?

George SEFERIS

Elle n'a plus de regard.
Les serpents qu'elle tenait
Ont dévoré ses mains.

George SEFERIS.

1

Du carnet de Ben Mears (articles découpés dans « Le Courrier de Portland »):

19 novembre 1975 (p. 27):
JERUSALEM'S LOT — Il y a un mois seulement, Charles et Amanda Pritchett quittèrent Portland pour s'établir comme fermiers à Jerusalem's Lot (comté de Cumberland). Mais des bruits bizarres les réveillent chaque nuit et vont les obliger, disent-ils, à déménager. La ferme, située sur Schoolyard Hill, appartenait auparavant à Charles Griffen dont le père était propriétaire des Laiteries Sunshine, absorbées en 1962 par le consortium Slewfoot. Nous n'avons pu joindre Charles Griffen pour lui demander ce qu'il en pensait. Il avait vendu sa ferme, par l'intermédiaire d'un agent immobilier de Portland, pour une bouchée de pain, aux dires de Pritchett lui-même. C'est quelques jours après avoir emménagé qu'Amanda Pritchett commença à parler à son mari des « drôles de bruits » qu'elle entendait dans la grange...

4 janvier 1976 (p. 1):
JERUSALEM'S LOT — Un curieux accident de voiture est survenu la nuit dernière dans la petite ville de Jerusalem's Lot (Maine). La police a relevé des traces de dérapage à proximité du lieu de l'accident et en a déduit que la voiture, une berline d'un modèle récent, roulait à vive allure lorsqu'elle quitta la route et alla heurter un pylône à haute tension de la Centrale du Maine. La voiture est complètement défoncée, mais, malgré la présence de taches de sang sur le siège avant et sur le tableau de bord, les passagers n'ont pas encore été retrouvés. Selon la police, le véhicule appartenait à Mr. Gordon Philips, de Scarborough. Aux

dires d'un voisin, Phillips et sa famille allaient voir des parents à Yarmouth. La police pense que Phillips, sa femme et ses deux enfants sont sous le coup de l'accident et errent dans la campagne. Des recherches vont être entreprises...

14 février 1976 (p. 4):
Cumberland — Une veuve qui vivait seule dans le quartier ouest de Cumberland, sur Smith Road, Mrs. Fiona Coggins, a disparu. C'est sa nièce, Mrs. Gertrude Hersey, qui a signalé le fait au shérif du comté. Elle a précisé à la police que sa tante était depuis quelque temps en mauvaise santé et menait une vie tout à fait recluse. Le shérif et ses adjoints ont ouvert une enquête, mais nous ont déclaré que pour l'instant il était impossible de...

29 mai 1976 (p. 1):
JERUSALEM'S LOT — On craint qu'une vilaine histoire ne se cache derrière la disparition d'une famille, la famille Holloway, récemment installée dans la petite ville de Jerusalem's Lot, sur Taggart Stream Road. La police a été alertée par le grand-père de Daniel Holloway, inquiet que personne ne réponde à ses coups de téléphone répétés.

Les Holloway et leurs deux enfants avaient emménagé en avril et s'étaient plaints à plusieurs reprises auprès de parents et d'amis d'être gênés dans leur sommeil par de « drôles de bruits ».

On a enregistré une succession d'événements étranges à Jerusalem's Lot durant ces derniers mois et nombreuses sont les familles qui...

4 juin 1976 (p. 2):
CUMBERLAND — Mrs. Elaine Tremont, une veuve qui habite Back Stage Road, dans la partie ouest de Cumberland, a eu ce matin une crise cardiaque et a été admise immédiatement au centre hospitalier du comté de Cumberland. Elle a raconté à notre correspondant qu'elle avait entendu gratter à la fenêtre de sa chambre à coucher pendant qu'elle regardait la télévision et qu'elle avait vu un visage qui l'observait à travers la vitre...

« Ce visage me faisait une espèce de sourire affreux, nous a-t-elle précisé. C'était atroce. Je n'ai jamais eu aussi peur de ma vie. Et puis je dois vous dire que depuis que cette famille a été tuée à moins de deux kilomètres de chez moi sur Taggart Stream Road, j'ai tout le temps peur. »

Mrs. Tremont faisait allusion à la famille de Daniel Holloway dont on a signalé la disparition au début de la semaine dernière. La police se demande s'il faut établir un lien entre...

2

L'homme et l'enfant arrivèrent à Portland à la mi-septembre et s'installèrent pendant trois semaines dans un motel de la région. Ils étaient habitués à la chaleur, mais, après le climat sec de Los Zapatos, ils se sentirent incommodés par l'humidité. Ils passaient de longues heures à nager dans la piscine du motel et à regarder le ciel. L'homme achetait tous les jours *Le courrier de Portland;* mais cette fois il avait un journal fraîchement sorti des presses ; les chiens n'avaient pas pissé dessus et le temps ne l'avait pas jauni. Il lisait les annonces météorologiques et regardait au fil des pages si l'on parlait de Jerusalem's Lot. Ils étaient depuis neuf jours à Portland quand il tomba sur un article qui signalait qu'un homme avait disparu à Falmouth et que son chien avait été découvert mort dans la cour de la maison. La police enquêtait.

L'homme se leva tôt, ce 6 octobre, et se rendit dans la cour d'entrée du motel. La plupart des touristes avaient déjà quitté la région pour retourner chez eux, laissant derrière eux leurs ordures et leurs dollars. Les gens du pays allaient pouvoir profiter tranquillement de la meilleure saison de l'année.

Il y avait quelque chose de nouveau dans l'air ce matin-là. Moins d'odeurs d'essence aux alentours de la grand-route. Pas de brume à l'horizon. Pas trace non plus de ce brouillard laiteux qui nappait d'ordinaire les champs en cette heure matinale. Le ciel était clair et l'air vif. On eût dit que l'été indien s'était enfui pendant la nuit.

L'enfant sortit à son tour et rejoignit son compagnon.

— Aujourd'hui, dit l'homme.

3

Il était presque midi quand ils parvinrent à l'embranchement de Jerusalem's Lot, et Ben, le cœur serré, se revit à cette même place, un peu plus d'un an auparavant, revenant à Salem pour exorciser les démons qui le hantaient et se faisant fort d'y parvenir. L'air était plus chaud ce jour-là, le vent d'ouest soufflait à peine et l'été indien n'en était qu'à son début. Il se souvint des deux jeunes garçons qui marchaient sur la petite route, leur canne à pêche sur l'épaule. Aujourd'hui le ciel était d'un bleu plus dur, plus froid.

La radio de la voiture venait de donner les informations. Le présentateur signalait que les risques d'incendie étaient grands. Il n'y avait pas eu de chutes de pluie importantes depuis la première semaine de septembre. « Vous qui êtes à votre volant, veillez à bien éteindre votre cigarette avant de la jeter sur la chaussée. Et maintenant, chers auditeurs, nous allons vous faire entendre une chanson de circonstance : l'histoire d'un homme qui, à la suite d'un chagrin d'amour, se jette d'un château d'eau. »

Ils descendirent la route n° 12, passèrent le panneau du Rotary et se retrouvèrent sur Jointner Avenue. Ben vit tout de suite que le clignotant jaune ne fonctionnait plus. Les feux de circulation étaient devenus bien inutiles.

Ils étaient maintenant dans la ville. Ils la traversèrent lentement et Ben sentit sa vieille peur lui revenir, comme un vêtement qu'on retrouve dans le grenier et dont on s'aperçoit qu'il vous va encore, bien qu'il vous serre un peu aux entournures.

Mark était assis à côté de lui, tout raide. Il tenait une bouteille d'eau bénite que le père Gracon lui avait donnée au moment des adieux et dont il ne s'était pas séparé depuis qu'ils avaient quitté Los Zapatos.

La peur était au rendez-vous et les souvenirs aussi : de quoi vous briser le cœur.

Spencer avait disparu, mais le Laverdière qui lui avait succédé n'avait pas eu un sort meilleur. Les baies vitrées disparaissaient sous la poussière. La pancarte indiquant l'arrêt des autocars Greyhound n'était plus là. L'écriteau A VENDRE qui avait été accroché au-dessus de la porte du café *L'Excellent* pendait tout de guingois et on avait démonté les tabourets qui entouraient le comptoir pour les replacer probablement dans un snack-bar plus florissant. En haut de la rue, au-dessus de l'ancienne laverie, l'enseigne « Barlow & Straker — Meubles de style » continuait à se balancer au vent, mais l'or des caractères s'était terni et il n'y avait plus personne sur les trottoirs pour la voir. La vitrine était vide et le vert de l'épaisse moquette bouclée était devenu tout crasseux. Ben se demanda si Mike Ryerson était toujours couché au fond de sa caisse dans la réserve et cela le fit frissonner.

Il ralentit au croisement. Il apercevait maintenant, en haut de la petite colline, la maison des Norton. Une herbe haute et jaune avait poussé un peu partout, envahissant même la cour arrière où Bill Norton avait construit son barbecue. Il y avait des carreaux cassés aux fenêtres.

Il avança encore, passa le parc et vit Marsten House. Ses

volets étaient fermés et son regard malveillant semblait peser toujours aussi lourdement sur la ville. Pour le moment elle était inoffensive, mais quand la nuit serait tombée...?

Les pluies avaient dû emporter l'hostie avec laquelle Callahan avait scellé la porte. S'*ils* le désiraient, cette maison pouvait être encore la leur. Une sorte de reliquaire maléfique, un phare dirigeant son faisceau mortel sur la ville désertée. Est-ce qu'*ils* se retrouvaient là-haut? se demanda-t-il. Est-ce qu'*ils* erraient dans les vastes salons obscurs et célébraient de ténébreux offices à la gloire de leur maître et du Maître de leur maître?

Il détourna le regard, le cœur glacé.

Mark, lui, semblait fasciné par les maisons. La plupart avait leurs stores baissés. Les quelques fenêtres que l'on voyait à découvert donnaient sur des pièces d'une désolante nudité. «Encore plus angoissant», pensa Ben; comme si une colonie d'idiots les poursuivaient de leurs regards vides.

— Ils sont dans les maisons, dit Mark d'une voix sourde. Ils sont là. Partout. Dans les lits, dans les placards, dans les caves, sous les planchers. Ils se cachent.

— Calme-toi, dit Ben.

Ils laissèrent la ville derrière eux. Ben s'engagea sur Brooks Road et, lorsqu'ils passèrent près de Marsten House, ils virent que les volets étaient toujours branlants et la cour toujours envahie d'herbes folles.

Mark tendit le bras pour montrer quelque chose à Ben. Au milieu de l'herbe haute il y avait un chemin, un chemin qui allait de la véranda à la porte et que seul le passage répété de cohortes nombreuses avait pu tracer. Ils continuèrent leur route et Ben se sentit peu à peu délivré de l'étau qui lui serrait le cœur. Le pire était passé. Ils l'avaient laissé derrière eux.

Ils firent encore quelques kilomètres sur Burns Road, puis Ben s'arrêta, près du cimetière d'Harmony Hill. Quittant la voiture, ils s'enfoncèrent dans les bois. La végétation, très sèche, craquait sous leurs pas et le fruit du genévrier répandait une odeur acide. Ils se retrouvèrent bientôt sur une petite éminence d'où l'on apercevait, par une trouée entre les arbres, la centrale électrique du Maine qui scintillait sous le soleil d'octobre. Le vent n'était pas chaud et les feuilles commençaient tout doucement à prendre les couleurs de l'automne.

— Les vieux disent que c'est de là que l'incendie est parti, dit Ben. En 1951. Le vent soufflait de l'ouest, et on pense que c'est un type qui a jeté sa cigarette sans faire attention. Une seule petite cigarette! Ça a pris du côté des marais, et après il n'y a plus eu moyen de l'arrêter.

Il sortit un paquet de Pall Mall de sa poche, regarda pensivement l'emblème — *in hoc signo vinces* — et déchira la mince enveloppe de cellophane. Puis il prit une cigarette, l'alluma et secoua l'allumette. Il n'avait pas fumé depuis des mois et fut étonné de trouver cela si délicieux.

— *Ils* ont leurs coins, dit-il, mais on peut les en déloger. On arriverait à en tuer... ou plus exactement à en détruire un certain nombre. Mais pas tous. Tu comprends ?

— Oui, dit Mark.

— *Ils* ne sont pas très malins. S'ils n'ont plus accès à leur premier refuge, *ils* trouveront difficilement ensuite à se cacher. Deux personnes qui passeraient en revue leurs repaires possibles pourraient à elles seules faire un sacré boulot. Peut-être arriveraient-elles à nettoyer intégralement Salem avant la première chute de neige. Peut-être aussi n'arriveraient-elles jamais au bout. On ne peut absolument pas savoir, mais, ce qu'on peut dire, c'est que sans... quelque chose... pour les mettre en difficulté, pour les obliger à sortir, il n'y aurait aucune chance de s'en débarrasser.

— Oui.

— Si quelqu'un se lançait dans cette entreprise, il faudrait qu'il soit prêt à affronter des choses horribles, des choses dangereuses.

— Je sais.

— Mais on dit que le feu purifie, ajouta Ben pensivement. La purification, ça compte, tu ne crois pas ?

— Si, je crois, dit Mark.

Ben se leva.

— Il faudrait songer à rentrer.

Il était arrivé au bout de sa cigarette et l'envoya négligemment sur un tas de broussailles et de feuilles mortes. La petite fumée blanche se détachait clairement sur le fond vert des genévriers pour se dissiper ensuite sous l'effet du vent. Un peu plus loin, en contrebas, la voie était coupée par un enchevêtrement inextricable de branches mortes et d'arbres tombés, vestiges de l'ancienne catastrophe.

Ils restaient là sans bouger, fascinés, à regarder monter la fumée.

Elle devint bientôt plus épaisse. Une langue de flamme apparut. Une succession de petits éclatements secs leur indiqua que le feu avait pris aux brindilles.

— Ce soir *ils ne poursuivront pas les* troupeaux et ne troubleront pas le sommeil des fermiers, dit Ben doucement. Ce soir, *ils* seront en cavale. Et demain...

— Toi et moi, dit Mark.

Et il leva le poing. Ses joues auparavant si pâles avaient pris des couleurs. Ses yeux brillaient.

Ils retournèrent à la voiture et reprirent la route.

Dans la petite clairière qui surplombait la centrale, au milieu des arbres jaunis par l'automne, le feu, activé par le vent d'ouest, faisait pétiller les broussailles.

Octobre 1972.
Juin 1975.

IMPRIMÉ EN FRANCE PAR BRODARD ET TAUPIN
Usine de La Flèche (Sarthe), le 18-04-1988.
6172-5 - N° d'Éditeur 3093, avril 1988.

PRESSES POCKET - 8, rue Garancière - 75006 Paris
Tél. 46.34.12.80